Klaus Dittmar

Kleines Latinum

Originalausgabe – Erstdruck

Klaus Dittmar

Kleines Latinum

Kommissar Schopetta und der Mord im Museum

Westfalen-Krimi

Schardt Verlag Oldenburg

Bibliographische Information der Deutschen Bibliothek:

Die Deutsche Bibliothek verzeichnet diese Publikation in *Der Deutschen Nationalbibliografie*; detaillierte bibliographische Daten sind im Internet über *http://dnb.ddb.de* abrufbar.

Umschlaggestaltung: Thomas Neuhaus
Titelfoto: Ralf Richter

1. Auflage 2006

Schardt Verlag
Uhlhornsweg 99a
26129 Oldenburg
Tel.: 0441-21779287
Fax: 0441-21779286
Email: schardtverlag@t-online.de
Herstellung: Fuldaer Verlagsanstalt

ISBN 3-89841-248-2

ERSTER TAG

1

Begrüßungen kann ich besser, dachte Schopetta und startete den alten Diesel. Abschiede sind absolut nicht mein Ding.

Er hatte seine Frau zum Flughafen gebracht. Eine Woche Rußland im Auftrag der Landesregierung. Jeder quält sich so gut er kann, kommentierte er in Gedanken die beruflichen Ambitionen seiner besseren Hälfte und fuhr los.

Trotzdem! Die emotionale Instabilität, die sich bei Schopetta insbesondere bei Abschieden und ähnlich prekären Situationen bis zur Unerträglichkeit steigern konnte, war eins seiner grundsätzlichen Probleme. Doch weil nichts so bleiben kann wie es immer ist, hatte er sich zu schützen gelernt. Im Laufe von mindestens drei Jahrzehnten war ihm eine dicke Schwarte gewachsen, deren Anschwellen er täglich neu und mit tiefer Zufriedenheit registrierte. Diese Hülle aus verhornter Empfindsamkeit, in die er sich zurückziehen konnte wie eine Schildkröte in ihren Panzer, bewahrte ihn vor unvorhergesehenen Gefühlsangriffen, und das nicht nur bei Abschieden.

Am einfachsten war es für ihn, so zu tun, als wenn da gar nichts wäre, in schwierigen Situationen vom Wetter reden oder vom behämmerten Nachbarn. Und wenn die Augen wider Erwarten doch feucht wurden, konnte man immer noch streiten oder schweigen. Schweigen ging am besten. Schweigen konnte er viel besser als Abschiede. Schweigen konnte er von allen Dingen, die er konnte, sogar am allerbesten.

Die Ampel am Stadtrand von Greven sprang auf Rot. Es war 4:18 Uhr. Schopetta hatte Zeit. In Gedanken sortierte er die Gestaltungsmöglichkeiten seiner Freiheit, die ihm bis zum Dienstbeginn um 8:00 Uhr noch drohte.

Die Scheinwerfer der entgegenkommenden Fahrzeuge blendeten ihn und reflektierten auf der vom Nieselregen nassen Frontscheibe. Er stellte die Wischer an. Langsam beschlug die Scheibe auch von innen.

Beim nächsten Mal nur noch Klimaanlage, dachte er, schob die Regler der Heizung auf Rot, ließ das Fenster ein Stückchen runter, und schon klatschte ihm der schmutzige Siff der Waschanlage in den linken Augenwinkel.

„Scheiße!“ fluchte er, drückte schnell wieder auf den Knopf, und surrend hob sich die Scheibe.

Keine dreißig Minuten später bog er in den Stichweg ein, der zu seinem Haus führte. Er schaffte die Einfahrt elegant und schwungvoll, ohne am gemauerten Torpfeiler entlang zu schrappen, auf dem sich der schwarze Kater, im Scheinwerferlicht kurz sichtbar, ignorant putzte.

Er stellte den Motor ab, ließ aber den Schlüssel stecken und ging durch die Küchentür, die er am Morgen absichtlich offengelassen hatte, ins Haus. In Billerbeck gibt es keine schlechten Menschen, und in Sackgassen wird nicht eingebrochen, weil der Fluchtweg zu schnell abzuriegeln ist, erklärte er als ausgewiesener Sicherheitsfachmann immer wieder, wenn Hannelore wortreich seinen Leichtsinn bemäkelte.

Der Tee vom Frühstück war kalt. Er füllte die große Teetasse auf, stellte sie in die Mikrowelle und goß im Vorbeigehen etwas Milch in die Blechschale. Dann schlurfte er zum Tisch zurück.

Die Mikrowelle klingelte, und fast gleichzeitig zeigte sich der Kater an der Tür. Nachdem er sich ein paarmal die Brust geleckt hatte, trommelte er plötzlich – aufrecht stehend – mit den Vorderpfoten an die Scheibe und schob immer wieder seinen Kopf dicht am Rahmen entlang, um Aufmerksamkeit zu erregen. Als das nicht zum sofortigen Erfolg führte, verlegte er sich darauf, gegen das Fenster zu springen. Zwischen den einzelnen Versuchen warf er stets einen schnellen Blick auf Schopetta, um die Wirkung seiner Stunts genau zu überprüfen.

Endlich, nach dem fünften oder sechsten Anlauf, gab Schopetta nach, murmelte „Was soll der Geiz?“ und stand wieder auf, öffnete die Tür und ließ das Tier ins Haus.

Der Satan wäre von der Kette, wenn Hannelore das mitgekriegt hätte. Laut häuslicher Übereinkunft mit interner Gesetzeskraft war der Aufenthalt von Haustieren, wortwidersinniger Weise, im Haus strengstens verboten. Die Beschlußlage ließ nur noch wasserdichte „Draußenkatzen“ zu, die bei Regen und schlechtem Wetter die Zuflucht im Gartenhaus suchen mußten. Die strenge Reaktion war eine Gegenmaßnahme auf die letzte und massivste Katzenflohinvasion, die am Ende nur mit der Begasung des ganzen Hauses und einem anschließenden zweiwöchigen Italienurlaub zu überwinden gewesen war.

Aber Hauptkommissar Schopetta setzte heute auf die Körpertreue und Wohnortkontinuität der kleinen Mistviecher und duldete es stoisch, daß der schwarze Kater, der von ihm als unterscheidende Benennung zu seinen

Vorgängern, die alle dem Landstraßenverkehr zum Opfer gefallen waren, als Numero Sieben bezeichnet wurde, in nicht endenwollenden Runden um seine Beine strich, seine Dankbarkeit zeigte und immer wieder den Kopf über Schopettas Sockenränder schob.

Er faltete die Zeitung auseinander. „Aus dem Westen. Der Blick in die Kreisstadt.“ Alles langweilig und uninteressant. Da brannte er schon mehr drauf zu erfahren, wie der VFL gespielt hatte. Vorletztes Heimspiel vor der Winterpause. Na ja. 1:0 Arbeitssieg. Trainerkommentar: „Die Mannschaft hat keinen Charakter.“ Wie soll eine Mannschaft auch Charakter haben, wenn der Vorstand nicht mal weiß, wie das geschrieben wird. Er knurrte sich etwas in seinen Dreitagebart und schenkte seine Aufmerksamkeit weiteren Berichten, die wie immer das Wichtigste im sozialen Leben seines Heimatortes aufzählten und akribisch nachzustellen suchten.

Da war zum Beispiel die Feuerwehr, die einen Scheck für die Rumänienhilfe überreichte, während Frau Natzikowa den gemischten Chor der Nachbarschaft „Am Krummbiegel“ dirigierte. Das hielt wiederum den ebenfalls gemischten Kegelklub „Die Bauernjäger“, auf dem Photo alle mit zu kleinen Zylindern und verlegen grinsend, nicht davon ab, der Kegelschwester Jutta und dem Kegelbruder Ludger zur Geburt der ersten Tochter Cathleen einen Kroamstuten zu überbringen.

„Cathleen und westfälischer Kroamstuten! Mein Gott, diese Menschen schrecken vor nichts zurück! Wie kann man seinen Kindern nur so etwas antun?“ meckerte Schopetta in quengeligem Selbstgespräch.

Selbstgespräche führte er gern. Diese von ihm mit viel Liebe gepflegte monostrukturelle Form der Kommunikation hatte sicher etwas mit dem dabei ausbleibenden Widerspruch zu tun. Widerspruch duldete er von niemandem. Leider hielt sich in seinem Umfeld selten jemand daran.

Doch abgesehen vom Effekt, Selbstgespräche auszulösen, waren es diese Zeitungsnachrichten, die er liebte. Möglichst jeden Morgen drei, vier Knaller zum ganz normalen Leben in Billerbeck, und der Name Cathleen auf einem münsterländischen Kroamstuten schoß heute den Vogel ab. Und weil in den Kommentaren zu Kegelclubs, Schützenvereinen und Geflügelzüchterkongressen der Kampf mit dem Dativ immer mal wieder verloren ging, und die Regeln der Rechtschreibung in ihrer Gänze kaum zum Tragen kamen, entwickelte sich seine Laune weiter gut.

Halblaut, aber mit tiefer Begeisterung, fluchte er über sein Lokalblatt und trank dabei den aufgewärmten Tee mit Ascorbinsäure und Süßstoff.

Langsam kam er zum Schluß seiner Zeitungslektüre. Das allerbeste, das Finalegrande des morgendlichen Studiums der wichtigsten Pressestimme der Baumberge. Die Rubrik „Aus aller Welt". Konzentriert klopfte er noch einmal die Zeitung zurecht, wendete schwungvoll das Blatt und war maßlos enttäuscht.

„Aus aller Welt" war rein nachrichtentechnisch gesehen am heutigen Morgen ein Flop. Irgendein Textildiscounter hatte mehr als die halbe Seite mit Sonderangeboten blockiert. Eins A Herrenunterhosen, Doppelripp, Eingriff rechts, sowie Damenslips in bekannter Spitzenqualität, fünf Stück in drei Farben zum Preis von? Ja, zum Preis von nur einer Heiermannplatte, ging es Schopetta durch den Kopf. Denn drüben in „Reinhilds lecker Grillstübchen" bekam man wirklich noch Pommes, Currywurst, Majo für nen Heiermann, für fünf Mark, oder ein Los der Fernsehlotterie, und ohne zu verharren sprangen seine Gedanken über die Fernsehlotterie ungebremst auf den Lottoschein, die zu Papier gewordene Hoffnung auf ein anderes Leben.

Erst Montag. Da blieb noch genug Zeit bis zur nächsten Ausspielung am Mittwoch. Und diesmal ist die Zeit der Armut wirklich vorbei, prophezeite er. Der Sechser mit Superzahl geht in dieser Woche nach Billerbeck. Das war so sicher wie das Amen in der Kirche mit Doppelturm. Basta und Feierabend. Und für die nächsten Augenblicke genoß er das warme Gefühl eines sorgenfreien Reichtums.

Die schnöde Realität hatte ihn schnell wieder. Werbung auf seiner Lieblingsseite. Zum x-tenmal dachte er ernsthaft darüber nach, einen Leserbrief zu schreiben und zu drohen, das Abonnement der Zeitung noch heute zu kündigen.

Bei einer seiner letzten Attacken gegen das Lokalblatt hatte er vorgeschlagen, die Zeitung von Baumberger Lokalanzeiger in den gleichnamigen Anzünder umzubenennen, da der einzig sinnvolle Verwendungszweck des Blattes darin bestehe, als Basis für das Entfachen eines Kaminfeuers zu dienen.

„Haben sie natürlich nicht gedruckt", stöhnte Schopetta, und während er weiter seinen Gedanken nachhing, die dabei auch noch eifrig und murrend kommentiert wurden, belegte er Pumpernickel und die trockene Kante eines Vollkornbrotes mit altem Holländer, wegen des Cholesterinspiegels ohne Butter, und biß ein großes Stück davon ab. Zufrieden kauend und den Rest des Tees schlürfend, vertiefte er sich erneut in die wenigen Neuigkeiten aus aller Welt.

Das Telephon klingelte. Als er den grünen Knopf drückte, hörte er seinen Kollegen Rudi Riepen: „Mit Zucker und Milch!" Dabei lag die besondere Betonung auf dem „und".

„Darum rufst du mich an?" mampfte Schopetta in den Hörer.

„Wer ist da?" brüllte am anderen Ende Kommissar Rudi Riepen.

„Nur um mir zu sagen, daß du Zucker und Milch willst, rufst du mich in aller Herrgottsfrühe an?" wiederholte Schopetta seine Frage.

„Quatsch! Damit war die Sattelknecht gemeint. Die soll mir nen Kaffee bringen", sagte Rudi. „Aber du mußt sofort kommen. Wir haben einen Einsatz."

„Mein Dienst fängt erst um acht Uhr an. Für alles, was davor passiert, ist die Bereitschaft zuständig." Er tat völlig unbeteiligt und kaute schwer an seiner Käsestulle, die im Mund langsam die Konsistenz eines handgestrickten Sockens annahm.

„Erzähl kein Scheiß, is Alarm", röhrte Rudi in den Hörer. „Die ham ne Leiche gefunden und du bis Mordkommission, also komm, sonst fällt mir noch ein, daß mein Dienst um acht Uhr zu Ende is ..."

Schopetta kaute geräuschvoll, stand auf, schob den Kater sanft mit dem Fuß durch die Terrassentür und fragte: „Wo?"

„Haltern, mitten im neuen Museum."

„Hör auf", sagte Schopetta ungläubig.

„Doch", brüllte Rudi in den Hörer und überschritt mit der Wahl der Lautstärke deutlich die Schmerzgrenze seines Vorgesetzten. „Und nur, weil ich weiß, daß du dich für den alten Schrott da interessierst, sag ich Bescheid. Da kannste mal das Nützliche mit dem Angenehmen verbinden. So'n Kumpel bin ich."

„Ne Leiche im Museum. Was Angenehmeres gibt es wirklich nicht", erwiderte Schopetta, als sich sein Handy mit den ersten Takten der kleinen Nachtmusik meldete.

„Bleib mal dran Rudi, mein Handy klingelt!"

„Brauchst du gar nicht dranzugehen, is nur die Zentrale. Denen habe ich deine Nummer gegeben, weil ich dachte, du bist vielleicht noch unterwegs und bringst deine Frau zum Flugplatz."

„Is schon erledigt", war die Antwort, und dann verstummte auch schon das MobilTelephon.

„Weißt du schon mehr?" Schopetta versuchte, während er Telephonierte, sein Notizbuch aus der Tasche seines Mantels zu zerren, den er achtlos über einen Küchenstuhl geworfen hatte. Als Kommissar Riepen erklärte, er sei auch nur kurz und oberflächlich über einen Leichenfund im Haltener Römermuseum informiert worden, gab er das Unterfangen auf und sagte: „Gut, ich mach mich auf den Weg. Ich ruf von unterwegs noch mal an. Vielleicht weiß man dann schon mehr."

2

Nach der üblicherweise auf dem Arbeitsweg fälligen Klassik-CD stand ihm heute nicht der Sinn, darum sabberte aus dem Autoradio seit einiger Zeit flachster deutscher Schlagermainstream auf Niveau von WDR 4. Doch dann, wie aus einer anderen Welt, plekte plötzlich eine wahrscheinlich sehr bekannte Gitarrenjazzband „Sweet Georgia Brown", und da wollte ihm der Morgen trotz des miserablen Wetters schon besser gefallen.

Er hatte seinen schwarzen Hut auf den Hinterkopf geschoben und mußte den Autositz etwas absenken, um nicht mit der vorderen Hutkrempe gegen das Dach zu stoßen. Er trug den Hut nur im Winter und eigentlich auch nur bei Regen. Die Krempe auf allen Seiten heruntergeklappt, wußte er, daß ihn diese besondere Kopfbedeckung interessant machte. Echter Borsalino aus einem kleinen Hutgeschäft in Cortona. Schönes Stück – und außerdem ließ ihn der schwarze Kalebräser größer erscheinen.

Summend der Melodie des Uralthits folgend, verließ er das Gebiet der Gemeinde Billerbeck und schob sich mit dem dichter werdenden Verkehr auf der Landstraße in Richtung Autobahn. Erst als er auf der A43 war, griff Schopetta erneut zum Handy, um von Rudi weitere Einzelheiten zu erfahren.

„Ja, genau, Weseler Straße. Direkt im Museum. Kennst du doch", sagte der, als Schopetta noch einmal, fast ungläubig, nach dem genauen Ort des Leichenfundes fragte. Rudis Erklärungen wurden immer wieder durch schlürfende Geräusche unterbrochen.

„Und? Schmeckt der Kaffee?"

„Na klar! Wieso fragst du?"

„Nur so", knurrte Schopetta. „Wer hat uns angerufen?"

„Der Ruf kam von der Einsatzzentrale. Da ging um 5:51 Uhr der Notruf ein. Irgendein Mitarbeiter des Museums hat wohl Alarm gegeben. Die Kollegen von der Spurensicherung sind schon da und der Doktor auch."

„Weißt du wer?" fragte Schopetta interessiert, weil er mit einem der Pathologen ab und zu in einer Thekenmannschaft kickte.

„Negativ, aber gib Gas. Man erwartet uns."

„I do my very best, Miss Sophie", röhrte der Kommissar in das Mikrophon, schaltete das Handy aus und zog auf die Überholspur.

Zu Schopettas großem Erstaunen war Rudi schon da. Als er auf den Parkplatz des Museums fuhr, sah er den Kollegen weit zurückgelehnt im Fahrersitz seines Autos sitzen und aus einem Edelstahlbecher Kaffee trinken. Der Hauptkommissar parkte direkt neben ihm.

„Na, biste wieder mal geflogen?" Rudi pustete in seinen Kaffee, und der Dampf setzte sich als flüchtiger Belag auf die Seitenscheibe. Mit dem Kinn deutete er auf das mobile Blaulicht, das auf dem Armaturenbrett lag.

„Bestimmte Privilegien unseres Jobs sollte man viel öfter nutzen", und dabei schraubte er umständlich seinen Edelstahlbecher auf die Thermosflasche.

Sie hatten sich kaum auf den Weg in Richtung Museum gemacht, als ein junger Mann in Grün mit modischer Gauleiterfrisur und dünnem Olaf Thon-Bärtchen neben ihnen stand. „Hallo, die Herren. Sind Sie die von der Kripo?"

„Mein Gott, jetzt stellen die schon Hellseher ein!" knurrte Kommissar Riepen.

„Tschuldigung. Polizeimeister Niehoff. Is nur, weil, ich soll die Kripo einweisen, den Weg zum Fundort der Leiche. Und weil sich so früh am Tag kein vernünftiger Mensch ins Museum verirrt, es sei denn, er arbeitet hier oder is Lehrer, hab ich kombiniert, daß Sie die von der Kripo sind."

„Erstklassige Arbeit", nickte Riepen überzogen ernst, und Schopetta fragte: „Geschichte ist nicht Ihr Ding, was?" Er selbst liebte die Geschichte, war nicht nur ein regelmäßiger Besucher von Museen, sondern interessierte sich insbesondere für den frühen Teil der römisch-germanischen Geschichte. Dieses Wissensgebiet war bei ihm sogar eine Art Leidenschaft.

„Was? – Ich versteh nich", stotterte der junge Polizist, der sich plötzlich schwitzend die Mütze vom Kopf nahm und mit der Hand über einen Drei-Millimeter-Rasierschnitt strich.

„Das habe ich befürchtet", kommentierte Schopetta die Frage. Er musterte das runde Gesicht mit der leicht vorgeschobenen Unterlippe, das trotz der momentanen Unsicherheit doch bemüht war, dienstliche Entschlossenheit und Interesse zu dokumentieren.

„Vergessen Sie es", winkte der Kommissar dann ab und setzte seinen Weg in Richtung des langen, flachen Gebäudes mit den markanten Glaszelten auf dem Dach fort.

„Herr Kommissar!“

Müde drehten sich die beiden Männer noch einmal um.

„Da ist noch was! Da oben wartet auch schon ein Zeuge.“ Dabei wies Niehoff mit ausgestrecktem Finger auf den Museumsbau.

„Was für’n Zeuge?“ Schopetta sah bei seiner Frage den Kollegen Riepen an.

„Ja, so’n Zeuge eben“, war die etwas genervte Antwort. „Ich hab ihn selbst nich gesprochen, weil ich ja sofort zum Fundort der Leiche bin. Aber den Kollegen hat er wohl vollgequasselt. Müßte ne wichtige Aussage machen und hätte alles gesehen.“

„Wie vollgequasselt?“ Jetzt war es Riepen, der Schopetta fragend ansah.

„Ja, wie soll ich mich ausdrücken?“ Der uniformierte Mann suchte nach Worten und zuckte dann schweigend mit den Achseln.

„Und?“ fragte Rudi jetzt aggressiv ungeduldig. „Name, Geschlecht, Alter, Adresse, Schuhgröße und Telephon?“

„Hab ich doch nich, vielleicht der Kollege von der zweiten Streife. Außerdem wartet der Kerl ja oben. Könn ihn ja selber fragen.“

Rudi wurde sauer: „Sach mal, du Trachtenheini. Wo has du eigentlich deinen Job gelernt? Bei der Werkspolizei von Hüls oder wo?“

Schopetta zog Riepen am Ärmel vorwärts: „Laß ihn, Rudi, der is noch so jung. Vielleicht reicht ja die Zeit, um das Wichtigste noch zu lernen.“

3

Der Haupteingang des Museums war über eine Lichtgitterbrücke zu erreichen, die den freigelegten Spitzgraben des ehemaligen römischen Militärlagers überspannte. Die Tür war verschlossen.

Rudi rüttelte vergeblich daran.

„Wußtest du eigentlich schon, daß an einem Montag wie heute alle Museen Deutschlands geschlossen sind?“

„Nee, bisher dachte ich immer, nur die Frisöre hätten zu.“

Schopetta winkte genervt ab.

Sie gingen um das Gebäude herum. In einiger Entfernung vom Museum hatten die Kollegen zwischen einem weit in den Weg ragenden Gebüsch und einem Verkehrsschild ein rotweißes Absperrband befestigt und hielten damit ein knappes Dutzend Schaulustige auf Distanz. Unter ihnen machte Schopetta auch einige Pressevertreter aus, die sich mit Namensschildchen und der obligatorischen Kamera kenntlich zu machen suchten. Er ignorierte sie und stieg mit Riepen die Treppe zum Hintereingang hinab, der sich im Souterrain befand. Vor der Tür trafen sie auf einen weiteren Polizisten.

„Moin, die Herren“, rief ihnen ein älterer Hauptwachtmeister entgegen und hielt ihnen freundlich die Tür auf. Schopetta tippte zum Gruß mit den Fingern an die Hutkrempe. „Und sonst, Herr Kollege?“ fragte er im Vorbeigehen.

„Jetzt alles im grünen Bereich“, war die lachende Antwort. „Spurensicherung is da und der Doktor. Ein Zeuge rennt hier irgendwo auf dem Gelände mit seinem Dackel rum. Adresse und so haben die von der Spurensicherung. Wenn es für uns nichts weiter zu tun gibt, würden wir gerne abrücken und an die Kollegen übergeben, Herr Kommissar.“

„Hab ich nichts gegen, aber sorgen Sie dafür, daß die Leute auch da sind. Ich hab keine Lust, mich von den Vertretern der freien deutschen Presse bei der Arbeit ablichten zu lassen.“

„Geht in Ordnung“, sagte der Hauptwachtmeister und legte noch einmal die Hand an die Mütze.

Kaum hatten sie das Museum betreten, befiel Erwin Schopetta eine erwartungsvolle Unruhe. Aufsteigend aus den Tiefen einer im Kern kindlich gebliebenen Seele entfaltete sich in ihm ein seltsam kribbelndes Gefühl, und das nicht wegen des zur Untersuchung anstehenden Verbrechens, da beherrschte eher Routine sein Tun. Vielmehr hegte er insgeheim schon lange den Wunsch, einen Blick hinter die Kulissen des bekannten Museums in Haltern werfen zu können. Jetzt war es soweit. Er ging durch spärlich beleuchtete Gänge, und hinter jeder verschlossenen Tür, an der er vorbei kam, erahnte er die archäologischen Funde, die seit seiner Kindheit sein Interesse weckten, überall warteten Rätsel der Geschichte, die gelöst werden wollten, und ohne Einschränkung beneidete er jedes menschliche Wesen, das, einmal durch die Firmung Schliemanns gegangen, hier, in diesem Haus, einer Arbeit nachgehen durfte.

Eine Person im grauen Kittel und mit großem Schlüsselbund tauchte am anderen Ende des Flures auf. Die tiefe Ehrfurcht, die ihm seltsamerweise jedes Museum abnötigte, ließ Schopetta den Museumshausmeister, um diesen handelte es sich nämlich, mit einem respektvollen: „Guten Morgen, Herr Schliemann“ grüßen.

Doch wie bei allen Männern, die lässig in der Lage sind, Glühbirnen zu wechseln, ohne die Hauptsicherung auszuschalten, die mit unendlicher Überlegenheit und ohne langes Nachdenken den gekröpften dreizehner

Ring vom extraflachen dreizehner Maul unterscheiden können, und die ohne Wenn und Aber eine Chrom-Vanadium-Legierung der aus Edelstahl und Nickel, insbesondere bei Kleinwerkzeugen in Komplettsätzen, vorziehen, verleitete die unsichere Ergriffenheit in der Stimme des Hauptkommissars auch diesen Menschen dazu, das aggressive Verhalten eines brünstigen Platzhirschen zu zeigen, indem er durch den Gang röhrte: „Was machen Sie hier? Wer hat Sie denn rein gelassen? Wenn Sie nicht augenblicklich aus das Gebäude gehen, rufe ich die Polizei!“

In solchen Situationen war Schopetta immer dankbar, Kommissar Rudi Riepen an seiner Seite zu wissen. Ohne langes warm-up fühlte der sich allein durch den Tonfall des Mannes beleidigt und angegriffen. Zudem lag Rudi, ein Sachverhalt, von dem der Graukittel aber wirklich keine Kenntnis haben konnte, mit allen Hausmeistern der Welt in einem anhaltenden Dauerstreit, und darum entlud sich nun ein seit Jahren genährter Haß über dem „Technical Manager“ des Römermuseums in Haltern.

Hastig schob sich Rudi an seinem Kollegen vorbei, zog seinen Dienstausweis und sagte gefährlich zischend: „Kriminalpolizei! Ich muß Sie leider vorläufig festnehmen, Hände an die Wand und Beine auseinander!“

„Ja dat is!“ konnte der Mann noch völlig verblüfft hervorbringen, da hatte Rudi ihn auch schon gegen die Wand gedrückt. Mit dem tiefen Respekt des gut konditionierten Bundeswehr-Zwölfenders vor lauten und präzise angesagten Befehlen, hob der Hausmeister die Hände.

Der Graue war schwer angeschlagen, aber noch nicht ganz wehrlos, und kaum hatte er zweimal Luft geholt, nahm er den ersten Anlauf zu einer Rehabilitation: „Ich tu hier nur meine Pflicht!“

„Schnauze! Wenn hier jemand redet, dann sind wir das, ist das klar?“ Rudi war mit sich und seiner Aktion sichtlich zufrieden.

„Komm, laß gut sein, Rudi“, redete Schopetta nun beruhigend auf seinen Kollegen ein. „Ich befürchte, das ist gar nicht der Mörder, Rudi. Das ist der Leiter der technischen Betriebsorganisation dieses Hauses.“

Er zwinkerte dem Hausmeister zu, und Rudi lockerte den Griff, den er wie eine Eisenklammer um die Schulter des Hausmeisters gelegt hatte. Der Mann drehte sich langsam um, richtete sich ein wenig höher auf und entwickelte unter seinem grauen Kittel einen durchaus imponierend sportlichen Körperbau. Das Auffälligste an ihm war ein seltsam rechteckig geschorener Kurzhaarschnitt und eine leicht eingedrückte Nase. Schopetta tippte auf Kampfsportler.

„Da haben Sie aber verdammtes Glück gehabt“, bemerkte er in freundlichem Ton und klopfte mit den Fingerspitzen imaginäre Staubkörner vom Kittelrevers des noch sprachlosen, aber wütenden Herrn in Grau. „Der letzte Verdächtige, den mein Kollege zur Strecke brachte, wurde von ihm unmittelbar nach dem Warnschuß, natürlich in Notwehr, niedergestreckt. Kniescheibendurchschuß, wenn Ihnen das etwas sagt.“

Der Mann zuckte unmerklich zurück. Sein Blick wechselte unsicher zwischen den beiden Männern hin und her. Es dauerte aber nur zwei, drei Augenblicke, dann durchschaute er das Spiel und seine Stimme kehrte zurück: „Ich nehme an, daß Sie im Falle einer Dienstaufsichtsbeschwerde gegen Ihren sauberen Kollegen hier nicht unbedingt als mein Zeuge für Körperverletzung im Amt zur Verfügung stehen würden?“ fragte der Hausmeister nun schon vernehmbar leiser.

„Davon können Sie mit aller Sicherheit ausgehen“, grinste Schopetta. „Aber ich mache Ihnen einen Vorschlag, mein Herr. Tun wir doch einfach so, als seien wir uns erst in diesem Augenblick begegnet. Wir rufen uns ein freundliches ‚guten Morgen‘ zu, und Sie fragen uns, womit Sie wohl behilflich sein könnten. Wir sagen – ja, zum Beispiel, sagen wir: ‚Ja, hallo auch, ich bin Hauptkommissar Schopetta von der Mordkommission Recklinghausen und der Herr an meiner Seite ist Kommissar Riepen.‘ Na, Herr – eh – Hausmeister, was halten Sie davon?“

Der Mann verzog das Gesicht, quetschte dann aber durch die Zähne: „Was kann ich für Sie tun?“

„Sie haben ‚Guten Tag‘ vergessen, und freundlich solln Se sein“, sagte Rudi, wandte sich aber um und ging auf die Tür mit der Aufschrift „Aufgang Ausstellungsräume“ zu.

„Vorsicht!“ rief der Hausmeister, als Rudi nach der Klinke griff. „Ihre Kollegen haben auch die Türen mit Kohlenstaub abgepinselt.“

„Sehn Se, geht doch“, gab Rudi zurück und verschwand durch die Tür, deren Klinke er vorsichtig mit seinem Taschentuch faßte.

„Ihren vollständigen Namen bräuchte ich noch.“ Schopetta säuselte nun vor Freundlichkeit. „Nur, falls wir noch weitere Fragen haben.“ Dabei zog er sein Notizbuch hervor und ging in Schreibposition.

„Ahlers, Hans Otto!“

„Ahlers?“ Schopetta zog das Ah unendlich lang. „Sind Sie vielleicht verwandt mit dem Jöppi Ahlers?“

„Mit wem?“

„Mit dem Jöppi Ahlers, dem Wirt vom Handelshof in Billerbeck?“

„Kenn ich nicht."

„Sollten Sie kennenlernen. Ist ne gute Kneipe und der Jöppi is ein wirklich netter Mensch. Könnten Sie viel von lernen."

Der Hausmeister zog die Augenbrauen hoch: „Sonst noch was?"

„Ja", jubilierte Schopetta. „Sie können mich zum Leiter dieses ehrwürdigen Hauses bringen, falls es nicht noch zu früh ist für die Anwesenheit der Direktionsetage."

Ahlers blies abfällig die Luft zwischen den Zähnen hindurch. „Der? Der ist schon seit sechs Uhr hier. Is gleich nach der Polizei verständigt worden."

„Von wem?"

„Von mir natürlich."

„Sind Sie der erste Zeuge am Tatort gewesen?"

„Ich war als erster heute morgen hier im Haus."

„Dann haben Sie auch den Toten gefunden?"

Der Hausmeister zögerte einen Augenblick lang, wackelte ein-, zweimal mit dem Kopf und quälte sich dann ein verhaltenes „wenn man so will" heraus.

„Um so besser. Dann halten Sie sich dringend zu unserer Verfügung. Wir werden sicher noch jede Menge Fragen haben."

„Ich hab doch den Jungs schon alles gesagt!"

„Welchen Jungs?"

Wieder verzog der Hausmeister sein Gesicht und sagte: „Zuerst den Grünen draußen und dann auch noch den Vögeln in Weiß, die im Ausstellungsbereich rumschnüffeln."

„Ach, Sie sprechen von den Herren der Schutzpolizei und denen der Spurensicherung. Das tut mir jetzt aber leid. Die haben mit den Verhören wirklich nichts zu tun. Da müssen Sie wohl oder übel einfach alles noch einmal erzählen. Bis wann haben Sie heute Dienst?"

„Ich hab Teildienst. Von zwölf bis halb drei is Pause!" schnauzte Ahlers. „Und kommse mir nicht erst kurz vor Feierabend mit Ihrer Befragung."

Unvermittelt legte Schopetta wieder deutliche Schärfe in seine Stimme und zischte: „Wann wir mit Ihnen reden, wird sich aus unserer Arbeit hier vor Ort ergeben. Sollten Sie nicht zur Verfügung stehen, wenn wir so weit sind, kann ich Sie auch gerne durch den Staatsanwalt vorladen lassen. Haben wir uns verstanden?"

„Ich weiß nicht, warum Sie sich so aufregen. Ich hab schon verstanden." Der Hausmeister war irritiert und bemüht, heftig an seinem Gegenüber vorbei zu schauen.

„Sehn Se", antwortete Schopetta wieder völlig friedlich und steckte sein Notizbuch ein. „Da sag noch einer, man könnte mit der Polizei nicht ausgezeichnet kommunizieren. Wenn Sie jetzt so freundlich sein wollen und mir den Weg zur Direktion zeigen würden."

„Hier lang", sagte Ahlers und ging auf eine Tür zu, die vom Gang abzweigte. „Über diese Treppe, oben durch den Gang. Das Büro des Chefs liegt am anderen Ende hinter dem Tagungsraum."

„Vielen Dank", nickte Schopetta freundlich, doch als er sich zum Hausmeister umwandte, war dieser schon verschwunden, und die schwere Metalltür fiel klickend ins Schloß.

Am Ende der Treppe betrat Schopetta einen Gang, dessen linke Seite von der Decke bis zum Boden durch große Fenster gebildet wurde. Regen perlte auf den Scheiben, und durch das feuchte Glitzern konnte man im milchigen Grau des Morgens einzelne erleuchtete Fenster erkennen, die zu den Häusern hinter dem Museum gehörten.

4

Aus dem Büro waren Stimmen zu hören. Sie sprachen aufgeregt miteinander und ließen keinen Platz zwischen Rede und Gegenrede. Schopetta zögerte, schob den Kopf etwas vor und lauschte. Die Tür war Spitzenklasse. Er konnte die unterschiedlichen Stimmen hören, aber kaum ein Wort verstehen. „Keine Möglichkeit", klang einmal durch und „kein X für ein U vormachen", und einmal glaubte er den Namen „Heiner" zu verstehen. Er beendete den kleinen Lauschangriff, setzte seinen Hut ab und klopfte an. Die Stimmen im Inneren des Raumes verstummten. Der Nachklang des Klopfgeräuschs schwebte noch durch den Korridor, als von drinnen schon ein kräftiges „Ja, bitte" dröhnte.

Hinter einem Schreibtisch, der die Ausmaße einer Tafel für zwölf Personen hatte, thronte durchaus beeindruckend ein Mann. Links hinter ihm an einem Fenster, das auch hier bis zum Boden reichte, stand eine gutaussehende Dame undefinierbaren Alters, die Schopetta, der erstmal vorsichtig nur Kopf, Schulter und die Hand mit dem grünen Dienstausweis in den Raum geschoben hatte, erschrocken ansah. Vielleicht war ihr Blick auch nur verunsichert, aber vor allem mit einem deutlichen Zug Ärger um den Mund garniert.

Kommissar Schopetta wußte nicht warum, aber hinter der Tür hoffte er eine dunkle Studierstube zu finden, mit Türmen von Büchern, zwischen denen hunderte von seltenen Fundstücken zusammen mit Zetteln und Papieren ein geniales Chaos bildeten. Wie immer war die Realität nicht nur anders, sondern für ihn auch erschreckend nüchtern. Denn das Büro, das sich ihm öffnete, hätte auch die Chefetage der Volksbank Lippramsdorf verunstalten können. Es überwog ein nüchternes Grau im Kontrast zu einem stahlblauen Teppichboden. Einzig ein überdimensionaler Historienschinken von Friedrich Tüshaus, der den legendären Arminius umgeben von einer Bande wilder Germanen zeigte, die mit weit ausholenden Schwerthieben völlig verwirrt wirkende, römische Legionäre in den mörderischen westfälischen Sumpf trieben, verbreitete einen Hauch von Musealität.

Herr Direktor, Professor Doktor Winfried von Schmierlewski-Schwarzer, war ein Riese. Zuvorkommend war er aufgestanden und kam Schopetta entgegen. Weit ausholend, reichte er ihm eine seiner Riesenhände, in der sich die des Kommissars wie ein Kinderpfötchen ausnahm, und sagte mit volltönender Baßstimme: „Schmierlewski-Schwarzer! Grausiges Ereignis, das. Bin völlig erschüttert, und zu allem Unglück auch noch in diesem Haus, einfach unglaublich!“

Aus dem braunkarierten Jackett des Mannes hätte sich Schopetta locker einen Mantel mit Pelerine schneidern lassen können. Ansonsten war Haar- und Barttracht des Direktors durchaus geeignet, als Vorlage für die haarige Ausstattung der Germanenkrieger auf dem tüshausschen Historienbild gedient zu haben.

„Hauptkommissar Schopetta, Mordkommission“, brachte er endlich hervor und steckte auch schon seinen Ausweis wieder ein. Die leichte Verbeugung, die er dabei andeutete, plazierte er mit einer lockeren Hüftbewegung auch in Richtung der Dame, die bisher völlig bewegungslos am Fenster des Büros stehengeblieben war. Schmierlewski-Schwarzer ließ einmal kurz den Blick zwischen dem Besucher und eben dieser Dame hin- und herfliegen, räusperte sich und sagte: „Darf ich vorstellen, meine Gattin, von Schmierlewski-Schwarzer-Heidenbruch.“

„Sehr erfreut“, stieß Schopetta völlig verblüfft hervor. Dieser Name schien ihm, auch unter Berücksichtigung jeder in langjähriger Dienstzeit gemachten Erfahrung, in der ihm die abwegigsten Beweggründe für jedwede Bluttat untergekommen waren, als Mordmotiv ausreichend zu sein. Trotzdem faselte er durchaus beeindruckt: „Meine Verehrung, gnä Frau.

Sind Sie beruflich auch in diesen heiligen Hallen tätig?“ Sofort hätte er sich ohrfeigen können. In diesen heiligen Hallen. Blödsinniger ging’s ja wohl nicht.

Aber Frau Eva-Maria von Schmierlewski-Schwarzer-Heidenbruch schien seine eher dusselige Verlegenheitsfrage überhaupt nicht zu stören. Ein Lächeln ließ den Ärger aus dem Gesicht verschwinden, und sie machte ein paar Schritte auf ihn zu. Schopetta verkürzte den Weg seinerseits. Sie reichten sich die Hand, und die Dame sagte mit einem feinen Lächeln in der Stimme: „Oh, nein, Herr Kommissar. Mein Gebiet ist die Ökotrophologie, Ernährungsberatung, um genauer zu sein.“

Fast erschrocken zog Schopetta ganz langsam seinen Bauch ein und dachte an das morgendliche Vollkornbrot. „Auch eine schöne Aufgabe“, brachte er hervor und wandte sich erneut dem Professor zu.

„Ich falle gleich mit der Tür ins Haus, Herr Professor. Aber die Zeit ist knapp. Sie sind also heute morgen durch Ihren Hausmeister über den Leichenfund informiert worden?“

„Ja, genau“, antwortete von Schmierlewski-Schwarzer. „Es muß kurz vor sechs Uhr gewesen sein, als der Anruf kam. Ich bin dann sofort los, beziehungsweise meine Frau hat mich hergebracht.“

„Ihre Frau hat Sie gebracht?“

„Ja, ich habe keinen Führerschein!“

„Und das geht?“

„Ich komme ganz gut zurecht. Normalerweise nehme ich den Zug von Recklinghausen. Die Verbindungen sind hervorragend.“

„Wer das mag“, sagte Schopetta zweifelnd, dessen letzte Eisenbahnfahrt mit zweieinhalbstündiger Verspätung und um Haaresbreite in einem körperlichen Angriff auf den Fahrdienstleiter des ostwestfälischen Bahnhofs Altenbeken ihr Ende gefunden hätte. Er zog sein Notizbuch aus der Tasche, fummelte den Kugelschreiber aus der Gummischlaufe und sah den Direktor fragend an. Egal wie, dachte er dabei. Wo ich anfange ist eh gleich. Also, warum nicht die blödeste Frage zuerst? „Wann sind Sie heute Morgen hier angekommen?“ brachte er beiläufig hervor und suchte eine unbeschriebene Seite in dem kleinen schwarzen Lederheft.

„So gegen sechs Uhr vierzig.“

„War die Polizei schon da?“ Endlich hatte er ein freies Blatt gefunden und notierte.

„Ja, unser Hausmeister hatte die Herren schon eingewiesen.“

Der Direktor fingerte aus einer flachen Silberdose eine filterlose Zigarette, hielt ohne hinzusehen seiner Gattin das Etui hin. Sie schüttelte den Kopf, doch erst als sie leise, aber mit deutlichem Unterton „vielen Dank, Winfried“ sagte, hielt Schmierlewski-Schwarzer auch dem Hauptkommissar das Zigarettenetui unter die Nase.

„Danke, ich rauche seit ein paar Monaten nicht mehr.“ Ohne lange Pause schob er seine Fragen nach: „Herr Ahlers hat also die Leiche gefunden und der Polizei den Fundort gezeigt?“

„Ja, genau, das heißt, nein. Gefunden hat die Leiche der Chef unserer Putzkolonne, Herr Greiner, und der hat den Hausmeister verständigt.“ Schmierlewski-Schwarzer dachte einen Augenblick nach und ergänzte dann: „Ahlers wartete in der Halle auf mich. Wie er sagte, hatte er bereits einen Kontrollgang durch das ganze Haus gemacht und die Polizei unterrichtet, welche Räume durch den nächtlichen Besuch heimgesucht worden waren. Er hatte die Beleuchtung des gesamten Hauses eingeschaltet. Scheinbar saß ihm der Schreck doch mehr in den Knochen, als er zugeben wollte. Er spielt gerne den ganz harten Mann, müssen Sie wissen. Aber so irritiert, nervös und zerfahren habe ich ihn noch nie gesehen.“

„Und dann sind Sie zum Fundort der Leiche gegangen?“

Der Direktor nickte. „Ich denke nur mit Schaudern daran, einfach schrecklich.“

„Heute ist Montag.“ Schopetta schaute den Direktor an. „Normalerweise hat das Museum geschlossen. Haben Sie da nicht auch dienstfrei?“

„Ich kann mir meine Arbeit einteilen wie ich mag, gleitende Arbeitszeit sozusagen, verstehen Sie?“

„Ja, natürlich. Wenn man so will, arbeiten wir auch so. Mal ist viel, mal wenig zu tun. Das gleicht sich irgendwie aus.“ Einen Augenblick lang trommelte er mit dem Kuli auf sein Notizheft. Dann fragte er: „Wären Sie heute auch ohne das schreckliche Ereignis ins Museum gekommen oder hatten Sie andere Pläne?“

„Ich habe um 10:30 Uhr einen Termin mit einem Verlagsvertreter wegen einer neuen Veröffentlichung. Ich wäre auf jeden Fall gekommen, jedoch später als es nun sein mußte.“

„Wäre heute überhaupt jemand zum Dienst erschienen?“

„Ja, natürlich, montags ist der Tag für die Grundreinigung. Der Herr Greiner eben mit seinen Damen von der Putzkolonne. Was die übrigen Mitarbeiter angeht, müßte ich auf den Einsatzplan schauen. Ich habe die Mitarbeiter gebeten, ihre Abwesenheiten monatlich im voraus in einen Plan einzutragen. Die Liste führt meine Sekretärin, Frau Kerkhoff. Wenn Sie wollen, suche ich die Unterlagen heraus. Es kann aber etwas dauern. Ich kenne mich in ihrer Ablage nicht so genau aus."

„Nein, nein, Herr Professor. Ist jetzt wirklich nicht nötig. Es reicht, wenn Sie mir den Plan zufaxen. Meine Faxnummer steht auf meiner Karte." Damit fummelte er eine seiner Visitenkarten aus der Brusttasche seines Jacketts. Es war ihm gleich unangenehm, denn das gute Stück, das er dem Museumsdirektor nun überreichte, war reichlich knitterig.

„Vielen Dank, Herr ... Hauptkommissar." Schmierlewski las den Dienstgrad Schopettas von der Karte ab. „Kann ich sonst noch etwas für Sie tun?"

„Ja, ein paar Fragen hätte ich noch. Zum Beispiel: Kannten Sie den Toten?" Die erste wirklich wesentliche Frage, dachte Schopetta und war auf die Antwort gespannt.

„Wie kommen Sie denn darauf?" Von Schmierlewski-Schwarzer hatte gezögert und bei seiner Antwort seine Frau angesehen. Die versuchte zwar, einen anderen Punkt im Raum zu fixieren, aber Schopetta war sich sicher, den schnellen Blick zwischen den beiden bemerkt zu haben.

„Nur eine Frage. Routine", sagte er, ohne auch nur eine Andeutung seiner Feststellung preiszugeben. „Ist einfach interessant. Man findet nicht jeden Tag eine Leiche in einem Museum. Aus irgendeinem Grund ist sie hier. Wenn Sie das Opfer kennen würden, wäre das schon fast eine Spur. Sie verstehen? Also, kannten Sie den Toten?"

„Ja, ja, natürlich, vollkommen klar. Das heißt – Blödsinn, nein. Nein, natürlich nicht. Ich muß Sie enttäuschen, aber mir ist dieser Mensch völlig unbekannt."

Der Hauptkommissar wandte seinen Blick wieder der Professorengattin zu. Eine Antwort kam, bevor Schopetta etwas fragen konnte.

„Sie brauchen mich gar nicht so anzusehen. Ich habe nicht einen Blick auf diesen armen Menschen geworfen, und ich schwöre Ihnen, ich werde es auch nicht tun. Unter keinen Umständen. Tut mir leid, Herr Kommissar. Ich könnte nie mehr ruhig schlafen mit solch einem Bild vor Augen."

Frau von Schmierlewski-Schwarzer-Heidenbruch ging zum Schreibtisch und entnahm nun der silbernen Zigarettendose doch noch eine Zigarette. Zuvorkommend gab ihr der Gatte Feuer. Sie rauchte klassisch, mit tiefen Zügen und stieß den Rauch durch die Nase aus. Der Duft des würzigen Tabaks ließ Schopetta ungewollt schnalzende Geräusche produzieren. Seine Suchtphase lag eben noch nicht lange genug zurück.

„Ja", sagte er dann. „Eigentlich wäre nur noch die Frage, ob Sie sich einen Reim auf diesen seltsamen Vorgang machen können. Gibt es Ihrerseits eine Erklärung für den Toten in Ihrem Museum?"

Das Ehepaar Schmierlewski-Schwarzer sah sich an. Dann schüttelten beide den Kopf, und der Professor sagte: „Mir ist die Sache schleierhaft, nahezu unerklärlich."

Schopetta sah forschend von ihm zu ihr: „Gut, so weit. Wenn sich noch weitere Fragen ergeben sollten, werde ich Sie sicher ein weiteres Mal aufsuchen. Wie kann ich Sie erreichen, Herr Professor?"

Auch das Visitenkärtchen, das der Museumsdirektor überreichte, war für Schopetta eine Enttäuschung. Plastik. Ohne jeden Schnörkel standen da Titel, Name und Funktion und dazu die entsprechenden Orts- und Telephonangaben. Schopetta warf einen kurzen Blick darauf und ließ es in der Brusttasche seines Jacketts verschwinden. „Würden Sie mich jetzt bitte zum Fundort des Toten führen?"

„Nur, wenn es unbedingt sein muß." Der Professor hob abwehrend beide Hände. „Wenn Sie erlauben, werde ich mich in gebührender Entfernung verabschieden. Ich hoffe, Sie haben dafür Verständnis."

„Absolut, kein Problem, Herr Professor. Dafür habe ich sogar vollstes Verständnis. Selbst nach fünfundzwanzig Jahren bei der Mordkommission habe ich mich an diese Anblicke nicht gewöhnen können."

5

Sie durchquerten den Gang vor dem Büro und betraten den Ausstellungsraum durch eine Tür, die in der schallschluckenden Innenverkleidung kaum zu erkennen war. Schopetta war begeistert. Trotz der tragischen Umstände gelang es ihm nicht, sich dem unwiderstehlichen Reiz der ausgestellten Dinge zu entziehen.

„Ach, sagen Sie, Herr Professor, eine Frage, die Ihnen in dieser Situation sicherlich komisch vorkommen wird, aber ich bin in bezug auf die römische Geschichte sozusagen mehr als nur ein interessierter Laie. Sind das hier alles die Originalfundstücke?"

„Oh nein, wo denken Sie hin." Der Professor biß sofort an. „Nehmen Sie zum Beispiel diese eiserne Maske eines Reiterhelms. Das ist natürlich eine Nachbildung. Oder dort den Grabstein des Centurios Caelius, ein Abguß des Originals. Andererseits sind die Waffen und Gebrauchsgegenstände, die Sie hier in den Vitrinen sehen, jeweils die Originalfunde. Natürlich restauriert und konserviert."

So plaudernd, hatten sie den Ausstellungssaal fast der Länge nach durchquert. Dann blieb der Professor stehen:

„Sie werden mich jetzt sicher entschuldigen, Herr Kommissar. Aber der Tote liegt dort drüben."

Schopetta folgte dem ausgestreckten Zeigefinger des Professors, der auf eine rotbraune Ziegelkonstruktion wies, die bis zu einer Höhe von gut achtzig Zentimetern in einem Metallmantel steckte. Mit einer kleinen Verbeugung verabschiedete sich der Museumsdirektor und ging den Weg, den sie gekommen waren, zurück.

Schopetta sah sich um. Das Team von der Spurensicherung, alle in weißen Overalls, ging professionell seiner Arbeit nach. Plötzlich stand Rudi neben ihm und sang leise nach der alten Roy-Black-Nummer: „Ganz in Weiß bekomm sie alles raus ..."

Schopetta steckte seine Hand in die Hosentasche und tippte mit dem Zeigefinger der anderen auf Rudis Brust. „Du mußt dein Verhältnis zu Hausmeistern einer strengen Überprüfung unterziehen, lieber Kollege. Es scheint mir doch etwas angespannt."

Rudi stellte den Singsang ein und antwortete mit leidender Stimme: „Das wird nicht gehen, Erwin. Das sitzt alles viel zu tief."

„Und was sagt dein Therapeut dazu?" fragte Schopetta nun breit grinsend, weil Rudi bei seiner Antwort seine Mine verzog, als würde er in eine Zitrone beißen.

„Klassische Projektion, sagt der. Denn du wirst es nicht glauben. Ausgerechnet mein böser Stiefvater war auch Hausmeister."

Norbert Bücker, einer der Kriminalpolizisten, sah auf und sagte: „Schwere Kindheit, wa Rudi?"

Rudi zeigte mit dem Finger auf ihn und rief weinerlich: „Du sagst es, Kollege! Nur Schläge und trockenes Brot."

Mit der seit dreißig Jahren unveränderten Abscheu näherte sich Hauptkommissar Schopetta dem Ort, der von der Spurensicherung so intensiv untersucht wurde. Als er den schulterhohen Rest eines römischen Töpferofens umrundete, sah er den Toten.

Der Mann saß auf der Lochtenne des Töpferofens. Die Beine waren flach ausgestreckt und der Kopf auf die Brust gesunken. Er war sehr alt. Der Kommissar erkannte das an den Händen des Toten, die unnatürlich weiß, abgemagert und übersät mit braunen Flecken auf den Ziegeln lagen.

Der Alte wirkte in seiner Haltung wie eine Marionette, deren Fäden plötzlich abgeschnittenen worden waren.

Warum war das Opfer in seinen bisherigen Überlegungen nur kein alter Mann gewesen? Und ohne lange darüber nachzudenken, kannte er die Antwort. Er wollte diese Erinnerung nicht, nicht das Bild eines toten alten Mannes mit abgearbeiteten langen, weißen Händen mit braunen Flecken, die in der Erinnerung zu oft willenlos und ungelenk an Armen hingen, nur zum Arbeiten, Zupacken oder Prügeln gemacht, die nie zärtlich sein konnten, und die nie zwischen dem vermittelten, was der Mensch, dem sie gehörten, tat, darstellte und sagte, und dem, was er dachte und eigentlich immer tun und sagen wollte. Bis zum Schluß blieb das so. Bis diese Hände weiß, schmal und kraftlos dalagen, mit braunen Flecken und nichts getan hatten, außer arbeiten, prügeln und zupacken.

Schopetta rieb sich mit seinen Händen übers Gesicht. Dann sah er doch genauer hin. Der Tote trug eine Art sandfarbene Drillichhose und dazu derbe Schnürschuhe. Das Khakihemd war von den Schultern bis zum Koppel der Hose von Blut durchtränkt, und im Schein der grellen Arbeitslampen glänzte es braunschwarz. Auf der Brusttasche prangte ein Emblem, das aber durch das eingesogene Blut nicht genau zu erkennen war. Die grauen Haare, soweit man eine Farbe unter dem eingetrockneten Blut noch bestimmen konnte, hingen strähnig über Ohren und Stirn herab und verdeckten den größten Teil des Gesichtes, das auf Wangen und Nase auch blutverschmiert war. Schopetta beugte sich weit über den toten Körper, um die Verletzung besser in Augenschein zu nehmen, doch kaum näherte er sich so der Leiche, befiel ihn ein flaues Gefühl. Wie schon so oft vorher, war er fest davon überzeugt, daß es der Blutgeruch war, der für diese Übelkeit sorgte.

Die Wunde am Hinterkopf des Mannes war so groß und eindeutig, daß auch Schopetta ihre Schwere sofort erkannte. Ein Stück des hinteren Schädels war eingedrückt. Das Blut war in den Hemdkragen gelaufen und bildete auf dem Rücken einen Fleck, der, soweit er sehen konnte, auch hier bis zum Hosenbund reichte.

„Übel ist das. Übel und brutal. Mein Gott, das war doch ein alter Mann. Wer tut denn so etwas?“

Es war eine rein rhetorische Frage, die er sich da stellte, denn ohne zu überlegen hätte er sechs, sieben Kerle aufzählen können, die Ähnliches durchaus schon getan hatten.

„Wenn du alles gesehen hast, würden wir ihn jetzt runternehmen.“

Er drehte sich um. Hinter ihm stand Dr. Volker Hobrecht, der Gerichtsmediziner.

„Wieso bist du hier? Ich dachte, du machst nur noch den Innendienst."

„Ich hab für Tomberge übernommen. Der ist auf einer Tagung."

Der Hauptkommissar nickte verständnisvoll, als ihn der Doktor fragte: „Aber wo warst du gestern? Wir haben dich beim Spiel vermißt!"

„Mußte heute morgen zu früh raus, Hannelore ist doch schon um vier in Richtung Nishnij Novgorod geflogen."

„Guck an. Erwin hat sturmfrei", grinste der Doktor.

„Stimmt. Aber unabhängig davon, vermute ich, daß der nicht vergiftet wurde", sagte Schopetta und wies auf den Toten.

„Wäre dann die vierte Art, die ihn zu Tode gebracht haben könnte. Genau und mit Sicherheit läßt sich das alles aber erst im Institut feststellen. Wie sieht es aus, Erwin? Können wir ihn runternehmen?"

„Ja, ja, macht man ruhig, nur keine Verzögerung. Photos sind schon gemacht worden, denk ich. Alles Wesentliche kann ich sicher deinem Bericht entnehmen. Wann meinst du, daß du ihn fertig hast?"

„Ist im Augenblick ruhig. Spätestens übermorgen Mittag. Wenn du Zeit hast, komm vorbei, dann trinken wir 'nen Kaffee zusammen."

Schopetta trat einen Schritt zurück, und zwei der Männer in Weiß hoben den Toten vorsichtig aus dem Ziegelhaufen, um ihn auf eine schwarze Plane zu legen, die sie vor dem Töpferofen ausgebreitet hatten.

Als sie den Körper anhoben, durchfuhr Schopetta ein Schauer. Eine dikke geflochtene Lederschnur wurde sichtbar, die den Hals des Opfers wie einen alten Kartoffelsack grob und faltig zusammenschnürte, und unter dieser gewaltsamen Einschnürung klaffte eine breite Schnittwunde.

„Mahlzeit", sagte Rudi, der sich nach einem kleinen Rundgang durch das Museum gerade in diesem Augenblick dem Töpferofen näherte.

„Da wollte aber einer ganz sichergehen, was?"

„Der Lindowmann!" Schopetta war völlig verblüfft und tat diese Bemerkung mehr für sich als für die umstehenden Kollegen. „Genau wie beim Lindowmann. Erschlagen, erwürgt und die Kehle durchgeschnitten. Da wollte keiner sichergehen, da hat einer ein Zeichen gesetzt."

„Ich kann dir zwar nicht folgen, aber du bist der Chef", knurrte Rudi. „Was solln wir deiner Meinung nach jetzt tun?"

Schopetta zögerte und rieb sich die Nase: „Abwarten, was die Kollegen hier an Spuren sichern und herausfinden, was diese Hinweise zu bedeuten haben."

„Welche Hinweise, Erwin?“

„Ein toter Mann im Museum und umgebracht wie eine dreitausend Jahre alte Moorleiche. Aus irgendeinem Grund liegt der ausgerechnet hier, und die Verletzungen sind sicher auch nicht zufällig in dieser Form kombiniert. Das alles halte ich für ein wichtiges und sehr eindeutiges Zeichen. Ich schätze, wenn sich unser Mörder nicht freiwillig meldet, werden wir herauspuzzeln müssen, was er uns hier mitteilen will. Ein paar gute Tatzeugen wären auch nicht schlecht. Aber vielleicht ist der Fall ja schon gleich gelöst. Einer hat sich doch gemeldet, der alles gesehen haben will. Zwingen wir dem doch erst einmal ein Gespräch auf.“

Und während er sein Notizbuch hervorzog und etwas aufschrieb, sagte Riepen: „Ach, der Rentner. Der hat sich vor ein paar Minuten bei mir abgemeldet. Czychi heißt der Olle, Ernst mit Vornamen. Meiner Meinung nach ein notorischer Vielredner und Wichtigtuer. Wollte seinen Köter draußen auf der Wiese pullern lassen.“

„Haben die Kollegen etwas über die Identität des Toten sagen können? Irgend etwas an dem kommt mir bekannt vor, so, als hätte ich es schon einmal zur Kenntnis genommen.“ Schopetta machte diese Feststellung, ohne von seinen Notizen aufzusehen.

„Vielleicht sieht er deiner Moorleiche ähnlich. Viel jünger scheint er ja nicht zu sein. Zur Identifizierung hat nach den bisherigen Untersuchungen nichts beigetragen. Er hatte einfach nichts bei sich. Und weder der Hausmeister, der ihn gefunden hat, noch der Direktor wollen den Toten kennen. Wir müssen wohl warten, bis ihn einer vermißt.“

„Alte Männer in Khakiuniformen, Springerstiefeln und Wehrmachtskoppeln fallen auf“, wandte Schopetta ein. „Lange brauchen wir nicht auf seine Identifizierung zu warten, denk ich.“

Sie wandten sich zum Gehen und durchquerten langsam den Ausstellungsraum. Obwohl ihn der Dienst ins Museum geführt hatte, konnte er es nicht lassen, immer wieder an den Vitrinen stehenzubleiben und dem Kollegen Riepen die Ausstellungsstücke und ihre Zusammenhänge zu erklären. Rudi, der die Kurzvorträge, Fachbegriffe und lateinischen Bezeichnungen durchaus mit Respekt und Bewunderung über sich ergehen ließ, betrachtete fasziniert die Modelle von Grabhügeln, Bootshäusern und Gebäuden des alten Militärlagers. „Mein Gott, was da ne Arbeit drinsteckt. Und alles völlig lebensecht. Wenn wir nicht diesen Fall hätten, ich wäre nie hier reingegangen“, bekundete Riepen mehr oder weniger begeistert.

Schopetta war am Stein des Centurios Marcus Caelius stehengeblieben und erklärte dem Kollegen gerade Inschrift und bildliche Darstellung des Soldaten mit Orden und Ehrenzeichen, als Riepen fragte: „Sag mal, Erwin, kannst du eigentlich Latein?"

Schopetta stockte, überlegte einen Augenblick und sagte dann mit einem weise verlegenen Lächeln: „Ich hab das Kleine Latinum. Als ich nämlich Latein lernte, da gab es noch diese Unterscheidung zwischen dem Großen und dem Kleinen. Und, wie gesagt, bis zum Kleinen hab ich es auch gebracht, auf dem altmerkwürdigen Petrinum. Kurz nach diesem Ereignis hat sich die Anstalt aber wegen unüberbrückbarer Gegensätze in der gemeinsamen Bildungsplanung von mir getrennt. Trotzdem ist irgendwo die Leidenschaft geblieben."

Rudi nickte verständnisvoll, und sie verließen das Gebäude wieder durch den Hintereingang. An der Absperrung hatte sich trotz der frühen Stunde die Menschenansammlung ungefähr verdoppelt. Einer der Presseleute rief seinen Namen, aber Schopetta tat, als höre er ihn nicht. Auch Riepen verspürte nicht das geringste Verlangen, um diese Uhrzeit gutgemeinte Ratschläge oder blöde Fragen von Frühaufstehern und Pressevertretern über sich ergehen lassen zu müssen. So stolperten sie weitestgehend unerkannt im trüben Halbdunkel des Morgens vorsichtig über das Kiesbett, das dicht am Gebäude entlang das Museum umgab.

Ohne es zu beabsichtigen, passierten sie dabei auch die Fenster des Direktionsbüros. Durch die regennasse Scheibe konnten sie den Direktor erkennen, der, in sichtlicher Aufregung, ein von außen betrachtet heftiges Gespräch mit seiner Gattin führte. Der „karierte Riese" schob dabei einige Papiere in einen Aktenkoffer und schrak heftig zusammen, als er nach einer Drehung die Bewegung vor dem Fenster wahrnahm. Hastig schlug er den Metallkoffer zu, und weil er seine rechte Hand nicht schnell genug zurückzog, schlug der Deckel auf seine Finger.

„Mein Gott, haben Sie mich erschreckt!" Durch die Dreifachverglasung fast bis zur Unverständlichkeit verstümmelt, hörten sie Schmierlewski-Schwarzer, der mit säuerlichem Gesicht die lädierte Hand unter die Achsel geklemmt hielt. Schopetta versuchte einen um Entschuldigung nachsuchenden Gesichtsausdruck hinzubekommen und zuckte, ohne dabei die Hände aus den Manteltaschen zu nehmen, mit den Schultern. Rudi Riepen konterkarierte diese Geste durch ein hämisches Grinsen, und leise, fast ohne die Lippen zu bewegen, fragte er: „Bemerke ich da vielleicht einen Hauch von Nervosität?"

Schopetta zog nur noch einmal die Schultern hoch und murmelte: „Ich glaub, die beiden haben eine Krise.“ Dann gingen sie weiter, überquerten erneut den historischen Lagergraben auf der Lichtgitterbrücke und sahen sich nach ihrem Zeugen um.

6

Der Morgen, der sich nur sehr langsam um das Museum auszubreiten schien, blieb fahlgrau und behielt einen seltsam gelblichen Einschlag. Zwar schien irgendwo über den Wolken die Sonne, aber das irdische Zentralgestirn schaffte es nicht, das Licht warm zu machen oder auch nur den Hauch eines meteorologischen Verbesserungsvorschlages durchblicken zu lassen. Die beiden trafen Ernst Czychi, umgeben von diesem Gelbgrau mitten auf der großen Wiese, zwischen dem Museum und den Busparkplätzen. Er stand da, aufrecht, schlank und trotz seines Alters noch drahtig. Er schaute einem ebenso drahtigen Dackel beim Pinkeln zu.

„Muß so um Mitternacht rum gewesen sein, kurz davor oder danach, ich kann dat nich mehr so genau sagen. Leb fast ganz ohne Uhr, die letzte Zeit“, legte Czychi nach den üblichen Einleitungsfragen los. „Da bin ich noch ma mit den Waldi raus. So einma um Block rum. Ich schick ihn immer inne Büsche hier am Glaspalast.“

„Wohin schicken Sie ihn?“ fragte Schopetta.

„Na, inne Büsche eben, hier bei dat Museum. Und als ich da so vorbeischlender, war dat Biest plötzlich weg. Ich hab dann die Richtung sondiert und bin langsam hinterher. Vielleicht hat er ja ‘n Karnickel, dachte ich. Spring ja genug rum, hier. Müßten Se ma sehn am Abend. Zwanzig, dreißig Stück, wenn man damit ma auskommt.“

Während Czychi erzählte, folgten sie dem Dackel, der an strammer Leine den Häusern hinter dem Museumsbau zustrebte.

„Ich also, wie gesagt, übern Parkplatz langsam hinterher. Da hab ich se da auch schon stehn sehn. War so’n schwatten ausländischen, so ne Mischung aus Limousine und Lastwagen. Aber auf der Ladefläche ne Plane, wissen Se. Lampen aufm Dach und son Chromgestänge anne Motorhaube. Kenn Se ja vielleicht, diesen Fahrzeugtyp. Ich mein ja, wär ‘n Japaner gewesen, Nissan, glaub ich.“

„Befanden sich Personen in dem Fahrzeug?“ fragte Rudi und machte sich, während er dem seltsamen Gespann folgte, ununterbrochen Notizen, wobei Schopetta sich fragte, wie ihm das bei den schlechten Lichtverhältnissen überhaupt gelang, aber Rudi schien Übung zu haben.

„Dat wills wohl meinen. Die Dame inne zweite Reihe, aufn Rücksitz eben. Beine hoch, bis vorne anne Nackenstützen. Der Kerl dazwischen. Mann, wat warn die an Wühlen. Die Karre hät man abschleppen könn, da hätten die noch nix gemerkt. Die warn so gut zugange, da hasse als Mann in mein Alter richtig feuchte Augen gekriegt, hasse da."

„Wohl nicht nur feuchte Augen", knurrte Rudi, der sehr darunter litt, während seiner langjährigen Dienstzeit und trotz intensivster Bemühungen noch nie ein Pärchen in flagranti erwischt zu haben. „Der Alte ist doch nur ein Spanner und macht sich wichtig", sagte er leise zu Schopetta. „Der träumt doch. Wahrscheinlich intensiv und immer nur von Autonummern aus längst vergangenen Zeiten."

Zum Erstaunen der beiden Polizisten funktionierte das Gehör von Ernst Czychi jedoch ausgesprochen gut, denn der hob sofort drohend seinen Handstock und bölkte zu Rudi rüber: „Männeken, jetz mach aber ma halblang. Ich hab dat wohl gehört!"

Mit kleinen Schritten ging er auf Rudi zu, der sich aber völlig cool und unbeteiligt umdrehte, zur nächsten Haustür ging und die Namen auf den Briefkästen intensiv zu studieren begann. Czychi ließ sich jedoch davon nicht abhalten und schimpfte dicht hinter Rudi stehend: „Als ich mir dat erste Auto leisten konnte, da hatte ich auch schon Schlafzimmer, du Heini, und die Kreuzschmerzen, die hab ich noch vonne Maloche gekriegt, dafür brauchte ich nich auf die Rückbank von mein Capri krauchen. Und noch wat, mein Freund! Ich bin jetz fast 82, meine Frau is seit über 20 Jahre tot. Da is man für jede Abwechslung dankbar, wenn du verstehs, wat dat heißt, du. Und wenn du meins, ich bin ein Spanner, scheiß drauf – bin ich eben einen!" Und zum Hauptkommissar gewandt, knurrte er: „Hör ma, Chef, mit so ein Kumpel sind Se aber auch bestraft. Schick den ma zur Stadtranderholung, der scheint doch völlig überarbeitet, ker no eins. Und so wat will Kriminal sein, Mann. Mit den bisse aber von Derrick sein Harry noch Lichtjahre von entfernt, ker!"

Schopetta konnte sich das Grinsen nicht verkneifen.

„Ja, is doch wahr", grummelte Czychi weiter. „Meldes dich freiwillig wegen Zeugenaussage und so, und da muß dich von so ein Sittich von ne Seite anquatschen lassen. Ich sag jetz nix mehr. Seht doch zu, wie ihr zurecht kommt."

„Bitte, Herr Czychi, das hat mein Kollege sicher nicht so gemeint." Schopetta hatte plötzlich das Gefühl, mehr von diesem Mann wissen zu wollen, mehr über diesen Rentner Ernst Czychi in Erfahrung bringen zu müssen und stellte sich neben den Alten. Dabei legte er ihm wie zur Beruhigung und ganz selbstverständlich die Hand auf die Schulter. „Dem ist gerade die Frau mit dem Hausmeister von einer Berufsschule abgehauen, und deshalb wirkt er jetzt ein wenig gereizt."

Czychi sah ihn ärgerlich an und schimpfte weiter: „Bei den Eierbär wär ich auch abgehaun, bei den Quatschkopp. Wenn der wenigstens noch Schimanski heißen würde, der Arsch!"

Nun verlor Rudi die Beherrschung. Arsch war zu viel, und so ließ er sich auf den Streit ein: „Noch ein Ton, und ich hau dem invaliden Kauenwärter die Zahnprothese in den Hals!"

Aus Gründen, die Schopetta bisher verborgen blieben, schien Rudi Czychi wirklich nicht zu mögen, und mit Erstaunen registrierte er, wie der Kollege die Rolle der rüden Staatsmacht mit unkontrollierter Freiwilligkeit annahm. „Und wenn du nicht gleich umfassend mit deiner wahrscheinlich völlig unwichtigen Aussage rüberkommst", brüllte er den Rentner an, „dann kannst du sofort und auf der Stelle erleben, wie ein deutscher Durchschnittsbulle sauer wird!"

Dabei machte er zwei drohende Schritte auf Czychi zu, in der Hoffnung, er könne den alten Mann beeindrucken. Doch der blieb ungerührt stehen, hielt aber plötzlich seinen Krückmann wie eine Waffe in der Hand, bereit, jederzeit zuzuschlagen. Rudi stoppte sofort seine Vorwärtsbewegung und beschränkte sich darauf, nur die Faust zu ballen. Schopetta schob sich zwischen die beiden, und über die Schulter hinweg, ein Lachen kaum noch unterdrückend, preßte er hervor: „Rudi, hol schon mal den Wagen."

Riepen sah ihn verblüfft an, und erst allmählich registrierte er die Ansage des oft geübten Spielchens „guter Bulle, böser Bulle". Ärgerlich winkte er ab, schnauzte mürrisch „Arschgeige", und verschwand über den Gehweg, der mit roten, zumeist geborstenen Sandsteinplatten belegt, zwischen den Häusern hindurch zur Straße führte.

Schopetta setzte seine Unterhaltung mit dem Rentner erst fort, als Riepen verschwunden war. „So, jetzt sind wir unter uns, Herr Czychi. Wohnen Sie in diesem Haus hier?"

„Zweiten Stock, unterm Dach juchhe. Nich groß, aber für son alten Knochen wie mich genau richtig, ma abgesehn vonne Treppe."

„Na, wie sieht es aus, Herr Czychi? Haben Sie da oben in Ihrem Taubenschlag vielleicht ein Tässchen Kaffee für einen frierenden Hauptkommissar? Ich mein, in einer gemütlicheren Atmosphäre plaudert es sich doch einfach viel besser als hier vor der Haustür."

Czychi sah ihn mißtrauisch und abwartend an. Dann antwortete er mit einem bitter spottenden Unterton: „Darf ich den Herrn Kriminalrat vielleicht auch noch ein Keks anbieten, oder eins von diese französische Krossangs?"

„Aber nur, wenn Sie zufällig dergleichen da haben", antwortete der Hauptkommissar freundlich und überhörte absichtlich den zynischen Unterton.

Nun winkte der alte Mann resignierend ab. „Is ja gut. Ich merk schon, Sie sind keine von den üblichen Dumpfbacken. Kaffee könn Se haben. Als guten Bürger unterstützt man ja die Staatsgewalt, wo man nur kann. Aber sagen tu ich nix mehr, da könn Se ein drauf lassen."

Der Hausflur roch nach Schmierseife, leichtem Kellermuff und Kartoffelpuffern. Czychi öffnete oben die Wohnungstür, der Dackel strebte auf seinen Korb in einer Ecke des Korridors zu, und wenn Schopetta den üblichen Altmännereinraumwohnungsmief erwartet hatte, wurde er gründlich enttäuscht. Zwar war die rustikale Gemütlichkeit, mit der die Wohnung ausgestattet war, nicht sein Geschmack, aber alles war gereinigt, gelüftet und penibel aufgeräumt, so weit er das beurteilen konnte, denn Czychi zog die Türen zu den anderen Räumen schnell zu und gab dem Kommissar nur den Zugang zur Wohnküche frei.

Den angebotenen Platz auf der Chaiselongue lehnte er ab und rückte sich einen der weiß lackierten Küchenstühle zurecht, während Czychi einen schmalen Aktenordner in die Tischschublade schob. Der Alte machte sich wirklich daran, einen Kaffee zu kochen und zwar so, wie Schopetta es lange nicht mehr gesehen hatte, wärmte er die Kanne mit heißem Wasser vor, benutzte weiße Papierfilter und gab vor dem Aufgießen eine Messerspitze Kakao und eine Prise Salz in den Filter. Dabei sprach der Rentner kein Wort. Erst als er es sich auf dem anderen Stuhl bequem gemacht hatte und umständlich die Milch in den Kaffee rührte, sagte er: „Ich wollte zwar nix mehr sagen, aber aufgefallen is mir gestern abend beziehungsweise quasi vergangne Nacht ers ma nur die Autonummer: RE – DR 33. Also, dazu müssen Se wissen, wenn ich irgendwo DR 33 lese, denk ich immer datselbe. Ein Mensch in mein Alter muß eigentlich bei Deutsches Reich und 33 immer stutzig wern. 33, dat is ne Zahl, die hat unser Leben verändert! Und meins aber ganz und gar."

Czychi unterbrach seine Aussage und schien einen Augenblick innehalten zu müssen, um nachzudenken. „Und die ham da gewartet", fuhr er unvermittelt fort. „Da bin ich fast sicher. Und ich mein nich nur so gewartet, daß keiner kommt, Herr Kommissar. Ich hatte dabei irgendwie son unklaret Gefühl, die hatten noch wat anderes vor als nur die Hoppserei. Is aber nur mein ganz persönlicher Eindruck, wissen Se?"

„Also haben Sie das Fahrzeug längere Zeit beobachtet?"

„Wat heißt beobachtet. Ich bin mit mein Waldi da vorbei. Seh die Autonummer, denk mir mein Teil, mach meine Runde, komm zurück, da stehn die immer noch da. Geraucht ham die ja auch, da inne Karre. Konnte man von weiten schon sehn, die glühenden Fluppen, mein ich. Drum bin ich dann auch oben rum, da am Zaun entlang. Und Sie wissen ja, ich bin Invalide. Mein Gott! Und ich hab von nix soviel wie Zeit. Also bin ich noch wat stehn geblieben. Dann ham die irgendwann die Kippen rausgeschmissen, und kurz drauf fing die Karre auch schon an zu wackeln. Und da bin ich dichter dran. Wat ich dann gesehn hab, Herr Kommissar, na dat wissen Se ja schon."

„Haben Sie die Personen im Auto erkennen können?"

„War ne Frau und 'n Mann, mein ich."

„Mein Gott, das ist doch wohl klar!"

„Sagen Se dat ma nich, Herr Kommissar. Heute is doch aufn Gebiet vonne sexuelle Betätigung quasi alles möglich, auch inne Öffentlichkeit, oder?"

„Da haben Sie auch wieder recht. Aber sagen Sie, in welchem Zeitraum haben Sie den Wagen da stehen sehen?"

„Lassen Se mich ma überlegen. Also, ich mein, ich wär so gegen Null Uhr zwanzig dat erste Ma aufmerksam geworden. Aber wie gesagt, genau kann ich dat nich mehr sagen. Und als ich zurückkam, war es so ungefähr ein Uhr. Wann die genau fertig waren – keine Ahnung, Herr Kommissar, ich bin dann ja auch hoch in meine Butze. Dat war auf jeden Fall schon wat später. Und wann die wieder gefahrn sind – auch kein Schimmer, ehrlich."

Schopetta nickte, schob seinen Kugelschreiber in die Gummischlaufe seines Notizbuchs und sah den Rentner an. Sie schwiegen. Der Kommissar benutzte die Unterbrechung des Gesprächs, um sich sein Gegenüber genauer anzusehen. Für einen Mann von 82 Jahren sah Czychi noch ausgesprochen gut aus. Kurze graue Haare, markante Gesichtszüge und die straffe

Haltung ließen ihn deutlich jünger erscheinen. Der Kerl in einem dunkelblauen Nadelstreifen mit Krawatte, da könnte der glatt einen gerade pensionierten Polizeipräsidenten doubeln, stellte Schopetta für sich fest – oder einen Staatsanwalt. Aber auf seine Kleidung schien der Mann vor ihm keinen Wert zu legen. Der graue, feinkarierte Anzug und das gestreifte, bis oben zugeknöpfte lindgrüne Hemd hatten deutlich bessere Zeiten gesehen und gehörten zur Kollektion 1965 bis 1967 der früher einmal sehr bekannten Herrenausstatter-Kette Müller Wipperfürth. „Seit wann sind Sie Rentner, Herr Czychi?"

Der sah von seiner Kaffeetasse auf, die er mit beiden Händen umfaßt hielt, und sagte: „Seit 17 Jahre. Malocht hab ich bis zum letzten Tag, quasi bis zur Vollendung meines 65. Lebensjahres. Aber nich, daß Se denken, dat mir sowat besonders schwer gefallen is, weil ja heute die meisten schon mit 30 in Rente wollen. Ich hab mein Job immer gerne getan. Besonders, seit meine Frau tot is. Seitdem war die Maloche für mich immer so ne Art tagesstrukturierende Maßnahme, wenn Se wissen, wat ich mein. Man muß morgens gehen, kommt abends wieder, und wenn man nich ganz vergammeln will, hat man für den Rest des Tages auch noch wat zu tun. Nur die Wochenenden, die waren am Anfang echt schwer."

„Ich weiß", sagte der Hauptkommissar und stand auf. „Da fehlt einem dann was."

Czychi nickte nachdenklich.

„Es könnte durchaus möglich sein, daß ich noch einmal wiederkomme. Meistens ergeben sich im Laufe der Ermittlungen immer noch ein paar Fragen, an die man zu Anfang gar nicht gedacht hat."

„Tun Se sich ma kein Zwang an, Herr Kommissar. Wenn Se kurz durchrufen vorher, dann is auch bestimmt einer zu Hause. Und Ihren Kollegen, den brauchen Se nich unbedingt mitzubringen." Der Rentner brachte Schopetta zur Tür.

„Sollte Ihnen noch etwas Wichtiges einfallen, rufen Sie mich doch in meiner Dienststelle an." Er zog aus dem Vorrat der leicht verknickten Adreßkärtchen eins aus der Brusttasche seiner Jacke und übergab es Czychi.

„Eigentlich hab ich Ihnen ja alles gesagt, aber geben Se sicherheitshalber ma her. Man kann ja nie wissen." Czychi steckte es, ohne den Aufdruck zu lesen, in die Hosentasche und öffnete die Tür.

Einen Augenblick lang hatte Schopetta das Gefühl, der alte Mann hätte doch noch etwas zu sagen. Darum blieb er auf dem Treppenabsatz kurz stehen, drehte sich um und sah Czychi an: „Ist Ihnen noch etwas eingefallen?“ fragte er zögernd.

„Nix wat ich Ihnen nich schon gesagt hätte. Schön Tag auch noch“, und damit schloß er die Wohnungstür von innen.

7

Nur einen Augenblick lang suchte Hauptkommissar Schopetta in der Manteltasche nach seinen Zigaretten. Dann setzte sich der nun schon mehr als sieben Monate andauernde Drogenverzicht gegen den Affekt einer über lange Jahre gepflegten Philip-Marlowe-Projektion durch. „Und? Was hältst du von dem?“ fragte er Rudi, der mit zerknittertem Gesicht an einer Laterne lehnte und wartete.

„Kohli-Arschloch! Das Gelaber von denen geht mir genauso auf den Keks wie die allseits so beliebte ‚Berliner Schnauze‘. Schlechtes Deutsch und gelbe Zähne, nichts gesehn und große Fresse.“

„Hör auf Rudi! Du bist nur sauer, weil er sich von dir nicht beeindrukken lassen wollte.“

„Blödsinn. Wenn der wenigstens noch was Wichtiges gesehen hätte. Ein Pärchen im Auto, na und? Kann man in jeder dunklen Ecke beobachten. Der Kerl ist nur ein Spanner und sonst nichts.“

„Wo bist du eigentlich geboren?“

„Paderborn!“ murmelte Rudi vor sich hin. „Ist zwar auch nicht der Nabel der Welt, aber find ich besser als Recklinghausen-Hochlarmark.“

Schopetta zuckte mit den Achseln und deutete mit dem Kopf auf den Museumsbau. „Ich glaub, ich habe vorhin in der Cafeteria Licht gesehen. Laß uns erst mal einen Kaffee trinken.“

„Ich denke, montags haben alle Museen zu“, mäkelte Rudi, als er gegen die Tür des Haupteinganges drückte und sie nicht verschlossen fand.
„Wahrscheinlich läuft nach so einem Ereignis einiges durcheinander. Passiert ja nicht jeden Tag ein Mord hier“, antwortete Schopetta und folgte dem Kollegen, der mit großen Schritten die Eingangshalle durchquerte, den Kassentresen umrundete und nun das hell erleuchtete Museumscafé betrat. Der Kommissar sah sich um, drehte sich aus seinem grauen Lodenmantel, hängte das verschlissene Stück unter den Hut an den Kleiderständer und rieb sich die kalten Hände. Interessiert schaute er sich weiter um und wählte dann einen der kleinen Caféhaustische gegenüber des Tresens mit Blick auf

die große Wiese vor dem Haus. Rudi stand weiter mitten im Raum, die Hände in die Taschen seines Anoraks gestopft und rief: „Wohl keiner zu Haus hier?“

„Montags geschlossen“, kam umgehend die gedämpft klingende Antwort. Rudi sah nach oben und suchte vergeblich in den Ecken nach einer Überwachungskamera. Dann erschien das rundliche Gesicht einer nicht mehr ganz jungen, aber gutaussehenden Frau über dem leeren Glasaufbau der Kuchentheke. Neben ihrem freundlichen Lächeln waren es vor allem ihre roten Haare, die ins Auge fielen. Ihr Lächeln wurde leicht spöttisch, als sie die verdutzten Gesichter der beiden Männer sah.

„Oder gehören Sie zur Polizei?“ fragte sie.

„Und wenn das so wäre?“ konterte Schopetta. „Bekämen wir nur dann einen Kaffee, oder trotzdem?“ Dabei versuchte er ebenso charmant und freundlich zu lächeln wie die Dame hinter der leeren Kuchentheke.

„Wenn das so wäre, dann sogar handgemacht“, war die Antwort der rothaarigen Schönheit, die sich jetzt ganz aufgerichtet zu haben schien, die Theke aber weiterhin kaum um etwas mehr als eine Kopfhöhe überragte. „Die Espressomaschine ist nämlich wegen Reinigungsarbeiten nicht in Betrieb.“

„Dann machen Sie mal. Wir sind von der Polizei.“

Die Frau kam hinter der Theke hervor, und als sie den Tisch erreichte, an dem jetzt auch Riepen Platz genommen hatte, konnte Schopetta erkennen, daß ihr hübsches Gesicht von einem mindestens ebenso ansehnlichen Körper getragen wurde. Freundlich streckte sie den Männern die Hand entgegen.

„Annkathrin Heriks, ich bin die Pächterin des Cafés. Schrecklich, was da drin passiert ist, nicht wahr?“

„Ja, schrecklich“, stöhnte Rudi mitfühlend, erhob sich halb und reichte Frau Heriks die Hand. Schopetta bemerkte sofort, daß dem Kollegen die Rothaarige gefiel und sagte betont wichtig: „Darf ich Ihnen Kommissar Riepen vorstellen? Er ist Mitarbeiter der Mordkommission. Mein Name ist Schopetta.“ Frau Heriks lächelte so schön wie aufgemalt. „Es ist sehr freundlich von Ihnen, daß Sie uns bedienen“, säuselte Rudi. „Warum sind Sie eigentlich hier, wo das Museum doch montags geschlossen hat?“

„Aufräumen und putzen. Dazu kommt man während der Woche kaum“, gab sie zur Antwort und lächelte Rudi an.

„So viel zu tun?“ fragte Schopetta.

„Das nicht gerade, aber Sie können ja schlecht die Regale auswaschen, wenn ein paar Gäste Frankfurter Kranz bestellen wollen."

„Da haben Sie recht."

„Außerdem bin ich ganz gerne hier. Mir macht die Arbeit Spaß, und besser hier so'n bißchen Kuchen verkaufen, als zu Hause die Versandhauskataloge zu wälzen."

„Oh, da könnte ich mir aber noch viele andere Dinge vorstellten, die so möglich wären", schoß Rudi aus der Hüfte. Aber als er Schopettas vorwurfsvollen Blick sah, ergänzte er: „Handarbeiten und Blumen gießen zum Beispiel oder ehrenamtliche Sozialarbeit."

Schopetta grinste und Frau Heriks sagte: „Stricken für die Leprahilfe, was? Dafür bin ich ungeeignet. Mein Café ist schon das Richtige. Da kommt wenigstens ab und zu mal der ein oder andere interessante Mensch vorbei, nicht wahr?" Und bei ihren letzten Worte warf sie Rudi einen Blick zu, dem selbst der nicht bis zum Schluß standhalten konnte.

„Eigentlich gut, daß wir hier zusammentreffen." Schopetta ballerte mit Absicht durch den beginnenden Flirt. „Wir müssen sowieso von allen Personen, die hier im Haus tätig sind, eine Aussage haben. Warum sollen wir nicht mit Ihnen anfangen."

„Meine Aussage? Was soll ich schon aussagen? Ich hab nichts gesehen und nichts gehört. Alles was ich weiß, hat mir der Hausmeister erzählt."

„Ist alles nur Routine, Sie verstehen?" ergänzte Rudi und bot gleich den noch freien Stuhl an.

„Einen Moment nur", Frau Heriks wandte sich wieder zur Küche. „Sie wollten doch Kaffee. Ich habe grade frischen gemacht. Mit Milch und Zukker?" fragte sie beim Weggehen.

„Ja, bitte", kam wie aus einem Munde die Antwort der beiden Männer, die sich daraufhin ansahen und grinsten.

Der Kaffee, der ihnen von Frau Heriks vorgesetzt wurde, war nach Schopettas Empfinden mindestens eben so gut wie der, den Czychi gekocht hatte. Und weil es draußen kalt und drinnen warm war, weil ihn auch langsam wieder Müdigkeit beschlich, überfiel ihn schon nach dem ersten Schluck eine seltsame Lust, die Arbeit einzustellen, die Beine von sich zu strecken und mal wieder ausgiebiger über den Start eines neuen Lebens nachzudenken. Zum Beispiel als Archäologe im Boden zu wühlen und alte Dinge auszugraben, die von anderen als vergammelter Rostkram bezeichnet würden. Das war sein Uralttraum. In Gedanken versunken durchstreifte er alte Siedlungsplätze, kratzte in prähistorischen Abfallgruben und sortierte die gefundenen Schätze in die Regalreihen traumhafter Museen, neben all die Dinge, die schon da waren und die er so gerne einmal in die Hand nehmen wollte, um ihre Zeit zu fühlen und auf die Geschichten zu hören, die sie ihm zu erzählen hatten.

Von weit her hörte er plötzlich ein helles Lachen. Seine innere Stimme schwieg beleidigt. Anscheinend spulte Rudi gerade seine Damenerstkontakt-Standardscherzchen ab. Er langte nach seiner Kaffeetasse, doch als er sie an die Lippen setzte, bemerkte er, daß sie bereits leer war.

„Nehmen Sie noch eine Täßchen, Herr Kommissar?“ Die Lache gehörte zu Frau Heriks, die ihm die Kaffeekanne schon vor die Nase hielt.

„Ja, gerne. Der Kaffee ist wirklich hervorragend.“ Er hob die Tasse leicht an, stellte sie gefüllt auf die Untertasse zurück, nahm reichlich Zucker und Milch und trank erneut mit kleinen Schlückchen das angenehm heiße Getränk. Zwischendurch hielt er die Tasse mit beiden Händen fest und fixierte die kleinen Blasen, die sich am Tassenrand erstaunlich lange hielten. Während er so in den Kaffee stierte, fragte er: „Sind Sie immer so früh an Ihrem Arbeitsplatz oder ist das heute eine Ausnahme?“

Frau Heriks unterbrach ihr Gespräch mit Rudi und sagte: „Genau genommen bin ich morgens meist die Erste und abends die Letzte. Nur ganz selten sind die Herrschaften aus den anderen Abteilungen eher als ich im Hause. Die einzige Ausnahme ist der Hausmeister, doch der bleibt meist bis neun Uhr unsichtbar. Von Zeit zu Zeit ist auch noch Licht im Direktionszimmer. Aber damit habe ich eher nichts zu tun.“

„Wie war das am gestrigen Abend?“ Schopetta zog in einem Reflex sein Notizbuch aus der Innentasche seiner Jacke.

„Gestern? Am Sonntag? Lassen Sie mich überlegen. Den ganzen Tag über war ziemlich viel los. Aber ab vier wurde es völlig ruhig, da war so gut wie nichts mehr zu tun. Ein alter Herr mit zwei jungen Burschen waren die einzigen Gäste, die noch etwas bestellten. Und unser Direktor war noch im Hause. Um fünf schließt das Museum. Die Doris hat sich noch verabschiedet, da war es nach fünf.“

„Wer ist Doris?“ Rudi brachte sich mit seiner Frage wieder ins Spiel und lächelte Frau Heriks an.

„Doris Eichstätter. Ach ja, der können Sie ja heute am Montag nicht begegnet sein. Doris ist für die Kasse und den Verkauf vorne im Museumsshop zuständig.“

Rudi grinste breit, kniff kurz ein Auge zu und sagte: „Notieren, Herr Kommissar, auch die Details können wichtig sein, nicht wahr?“

Schopetta schrieb, warf Rudi dabei einen vielsagenden Blick zu und Annkathrin Heriks fuhr in ihrer Aussage weiter fort: „Die beiden Aufsichten aus dem Ausstellungsraum waren schon weg, als ich gegen halb sechs nach Hause gegangen bin. Nein, ganz sicher. Auch gestern war ich von den Angestellten die Letzte. Als ich losfuhr, brannte nur noch die Notbeleuchtung über dem Eingang. Sonst war alles dunkel.“

Annkathrin Heriks Aussage war klar und eindeutig. Schopetta hatte zu keinem Zeitpunkt den Eindruck, sie wäre unsicher oder in ihren Erinnerungen ungenau. Sie sah gut aus, machte hervorragenden Kaffee, und als Zeugin war sie auch bestens zu gebrauchen. Was will man an einem Montag im November mehr, dachte er und stellte seine zweite Frage: „Wer arbeitet eigentlich sonst noch hier? Ich meine normalerweise und wenn nicht Montag ist?“

„An einem Wochenende wie gestern hab ich zwei Mädchen hier. Die helfen aber nur an den Nachmittagen. An den übrigen Tagen schaffe ich es allein.“

„Ich meinte eigentlich die Mitarbeiter des Museums“, sagte Schopetta und sah von seinem Notizbuch auf.

„Das sind nicht mehr viele. Das Geld für Kultur ist knapp geworden“, sagte Annkathrin Heriks und streckte dabei ihren rechten Daumen in die Höhe, nicht um zu zeigen, wie gut sie mit dieser Maßnahme kulturpolitischer Ausrichtung einverstanden war, sondern lediglich als Hilfe für die folgende Aufzählung der Mitarbeiter des Museums.

„Da ist erstmal der Direktor. Ich denke, den kennen Sie schon, Herr Professor Doktor Winfried von Schmierlewski-Schwarzer.“ Mit einem deutlichen Anflug von Spott und Ironie betete sie den Namen herunter. Dann streckte sie den Zeigefinger für dessen Assistentin Frau Doktor Marion Lappe aus. „Die ist aber seit einiger Zeit auf einer Ausgrabung in Bork tätig und kommt nur in der Woche ab und zu mal vorbei. Dann unsere Kellerbewohner, ein Restaurator und ein Techniker.“ Gottfried Schröder war der Mittelfinger und Werner Mühlenbrock der Ringfinger. Für Otto Ahlers, den Hausmeister, blieb der kleine Finger. „Doris Eichstätter hab ich schon genannt.“ Annkathrin Heriks streckte nun den Daumen der linken Hand in die Höhe und wirkte etwas wie eine Schulanfängerin, die das Zählen lernt. „Dann kommen für die Zeiten des Hochbetriebs noch vier oder fünf Aushilfen hinzu, die nur stundenweise als Aufsichten im Ausstellungsraum da sind. Die wechseln aber des öfteren und werden von einem Personalservice aus Dorsten geschickt. Von den Burschen kenne ich nur die Vornamen, aber auch nur dann, wenn die Jungs vor mir stehen. Aber Frau Kerkhoff", – das war der linke Zeigefinger – „das ist die Sekretärin vom Chef, kann Ihnen die Personalien sicherlich raussuchen. Haben Sie mit der schon gesprochen?"

„Nee, haben wir noch nicht", sagte Schopetta, der alle Namen mitgeschrieben hatte. „Kommt aber sicher noch."

„Ach du je!" Annkathrin Heriks gab sich einen angedeuteten Klaps auf den Mund. Der Mittelfinger ihrer linken Hand schnellte in die Höhe: „Da habe ich doch bald den Wichtigsten vergessen, den schönen Heiner."

„Wen?" fragte der Hauptkommissar.

„Heiner Boeing", gab Frau Heriks zur Antwort. „Der Museumspädagoge. Ich sage aber immer nur ‚schöner Heiner' zu ihm."

„Museumspädagoge", wiederholte Rudi gewichtig. „Was macht der denn so?"

„Tja", betonte Annkathrin Heriks und auf ihrem Gesicht stand ein seltsam spöttisches Lächeln.

„Wenn Schulklassen kommen oder angemeldete Gruppen, hält er eine Art Unterricht ab und führt die Besucher durch die Ausstellung. Wenn Sie mich fragen, sitzt er für die restliche Zeit in seinem Büro, legt die Füße auf die Heizung und rührt in meinem Kaffee."

„Ist das alles?" Ohne zu wissen, was nun genau die Arbeit dieses Mannes war, beneidete Schopetta ihn, besonders als Annkathrin Heriks fortfuhr: „Manchmal fährt er auch auf Tagungen oder hat Außentermine. Mehr weiß ich auch nicht von den Dingen, die er tut."

„Warum ‚schöner Heiner'? Sieht er wirklich so gut aus?" Rudi hatte Schopetta die Frage sozusagen aus dem Mund genommen.

Frau Heriks wurde ein wenig rot: „Ist mir nur so rausgerutscht. Hat eigentlich nichts zu bedeuten."

„So wie ich Sie einschätze, Frau Heriks, hat jedes Wort, das Sie sagen, genau das zu bedeuten, was Sie sagen."

Schopetta grinste Annkathrin Heriks an, als er erkannte, daß sie seine Bemerkung durchaus als Kompliment begriff.

„Also sagen Sie schon, warum ‚schöner Heiner'?"

„Vielleicht muß man ihn kennen, um zu wissen, warum wir ihm den Namen gegeben haben. Er paßt einfach zu ihm. Immer sauber, immer gut riechend, immer von sich überzeugt. Einer, der glaubt, jede Frau haben zu können. Er baggert auch jede an."

„Und?“ fragte er, nicht ohne Rudi dabei aus den Augenwinkeln zu betrachten, der gespannt zuzuhören schien. „Ist er erfolgreich?“

Das Rot in ihrem Gesicht wurde noch eine Spur dunkler: „Teils, teils. Der ist einfach so eine Mischung aus Costa Cordalis und Robert Atzorn, kennen Sie ja vielleicht, diesen Doktor Specht aus dem Fernsehen. Jutetasche und Lederhose. Aber dabei so arrogant, daß man es nicht aushalten kann. Ist einfach nur ein Kerl für den ersten Blick. Für den zweiten reichts nicht.“

Rudi Riepen atmete plötzlich hörbar durch und sagte: „Kenn ich, solche Typen. Alle von der Marke Frauenversteher. Kein Verlaß drauf.“ Und nach einer wegwerfenden Handbewegung griff er seine Tasse und kippte sich den lauen Rest des Kaffees schwungvoll in den Hals.

Schopetta hatte seinen stillen Spaß, versuchte aber, sich nichts anmerken zu lassen und brachte mit seiner nächsten Frage alle wieder auf den dienstlichen Ansatz des Gesprächs zurück. „War Herr Boeing gestern auch im Museum?“

„Nein. Zumindest habe ich ihn den ganzen Tag nicht gesehen. Soweit ich weiß, war auch gestern keine angemeldete Gruppe da. Wenn nämlich Gruppen angemeldet sind, bekomme ich von Doris immer einen Hinweis. Dann koche ich meistens mehr Kaffee und bereite die Kuchenteller schon vor.“

„Dann war gestern aus Ihrer Sicht ein ganz normaler Museumssonntag, Frau Heriks?“

„Ja, das kann man durchaus so sagen, Herr Kommissar. Vielleicht ein paar Besucher mehr als sonst.“

Schopetta klappte sein Notizbuch zu, warf einen Blick in seine Kaffeetasse und sagte zu Rudi gewandt: „Hast du noch Fragen an Frau Heriks?“

Rudi zog aus seiner Hosentasche eine flache, silberne Dose. Es war ein Etui für Visitenkarten. Mit großer Geste öffnete er das Behältnis und überreichte Annkathrin Heriks eines der Kärtchen. „Sollte Ihnen noch etwas einfallen, rufen Sie mich doch bitte in meiner Dienststelle an. Ich würde mich freuen, noch einmal Ihren Kaffee trinken zu dürfen.“

Frau Heriks sah Rudi Riepen etwas konsterniert an, nahm aber die Karte und murmelte: „Is ja wie im Fernsehen.“ Und nachdem sie das Kärtchen gelesen hatte, fügte sie hinzu: „Und wenn es nur der Kaffee ist: Ich hab von dienstags bis sonntags durchgehend geöffnet.“

Als sie zum Garderobenständer gingen, flüsterte Schopetta Rudi zu: „Mein Gott, kannst du Komplimente machen. Guten Kaffee kann der alte Czychi auch kochen.“

Rudi sah ihn erst verwirrt an. Dann hellte sich sein Gesicht auf, und als er bei der Verabschiedung von Annkathrin Heriks einen überzogenen, aber sehr galanten Andeutungshandkuß anbrachte, murmelte er: „Der Kaffee ist natürlich nur ein Vorwand. Ich würde mich viel mehr freuen, wenn Sie anriefen, ohne daß Ihnen etwas Neues zu unseren Ermittlungen einfallen würde. Ich hoffe, Sie verstehen mich nicht falsch, Frau Heriks.“

Frau Heriks lächelte erleichtert. Und nach diesem sehr anhaltenden Lächeln sagte sie: „Wenn Sie in der Nähe sind, kommen Sie doch einfach auf ein Täßchen rein. Das Café kann man auch ohne Eintrittskarte für das Museum besuchen.“

„Da sag noch einer, unser Beruf hätte nicht auch seine guten Seiten“, frotzelte Schopetta, als sie unter dem Vordach des Haupteingangs standen und in den Regen schauten.

„Was meinste denn jetzt damit?“ fragte Riepen befremdet.

„Mensch, Rudi! Besser kann man doch keine Frauen kennenlernen. Mit der letzten Stunde bezahlter Dienstzeit hast du dir doch eindeutig die Kosten für Kontaktanzeigen und jede Menge Briefporto gespart. Und, was noch viel wertvoller ist, du hast die Zielperson quasi im Vorgriff auf das erste konspirative Treffen schon observieren und bewerten können.“

„Mein Gott, Erwin, was hast du für ne Erbsenzählermentalität. Und dann dieser Bullenjargon. Manchmal muß man sich wirklich schämen, dich zu kennen.“

„Ich sags halt wie es ist, Rudi. Wann rufst du sie an?“

„Heute abend“, antwortete Riepen wie aus der Pistole geschossen. „Ich glaube, die Zeit der Einsamkeit ist vorbei. Ich hab genug Zeit verloren.“

Sie nahmen ihren Weg über die Wiese zum Personalparkplatz des Museums. Oberhalb der Treppe fegte der Hausmeister die Einstellplätze.

„Hier hat der Czychi diesen aufgemotzten Pick-Up gesehen“, sagte der Hauptkommissar zu Riepen. Der blieb stehen und fragte irritiert: „Wer hat was gesehen?“

„Vergangene Nacht soll hier auf diesem Parkplatz ein dunkler Nissan Pick-Up gestanden haben, wenn du dich bitte erinnern möchtest, und erzählt hat uns das ein Herr Czychi. Na, fällt dir trotz der überstandenen Hormonausschüttungen das ein oder andere wieder ein? Und nur so als Hilfe: Der ist hier mit seinem Hund spazierengegangen. Na, Alter, klingelt es?“

„Ach, der alte Spanner. Ich war so froh, ihn vergessen zu haben.“

„Es freut mich, daß du dein Gedächtnis reanimieren konntest“, sagte Schopetta und ging auf den Hausmeister zu: „Fegen Sie hier täglich, Herr Ahlers?“

Der Hausmeister sah den Kommissar mißtrauisch und ablehnend an. Da aber auch Rudi langsam heranschlenderte, sagte er kurz angebunden: „Ich halte hier Ordnung. Gehört zu meinen Aufgaben!“

„Dann werden Sie entschuldigen“, gab Schopetta freundlich zur Antwort, bückte sich und sammelte zwei völlig aufgeweichte Zigarettenkippen mit Filter aus dem Kehricht vor dem Besen des Hausmeisters.

Der grinste gehässig und sagte: „Hätte ich gewußt, daß Sie rauchen möchten, ich hätte Ihnen glatt eine von meinen angeboten.“

„Bitte keine Umstände. Ich komme gut so zurecht.“ Dann zupfte Schopetta einen kleinen Plastikbeutel aus der Manteltasche, legte die beiden Kippen hinein und verschloß ihn sorgfältig. „Schönen Tag auch“, rief er im Weggehen, hakte Rudi unter und schob ihn vorsichtig in Richtung ihrer geparkten Wagen.

„Und was ist mit meiner Aussage?“ brüllte ihnen der Hausmeister hinterher.

Schopetta drehte sich noch einmal um: „Ich lad Sie ein, Herr Ahlers, schriftlich und unterschrieben vom Staatsanwalt. Nach Recklinghausen.“ Er winkte freundlich mit der Hand und drehe sich schnell um, so daß er den Stinkefinger, der ihm von Ahlers hinterhergeschickt wurde, nicht mehr zur Kenntnis nehmen mußte.

„Was war das denn jetzt?“ fragte Kommissar Riepen und machte sich von seinem Kollegen los.

„Das können unter Umständen wichtige Beweise sein. Man muß allen Spuren nachgehen.“

„Ich meine nicht die Kippen. Ich mein den Quatsch mit der Einladung für den Hausmeister. Wir hätten ihn doch auch hier befragen können.“

„Hätten wir. Aber mir ist heute einfach nicht nach Arschlöchern. Ich habe beschlossen, ihm etwas Gutes zu tun. Ich werde ihn ein wenig erziehen. Ich denke, der kann das gebrauchen.“

„Mann, Erwin. So kenn ich dich ja gar nicht.“

„Noch nie etwas vom lebenslangen Lernen gehört, Herr Kollege?“

„Im Zusammenhang mit Hausmeistern noch nie! Halte ich bei dieser Berufsgruppe auch für völlig unmöglich.“

Sie waren gerade bei ihren Autos angekommen, als Schopettas Handy klingelte. „Wie haben wir das früher nur ausgehalten, ohne diese Scheißdinger?“ knurrte der Kommissar und suchte in den Taschen nach dem MobilTelephon. „Hauptkommissar Schopetta, immer im Dienst“, meldete er sich, als er das kleine Ding endlich am Ohr hatte.

Am anderen Ende war zuerst nur verdutztes Schweigen zu hören. Dann schnauzte die vertraute Stimme des Polizeioberrates Heuermann: „Mann, wo bleiben Sie denn? Wir warten! Wir haben doch diesen Termin!“

„Welchen Termin?“ fragte Schopetta ernsthaft.

„Lesen Sie denn Ihre E-Mails nicht?“

Schopetta erinnerte sich. Heuermann hatte am späten Freitag Nachmittag per E-Mail zu einer kurzfristig notwendig gewordenen Sitzung eingeladen. Ist einfach nicht mein Medium, dachte er. Eine Notiz wäre mir sicher besser im Gedächtnis geblieben. Aber an diese gedankliche Ausrede glaubte er selbst nur sehr schwach, denn alle Treffen mit Polizeipräsidenten, Direktoren oder Oberstaatsanwälten gehörten nicht zu seinen Lieblingsbegegnungen und erhielten daher schon strukturell eher wenig Beachtung.

„Wo sind Sie jetzt? Hallo, Schopetta! Sind Sie noch dran?“ Heuermann wurde hörbar unruhig.

Einen Augenblick überlegte der Kommissar, ob er in einem Funkloch verschwinden sollte. Er entschied sich aber im Dienst zu bleiben, vor allem, weil die anberaumte Konferenz einen sehr ernsten Hintergrund hatte. Ging es doch unter der Beteiligung aller regional verantwortlichen Polizei- und Ermittlungsexperten um die Entwicklung einer neuen Strategie. Ein ungewöhnlich aktiver Serientäter, der von Tat zu Tat brutaler vorging, mußte unbedingt eingefangen werden. Seit mehr als fünfzehn Monaten überfiel dieser Typ Frauen, und die sich langsam steigernde Brutalität ließ nichts Gutes für die Zukunft erahnen. Die Ermittlungsarbeit lief auf höchsten Touren, ohne daß im Umfeld von zur Zeit elf Tatorten im nordöstlichen Ruhrgebiet auch nur eine einzige, wirklich heiße Spur aufgenommen werden konnte.

Daß es bei diesem Treffen der Polizeielite natürlich auch um eine öffentlichkeitswirksame Aktion ging, die mit viel Tamtam einen gutfunktionierenden Polizeiapparat, inklusive der aus Polizeifunk und Unterhaltungsmedien bestens bekannten Gentests, Speichelproben und Phantombilder, mediengerecht in Szene setzen sollte, war ein durchaus erwünschter und notwendiger Nebeneffekt, den Schopetta stoisch, quasi als notwendiges Übel hinnehmen wollte.

„Ach, der Termin", log er darum von plötzlicher Erinnerung heimgesucht. „Ich bin sozusagen schon auf dem Weg."

„Ja, wo sind Sie denn nun, verdammt noch mal?" wiederholte Heuermann seine Frage und der angehängte Fluch unterstrich seine wachsende Ungeduld.

„Mord in Haltern", sagte Schopetta kurz angebunden. „Stecken schon seit ein paar Stunden in der Tatortarbeit, wollen aber gerade zur Dienststelle zurück."

„Kann Riepen die Arbeit vor Ort nicht übernehmen?" fragte der Polizeioberrat. „Soll was tun für seine Beförderung, der Mann."

„Werd ich ihm ausrichten, Herr Polizeioberrat."

„Lassen Sie das, Schopetta."

Schopetta wußte sofort was gemeint war, sagte aber trotzdem: „Gut, Herr Polizeioberrat, ich sag Riepen nichts."

„Quatsch, Schopetta! Ich mein dieses ständige ‚Herr Polizeioberrat'. Wir kennen uns nun schon ein paar Jahre, da kann man doch mal etwas lockerer miteinander umgehen."

Heuermann legte als junger aufstrebender Vorgesetzter immer besonderen Wert auf einen kollegial freundlichen Ton, insbesondere im Umgang mit älteren Mitarbeitern. Schopetta, der immer, ob mit oder ohne Erlaubnis fast alle Menschen duzte, wehrte sich ausgerechnet bei diesem Vorgesetzten standhaft gegen eine Verbrüderung.

„Wie Sie meinen, Herr Pol... – Heuermann!"

„Wann sind Sie hier, Schopetta? Ich meine so ungefähr."

„Dreißig Minuten. Wenn es Ihnen zu spät wird, können Sie die Sitzung doch durchaus schon ohne mich eröffnen. Polizeieinsatz geht vor, Herr Heuermann. Und Mord is Mord. Wenn die Leiche noch warm ist, macht sich das doch bei den anderen Herren sicher sehr gut. Besonders beim Herrn Oberstaatsanwalt. Soll ich Ihnen vielleicht die Verletzungen schildern, die Dr. Hobrecht beim Toten festgestellt hat?"

Heuermann war für einige Augenblicke sprachlos. Dann stöhnte er: „Herrgott, Schopetta, Sie haben wirklich eine komische Art von Humor. Also, sehen Sie zu, daß Sie so schnell wie möglich hier sind."

Mit einem schnellen „Alles klar, bin aufm Weg, also dann bis gleich!" schloß Schopetta das Gespräch und schaltete sein Handy sofort ab. Grinsend wandte er sich an Rudi: „Du wirst befördert, sollst aber auf jeden Fall diesen Mord hier noch aufklären, dann ist alles in Butter!“

„Wer sagt das?“ fragte der Kollege mißtrauisch.

„Heuermann, Polizeioberrat Heuermann.“

„Du bist einfach nur blöd.“ Riepen tippte sich auf die Stirn und stieg in seinen Wagen.

„Wenn ich’s dir doch sage“, beteuerte Schopetta treuherzig.

„Leck mich!“ zischte Rudi.

„Ungern, lieber Kollege. Aber du könntest mir einen Gefallen tun. Ruf für halb drei die Ermittlungsgruppe zusammen. Bevor wir die Arbeit verteilen, könnten wir ja das zusammentragen, was uns bis dahin zu diesem Fall hier an Erkenntnissen vorliegt.“

Rudi nickte und versprach, den anderen Bescheid zu geben.

„Und was macht der Herr Hauptkommissar in der Zwischenzeit, wenn ich mal freundlich anfragen dürfte?“ meckerte er und startete seinen goldfarbenen Monza.

„Ich mach Männchen vor den wichtigsten Menschen des Vestischen Ermittlungsapparates. Alles klar?“

„Mach doch, was du willst. Wir sehen uns um halb drei in deinem Büro. Bis dann!“ Rudi grüßte mit der Hand, und ehe Schopetta noch in seinem Wagen saß, hatte Rudi schon das Blaulicht auf dem Dach, die rote Ampel auf der Weseler Straße mit quietschenden Reifen überfahren und war in Richtung der Innenstadt von Haltern verschwunden.

8

Für Hauptkommissar Erwin Schopetta waren alle Besprechungen, Arbeitsgruppensitzungen oder sonstigen dienstlichen Veranstaltungen, an denen er gemeinsam mit seinen höheren und höchsten Vorgesetzten teilnehmen mußte, aufreibender Streß. Im Anschluß an solche Zusammenkünfte hatte er meist Kopfschmerzen, Krämpfe im Gesicht vom ununterbrochenen Gute-Miene-Machen und fühlte sich jedesmal wie nach einem dreistündigen Kampfsporttraining, zu dem er als ehemaliger Ringer noch heute, sooft es seine Zeit erlaubte, ging. Diese Sitzungen wurden auch nicht schöner, wenn alle Vorgesetzten stets beteuerten, wie hervorragend sie seine Arbeit einschätzten und wie froh man sei, mit ihm einen der erfolgreichsten Ermittlungsbeamten des Landes zu haben. Er konnte mit den wenigsten, eigentlich mit keinem der Polizeiräte, der Oberräte, der Präsidenten oder Staatsanwälte etwas anfangen, und eine realistische Reflexionsfähigkeit sagte ihm bei jeder Zusammenkunft, daß diese Einschätzung auch umgekehrt zum Tragen kam.

Zudem steckte in seinem Kopf immer das Bewußtsein, wenns mal nicht klappt, wenn Erfolg und Verhaftung ausbleiben, treten sie dir in den Arsch, erfolgreichster Ermittler hin oder her.

Auch über der heutigen Veranstaltung, von der er sich nun räumlich, geistig und emotional Schritt für Schritt entfernte, schwebte von Beginn an die Angst vor dem Mißerfolg. Was ist, wenn wir nicht erfolgreich sind, wenn wir der Öffentlichkeit nicht in kürzester Zeit die Aufklärung präsentieren können?

Schopetta war froh, daß es sich beim Fall des elffachen Vergewaltigers nicht um seine Ermittlung handelte. Er war nur als beste Spürnase nördlich der Emscher, sozusagen als Joker und Vorzeigebulle, zu der Besprechung gebeten worden und zwar neben dem die Ermittlungen leitenden Oberkommissar Norbert Wensing.

Am Ende war alles so gelaufen, wie er es hätte voraussagen können, und diese Vorhersage war nicht die schwerste seiner Laufbahn. Denn Treffen dieser Art endeten immer so wie sie endeten, nämlich mit einer Pressekonferenz, in der man ihn, und nur das zum Unterschied zu den vielen anderen vorher, ihn eben, Hauptkommissar Erwin Schopetta, persönlich den Medien vorstellte.

Hannelore wäre stolz gewesen, aber sie hatte auch ein wesentlich aggressiveres Verhältnis zu Aufstieg und Karriere. Ihm waren solche Auftritte eher peinlich, als Westfalens erfolgreichster Ermittler am Ende der langen Reihe exekutiver Größen den Abnicker für den Herrn Oberstaatsanwalt zu machen, der die Polizeimaßnahmen aufzählte, die im ersten Schritt natürlich zu erhöhter Sicherheit, und im zweiten mittels verbaler Zwangsläufigkeit zur Ergreifung des Täters führen mußten.

„Erstens, meine sehr verehrten Damen und Herren“, hatte der Oberstaatsanwalt schnarrend bekanntgegeben: „In allen besonders gefährdeten Stadtbezirken und Gemeinden des Kreises, aber auch in allen angrenzenden Gebieten werden ab sofort doppelt so viele Streifenwagen eingesetzt, verstärkt durch Fußstreifen der Hundestaffeln. Zweitens: Fünfzigtausend Handzettel mit einem Phantombild werden in Umlauf gebracht. Und drittens: Wir werden durch Rundfunk, Fernsehen und die Tagespresse an alle männlichen Personen bis dreißig Jahre, die schlank und muskulös sind, und die eine Körpergröße von einsachtundsiebzig nicht überschreiten, den Aufruf richten, sich zwecks einer Speichelprobe in den Polizeidienststellen der genannten Städte beziehungsweise der besonderen Stadtteile zu melden.“

Wenn man ihn nicht näher kannte, war er schon überzeugend, der Herr Oberstaatsanwalt Doktor Alfons Kessel, überzeugend und eloquent. Nur von Ermittlungsarbeit hatte er leider zu wenig Ahnung, sinnierte Schopetta und stieg aus dem Fahrstuhl, der ihn aus dem Laufbahnhimmel der vierten Etage in das Hochparterre schnöder Recklinghäuser Polizeiarbeit zurückgebracht hatte.

Er durchquerte die bescheiden dunkle Eingangshalle des Präsidiums und folgte dem Geruch nach Rinderbraten und Rotkohl, den eine doppelte Pendeltür bei jeder ihrer Bewegungen aus der Kantine schaufelte.

Als er an die Ausgabetheke kam, war er enttäuscht. Der Rinderbraten nannte sich Kassler und der Rotkohl hieß Sauerkraut.

„Wat daafs denn sein?“ fragte die junge, gewaltblonde Frau, die in weißem Kittel hinter den Behältern mit den Zutaten zum Tagesmenue stand, freundlich lächelnd.

„Sauerkraut vertrag ich nicht“, nöckelte Schopetta und verzog das Gesicht dem Kraut entsprechend säuerlich.

„Is aber gesuuhund“, sang die Buffetkraft und hob dabei den Behälter mit dem Kartoffelpüree leicht an, um ihm einen Blick auf den fensterkittgelben Inhalt zu gönnen.

„Ich nehm einen Kaffee. Mit Milch und Süßstoff, bitte.“

„Ein Kaffee mit Milch und Süßstoff, aber geeerne.“

Er stellte die Tasse auf sein Tablett und fragte: „Habt ihr vielleicht noch Bärentatzen?“ Er ging einen Schritt zurück, um versuchsweise das Angebot der Kuchentheke durch eine seltsame Körperverdrehung in allen Einzelheiten besser studieren zu können.

„Ham wir, sogar ganz frisch“, antwortete die junge Dame, deren wasserstoffblonde Haarpracht nur mühsam von einer Netzhaube gebändigt wurde. „Aufn Teller oder inne Hand?“ war ihre nächste Frage, und als der Hauptkommissar um einen Teller bat, zeigte sie alles, was eine kundenorientierte Servicekraft in der Polizeikantine können mußte, und sagte: „Aber geerne, sonst noch wat?“

„Nur die Rechnung bitte“, sagte Schopetta und lächelte zurück.

Der Kaffee war in Ordnung und das Gebäck lecker wie in alten Zeiten. Zur temporären Glückseligkeit fehlte ihm nur eine Zigarette. Er hatte gerade die Augen geschlossen, um sich den Genuß zumindest mental zu gönnen, als hinter ihm Rudi Riepen sagte: „Na, Alter. Wie war der Vormittag mit den Bossen?“

Schopetta winkte ab.

Rudi grinste wissend, und indem er sich in Richtung Tresen entfernte, fragte er: „Trinkst du noch einen Kaffee mit, oder willst du schon nach oben?“

„Mit Milch und Süßstoff, und bring mir ne Bärentatze mit!“

Wie verabredet traf sich die ganze Ermittlungsgruppe um halb drei in Schopettas Büro. Baumeister und Kärcher waren die ersten und hingen am Besprechungstisch herum. Norbert Bücker hatte sich zu einer langgeplanten Familienfeier abgemeldet, und Lothar Dobratz war mit einigen Kollegen noch rund um das Museum unterwegs.

Seit langem war für die Dauer der ersten Ermittlungen immer das Büro des Hauptkommissars die Zentrale ihrer gemeinsamen Arbeit, denn vor zwei, drei Jahren war es Schopetta gelungen, sich eine ganze Wandfläche des Zimmers durch das Anbringen einer Weichspanplatte als Pinnwand herrichten zu lassen. Im Laufe der Jahre hatte er es sich zur Angewohnheit gemacht, möglichst alle Ermittlungsergebnisse, festgehalten auf Karteikarten und Notizzetteln, verschweißt in kleinen Plastikfolien oder dokumentiert auf Schmalfilmphotos, um sich herum auszubreiten, um sie so zu jeder Zeit und aus jeder Position in den Blick nehmen zu können. Jede Ermittlung hatte dabei, hervorgerufen durch den von ihm benutzten Klebestreifen, den Wandanstrich immer wieder ruiniert. Jetzt spießten sie alles mit bunten Stecknadeln auf, und der Anstrich konnte die amtlich vorgeschriebenen fünfzehn Jahre halten. In bezug auf diese überdimensionale Pinnwand rechnete er es sich zudem als eine besondere Leistung an, weder die Kosten für die Umsetzung aus eigener Tasche bestritten noch die Spur einer handwerklichen Eigeninitiative eingebracht zu haben, und das in Zeiten, in denen die Landesregierung besonders stolz darauf war, die Polizeiarbeit vom Vorkriegsstandard mit ‚Notizzetteln‘ durch den Einsatz von vernetzten Computern zumindest technisch auf die Höhe der Zeit gebracht zu haben.

„Unsere neue Kommissaranwärterin fragt an, ob sie auch eingeladen ist.“ Herbert Baumeister deutete auf eine junge Frau, die sich an der Tür zum Nachbarbüro rumdrückte. Als erstes fielen Schopetta die unglaublich dichten blonden Haare auf, die sie zu einem Zopf geflochten trug, und die ihr freundliches Gesicht umrahmten.

Schopetta lächelte. „Natürlich. Wir können jede Unterstützung gebrauchen“, und dabei hängte er Mantel und Jacke an den Garderobenständer. Dann schrieb er das Datum auf den Block der Flipchart, setzte sich an den Tisch und fragte die Polizistin: „Wie lange bleibst du in unserem Team?“

„Ein gutes halbes Jahr, dann geht's wieder zur Fachhochschule!“

„Schön“, sagte Schopetta. „Gehobener Dienst! – Ich heiße Erwin. Ich denke, die anderen haben sich schon vorgestellt.“

„Ich bin Eleonore Kommer.“ Sie streckte ihm die Hand hin. „Aber alle sagen Elle zu mir. Es freut mich sehr, Sie kennenzulernen, Herr Hauptkommissar.“

Schopetta nahm die ihm angebotene Hand. „Keine Umstände, Elle! Ich bin Erwin. Es bleibt dabei.“ Dann wandte er sich den anderen zu und sagte: „So, Kollegen! Was liegt an? Welche Fakten können wir konstatieren?“

Kommissar Riepen grinste hämisch, als er in diesem Augenblick mit Lothar Dobratz das Büro betrat. Nach einem kurzen Blick in die Runde und einem längeren, der auf Elle hängenblieb, wedelte er mit einem Aktendekkel vor Schopettas Gesicht hin und her: „Hallo, Erwin! Wir sind es, deine Kollegen. Du bist nicht mehr auf der Chefetage. Hier kannst du wieder Worte gebrauchen, die du auch verstehst!“

„Entschuldige, Rudi.“ Schopetta stand auf, wies die Kollegen auf die freien Plätze und holte sein Notizbuch aus der Manteltasche. Im Vorbeigehen klopfte er damit Riepen auf die Schulter und sagte sehr verständnisvoll: „Ich werde in Zukunft wirklich mehr darauf achten, daß du nur den restringierten Code unserer Muttersprache beherrschst! Wenn du Verständnisfragen hast, melde dich ruhig.“

Riepen zog beleidigt einen Flunsch, und Schopetta wandte sich wieder an die übrige Gruppe: „Was gibt es an Informationen? Vielleicht fangen wir damit an, was bis jetzt bei der Tatortuntersuchung herausgekommen ist. Fängst du an, Herbert?“

Baumeister stellte sich neben die Flipchart. „O.K., Leute. Wir haben uns vom Hausmeister die Räume zeigen lassen. Alles, was mit Sicherheit nicht durch die nächtlichen Besucher berührt wurde, haben wir bei den Untersuchungen ausgeschlossen. Das grenzte die Arbeit weitestgehend ein. Die meisten Räume waren verschlossen und zeigten keine Spuren von gewaltsamer Öffnung. Den Weg der Einbrecher konnten wir ziemlich genau vom Eingang bis zum Ablageort der Leiche verfolgen. Interessanterweise haben sie zuerst dem Keller einen Besuch abgestattet und sind dann erst in die Ausstellungshalle gegangen. Ich denke, ihr wißt aber trotzdem, daß viele

Informationen, die wir jetzt haben, vorläufig im Bereich der Vermutungen anzusiedeln sind. Die Ergebnisse der Laboruntersuchungen kommen allerfrühestens morgen, wahrscheinlich sogar später, und erst dann kann man Genaueres sagen. Die Photos sind soweit entwickelt. Vergrößerungen gibt es aber auch noch nicht."

Zu den Worten des Kollegen Baumeister legte Rolf Kärcher einen daumendicken Stapel Farbaufnahmen auf den Tisch, die am frühen Morgen am Tatort gemacht worden waren. „Ziemlich üble Sache, das Ganze. Ich habe selten so etwas Brutales gesehen. Ich bin gespannt, was der Gerichtsmediziner zu der Schweinerei sagt", erklärte Herbert Baumeister weiter. „Aber behandeln wir die ersten Details." Er schlug einen Spiralblock auf, den er, zumindest so lange Schopetta ihn kannte, fast immer in der Hand hielt, blätterte ein wenig darin und fuhr fort: „Die Meldung ging in der Zentrale gegen sechs Uhr ein. Eine halbe Stunde später waren wir mit dem ganzen Team am Tatort. Übrigens", Baumeister wies mit der Hand auf Elle, „Elle war auch dabei und hat prima Arbeit geleistet, aber das nur am Rande. Wir fanden, aber das wißt ihr ja auch alles, einen unbekannten männlichen Toten. Fortgeschrittenes Alter, ich denke auf jeden Fall deutlich über siebzig. Über die Todesursache spekulieren wir nicht, das soll der Medizinmann tun. Nach dessen vorläufiger Aussage lag der Eintritt des Todes zum Zeitpunkt seiner Erstuntersuchung nicht mehr als zehn und nicht weniger als acht Stunden zurück. Auch darüber kriegen wir nach der Leichenschau bessere Informationen. Wichtig ist aber die Tatsache, daß der Fundort der Leiche auf keinen Fall auch der Tatort ist!"

„Das ist absolut sicher?" fragte Rudi.

„Hundertprozentig. Die Verletzungen, die wir bei der oberflächlichen Untersuchung feststellen konnten, waren so beschaffen, daß viel Blut geflossen sein muß. Am Ablageort wurden aber nur geringste Mengen gefunden."

„Was war mit der Kleidung?" fragte Schopetta. „Sah aus wie eine Uniform."

„Richtig. Die Kleidung des Toten war auffällig. Wir haben sie gleich vom Institut abgeholt und oberflächlich untersucht. Es gab erstens den Hinweis auf ein relativ hohes Alter der Brocken, zweitens waren keine Informationen über den Hersteller mehr zu finden und drittens sind es mit Sicherheit wirklich alte Uniformteile. Wie gesagt, alles sehr alt und abgetragen. Die Hose wurde von einem Militärkoppel mit Koppelschloß zusammengehalten, Weltkrieg Zwei, kein Hakenkreuz, sondern noch eins von der älteren Sorte mit Piepmatz und rings herum ‚Gott mit uns'."

„Was heißt das?" fragte Elle.

„Auch wenn man es nicht glauben kann, aber das hatte die Wehrmacht auch im letzten Weltkrieg noch auf dem Koppelschloß stehen", erklärte Schopetta und machte eine Handbewegung in Richtung Herbert Baumeister, mit der er ihn aufforderte, weiterzumachen.

Der legte auch wieder los, während Schopetta begann, die Photos durchzusehen. Neben vielen Details des Fundortes, Aufnahmen des Töpferofens, winzigen, leicht verwischten Blutspuren auf dem Parkettboden, seltsamen, bisher unidentifizierten Schleifspuren, die mehrfach unterbrochen von der Tür zum Treppenhaus bis in die Nähe des Töpferofens führten, Großaufnahmen der hinteren Eingangstüren und ihrer Schließvorrichtungen, waren es vor allem Aufnahmen des Toten. Die Photos anzusehen, war für ihn wenig schlimm. Sie schufen die nötige Distanz und machten den Augenschein erträglicher.

Bei der Betrachtung der Bilder stutzte Schopetta. Trotz der Blutspuren, die den Toten sehr entstellten, glaubte er, das Gesicht schon einmal gesehen zu haben. Besonders die Aufnahmen, auf denen die Haare des Toten schon wieder nach hinten gestrichen waren, veranlaßten Schopetta, sich tiefer in seine Erinnerung zu graben.

Baumeisters Hinweis auf einen Aufnäher, ein Emblem, das in feinster Handarbeit auf die Brusttasche des Uniformhemdes genäht war und in stilisierter Form einen Adler zeigte, der mit ausgebreiteten Schwingen auf einem zwölfteiligen Rad saß, ließ Schopetta fündig werden. „Stop", rief er lauter als gewollt und sorgte dafür, daß besonders die Praktikantin erschrocken zusammenfuhr. „Den kenn ich! Von dem hab ich 'n Buch zu Hause. Ich bin sicher. Kerl noch eins, wie heißt der Typ nur gleich?"

Die Kollegen sahen ihn erstaunt und erwartungsvoll an. Schopetta bedeckte die Augen mit der Hand und überlegte laut. „Karl Josef? Josef, Bernhard Josef? Seil, Seiler, Karl Josef Seiler, nee, nee. Binder? – Genau, ich hab's: Der Mann heißt Josef Binder, oder Paul. Das ist so'n seltsamer Heimatforscher hier aus der Ecke. Hält sich irgendwie für die Wiedergeburt von Pontius Pilatus oder so. Ich hab ein Buch von dem Vogel in meiner Sammlung, und auf dem Covertext gibt es auch ein Photo des Autors mit Springerstiefeln und Tropenhelm. Der Aufnäher, den du beschrieben hast, Herbert, der hat mich drauf gebracht."

Herbert Baumeister ging die Photos noch einmal durch, zog eine Großaufnahme des Aufnähers hervor und legte das Bild vor Schopetta auf den Tisch. Schopetta nickte. „Genau! Ich erkenn es. Was der Kerl da am Leib hatte, ist seine Forscheruniform, in der er am liebsten öffentlich auftrat."

„Wie sagtest du, heißt der Mann?" fragte Rudi eher ungläubig.

„Ich meine Josef oder Hermann-Josef Binder. Es kann aber auch sein, daß ein Vorname sogar Maria war. Ich müßte zu Hause nachsehen." Jetzt war sich Schopetta ganz sicher.

„Und der hat ein Buch geschrieben?" Rudi war immer noch nicht überzeugt.

„Ja! Irgend etwas über die Römer an der Lippe oder so. Ich meine, die Schwarte war echte Scheiße, aber ich sammele nun mal alle Veröffentlichungen zu diesem Thema."

„Zu welchem Thema sammelst du eigentlich nichts. War es nicht zuletzt ‚Der historische Wilde Westen'?"

„Seit mehr als acht Jahren vorbei, Rudi." Schopetta grinste und schrieb eine Notiz in sein Lederbüchlein.

„Wenn der Name richtig ist, würde ‚H' und ‚B' zu den Initialen auf einem Kupferarmband passen, das der Tote am Handgelenk trug", warf Rolf Kärcher ein und deutete auf den kleinen Stapel mit den Photos, die Schopetta noch nicht durchgeblättert hatte. „Schau mal nach, Erwin, es muß eines der letzten sein."

Das Bild zeigte wirklich einen offenen Kupferreifen, dessen Enden als Thorshammer ausgebildet waren. Zudem befanden sich zwei kleine Prägungen darauf, die in einfach stilisierter Form wiederum das vom Aufnäher her schon bekannte Rad darzustellen schienen. Eine weitere Detailaufnahme zeigte die Buchstaben H.M.B. auf der Innenseite des Armbandes.

„Solche Kupferbänder sollen ja negative Strahlen abhalten", sagte Schopetta nachdenklich und schrieb dabei den Namen Hermann Binder auf eine Karteikarte, die er wie auch das Photo an die Pinnwand heftete und sie aber noch mit einem Fragezeichen versah. „Wer kümmert sich um die genaue Identifizierung?"

„Das mach ich", sagte Rolf Kärcher. „Aber wie verfahren wir mit der Presse? Nennen wir schon den Namen, sollen wir schon etwas vermuten, oder lassen wir es erst noch bei einem unidentifizierten Toten?"

„So lange wir keine sicheren Hinweise auf die Identität haben, bleibt der Typ männlich und unbekannt", legte Schopetta fest.

„Und wenn es wirklich Binder ist, würde ich mich um sein Umfeld kümmern.“ Schopetta betrachtete noch einmal das Photo mit dem Gesicht des Toten. Dann sah er Baumeister an und fragte: „Was gibt es sonst noch, Herbert?“

„Die Schuhe waren gut eingetragene DocMartens, hoch und schwarz. Sind eigentlich Schuhe für Skinheads und Punker und weniger die übliche Fußbekleidung für ältere Herren. Sonst haben wir nichts Aufregendes. Wollsocken, Angoraunterwäsche, Taschentuch, aber keinerlei Papiere oder andere Hinweise auf die Person. Wir haben Fingerabdrücke von dem Toten genommen und sie zum Vergleich in die Datenbank gegeben. Aber, wie gesagt, die Ergebnisse sind frühestens morgen mittag fällig.“

Erwin Schopetta nickte bestätigend, und nach einer kleinen Pause fragte er: „Was hat der Fundort sonst noch ergeben?“

„An den Türen des Hintereingangs haben wir Unmengen von Fingerabdrücken. Das ist aber auch kein Wunder. So, wie der Direktor sagt, wird die Tür als Ausgang benutzt, wenn vorne schon geschlossen ist, und die Reinemachfrau kommt erst Dienstagmorgen. Aber wir haben auch noch etwas anderes gefunden, und zwar schwarze Textilfasern. Sowohl am Griff dieser Tür als auch am Rahmen und um den Schließmechanismus herum. Weitere Fasern hafteten an der Tür zum Treppenhaus, an einer Wandvitrine und dann an diesem altertümlichen Ziegeltrümmer, in dem der Tote saß. Aber auch hier wird die genaue Analyse noch auf sich warten lassen.“

„Wie sind sie überhaupt reingekommen?“ fragte Schopetta. „Gibt es Einbruchsspuren?“

„Ja! Wie die Photos deutlich machen, benutzten sie den Hintereingang.“

„Kann sie jemand dabei beobachtet haben?“ Rudi stellte die Frage und erhielt von Herbert die Antwort: „Die Befragung entsprechender Zeugen wäre eure Sache, aber es liegt durchaus im Bereich des Möglichen, daß sie beobachtet wurden, denn ein paar Minuten werden sie sicher gebraucht haben, um die Tür zu öffnen. Sie taten das mit einem Aluwerkzeug. Spuren davon konnten wir sicherstellen. Sie entsicherten die Bodensperre des rechten Flügels der Glastür und drückten den Schließriegel hoch, und zwar durch den Spalt zwischen den beiden Flügeln der Tür. Mit geöffneter Bodensperre ist es einfach, die Tür aufzudrücken, und mit etwas Geschick kann man sie sogar wieder provisorisch verschließen. Am Schließriegel und der Falle konnten wir eindeutige Kratzspuren aufnehmen.“

„Und die Alarmanlage? So ein Museum muß doch eine Alarmanlage haben. Habt ihr da keine Hinweise gefunden?“

„Eins nach dem anderen, Erwin.“ Baumeister hob beschwichtigend die freie Hand und blätterte zwei Seiten auf seinem Block zurück. „Sie haben die Alarmanlage auf eine ganz einfache Art ausgeschaltet. Irgendwie ist es ihnen gelungen, den Strom für das gesamte Museum auszuschalten. Die automatische Aufzeichnung meldet für die Zeit zwischen 02:56 Uhr und 03:06 Uhr Stromausfall. Die gesamte Energiezentrale, in der sich auch die Sicherungskästen befinden, ist aber normalerweise auch durch die Alarmanlage gesichert. Alles spricht also dafür, daß der Strom für das Museum für kurze Zeit von außen abgeschaltet wurde. Wir haben uns da schon mit den Stadtwerken in Verbindung gesetzt, aber der zuständige Ingenieur kommt erst morgen wieder zum Dienst. Erstaunlich ist in diesem Zusammenhang aber folgendes: Die Anlage war so programmiert, daß sie auch bei Stromausfällen nach einer bestimmten Wartezeit Alarm auslöste. Die Täter sind bei ihrer Aktion genau siebzig Sekunden unter diesem Zeitlimit geblieben. Das heißt, sie hatten entweder Glück, oder sie sind über die Funktionsweise der Anlage genau informiert gewesen. Ich werde mich in den nächsten Tagen mit dem Hersteller in Verbindung setzen. Im Museum selbst ist der Hausmeister für die Wartung zuständig.“

„Ach, unser Freund, der Ahlers“, sagte Rudi. „Denk dran, daß du ihn vorladen lassen wolltest, Erwin!“

„Der hat sich nach den Möglichkeiten einer Dienstaufsichtsbeschwerde erkundigt“, stellte Rolf Kärcher fest. „Um sich gegen Polizeiwillkür zu wehren. Wißt ihr, was da los gewesen ist?“

„Der Kerl ist ein Arschloch, und das macht ihm Probleme“, wischte Rudi die Frage vom Tisch, und Schopetta ging gar nicht darauf ein. Statt dessen stellte er fest: „Wir haben einen Zeugen, der in der Nacht ein Fahrzeug auf dem Parkplatz des Museums gesehen haben will, schwarzer Geländewagen. Das war aber zweieinhalb Stunden früher. Angeblich saß nur ein schmusendes Pärchen drin. Ob die mit der Sache was zu tun haben, müßten wir herausfinden. Das Kennzeichen liegt vor. Vielleicht können ja Rudi und Elle weitere Zeugen vor Ort ermitteln?“

Schopetta sah Rudi an, der wiederum mit frohem Auge Elle musterte, die sich eine Notiz machte. Ohne seinen Blick von der hübschen Kollegin zu lösen, erklärte er: „Ich habe mir erlaubt, diesbezüglich einiges in die Wege zu leiten. Die Kollegen von der Wache in Haltern sind in den Häusern rings um das Museum unterwegs. Ich dachte, wir kümmern uns nur um die Aussagen, bei denen es etwas nachzufragen gilt.“

„Gute Idee, Rudi“, lobte Schopetta.

Ohne daß es der Kommissar bemerkte, verbeugte sich Riepen devot und murmelte: „Tausendmal vergelts Gott, Herr Chef. Man ist ja so dankbar für jede kleine Anerkennung.“

Elle lachte, und nichts anderes hatte Riepen gewollt. Schopetta sah die junge Frau streng an und sagte dann mit ernstem Gesicht: „Um Gottes willen, liebe Kollegin, nicht lachen, der hört sonst überhaupt nicht mehr auf, diesen Stuß von sich zu geben.“

„Schopetta, du gönnst mir auch gar nichts“, knurrte Riepen und mimte den Beleidigten.

„Jetzt mal Scherz beiseite, Leute. Was haben wir noch für den Anfang?“ Schopetta beschrieb Karteikarten mit den einzelnen Aufgaben und heftete daneben kleine Pappkärtchen mit den Namen der Kollegen, die sich um die Erledigung kümmern sollten.

Riepen meldete sich noch einmal: „Ich will mich ja nicht vordrängeln, aber ich habe begonnen, routinemäßig die Namen aller Personen, mit denen wir im Museum gesprochen haben, durch den Computer laufen zu lassen. Zur Zeit habe ich aber noch keine Erkenntnisse. Ich denke, auch hier frühestens morgen vormittag entsprechende Mitteilung geben zu können.“

„Sehr schön, Herr Riepen“, frotzelte Schopetta, beschriftete weiter seine Karteikarten, sagte dann aber wie nebenbei: „Immer weiter so, dann wird's auch was mit der Beförderung.“

„Klugscheißer“, raunzte Rudi mit grinsendem Gesicht, aber die Kollegen Baumeister und Kärcher riefen: „Glückwunsch, Rudi, wir trinken Pils, in den dir bekannten Mengen. Wann dürfen wir auffahren lassen?“

„Gar nicht, ihr Nasen. Merkt ihr denn nicht, daß Schopetta wieder alle nur verarscht?“

„So kann man das auch nicht sagen, Rudi. Aber lassen wir uns überraschen, was die Zukunft so bringt.“ Dann wurde Schopetta wieder ernst. „Gibt es in diesem Augenblick sonst noch etwas, das zu tun oder zu bedenken wäre?“

Dabei schaute er in die Runde. Niemand äußerte sich.

„Gut. Gehen wir noch einmal unsere ‚Aufgabenliste‘ durch.“ Er tippte mit dem Kugelschreiber auf jede einzelne Karte an der Pinnwand und referierte dazu: „Rudi nudelt alle Zeugen durch die EDV und spricht bis morgen mittag mit den wichtigsten davon, falls überhaupt jemand etwas von dem Einbruch bemerkt hat.“

Rudi Riepen hob die Hand, signalisierte sein Einverständnis und sagte: „Ich hab verstanden. Dieser Czychi ist dein Mann.“

Schopetta nickte nur und wies auf die Karte mit den Aufgaben für Rolf Kärcher.

„Rolf, du kümmerst dich um die amtliche Identifizierung des Toten und seine Fingerabdrücke, und ob wir nicht sogar etwas über ihn in den Archiven haben."

Der Angesprochene nickte.

„Herbert sieht zu, daß alle Berichte zu den Tatortermittlungen zusammenkommen, also Fingerabdrücke, Faserspuren und natürlich die Informationen über die Alarmanlage. Sowie die Identität unserer Leiche feststeht, bin ich unterwegs zur Familie des Opfers. Zu Hobrecht ins Institut gehe ich, sowie der signalisiert, daß er was zu sagen hat."

Erwin Schopetta blickte in die Runde, sah auf seine Armbanduhr und sagte tief durchatmend: „Es ist jetzt gleich 17:00 Uhr. Ich weiß nicht, was unser freundlicher Polizeidirektor empfiehlt, aber ich empfehle Feierabend, Kollegen. War lange genug, und wir wissen nicht, was die nächsten Tage bringen. Wir setzen uns morgen mittag wieder zusammen. Ich denke, dann ist einiges mehr da."

Die Dienstbesprechung war zu Ende. Rolf sammelte die Photos ein, die nicht den Weg an die Pinnwand gefunden hatten, und Herbert Baumeister vervollständigte die Notizen auf seinem Spiralblock. Rudi nahm von nichts Notiz und spielte abwesend mit seinem Handy. Als Schopetta Elle ansah, hob die den Finger wie eine Schülerin und fragte: „Ich müßte morgen früh zum Einwohnermeldeamt, um mich umzumelden, ich käme eine Stunde später, ist das in Ordnung?"

Die Männer gaben Zeichen der Zustimmung, brummten irgendein Einverständnis oder nickten.

„Wohnst du nicht mehr in Steinfurt?" fragte Kärcher. „Wo biste denn hingezogen, wenn ich fragen darf?"

„Hier gleich um die Ecke, Elper Weg, schon fast in der Stadt."

„Und da muß man sich ummelden?" So weit er sich erinnern konnte, hatte Schopetta sich noch nie selbst umgemeldet. Bei allen Umzügen, die ihn und seine Frau quer durchs ganze Ruhrgebiet führten und vor fast 15 Jahren in einem Einfamilienhaus in Billerbeck endeten, hatte das immer Hannelore erledigt.

„Klar", sagte Elle. „Allein schon wegen Steuerkarte, Personalausweis und dem ganzen Kram. Wenn man da was braucht, muß man sich schon ummelden. Außerdem ist es Gesetz."

Schopetta war zufrieden und knurrte nur: „Ja, wenn das so ist.“ Dann steckte er sein Notizbuch ein, zog Jacke und Mantel über und nahm im Vorbeigehen ein Photo des Ermordeten von der Wand.

Schon fast unter der Tür drehte er sich noch einmal um und sagte: „Der Letzte macht das Licht aus.“

9

Schopetta quälte seine geschwollenen Füße aus den noch zugebundenen Schuhen und stöhnte dabei wie beim Säckeschleppen. Im Hochgefühl, damit die letzte wirklich anstrengende Arbeit des Tages hinter sich gebracht zu haben, atmete er erleichtert auf, stellte die Treter ins Schuhregal und ging in sein Arbeitszimmer. Er brauchte nicht lange zu suchen, um das Buch zu finden, das auf mittlerer Höhe in einem der bis zum bersten gefüllten Bücherschränke stand.

„Die ganze Wahrheit über die Hermannsschlacht“, las er sich selbst halblaut den fett und in roten Buchstaben auf dem Cover prangenden Titel vor. Dabei hielt er das Buch deutlich auf Distanz, um auch noch das Kleingedruckte entziffern zu können. „Eine wissenschaftliche Abhandlung von Heinrich Maria Bender“ stand da.

„Aha“, knurrte er. „Nicht Hermann, sondern Heinrich und statt Binder eben Bender, und eine Maria ist auch noch dabei.“

Er blätterte oberflächlich in dem Buch. Allein schon der Name des Buchs ist zum Erbrechen schlecht, dachte er. Auf einer der letzten Seiten fand er das, was er suchte. Neben den üblichen Angaben zur Person war da auch das Photo des Autors. Er hatte sich richtig erinnert. Sandfarbene Uniform, Tropenhelm aus dem Asia-Shop, und auch der stilisierte Adler auf der Brusttasche war gut zu erkennen. Er verglich das Bild nur kurz mit dem Photo, das er aus dem Präsidium mitgebracht hatte. Es war eindeutig Bender. Da gab es für Schopetta keinen Zweifel mehr.

Heinrich Maria Bender war ein alter, verschrobener Mann, der es für nötig hielt, bei seinen heimatnahen Forschungen im Lippetal einen strohgeflochtenen Tropenhelm zu tragen. Das sagte alles. In einem kurzen Anflug von Mitleid bei der Betrachtung der seltsamen Verkleidung des Forschers, murmelte Schopetta: „Was soll’s! Jeder verlängert seine Kindheit, so wie er mag, und wenn er darüber senil wird!“

Während er die Seiten des Buches noch einmal von hinten nach vorne unter dem Daumen entlanggleiten ließ, erinnerte er sich an die Lektüre. Eine Quälerei und Zumutung für jeden Menschen, der sich mehr oder weniger ernsthaft mit dem Thema römischer Geschichte in Westfalen befaßte. Schwülstigste Germanentümelei, Gleichschrittromantik, vermischt mit unterschwelligen Ansätzen einer Seelenwanderungstheorie, das Ganze in miserabelstem Schreibstil und gespickt mit antisemitischen Anmerkungen. Einfach nur abgrundtief schlecht das Machwerk, und nachdem er sich noch einige seiner eigenen Randbemerkungen durchgelesen hatte, klappte er das Buch wieder zu und legte es auf die Fensterbank im Flur, direkt neben die Haustür, um es am Morgen nicht zu vergessen.

Erst jetzt nahm er sich die Zeit, Mantel und Jacke auf die Bügel der Garderobe zu bugsieren, und nachdem er sich auch von der Krawatte befreit hatte, löschte er das Licht im Flur und schlurfte, seine ausgetretenen Lederschlappen an den Füßen, in die Küche.

Zum Abendessen gab es den Klassiker für einsame Alleinesser, unter besonderer Berücksichtigung der kurzzeitigen Abwesenheit der hauswirtschaftenden Ehefrau. Eine Dose Hering in Tomatensauce mit trockenen Toastbrotscheiben und alkoholfreiem Bier, völlig kulturlos, direkt vor dem laufenden Fernseher und aus der Dose. Schopetta neigte schon bei kurzzeitigem Ausfall einer strengen Aufsicht zur absoluten Verwahrlosung.

„Aber schön ist es doch“, mampfte er selbstzufrieden und schob die letzten Brotbrocken in den Mund, mit denen er die Blechdose ausgewischt hatte.

In der Spülmaschine stand nur das bißchen Geschirr vom Frühstück und etwas Besteck. Ein paar Minuten lang rechnete er nach, wie viele Tage es dauern würde, bis die Maschine mit schmutzigem Geschirr gefüllt sein würde, und das ermittelte Ergebnis ließ ihn handeln. Er räumte den ganzen Kram hoch in die Spüle und wusch das Geschirr mit der Hand. Auch die Spuren seines opulenten Abendmahls, die sich noch auf dem Glastisch vor dem Sofa abzeichneten, beseitigte er routiniert, stellte den Ton des Fernsehers aus und griff zum Telephon.

Er wählte die Privatnummer von Horst Becker, dem Bürgermeister von Billerbeck. Das Freizeichen ertönte mehrmals, bis sich der Mann meldete.

„Hallo Horst, ich bin’s, Erwin. Ich hoffe, ich störe dich nicht.“

Auf der anderen Seite der Leitung war ein kurzes Schnalzen zu hören, dann die Stimme von Horst Becker: „Nee, nicht die Bohne, ich bin grade beim Vorabendbrot, da sind Störungen noch nicht möglich. Was gibt es, Erwin?“

„Ich brauche deine fundierten Kenntnisse der statistischen Zahlen unserer Stadt“, schmeichelte der Kommissar, und im Hörer war ein erstauntes Röcheln zu hören.

„Genauer gesagt, hoffe ich, daß du den Umfang der An- und Abmeldungen beim Einwohnermeldeamt im Kopf hast. Ich muß wissen, wie viele solcher Vorgänge durchschnittlich in einem Monat vorkommen, wie viele verspätet sind und wie hoch die Dunkelziffer sein könnte, also die Zahl von Personen, die sich weder an- noch abmelden?“

„Du willst mich verarschen, Erwin?“

„Nein, warum? Ich hab wirklich gedacht, du bist da voll auf dem laufenden.“

„Mein Gott, Erwin, heiß ich vielleicht Nölle-Neumann? Frag mich morgen nochmal. Ich bin froh, daß ich die Haushaltszahlen einigermaßen im Kopf habe, und da kommst du mit som Scheiß. Und dann noch vom Einwohnermeldeamt!“

„Ich brauche die Informationen für eine Ermittlung, Horst. Und du bist der einzige, an den ich mich so vertrauensvoll wenden kann. Aber ich verspreche dir, sollte ich den Fall mit deiner Hilfe lösen, kriegt die überregionale Presse einen Hinweis, wer die entscheidenden Tips gegeben hat. Ist das nichts?“

„Bis ich in der überregionalen, geschweige denn, in der regionalen Presse, auch nur ansatzweise positive Erwähnung finde, ist meine Amtszeit hier zu Ende. Glaubst du, ich bleibe die nächsten zwanzig Jahre hier? Du solltest den Baumberger von morgen lesen, mein Lieber. Ich hab es heute bekanntgegeben. Nur noch diese Amtsperiode, und dann ist Schluß.“

„Mach keinen Quatsch, Horst!“ Schopetta war ehrlich betroffen, von den Ruhestandsplänen des Gemeindedirektors zu hören, und weil er den Verwaltungschef von Billerbeck wirklich mochte, sagte er fast geknickt: „Horst, überleg dir das noch mal, die Stadt braucht dich.“

„Verarsch mich nur weiter, ich habs nicht besser verdient“, lachte Bekker. „Trotzdem kann ich dir nicht helfen, aber ich sag im Amt Bescheid. Die melden sich bei dir. Irgendeine Statistik werden sie schon gefälscht haben, die dir weiterhilft.“

„Das wäre nett“, bedankte sich Schopetta freundlich. „Wenn es möglich ist, kann mich der Kollege ruhig morgen früh noch hier zu Hause anrufen, dann spart sich die Gemeinde das Ferngespräch. Ansonsten leg dich wieder hin, und verschlaf dein Abendbrot nicht."

„Da hab mal keine Sorge", lachte Becker.

Schopetta setzte den Wasserkocher in Gang, um sich einen Tee aufzubrühen. Erst jetzt bemerkte er die Abwesenheit des Katers. Sonst saß der schwarze Brocken im Licht der Straßenlaterne auf der niedrigen Gartenmauer und wartete auf die Heimkehr der Familie. Immer schon lange bevor eins der Familienautos in die schmale Stichstraße einbog, bezog die Numero Sieben ihren Platz und wartete. Erst wenn ihm genug Aufmerksamkeit geschenkt worden war, ließ er sich abschütteln und verschwand in Richtung einer seiner Lieblingsplätze. Aber heute hatte der Kater nur in aller Herrgottsfrühe auf der Mauer gesessen, daran erinnerte sich Schopetta. Aber am frühen Abend, da fehlte er.

Schopetta ging an die Terrassentür und sah hinaus. Es war stockdunkel, und es regnete immer noch seicht, aber anhaltend. Nur wenn hinter der Hügelkuppe ein Auto sein Kommen durch den Lichtschein des eingeschalteten Fernlichts ankündigte und die flackernden, durch die kahlen Äste der Alleebäume zerhackten Lichtkegel in den nebeligen Nachthimmel schossen, war es für einige Sekunden hell genug, um ein paar Einzelheiten im Garten zu erkennen.

Aber im Augenblick näherte sich kein Auto, und es blieb dunkel. Nichts war zu erkennen, auch die Außenfensterbank der kleinen Laube nicht, einer der beliebteren Aussichtspunkte des Katers. Alles war schwarz und für das Auge undurchdringlich.

So blieb dem Kommissar nichts anderes übrig, als getrieben von einfältiger Tierliebe zumindest das Grundstück nach Numero Sieben abzusuchen, obwohl er wußte, daß es vergeblich sein würde. Er schaltete die Außenbeleuchtung an, stattete sich mit Wachsjacke und Plastikschuhen aus und verließ das Haus durch den Keller. Oben an der Treppe pfiff Schopetta erst einmal durch die Zähne. Unter normalen Umständen reagierte der Kater immer auf dieses Zeichen. Doch diesmal tat sich nichts.

Er startete seinen Kontrollgang. Doch auch die bei schlechtem Wetter üblichen Aufenthaltsorte des Tieres waren nicht besetzt. Der letzte Blick galt noch einmal dem Gartenhäuschen. Alle Fenster waren verschlossen, die Tür zu, die Katzenklappe gängig. Der Stapel mit den Polstern für die Gartenmöbel war aber nicht besetzt.

Schopetta befiel eine merkwürdige Unruhe, und er versuchte sich zu erinnern, wann der Kater das letzte Mal einen längeren Ausflug unternommen hatte, aber momentan fehlten ihm dazu alle Merkpunkte.

Wieder auf dem Rückweg, warf er noch einen Blick in den Holzschuppen. Die Beleuchtung war hier besonders schlecht, und alles lag durcheinander. Mit vorsichtigen Schritten durchwatete er das Chaos aus Gartengeräten, Sommerreifen und Brennholz, und eine innere Stimme predigte dabei, daß man sich auf keinen Fall so an die Tiere gewöhnen sollte. Man muß frei bleiben von diesen elenden Katzenkalenderemotionen, aber für Schopetta war längst klar, daß spätestens seit Walt Disneys Film „Susi und Strolch" in unserer sogenannten zivilisierten Welt ein normal emotionales Verhältnis zwischen Mensch und Tier nicht mehr möglich war.

Er schob mit dem Fuß die große Gartenharke zur Seite, damit er auch noch einen Blick in die hinterste Ecke des Holzschuppens werfen konnte. Aber ein schwarzer Kater war hier weder tot noch lebendig zu entdecken.

„Da stimmt doch heute nichts mehr", schimpfte er vor sich hin und wünschte sich eine Welt, in der es keinen Tabubruch bedeutete, wenn man eine Katze, die man unter vielen Mühen großgezogen hatte, nach entsprechender Zubereitung auch auffraß.

Um sich zu beruhigen, solidarisierte er sich in Gedanken sogar mit der Weltsicht seiner Gattin, die im fernen Novgorod saß, wahrscheinlich mit irgendwelchen Donkosaken Wodka trank und ganz sicher nicht an eine schwarze westfälische Bauernkatze dachte. Dann schon eher an einen sibirischen Tiger. Hannelore Schopetta hatte immer vor der zu herzlichen Nähe zu allem Getier gewarnt und bei jeder Gelegenheit betont, sie wolle sich nicht so sehr an das Kätzchen gewöhnen. Hinterher vermisse sie es so, und mit dem Hinterher umschrieb sie den Augenblick, wenn Erwin mit Schaufel und Eimer losziehen mußte, um Mathilde, Tiger, Porky, Luca, Attila oder Fritz von der Straße zu kratzen.

„Scheiße", knurrte er und bemerkte verärgert, daß auch die coolsten und abgeklärtesten Gedanken seine Unruhe nicht im geringsten verminderten. Langsam und vorsichtig machte er zwei Schritte rückwärts. Plötzlich fühlte er den leichten Widerstand unter dem Absatz, das feine metallische Klicken im Kies, hörte ein feines schnelles Surren, und dann traf ihn der Schlag. Hinten rechts, heftig und schmerzvoll knallte etwas an seinen Kopf, doch die so gefährliche ‚mannstoppende Wirkung' blieb aus. Er taumelte nicht, fiel nicht um, sondern geriet aufgrund des eher schneidenden als dumpfen Schmerzes in Wut. Reflexartig erwachte in ihm der Kampfsportler, ohne zu zögern, fuhr er herum, und mit einem gezielten Handkantenschlag schmetterte er den Harkenstiel zur Seite. Ärgerlich rieb er sich die schmerzende Beule und trat wütend nach dem Gartengerät, traf es, und der Stiel brach in drei Teile. Derartig erfolgreich verließ Schopetta leise fluchend den Holzschuppen und ging zum Haus zurück.

Schon im Keller hörte er das Telephon klingeln. Er hoffte sehr, daß es nicht einer der Nachbarn war, der eine tote Katze am Straßenrand als die schopettasche identifiziert zu haben glaubte. Fast schien es ihm so, als würde das Klingeln des Telephons eindringlicher werden. Trotzdem zog er bedächtig die Regenjacke aus, wechselte aus den Plastikgaloschen in die ausgetretenen Romika-Latschen und ging, ohne das Licht einzuschalten, nach oben.

Der Flur war dunkel. Nur die Straßenlaterne warf einen schwachen Lichtschein durch das kleine Fenster neben der Tür, und ganz gegen seine Gewohnheit knurrte er nur ein hastiges „Ja bitte." in die Muschel.

Am anderen Ende meldete sich niemand, doch Schopetta hörte Atemzüge, Rauschen und Knistern, und weil seine Unruhe plötzlich so groß war, bölkte er ärgerlich: „Hallo, verdammt noch mal. Ist da jemand?"

Erst jetzt fragte eine leise, leiernd und hallverzerrte Stimme seltsam gestelzt: „Sprech ich mit Kommissar Schopetta?"

„Was soll das?" rief Schopetta ins Telephon. Ihm fiel plötzlich das Schlucken schwer, und mit heiserer Stimme setzte er nach: „Ich habe keine Zeit für solche Mätzchen. Was wollen Sie?" Unwillkürlich kam ihm eine ähnliche Szene aus irgendeinem alten Krimi in den Sinn, und er war erstaunt, daß die Unruhe, die bis gerade noch dem vermißten Haustier galt, unerwartet heftig eine andere Qualität annahm.

Aus dem Hörer kam keine Antwort, nur die Atemgeräusche mischten sich mit einem knisternden Rasseln. Nach unerträglich langer Zeit flüsterte die Stimme: „Ich hab ne Mitteilung für Sie, Herr Kommissar." Dann war wieder Stille.

Schopetta warf einen flüchtigen Blick durch das Flurfenster und sah, wie der Wind an den kahlen Büschen der Hecke zerrte. Er hörte die Blechhaube der Außenlampe klappen, und das fahle Licht der Straßenlaterne ließ hektisch flatternde Schatten entstehen. Schopetta brüllte in den Hörer: „Ich warte, verdammt noch mal!" Die Sekunden verstrichen, aber statt einer Mitteilung blieb nur der rasselnde Atem des Unbekannten. Plötzlich legte sich ein feines Amplitudenpfeifen unter das Geräusch. Schopetta drehte sich hastig um und schaltete das Flurlicht ein. Vom Licht beschienen, ließ seine Anspannung sofort nach, und das seltsame Kribbeln, das Rücken, Nacken und Hinterkopf befallen hatte, ebbte ab. Mit noch deutlicherem Nachdruck schimpfte er in den Hörer: „Ja, was nu? Ich denke, Sie haben eine Nachricht. Also, halten Sie sich nicht zurück!“

Trotzdem ließ die Reaktion noch unendliche Sekunden auf sich warten. Der rasselnde Atem blieb, und wieder steigerte sich Schopettas Unruhe.

„Thiu liebt alle Opfer, aber sein Volk erhält alle Kraft, wenn an Samhain Blut fließt.“

Es war die technische Künstlichkeit zusammen mit dem leiernd sakralen Vortrag, der Schopetta schlucken ließ. Wollte der Anrufer ihm einen Schrecken einjagen, dann war ihm das soeben bestens gelungen. Trotzdem riß er sich zusammen und bellte in das Telephon: „Was soll der Scheiß? Hallo, ich versteh Sie nicht. Sie müssen sich schon klarer ausdrücken!“ Doch noch bevor er den letzten Satz ganz zu Ende gesprochen hatte, klickte es in der Leitung, und das Gespräch war zu Ende.

„Hallo“, rief der Kommissar noch ein paarmal in das Telephon, und in einer hilflosen Geste klopfte er mit der Hand auf den Unterbrecherknopf. Es klickte hektisch im Lautsprecher, aber letztlich blieb nur der langgezogene Summton, der anzeigte, daß die Leitung für ein neues Gespräch frei war.

Er legte auf, schaltete das Flurlicht aus und fischte das tragbare Zweit-Telephon von seinem Schreibtisch im Arbeitszimmer. Als er sich in seine Couchecke fallen ließ, war ihm noch nicht klar, was er mit dieser seltsamen Nachricht anfangen sollte. Er brauchte einige Zeit, um sich zu sortieren und starrte dabei auf den stummen Fernsehapparat über dessen Bildschirm ein kritischer Erfahrungsbericht über die seit dem 1. November veränderten Ladenöffnungszeiten flimmerte.

Von einem Unbekannten wurde mit einem schweren Eispickel nach ihm geschlagen. Er konnte in letzter Sekunde ausweichen, und das gefährliche Werkzeug streifte nur ganz leicht seine Hand. Doch die stählerne Spitze zerschlug krachend eine Wodkaflasche, die er einem Schneemann in den Arm gedrückt hatte, der von seiner Gattin in irgendeinem russischen Vorgarten gebaut worden war.

Schopetta riß die Augen auf, fuhr erschrocken hoch und lebte noch. Der Knall, der ihn aus dem Schlaf gerissen hatte, war nicht durch eine zerberstende Wodkaflasche entstanden, sondern durch die TV-Fernbedienung. Sie war ihm aus der Hand gefallen und lag jetzt mit aufgesprungenem Deckel und den herausgefallenen Batterien vor ihm auf dem Boden. Schwer stöhnend bückte er sich danach, baute das Ding wieder zusammen und schaltete den Fernseher aus, der zuletzt die stummen Bilder bärtiger Talibankämpfer auf qualmenden Panzern gezeigt hatte.

Er wußte nicht, wie lange er in seiner Sofaecke gesessen und geschlafen hatte, doch anscheinend war es genug Zeit, um allerhand wirres Zeug zu träumen und Platz für neue Gedanken zu machen, denn während er im Flur noch die Taschen seines Jacketts auf der Suche nach seinem Notizbuch durchwühlte, war er in Gedanken schon dabei, die Nachricht zu rekonstruieren, die er vorhin durch den seltsamen Anrufer erhalten hatte.

Zu Thiu fiel ihm sofort etwas ein. Altgermanischer Hauptgott. Vergleichbar mit den später Odin oder Wotan genannten Göttern. Dann erinnerte er sich an die Worte Blut, irgend etwas mit Hain und Opfer und dann auf jeden Fall das Volk, das Volk, dem es gutgehen sollte nach dem Opfer. Er holte im Vorbeigehen einen Schreibblock aus dem Arbeitszimmer und setzte sich an den Eßtisch.

Nach zu vielen unbefriedigenden Versuchen, den Worten aus seinem Gedächtnis die richtige Reihenfolge und damit einen Sinn zu geben, goß er sich einen Tee auf. Mit der großen Tasse in der Hand lehnte er sich jetzt zurück und arbeitete sich von neuem und möglichst entspannt an eine brauchbare und verständliche Lösung heran. Dabei trank er seinen Tee, wie immer mit Süßstoff und künstlicher Zitrone bis zur geschmacklichen Unkenntlichkeit verfremdet, in kleinen Schlucken, und in immer neuen Kombinationen setzte er die Worte zusammen. Thiu opfert sein Volk im Bluthain, im Bluthain Thius opfert sein Volk, wenn sein Volk opfert ... Unendliche Male änderte er die Reihenfolge, wieder und wieder setzte er die Worte neu zusammen, bis er nach zwei drei erneuten Leseproben glaubte, dem Ergebnis zumindest sehr nahe zu sein.

„Thiu liebt Opfer, aber sein Volk ist groß, wenn in seinem Hain Blut fließt", las er halblaut die letzte Version seines Worträtsels.

Ja, das war der Text. Eindeutig so oder zumindest sehr ähnlich war der Wortlaut. Schopetta grinste und war mit sich zufrieden, und die Bedeutung war auch klar. Blut mußte fließen, um die Kraft des Gottes Thiu auf seine Gemeinde kommen zu lassen. Und ein solches Opfer sollte in einem dem Gott geweihten Hain stattfinden.

Ohne sich sehr anstrengen zu müssen, verband Schopetta fast wie selbstverständlich den mysteriösen Anruf mit dem Toten im Museum. Alles schien zu passen und den ersten brauchbaren Hinweis auf das mögliche Motiv für die Bluttat zu ergeben. Ritualmord. Der so übel zugerichtete Tote im Töpferofen, der sich jetzt als verbissener Germanen- und Heimatforscher entpuppte, die Parallelen zu keltischen Moorleichen im mittelenglischen Lindowmoos, der Hinweis auf einen blutrünstigen Gott, den augenscheinlich selbst heute noch irgendeine seltsame Sekte zu verehren schien, und das Kupferarmband an der Hand des Mordopfers, die Thorshämmer, das waren schon sehr eindeutige Zeichen. Natürlich. Die Dinge gehörten zusammen. Und kriminalistisch gesehen bewiesen ihm die letzten Jahre mehr und mehr, daß dem Menschen des ausgehenden zwanzigsten Jahrhunderts in bezug auf Gewalt- und Mordtaten einfach alles zuzutrauen war. Massenselbstmorde, Mord zur sexuellen Befriedigung oder einfach nur aus Langeweile, Rache und Ungeduld. Mord aus Geldgier, Habsucht, Liebe oder Eifersucht berücksichtigte er bei seinen Überlegungen gar nicht. Warum also in dieser Motivsammlung nicht auch Mord als Teil religiöser Handlungen? Gehörten Satans- und Geisterbeschwörungen nicht auch zu diesem Spektrum? Und bei den Tätern, – jede Altersgruppe und jede soziale Schicht waren da vertreten. Möglich war wieder einmal alles. Darum mußte man sich der Tötung Benders auch unter dem Gesichtspunkt eines religiös motivierten Mordes nähern. Der Fundort der Leiche war nicht der Tatort. Das paßte zu der geheimnisvollen Nachricht, der zufolge man den wirklichen Tatort in einem Heiligtum des Gottes Thiu suchen mußte. Schopetta machte sich weitere Notizen, aber plötzlich und unerwartet, während er noch seine Gedanken zusammentrug, kamen ihm Zweifel. Warum hatte er diese Nachricht bekommen? Irgend jemand kannte ihn, kannte seine Leidenschaft für alte Geschichte, oder – der Kommissar stutzte – oder irgend jemand wollte, daß in eine solche Richtung ermittelt wurde. Vielleicht paßt auch alles wieder einmal viel zu gut, und Vorsicht war geboten, weil jede schnelle Erklärung mit ganz besonderer Vorsicht zu genießen war.

Man darf es sich nicht zu leicht machen, akzeptierte er die Warnung in seinem Kopf, aber letztlich war der Anruf eingegangen. Also gab es einen Hinweis, dem man Beachtung schenken mußte. Wenn nicht die Nachricht selbst, dann vielleicht die Motivation, eine Nachricht abzusetzen. Morgen würde er alle Gedanken aufschreiben und sie an die Pinnwand heften neben die anderen Hinweise. Und in der Arbeit mit ihnen würde schon ihr Gewicht deutlich. Man würde sie in das System einbauen oder sie wieder verwerfen.

Man muß abwarten, dachte er sich und beschloß für den heutigen Tag wirklich Feierabend zu machen, als das Telephon erneut klingelte.

Unerwartete Telephonanrufe und diese am späten Abend ließen Schopettas Puls unweigerlich hochschnellen. Seine Kinder kannten seine Reaktionen und riefen nie so spät an. Hannelore war in Rußland der Zeit voraus und schlief sicher längst. Der Klingelton trieb seinen Blutdruck auf Tageshöchststand.

Nur zögernd den inneren Widerstand überwindend, drückte er den grünen Knopf. Erschrocken meinte er schon den rasselnden Atem zu hören, als eine Stimme mit deutlich westfälischem Zungenschlag fragte: „Bin ich mit dem Anschluß von Kommissar Schopetta verbunden?“

„Ja, am Apparat.“ Er meldete sich schnell und spürte wie er sich entspannte. „Hauptkommissar Schopetta“, ergänzte er. „Worum geht’s?“

„Mein Chef hat mich angerufen und gesagt, ich müsse Ihnen unbedingt heute noch einige für die polizeilichen Ermittlungen wichtigen Zahlen durchgeben, das möchte ich hiermit tun.“

„Das ging aber schnell“, freute sich der Kommissar, der um diese Zeit wirklich nicht mehr mit einem Anruf aus dem Rathaus gerechnet hatte und klappte seinen Schreibblock wieder auf.

„Schnell?“ nörgelte die Stimme am anderen Ende hörbar eingeschnappt. „Ich sitze hier seit zwei Stunden über den Unterlagen. Die Regelstatistik bräuchte ich nämlich erst zum Ende des Jahres fertig zu haben. So ist alles nur doppelte Arbeit.“

„Mir hätten Durchschnittswerte gereicht!“ versuchte der Kommissar einzulenken.

„Hinterher ist man immer schlauer. Der Herr Bürgermeister hat gesagt, es wäre wichtig und mehr als eilig.“

„Oh, keine Frage.“ Schopetta wollte auf keinen Fall dem Bürgermeister in den Rücken fallen und ruderte schnell zurück, um keinen Zweifel an der Wichtigkeit des Auftrags aufkommen zu lassen.

„Das ist es auch!“ betonte er sehr gewichtig. „Es hängt viel davon ab, vielleicht sogar die Aufklärung eines schweren Verbrechens“, unterstrich er, obwohl er im Augenblick nicht einmal wußte, ob er sich mit seinem naiv skurrilen Ansatz nicht völlig auf dem Holzweg befand.

„Ich versteh zwar nicht, was die Zahlen des Einwohnermeldeamtes Billerbeck bei einer Ermittlung der Polizei im Kohlenpott besagen können, aber hier sind sie: Also, im Durchschnitt sind es zwölf Vorgänge pro Monat. Vor und nach den Sommerferien gibt es immer eine leichte Steigerung von zirka fünfzehn Prozent. Zur Zeit halten sich Zu- und Abgänge die Waage. Mit Verspätung kommen schon mal ein, zwei Leute im Jahr dazu.

Die haben es meistens aus irgendeinem Grund vergessen. Aber statistisch gesehen, spielen die kaum eine Rolle."

„Melden sich eigentlich alle Leute an, die nach Billerbeck ziehen?"

„Wie gesagt. Früher oder später auf jeden Fall."

„Was heißt das?"

„Sowie jemand eine Steuerkarte braucht, einen Personalausweis, einen Paß oder eine Mülltonne, muß er gemeldet sein."

„Und wenn man zur Miete wohnt, keine Mülltonne braucht und nicht arbeitet?"

„Diese Leute wollen meistens Sozialhilfe oder einen Mietzuschuß. Wenn sie nicht gemeldet sind, gibt es beides nicht", sagte die Stimme am anderen Ende der Leitung verächtlich, und Schopetta erinnerte sich, daß in vielen Köpfen erst der Hausbesitzer als Vollbürger anzusehen ist.

„Ah, verstehe. Und wenn solche Leute reich wären und nichts von alldem brauchten?"

„Dann haben sie verdammtes Glück!" mäkelte die Stimme am Telephon. „Dann wohnen sie nicht in Billerbeck zur Miete, sondern auf Mallorca in der eigenen Villa."

Offenbarungen einer Beamtenseele, dachte Schopetta und beschloß, das Gespräch nicht in die Länge zu ziehen.

„Sie haben mir sehr geholfen. Wie war doch noch Ihr Name?"

„Everding, Amtsinspektor Everding!"

„Gut, Herr Everding, eine Frage noch zum Schluß. Wie viele Einwohner hat Billerbeck zur Zeit, und ist die Einwohnerzahl der Stadt steigend oder sinkend?"

„Zur zweiten Frage: Steigend, und zur ersten: Seit gestern abend 10871, bei Schulze-Doestrup ist gestern nämlich ein kleines Mädchen angekommen."

„Das war aber eine schnelle standesamtliche Anmeldung, die da erfolgt ist", sagte Schopetta erstaunt.

„Das weniger", knurrte Everding. „Ich bin so gut informiert, weil ich mit dem frisch gebackenen Vater dabei war, die Ankunft des Kindes gebührend zu feiern. Wenn ich jetzt zurückkomme, ist das Faß wahrscheinlich schon leer."

„Oh das tut mir leid. Dann will ich Sie nicht länger aufhalten, Herr Amtsinspektor. Vielen Dank für Ihre Bemühungen. Auf Wiederhören."

Schopetta sah auf seine Uhr. Es war mittlerweile 23:45 Uhr und nun wirklich Zeit, den Tag zu beenden. Nur kurz kämpfte er mit sich, den Fernseher noch einmal einzuschalten, aber da er wußte, wie so etwas endete, nämlich morgens um Zwei beim zweihundertsten Zapp in irgendeinen drittklassigen Spielfilm, ließ er es und ging schlafen.

ZWEITER TAG

10

„Na Kalle? Nich doch noch'n Schnäpsken zum Abschied? So'n Kurzen, nur zur Beruhigung?"

„Nee danke, Ernst. Das Bier hat mir gelangt. Außerdem ist es schon nach Eins. Ich muß sehen, daß ich nach Hause komme."

Ernst Czychi sah seinen Freund Kalle Reichenberg besorgt von der Seite an. Dann sagte er: „Aber ohne deine Kenne wär dat Ding nich so glatt gelaufen. War schon dicker Brocken. So wat, dat geht an die Substanz, geht dat."

„Nett, deine Umschreibung, mein Lieber. Ich hab das Gefühl, immer noch unter Schock zu stehen. Ich weiß gar nicht, was ich zuerst denken soll. Vom Tun ganz zu schweigen. Mein Gott, wenn das rauskommt, Ernst, dann sind wir auf unsere alten Tage noch fällig."

„Mach dir ma keine Gedanken, Kalle. Ich hab dat Ding voll in Griff. Da kann wirklich nix schiefgehn. Und du muß dir immer sagen: Et war dat Richtige, wat wir getan haben, glaub mir dat."

Ernst Czychi klopfte seinem Kumpel beruhigend auf die Schulter.

Kalle Reichenberg wiegte den Kopf hin und her: „Und meinst du wirklich, es wäre nicht besser gewesen, mit offenen Karten zu spielen und richtig Bescheid zu sagen?"

Czychi sah seinen Freund nachdenklich an.

„Jetz ma im Ernst, Kalle. Is doch wie dat immer is. Wenn du denen erklärs, worum dat geht, nimmt dir dat doch sowieso keiner ab. Da kannst du reden, so lange du wills. Ich hab da meine Erfahrungen." Er legte viel Nachdruck in seine Stimme. „Wie hättes du denen denn deine Kenntnisse von dem ganzen Gedöns erklärt? Die Nähe zu diesem Haufen Ewiggestriger. Da wärn Fragen über Fragen gekommn. Und auf keine hätt ich ne logische Antwort gewußt. Die is doch auch gar nich möglich, wenn du mich frags. Und letztlich machen wir doch nix Falsches. Wir rücken die Tatsachen son bisken zurecht, mehr doch nich. Und dat deren Verhalten, wat diese Arschgeigen ja unverändert bis heute an den Tag legen, auch noch ohne jede Konsequenz bleibt, dat kann doch auch nich dat sein, wat man sich so wünscht! Mach dir ma keine Sorgen."

„Und die Drohung, Ernst? Wir liefern die doch so oder so ans Messer. Die kommen doch sofort auf uns. Da ist das einfach zu sagen, mach dir mal keine Sorgen. Wenn die rauskriegen, wer dahintersteckt, dann sind wir fällig."

„Ruhe bewahren is alles, Kalle. Außerdem, so gefährlich wie die immer tun, sind die nich. Die haun auch nur auffe Kacke. Große Fresse und nix dahinter, glaub mir dat, Kalle. Wenn et drauf ankommt, bleibt dat bei wilde Worte. Dat war schon immer so."

„Dein Wort in Gottes Gehörgang, Ernst." Reichenberg zog unterstützt von Czychi seine wattierte Outdoorjacke an, klappte mit der linken Hand die Ohrenschützer seiner Sportmütze herunter und zog geschickt einen schwarzen Wollhandschuh über, den er dazu mit seiner Armprothese vor dem Bauch festklemmte.

„Soll ich dich nach Hause fahrn, Kalle?"

„Ne, Ernst, laß mal deinen Oldtimer im Stall. Ich hab mein Fahrrad unten stehen, und die Straßen sind ja beleuchtet." Er nahm einen Leinenbeutel, hängte ihn in die Lederhand und öffnete die Tür zum Treppenhaus.

Czychi klopfte ihm auf die Schulter: „Ich sach ma bis morgen, Kalle."

Reichenberg drehte sich nicht mehr um und sagte nur müde: „Aber nicht so früh. Du weiß doch, ein alter Mensch wie ich braucht seine Ruhe, besonders nach solchen ereignisreichen Tagen."

„Wenn du schlafen kanns, is doch prima. Mich jagt ja immer die senile Bettflucht. Egal wann ich in ne Falle geh, um fünf is die Nacht rum, da hilft auch kein Schäfkes zähln."

„Ist ja auch in Ordnung, Erwin. Bis morgen."

„Bis morgen, und glaub et mir, Kalle, morgen früh sieht dat alles schon wieder ganz anders aus, wirs schon sehn."

Der Automat im Sicherungskasten knackte laut, als Reichenberg den Lichtschalter betätigte. Es waren ein paar trübe Funzeln, die den Hausflur beleuchteten, und er stützte sich gut auf dem Geländer ab, als er die vier Treppen hinunterstieg. Draußen nieselte es. Nebel und Dunst schoben sich immer dichter zwischen die Häuser, und das Licht der wenigen Laternen wirkte darin milchig und trüb. Er schloß sein Fahrrad auf, fummelte den Dynamo zurecht, und indem er das Vorderrad mit Schwung in Rotation versetzte, prüfte er die Funktionsfähigkeit seiner Fahrradbeleuchtung. Das Licht der vorderen Lampe blendete auf und erstarb, als das Rad zum Stillstand kam. Das Rücklicht funktionierte nicht, und als er im Schein der Eingangsbeleuchtung den Fall begutachtete, mußte er zu seinem Ärger feststellen, daß die rote Plastikabdeckung zertrümmert und die kleine Glühlampe am Sockel abgebrochen war.

„Scheiß Blagen", meckerte er und überlegte kurz, das Angebot von Czychi doch noch in Anspruch zu nehmen. Er warf einen Blick nach oben zu den Dachgauben, aber die Rollos waren heruntergelassen, und zwischen den schmalen Ritzen der einzelnen Lamellen war auch kein Lichtschein mehr zu sehen. So verwarf er den Gedanken, wischte mit dem Ärmel über den nassen Sattel, schob die Lederhand seiner Armprothese über den Lenkergriff und drehte sein Fahrrad in Fahrtrichtung.

Zweimal stieß er sich mit dem rechten Fuß ab und bestieg das Damenfahrrad in makelloser Haltung mit elastisch ausholendem Bein über Gepäckträger und Sattel.

Czychis Wohnung lag für die Rückfahrt günstig. Man konnte den Schwung der zum Zentrum leicht abfallenden Wege nutzen, und da zu dieser Nachtzeit absolut kein Verkehr in den winkligen Wohnstraßen herrschte, schnitt er, gekonnt das Gewicht nach links und rechts verlagernd, die Kurven an den Einmündungen und fuhr mit nur ein paar Pedaltritten in Richtung Hauptstraße.

Der feine Regen sprühte ihm ins Gesicht, doch anders als sonst konnte er nach den Ereignissen der letzten vierundzwanzig Stunden dieser kostenlosen Gesichtsdusche durchaus etwas Belebendes abgewinnen. Ab und zu wischte er mit der Hand über die Augen, um seine Sicht nicht zu behindern und ließ sich so bis zur Weseler Straße rollen, und da auch hier kein Verkehr war, überquerte er sie ohne anzuhalten und setzte seinen Weg auf dem Seitenstreifen der anderen Fahrbahnseite fort.

Er hatte die Kurve am Weseler Tor schon ein gutes Stück hinter sich gelassen, als in seinem Rücken das Geräusch eines schnell fahrenden Autos lauter wurde.

Reichenberg hörte es lange, bevor ihn das Licht der Scheinwerfer erfaßte.

„Donnerwetter noch eins", murmelte er. „Der hat es aber eilig." Aus Gründen instinktiver Vorsicht nahm er die nächste Bordsteinabsenkung und fuhr auf dem Bürgersteig weiter.

Ein dunkler Wagen schoß an ihm vorbei. Die Reifen quietschten etwas in der leichten Linkskurve, und oben an der mit Dauergelb blinkenden Ampel bog das Fahrzeug nach links in Richtung Dülmen ab.

Für Reichenberg begann der Anstieg zur Umgehungsstraße. Er schaltete in den ersten Gang, und es knackte in der Nabe. Dann aber faßte die Torpedoschaltung.

Der alte Drahtesel begann, zusätzlich Geräusche zu produzieren. Bei jeder Pedalumdrehung rasselte es im Kettenkasten, und ein hohes Klicken war zu hören. Er hatte sich zwar vorgenommen, auf seine alten Tage keine größeren Investitionen mehr zu tätigen, nun aber legte er sich fest. Er wollte es wagen, doch noch ein neues Fahrrad zu kaufen. Wenn nur das ganze Theater erst einmal überstanden ist, dachte er.

Keine hundert Meter weiter mußte er schon richtig kneten, um die kurze, aber immer steiler werdende Anfahrt bis zur Einmündung in die Umgehungsstraße zu bewältigen. Er zog einmal kurz den Nasenrotz hoch, spuckte aus und pumpte schwer mit dem Oberkörper, um den Druck auf die Pedale zu erhöhen.

„Ehrgeiz, Karl-Heinz", munterte er sich auf. „Absteigen is nur für Wollzähne." Er schaffte die letzte Bergwertung des Tages und hielt oben angekommen direkt neben dem Ampelmast. Auf dem Sattel sitzend, die rechte Fußspitze auf der Bordsteinkante, sah er, wie in der Gemeinschaftsstunde „Senioren im Verkehr" gelernt, zuerst nach links und dann nach rechts und holte dabei tief Luft. Als er sicher war, daß sich kein Auto näherte, stieß er sich mit dem Fuß ab, um die Straße zu überqueren und seine Fahrt auf dem Radweg der anderen Straßenseite fortzusetzen.

Er hatte den Fuß noch nicht wieder auf dem Pedal, als ganz in seiner Nähe ein Motor aufheulte. Ungläubig sah Reichenberg nach links. Ein Wagen, der gut hundert Meter hinter der Einmündung von ihm unbemerkt im dunklen gestanden hatte, setzte sich mit quietschenden Reifen in Bewegung. Wie ein Geschoß jagte er ohne Licht auf ihn zu. Kalle war vor Schreck wie gelähmt. Doch statt sein Heil im kräftigen Antritt zu suchen, blieb er wie festgewachsen kurz vor dem Mittelstreifen stehen und starrte mit weit aufgerissenen Augen auf das heranrasende Fahrzeug.

Polizeihauptmeister Kluge rollte das Bandmaß auf und sagte dabei: „So, wie das riecht, hatte der alte Herr getrunken."

„Muß der Gerichtsmediziner feststellen." Der Streifenführer füllte ein Formular aus, das er auf ein Klemmbrett geheftet hatte.

„Und das Fahrrad ohne Rücklicht", setzte Kluge seine Beschreibung fort.

„Hab ich notiert. Konntet ihr Bremsspuren feststellen?"

„Nein, nicht mal den Hauch. Der muß mit einem Affenzahn hier lang und den Opa so übergemangelt haben. Wahrscheinlich auch besoffen."

„Für die Heftigkeit des Aufpralls liegen erstaunlich wenig Kleinteile vom Auto herum. Im Grunde lassen sich nur die paar Glassplitter hier zuordnen. Hast du alles in deine Skizze eingemessen?"

„Auf den Zentimeter genau, Stefan. Das Opfer ist gut fünfundzwanzig Meter weit geflogen. Spricht wirklich für eine sehr hohe Geschwindigkeit des Autos. Der Notarzt meint, der Radfahrer war vermutlich schon beim Aufprall auf die Straße tot, gewissermaßen am Schock gestorben."

„Dann ging es wenigstens schnell", murmelte Hamers. „Auch ein Trost, wenn auch nur ein kleiner. Habt ihr seine Papiere gefunden?"

„Ja, war alles vorhanden. Ausweis, Scheckkarte, Krankenkassenkarte. Es handelt sich bei dem Opfer um einen Karl Heinz Reichenberg, 4.3.1918. Wohnt drüben am Hullerner Damm. Die Kollegen sind schon rüber, um Bescheid zu sagen."

„Habt ihr die Adresse der Zeugen?"

„Zeugen gibt es nicht." Kluge zuckte mit den Schultern. „Liegt ja schon etwas weg von den Häusern. Und so spät in der Nacht ist kaum einer unterwegs. Nur die Aussage von dem Busfahrer, der uns alarmiert hat, liegt vor. Kam auf seiner normalen Tour vom Bahnhof und war auf dem Weg nach Dülmen. Hat fast das Fahrrad überrollt, und als er ausgestiegen ist, um nachzusehen, hat er auf der anderen Seite den Mann liegen sehen."

„Das Fahrrad kannst du jetzt einladen", sagte Hamers. „Vielleicht gibt es ja Lackspuren vom Tatfahrzeug. Wir sollten es gleich der Spurensicherung übergeben. Vielleicht können die das Ding unter die Lupe nehmen und weitere Hinweise finden. Ganz ohne Spuren zu hinterlassen, walzt man auch ein Fahrrad nicht platt."

Kluge klemmte das Bandmaß unter den Arm und trug das Fahrrad zum Bulli. Der Rahmen war kurz vor dem Sattel in einem exakten rechten Winkel abgeknickt. So paßte das, was von Reichenbergs Holländer übriggeblieben war, gut zwischen die Bänke des Polizeibullis. Alle sonstigen Spuren waren von den Polizisten photographiert worden, und was an beweglichen Teilen auf der Straße lag, steckte nun, verpackt in kleinen Plastiktüten, in einem Pappkarton.

Hamers steckte den Kuli in die Lasche am Klemmbrett, wandte sich an zwei Herren in Grau, die unter der offenen Heckklappe eines schwarzen Kastenwagens standen und rauchten: „Ihr könnt ihn jetzt übernehmen. Die Lieferung geht zum Pathologischen Institut. Ich denke ihr wißt Bescheid."

Die beiden nickten und begannen mit ihrer Arbeit. Erst als sich der schwarze Wagen entfernte, gab Kommissar Hamers seinem Kollegen ein Zeichen und in langsamer Fahrt fuhren die Polizisten über die B 51 in Richtung Recklinghausen.

11

Ohne anzuklopfen, riß Schopetta die Tür zum Büro des Kollegen Baumeister auf.

„Ist die Elle da?"

„Guten Morgen, Erwin", rief Baumeister, der dabei war, den Inhalt eines Pappkartons, den er vor sich auf dem Schreibtisch stehen hatte, zu untersuchen. Es waren Plastiktütchen, die von den Kollegen für die Beweissicherung benutzt wurden.

„Entschuldige, Herbert", der Kommissar grüßte mit der Hand. „Aber seit gestern abend geht mir dieser Serientäter nicht mehr aus dem Kopf. Auf dem Weg ist mir so ein Gedanke gekommen, und jetzt hab ich die Sorge, der könnte mir verlorengehen. Also, weißt du wo Elle steckt?"

„Wenn du dich erinnerst, Erwin, sie hat sich für heute morgen entschuldigt. Wollte etwas später kommen. Irgendeine Sache mit dem Einwohnermeldeamt."

„Ja, richtig." Schopetta schlug sich mit der flachen Hand vor die Stirn. „Dabei hat meine Idee genau damit zu tun."

„Mit dem Meldeamt?"

„Ja, so ungefähr. Wenn sie kommt, soll sie doch bitte sofort zu mir kommen."

„Wird gemacht, Chef!"

„Gibt es sonst etwas Neues?"

„Toter Radfahrer. Verkehrsunfall mit Fahrerflucht, vergangene Nacht. Ich seh gerade die Sachen durch, die von der Verkehrspolizei sichergestellt wurden."

„Ist Kärcher oder Riepen schon da, oder einer der anderen?"

„Sind alle schon unterwegs. Wie du siehst, läuft unser Ermittlungsapparat wie immer auf Hochtouren."

„Ihr seid Spitze, Jungs, ehrlich." Schopetta grinste und zeigte Baumeister seinen erhobenen Daumen. „Ich würde unsere Besprechung gerne schon um eins machen. Sagst du allen Bescheid?"

„Mach ich, Erwin. Ist sonst noch was?"

„Nö, eigentlich nicht. Ich werd mal sehen, was auf meinem Schreibtisch liegt. Falls ich nicht in meinem Büro zu erreichen bin, bin ich bei Heuermann, vorausgesetzt der Herr Polizeioberrat hat für einen seiner Plattfüße einen Termin frei."

Einen Augenblick lang dachte er daran, Baumeister von dem nächtlichen Anruf zu erzählen, verschob es aber auf die Mittagskonferenz. Stattdessen sagte er: „Vergiß bitte nicht, die Elle zu mir zu schicken. Bis später Herbert!" Und damit verließ er das Büro.

Auf seinem Schreibtisch fand er nur ein paar Notizen, die ihm Annette Sattelknecht hingelegt hatte. Die erste war vom Pathologischen Institut. Dr. Hobrecht teilte mit, erste Ergebnisse aufgrund plötzlich auftretender Arbeitsüberlastung nicht vor Mittwochmittag liefern zu können.

Die zweite war von Rudi. „Vielen Dank für deinen Tip!" stand da. „Es war ein toller Abend!"

Im Augenblick erinnerte sich Schopetta nicht daran, Rudi einen Tip gegeben zu haben, aber die schriftliche Fassung seines Dankes wies auf einen besonders erfolgreichen Abend hin. Dann schrieb Annette Sattelknecht mehr oder weniger in eigener Sache, daß die Kollegin Weitkunat heute ihren letzten Arbeitstag habe und daß er auf keinen Fall die Feier am Nachmittag vergessen solle, weil er die Ehrenrede halten müsse. Und mit dem letzten Notizzettel wurde ihm von der Sekretärin des Chefs mitgeteilt, daß Polizeioberrat Heuermann ihn dringend zu sprechen wünsche.

„Welch ein Zufall", knurrte er. Obwohl sich das gut traf, war Schopetta nicht wirklich zufrieden. Grundsätzlich wurde er, auch von Vorgesetzten, nicht gerne vor deren Schreibtisch zitiert. Zudem hielt er den jungen Polizeioberrat für einen arroganten und blindehrgeizigen Schnösel.

Während er zum Fahrstuhl ging, überlegte er, welcher Grund den Wunsch des Vorgesetzten ausgelöst haben konnte; denn auf der gestrigen Sitzung schien noch nichts Dringendes anzuliegen.

Nur Ahlers fiel ihm ein. Der Hausmeister aus dem Museum. Den hatten sie richtig verladen und sauer gemacht, und der Mann wirkte nicht so, als könne er ihre Form des Humors verstehen. Aber gelangt die Beschwerde eines Hausmeisters in etwas mehr als vierundzwanzig Stunden bis zum Polizeidirektor? Top-Leistung oder Spitzenbeziehungen, dachte er. Und um für das anstehende Gespräch die richtige Gemütslage zu finden, bohrte sich Schopetta tiefer in die notwendig schlechte Laune.

Dermaßen gerüstet, klopfte er im Vorzimmer des Polizeidirektors an und trat, ohne eine Antwort abzuwarten, ein. Frau Tomczyk, die immer wirkte wie eine mit Gas gefüllte Mary Poppins, sah von ihrer Arbeit auf. Die Tür zum Chefbüro stand offen, und die Gelegenheit nutzend sagte er betont laut: „Ich möchte den Chef sprechen!“

„Der Herr Polizeidirektor möchte Sie sprechen“, flötete Frau mit spitzem Mund.

„Falsch!“ Schopetta wurde deutlich lauter. „Ich möchte den Herrn Polizeidirektor sprechen und zwar schnell. Es ist äußerst dringend!“

„Sie lesen wohl Ihre Telephonnotizen ni...!“

„Schopetta!“

Der Ruf Heuermanns unterbrach den aufkeimenden Streit. Trotzdem hatte sich die Stimmung des Kommissars schon soweit entwickelt, daß er despektierlich die Hacken zusammenschlug und mit einem lauten „Jawoll“ antwortete.

Heuermann erschien in der Tür und zischte: „Lassen Sie diese Albernheiten.“ Und dabei dirigierte er ihn mit einer herrischen Handbewegung in sein Büro.

„Was gibt es so Dringendes, daß Sie mich unbedingt sprechen müssen?“ Der Polizeidirektor wirkte leicht gereizt, plazierte ihn aber nicht vor seinem Schreibtisch, sondern bat ihn, in einem der drei gigantischen Besuchersessel Platz zu nehmen. Er selbst ließ sich auf das nicht kleiner dimensionierte Ledersofa fallen, schlug seine langen Beine elegant übereinander und legte den linken Arm lässig auf die Rückenlehne.

„Ich habe eine dringende dienstliche Bitte, Herr Polizeioberrat.“

„Schopetta! Wir wollten diesen überkommenen Formalitätenkram doch lassen.“ Heuermann rückte seine Designerbrille zurecht und begann mit seinem Kugelschreiber zu knipsen.

„Gut, Herr Heuermann. Ich fang ohne lange Vorgeschichte an, direkt und geradeaus.“

Eine gekonnte und sehr elegante Geste des Direktors forderte ihn auf zu beginnen.

„Im Anschluß an die gestrige Pressekonferenz“, begann Schopetta, „ – Sie wissen, der Fall des Serienvergewaltigers – hab ich mir mal ein paar weitergehende, dienstliche Gedanken gemacht. Wie Sie selbst im Pressegespräch anmerkten, wird das Vorgehen des Täters von Mal zu Mal aggressiver und brutaler. Bevor also Schlimmeres passiert, sollten wir den Kerl kriegen. Darum würde ich einige Überprüfungen bei den

Einwohnermeldeämtern von Dortmund, Bochum, Castrop-Rauxel und Herne durchführen lassen wollen. Um sicher zu sein, daß die Arbeiten gezielt, genau und schnell durchgeführt werden, würde ich das gerne durch meine eigenen Beamten erledigen lassen. Dazu bräuchten wir offizielle Amtshilfe oder eine richterliche Verfügung. Wenn ich solche Anträge stelle, würde es wahrscheinlich Wochen dauern, bis etwas passiert. Zudem fallen die Informationen, die ich brauche, wahrscheinlich auch noch unter den Datenschutz, was zu weiteren Problemen führen könnte, ganz abgesehen von der Ähnlichkeit der Vorgehensweise zu einer, wenn auch sehr abgespeckten Rasterfahndung."

Heuermann machte sich einige Notizen auf einem kleinen Block mit gelben Klebezetteln, der vor ihm auf dem Tisch lag.

„Bei Ihren Beziehungen, Herr Oberrat, oh, Entschuldigung, Herr Heuermann, also bei Ihren Top-Kontakten zu Stadtdirektoren, Richtern und Staatsanwälten, würde es wahrscheinlich keine zwei Stunden dauern, bis wir loslegen könnten."

Der Polizeidirektor lächelte geschmeichelt und wehrte mit einer beschwichtigenden Geste ab.

„Doch, doch, Herr Direktor." Schopetta spielte ganz bewußt nur noch Obertöne. „Wenn Sie mit Ihren Kollegen vor Ort sprechen, könnten die entsprechenden Datensammlungen für allgemeine statistische Zwecke deklariert werden. Ich würde sie dann nur noch einsammeln und aus bestimmten Konstellationen meine Schlüsse ziehen. Ich würde schon morgen mit den Ermittlungen beginnen, und, wenn alles so läuft, wie ich es mir vorstelle, könnten Sie schon am Ende der Woche die Ergebnisse der Öffentlichkeit vorstellen.

„Was wollen Sie genau tun, Schopetta?"

„Es geht nur um den Abgleich einiger Daten. Aus Bochum und Dortmund brauche ich Listen mit allen Personen, die sich in der Zeit zwischen Mai und Juli beim dortigen Einwohnermeldeamt mit neuem, auswärtigen Wohnsitz abgemeldet haben."

Schopetta wartete bis der Polizeidirektor die Informationen notiert hatte. Dann fuhr er fort: „Hier aus Recklinghausen, aus Lünen, Castrop-Rauxel, Herne, Waltrop, Oer-Erkenschwick und Datteln brauche ich die Daten aller Personen, die sich seit Juni mit vormaligem Wohnort Dortmund oder Bochum angemeldet haben. Die Ortskenntnisse, die der Täter in allen Fällen bewiesen hat, zeigen eindeutig, daß er engste Einbindung in das Umfeld der Tatorte hat. Insbesondere sein schnelles und so spurloses Verschwinden spricht dafür. Und weil wir nicht einmal ansatzweise wissen, mit wem wir es zu tun haben, wäre es mir sehr recht, wenn die ganze Aktion erst einmal ohne Öffentlichkeit vonstatten gehen könnte."

„Denken Sie an Informationen, die unerlaubt unser Haus verlassen könnten?" fragte Heuermann erstaunt.

„Der Teufel is ein Eichhörnchen. Aber ich fürchte die Redereien nicht so sehr bei uns, als bei den vielen Meldebehörden. Wenn die Sachbearbeiter dort wissen, worum es geht, könnte allein durch unbesonnenes Gequatsche etwas an die Öffentlichkeit kommen. Und das wiederum könnte Schwierigkeiten geben, wenn nicht sogar durch einen dummen Zufall unsern Täter warnen."

„Sie haben recht, Schopetta. Veranlassen wir Geheimhaltung."

„Am besten wäre es, wir veranlaßten gar nichts, und die ganze Aktion bleibt unter uns. Nur Sie, ich und meine ermittelnde Beamtin. Wenn es klappt, wird keiner was zu mäkeln haben. Sollte etwas schiefgehen, könnten einige Kleinigkeitskrämer von Verletzung des Datenschutzes und der Einschränkung von Persönlichkeitsrechten unbescholtener Bürger faseln."

„Wie stehen die Chancen? Können mir Schwierigkeiten entstehen, Schopetta?" Der Polizeioberrat nahm seine Brille ab und putzte die Gläser mit seinem Einstecktuch. „Aber jetzt ehrlich."

„Wenn es die Ergebnisse gibt, die ich mir wünsche, stehen Sie da wie Prinz Eugen vor Belgrad. Wenn es schiefgeht, und unsere Aktion kommt an die Öffentlichkeit, bevor wir die Ergebnisse haben, können Sie immer noch von der Kompetenzüberschreitung eines einzelnen Beamten sprechen. Ich mache dann freiwillig den Kontaktbereichsbullen in Oer-Erkenschwick, inklusive Verkehrskasper."

Heuermann lächelte fast unmerklich. „Und da haben wir dann alle nichts von", bemerkte er lakonisch und setzte seine Brille wieder auf. „Sagen Sie mir, daß es ohne Schwierigkeiten klappt, und ich setze mich sofort ans Telephon."

Schopetta überlegte und kalkulierte das Risiko. Es waren nicht so sehr die beamtenrechtlichen Konsequenzen, die er fürchtete. Es war der persönliche Ärger, den er sich selbst mit einem Fehlschlag bereiten würde, das Bewußtsein, viele jetzt tolerierte Freiheiten zu verlieren, die heute seine Arbeit effektiv, erfolgreich und damit angenehm machten. Nach einem solchen Fehler könnte er im Präsidium sagen, was er wollte, seine Meinung würde auf ewige Zeiten nur noch soviel gelten wie der Furz eines toten Hundes. Soweit war er zumindest ehrlich mit sich selbst.

Aber wie sollte er jetzt seinem Vorgesetzten das Chancenverhältnis erklären. Wie sicher war er selbst in seiner Einschätzung, wie überzeugt, mit seiner Aktion wirklich das Richtige zu tun?

„Das Dingen läuft rund“, hörte er sich plötzlich selbst sagen. Völlig selbstsicher klangen die Worte in seinem Kopf. „Und wenn es kein Ergebnis bringt, merkt keiner was. Das kann ich Ihnen versprechen, Herr Direktor.“

Er war über sich selbst erstaunt, aber nachdem ihm die Sätze schon mal so gekommen waren, bemühte er sich auch darum, überzeugend zu bleiben.

Heuermann sah ihn durchdringend an, und zum ersten Mal, seit sie sich kannten, hatte der Kommissar dabei das Gefühl, nicht nur einem jungen Karrieristen gegenüberzusitzen. Beide schwiegen eine ganze Weile. Dann sah der Polizeidirektor auf seine Armbanduhr und meinte unvermittelt: „Ich vertraue Ihnen, Schopetta. Sie haben auf mich noch nie wie ein Hasardeur gewirkt, eher wie jemand, der viele Erfahrungen hat und diese erfolgreich mit seinem Instinkt verbindet.“

Dann stand er so schnell auf, daß der Kommissar nur mit Mühe folgen und die ihm entgegengestreckte Hand ergreifen konnte: „Ich werde alle meine Verbindungen nutzen, Schopetta, bis hinauf zum Minister, darauf können Sie sich verlassen. Sehen Sie zu, daß Sie Ihren Teil zum Erfolg beisteuern. Ich melde mich bei Ihnen, ich denke sogar im Verlauf der nächsten zwei, drei Stunden.“ Und mit mildem Druck steuerte er den Kommissar zur Tür. Der haßte es, geschoben zu werden, und zwar auf jeder Art. Darum blieb er wie angewurzelt stehen, sah Heuermann direkt an, der seinem Blick fast ein wenig erschrocken begegnete.

„Wenn ich Ihre Sekretärin vorhin richtig verstanden habe“, bemerkte Schopetta, „wollten Sie mich auch sprechen. Ich gehe davon aus, daß es sicher ein anderer Grund war als dieser Fall.“

„So?“ überlegte der Polizeidirektor und machte bei schlechter schauspielerischer Leistung ein nachdenkliches Gesicht. „Ich kann mich beim besten Willen nicht erinnern, Herr Kollege. Wird sicher nicht so wichtig gewesen sein. Wenn es mir wieder einfällt, melde ich mich. Ich gehe davon aus, daß meine Sekretärin alle Ihre Telephonnummern hat.“

Damit öffnete er die Tür und begleitete den Kommissar in das Vorzimmer. Hier ließ er sich sogar dazu verleiten, mehrfach die Schulter Schopettas zu klopfen, und der konnte es sich nicht verkneifen, mit frech spöttischem Lächeln Frau Tomczyk zuzuzwinkern.

12

„Deine Frau hat angerufen“, begrüßte ihn Annette, als er den Kopf durch die Tür steckte, um die Kollegin kurz zu begrüßen.

„Und?“ fragte Schopetta. „Hat sie was gesagt?“

„Na klar, hat sie was gesagt. Alles in Ordnung, hat sie gesagt, nur kalt ist es, zweiundzwanzig Grad minus. Für mich wär das ja nichts, ich hab es lieber mollig warm. Zweiundzwanzig Grad plus wären schön, und dann in der Sonne liegen, irgendwo im Süden, und nichts tun, außer ...“

„Hat sie mir was ausrichten lassen, Annette?“

„Was? Ausrichten? Nee! Eigentlich nicht. Grüße von den Kollegen hat sie bestellt, und sie meldet sich morgen früh bei dir.“

„Danke, Annette! Ist Post für mich da?“

„Liegt schon auf deinem Schreibtisch.“

Schopetta zog die Tür zu und atmete tief durch. Eigentlich hätte er gerne noch nach einem Kaffee gefragt, aber er scheute Annettes kommunikatives Beiwerk. Darum ging er in die Kantine runter.

Die junge Frau, die ihn auch am Vortag bedient hatte, stand hinter der Ausgabe.

„Einen Kaffee“, bestellte Schopetta.

„Mit Milch und Süßstoff, stimmt et?“

Schopetta nickte.

„Bärentatzen sind aus, aber Käsebrötchen hab ich heute im Angebot. Na, junger Mann, wie isset? Kann ich Sie verführen?“

Schopetta sah verdutzt die junge, wasserstoffblonde Frau an, die mit einer Gebäckzange ein Käsebrötchen hochhielt. Als sein Blick in staunend anerkennender Betrachtung tiefer rutschte, las er das Namensschild auf ihrem Kittelrevers, und schmunzelnd flachste er: „Da bin ich sicher, Frau Salisch, und dazu bräuchten Sie nicht einmal das Käsebrötchen.“

„Sie oller Schäääker, Sie“, gackerte Frau Salisch hocherfreut, legte das Käsebrötchen auf das Tablett zurück und reichte ihm den Kaffee über den Tresen.

Er suchte sich einen Platz an der Fensterseite. Es war ein wenig heller geworden, aber der nieselige Novemberregen hatte noch nicht aufgehört. Und wenn er sich an die Frühnachrichten erinnerte, prophezeite der Wetterbericht vor dem Wochenende keine wirkliche Besserung.

Elle kam in die Kantine. Schopetta erhob sich kurz von seinem Platz und winkte, um von ihr gesehen zu werden. Sie lächelte, winkte zurück und, nachdem sie sich mit einer Cola aus dem Kühlfach selbst bedient hatte, kam sie zu ihm herüber.

„Stört es Sie, wenn ich rauche?“ fragte sie, stellte Glas und Flasche auf den Tisch und beförderte eine Packung Camel ohne Filter aus ihrer Umhängetasche.

Er schüttelte den Kopf.

„War bis vor kurzem selber starker Raucher. Weiß bis heute noch nicht, ob ich meine Abstinenz auf Dauer durchhalten kann. Zusehen härtet ab. Also tu dir keinen Zwang an.“

Genußvoll bebten seine Nasenflügel, als die ersten zarten Schwaden Tabaksqualm zu ihm herüberzogen.

„Ich war schon in Ihrem Büro“, sagte sie und blies den Zigarettenrauch durch Mund und Nase zur Seite weg. „Herbert hat mich zu Ihnen geschickt, Sie wollten mich sprechen?“

Schopetta grinste.

„Ja, Frau Kommissaranwärterin. Ist sogar etwas ganz Dringendes. Du mußt einen wichtigen Auftrag erledigen. Braucht ne Menge Fingerspitzengefühl. Fürs erste soll nämlich nichts an die große Glocke gehängt werden.“

„Hat es was mit unserem Fall zu tun?“

„Nein. Eine ganz andere Sache.“

„Dann bin ich also raus aus dem Fall?“

„Zur besonderen Formulierung deiner Frage kann ich dir nur sagen, du siehst zu viele schlechte Krimis. Zum Inhalt sage ich ja. Wenn du zusagst, bist du im Augenblick mit einer anderen Sache betraut – wenn auch nur kurzfristig.“

Elles Gesicht zog sich in die Länge, und jede Begeisterung war daraus verflogen.

„Nu sei mal nicht enttäuscht.“ Schopetta redete mit der Kollegin plötzlich wie mit seiner jüngsten Tochter, die aufgrund postpubertärer Erziehungsfehler heftig zum Zicken neigte und klopfte ihr dabei, der Macht der erzieherischen Gewohnheit folgend, sanft auf die Hand. Als er das selbst bemerkte, zog er seine Hand erschrocken zurück und murmelte beschwichtigend: „Was du tun sollst, ist zur Zeit wirklich sehr viel wichtiger!“

Elle trank die Cola, zog an ihrer Zigarette und tat eingeschnappt.

Die Blagen sind doch alle gleich, dachte Erwin Schopetta, und weil er gut wußte, wie man mit zickigen Töchtern umgeht, sagte er deutlich strenger: „Paß mal auf, meine liebe Elle! Ich will dir mal etwas sagen, nur damit das ein für allemal klar ist zwischen uns: Erstens haben wir uns gestern darauf verständigt, uns zu duzen. Daran sollten wir nichts ändern. Zweitens kannst du dir schon etwas darauf einbilden, wenn ich dir als die Jüngste im Team, die gerade mal übergangsweise hier ist, eine derart wichtige Sache anvertraue. Und drittens möchte ich auf keinen Fall jemanden zur Mitarbeit zwingen. Wenn du lieber Klinken putzen willst, dann schieb mit Rudi durch die Häuser am Museum und frag die Leute, wer in der Nacht etwas Verdächtiges bemerkt hat. Wenn du dich dafür entscheidest, habe ich auch keine Probleme damit."

Die Ansprache paßte und zeigte spontan Wirkung. Elle drückte ihre Zigarette aus, sah Schopetta erstaunt an und sagte, diesmal ohne zu zicken: „Is o. k. – Erwin. Ich hab verstanden. Ich war nur enttäuscht, weil ich kaum im Team war und schon wieder raus soll."

„Davon kann keine Rede sein. Es ist nur so, daß wir neben dem Mord in Haltern auch noch ein paar andere Fälle haben, die gelöst werden müssen. Und wie gesagt, die Sache, die du erledigen sollst, ist zur Zeit wirklich wichtiger. Nur damit du es einordnen kannst. Es geht um die ungeklärten Fälle von Vergewaltigung. Sind dir die Vorgänge bekannt?"

Elle nickte.

„Wir sind an den Ermittlungen erst beteiligt, seitdem der Kerl auch im Vest Recklinghausen aktiv geworden ist. Gestern beim Oberstaatsanwalt wurden noch einmal alle Aspekte des Falles gründlich und in Ruhe dargestellt und diskutiert. Dabei ist mir etwas aufgefallen, auf das scheinbar noch kein Ermittler sein Augenmerk gelenkt hat. Ich muß sagen, daß auch ich erst drauf gekommen bin, nachdem du am Nachmittag vom Einwohnermeldeamt gesprochen hast. Es ist nämlich auffällig, daß alle Verbrechen in einem räumlich sehr engen Bereich stattfanden. Die ersten fünf Fälle zum Beispiel ereigneten sich alle im östlichen Bochum beziehungsweise im westlichen Dortmund. Die betroffenen Stadtteile waren zweimal Langendreer, einmal Gerthe, einmal Lütgendortmund und nur in einem Fall das westliche Dorstfeld. Dann gab es zwei Überfälle in Henrichenburg, einen in Röllinghausen, dann einen in Mengede und die nächsten zwei in Herne, und zwar in Sodingen und Börning."

Während Schopetta den Fall beschrieb, hatte Elle einen Notizblock aus ihrer Tasche geholt und schrieb einige Dinge mit.

„Wie gesagt, als du gestern vom Einwohnermeldeamt gesprochen hast, ist mir ein Gedanke gekommen."

Elle sah ihn erstaunt und fragend an.

Schopetta lächelte und war wegen des sehr einfachen Konstrukts seiner Gedanken sogar leicht verlegen. „Du kannst mich ja für bekloppt erklären, aber mir ist plötzlich der Gedanke gekommen, der Kerl ist einfach nur umgezogen und hat deshalb seinen Aktionsbereich von einem in ein benachbartes Terrain verlegt. Paßt auch vom zeitlichen Ablauf her. Zwischen dem letzten Überfall in Dorstfeld und dem ersten Überfall in Henrichenburg ist eine längere Pause zu verzeichnen. Wahrscheinlich mußte er sich in dieser Zeit räumlich neu orientieren."

„Und du denkst wirklich, jemand, der elf Frauen vergewaltigt und sie dabei fast umbringt, so ein Dreckskerl, der geht einfach zum Einwohnermeldeamt, meldet sich schön von seinem Wohnort ab, um sich beim neuen wieder anzumelden? Vielleicht ist der ja noch so freundlich und trägt unter der Rubrik Angabe zum Beruf Vergewaltiger ein!"

Ein Blatt vor den Mund nahm die junge Kollegin schon mal nicht, das wußte Schopetta jetzt. Vielleicht hatte er ein wenig mehr Respekt oder eine tiefere Würdigung seiner langen Berufserfahrung erwartet. Auf jeden Fall fühlte er sich beleidigt und dachte kurzfristig über eine entsprechende Retourkutsche nach. Was kam, war aber eher ein Retourwägelchen: „Zu meinen Erfahrungen, und die sammele ich jetzt schon mehr als zwei Jahrzehnte, gehört vor allem die Erkenntnis, daß die meisten Straftäter Leute wie du und ich sind. Und solange wir ihnen nichts nachgewiesen haben, sind sie nicht mal Straftäter, und die meisten fühlen sich nicht mal nach einer Verurteilung als solche. Vergiß das nicht. Vielleicht ist unser Mann sogar richtig krank im Kopf und ordnet das, was er da tut, nicht einmal als Verbrechen ein. Zudem sollte man die ganz einfachen Lösungsmöglichkeiten nicht unbeachtet lassen, nur weil sie so einfach erscheinen. Das zu den Weisheiten eines alternden Ermittlers, verehrte, junge Kollegin."

Elle zuckte mit den Achseln: „Ich bin noch neu im Fach, wie du richtig sagst, und lasse mich gerne eines Besseren belehren. Also, was meinst du, was ich tun soll?"

„Deine Aufgabe ist es, möglichst ohne das geringste Aufsehen Meldelisten von den entsprechenden Ämtern abzuholen und miteinander zu vergleichen. Ich hab mich vorinformiert. Es dürfte nach meinen Auskünften nicht die Unmenge an Daten sein, die da verglichen werden müssen. Wir suchen eine männliche Person, die sich vor einer bestimmten Zeit aus Bochum oder Dortmund abgemeldet und sich kurz darauf im Großraum Recklinghausen, Castrop, Herne wieder angemeldet hat. Vielleicht bleibt ja der ein oder andere seltsame Vogel, auf den unser Profil und die Beschreibung paßt, in diesem Netz hängen. Findest du einen dieser Piepmätze, verspreche ich dir, dann darfst du ihn selbst verhaften."

Elle schien nur wenig überzeugt und fragte zweifelnd: „Und auf diesen blöden Abgleich ist wirklich noch keiner vorher gekommen?" Sie schüttelte den Kopf.

Schopetta ärgerte sich wieder über das schnodderige Maul der Kollegin und die unverhohlene Mißachtung seiner Überlegung. Deutlich sauer fragte er: „Bist du drauf gekommen, Miss Marple?"

Elle schwieg und sah Schopetta erschrocken an, und, während sie sich eine neue Zigarette anzündete, sagte sie kleinlaut: „Nee, bin ich nicht. Tut mir leid. Is für einen ersten Gedanken vielleicht wirklich zu einfach, um dann auch noch darüber nachzudenken. Tut mir wirklich leid. Manchmal hab ich einfach eine zu große Klappe."

„Stimmt", antwortete Schopetta. „Gründet sich auf Erziehungsfehler im Alter zwischen sechs und fünfzehn. Hab ich satt Erfahrungen mit. Aber, um zu unserem Fall zurückzukehren: Falls meine Überlegung richtig ist, Frau Kommissaranwärterin, und ich recht behalten sollte, dann ist ‚einfach' zwar wirklich simpel und einfach, aber auch ‚einfach nur gut', was sag ich, dann ist ‚einfach' ‚einfach genial'!"

Die Polizistin zuckte noch einmal mit den Achseln. Der Kommissar war nicht ganz zufrieden mit der Reaktion der jungen Frau, darum sagte er sehr unmißverständlich und nicht ohne den ein oder anderen Rachegedanken: „Unabhängig davon, ob du nun mit meiner Theorie einverstanden bist oder nicht, eins muß völlig klar sein! Ich gebe dir diesen Auftrag, kein Polizeidirektor, kein Polizeioberrat und auch sonst niemand – außer mir. Ist das klar? Alle Ergebnisse tauschen nur wir beide miteinander aus, und zwar ausschließlich persönlich. Du sprichst mit niemandem über die Arbeit!" Schopetta wiederholte: „Und wenn ich sage mit niemandem, dann meine ich das auch so. Wenn dich jemand fragt, wofür du die Unterlagen brauchst, laß dir was einfallen. Erzähl etwas vom Wandertäterverhalten, Klaukraftschwund oder Verbrechensbewegungen im Umfeld der Cranger Kirmes. Ist mir völlig gleich, was du sagst, aber kein Wort über den Fall und die Arbeit. Ist das klar?"

Schopettas Ton fiel wesentlich scharfkantiger aus als gewollt, doch so wurde der jungen Frau sofort klar, was passieren würde, wenn sie die Botschaft mißachten sollte.

Elle nickte beeindruckt, schrieb noch etwas auf und fragte vorsichtig: „Gibt es Unterlagen zu dem Fall?“

„Die gibt es.“ Schopetta griff in die Innentasche seiner Jacke und zog ein paar Seiten eines Telephaxes heraus. „Das ist die Zeugenaussage von einer der Geschädigten, die zu unser aller Wohlgefallen die Nerven behalten hat. Überfall Numero fünf in Mengede. Den Kerl hat sie sich intensiv angeschaut. Die konnte sogar sagen, daß er ein bestimmtes Parfüm oder Rasierwasser benutzt. Steht alles in dem Bericht. Der Täter ist ziemlich genau einsachtundsiebzig, muskulös und durchtrainiert, kräftig, sonnenbankgebräunt, starker Bartwuchs und das Alter auf keinen Fall über dreißig. Tritt immer in Sportklamotten auf. Wir haben eine Phantomzeichnung anfertigen lassen, die nach Auskunft der Zeugin so ziemlich das trifft, was sie gesehen hat. Veröffentlicht wurde diese Zeichnung noch nicht. Das wurde erst gestern auf der Pressekonferenz beschlossen und angekündigt.“

„Gut, wann soll ich anfangen?“

„Der Direktor will sich gleich melden. Ich sag dir Bescheid. Ansonsten sehen wir uns um eins bei der Besprechung. Wenn du noch nicht unterwegs bist, hab ich natürlich nichts dagegen, wenn du ganz normal teilnimmst. Für die Arbeit steht dir erst einmal mein Büro zur Verfügung. Ich bin in den nächsten Tagen meist unterwegs. Du kannst dich also am Schreibtisch ausbreiten. Schließ dich ein, wenn es sein muß.“

Heuermann meldete sich um elf Uhr dreißig.

„Fragen Sie mich nicht wie, aber es hat geklappt“, röhrte er ins Telephon, und Schopetta hatte den Eindruck, der Polizeidirektor freue sich ganz persönlich, so außerordentlich erfolgreich gewesen zu sein.

„Ich hab mich sehr, sehr weit aus dem Fenster gelehnt, Schopetta! Die Liste mit den Ansprechpartnern in den verschiedenen Rathäusern liegt bei Frau Tomczyk. Ab halb drei liegen die Unterlagen bei den Amtsleitern bereit. Also, schicken Sie Ihre Truppen los, und ich will erst wieder von Ihnen hören, wenn der Fall gelöst ist.“

„Damit hab ich kein Problem, Herr Heuermann. Ende der Woche ist das Ding durch, so oder so.“

Und nachdem das Gespräch beendet war, schickte er Elle los, die Listen einzusammeln und mit dem Abgleich zu beginnen.

13

„Sag Dr. Hobrecht Bescheid, daß ich schon morgen früh zu ihm kommen möchte, auch wenn er den Bericht noch nicht fertig hat. Frag ihn, ab wann er im Institut ist, dann fahre ich direkt von Billerbeck aus hin.“

Schopetta beendete das Gespräch mit Annette, schaltete das Telephon aus und verließ die Stadt in Richtung Marl-Sinsen.

Ihre Besprechung hatte nur etwas mehr als eine Stunde gedauert, kürzer als erwartet, doch die Pinnwand in seinem Büro hatte sich dabei mächtig mit Fakten und Informationen gefüllt. Viele Dinge, die sie schon in Erfahrung gebracht hatten, schienen die Ermittlungsrichtung deutlich einzugrenzen. Andere Ergebnisse standen aufgrund der Kürze der Zeit immer noch nicht zur Verfügung, und die Kollegen vereinbarten wie immer, sich per Telephon auf dem Laufenden zu halten, falls es neue und nennenswerte Informationen geben sollte. Auf eine wirklich heiße Spur waren sie noch nicht gestoßen.

Ohne große Probleme hatten sie den Besitzer des aufgemotzten Pickups ermitteln können, der in der Nacht des Mordes auf dem Parkplatz beim Museum gesehen worden war. Die Autonummer, die der Rentner Ernst Czychi den Beamten nennen konnte, führte zu einer V & O Marketing GmbH, die den Wagen im Februar 1989 als Firmenfahrzeug zugelassen hatte. Zur Zeit war das Auto als Betriebsfahrzeug für die Gaststätte Kameradenklause in Marl-Sinsen angemeldet. Der Kneipenname, der mehr oder weniger eindeutig die Aussagekraft des Kennzeichens RE-DR 33 zu unterstreichen schien, ließ die Beamten aufhorchen.

Rudi übernahm die Überprüfung der V & O, und Schopetta wollte auf seinem Weg zur Familie des Mordopfers der Kameradenklause einen Besuch abstatten.

Die Überprüfung der Mitarbeiter des Museums war einfach, aber bisher auch wenig ergiebig gewesen. Zum überwiegenden Teil hatte sie keine für die Ermittlung relevanten Ergebnisse erbracht. Im Verlauf der Besprechung stellte sich heraus, daß nach der Liste, die von der Museumsverwaltung zur Verfügung gestellt worden war, am Montag nach der Tat alle Mitarbeiter, außer dem Hausmeister und dem Restaurator, Werner Mühlenbrock, dienstfrei hatten. Mühlenbrock war vor Schreck gleich wieder umgekehrt, als er von den Ereignissen der Nacht hörte, und seine Aussage war später durch Polizisten der Wache in Haltern aufgenommen worden.

Die Wachschutzfirma war am Sonntag mit zwei Mitarbeitern im Museum tätig gewesen. Rolf Kärcher sollte sich bei gegebener Notwendigkeit die Firma aus der Nähe ansehen. Die übrigen Personenüberprüfungen ergaben makellose Alibis. Angefangen bei den Aushilfskellnerinnen im Museumscafé über Techniker und Archäologen bis hin zu den Verwaltungsangestellten konnten alle befragten Zeugen ihren Aufenthalt zur angenommenen Tatzeit belegen und hatten am Vortag nichts Verdächtiges oder Auffälliges bemerkt. Niemand aus diesem Personenkreis war der Polizei oder der Staatsanwaltschaft bekannt.

Die Ausnahme bildeten zwei Personen, wie Kommissar Riepen mit der Unterstützung von Bücker und Dobratz herausgefunden hatte. Beeindruckt durch die Vorlage der Dienstausweise erhielten sie nämlich Einblick in die Personalunterlagen der Museumsangestellten. Seiner tief verwurzelten Abneigung gegen Hausmeister folgend, kümmerte sich Riepen mit kindlicher Hingabe um die Personalakte Ahlers. Der Lebenslauf des Herrn beschrieb handschriftlich und in klassischer Form, wie bereits vermutet, die Karriere eines gescheiterten Soldaten. 1982 Eintritt in die Nationale Volksarmee der DDR als Berufssoldat, Fallschirmjägerausbildung. 1990 die Übernahme als Hauptfeldwebel in die Bundeswehr, hier eine erfolgreiche Ausbildung zum Einzelkämpfer. Dann folgen relativ flott drei Disziplinarstrafen wegen Alkoholexzessen und Nötigung von Untergebenen. Und dann 1992 der endgültige Rausschmiß.

Die Gründe, die zu dieser Entlassung führten, lieferten Auskünfte, die Riepen später aus seinen ganz persönlichen Quellen bezog. Rudis Gewährsmann aus einer in Köln ansässigen Landesbehörde faxte reichlich vorhandene Aktennotizen, die durch Serien besonders gelungener Photos munter belebt waren. Gemacht worden waren die Aufnahmen von verdeckten Ermittlern, und alle zeigten sie den späteren Hausmeister Hans Otto Ahlers, der trotz wiederholter Abmahnungen seitens seines staatlichen Arbeitgebers in der uniformierten Pracht eines Hauptfeldwebels der deutschen Bundeswehr oft und gerne auf viel zu rechten Politveranstaltungen aktiv war. Dort soll er, nach den entsprechenden Protokollen, Dinge getan, gesagt und gesungen haben, die später, trotz kameradschaftlicher Vernebelungsaktionen, nicht mehr mit der freiheitlich demokratischen Ausrichtung der bundesdeutschen Kriegertruppe in Einklang zu bringen waren. Eine erfolgreiche Qualifizierung durch das Arbeitsamt Recklinghausen brachte Ahlers die Voraussetzungen, als Hausmeister im Römermuseum Haltern tätig zu werden.

„Den nehmen wir uns gesondert vor", hatte Rudi gesagt, und in diesem Augenblick war Schopetta eingefallen, den Hausmeister noch nicht zum Verhör vorgeladen zu haben. Den Auftrag gab er an Annette. Die sollte sich darum kümmern und wegen einer Vorladung Kontakt mit dem Büro des Staatsanwaltes aufnehmen. Sollten sich keine Veränderungen mehr ergeben, war der Termin auf den kommenden Freitag, ein Uhr festgelegt worden. Da der Staatsanwalt die Einladung unterschreiben würde, konnte sich der einzelkämpferische Hausmeister auch nicht widersetzen.

Zum Erstaunen des Ermittlungsteams war auch der Direktor des Museums, Herr Professor Doktor von Schmierlewski-Schwarzer, strafrechtlich schon einmal in Erscheinung getreten. Nichts Besonderes, aber der Herr Professor war in den Jahren 1994 und 1995 aufgrund mehrerer anonymer Anzeigen gleich dreimal auf der Heimfahrt von Haltern nach Recklinghausen von der Polizei angehalten und kontrolliert worden. Leider wurde bei jedem dieser Zwangsstops festgestellt, daß er deutlich alkoholisiert war. Bei der dritten Kontrolle, die im August 1995 stattfand, geriet der Professor laut Protokoll – „wegen eindeutiger staatlicher Willkür, augenscheinlicher Beihilfe des Polizeiapparates zu einem Komplott und den unwiderlegbaren Auswüchsen eines aus der Ex-DDR übernommenen Spitzel- und Denunziantensystems" – so in Rage, daß er, begleitet von verbalen Angriffen, die jedem Mitglied eines fäkalfetischistischen Arbeitskreises zu Ruhm und Ehre gereicht hätten, die Polizisten mit einem zur Schlagwaffe umfunktionierten schwarzen Herrenknirps erheblich verletzte. Erst durch die Hilfe einer zweiten Streifenwagenbesatzung und mittels Anwendung einfacher Gewalt, das heißt durch das gewaltsame Anlegen von Handfesseln, konnte der 2,03 Meter mal 143 Kilogramm Professor beruhigt und zur Entnahme einer Blutprobe bewegt werden.

Quittiert wurden die wiederholten Trunkenheitsfahrten, – „einskommasieben, einskommaneunfünf und zweikommaeins Promille", wie Rudi genüßlich zum Besten gab, natürlich mit einem Langzeitführerscheinentzug. Aufgrund der günstigen Sozialprognose sowie der wohlwollenden Hilfe verschiedener in Amt und Robe tätiger Verbindungsbrüder führten die Körperverletzung und der Widerstand jedoch lediglich zu einem milden Strafbefehl über 8000 DM.

Nach dem Kurzvortrag der Kollegen nahm Schopetta, da er sich wie immer selbst noch einen genauen Überblick über die Aktenlage verschaffen wollte, die dünnen Aktendeckel für eine spätere Durchsicht an sich.

Auch Rolf Kärcher konnte mit einer Überraschung aufwarten. Sie betraf das Mordopfer. Wie Schopetta schon herausgefunden hatte, war es wirklich der Heimatforscher und Journalist Heinrich Maria Bender aus Datteln-Ahsen, den sie tot im Töpferofen gefunden hatten. Und auch er war bei der Staatsanwaltschaft nicht unbekannt. Die eindeutige Identifizierung erfolgte über vorhandenes Fingerabdruckmaterial, das in der Datenbank vorhanden war und so zur entsprechenden Akte führte.

Aus jüngerer Zeit lagen gegen Bender mehrere Anzeigen vor, weil er es sich zum Hobby gemacht zu haben schien, alle wissenschaftlichen Kongresse zu stören, die sich mit der frühen römisch-germanischen Geschichte befaßten und auf denen Theorien vertreten wurden, die von ihm nicht akzeptiert werden konnten. Er, der unerschrockene Heimatforscher mit Uniform und Tropenhelm, enterte dort jeweils das Podium und beschimpfte die anwesenden Vertreter der internationalen Geschichtswissenschaft auf das Übelste als Verschwörer in einer ganzen Serie von Wissenschaftskomplotten und hielt ihnen seine dürftigen Pamphlete entgegen.

Zum Verlassen der Tagungsgebäude aufgefordert, weigerte er sich standhaft, und war in allen Fällen erst durch den Einsatz uniformierter Staatsmacht zu bewegen, die Heimreise anzutreten.

Zuletzt praktizierte er diese Form der Diskussion 1994 auf einem Kongreß der Universität Würzburg. Die Anzeige erfolgte prompt, so wie vorher von den Universitäten Münster, Mainz, Trier und Osnabrück.

Aber damit noch nicht genug. Etwas länger zurück lag eine Bewährungsstrafe. Bender war vor Jahren wegen widerrechtlichen Eindringens auf eine Ausgrabungsfläche und des dabei begangenen Diebstahls mehrerer Fundgegenstände verurteilt worden.

„Und wißt ihr, wer Bender damals wegen dieser Sache angezeigt hat?“ fragte Rolf Kärcher in die Runde. Natürlich konnte keiner der Kollegen eine Antwort geben, die er ihnen aber dann mit Hochgenuß zelebrierte.

„Kein geringerer als von Schmierlewski-Schwarzer. Damals war aber von Professor noch keine Rede. Gerade mal Doktor geworden, der Gute.“

Schopetta erinnerte sich an das Gespräch vom Vortag. Schmierlewski-Schwarzer behauptete da, Bender nicht zu kennen. Er würde bei nächster Gelegenheit dem Professor seinen Besuch abstatten, um nach dem Hintergrund der so verleugneten Bekanntschaft zu fragen.

Als einer der letzten Punkte wurden die Ergebnisse der Zeugenbefragungen im Umfeld des Museums besprochen. Zum augenblicklichen Zeitpunkt lag nichts Konkretes vor. Keiner der Nachbarn hatte etwas gesehen oder gehört, und wie sooft war niemandem etwas aufgefallen.

„Außer diesem Czychi“, erklärte Rudi. „Ich weiß nicht. Aber diese auffällige hektische Zudringlichkeit am Tatort. Is ja sogar den Kollegen von der Streife aufgefallen. Wenn ihr mich fragt, irgend etwas ist mit dem nicht in Ordnung. Ich hab auch schon versucht, noch einmal mit ihm zu sprechen, bin auch sicher, daß er da war, aber er hat mir nicht aufgemacht.“

Schopetta grinste Rudi an, schaute in die Runde der Kollegen und sagte: „Rudi ist auf Czychi nur sauer, weil er den Alten mit seiner aus Polizeifunk und Fernsehen bekannten ‚Hardcorebullennummer‘ nicht beeindrucken konnte. Das ist alles. Außerdem solltest du die Kontakte mit Czychi mir überlassen, ich weiß den Mann zu nehmen.“

Riepen wollte aber an der Sache dranbleiben und den Hintergrund des Rentners intensiv ausleuchten. Er versprach, alles Reden Schopetta zu überlassen, und setzte dann seinen Bericht fort.

Danach waren es überwiegend ältere Menschen, die in den Häusern rund um das Museum wohnten. Die schienen alle früh schlafenzugehen und sich sonst um nichts zu kümmern. Trotzdem ordnete Schopetta die vorsorgliche Weiterführung der Interviews an, um möglichst alle Personen im Umfeld des Museums zu erreichen.

Ergebnisse der Kriminaltechniker lagen noch nicht vor. Das meiste war auch zum LKA gegangen, und das dauerte meistens. Die Jungens vom Team rechneten allerfrühestens am Donnerstag damit.

Nach ihrer Besprechung verließen Schopetta und Rudi gemeinsam das Präsidium. Riepen konnte es auf dem Weg bis zum Parkplatz nicht lassen, ausgiebig über die so unverschämt gut aussehende, ihm aber vorenthaltene Verstärkung zu meutern, die ihm in Person von Elle Kommer erst versprochen, dann aber willkürlich wieder entzogen worden war.

Schopetta erklärte die Abwesenheit mit einem Auftrag, der durch den Polizeidirektor direkt und kurzfristig erteilt worden sei.

„Da is nix zu machen“, klagte er lakonisch. „Die da oben setzen immer ihren Willen durch und machen, was sie wollen.“ Und da er im Augenblick nicht die geringste Lust verspürte, sich nach Elle auch noch von Rudi wegen seiner Idee mit den Meldelisten verarschen zu lassen, beschloß er, den Kollegen weder davon noch von seinen Überlegungen zu einer Ritualmordtheorie im Fall Bender etwas zu sagen, und so schwieg er.

14

Weit im Norden, irgendwo über der münsterschen Bucht, zeigte sich im verwaschenen Dunkelgrau des Himmels ein heller Streifen. Bei viel gutem Willen konnte man sich einreden, der Regen lasse nach. Schopetta stützte diesen Eindruck, indem er die Scheibenwischer ausstellte. Solange ihm kein Auto entgegen kam, funktionierte diese Glaubenshilfe auch recht gut. So passierte er ohne das gleichmäßige Bollern des Wischermotors die Unterführung am Bahnhof Marl-Sinsen, und für kurze Zeit drängten alte Erinnerungen die Gedanken über die miese Wetterlage und die Ermittlungen weit zurück.

Das Zugunglück kam ihm in den Sinn. Geschehen an einem Freitag. Ein fast aufrecht stehender, silbergrauer Eisenbahnwagon. Bilder, die vom Fernsehen ausgestrahlt worden waren. „Hier und Heute" hieß die Sendung. Ja, es war ein Freitag, und alle in der Familie waren betroffen gewesen, weil Bundeswehrsoldaten zu den Opfern gezählt hatten, Soldaten wie Schopettas älterer Bruder, der aber glücklicherweise aus Rheine kommend, eine andere Bahnlinie benutzte.

Auch an die Ausflüge erinnerte er sich, die vom Bahnhof in Sinsen ausgingen. Kurze Wochenendaktionen oder Wochentage in den Ferien, die mit kleinem Bruder, Vater und dem anführenden Onkel quer durch die Haard nach Haltern geführt hatten. Alles schon lange her, so lange, daß die Erinnerungen, zumindest an die Ausflüge, ungebrochen gut waren.

Am Stadtrand sprang eine Ampel auf Grün, und Schopetta folgte der Ausfallstraße, dann einem Wirtschaftsweg, der sich schon etwas abseits zwischen die kahlen Äckern quetschte.

Ein Schild am Straßenrand wies auf die Kneipe hin. Der frühere Name „Zur Alten Molkerei" war nur schlecht mit weißer Farbe übergestrichen worden, und auf dem großen Holzschild mit rotem Rand und Schindeldach prangte nun in schwarzen gotischen Druckbuchstaben der neue Name „Kameradenklause".

Ihn überkam das Gefühl, schon einmal an diesem Ort gewesen zu sein, und plötzlich, angesichts des Hauses, der Bäume und des immer noch schiefen Bretterzauns war die Erinnerung da. Vierzig Jahre war es her, daß er mit Bruder, Vater und Onkel schon einmal hier eingekehrt war. Den Geschmack der Zitronenlimonade, die sie an weißen Biergartentischen unter den hohen Bäumen getrunken hatten, konnte er so deutlich erinnern, daß ihm das Wasser im Mund zusammenlief. Er steuerte den Wagen auf den von alten Bäumen umstandenen Parkplatz.

Die „Kameradenklause“ belebte nur scheinbar die Räume der alten Molkerei, denn im Grunde wirkte die Anlage bei näherem Hinsehen unbewohnt und leblos. Eine Mischung aus überwuchertem Dornröschenschloß und vergammelnder Industriebrache. Ein graues, zweigeschossiges Haus, drei hohe Steinstufen vor der Tür und die Fenster links und rechts des Eingangs schlampig mit schwarzer Lackfolie beklebt.

Bevor Schopetta die Kneipe betrat, sah er sich ein wenig auf dem Grundstück um. Der Parkplatz wurde auf der anderen Seite durch eine üppig auswachsende Ligusterhecke begrenzt, in die sich schon Holunder- und Fliederbüsche gemischt hatten. Dahinter lag ein Stück freies Gelände. Als der Kommissar durch das dichte Gestrüpp spähte, erkannte er einen Trainingsplatz für Hunde. Weder Mensch noch Tier war zu sehen, nur drüben am anderen Ende, hinter den kleinen Verhauen, den Sprungwänden und einer als Hindernis dienenden Betonröhre stand eine grün gestrichene Holzbaracke. Aus einem verrosteten Ofenrohr stieg bläulicher Qualm, den der Wind kurz über der Öffnung abriß und mit dem Dunst, der leicht über den angrenzenden Wiesen und Feldern lag, vermischte.

„Clubhaus“ entzifferte Schopetta das Schild über der Tür. Er wandte sich ab und betrachtete nun die Kameradenklause von der Rückseite. Ein langgestreckter Fachwerkschuppen schloß sich nach hinten an die Gaststätte an, und ein verbogenes, früher einmal weißes Eisentor versperrte den Zugang zum Hof. Windschiefe Schuppen lehnten sich unsicher aneinander und umstanden den Hofplatz. An einem hölzernen Fahnenmast hing die schlappe Popversion der Reichskriegsflagge, und obwohl das Ganze alt, ausgewaschen und marode wirkte, herrschte Ordnung. Nirgendwo konnte man Müll oder Dreck entdecken. Selbst das schon zum großen Teil abgefallene Laub der Bäume, vom wilden Wein und den Holunderbüschen, die in einer gemeinsamen Anstrengung das Anwesen für die Natur zurückzuerobern schienen, lag ordentlich zusammengeharkt auf einem großen Haufen in einer Ecke des Hofes.

Schopetta ging langsam an den Rückseiten der naßschwarzen, klapprigen Holzschuppen entlang und versuchte immer wieder, durch die Spalten der groben Bretterwände einen Blick ins Innere zu werfen. Alte Gartenmöbel, einen Rasenmäher, Leitern und Gerümpel konnte er mehr erahnen, als wirklich sehen. Beim letzten Blick blinkte direkt hinter dem Verhau aus mehreren alten Zimmertüren Chrom. Die Minitaschenlampe, ein Geschenk seiner jüngsten Tochter, die bei der Auswahl von Geschenken immer einen ausgeprägten Hang zum Praktischen entwickelte, ließ ihn die Front eines schwarzen Autos der Marke Nissan erkennen, mit viel Chrom vor der Motorhaube und Lampen auf dem Dach.

„Schau an, schau an“, murmelte er, steckte die Taschenlampe weg und legte im Vorbeigehen eine Hand auf das rostige Eisentor. Wie auf ein Zeichen hin schlugen irgendwo auf dem Grundstück Hunde an. Der Kommissar zuckte zurück. Den tief grollenden Stimmen nach waren es keine kleinen Tierchen, die da Laut gaben, und, so gewarnt, zog er es vor, das Tor nicht zu öffnen. Er sah auf seine Armbanduhr. Da der Nachmittag mit einem weiteren Termin wartete, wurde es Zeit.

Der Ort wirkte so verlassen, daß es ihn wunderte, die Tür zur Gaststube wirklich unverschlossen zu finden. Der Raum, den er betrat, war stickig warm und dunkel. Lediglich über dem Tresen baumelte eine Lampe mit kupfernem Schirm, in den eine Düsseldorfer Altbierbrauerei ihr Firmenlogo geschnitten hatte. Die Luft kratzte im Hals. Sie roch übel nach saurem Bier, kaltem Zigarettenqualm und im Nachgeschmack auch ein wenig nach Urinalsteinen. Schwarzbraune Eiche halbhoch an den Wänden, und außer dem armseligen Licht der Fünfundzwanzigwattbirne über dem Tresen fiel nur etwas graue Helligkeit durch zwei kleine Fenster, die, nicht schwarz beklebt, einen schmalen Blick zum Parkplatz freigaben.

Nur zwei Schritte und man stand mitten in der Kneipe. Hübsch häßlich, ging es ihm durch den Kopf, und dabei registrierte er, daß auch die Stühle schwarzbraun waren. Nur die gescheuerten Tischplatten hoben sich als hellmatte Flecken aus dem dunklen Zwielicht. Es war still und ruhig in dem Raum, und das vernehmliche Ticken einer alten Uhr verstärkte diesen Eindruck.

Fast zu spät bemerkte Schopetta ein weiteres Geräusch. Leise und rhythmisch mischte es sich in die Stille. Schopetta schluckte, denn bei dem, was er da hörte, sträubten sich ihm die Nackenhaare. Das schwere, gleichmäßige Kratzen langer Krallen auf glattem Fliesenboden. Es war eindeutig. Ein Hund lief hier frei herum, und dieser Hund näherte sich, noch unsichtbar, aus einer der drei offenstehenden Türen rechts von ihm, die aus dem Schankraum in die Wildnis unbekannter, dunkler Hinterzimmer führten.

In einem schnellen Reflex griff Schopetta unter die Jacke, zog mit einer in unzähligen Schießübungen geschulten Bewegung seine Dienstwaffe aus dem Halfter, entsicherte mit dem Daumen und drehte sich blitzschnell um 90 Grad zur Seite.

Es war noch nicht zu spät. Der riesige braunschwarze Hund mit einem Kopf, groß wie ein Büffel, gelb reflektierenden Augen und zitternden Lefzen, der ihm freundlicherweise nur einen seiner großen Reißzähne zeigte, war in der Tür direkt neben dem Tresen stehengeblieben und sah ihn mit schief gelegtem Kopf an.

„Noch einen Schritt weiter, und ich leg dich um“, zischte Schopetta drohend und zu allem entschlossen das Tier an.

Vor Hunden hatte er Respekt. Andere würden sagen eine Heidenangst, aber das war jetzt egal. Er wollte sich nicht von irgendeinem Scheißköter beißen lassen, und schon gar nicht während der Dienstzeit.

Zu ihrer beider Glück bewegte sich der dunkel glänzende Bullemann keinen Millimeter. Er sah Schopetta nur sabbernd an, und nach einer gewissen Zeit beidseitig stumm respektierender Betrachtung kam es dem Kommissar so vor, als läge im Blick des Hundes keinerlei Aggression, sondern nur eine tiefe, tierische Traurigkeit.

„In dieser Scheißbude würd ich auch depressiv“, redete Schopetta mehr beruhigend, denn mitfühlend auf den Hund ein.

„Dann verpiß dich doch, aber schnell und gründlich. Und steck den Ballermann weg, der Köter macht nix!“

Ein mittelgroßer, stämmiger Mann mit kahlrasiertem Schädel war aus dem dunklen Raum hinter dem Hund aufgetaucht. Nur mit einer weißgrauen Camouflagehose bekleidet, giftete er den Kommissar an, und nur die Waffe in Schopettas Hand schien ihm einen gewissen Respekt abzunötigen.

„Kenn ich, den Spruch“, sagte Schopetta, ließ aber die Dienstwaffe sinken. „Wahrscheinlich will er nur spielen.“

„Blödsinn“, knurrte der Glatzkopf.

Wie der Kommissar am Muskelspiel des nackten Oberkörpers erkennen konnte, war der Mann in ausgezeichneter körperlicher Verfassung. Also blieb er weiter vorsichtig, zog mit der freien Hand seinen Dienstausweis aus der Tasche, hielt ihn hoch und steckte erst dann die Pistole langsam in das Gürtelholster.

„Kriminalpolizei!“

„Schon in Ordnung.“ Schopetta nicht aus den Augen lassend, war der Glatzkopf hinter den Tresen gegangen, hatte den Hund mit einem kurzen Pfiff in das Hinterzimmer zurückgeschickt und ließ nun heißes Wasser in das Spülbecken laufen. Der Wasserdampf legte sich matt auf den Edelstahl der Zapfanlage. „Ich weiß wohl, wer du bist“, knurrte er feindselig und begann, die klebrig schlierigen Gläser zu spülen, die auf dem Ablaufblech standen.

Schopetta versuchte, sich zu erinnern. Er hatte auch nach dem dritten Hinsehen nicht die geringste Ahnung, wer da vor ihm stand und fast krampfhaft versuchte, dem forschenden Blick der Staatsmacht auszuweichen.

Dann fiel sein Blick zufällig auf das kleine Pinnbrett, gleich neben dem Regal mit dem Hochprozentigen. Eingerahmt von ein paar Postkarten, zerfledderten Stadiontickets, undefinierbaren ausländischen Geldscheinen und zwei beschriebenen Bierdeckeln hing das Photo. Einen jungen Mann zeigte es, mit pechschwarzen Haaren, breiten, fast bis an die Mundwinkel reichenden Koteletten und Rock'n'Roller-Tolle. Lässig, den hohen Lenker in den Fäusten, saß er auf einem dicken Shopper und grinste breit in die Kamera. Trotzdem war das Erkennen nicht einfach. Nur wenn man ganz genau hinsah, den Rocker auf dem Photo vielleicht noch aus früheren Zeiten kannte, nur dann stellte man die Ähnlichkeit zur Glatze hinter dem Tresen fest. Er war es wirklich. Eckehard Glowritz, Schoko-Ecki, der Rockerkönig, mit einem Vorstrafenregister, lang wie der Hals einer Giraffe, stand hinterm Tresen und spülte als Budicker die dreckigen Gläser des Vorabends.

Der Kommissar rechnete nach. Von den Jahren her konnte es passen. Nachgewiesen der Einbruch, die Brandstiftung und der versuchte Totschlag in vier Fällen. Viereinhalb Jahre, und die auch nur, weil sein Anwalt damals mit allen Tricks gearbeitet und angeblich mit der Staatsanwaltschaft ein Abkommen getroffen hatte. Für mehr reichte die Zeit nicht, die ihnen zur Ermittlung geblieben war. Aber auch so war es nur Schopettas Sturheit zu verdanken, daß man den freundlich lächelnden jungen Mann vom Photo wenigstens für ein paar Jahre aus dem Verkehr ziehen konnte. Leider die einzige Verurteilung im „Vestischen Großmarktkrieg", wie sie die monatelang andauernde Auseinandersetzung der einheimischen Großmarkthändler mit den immer mächtig konkurrierenden türkischen Kollegen damals nannten.

Irgendwann war Ecki mit seinen Jungs vom MC Helldriver ins Spiel gekommen. Von da an gab es keine lautstarken Keifereien mehr, die in einer Tomatenschlacht endeten, keine Bombardierung der Gegner mit vergammeltem Gemüse. Mit Eckis Auftauchen wurden die Fights härter. Büros fackelten ab, Obst und Gemüse wurden mit Domestos und Salzsäure gereinigt, Autos wurden zerlegt, und vier türkische Händler lagen plötzlich mit schwersten Verletzungen im Krankenhaus.

Es gab auch einen Mord, der in die Zeit der Auseinandersetzung fiel. Ein holländischer Fleischgroßhändler wurde damals auf einem Pendlerparkplatz an der A43 in seinem Wagen erschossen aufgefunden. Kopfschuß mit einer großkalibrigen Pistole. Schopetta konnte nachweisen, daß viele der am Prozeß beteiligten Personen, Angeklagter wie Zeugen, den Mann kannten. Seine Rolle in der Auseinandersetzung wurde aber nie eindeutig geklärt. Drogenhandel wurde vermutet, weil ein solcher Hinweis von den Kollegen aus Amsterdam gekommen war, aber ergeben hatten die Ermittlungen nichts. Die Zeit war damals zu knapp, und der Druck der Staatsanwaltschaft zu groß. Also blieb die Beweislage zu dürftig, und aus Mangel an den notwendigen Beweisen wurde die Sache nicht einmal verhandelt. Nur Schopetta sah immer einen Zusammenhang, doch ihm blieb damals nichts anderes übrig, als sich den Forderungen seines obersten Dienstherren zu fügen.

Unauffällig verglich Schopetta noch einmal das Photo mit dem Gesicht des Mannes. Er war es. Eckehard Glowritz, der wegen seiner pechschwarzen Haare und seines täglich mit neuer Selbstbräunungscreme behandelten Teints in der Szene nur Schoko-Ecki genannt wurde.

„Ecki“, sagte Schopetta, ohne seine Unsicherheit zu zeigen. „Dich hätte ich am allerwenigsten hier erwartet. Sind denn die zehn Jahre schon um?“

„Viereinhalb!“ betonte der Mann hinterm Tresen aggressiv. „Sechs Jahre wollte nicht einmal der Staatsanwalt, und nur du hast immer von fünfzehn geredet, die mir zustehen würden. Es wird dich beunruhigen, Schopetta, aber ich bin schon seit achtzehn Monaten wieder draußen.“

„Mein Gott, wie die Zeit vergeht. Dabei hätte ich wetten können, daß es zehn Jahre waren, die sie dir aufgebrummt haben.“ Und nach einem langen Blick, mit dem er sein Gegenüber musterte, fügte er hinzu: „Aber, was hast du dich verändert! Blaß bist du geworden, aber dafür haste richtig dicke Backen gekriegt und die Haare weg. Nee, Ecki. Gefiel mir persönlich früher besser, ehrlich.“

„Liegt alles nur an der scheiß Versorgung im Knast. Da gehen die Haare flöten. Bin froh, daß mir die Zähne nicht ausgefallen sind.“

„Man, hör auf zu klagen, Ecki! Bei deinen guten Verbindungen konntest du dir doch sicher Schonkost leisten. Wenn ich mich richtig erinnere, hast du doch dicht gehalten. Sturweg behauptet, alles sei nur deine Sache gewesen. Selbst dein Leibgeschwader von den Helldrivers haste rausgehalten, obwohl einige von den Brüdern auch unter dringendstem Tatverdacht standen. Da werden sich deine Auftraggeber doch sicher erkenntlich gezeigt haben."

„Ich hatte nie Auftraggeber. Außerdem, mit denen von damals hab ich lange gebrochen. Nichts mehr zu tun mit der Bande. Die Zeiten sind vorbei."

„Freut mich zu hören, Herr Glowritz. Trotzdem macht mir dein Outfit wirklich Sorgen. Du bist doch jetzt nicht ernsthaft unter die Glatzen gegangen, oder?"

„Du kannst mich mal, Schopetta. Und sagen kannst du zu mir, was du willst. Mich provozierst du nicht. Ich bin Mitglied einer nationalen Erneuerungsbewegung. Du wirst früher oder später auch noch dahinterkommen, wo man an der richtigen Stelle steht. Wenn wir dran sind, und lange dauert das nicht mehr, dann sind so Wollzähne wie du dran, Schopetta!"

„Mein lieber Scholli. Eckehard Glowritz ist politisch. Das gibt es doch gar nicht. Das heißt also, ich muß mir wirklich Sorgen machen, Ecki?"

Glowritz ließ nur ein aggressives Knurren hören.

„Nee, wie sich die Zeiten ändern. Jetzt mal ehrlich, Ecki. Früher waren es doch eher die drei Ds, die dich interessierten, was Alter?" Schopetta lachte gemein und provozierend als er aufzählte: „Dicke Maschinen, dicke Marie und dicke Mädels, und zwar in der Reihenfolge." Schopetta lachte weiter spöttisch und gemein. „Was hat deine Umkehr ausgelöst, Ecki? Ist dir im Traum der Führer erschienen, oder ist es sogar noch schlimmer?"

„Ich hab schon gesagt, Bullen können mich nicht mehr provozieren. Ich weiß auf alle Fälle, wem ich was zu verdanken habe. Dir den Knast und den Kameraden alles andere. Als ich rauskam, haben die mich nämlich unterstützt. Sonst hat sich kein Schwein blicken lassen. Arbeit, Wohnung und Freundschaft. Die Kameraden wissen genau, was man braucht, wenn man wieder vor dem eisernen Tor steht."

„Ich bin tief beeindruckt, Herr Glowritz, sehr tief. Besonders das mit dem eisernen Tor hat mir gut gefallen. Ist das übrigens deine Kneipe?" fragte der Kommissar und sah sich geringschätzig im Raum um.

„Nein, ich bin hier der Geschäftsführer."

„Donnerwetter! Geschäftsführer! Wirklich nicht schlecht. Und wem gehört der Laden?"

Ecki ignorierte die Frage.

„Kannste mir ruhig eine Antwort drauf geben. Is ne ganz offizielle polizeiliche Ermittlungsfrage."

Als Glowritz immer noch nicht antwortete, sagte Schopetta: „Mein Gott, Ecki! Es ist die V & O Management GmbH, von der du hier sicher deutlich unterbezahlt wirst. Das wissen wir nämlich schon. Ich will auch ehrlich zu dir sein. Mich interessiert in Wirklichkeit nur, wer hinter dieser GmbH steckt?“

„Find es raus, Schopetta. Das dürfte euch Schnüfflern doch nicht schwerfallen.“

„Tut es auch nicht, Ecki. Steht nämlich im Handelsregister, wem der Laden gehört. Aber ich bin ein fauler Hund, und wenn du es mir sagst, spare ich mir Arbeit.“

Ecki Glowritz spülte weiter emsig seine Gläser und schwieg.

„Kann ich eigentlich bei dir einen Kaffee bekommen, oder ist die Tasse dreckig?“

„Ich hab noch geschlossen.“

„Schade, Ecki, wirklich schade.“ Schopetta bestieg einen Barhocker und stützte sich mit beiden Unterarmen auf den Tresen. „Auch wenn du noch geschlossen hast, sperr wenigstens mal deine Ohren auf! Ich denke, es geht dich was an, und darum solltest du wirklich gut zuhören. Wenn du das Kreisblatt gelesen hast, wirst du wissen, daß in Haltern ein Mord passiert ist. In der Nacht des Mordes vom vergangenen Sonntag auf den Montag hat direkt vor dem Hinterausgang des Tatortes ein schwarzer Nissan-Pick-Up gestanden. In diesem Auto saß laut Zeugenaussage ein Mann mit Glatze“, log Schopetta. „Du hast ne Glatze, Ecki.“ Schopetta wies mit ausgestrecktem Zeigefinger auf die Stirn von Glowritz. „Das Auto ist als Firmenfahrzeug für diese Kneipe hier zugelassen. Du bist der Geschäftsführer hier, und darum wirst du mit Sicherheit auch das Auto fahren. Das ist alles keine Vermutung, das ist alles ganz sicher, dafür haben wir auch Zeugen“, log Schopetta schon zum zweiten Mal in nicht einmal fünf Sätzen.

„Allein die eben aufgezeigten Zusammenhänge reichten mir persönlich aus, dich in U-Haft zu nehmen. Also, sag mir, wo das Fahrzeug in der fraglichen Zeit war. Wenn du das tust, überprüfe ich wohlwollend, ob mir die Angaben ausreichen. Wohlwollend aber auch nur, wenn du erzählst, wer hinter der V & O steckt.“

Eckehard Glowritz blieb stur und spülte emsig weiter die Gläser.

„Gut, Ecki, dann noch etwas. Wie ich schon sagte, geht es um Mord. Und bei Mord heißt die Konsequenz nicht viereinhalb, fünf oder zehn Jahre, sondern diesmal ist deutlich mehr drin, besonders bei deinem Vorleben! Die Richter erkennen in letzter Zeit immer mehr die besondere Schwere solcher Straftaten. Da kommst du nicht mal mit fünfzehn Jahren davon. Also, was hast du für die Nacht vom vierten auf den fünften November für ein Alibi, und wer steckt hinter der V & O GmbH? Ich denke, du hast mich verstanden. Gib mir ordentliche Antworten, und du hast sofort Ruhe vor mir. Sagst du weiter nichts oder erzählst Stuß, laß ich dich sofort von den Grünen abholen, dann unterhalten wir uns eben heute abend oder morgen im Präsidium weiter. Und noch eine Frage, die du gleich mit beantworten kannst. Wo ist der schwarze Pick-Up jetzt?"

Glowritz sah ärgerlich, aber auch verunsichert auf, nachdem er den ersten Schreck überwunden hatte, bölkte er los: „Sach ma, was hab ich eigentlich mit der Sache zu tun? Kommst einfach hier rein und willst mir nen Mord anhängen! Bei dir piepts wohl, Schopetta!"

„Muß ja keine Absicht gewesen sein, Ecki. Ein Unfall vielleicht. Zuviel Kraft reingelegt", und dabei wies der Kommissar auf Eckis muskelbepackten Oberkörper.

Eckehard Glowritz wurde merklich unruhig.

„Ich bin seit achtzehn Monaten sauber, man. Und mit den Grünen machst du mir keine Angst. Hab ich eigentlich ein gutes Verhältnis zu. Muß ich auch, bei dem Publikum, was hier verkehrt. Da brauch ich nämlich manchmal die Unterstützung eurer Trachtentruppe. Das einzige, was mir Sorgen macht, ist, daß ich wieder in irgendeine Scheiße reingezogen werde. Ich will mit dem ganzen Mist von früher nichts mehr zu tun haben."

Schopetta zog die Augenbrauen hoch. „Meine Fresse, Ecki. Der Sozialarbeiter, der dich resozialisiert hat, muß das Bundesverdienstkreuz bekommen, ohne Zweifel."

Eckehard Glowritz stand die Wut im Gesicht, aber er sagte jetzt kein Wort mehr. Nur in seinen heftigen Bewegungen drückte sich die zunehmende Anspannung aus.

Schopetta beobachtete interessiert den ehemaligen Rockerkönig bei der Arbeit, und Ecki hielt das Schweigen eine ganze Zeitlang aus. Dann aber, ohne aufzusehen, trotzig und mit deutlichem Widerwillen preßte er leise hervor: „Scheitel is der Besitzer. Is kein Geheimnis, was ich dir da verrate, daß dem die V & O GmbH gehört."

„Was?" lachte Schopetta. „Pommes Dabringhausen?"

Er kannte den Mann, hatte aber seit vielen Jahren mit ihm nichts mehr zu tun gehabt. Man fand Dabringhausen immer, mittelgroß und kompakt, mit kurzem, dunkelbraunem Haarkranz auf den Photos der regionalen Presse von Supermarkteröffnungen, Benefizveranstaltungen, Bällen der Vestischen Kaufmannschaft, Sommerfesten oder zur Eröffnungen der Rennwochen des Turfclubs. Manchmal wirkte er auf den Bildern sogar freundlich und offen, sportlich und sonnengebräunt, und stets mit den Spitzen aus Politik, Wirtschaft sichtlich auf Du und Du.

Seinen größten Auftritt – damals sogar in der überregionalen Regenbogenpresse – hatte Pommes, als er Anfang der neunziger Jahre Marina Sophia Muratowa, eine echte russische Primaballerina heiratete, die im Rahmen von Perestroika und Glasnost ein Engagement im Musiktheater im Revier bekommen hatte.

Irgendwann war das etwas magersüchtige Mädchen auf Pommes gestoßen, der ihr wohl glaubhaft versichern konnte, die große Welt zu sein. Pommes ehelichte die Tänzerin im Rahmen einer echten Traumhochzeit, konnte aber auch weiterhin keinen Rock fliegen sehen. Seit er verheiratet war, so behaupteten böse Zungen, waren die Rockträgerinnen nur strammer und viel üppiger als in den Zeiten vor der Tänzerin. Aber soweit er wußte, war von dieser Traumverbindung seit einigen Wochen auch nur noch der Traum geblieben.

Die Grundlage seines auf mehrere Millionen geschätzten Vermögens hatte Dabringhausen in den frühen sechziger Jahren mit Bratwürsten, Brühwürsten, Schaschlik und später mit den dicken holländischen Pommes frites geschaffen, was ihm auch seinen ersten Spitznamen einbrachte. Noch heute kannte Schopetta den blöden Werbespruch, den der Würstchenkönig, rotgelb auf weiß über all seinen Imbißbuden stehen hatte. „Laß alle andren Würstchen sausen, nimm Brat und Brüh von Dabringhausen", stand da, und wenn sich der Kommissar richtig erinnerte, in den großen gotischen Druckbuchstaben der so abrupt zu Ende gegangenen tausend Jahre.

Herbert Dabringhausen hatte Freunde in allen Gesellschaftsschichten, am liebsten aber in den höheren. Sein Drang nach Kontakten zu Politik, Wirtschaft und den feinen Leuten mit Einfluß war enorm. Man sagte ihm nach, daß er diese Kontakte gerne auch kaufte. Er war der bunte Vogel der feinen Gesellschaft des Kreises, und gerade sein Wandel auf dem schmalen Grat zwischen neureichem Großkotz und erfolgreichem Unterweltpaten übte anscheinend den besonderen Reiz auf die Szene aus. Bisher war er nie abgestürzt. Nicht einmal gestrauchelt war er. Auch nicht in der Zeit des Großmarktkrieges, in der Schopetta sich näher mit ihm befaßt hatte. Sein Name war da schon das ein oder andere Mal aufgetaucht, aber Verbindungen zu den streitenden Parteien waren damals nicht zu ermitteln gewesen. Nur sein Einfluß hatte deutlichen Zuwachs zu verzeichnen, so wie die

Bankkonten einiger einflußreicher Leute. Aber es blieb dabei. Dabringhausen blieb sauber, obwohl mindestens drei Ermittlungsgruppen der Kreispolizeibehörde laut Beifall geklatscht hätten, wenn es gelungen wäre, Herbert alias Pommes, den man wegen seiner mittlerweile von Ohr zu Ohr reichenden Haarwuchslücke auch Scheitel nannte, ein wirklich dickes Ding anzuhängen. Aber offiziell gab es nichts, das seine weiße Weste fleckig machte.

„Pommes Dabringhausen", sagte Schopetta noch einmal kopfschüttelnd.

„Hat sich mit Pommes", erklärte Ecki, dem ein gewisser Stolz, für eine der reichsten Persönlichkeiten des Vestes arbeiten zu dürfen, durchaus anzuhören war.

„Dem gehören mehr Kneipen, Restaurants und Diskotheken als du Zähne im Maul hast."

Schopetta grinste. „Wenn damit nur die echten gemeint sind, Ecki, dann sind das gar nicht so viele."

„Haha, Schopetta! Immer noch der alte Witzbold!"

„So ist es, Herr Glowritz. Aber hat Pommes seine Imbißwagen wirklich gegen feste Häuser eingetauscht?"

„Was heißt eingetauscht. Mittlerweile hat er alles. Seit mehr als vier Jahren sammelt der Kneipen wie andere Briefmarken. Und dann hat er noch das große Versicherungs- und Maklerbüro. Deswegen doch auch V&O, das heißt nämlich Versicherungs- & Objektmarketing."

„Toll, Ecki, schon wieder bin ich tief beeindruckt." Der Kommissar lächelte Glowritz spöttisch an. „Geht doch nichts über eine gepflegte Unterhaltung, in der jeder weiß, was er zu sagen hat, und jeder sagt, was er weiß. Jetzt noch das Alibi, dann sind wir doch schon fast fertig. Wo warst du also am Sonntagabend beziehungsweise am frühen Montagmorgen?"

„Ich war hier", kam die schnelle Antwort. „Bis ungefähr zehn vor vier, morgens versteht sich. Hab ich fünf Zeugen für."

„Und die sind?"

„Karli Gärtner, Ziege Korbjuhn, Tecko Niehoff und der Gunnar Knieriem."

Schopetta schrieb sich die Namen in sein Notizbuch und sagte: „Ich brauche auch die Adressen, und außerdem waren das nur vier!"

Die Kooperationsbereitschaft von Eckehard Glowritz hielt nicht nur an, sie steigerte sich jetzt so weit, daß er nicht nur dem Kommissar die Adressen der späten Gäste in Bork, Oer und Recklinghausen nannte, sondern als fünfte Zeugin seine Freundin präsentierte.

„Und die können das alle bestätigen, daß du hier warst?"

„Ganz sicher.“

„Bis zehn vor vier?“

„Garantiert!“

„Und von wann an?“

„Die kamen alle zwischen sechs und zehn, mein ich. Aber frag sie doch selbst, Mann!“

„Tun wir, kannste Gift drauf nehmen, Ecki. Aber erzähl mal. Wie lief das in der Nacht? Kannste das mal genauer sagen?“

„War schwer was los hier“, druckste Ecki herum. „Ging schon ab sechs los. Am Sonntagabend mein ich, und die letzten Gäste haben gegen zehn vor vier gezahlt.

„Und das waren die besagten Herren?“

Ecki nickte.

„Paula hat dann die Kneipe hinter uns zugeschlossen, und ich hab die Jungs gefahren. Gehört bei Stammkunden zum Service des Hauses.“

„Da soll noch einer sagen, Deutschland sei eine Servicewüste“, nickte Schopetta anerkennend. „Mit welchem Wagen hast du die Gesellschaft transportiert, und wer ist Paula?“

„Na, mit dem Nissan. Es gibt nur den hier. Und Paula ist meine Lebensabschnittsgefährtin wie man jetzt so sagt!“

„Ach, sagt man jetzt so?“ fragte der Kommissar.

„Mein Gott, ja, war ein kleiner Scherz. Lachst wohl nur über deine Witze, wa? Und meine Freundin is die Paula Lenzen. Wir haben hier oben im Haus ne kleine Wohnung.“

„Und als du in der Nacht losgefahren bist, stand das Auto auf dem Hof, so wie immer?“

„Na klar! Wie soll es sonst da gestanden haben?“

„Und es war kurz vor vier als ihr los seid?“

„Hab ich doch schon gesagt.“

„Und warum bist da du so sicher?“

„Ich hab auf die Uhr gesehen und dann die Jungs angemosert, weil es schon so spät war. War ja klar, daß ich vor fünf Uhr nicht in die Poofe kam.“

„Und die vier Herren können das bezeugen?“

„Muß ich eigentlich alles wiederholen? Ja, Mann, die vier können alles bezeugen und meine Freundin auch! Reicht das jetzt?“

„Und keiner von denen war besoffen oder so?“

„Zumindest nich so, daß sie sich mit ner Erinnerungslücke rausreden könnten."

„Kann jemand anders, sagen wir mal zwischen elf Uhr abends und halb vier morgens, das Auto gefahren haben?"

„Hab ich zwar nichts von gemerkt, aber möglich ist alles. Der Schlüssel hängt immer hier am Haken." Ecki wies auf einen leeren Haken, der gleich neben der Tür in die Wand geschraubt war.

„Die Kneipe war voll. Da hab ich sicher nicht den ganzen Abend auf den Schlüssel gestarrt."

„Wo ist der Wagen jetzt?"

„Tja, also, Paula, meine Freundin, die ist in die Metro gefahren, Nachschub holen für heute abend."

„Gibt es was Besonderes?"

„Nein, nichts Besonderes. Aber der Dienstag ist unser Einkaufstag."

„Wann ist sie wieder da?"

„Also wirklich, keine Ahnung. Kennst doch die Weiber. Wenn die Geld in der Tasche haben, muß man mit allem rechnen. Aber ich denke spätestens um sieben, wenn es hier losgeht, ist sie wieder hier."

„Gut! Wir werden das Auto für die Spurensicherung kurzfristig beschlagnahmen müssen."

„Das geht auf keinen Fall. Wir sind auf das Fahrzeug angewiesen. Außerdem weiß ich wirklich nicht, wann Paula wieder da ist."

Schopetta grinste breit. „Ich bin die Staatsmacht", sagte er provozierend, und Eckehard Glowritz schwieg, schnaufte aber wie ein angeketteter Kampfstier und spülte nun fast gewaltsam seine Gläser.

Die Gesprächspause benutzte Schopetta wieder, um Glowritz zu fixieren, besonders, weil er merkte, wie diesen das störte. Dann sagte er: „Weißt du, Ecki, ich glaube, du bescheißt mich. Kann es nicht sein, daß der Pick-Up zufällig doch hier in einer der Garagen steht, vielleicht in der ersten links, gleich neben dem Tor?"

Das Wasser spritzte nach allen Seiten, als Glowritz das Glas in die Spüle warf, und Schopetta zuckte zurück und sah aus den Augenwinkeln, wie Ecki plötzlich in eine Schublade unter der Theke griff. Mindestens genauso schnell verschwand seine Hand unter der Jacke. Ecki Glowritz bemerkte die Reaktion des Polizisten und hielt in seiner Bewegung inne. Dann grinste er hämisch, hob die linke Hand über den Kopf und zog die rechte ganz langsam aus der Schublade. An einem silbernen Ring baumelte ein

Autoschlüssel, den er, nachdem er sich versichert hatte, daß Schopetta die Hand unter der Jacke hielt, auf den Tresen warf.

Nun grinste auch der Kommissar, nahm den Schlüssel an sich, und während er durch die schmalen Fenster auf den Parkplatz schaute, rief er mit dem Handy die Dienststelle an, um den Pick-Up sicherstellen zu lassen.

Als Schopetta das Telephon in die Manteltasche steckte, sagte er zynisch feixend zu Glowritz: „Aber laß dir ne Quittung geben. Man weiß nie, mit wem man es bei den Behörden zu tun hat."

„Schlimmer kanns nicht kommen. Du bist ja schon da." Glowritz schaute jetzt nicht einmal mehr von seinen Gläsern auf.

„Mann, Ecki! Jetzt werd aber mal nicht persönlich. Ich tu doch auch nur meine Pflicht, das weißt du doch."

Schopetta sprach so ernsthaft, daß er einen Augenblick lang selbst nicht wußte, ob er es ernst meinte.

Dann zog er eine seiner leicht verknitterten Karten aus der Jacke und legte sie auf den Tresen: „Nur für den Fall, daß du mich anrufen möchtest."

Glowritz nahm mit einem schnellen Griff die Karte und nagelte sie mit einem Dartpfeil an das Regal mit den Schnapsflaschen.

„Sonst noch was?" keifte er giftig.

„Plötzliche Urlaubsreisen ins Ausland könnten bei uns einen ganz falschen Eindruck erwecken", antwortete Schopetta. „Und daran ist doch keinem gelegen, nicht wahr, Ecki!"

Auch dieser wohlgemeinte Ratschlag weckte keine Freude bei seinem Gegenüber, und als Schopetta auf der letzten Stufe vor dem Haus stand, wurde hinter ihm die Kneipentür hörbar wütend verriegelt.

Schopetta verbrachte die Wartezeit auf Funkstreife und Transporter in seinem Auto. Mit geschlossenen Augen lauschte er dem Kinderfunk auf WDR 5. Lilliputz. Er liebte besonders die Nachrichtensendung „Klicker". Unkompliziert und mit einfachen Worten wurde die Weltlage erklärt, wurde gesagt, warum in Frankreich Fernfahrer die Straßen blockierten und was auf einem Welternährungsgipfel so geredet wird. Er war so vertieft in die Frage, warum nicht alle deutschen Sendeanstalten grundsätzlich ihre Nachrichtensendungen auf Klickerniveau brachten, daß er die Ankunft der Kollegen nicht mitbekam. Erst als sie an die Scheibe klopften, stellte er das Radio aus und lächelte in sich hinein. Ohne das Auto zu verlassen, wies Schopetta einen der beiden Polizisten ein. Der zweite Uniformierte öffnete unterdessen, geleitet von anscheinend guten Ortskenntnissen, das weiße Eisentor, paßte einen vermeintlich unbeobachteten Augenblick ab und verschwand durch eine der Schuppentüren im Anbau des Gebäudes. Schopetta kam der Mann bekannt vor, und weil er nicht sofort darauf kam, wer es gewesen sein könnte, rief er die Leitstelle an. Es waren die Polizeimeister Niehoff und der Streifenführer Polizeihauptmeister Wiegand, die den Einsatz begleiteten. Schopetta schrieb den Namen Niehoff in sein Notizbuch, legte den Gang ein, ließ die Feststellbremse ausrasten und entschloß sich, die Haard auf den Wirtschaftswegen zu durchqueren, um irgendwo bei Ahsen auf die L 609 zu stoßen.

15

Hauptkommissar Erwin Schopetta mochte weder den gelblichen Klinker noch die Glasbausteine neben der Tür, und schon gar nicht mochte er die drei Gummibäume, die exakt ausgerichtet auf der Fensterbank hinter dem großen Fenster standen. Er hatte ein bedrückendes Gefühl, irgendwo zwischen Einsamkeit und Verlassensein, als er sich diesem Haus näherte. Es lag gut vierhundert Meter abseits einer Ansammlung kleiner Einfamilienhäuser der Leistungsklasse Siedlerstolz, deren Struktur dem Betrachter die aparten Spuren von gut und gerne vierzig Jahren ungebremster An- und Umbaulust vorführten.

Bevor er jedoch jetzt die Waschbetonplatten des Benderschen Anwesens betrat, mit denen die gesamte Fläche vor Haus und Garage ausgelegt war, zögerte er und entschied sich erst einmal weiterzugehen. Am Ende der Gartenmauer hatte er einen stark überwachsenen Feldweg entdeckt, der am Grundstück entlang, dicht neben einer sehr alten Hainbuchenhecke, hinunter zum Fluß führte.

Vielleicht bietet sich vom Ufer aus ein guter Blick auf das Grundstück, sagte er sich, wußte aber, daß dieser Gedanke wie immer nur eine Ausrede war, um die Begegnung mit den Angehörigen des Toten noch etwas hinauszuzögern.

Er fühlte sich schlecht bei der Vorstellung, auf ein Neues die immer gleiche, stumpf und hohl klingende Floskel zu gebrauchen: „Ich habe Ihnen eine traurige Nachricht zu überbringen."

Vieles war im Verlauf seiner vielen Dienstjahre zur Routine geworden, der Anblick von Verletzten und Toten, und vor allem das Überbringen von schlechten Nachrichten würden nie dazu gehören. Stunden, manchmal Tage brauchte er, um sich vom einen zu erholen oder sich auf das andere vorzubereiten.

Auf dem schmalen Weg mußte er immer wieder Pfützen ausweichen, die tief in den sandigen Boden gedrückte Schlaglöcher füllten. So näherte er sich wie auf einem Zickzackkurs dem Flußdeich und erklomm ihn über einen schmalen und glitschigen Trampelpfad.

Es war ein wunderschöner Ausblick, der sich ihm bot, auch jetzt im November. Die Lippe führte Hochwasser, war breit geworden durch den Regen der letzten Tage, und die Strömung kräuselte die graubraune Oberfläche. Armdicke Äste trieben vorbei, und auf der anderen Seite erhob sich, jetzt schon fast vom Wasser umspült, das Steilufer aus der Flußbiegung. Der kleine Eichenwald oben auf der Böschung streckte seine knorrigen Äste in den graudämmrigen Nachmittagshimmel, und wäre nicht die Nachricht gewesen, deren Gewicht ihm schon auf den Magen drückte, Schopetta hätte sich noch besser gefühlt beim Anblick dieser herbstlichen Flußlandschaft.

Er sah auf seine Uhr. Es wurde Zeit, doch ungeachtet dessen hielt er weiter den Blick auf das Grün der Feuchtwiesen gerichtet, folgte der Einteilung der Flächen durch die feinen Linien der schiefen Viehzäune und harkte die markanten Punkte der rohen Holzbalkengatter, die zum Fluß hin schon im steigenden Wasser standen, einen nach dem anderen mit den Augen ab.

Erst als er das Gefühl hatte, allen Dingen genug Beachtung gegeben zu haben, wandte er sich langsam um. Rechts unter ihm, von der Deichkrone aus gut einsehbar, lag das Grundstück mit dem Haus, Lippau 67.

Die Hainbuchenhecke umschloß das große Grundstück auf drei Seiten und war nur zum Ufer hin stark zurückgeschnitten. Von der Terrasse des Hauses hatte man sicher eine schöne Aussicht auf den Fluß, dachte er und registrierte nebenbei, daß der Garten, von seinem Standort aus betrachtet, sehr aufgeräumt und gepflegt wirkte. Der Rasen war geschnitten, und die hochstämmigen Rosenbüsche, die in einer langen Reihe die teilweise überdachte Terrasse zum Rasen hin abgrenzten, trugen, wohl schon in Erwartung des nahen Winters, Überzüge aus blauen Plastiksäcken.

Schopetta gönnte sich noch einen Panoramablick und versuchte, aus den vielen einzelnen Elementen dieser Umschau irgendwie eine Einheit zu formen. Der Hügel mit den Eichen, die Wiesen, der Fluß, und auf der anderen Seite die Siedlung, aus der sich der asphaltierte Wirtschaftsweg hervorzwängte, hundert Meter auf den Fluß zulief und dann nach Westen abknickte, um nur mit Mühe das Haus hinter der Hecke an die Siedlung anzubinden.

Aus den letzten vier Siedlungshäusern, die ihre schmalbrüstigen Giebel zur Straße hin ausrichteten, hatte man einen guten Blick auf dieses Haus, und weil es eine von seinen Erfahrungen war, daß mehr als fünfundneunzig Prozent aller Tötungsdelikte im direkten Umfeld des Opfers aufzuklären waren, hatte er gleich, nachdem er seinen Wagen abgestellt hatte, mit seinen Ermittlungen in der Nachbarschaft Benders begonnen. Schopetta beschränkte sich dabei fürs Erste auf die vier Häuser, von denen man das Anwesen Benders sehen konnte, doch was die Leute sagten, war nicht sehr ergiebig. Sie hatten zwar schon vom Tod des Nachbarn erfahren, von dem sie zum Teil vor mehr als vierzig Jahren die Grundstücke für ihre kleinen Häuser gepachtet hatten, aber entweder konnten sie nichts sagen, oder sie wollten es auch nicht. Sonst war alles so wie es immer ist, man sah sich von Zeit zu Zeit, zahlte pünktlich seine Pacht und grüßte sich. Nur eine Familie, eine von den jüngeren, die nun in der zweiten Generation das Haus bewohnte, beklagte sich vorsichtig, eher nebenbei und ohne Nachdruck über das Geballere manchmal im Sommer. An irgendwelchen Abenden, dann sah man über dem Deich den Schein eines Feuers, das unten am Ufer brannte. Und dann eben, nicht oft, nur ab und zu wurde dort auch geschossen.

„Nein", sagte der junge Vater, der nur besorgt um seine Kinder war, „nein, gesehen habe ich nichts, nur gehört eben, zwanzig, dreißig Schüsse und dann war wieder Ruhe für ein paar Wochen oder Monate."

Wenn er Näheres wissen wolle, müsse er sich an die Familie Teske wenden. Die habe näheren Kontakt, weil Frau Teske doch bei Bender in Stellung sei.

Leider war die Familie Teske nicht zu Hause, denn ihm wurde trotz mehrfachen Klingelns nicht geöffnet. So stand er jetzt, ohne mit den Teskes gesprochen zu haben, im leichten Nebel auf dem Flußdeich, sah auf das Haus und hoffte, sein Besuch dort würde einen ersten verwertbaren Ansatz bringen.

Um sich ein wenig mehr gegen den fast unmerklich einsetzenden Nieselregen zu schützen, schlug er seinen Mantelkragen hoch, zog den Hut tiefer in die Stirn und fügte sich in sein Schicksal, nun der Familie Bender eine schlimme Nachricht überbringen zu müssen.

Als der Hauptkommissar auf den Klingelknopf unter dem Messingschild drückte, erwartete er einen schrillen Klingelton. Statt dessen erklangen leise und gedämpft die ersten vier Töne des Westminsterglockenspiels.

Kaum daß die Melodie im Haus verklungen war, bemerkte er eine Bewegung hinter dem Fenster mit den Gummibäumen. Wenige Augenblicke später sah er durch die große Milchglasscheibe der Haustür jemanden auf sich zukommen.

Eine alte Dame öffnete die Tür. Eigentlich war sie sehr alt und sehr schlank. Sie musterte ihn streng, und ihre Augen wirkten dabei abschätzend und unnahbar. In ihrer Miene spielte eine Nuance feindlicher Arroganz, so wie ihre Körperhaltung deutliche Distanz signalisierte.

Pensionierte Lersche, war sein erster Gedanke, und die strenge Frisur, die ihre aschgrauen Haare in einem tief sitzenden Dutt zusammenfaßte, war für ihn die Bestätigung seiner Vermutung.

Er hatte seinen Dienstausweis vorsorglich schon in die Manteltasche gesteckt, doch bevor er ihn ziehen konnte, stellte die Dame fest: „Sie sind sicher von der Polizei. Kommen Sie herein."

Ihre Stimme war es gewohnt, Aufträge zu erteilen, ohne Widerspruch zu dulden, und nach dieser unerwarteten Begrüßung wandelte sich Schopettas allgemeine Einschätzung in eine ganz spezielle Verblüffung.

Darum brauchte er ein paar Augenblicke, um für sich eine strategische Neuaufstellung zu finden. Langsam und routiniert zog er jetzt seinen Dienstausweis, streckte ihn der alten Dame, die ihm die Tür weit geöffnet hielt, entgegen und betrat wortlos eine geräumige, aber dunkle Diele. Er sah sich um. Die Garderobe, eine alte Eichentruhe, ein Armstuhl und ein Tisch mit einem altmodischen Telephon. Und während er seinen Ausweis wieder in der Manteltasche verschwinden ließ, fragte er: „Woher wissen Sie? Ich trage keine Uniform."

„Ich hab Sie schon gesehen, als Sie angekommen sind", antwortete sie, und ihre Stimme hellte sich ein wenig auf.

„Sie sind zögernd vorbeigegangen und haben unser Haus fixiert", fuhr sie fort, „wie ein Polizist eben."

Schopetta ärgerte sich besonders über die letzte Bemerkung. Als Schnüffler sofort erkannt zu werden, hielt er zum einen für arbeitserschwerend, zum anderen fragte er sich natürlich, an welchen besonderen Merkmalen man seinen Beruf erkennen konnte, denn er gab sich stets alle Mühe, diesen so wenig wie möglich öffentlich werden zu lassen.

Der Anflug eines Lächelns huschte über das Gesicht der alten Dame, und mit jedem weiteren Wort, das sie sprach, wurde sie freundlicher.

„Dann haben Sie den Feldweg an der Hecke entlang genommen und sind zum Fluß gegangen. Das macht kaum jemand, der zu uns heraus kommt. Aber bitte“, sagte sie und trat einen kleinen Schritt zurück, „wir brauchen nicht in der Diele zu stehen. Lassen Sie uns in den Salon gehen.“

Der einladenden Geste folgend, betrat er den Raum mit den Gummibäumen auf der Fensterbank, der sich als großes Wohnzimmer mit geschnitzter Eichenkredenz, dunklem Bücherschrank und einer altmodischen Polstergarnitur öffnete.

„Sie haben sicher einige Fragen. Ich will Ihnen aber sofort sagen, daß ich über den Tod Heinrichs schon informiert bin. Seit gestern vormittag habe ich stündlich mit dem Besuch der Polizei gerechnet.“

Der Kommissar stutzte. Sie sah wirklich so aus, als ob sie Besuch erwartete, doch die ihm sofort in den Sinn springende Frage, von wem sie die Information denn bekommen habe, wollte er sich für einen späteren Zeitpunkt aufheben. Statt dessen sagte er: „Vielen Dank, sehr zuvorkommend. Schopetta mein Name, Hauptkommissar Schopetta, Kriminalpolizei. Ich gehe davon aus, daß ich mit Frau Bender spreche.“

Die Dame nickte mehrmals leicht und schien einen Augenblick etwas zu überlegen. Dann fragte sie: „Darf ich Ihnen etwas anbieten, Herr Kommissar? Einen Kaffee, Tee oder vielleicht einen Cognac?“

Spontan wollte er die Standardantwort geben: Ich trinke nicht, wenn ich im Dienst bin. Doch im selben Augenblick kam ihm auch diese Floskel blöd und völlig gestelzt vor. Statt dessen sagte er so normal und gelassen wie möglich: „Einen Cognac? Warum nicht?“

Die Situation doch so anders vorgefunden zu haben, als in den eigenen trüben Vorstellungen befürchtet, war einen Schluck wert. Außerdem begegnete man ihm während seines Dienstes selten so zuvorkommend. Von Ecki hatte er nicht einmal einen Kaffee bekommen. Zudem hatte man als Überbringer schlechtester Nachrichten oft genug den totalen körperlichen und emotionalen Zusammenbruch der Angehörigen aufzufangen.

Hier und heute schien das anders zu laufen. So beschloß er, nur etwas vorsichtig zu sein und im Verlauf des Gesprächs die wahre Tiefe der ihm entgegengebrachten Freundlichkeiten gut auszuloten.

Die alte Dame war zu einem kleinen Barwagen gegangen, der ihn an ein antikes Kinderwägelchen erinnerte. Er nutzte die kurze Zeit, seine Gastgeberin näher zu betrachten. Sie war wirklich sehr hager. Aber der Auftritt

Martha Benders war für Schopetta so beeindruckend, daß er ihm auf eine noch unbestimmte Weise soliden Respekt abverlangte. Verstärkt wurde diese Wirkung durch die uniformgraue Garderobe. Irgendwo, tief in seiner Erinnerung, versuchte er, die Begegnung zu finden, die als besondere Spätfolge eine solche Resonanz in ihm hervorrief. Aber die Zeit, die ihm zum Überlegen blieb, war zu kurz und ließ ihn nicht fündig werden.

Frau Bender goß einen dem Etikett nach sehr guten Cognac in einen großen Schwenker und überreichte dem Kommissar das Glas.

„Ich bin unhöflich", sagte sie. „Bitte nehmen Sie doch Platz." Und Schopetta setzte sich fast gehorsam in einen der großen altmodischen Sessel der beige-grauen Polstergarnitur, die auf einem echten und auch sehr alten Orientteppich stand.

„Sie trinken nichts?" fragte er, um das Gespräch in Gang zu bringen.

„Nicht jetzt", antwortete sie und setzte sich in eine Ecke des Sofas, weit von ihm entfernt. „Ich trinke nur frühmorgens. Ein Glas Rotwein mit Orangensaft und Ei. Das sorgt für die notwendige Energie. Aber es nutzt nur, wenn man auch sonst solide lebt."

Der Kommissar nickte anerkennend und parlierte: „So ist es mit fast allen Dingen. Aber die Wirkung dieses Rezeptes ist nicht zu verkennen, gnädige Frau, Respekt."

Das Kompliment zeigte keine Wirkung. Völlig entwöhnt, dachte er und kam sofort zum Grund seines Besuches. „Wie Sie richtig anmerkten, ich bin wirklich gekommen, um Ihnen Fragen in bezug auf den verstorbenen Herrn Bender zu stellen. Vor allem, da wir in der Aufklärung des tragischen Mordes an Ihrem Gatten noch völlig im Dunklen tappen."

„Er war mein Bruder", unterbrach ihn Frau Bender hastig. „Heinrich Bender war mein Bruder, nicht mein Mann. Ich heiße Martha Bender. Wir bewohnten gemeinsam dieses Haus. Ein alter Bauernhof, doch nach den Umbauten merkt man es kaum noch."

Anerkennend nickend sah er sich im Raum um. „Wirklich, an Bauernhof hätte ich nicht gedacht." Dann faßte er die alte Dame ins Auge und fragte: „Wenn es Ihnen nichts ausmacht, werde ich gleich zur Sache kommen, Frau Bender."

Noch bevor sie zustimmend nicken konnte, stellte er seine erste Frage: „Womit bestritt Ihr Bruder seinen Lebensunterhalt?"

„Er war Wissenschaftler. Wissenschaftler, Geschichtsforscher und ein wenig auch Journalist. Und nicht ohne Stolz kann ich sagen, ich halte ihn für einen der besten auf seinem Gebiet."

„Konnte er davon leben?“

„Das Land, das einmal zu diesem Hof gehörte, ist verpachtet. Die Siedlung drüben steht auch auf unseren Äckern. Außerdem haben wir noch einige Immobilien.“

„Ich verstehe“, sagte er. „Da kommt man wohl ganz gut zurecht.“

„Es war ein kleiner Hof, eher ein Kotten, den wir vom Bruder meiner Mutter erbten. Und die anderen Objekte verursachen eher Kosten. Wir sind sicher nicht reich, wenn Ihre Frage dahin zielt.“

Er überhörte ihre Bemerkung und setzte nach: „Worüber forschte Ihr Bruder? Schrieb er auch für die regionale Presse?“

„Er war Historiker, Althistoriker! Und seine Forschungsergebnisse veröffentlichte er nur in eigenen Büchern. Er befaßte sich überwiegend mit der römischen Geschichte. Soweit sie das rechtsrheinische Deutschland betraf, studierte er sie im allgemeinen. Die für unsere Geschichte aber so bedeutsamen Befreiungskämpfe der Völker an der Lippe untersuchte er mit viel Aufwand im speziellen. Die Hermannsschlacht zum Beispiel, wenn Ihnen das etwas sagt, das war sein eigentliches Thema und die germanische Religion natürlich, der Glaube unserer Väter.“

„Oh, ja. Das sagt mir sogar sehr viel. Ich bin selbst mehr als interessiert“, nickte der Kommissar anerkennend, obwohl er wußte, daß Bender diesen Teil der Landesgeschichte in all seinen Veröffentlichungen mit muffiger Heimat- und Germanenideologie überlud und weniger in die Kategorie Altertumsforscher gehörte, sondern mehr in die eines weltfremden Spinners einzuordnen war. Die altertümliche Religionsforschung paßte bestens zu Schopettas Einschätzung.

Schopettas scheinbar so anerkennendes Eingehen auf die Arbeit des Bruders ließ ein weiteres kleines Lächeln über das Gesicht der alten Dame huschen. Sie zuckte zweimal mit den Schultern und strich dabei ein Häkeldeckchen glatt, das als Untersatz für eine gelbe Porzellanlampe diente, die auf einem Beistelltisch neben dem Sofa stand.

„Sie sind sicher sehr gut über die Arbeiten Ihres Bruders informiert“, nickte Schopetta anerkennend. „Trotzdem denke ich, es handelt sich bei diesem Themenbereich um einen Abschnitt der Geschichte, der nicht unbedingt auf das große Interesse der etablierten Forschung und Lehre trifft.“

„Wissen Sie, Herr Kommissar, ein wenig kenne ich mich schon aus. Ich habe seine Manuskripte abgetippt und seine gesamte Korrespondenz erledigt. Und was das Interesse von Forschung und Lehre betrifft, wie Sie es nennen, das wird sich bald ändern, glauben Sie es mir!“

„Meinen Sie wirklich?“ fragte er skeptisch. „Ich denke, das Thema ist für viele Wissenschaftler einfach viel zu prekär. Keiner dieser Professoren will sich doch wirklich in die Nähe der 700 seltsamen Theorien gerückt sehen, die allein über den Ort der Schlacht im Umlauf sind. Wer will sich schon der Lächerlichkeit preisgeben?“

„Man wird sehen, denke ich.“ sagte sie wissend lächelnd. „Sehr bald schon, wie ich vermute. Die Herren an den Universitäten zählten nicht unbedingt zu unseren Freunden. Wir wissen mit Bestimmtheit, daß es ein bundesweites Komplott gegen die Forschungsergebnisse meines Bruders gab. Wo er auch sprach, er wurde bekämpft und geschmäht. Ich würde mich nicht wundern, wenn diese Universitätsmafia auch hinter seinem Tod stecken würde!“

„Gehen Sie da nicht ein wenig zu weit, Frau Bender?“

„Es gibt Beweise, die sind unumstößlich. Und zur offiziellen Forschung und Wissenschaft habe ich eine sehr festgefügte, aber nicht unbedingt positive Meinung, Herr Kommissar.“

Schopetta nickte verständnisvoll, lenkte aber, um einer weltanschaulichen Diskussion aus dem Wege zu gehen, mit seiner nächsten Frage wieder auf die Person des Bruders.

„Hatte Ihr Bruder außer Ihnen noch Familie? War er verheiratet?“

„Nein. Das war Heinrich nie! Er sagte immer, er habe einfach noch zu viele Aufgaben, die sich mit einer Familie nicht vereinbaren ließen. Darum führe ich ihm den Haushalt und das schon seit mehr als vierzig Jahren, und, wie gesagt, in gewisser Weise war ich auch seine Sekretärin.“

„Vierzig Jahre. Eine lange Zeit“, nickte Schopetta anerkennend. „Was haben Sie vorher gemacht, ich meine, bevor Sie für Ihren Bruder arbeiteten?“

„Ich war Chefsekretärin drüben in Marl bei den Bunawerken. Aber meine Berufstätigkeit liegt lange zurück. Sekretärin war ich vor und während des Krieges, das heißt, ich arbeitete dort bis zur schmählichen Niederlage 1945.“

Schopetta kaute in Gedanken noch an den Worten „schmähliche Niederlage“, als Frau Bender ergänzte: „Bis 1949 hielt ich mich in Schleswig-Holstein auf. Und als ich nach Hause kam, wartete niemand mehr auf mich, denn mein Mann ist in Rußland geblieben.“

Nach der Niederlage auch noch in Rußland geblieben. Beim Kommissar stellte sich ein seltsam kaltes Kribbeln im Nacken ein, das Gefühl, als hätte sich sein unterer Haaransatz waagerecht aufgestellt. In Rußland geblieben.

Am liebsten hätte er gesagt: „Eine gute Entscheidung Ihres Gatten, Rußland ist auch ein viel schöneres Land.“ Doch statt dessen ergänzte er die ihm aus frühester Kindheit bekannte Witwenfloskel, die immer die eine Frage von vornherein ausschloß, nämlich, wie man überhaupt dorthin kam, nach Rußland, in dieses Land, in dem es so gefährlich war, in dem man bleiben mußte, gegen seinen Willen, mit der zynischen Nachfrage: „Ach, auf See ist er geblieben?“

Martha Bender kannte offensichtlich im Zusammenhang mit dem Kriegstod ihres Gatten nur Anerkennung und Mitgefühl, und Schopettas böse gemeinte Anmerkung verpuffte.

„Nein, nein“, sagte sie, um Verständnis bemüht, mit vibrierendem Stolz in der Stimme. „In Rußland! Er war Luftwaffenoffizier. Er soll die Schlacht um Stalingrad überlebt haben, sogar unverwundet. Aber in der Gefangenschaft haben ihn die Roten einfach umgebracht.“

„Er soll Stalingrad überlebt haben, was heißt das?“ fragte Schopetta nachdrücklich, obwohl er wußte, daß die Antwort sicher nichts mit dem Fall zu tun haben würde. Ihn ärgerte einfach die ideologisch so festgelegte Wortwahl der klapprigen Kriegerwitwe.

„Es gibt da keine genauen Nachrichten“, antwortete sie, ohne die Ablehnung Schopettas überhaupt zu registrieren. „Mein Bruder hat zwar über viele Jahre Nachforschungen angestellt, aber leider ist nichts Konkretes dabei herausgekommen.“

Martha Bender hielt den Kopf im Andachtswinkel, blickte auf ihre im Schoß gefalteten Hände und schwieg. Schopetta legte sich etwas um den Hals, das sich zusammenzog wie eine zu enge Krawatte. In diesem Haus gingen die Uhren anders, um deutliche vierzig Jahre langsamer, behauptete er für sich. Der Krieg war Niederlage, und der idiotische Tod von Millionen schien noch immer den Nimbus heldischen Opfers behalten zu haben.

Er wollte so schnell wie möglich weg von diesem Thema. Er glaubte auch schon, mit der Frage nach ihrer späteren familiären Situation einen entsprechenden Weg gefunden zu haben, jedoch war ihre pathetische Antwort, das darin wie Fliegenleim klebende Ethos, für ihn der Beweis für das unheilbare Leiden Weltsicht bedingten Geschichtsklitterns.

„Nein, ich habe nie mehr geheiratet. So sind wir nicht erzogen worden, wir Benders. Wir sind geradeaus, immer treu, wenn es sein muß bis in den Tod.“

Schopetta schluckte ein paarmal, hüstelte gequält und räusperte sich. Am liebsten hätte er auf den Teppich gerotzt. Während er dann in der

Manteltasche nach seinem Notizbuch wühlte, sagte er leise und fast unverständlich mehr zu sich selbst als zu seiner Gastgeberin: „Halten wir uns an die Fakten. Ihr Bruder ist am 23. Juli 1914 geboren, ist das richtig?“

Frau Bender nickte.

„Sie müßten Ihren Bruder identifizieren. Fühlen Sie sich dazu in der Lage?“ fragte er vorsichtig.

Wieder nickte Martha Bender und fragte ihrerseits: „Wo ist mein Bruder jetzt? In einem Krankenhaus?“

„Nein, er befindet sich zur Zeit in der Gerichtsmedizin. Wenn Sie es wünschen, kann ich einen Wagen anfordern, der Sie dort hinbringt. Wann ist es Ihnen möglich?“

„Das wäre sehr freundlich von Ihnen, Herr Kommissar. Wenn es Ihnen recht ist, kann ich noch heute fahren.“

Er sah auf die Uhr, überlegte einen Augenblick und wählte dann auf dem Handy die Nummer seiner Dienststelle. Erst nach dem siebten Klingeln wurde abgenommen, und dann quakte auch schon die ihm so vertraute Stimme von Annette Sattelknecht ihren in der letzten behördeninternen Telephonschulung unter dem Titel „Kundenorientiertes Telephonieren“ erlernten Spruch in den Hörer: „Polizei Recklinghausen. Mein Name ist Annette Sattelknecht. Was kann ich für Sie tun?“

„Beim nächsten Mal schneller drangehn“, knurrte Schopetta.

„Ach Chef, du bist es, würd ich ja, ging aber nich, weil die Karin doch heute ihren Letzten hat, und wie du weißt, feiern wir alle ein bißchen im Nachbarbüro. Du warst ja auch eingeladen, aber meine Nachricht hast du sicher wieder nicht gelesen, du solltest nämlich die Rede halten. Aber du hast ja nie Zeit für uns. Ich kam nicht so schnell rüber, weil ich heute die mit den hohen Absätzen trage, aber du sollst unbedingt den Polizeioberrat Heuermann anrufen, es ist wichtig. Und Doktor Hobrecht ist ab 8:00 Uhr im Institut. Kommst du heute noch ins Büro?“

Schopetta knirschte mit den Zähnen, soweit das seine Brückenkonstruktionen zuließen, und legte den Hörer ans andere Ohr. Dann sagte er mit deutlichem Nachdruck: „Is laut Dienstanweisung verboten, hab ich vergessen, nein, sowas kann ich nicht, ich will mich bessern, versteh ich, mach ich, das ist gut, und last but not least, kann sein!“

Am anderen Ende der Leitung war Stille. Nur ein paar Nebengeräusche signalisierten Schopetta, daß die Verbindung nicht unterbrochen war. Dann fragte Annette unsicher: „Wie? Wie meinst du das denn jetzt, Chef? Das hab ich jetzt nicht verstanden.“

„Ja Annette! Das waren Antworten auf deine Fragen und Anmerkungen. Sogar in der von dir vorgegebenen Reihenfolge. Ich habe zu allen etwas gesagt. Jetzt nimm dir einen Block und schreib auf. Bist du soweit?“

„Moment, moment, so schnell is ne alte Frau auch nich. Laß mich wenigstens noch einen Bleistift suchen.“ Annette wühlte hörbar in einer Schreibtischschublade.

„Komm, gib Gas!“ nörgelte der Kommissar. „Ich befinde mich mitten in einem wichtigen Gespräch.“

Es klickte, raschelte und kratzte im Telephon. Dann meldete sich die Sekretärin wieder: „So, jetzt bin ich soweit.“

„Sehr schön“, sagte Schopetta und begann zügig zu diktieren: „Um genau“, er warf einen Blick auf seine Armbanduhr, „16:45 Uhr brauche ich einen Wagen in Ahsen, Lippau 67, der Fahrer soll Frau Martha Bender zur Gerichtsmedizin bringen und sie nach einer Identifizierung wieder zurück zur oben genannten Adresse fahren. Hast du das?“

„Hab ich.“

„Dann organisiere das bitte sofort. Ich verlaß mich drauf. Und noch was, Annette. Wer hat im Augenblick Bereitschaft?“

„Die Auszubildende“, war die Antwort. „Die sitzt im Besprechungsraum und sieht irgendwelche Listen durch.“

„Welche Auszubildende?“ fragte Schopetta verwirrt.

„Na, diese Elle Kommer!“

„Annette, das ist eine Kommissaranwärterin und kein Lehrmädchen!“

„Das weiß ich doch nicht. Mir wird doch hier niemand vorgestellt. Was weiß ich, was die ganzen Leute tun, die hier raus- und reinrennen?“

„Is ja schon gut, Annette. Auf jeden Fall sag Elle einen schönen Gruß von mir, sie soll auf meinen Wunsch hin ihre Arbeit einmal kurz unterbrechen und die Frau Bender zur Gerichtsmedizin begleiten. Gibt es dazu noch Fragen?“

„Ja, öh, nö!“

„Dann is ja gut.“ Schopetta wollte grade das Handy ausschalten, als Annette Sattelknecht in die Sprechmuschel brüllte: „Erwin!“

„Was gibt’s noch, Annette?“

„Wo ist Ahsen?“

Schopetta stöhnte hörbar. „Frag in der Zentrale. Die wissen das sicher“, und mit einem schnellen Knopfdruck beendete er das Gespräch endgültig.

Frau Bender sah ihn aus ihrer Sofaecke heraus leicht irritiert an, warf einen Blick auf die Standuhr in der Ecke und sagte: „Das sind noch mehr als zwei Stunden. Wollen Sie die ganze Zeit hierbleiben und sich mit mir unterhalten?“

„Wir werden sehen, Frau Bender. Wenn ich meine Fragen gestellt habe, werde ich mich sofort verabschieden. Meine Anwesenheit hier ist unabhängig vom Zeitpunkt, an dem Sie abholt werden. Übrigens, ich lasse Sie von einer jungen Kolleginnen begleiten. Ich hoffe, das ist in Ihrem Sinne.“

Die alte Dame nickte bejahend, aber irgend etwas schien ihr dabei durch den Kopf zu gehen.

„Die meisten Leute, die wir kennen, sind Bekannte von Heinrich“, sagte sie plötzlich. „Ich denke, ich muß sie wohl alle benachrichtigen.“

Sie erhob sich, machte zwei Schritte, blieb stehen, legte die Hände ineinander, sah an Schopetta vorbei durch das große Fenster und schien wieder nachzudenken. Dann wandte sie sich an den Kommissar. „Ich muß Telephonieren, entschuldigen Sie mich bitte einen Augenblick!“

Schopetta nickte, und kurz darauf hörte er das Geräusch einer klickernd rasselnden Wählscheibe aus dem Flur. Mein Gott, wie lange hab ich das nicht mehr gehört, wie schnell man so etwas auch vergißt, dachte er und nahm einen Schluck Cognac, den er genüßlich durch Mund und Rachen laufen ließ. Dabei schloß er die Augen und hörte Martha Bender Telephonieren.

Für einige Sekunden war es völlig still im Haus, und Schopetta glaubte, deutlich den Ton des Freizeichens aus dem Telephon zu hören, als Martha Bender sagte: „Hallo, Frau Teske? Ja, ich bin es, Frau Bender.“

Obwohl er die Augen nicht öffnete, war seine Aufmerksamkeit auf das Telephongespräch gerichtet. Teske? Das war die Familie, bei der er vor nicht einmal 15 Minuten niemanden angetroffen hatte. Jetzt war aber jemand sofort ans Telephon gegangen.

„Sie müssen gleich zu mir rüberkommen“, hörte er Martha Bender sagen. „Es gibt einiges zu tun – nein, nicht sofort, ich habe noch Besuch. Wenn der Herr von der Polizei sich verabschiedet hat, ist es früh genug. Nein, im Augenblick brauche ich keine Unterstützung – nein, auf keinen Fall ... Die sollen warten. Vielen Dank, Frau Teske.“

Martha Bender legte auf, und als sie den Raum betrat, hatte der Kommissar die Augen wieder geöffnet und genoß gerade den letzten Schluck des Cognacs.

„Möchten Sie noch einen?“ fragte sie und griff nach dem Glas.

„Nein, vielen Dank. Es gehört sonst nicht zu meinen Gepflogenheiten, während des Dienstes Alkohol zu trinken. Aber ich denke, den durfte ich mir gönnen.“

Anders als zu Beginn ihrer Begegnung schien die alte Dame plötzlich unruhig und nervös zu werden.

„Ich werde meine Fragen stellen und dann wieder gehen.“ Schopetta glaubte, die bevorstehende Autofahrt beunruhige Martha Bender, und er wollte das Gespräch auch nicht unnötig in die Länge ziehen. „Dann bleibt Ihnen genügend Zeit, sich auf die Fahrt zum Institut vorzubereiten. Haben Sie Hilfe? Ich meine, brauchen Sie Unterstützung? Sollen wir jemanden benachrichtigen? Es ist ja nicht einfach, was Sie da erwartet.“

„Ich habe eine Frau angerufen. Die wohnt drüben am Ortsrand, unsere Zugehfrau. Alles andere ist nicht nötig“, war die fast schroffe Antwort.

Sie warf noch mal einen Blick auf die Standuhr, sah ihn an und fragte hart: „Wie lange brauchen Sie noch?“

„Zehn, fünfzehn Minuten, denke ich. Aber wenn Sie nichts dagegen haben, würde ich mir im Anschluß an unser Gespräch gerne noch den Arbeitsplatz Ihres Bruders ansehen.“

Sie sah ihn durchdringend an. „Ist das notwendig?“

„Es würde die Ermittlungen sicher sehr erleichtern.“

„Bitte stellen Sie Ihre Fragen“, sagte sie im Tonfall einer Großfürstin.

Ohne für die deutliche Veränderung im Verhalten von Frau Bender nach einer Erklärung zu suchen, stellte Schopetta seine nächste Frage: „Wann haben Sie Ihren Bruder zuletzt gesehen?“

„Am Samstagmittag, um kurz nach zwei. Er mußte zu einem Termin. Ich glaube, er fuhr nach Arnsberg.“

„Was war das für ein Termin? Wissen Sie etwas Näheres?“

„Wahrscheinlich ein Vortrag in einem Geschichtsverein. Heinrich hielt viele solcher Vorträge.“

„Fuhr er allein oder wurde er begleitet?“

„Er wurde abgeholt. Zwei junge Männer. Ich meine, sie kamen aus der Gruppe in Bork.“

„Sind Sie so freundlich, mir zu sagen, um was für eine Gruppe es sich da handelt?“

„Ein Verein eben. Alle interessieren sich für Geschichte. Sie trafen sich regelmäßig. Heinrich war Gründer der Gruppe und auch ihr Vorsitzender.“

„Kennen Sie die Namen der Vereinsmitglieder?“

„Nein“, war die knappe und bestimmte Antwort.

„Und Ihr Bruder, der hat nie Namen erwähnt?"

„Doch, das schon. Da war mal die Rede von einem Klaus, einem Horst oder einem Werner. Sie begleiteten ihn zu den Vorträgen. Der Wagen wurde meist von einem Ulf gefahren. Wer ihn aber am Samstag abgeholt hat, kann ich Ihnen beim besten Willen nicht sagen. Ich habe hier den Haushalt geführt und seine Manuskripte abgeschrieben. Ich habe es nicht als meine Aufgabe angesehen, seine Besucher zu überwachen." Empörung und Strenge lag in ihrer Stimme, aber Schopetta war routiniert genug, um jetzt darüber hinwegzugehen.

„Erhielt er für seine Vorträge Honorare?"

„Manchmal. Oft erhielt er auch nur seine Kosten erstattet."

„Woher wissen Sie das?"

„Er hat es mir gesagt!" Neben Ungeduld und Ärger war nun auch wieder diese Arroganz in ihrer Stimme, besonders als sie leise, aber hörbar nachsetzte: „Eine dumme Frage!"

Stimmt, dachte er, aber er tat wieder schwerhörig und stellte schon die nächste: „Wann erwarteten Sie Ihren Bruder zurück?"

„Am Sonntag, nachmittags zum Tee."

„Und? Sie haben sich keine Sorgen gemacht, als er nicht kam, Frau Bender?"

„Am Sonntagmittag erhielt ich einen Anruf, daß sie sich verspäten würden."

„Kam es öfter vor, daß er nicht pünktlich zurückkam?"

„Ja! Man lud Heinrich oft ein, noch eine weitere Nacht zu bleiben, zu diskutieren oder manchmal auch nur, um mit anderen Wissenschaftlern Ergebnisse auszutauschen."

„Und was war diesmal der Grund?"

„Das weiß ich nicht. Man sagte mir, es wird später, und dann war es für mich auch gut."

„Wer rief an? Ihr Bruder persönlich?"

„Nein, einer der jungen Männer hat sich gemeldet."

„Ich wette, Sie können mir auch diesmal nicht sagen, wie der junge Mann hieß."

Martha Bender warf ihm einen vernichtenden Blick zu und ihr „Nein!" war in seiner Verachtung beispiellos.

„Nun, überlegen Sie doch noch einmal genau, Frau Bender, und lassen Sie sich Zeit mit der Antwort. Sie sind ja auch nicht mehr die Jüngste!" Schopetta quasselte bewußt wie eine schlecht qualifizierte Altenpflegerin.

„War es nicht doch einer der Jungen, die ihn Samstag abgeholt haben? Na? Versuchen Sie sich zu erinnern, Frau Bender!“

„Ich sagte doch schon, daß ich es nicht weiß“, war die bitterböse Antwort.

„Und Sie wissen auch sonst wirklich nichts weiter über andere Bekannte Ihres Bruders? Überlegen Sie doch noch einmal. Vielleicht fällt Ihnen ja doch noch etwas ein“, stichelte er und bemühte sich, seinen bedauernden Zweifel nicht zu verbergen.

„Nein, ganz sicher nicht“, zischte sie.

Martha Bender war jünger als ihr Bruder. Vielleicht vier oder fünf Jahre. Damit näherte sie sich aber auch schon ihrem achtzigsten Geburtstag. Wenn Schopetta sonst an 80jährige dachte, waren die meist hilfsbedürftig, zerbrechlich, senil oder verwirrt. Sein Vater, der war nichts von alledem, aber der war auch nur knapp 70 geworden. Seine vielen alten Tanten und Onkel entwickelten im hohen Alter allesamt eine würdige Milde. Die Dame, die ihm hier und jetzt gegenüber saß, wirkte zwar zerbrechlich, war aber weder verwirrt noch senil, und auf keinen Fall entwickelte sie Milde. Er hatte sogar das deutliche Gefühl, daß sie ihm in ihren Antworten auch Halbwahrheiten unterjubelte und ganz bewußt sehr ungenau blieb. Schopetta beschränkte sich jedoch erst einmal darauf, diesen Eindruck zu registrieren und nicht den Ungereimtheiten nachzugehen, die er zu erkennen glaubte.

„Hatte Ihr Bruder denn sonst noch irgendwelche Kontakte? In der Kirchengemeinde, im Gesangsverein, am Stammtisch oder vielleicht sogar in einer bestimmten Partei? Erinnern Sie sich bitte genau. Gab es da noch etwas? Ging er zum Beispiel regelmäßig aus?“

„Manchmal Telephonierte er mit seinem Verlag. Von Zeit zu Zeit fuhr er hin, mit dem Zug von Haltern aus. Oder ein Mitarbeiter des Verlages kam zu uns ins Haus.“ Auch Martha Bender blieb bei ihrem Konzept. Sie antwortete, blieb aber an der Oberfläche. Nur für die Frage nach der Kirchengemeinde hatte sie einen Satz mehr übrig: „An der Gemeindearbeit der örtlichen Kirchen beteiligten wir uns nicht. Und in die Gottesdienste, wenn Ihre Frage dahingehend gestellt ist, gehen wir seit Jahren nicht mehr. Trotzdem sind wir, ich meine, war Heinrich ein sehr gläubiger Mensch, vielleicht mehr als mancher dieser eifrigen Kirchgänger, die noch ihre Kirchensteuer bezahlen.“

Sekte, schloß Schopetta für sich, die hängen an irgendeiner Sekte. Doch seine Frage knüpfte an eine andere Antwort an, obwohl ihn die kirchensteuerfreie Religiosität der Benders auch sehr interessiert hätte.

„Sie sprachen vom Verlag Ihres Bruders. Für welchen arbeitete er?"

„Er war nur mit einem verbunden. Eine sehr renommierte Firma. Der Rupprecht Verlag in Detmold. Kennen Sie ihn?"

„Nein", log Schopetta, und er hatte das Gefühl, daß sie seine verneinende Antwort sehr gerne hörte.

„Dieser Verlag ist meist auch nur echten Fachleuten bekannt. Alle Veröffentlichungen befassen sich ausschließlich mit außergewöhnlich wichtigen historischen Themen."

„Ja dann", grinste Schopetta, der die Spitze in Richtung auf seine von Martha Bender längst erkannten Mängel an Bildung und Benehmen sofort erkannte.

„Wenn Sie mir bei Gelegenheit die Adresse überlassen können", sagte er freundlich, „wäre ich Ihnen sehr dankbar."

„Ich hoffe, daß ich sie finde", versuchte Martha Bender zu mauern. „Mein Bruder war nie sehr ordentlich."

„Wenn es Ihnen Mühe macht, lassen Sie es ruhig. Mit unseren Computern bekommen wir die Adresse bestimmt heraus."

Martha Bender zeigte plötzlich einen erschrockenen Zug um die Augen, sah den Kommissar fast traurig an und sagte sehr leise: „Ja, ja die Computer. Damit ist heute ja fast alles möglich. Dagegen kommt man kaum an." Dann sah sie zwischen Gummibaum eins und zwei hindurch nach draußen und schwieg.

Er gönnte ihr die kurze Unterbrechung, und erst nach einigen Momenten der Stille nahm er das Gespräch wieder auf.

„Mir scheint es so, als ob Sie wirklich nur wenige Kontakte hatten. Lebten Sie hier sehr zurückgezogen?"

Frau Bender zuckte mit den Achseln und warf einen weiteren Blick auf die Standuhr. Wenn er kurz geglaubt hatte, die Dame wäre eingeknickt oder er müsse die Frage wiederholen, weil sie schwächelte, wurde er sofort eines besseren belehrt. „Wie kommen Sie darauf? Das kann man nun wirklich nicht sagen. Die Gruppe aus Bork hat oft hier getagt, und manchmal sind andere Schriftsteller, Journalisten und Geschichtsforscher zu Besuch gekommen. Einige haben sogar im Gästezimmer übernachtet. Und es sind auch immer viele junge Leute dabeigewesen und nicht nur alte, wenn Sie das glauben! Und gerade zu den jungen hatte Heinrich stets eine gute Beziehung. Sie bewunderten ihn und akzeptierten ihn auch als ihren Lehrer. Die waren immer da, wenn mein Bruder sie brauchte, so wie er für sie stets da war."

„Und Sie erinnern sich immer noch nicht an die Namen seiner jungen Freunde? Denken Sie doch bitte gut nach."

„Sie brauchen mit mir nicht zu reden wie mit einer Geisteskranken, Herr Kommissar", sagte Martha Bender ärgerlich. „Ich kenne keine Namen!"

„Finden Sie das nicht selbst seltsam?" Er lächelte mitleidig bei seiner Bemerkung, aber Martha Bender war nicht weiter zu provozieren, und sie sagte kühl: „Keineswegs. Ich sprach sie mit ihren Vornamen an, das genügte mir. Mein Bruder wußte mehr von ihnen."

„Hatte Ihr Bruder Feinde?" Seine Frage kam absichtlich schnell und ohne Vorbereitung.

Deutliches Erschrecken glitt durch Martha Benders Gesicht. Sie legte eine ihrer schmalen schlanken Hände schräg über den Mund, und zum erstenmalschien sie eine Frage wirklich zu betreffen. Es brauchte einige Zeit, bis sie auf die Frage des Kommissars mit einer Gegenfrage antwortete: „Sie meinen richtige Feinde, die ihn vielleicht auch umgebracht haben?"

„Ja, Frau Bender, die meine ich. Menschen, die ihn nicht mochten, ihn vielleicht sogar haßten oder mit denen er Streit hatte. Gab es die?"

„Wer hatte nicht mal einen Streit? Auseinandersetzungen hatte er mit vielen. Aber dabei ging es immer um seine Forschungsarbeit. Da prallten schon mal Meinungen hart aufeinander, und man verließ nicht unbedingt als Freund das Diskussionspodium."

„Gut", stöhnte er, „ich würde Sie bitten, sich in den nächsten Tagen Gedanken darüber zu machen, wer die vielen sind, mit denen er Ärger hatte. Eine Namensliste genügt mir."

Frau Bender zuckte wie ein beleidigter Teenager mit den Schultern und schien zu schmollen.

„Auch wenn ich Sie nerve, Frau Bender." Er versuchte es nun noch einmal mit der Vernunft. „Meine Aufgabe ist es, den Mord an Ihrem Bruder aufzuklären. Und dazu brauche ich auch Ihre Hilfe. Ich verstehe nicht, warum Sie so wenig kooperativ sind."

„Ich habe jede Ihrer Fragen beantwortet", sagte sie heftig aufgebracht. „Wie können Sie sagen, ich sei nicht kooperativ?"

„Gut, Frau Bender. Schreiben Sie auf die Liste nicht nur seine Feinde, schreiben Sie auch die Freunde auf. Trotzdem noch eine Frage. Hat er vielleicht Drohungen erhalten, in Briefen? Oder erhielt er seltsame Anrufe, die ihn in Angst versetzten oder unruhig machten?“

„Nicht, soweit ich weiß“, flog die Antwort vor seine Füße. „Und ans Telephon ist er nie gegangen. Wenn das Telephon klingelte, hat Frau Teske abgenommen oder ich, und wenn es Anrufe für Heinrich waren, wurde in sein Arbeitszimmer durchgestellt.“

„Durchgestellt? Haben Sie eine Telephonanlage im Haus?“

„Telephonanlage? Nein. Wir haben einen Zweitapparat zu dem man verbinden kann.“

„Dann hätte Ihr Bruder also Telephonieren können, ohne daß Sie es bemerkten?“

„Das geht nicht“, sagte Frau Bender betont geduldig. „Auf dem Apparat im Arbeitszimmer kann man nur Gespräche vom Hauptapparat aus annehmen. Wählen kann man nur mit dem in der Diele. Wenn er jemanden sprechen wollte, hat er meistens die Frau Teske gebeten, die Verbindung herzustellen.“

„Riefen in der letzten Zeit bestimmte Personen besonders häufig an, oder hatte Ihr Bruder mit einzelnen Leuten besonders viel Kontakt?“

„Dergleichen ist mir nicht aufgefallen.“

„Gut, Frau Bender. Dann waren das erst einmal meine Fragen.“ Er stand auf und machte die Andeutung einer Verbeugung. „Wenn sich noch Fragen ergeben, werde ich Sie anrufen.“ Den üblichen Spruch „und wenn Ihnen noch etwas einfallen sollte, – alles ist wichtig“ schenkte er sich, wegen deutlich erkennbarem Mangel an zu erwartender Wirkung. Statt dessen sagte er, und dabei bemühte er sich um eine Stimmlage, die von vornherein jeden Widerspruch ausschloß: „Wenn ich jetzt noch einen Blick in das Arbeitszimmer Ihres Bruders werfen dürfte. Es ist sehr wichtig und wäre für die Aufklärung sehr hilfreich.“

Auch Martha Bender hatte sich erhoben, verharrte einen Augenblick und sah erneut auf die Uhr. Dann deutete sie in Richtung Schiebetür und sagte: „Folgen Sie mir bitte.“

Sie durchquerten das Eßzimmer, dessen Mitte ein großer Nußbaumtisch mit Chippendalebeinen beherrschte. Zwölf Stühle standen an den Wänden zwischen Gläservitrinen, Anrichten und einem Porzellanschrank, zu dem Hannelore sicher mehr hätte sagen können. Für Schopetta waren es nur jede Menge, meist viel zu bunte Teller, Suppenschüsseln und Kaffeetassen, die darin gestapelt waren.

Frau Bender öffnete eine weitere Glastür auf der Rückseite des Raums und betätigte auf der Innenseite den Lichtschalter neben der Tür. Was der Kommissar sah, gefiel ihm. An allen vier Wänden standen schwere Holzregale, die bis unter die dunkle Balkendecke reichten. Alle waren eng mit Büchern zugestellt. In der Mitte des Arbeitszimmers machte sich ein alter brauner Eichenschreibtisch breit. Drei hohe Papierstapel lagen wohlgeordnet neben dem Uralt-Telephon aus schwarzem Bakelit, das wirklich keine Wählscheibe hatte.

Ein niedriger Rauchtisch, flankiert von zwei grünen Ledersesseln, war vor den drei hohen Fenstern plaziert, die den Blick zum Fluß hätten freigeben müssen, wären nicht die hölzernen Blendläden geschlossen gewesen, die so nur eine Ahnung des grauen Lichtes des Nebelnachmittags in den Raum ließen. Zu Schopettas besonderem Wohlgefallen schwebte über dem ganzen Arrangement auch noch ein zarter Duft von Zigarrenrauch.

Der Kommissar tat ein paar Schritte in den Raum hinein und ließ seinen Blick über hunderte von Buchrücken wandern, über die Regalfächer, in denen sich Landkarten und Papierrollen stapelten und die Pappschuber mit verschiedenen Zeitschriften, die alle ordentlich in Reih und Glied standen.

„Hier liegt alles, was ihn in den letzten Wochen beschäftigt hat", hörte er Martha Bender hinter sich sagen. Er drehte sich um. Sie deutete auf den Schreibtisch. „So weit ich weiß, ist nichts verschlossen. Wenn Sie gestatten, werde ich mich zurückziehen. Sie finden mich im Salon." Sie machte auf dem Absatz kehrt und ließ ihn allein.

Damit hatte er nicht gerechnet, ungestört und unbeobachtet den Schreibtisch durchsuchen zu können. Er zog seinen Mantel aus, warf ihn über den altertümlichen Schreibtischstuhl und begann mit der Sichtung des ersten Papierstapels.

Nach ungefähr einer halben Stunde hatte er jedes Blatt in der Hand gehabt. Es waren ausschließlich Zeitungsausschnitte, Kopien von Zeitungsartikeln, Buchseiten und wissenschaftlichen Aufsätzen. Dazu Unmengen Notizen zu dieser Sammlung. Alle bezogen sich auf Ereignisse der frühen regionalen Geschichte, auf so ziemlich alle Ausgrabungen vom Rhein bis zum Harz und auf archäologische Ausstellungen im gesamten Land. Dazwischen kopierte Kartenausschnitte, von Hand gezeichnete Kartenkopien oder grob skizzierte Lagepläne, die Schopetta durchblätterte, Blatt für Blatt, aber im Augenblick kein System der Einordnung fand. Mehrere recht gute Bleistiftzeichnungen, die tempelähnliche Gebäude zeigten, turm-artig, manche wie westfälische Spieker oder wie die Wohntürme mittelalterlicher Burgen konstruiert. Und nebenbei konnte er sich einen Überblick über das Werbeangebot so ziemlich aller bundesweit agierender Buchversandhäuser und Antiquariate machen, von denen ihm einige selbst gut bekannt waren.

Zu seiner Freude war Benders Schreibtisch wirklich nicht verschlossen. In beiden reich mit Schnitzereien verzierten Türen steckten die Schlüssel. Hinter der linken verbarg sich in verschiedenen Schubfächern das übliche Durcheinander eines Materialdepots. Schreibpapier, Briefumschläge, eine Sammlung unterschiedlichster Kugelschreiber, und neben einem sehr umfangreichen Zirkelbesteck erstaunlich viele Radiergummis. Aber die Belohnung für Schopettas Bemühungen war ein aktueller Notizkalender, der seinen Besitzer als H. M. Bender preisgab und über ein gutgefülltes Telephonnummernverzeichnis verfügte. Beim schnellen Durchblättern stellte er zu seiner Zufriedenheit fest, daß er auch wirklich bis November geführt worden war. Einige Termine waren auch schon für den Dezember vorgetragen. Um im Augenblick keine Zeit zu verschwenden, steckte er das kleine schwarze Buch, ohne wirklich hinzusehen, in die Innentasche seines Jacketts.

Kleine Unkorrektheiten dieser Art beging er gerne, ohne genau hinzusehen. Er erlaubte sich diese moralische Großzügigkeit, um im Bedarfsfall, leutselig und auf sein fortgeschrittenes Alter verweisend sagen zu können, alles sei nur in Gedanken geschehen, reine Vergeßlichkeit sozusagen.

So also ganz in Gedanken, widmete er sich nun dem Inhalt des rechten Schreibtischunterbaus. Die Schubladen fehlten hier. Hinter einer Zigarrenkiste mit bunten Stocknägeln, einem Papierschneider und einem Schuhkarton voller Einwegfeuerzeuge fand er einen Stahlhelm der deutschen Wehrmacht mit schwarz-weiß-rotem Wappen und Pleitegeier. Fabrikneu sozusagen, ohne jeden Kratzer. Daneben lag ein SA-Dolch auf einem braunledernen Photoalbum. Er zog das Album unter dem Dolch und dem Blechzylinder hervor und las die goldprangende und in gotischen Buchstaben geprägte Aufschrift: „Führerschule der SA, Gruppe Westfalen, Sennelager 1934."

„Schau an, schau an, wovon sich der Mensch so alles nicht trennen mag", stellte er fest und schob dabei den „Knitterfreien" wieder in die hinterste Ecke des Schrankes zurück, legte aber das Photoalbum erst einmal, sozusagen zum Abtransport bereit, oben auf den Schreibtisch.

Im Augenblick wußte er noch nicht, wie er es später aus dem Haus bringen sollte, ohne lange Erklärungen abzugeben oder um eine Erlaubnis zu bitten, aber er machte sich schon mal ein paar Gedanken dazu. Dabei faßte er ans Schloß der Schreibtischschublade, doch zu seinem Bedauern fehlte hier der Schlüssel. Routiniert glitt seine Hand unter den Schreibtisch, um die Schublade von unten her nach vorne zu drücken, aber auch das mißlang, weil es sich bei dem Möbel um ein altes und solides Stück handelte, bei dem die Lade komplett umbaut war.

„However then – with Leatherman", flüsterte der Kommissar und beförderte aus seiner Manteltasche sein Leatherman-Allzwecküberlebens-messer hervor. Auch ein Geschenk seiner jüngsten Tochter. Sie hatte es ihm zu seinem fünfzigsten Geburtstag geschenkt, Edelstahl mit fünfzehn Tools, die ihm schon alle einmal gute Dienste geleistet hatten.

Vorsichtig schob er die Edelstahlklinge in den Spalt zwischen Schreibtischplatte und Schubladenkante und versuchte, die Lade nach vorne zu hebeln. Nichts. Sie rührte sich nicht. Langsam führte er das Messer in die Mitte der Schublade und stieß dort auf den Schließriegel. Die Schublade war abgeschlossen.

Er lehnte sich zurück und betrachtete eingehend das Schlüsselloch, das von einer reich verschnörkelten Messingrosette eingefaßt war.

„Wenigstens kein Sicherheitsschloß", knurrte er. „Also erstens: die Schlüssel der Türen." Beide paßten nicht. „Zweitens: Nicht verzagen, Schopetta fragen."

Er öffnete die rechte Schranktür und pickte sich aus einem der Fächer die dickste Büroklammer heraus, bog mit Hilfe der Leathermanzange einen passenden Dietrich zurecht, und nach ein paar ruckelnden Bewegungen, die er mit seinem Selfmadeeinbruchswerkzeug im Schlüsselloch vollführte, ließ sich die Schublade herausziehen.

„Na siehste, geht doch", flüsterte er, zog die Schublade auf und pfiff leise durch die Zähne. „Ja, da sieh einer an!" gab er seiner Überraschung Ausdruck. Vor ihm lag ein abgetragenes braun-schwarzes Militärkoppel mit einer Pistolentasche. Der Form nach für eine Luger 08. Der Kommissar erkannte sie sofort. Theo Klaas, der beneidete Kumpel aus prähistorischen Kindertagen, nannte so ein Lederzeug sein eigen, und die große schwarze Wasserpistole für einsfünfundsiebzig, die der Luger genau nachgebildet war, paßte haargenau da hinein.

Gespannt öffnete er die Verschlußlasche, um enttäuscht festzustellen, daß die Pistole fehlte. Er legte den Gurt auf den Schreibtisch und begann, die Schublade weiter zu durchsuchen.

Eine Menge Papier beförderte er auf die Schreibtischplatte. Aber was er fand, waren nur Unterlagen für verschiedenste Versicherungen. Von Krankheit bis Leben war so ziemlich alles vertreten, was man versichern konnte. Ein gut geschnürtes Sicherheitspaket, das man den alten Herrschaften verkauft zu haben schien. Dann fand er noch stapelweise kleine Hefter mit Kontoauszügen von der Sparkasse Haltern, der Volksbank Recklinghausen und der Dresdener Bank in Lünen.

Der Boden der Schublade war mit grünem Schrankpapier bedeckt. Er lächelte beim Anblick dieser anachronistischen Form, das Innenleben alter Möbel zu verschönern und erinnerte sich an seine Mutter, die es nicht lassen konnte, alle Küchenschränke, jedes Regalbrett, die Schubladen und die Böden der Kleiderschränke mit bunten Papierbögen auszukleiden, sorgfältig über die Vorderkante geknickt und mit Heftzwecken von unten am Brett befestigt, um den wackeligen Brocken der häuslichen Einrichtung zumindest den Anschein einer gewissen Solidität zu geben.

Mit der flachen Hand tastete er den Boden der Schublade ab und wurde sofort fündig. Eine Beule in der hinteren linken Ecke, die der Briefumschlag verursachte, der unter das Papier geschoben war. Seine Mutter pflegte so das Sparbuch zu verstecken, das sein Vater Zeit seines Lebens nicht gefunden hatte, dessen Guthaben die Familie über die periodisch immer wieder auftretenden Magerwochen gerettet hatte.

„Ein gutes Erinnerungsvermögen ist alles", flüsterte er und öffnete das braune Kuvert. Etwa zwanzig Photos fielen in seine Hand. Die Aufnahmen waren alle unten am Fluß gemacht, in irgendeinem Sommer. Man erkannte den kleinen Eichenwald, diesmal in saftigem Grün und üppigem Unterholz, darunter der Fluß, ein paar Kanus, die Paddel zu Pyramiden zusammengestellt, ein schwarzer Schwenkgrill, sonst überwiegend Heinrich Maria Bender in Forscheruniform, umringt von sechs jungen Männern, die alle mit freiem Oberkörper in die Sonne beziehungsweise in die Kamera grinsten.

Er blätterte die Photos eins nach dem anderen auf den Schreibtisch: Bender weist wissend in die Ferne – Bender erklärt mit umfassender Geste die Welt – Bender legt, süß lächelnd und altmännerfreundlich seine Arme um die nackten Oberkörper der Jungen. Dann sitzende Posen auf der Deichkrone. Zweiergruppen, Arme um die Schultern gelegt, nochmal zwei, nur – Schopetta stutzte – nur diesmal hält einer der Jungen eine alte Luger 08 auf den Photographen gerichtet. Das nächste Bild zeigt einen jungen Mann mit Zigarette und der Pistole in Gangsterpose. Er zählte insgesamt sechs Jungen, die Bender umstanden, mal alle zusammen und dann in unterschiedlichen Zusammensetzungen. Alle empfand er als auffallend kurzhaarig und blond. Grönemeyertolle die einen, mit gescheiteltem Kurzhaarschnitt die anderen, und eine Glatze. Und immer diese Pistole. Keiner war älter als zwanzig. Er verteilte die Photos auf der Schreibtischunterlage aus grünem Linoleum und verglich ausgiebig die Personen, die jeweils auf den einzelnen Photos abgebildet waren. Es blieb bei den sechs Jungen und in der Mitte immer der Alte. Die Photos machten Schopetta einen trockenen Hals. Sie wirkten auf ihn seltsam beklemmend und sahen so ganz anders aus, als die Bilder, die er von seinen eigenen Kindern kannte, die doch alle im gleichen Alter waren. Wieder und wieder betrachtet er die Schnappschüsse, einen nach dem anderen. Er suchte nach Hinweisen, die den Grund für diesen Eindruck liefern könnten, aber er fand erst einmal keine Erklärung für sein Gefühl, abgesehen von dem tödlichen Spielzeug in den Händen der Jungen.

Wahrscheinlich wollte der Alte nur Eindruck schinden, imponieren, mit Kriegserlebnissen prahlen. Kennt man ja, ging es ihm durch den Kopf. Selbst erlebt und toll gefunden, den ganzen Kack. Und er erinnerte sich plötzlich gut an das Gefühl von Größe, Stolz und Bedeutung – damals, als er neben seinem Alten stand, im Licht des Helden, auch wenn es nur das trübe Licht einer fünfundzwanziger Mattglasbirne war, in dem der Held posierte, der gegen die ganze Welt ... Und selbst der Ami hatte Schiß, weil wir ja letztlich nur der Übermacht und der Technik ... Mann, mit was der alles auffahren konnte, damals haben die ja nur noch gewartet auf das Zeichen und dann los in Richtung Osten, gegen die Roten, und, und, und. Und weil wie immer alles wichtig sein konnte, klickte Schopetta die Bilder in seinem Kopf aus, sammelte die auf dem Tisch ein und steckte den braunen Umschlag zu dem Notizbuch in die Jackentasche, ohne genauer hinzusehen.

Nachdenklich nahm er den Waffengurt in die Hand, öffnete die Pistolentasche und roch daran. Der typische Geruch von Waffenöl kroch ihm in die Nase. Da war bis vor kurzem noch eine drin, ganz ohne Zweifel. Vielleicht ist sie nur woanders versteckt, hier irgendwo im Raum. Er schob den Schreibtischstuhl etwas zurück und ließ den Blick weiter über die Buchrükken wandern, um eventuell an einer Unregelmäßigkeit zu entdecken, ob hinter ihr vor kurzem etwas deponiert worden war. Ein Versteck hinter Büchern. Er schmunzelte, als ihm bei seiner Suche dieser Gedanke in den Kopf kam. Er selbst stopfte alles, was zu Hause verborgen bleiben sollte, hinter die Bücher in seinem Arbeitszimmer.

Es ist das Beste, die Kollegen hierher zu schicken. Die müßten sich den Raum gründlich ansehen und richtig auf den Kopf stellen. Gründe für eine solche Aktion ließen sich genug anführen. Niemand wußte ja etwas Genaues über das Opfer, eigentlich wußte man gar nichts. Um ein deutliches Bild zu bekommen von ihm und seinem Umfeld, waren eine Menge Recherchen notwendig.

Während er so nachdachte, schaute er sich weiter um. Die Bücherregale, der kleine Rauchtisch, Messingaschenbecher und Tischfeuerzeug auf Spitzendeckchen, eine Stehlampe mit honigfarbenem Schirm, die Ledersessel.

Auf eine unklare Art ratlos, stemmte er sich schwer aus dem Schreibtischstuhl hoch und ließ sich nach kaum sieben kurzen Schritten in einen der Sessel fallen und schob suchend seine Hände in die Ritzen zwischen den Polstern. Was er fand, war, abgesehen von Wollmäusen, Krümeln und Staub, nichts.

Auch der zweite Sessel gab keine versteckten Geheimnisse preis, und so entschloß er sich, die Untersuchung für den Augenblick zu beenden und alles Weitere wirklich den Kollegen zu überlassen, die für eine solche Arbeit einfach die besseren Routinen entwickelt hatten.

Trotzdem drehte er noch eine Abschiedsrunde an den Regalen entlang. Eine etwas ältere Auflage des Brockhaus, zwanzig Bände alte Geschichte, Treitschkes „Deutsche Geschichte“, die Pflichtklassik mit Lessing, Schiller und Gevatter Goethe an der Spitze. Sicher alt und komplett, so wie es aussah, dachte er und betrachtete schon die Sammelordner für verschiedene Zeitschriften und Jahrbücher im nächsten Regalblock. Alles Archäologie und alte Geschichte. Der muß allein für Abos zwölfhundert im Jahr ausgegeben haben, rechnete der Kommissar die Einzelpreise der Periodika zusammen, die ihm ausnahmslos bekannt waren.

Er lehnte sich an den Schreibtisch, und während er so über die nächsten Schritte der Ermittlung nachdachte, griff er mehr zufällig nach einer der Mappen mit den Versicherungsunterlagen. „Luzerner Leben“ stand groß auf dem Hefter und ein winziger, grüngoldener Aufkleber in der unteren rechten Ecke pries die V & O Marketing GmbH als „den Ansprechpartner in allen Versicherungsfragen, der Immobilienverwaltung sowie als die unangefochtene Nr. 1 im Vest, bei allen Angelegenheiten der Finanz- und Kapitalbetreuung“ an. Was immer sich auch hinter diesen Dienstleistungen verbergen mochte. Schopetta zog erstaunt die Augenbrauen hoch. Hatten wir doch heute schon einmal, dachte er und kritzelte weiter in seinem Notizbuch.

Ohne die alte Ordnung wieder herzustellen, schob er alles, was auf dem Schreibtisch lag, in die Schublade zurück. Nur die Pistolentasche und das Photoalbum nahm er auf, inspizierte mit einem schnellen Blick die Regale und legte das Koppelzeug hinter den Brockhaus. Das braune Photoalbum war leider zu groß für seine Jackentasche. Darum ließ er es in einem der nicht ganz gefüllten Zeitschriftenschuber verschwinden.

Prüfend sah er sich noch einmal im Arbeitszimmer um, und nachdem er sicher war, keine Spuren seiner Manipulationen sichtbar zurückgelassen zu haben, nahm er seinen Mantel, ging zur Tür, schaltete das Licht aus und verließ das Arbeitszimmer Heinrich Maria Benders.

Aus der Diele hörte er Martha Bender Telephonieren, und obwohl er sich einige Mühe gab, konnte er dem Wortlaut des Gesprächs nicht folgen. Erst als er sich der Flurtür näherte, konnte er heraushören, daß sie mit einem Bestattungsunternehmen sprach und sich Rat holte. Während Frau Bender dem Menschen am anderen Ende der Leitung ihrerseits Auskünfte gab, sah er sich noch einmal im Wohnzimmer um. Neben der Tür hingen einige Photos, die ihm bisher nicht sonderlich aufgefallen waren. Das größte Bild war mit einem Trauerflor versehen und zeigte einen blonden jungen Mann in der Fliegeruniform des letzten Weltkrieges.

Sicher war das der Mann Martha Benders, dachte er. Auf den anderen Photos war Heinrich Maria Bender abgelichtet, mal allein, mal mit seiner Schwester, dann beide mit einem anderen älteren Paar. Ein weiteres Bild zeigte beide inmitten einer kleinen Gesellschaft am Fuß des Kaiserdenkmals am Deutschen Eck. Genauer betrachtete Schopetta nur das Bild, auf dem Bender allein zu sehen war. Schlank, graues nach hinten gekämmtes Haar, die Ohren bedeckt und im Nacken auf Künstlerlänge gestutzt. Blaues Sporthemd mit Halstuch und ein feines, kaum wahrnehmbares Lächeln im Gesicht. Etwas auf diesem Photo schien den zweiten Vornamen Maria zu rechtfertigen. Wären seine Haare noch länger gewesen, hätte er ohne Probleme als die ältere Schwester Marthas gelten können. Eine verwegene Überlegung, dachte Schopetta, aber letztlich ist alles möglich.

Im Flur beendete Frau Bender ihr Telephongespräch. Als sie die nur angelehnte Tür öffnete, wäre sie fast mit dem Kommissar zusammengestoßen, der immer noch leicht vorgebeugt die Photos neben der Tür betrachtete. Sie zuckte erschreckt zurück, und er entschuldigte sich: „Oh, Pardon. Ich wollte Sie nicht erschrecken. Sie Telephonierten, und da wollte ich nicht stören."

„Es ist gut", erwiderte sie. „Ich denke, ich werde in den nächsten Tagen einiges zu organisieren haben, und warum soll ich nicht jetzt schon damit anfangen. Wann, glauben Sie, kann die Beisetzung stattfinden?"

Schopetta zuckte mit den Schultern. „Das hängt vom Staatsanwalt ab. Ganz sicher muß eine Obduktion erfolgen. Ich denke, wenn die Todesursache geklärt ist und Sie ihren Bruder identifiziert haben, steht einer Bestattung nichts im Wege."

Martha Bender legte die Hände ineinander und sah einige Augenblicke abwesend aus dem Fenster. Dann wandte sie sich wieder dem Kommissar zu und fragte: „Haben Sie Ihre Ermittlungen in unserem Hause abgeschlossen?"

„Was mich persönlich betrifft, so gut wie", antwortete er.

„Jedoch ist es unbedingt erforderlich, daß meine Kollegen von der Spurensicherung die Sachen Ihres Bruders noch einmal gründlicher durchsehen. Vielleicht ergibt sich ja aus den vielen Unterlagen doch der ein oder andere Hinweis auf den oder die Mörder."

Bei dem Wort Mörder zuckte Martha Bender unwillkürlich zusammen.

„Ich verstehe das alles nicht", sagte sie. „Das ergibt doch keinen Sinn." Sie schüttelte immer wieder mit dem Kopf.

Bei Schopetta meldete sich wieder das schlechte Gewissen, weil er die alte Dame ratlos wähnte. Auf der anderen Seite hielt er die Situation für günstig. Bewegt und in gewisser Weise emotional betroffen, gelingt den meisten Menschen keine Lüge, dachte er. Anders bei Martha Bender. Er hatte kaum die Floskel von den „paar Fragen, die noch dringend zu beantworten wären" heruntergespult, da fühlte er auch schon den Widerstand, den die alte Dame dem entgegensetzte.

„Frau Bender", brachte der Kommissar mit Geduldsgrenzennachdruck hervor. „Es wäre für die Ermittlungen sehr wichtig, von Ihnen möglichst klare und offene Antworten zu erhalten."

Sie sah ihn beleidigt an.

„Ich habe Ihnen alles gesagt und Ihre Fragen wahrheitsgemäß beantwortet. Mehr weiß ich nicht!"

Schopetta erhob beschwichtigend die Hände.

„Die Fragen, die ich noch habe, ergaben sich alle aus der Sichtung der Unterlagen im Arbeitszimmer ihres Bruders. Ich muß sie stellen!"

Mit einer Handbewegung signalisierte sie widerwillig ihr Einverständnis. Schopetta nickte.

„Besaß Ihr Bruder eine Waffe? Hatte er sie vielleicht sogar hier im Haus?"

Martha Bender sah ihn durchdringend an.

„Er hat mir nie etwas davon gesagt, und ich habe hier im Hause nie eine in seiner Hand gesehen."

Schopetta wußte nicht warum, aber auf eine seltsame Art war ihm allein ihre Wortwahl verdächtig. Darum fragte er noch einmal: „Sie sind ganz sicher, daß Ihr Bruder keine Waffe besaß? Überlegen Sie genau.“

Sie dachte nur kurz nach, bis sie antwortete: „Ja, das bin ich.“

„Besaß Ihr Bruder denn einen Waffenschein?“

„Darüber bin ich nicht informiert.“

Das schlechte Gewissen, das ihm noch vor ein paar Minuten zugesetzt hatte, war schon wieder verflogen, und er mußte einsehen, daß er bei Martha Bender nicht weiterkam. Darum beschloß er, doch ein wenig Druck auf die alte Dame auszuüben.

„Ich werde die Spurensicherung bitten, die Untersuchung der Unterlagen Ihres Bruders heute noch vorzunehmen. Je eher wir Ergebnisse haben, desto schneller kommen wir auch in den Ermittlungen weiter.“

Martha Bender sah den Kommissar mit Verachtung an. „Ich denke, ich werde gleich abgeholt, um meinen Bruder zu identifizieren. Es wird niemand hier sein, um die Herren einzulassen.“

„Die Kollegen werden zusammen mit ihrem Wagen hier ankommen“, wischte Schopetta alle Einwände zur Seite. „Meine Mitarbeiter sind absolut integere und vertrauenswürdige Beamte. Sie werden sich für eine Stunde auch ohne Sie zurechtfinden, da bin ich mir sicher.“

„Es ist völlig gegen meine Prinzipien, Fremde allein in unserem Haus zu lassen“, antwortete Martha Bender mit deutlich bebender Stimme.

„Das verstehe ich. Aber ich versichere Ihnen, es ist dringend notwendig. Sie werden auch ganz sicher alles so hinterlassen, wie sie es vorgefunden haben. Und schließlich geht es um die Aufklärung eines Verbrechens, an der Sie höchstes Interesse haben sollten.“

Frau Bender schwieg und sah auf ihre Hände, die sie unter der Brust ineinander gelegt hielt. Dann sagte sie: „Ich werde unseren Anwalt anrufen und mir Rat holen.“ Dabei machte sie Anstalten, zum Telephon zu gehen.

„Bevor Sie das tun, lassen Sie mich noch zwei Fragen stellen, Frau Bender. Von wem wurden Sie über den Tod Ihres Bruders unterrichtet, und wann erhielten Sie die Nachricht? Können Sie mir diese Fragen beantworten?“

„Natürlich.“ Martha Bender sah ihn erstaunt an. „Man rief mich an, gestern morgen, so gegen elf Uhr.“

„Und wer rief Sie an?“

Martha Bender legte alle Verachtung in ihre Stimme, als sie sagte: „Ja, weiß denn in Ihrer Dienststelle die linke Hand nicht, was die rechte tut? Es war ein Mann, einer Ihrer Kollegen. Er rief mich an und sagte mir, man habe Heinrich tot aufgefunden, er sei ermordet worden und man würde zu mir rauskommen, um mir ein paar Fragen zu stellen. Sie können sich sicher vorstellen, wie ich hier gesessen und auf genaue Auskünfte gewartet habe."

„Können Sie mir sagen, wie der Kollege hieß, der da angerufen hat?"

„Das weiß ich doch nicht mehr. Ich war nach dieser Nachricht viel zu aufgeregt, um mir einen Allerweltsnamen zu merken. Können Sie sich das nicht vorstellen?"

„Natürlich, Frau Bender, das kann ich. Und wann, sagten Sie, kam der Anruf?"

„Gestern morgen, so gegen elf Uhr. Das sagte ich bereits."

„Sie sehen mich so erstaunt, Frau Bender, weil wir bis zum gestrigen Abend die Identität Ihres Bruders noch nicht einmal ermittelt hatten. Darum auch die Verzögerung. Hätten wir eher gewußt, daß der Tote im Museum Ihr Bruder war, hätten wir natürlich schon gestern mit Ihnen geredet."

Martha Bender setze ein verschlossenes Gesicht auf und sah an Schopetta vorbei.

„Also, noch einmal, Frau Bender! Wenn Sie wissen, wer Sie angerufen hat, wäre das für uns schon eine deutliche Verbindung zum Täter."

„Es war jemand von der Polizei, mehr weiß ich nicht."

Schopetta gab es auf. „Dann meine absolut letzte Frage. Wußten Sie, daß Ihr Bruder vorbestraft war?"

Martha Benders Gesichtsfarbe wechselte plötzlich von bläßlich zu dunkelrot. Sie schien mehrere Anläufe zu machen, um etwas zu sagen. Es kam aber kein Wort über ihre Lippen, die heftig zu beben begannen.

„Es wurden Strafbefehle erlassen, Frau Bender. Es besteht eine aktuelle richterliche Androhung, Ihren Bruder einzusperren, sollte er die Störaktionen bei wissenschaftlichen Kongressen nicht aufgeben. Wußten Sie davon?"

„Das ist alles eine ungeheuerliche Verleumdung, eine bodenlose Unverschämtheit, das zu behaupten." Jetzt überschlug sich ihre Stimme, und vor lauter Wut und Empörung schnappte sie nach Luft.

„Frau Bender, ich bin von der Polizei." Schopetta hatte mit dieser heftigen Reaktion nicht mehr gerechnet und versuchte jetzt wieder, die alte Frau zu beruhigen. „Ich habe die Akten eingesehen. Also bitte. Von Verleumdung und Unverschämtheit kann nicht die Rede sein."

„Dann ist es aber längst vorbei und alles ist verjährt. Niemand darf in der Öffentlichkeit darüber reden!"

„Die Auflagen aus dem letzten Prozeß, den die Universität Würzburg gegen Ihren Bruder führte, sind noch gültig."

Martha Bender wurde immer aufgeregter, und Schopetta bewunderte dabei, daß sie trotz dieser Erregtheit ihm einen Satz nach dem anderen, ohne sich zu verhaspeln, entgegenschleuderte.

„Alle diese Urteile gehören zu einem Wissenschaftskomplott, gegen das sich mein Bruder seit vielen Jahren wehren mußte. In Deutschland gehört es scheinbar seit 50 Jahren zum guten Ton, die eigene Geschichte in den Dreck zu ziehen und die Wahrheit zu unterdrücken. Und das Traurigste ist, daß alte und berühmte deutsche Universitäten sich an dieser Unterdrückung beteiligen."

„Dazu kann ich mich nicht äußern, Frau Bender, aber wie ich sehe, waren Sie über die Sache informiert."

„Ich werde mit meinem Anwalt sprechen!"

„Gut, Frau Bender, tun Sie das. Aber denken Sie daran, daß Sie gleich abgeholt werden, um ihren Bruder zu identifizieren. Die Kollegen sind schon unterwegs. Trotzdem hab ich noch eine Bitte. Erstellen Sie uns so schnell wie möglich die Liste mit den Namen aller Bekannten Ihres Bruders, aller Freunde und Gegner! Die Reihenfolge ist mir egal. Nur, ich brauche die Namen. Es ist wichtig, Frau Bender. Es würde uns sehr weiterhelfen. Wir wollen doch den Mörder Ihres Bruders finden."

„Ich werde sehen, was ich tun kann", sagte sie kurz angebunden. „Aber versprechen Sie sich nicht zuviel davon."

Martha Bender machte erst einmal nicht den Eindruck von begeisterter Mithilfe. So blieb ihm nur, auf die Arbeit der Kollegen zu setzen, auf die Einzelergebnisse, die man später zusammentragen und gemeinsam auswerten mußte.

„Bitte halten Sie sich bereit. Unser Wagen wird pünktlich hier sein. Die Kollegin heißt Frau Kommer und ist Polizeikommissarin. Sie können ihr völlig vertrauen. Wenn Sie mit Ihrem Anwalt gesprochen haben, werden Sie sicher wissen, daß es wichtig ist, mit der Polizei zu kooperieren."

Während er mit Frau Bender sprach, zog er die Tür zur Diele auf, knöpfte seinen Mantel zu und schlug in Anbetracht des Wetters schon mal den Kragen hoch. Frau Bender folgte ihm schweigend. Als sie in die Reichweite der Haustür kam, öffnete sie mit Schwung die Haustür und schien sehr froh, den Kommissar loszuwerden.

Wie erwartet, war der Regen noch stärker geworden. Schopetta lugte unter dem kleinen Blechdach hervor, das den Eingang beschirmte und blickte in den wolkenverhangenen Himmel. Dann drehte er sich zu Martha Bender um, und indem er sie streng ins Auge faßte, sagte er: „Ich glaube, Sie haben mir nicht alles gesagt, Frau Bender. Und ich denke, daß es an manchen Stellen sogar die Unwahrheit gewesen ist. Ich weiß nicht, warum Sie sich so verhalten, aber wenn wir den Mörder Ihres Bruders finden sollen, müssen Sie mit uns zusammenarbeiten. Verstehen Sie das?“

Martha Bender zeigte zuerst einen Anflug von Entrüstung, und einen Moment lang sah es so aus, als wenn sie zu einer weiteren scharfen Erwiderung ansetzen wollte. Doch richtete sie ihren Blick an ihm vorbei, irgendwohin auf die Straße und nickte fast unmerklich, trat dann einen Schritt zurück und schloß wortlos die Tür.

Schopetta setzte seinen Hut auf, und mit dem nächsten Schritt stand er im Regen.

16

Das Tiefdruckgebiet, das sich von Holland her in die Münsterländer Bucht drückte, schickte auch dem nördlichen Ruhrgebiet weiterhin Nieselregen und trübstes Novemberwetter. Ecki Glowritz stützte sich mit beiden Armen auf einem der Kneipentische ab und lugte mit einem Gefühl der Wut und Hilflosigkeit durch eins der schmalen Fenster zum Parkplatz, auf dem der Fahrer des Autotransporters gerade hinter das Lenkrad kletterte. Ein Polizist stand neben seinem Streifenwagen im Regen und sah ungeduldig auf die Uhr.

„Ich glaub, dein Kollege wartet auf dich“, knurrte er und richtete sich auf. Dann wandte er sich dem Uniformierten, der am Tresen stand, zu und fragte: „Weißt du, wann ich die Karre wiederbekomme?“

„Paar Tage wird das schon dauern. Ich halte euch aber auf dem laufenden.“ Dann stellte er sein Wasserglas auf den Blechkasten mit den drei Zapfhähnen: „Was sagt denn der Boß zu der Sache?“

„Der Blödmann! Ruft gestern an und sagt, die Karre soll verschwinden. Soll sie hintern Ural bringen. Als wenn dat alles so einfach wär.“

„Du hast doch nichts zu befürchten. Letztlich kann doch jeder gefahren sein.“

Ecki nickte. „Trotzdem. Wenn ihr Bullen anfangt zu bohren, gibt es immer nur Ärger.“

Die beiden Männer schwiegen, und Ecki machte ein sehr nachdenkliches Gesicht. „Bis du wirklich sicher, daß es Bender is, den es da erwischt hat?"

„Na klar, Mann. Ich hab ihn doch selber gesehen. In seiner bescheuerten Uniform. Gibt nur einen unter Westfalens Sonne, der so rumrennt."

Ecki grübelte weiter, massierte sich die Stirn. „Verdammt nochmal, dieser neue Scheißstoff dröhnt dir den Schädel auch völlig zu. Ich meine mich irgendwie erinnern zu können, daß der vorgestern abend noch hier war."

„Du solltest als Wirt eigentlich genauer wissen, wer deine Kneipe so besucht. Aber ich kann dir versichern, er selbst war nicht da. Nur die Bubis von seiner Leibstandarte, die haben hier rumgezockt."

„Ich kann mich an so gut wie nix erinnern, echt du. Is wie wegoperiert."

„Mein Gott, wenn ich daran denke, daß du uns in dem Zustand noch nach Hause gefahren hast. Nüchtern, wie ich jetzt bin, kann ich den Gedanken kaum ertragen."

„Stell dich nicht an. Das Zeug macht keine Fahne, und fahren kann ich immer. Nüchtern oder stoned. Der Kutscher kennt den Weg."

„Stimmt. Anmerken tut man dir selten was."

Ecki kratzte sich weiter grübelnd die Glatze. „Wer war denn sonst noch alle da?"

„Die ganze alte Crew, so'n paar Vögel von den Boneheads, und Scheitel is auch noch aufgetaucht. Der hat sich sogar noch schwer an Paula rangemacht. Hasse dat auch nich mehr erlebt?"

„Paula is erwachsen. Außerdem, der Scheißer konnte doch noch nie ne Frau in Ruhe lassen. Der schreckt doch nich mal vor Omas und kleinen Kindern zurück."

„Dein Verhältnis zu Scheitel ist mir zu kompliziert. Ich hab immer gedacht, ihr seid die besten Kumpels."

Der Polizist setzte seine Mütze auf. „Ich muß los. Wenn was is und ich helfen kann, helf ich. Allein schon der alten Zeiten wegen. Alles andere müßt ihr unter euch ausmachen." Als er sich umwandte, um zu gehen, sagte Ecki: „Übrigens, Tecko, ich hab dich als Zeugen angegeben."

„Wie? Bist du bescheuert? Wieso als Zeugen?"

„Euer Oberbulle hat gefragt, wo ich in der Nacht von Sonntag auf Montag war. Ich hab gesagt, daß ich hier war, den ganzen Abend und daß ich euch später, sozusagen als Serviceleistung, alle vier nach Hause gefahren habe. Die drei anderen ruf ich auch noch an, damit die wissen, was sie zu sagen haben."

„Hätten da nicht die anderen Namen gereicht?“ maulte der Polizist. „Muß doch keiner mitkriegen, daß wir in Verbindung stehen.“

„Wieso? Kann doch jeder wissen. Ich hab euch doch auch gefahren. Außerdem, so’n bißchen Wahrheit is gut fürs Image. Kann doch auch alles Zufall gewesen sein, daß du mal hier wars und so. Einfach mit ein paar Kumpeln mal n Bier trinken nach Feierabend. Sind doch nich sofort Verbindungen, wenn einer mal inne Kneipe geht! Außerdem is n echter Bulle immer ein glaubwürdigerer Zeuge.“

„Mann, Ecki! Wenn du dich da nicht mal vertust. Der Schopetta hat vorhin schon so blöde gekuckt. Ich hoffe, daß der mich nicht erkannt hat. Wenn der unsere alte Freundschaft aufdeckt, wenn der die Namen überprüft und erkennt, daß ich als mittlerweile ehrenwerter Bulle meine Feierabende mit hundertfuffzig Jahren Knast verbringe – dann is ersmal Schluß mit Beamtenstatus und regelmäßigem Einkommen.“ Der Polizist schüttelte zweifelnd den Kopf, griff zur Türklinke und sagte mit ernstem Gesicht: „Ich hau erst mal wieder ab. Kann ich hier raus?“

„Nee. Is zu“, sagte Ecki und trocknete das gespülte Wasserglas ab. „Muß durch die Küche gehen.“

Der kleine Konvoi mit Autotransporter und Streifenwagen war noch nicht ganz auf der schmalen Landstraße, als Ecki Glowritz in dem kleinen Büro direkt hinter der Kneipe zum Telephon griff. Im Hörer ertönte das Besetztzeichen, als eine Frau das kleine Büro betrat. Sie war ausschließlich mit einem kurzen, olivgrünen T-shirt bekleidet, das ihren runden Hintern nur zu knapp 80 Prozent bedeckte. Ihre toastergebräunte Haut paßte sehr gut zum dunkelblonden Haar, das mit goldfarbenen Strähnchen durchzogen war. Sie trug es ungekämmt und mit zwei goldenen Plastikkämmen wie einen Helmbusch aufgesteckt. Zärtlich umschlang sie Ecki Glowritz von hinten und rieb, wohlig brummend, ihre Wange über seine stoppelige Glatze.

„Was ist hier eigentlich los?“ knötterte sie mit Kleinmädchenschmollmund. „Erst bellen die Hunde wie verrückt, dann stundenlanges Gelaber aus der Kneipe, und am Ende taucht auch noch die Polizei im Haus auf. Wie soll man dabei schlafen.“

Ecki drehte sich aus der Umarmung.

„Jetz is wieder Ruhe. Also leg dich hin, und stör mich nich. Kanns ja von Scheitel träumen. Vielleicht läßt dich dat ja ruhiger werden.“

„Mein Gott, bis du wieder schlechtgelaunt.“

„Schlechtgelaunt hat auch einen guten Grund. Ich befürchte, es gibt Probleme."

„Wieso Probleme?"

„Die Bullen haben den Pick-Up mitgenommen?"

„Und warum soll es da Probleme geben?"

„Bei den technischen Raffinessen, über die die heute verfügen, können die Bullen mir genau sagen, wen oder was ich wann und wie in den letzten drei Jahren transportiert habe, und zwar mit chemischer Analyse, verstehsse. Die finden alles."

„Aber was regst du dich da auf, Ecki, so lange fährst du das Auto doch noch gar nicht."

„Mein Gott", stöhnte Glowritz. „Das war nur ein Beispiel. Außerdem wurde der Wagen an einem Ort gesehen, wo er besser nicht hätte gesehen werden sollen."

„Am Sonntag?"

„Ja. In der Nacht von Sonntag auf Montag."

„Und wo wurde er gesehen?" fragte Paula unsicher.

„Am Museum in Haltern! So, und nu geh, ich hab noch was zu erledigen."

Die junge Frau verzog bedenklich das Gesicht, biß sich auf die Unterlippe, sagte aber nichts weiter. Nachdem sie Ecki die Wange gestreichelt hatte, ließ sie ihre Hand über seinen Nacken und die Schulter gleiten, und so leise, wie sie gekommen war, verschwand sie auch wieder, während Ecki erneut die Nummer in Recklinghausen anwählte.

Erst nach dem fünften Zeichen meldete sich eine sympathische Frauenstimme vom Anrufbeantworter: „Hier ist die V & O Marketing GmbH, Recklinghausen. Ich bin Ellen Willich. Leider rufen Sie außerhalb unserer Bürozeiten an. Wenn Sie aber Ihre Telephonnummer hinterlassen, rufen wir nach 15:00 Uhr auf jeden Fall zurück. Vielen Dank."

Ecki drückte auf den Unterbrecherknopf und wählte wieder eine Recklinghäuser Nummer, und dieses Mal meldete sich schon nach dem ersten Ruf die gleiche sympathische Stimme, jedoch live und weniger säuselnd: „Willich!"

„Glowritz", knurrte er in den Hörer. „Tach. Ich muß dringend den Chef sprechen!"

„Wer ist da, bitte?" fragte Ellen Willich.

„Ecki Glowritz, Kameradenklause. Ich muß Dabringhausen sprechen."

„Es tut mir leid, Herr Glowritz. Herr Dabringhausen ist in einer wichtigen Besprechung und kann nicht gestört werden. Vielleicht rufen Sie später noch einmal an."

Seit dem Besuch des Kommissars in der Kneipe machte Ecki sich Sorgen. Und mit dem sicheren Gespür des Profis für alle Dinge, die irgendwo, irgendwie und warum auch immer schief liefen, glaubte er, richtig zu handeln, indem er auch den Chef informierte. Unter dem nicht unerheblichen Druck dieses Gespürs und aufgebracht durch die Sperrigkeit der Sekretärin, wurde er etwas bestimmter: „Sagte ich schon, daß es sehr wichtig ist, Fräulein?"

„Es tut mir wirklich leid." Frau Willich war bis zu diesem Augenblick noch unbeeindruckt. „Aber wir haben unsere Anweisungen, bedaure."

Ecki hielt sich für einen sehr ruhigen und ausgeglichenen Menschen. Aber in diesem Fall, den er dazu noch für sehr wichtig hielt, einfach so abgebügelt zu werden, und dann auch noch von einer Vorzimmerliese, ließ bei ihm den Deckel von der Dose springen. Leise schnaufend begann er und steigerte die Lautstärke kontinuierlich: „Jetz paß ma auf, Ische! Du bedauers gleich wat ganz anderes. Entweder du gibs jetz richtig Gas und hols mir den Dabringhausen ans Telephon, oder ich komm persönlich vorbei und mach aus deinem Schreibtisch ein Designerstück, – aber mit ner Kettensäge, verstehste!" Die letzten Worte brüllte Glowritz schon in den Hörer und – er hatte Erfolg.

Schnippisch, leiser und deutlich weniger selbstsicher flötete Ellen Willich: „Ich will sehen, was ich tun kann", und schickte Eckehard Glowritz mit dem deutschen Volkslied „Üb immer Treu und Redlichkeit" in die Telephonische Warteschleife.

Sie waren schon bei der dritten Wiederholung des Liedchens angekommen, und Ecki hätte die Textstelle „bis an dein kühles Grab" locker mitsingen können, als sich Dabringhausen mit der Schmierigkeit einer Selbstbräunungscreme meldete: „Wie sich das trifft, Ecki. Grade wollte ich dich anrufen lassen. Hat sich ja nun erledigt. Also, was kann ich für dich tun, mein Freund?"

„Du kannst deiner Vorzimmerschlampe ausrichten, wenn ich anrufe is wichtig. Oder hab ich dich schon mal wegen Killefick belästigt?"

„Nein, Ecki, hast du nicht. Aber du glaubst gar nicht, wer hier alles anruft und irgendwelchen Scheiß von mir will. Also, nur eine kleine Sicherheitsvorkehrung. Aber jetzt sag schon. Was ist so wichtig?"

„Die Bullen waren hier“, Ecki flüsterte fast, obwohl niemand außer ihm im Büro war.

Dabringhausen schwieg einen Augenblick lang. Dann meinte er: „Und was hab ich damit zu tun? Für Affären dieser Art bist du als Geschäftsführer ganz allein zuständig. Außerdem kommen die doch nicht zum erstenmal in die Kneipe.“

„Ich sprech auch nicht von einer durstigen Streifenwagenbesatzung, sondern von der Mordkommission. Die ham den Wagen mitgenommen, den Pick-Up.“

Wieder schwieg Dabringhausen. Er schwieg so lange, bis Ecki unsicher fragte: „Wat is? Bis du vor Schreck von deiner Sekretärin gerutscht?“

„Mach jetzt bloß keine Witze“, brüllte Dabringhausen plötzlich und ohne Vorwarnung in den Hörer. „Wie konnte das denn so schnell passieren? So eine Scheiße! Wie kommen die denn auf euch? Außerdem denk ich, die Karre ist längst im Eismeer versenkt. Bekommt ihr denn gar nichts geregelt? Muß ich denn alles selbermachen? Die Schmiere! Wie is die die denn so schnell auf den Wagen gestoßen?“

„Wenn es nich ein Bluff von diesem Kommissar war, dann is die Schleuder in der Nacht von Sonntag auf Montag gesehen worden, Scheitel. In Haltern am Museum, da wo man gestern den Toten gefunden hat. Und bevor du frags, wer da nachts noch mit durch die Gegend gegondelt is, dat weiß die Sau.“

Dabringhausen stockte. „Am Museum?“

„Ja, in Haltern. Haste die Zeitung noch nich gelesen?“

„Zuviel zu tun! Bin ich heute wirklich noch nicht zu gekommen!“

„Soll irgendwann zwischen sieben Uhr abends und drei Uhr morgens passiert sein. Dat is nämlich die Zeit, für die ich ein Alibi nachweisen soll.“

„Und? Haste eins?“

„Dat weiß du doch wohl am besten. Has doch selbst am Stammtisch gesessen und die Paula angebaggert. Denks wohl, ich hab dat nich mitgekriegt?“

„Wenn du es noch weißt, ist ja gut. Ich hätte schwören können, daß du nicht einmal mehr mitbekommen hättest, wenn dir einer die Eier tätowiert hätte.“

„Vergiß es, Scheitel. Ich krieg alles mit!“

„Und wen sagst du, haben sie da um die Ecke gebracht?“

„Da wirst du staunen. Inner Zeitung steht zwar was von einem unbekannten männlichen Toten, aber grade war ein alter Kumpel hier, der hatte sozusagen Informationen aus allererster Hand. Und jetz halt dich fest. Der Tote soll der Bender gewesen sein!“ Ecki schwieg und wartete auf eine Reaktion von Dabringhausen.

Es dauerte eine ganze Weile, bis der sich umständlich räusperte: „Wer soll dem alten Zausel schon ans Leder wollen? Nur blöd, daß der Wagen jetzt mit dem toten Kerl in Verbindung gebracht wird.“

„Ich war aber den ganzen Abend hier inner Kneipe“, jubilierte Ecki. „Glücklicher Weise hab ich genug Zeugen dafür, und als ich um 4:00 Uhr die letzten Gäste nach Hause gefahren hab, stand die Schleuder ganz normal aufm Parkplatz.“

„Warum war der Wagen auch noch nicht weg? Ich hab doch gesagt, das Ding soll verschwinden“, schimpfte Dabringhausen erneut.

„Daß die Schleuder weg muß, is dir ja wohl ers am nächsten Morgen eingefallen, falls du dich erinners, oder? Und zehn Minuten nach deinem Anruf, da war ja auch schon alles paletti. Die Karre war seit Montag, 8:30 Uhr, quasi unsichtbar. Ich wollte gleich noch den ganzen Chrom abschrauben und n paar Rallystreifen ankleben, und heute abend sollte ein Kumpel von mir das Fahrzeug in die Taiga überführen. – Da hätte nie wieder einer nach gefragt. Morgen früh ne Diebstahlsanzeige, und schon wär alles geregelt. Die Bullerei is, aus welchen Gründen auch immer, einfach nen halben Tag zu früh aufe Spielfläche erschienen.“

„Wenn der Wagen wirklich schon unsichtbar war, wie du sagst, wieso haben die Bullen ihn dann gefunden?“

„Na, wie wohl? Die haben hier den ganzen Laden auseinandergenommen“, log Glowritz laut, heftig und dramatisch. Trotz seiner Wut auf Scheitel quälte ihn einen Augenblick lang das Gewissen, weil er als alter Hase dem Kommissar viel zu wenig Widerstand entgegengesetzt hatte. Und nur weil er sich von Dabringhausen ungerechtfertigt angemacht fühlte, fauchte er zurück: „Außerdem, wat soll so eine Frage? Willst du mir irgendeinen Vorwurf machen?“

„Quatsch, Ecki. Is an der Stelle nur schlecht gelaufen.“ Dabringhausen nahm erst mal das Tempo aus der Runde „Wieso sollte ich dir darum Vorwürfe machen? Eigentlich brauche ich noch einmal deine Hilfe. Wir müssen nämlich ein Problem beseitigen, das uns in nächster Zeit sehr gefährlich werden könnte.“

„Uns oder dir, Scheitel?“

„Wenn ich sage uns beiden, dann mein ich das auch so. Wenn mir einer an die Karre fährt, wird es auch für andere eng, das weißt du doch.“

„Wills du mir drohen?“

„Was bist du so aggressiv, Ecki? Ich will dich nur auf etwas aufmerksam machen, was uns Probleme bereiten kann. Wir hängen zusammen, Ekki, wir sind sozusagen Partner.“

„Da vertust du dich, Scheitel. Dein Partner is jetzt ein anderer. Ich denk nämlich mit unserer Partnerschaft hat et sich. Ich bekomm noch wat von dir, Scheitel, und wenn ich dat hab, dann sind wir quitt. Außerdem steht mir auch nich unbedingt der Sinn nach neuen Geschäften mit dir. Oder suchst du wieder einen, der für dich im Dreck hockenbleibt?“

Scheitel schwieg.

„Aber wenn du dafür rein zufällig an mich gedacht has, vergiß et. Ich mach den Kack nich noch ma mit. Denn wenn es für dich und für mich wirklich eng werden sollte, dann verpißt du dich mit deinen Millionen und läßt deinen sogenannten Partner kalt verrecken.“

„Genau so mußt du mir kommen“, polterte Dabringhausen los. „Millionen? Das ich nicht lache.“

Dabringhausen wurde heftiger.

„Ich hab dich ja wohl noch nie sitzen lassen. Bei jedem Kleinscheiß kam meine Unterstützung. Ob es die Anwälte waren oder die Sonderbehandlung im Knast. Und zwei große Riesen im Monat ist auch nicht unbedingt schlecht bezahlt für einen einfachen Zapfer! Und das netto, Ecki, netto!“

„Jeder Heiermann an mich hat ja wohl auch seine Berechtigung! Oder hast du schon alles vergessen? Ich hab ne Geschäftseinlage gemacht! Vierzig Kilo, erinnerst du dich? Die Basis für alle deine Geschäfte. Nur darum kannst du heute den dicken Max machen. Und dat war nich der einzige Gefallen, den ich dir getan habe. Und die Schnauze hab ich auch gehalten, bis heute. Aber daran soll sich auch nix ändern, kann ruhig alles so bleiben. Nur für mich is in unserer Partnerschaft, wie du unsere Klebeverbindung so schön nenns, dat Risiko immer ungleich größer. Ich fahre wieder ein, und du ziehst dich fein raus. Wenn et hart auf hart kommt, hast du die guten Verbindungen und ich Sicherheitsverwahrung!“

„So viel größer seh ich das Risiko nicht, und den kleinen Unterschied läßt du dir, wie gesagt, gut bezahlen. Wo liegt also das Problem?“

Die beiden Männer schwiegen und die Spannung, die sich dabei entwickelte, hätte selbst bei Stromausfall für den kurzfristigen Betrieb des Telephons genügen können. Es knisterte auch noch, als Dabringhausen versuchte, zumindest ansatzweise zur Sachlichkeit zurückzufinden: „Ist jetzt wohl erst mal so, wie es ist. Trotzdem würde ich dich um einen Gefallen bitten, Ecki. Und den kannst du mir der alten Zeiten wegen schon nicht abschlagen."

Diesmal schwieg Ecki und wartete, bis Dabringhausen sagte: „Es handelt sich um denselben Gefallen, den du mir schon einmal getan hast, und es darf wieder niemand etwas davon bemerken."

„Ich bin raus aus dem Geschäft, aber völlig", sagte Ecki, der sofort wußte, was gemeint war. „Besorg dir das Teil alleine, Scheitel, und mach auch den Rest selbst oder hau doch deinen neuen Kettenhund an. Vielleicht is der so blöd und läßt sich verarschen."

„Ecki, du kannst mich damit nicht hängen lassen!"

„Nee Alter, ohne mich."

„Ecki, du weißt, daß ich selten jemanden um etwas bitte."

„Is ein echter charakterlicher Mangel. Solltest du einfach mal üben."

„Nur dieses eine Mal noch, der eine Gefallen, Ecki, komm! – Zwei Riesen dazu, bar auf die Kralle, Ecki!"

„Dafür kann man doch bei jedem Kanaken einkaufen."

„Das weiß ich auch. Aber was man dann in der Hand hat, weiß man nicht. Und wenn ich kaufe, dann wissen immer mehr Leute davon, als mir lieb sein kann. Bei dir ist das was anderes, Ecki. Wir waren immer gute Partner."

Dann schwieg Dabringhausen und Ecki zögerte.

„Zwei Riesen? – Aber nur fürs Besorgen! Auf keinen Fall will ich was mit dem Rest zu tun haben!"

Dabringhausen schwieg eine Zeit lang. Dann sagte er schwer ausatmend: „Keine Sorge. Das bleibt mein Bier."

Nun schwieg Glowritz eine ganze Weile, um dann loszupoltern: „Mann, Mann, Mann, du kanns einen vielleicht nerven. Also gut, Scheitel! Ich machet. Aber danach sind wir geschiedene Leute! Is dat klar?"

„Wie du willst, Ecki."

„Ich weiß auch nich, warum ich mich immer breitschlagen laß. Also, entweder ich hab et schon heute abend oder ich brings dir morgen vormittag vorbei."

„Geht in Ordnung. Wenn noch was Ungewöhnliches passiert, melde dich."

„Wenn noch irgend etwas Ungewöhnliches passiert? Du has vielleicht Humor, Scheitel. Wenn nur noch die kleinste Kleinigkeit passiert, irgend son Ding bei der Aktion, was ich nicht gut finde, dann mach ich mich vom

Acker, Mann. Und zwar diesmal rechtzeitig und ohne Angabe der neuen Adresse, verstehst du! Dann besuch ich meine Tante in Holland und bohr für sie Löcher in Käse, und zwar ganztägig, langsam und für die Umwelt unsichtbar. Aber du kanns dich drauf verlassen. Vorher komm ich noch bei dir vorbei und frag dich, was dir das wert ist, wenn ich so ganz aus deinem Leben verschwinde, und zwar in DM, Pfundstörling oder in Goudadollars, is mir völlig egal, wie du dat bei mir begleichst."

Dabringhausen schwieg einen Augenblick lang. Dann sagte er betont leise, aber mit einem unangenehmen Unterton: „Was soll das, Ecki? Was willst du von mir?"

„Wat ich will? Ich will, daß du weißt, daß ich mich nicht abspeisen lasse, Scheitel. Mit der Kneipe hier, dat war in Ordnung, und wenn ich die aufgebe, will ich ausgezahlt werden. Ich laß mich nich abspeisen und nich bescheißen. Und für ein andern in Knast geht man nur einmal. Dat isset, wat ich von dir will, daß du an der Stelle ganz klar siehs!"

„Laß uns vernünftig bleiben, Ecki. Bisher ist alles glatt gegangen. Ich denke, es bleibt auch so, wenn wir uns wie Partner verhalten."

„Tut mir leid, Scheitel. Auf meine Mitarbeit wirst du in Zukunft verzichten müssen. Die eine Kleinigkeit noch, dann is Schluß."

„Is deine Entscheidung, Ecki. Außerdem mein ich ja nur. Wenn was is, ruf an. Ich sag im Büro Bescheid, daß sie dich sofort durchstellen."

„Scheiß drauf, Scheitel!"

„Mann, Ecki, verlier nicht die Nerven. Komm vorbei, und wir regeln alles."

„Mal sehn. Aber wenn ich mich dafür entscheide – mach mir mal son Wisch fertig, von wegen, wichtige Unterlagen, die du jetzt dringend brauchst. Wenn ich nichts in der Hand habe, läßt mich die Olle nie rein. Ich hol mir das Ding in deinem Büro ab. Man sieht sich."

Nachdenklich legte Ecki Glowritz den Hörer auf die Gabel und zog die Schreibtischschublade auf, griff weit hinein und fischte aus der hintersten Ecke ein grünes Handtuch hervor, in dem ein großes Bowiemesser und ein schwerer Totschläger eingewickelt waren. Er ließ mit einem Schlag durch die Luft den Totschläger auseinanderschnellen, schob ihn wieder zusammen. Und nachdem er auch noch die Schärfe des Messers überprüft hatte, stopfte er alles in einen schwarzen Motorradrucksack.

Dann öffnete er einen verknitterten braunen Briefumschlag und zog drei gebrauchte Reisepässe daraus hervor. Nachdem er sie langsam durchgeblättert hatte, entschied er sich für den niederländischen von Henk Bloomdaal aus Heerenveen.

17

Es wurde dunkel, und die grauen Wolken, die der nasse Westwind immer noch über das Lippetal schob, ließen die nachmittägliche Dämmerung endlos werden. Den Kopf gesenkt, den Hut tief in die Stirn gezogen und die Rechte fast bis zum Ellbogen in der Tasche, wanderte Schopetta ohne Eile auf die Siedlung zu. Er versuchte, die Kollegen im Präsidium zu erreichen. In seinem Handy ertönte das Freizeichen schon zum vierten oder fünften Mal, ehe der Ruf mit einem leisen Klicken auf einen anderen Apparat umsprang. Diesmal meldete sich Annette Sattelknecht schon nach dem zweiten Freizeichen: „Polizei Recklinghausen. Mein Name ist Annette Sattelknecht. Was kann ich für Sie tun?"

„Wo sind Kärcher oder Baumeister?"

„Die Herren haben die Durchwahl ..."

„Die Durchwahl hab ich selbst, Annette. Ich will wissen, wo sie sind."

„Ach, du bist es, Chef", kicherte die Sekretärin. „Konnte dich gar nicht erkennen. Du schnaufst so. Bist du gerannt?"

„Ich bin zu Fuß unterwegs, da atmet man einfach tiefer! Aber was ist mit den beiden?"

„Moment, ich hol sie an den Apparat. Wen willst du denn zuerst?"

Schopetta erahnte, daß sich die Abschiedsfeier von Karin Weitkunat, die sich, unter Aufgabe traditioneller sozialer Bindungen und unter der dramatischen Zurücklassung eines frustrierten Ehemannes und zweier rivalisierender Polizeihauptmeister, eine echte Karriere als Vertriebsleiterin von Tupperware aufgebaut hatte, zu einem mittleren Polizeifest ausgeartet war. Darum sagte er leicht säuerlich: „Denjenigen, der noch fahren kann."

„Aber, Chef, was glaubst du?" Annette war entrüstet. „Hier können doch alle noch fahren." Schopetta wußte nur zu gut, daß das Problem nicht im Können, sondern in der ordnungsrechtlichen Betrachtung des Tuns lag.

„Gib mir Baumeister", knurrte er, weil er glaubte, der vereinsmeiernde Kollege könne etwas mehr vertragen als Kärcher.

Annette legte den Telephonhörer auf den Schreibtisch, und er konnte im Hintergrund Stimmengewirr, auf- und abschwellendes Gelächter und leises Gläserklirren hören. Wenn das man gut geht, dachte er. Herbert Baumeister kam an den Apparat und fragte verdächtig aufgeräumt und eloquent: „Was kann ich für dich tun, Erwin?“

„Es geht um den Toten aus dem Römermuseum, diesen Herrn Bender. Ich kann dir noch nicht sagen warum, aber irgend etwas ist im Umfeld unseres Opfers nicht stimmig. Verstehst du, was ich meine?“

„Sagen wir mal, ich erahne es, Erwin.“

„Is auch egal, Herbert. Auf jeden Fall brauche ich dich und Rolf dringend für eine Art Hausdurchsuchung. Ich konnte mich nicht lange genug umsehen und mitnehmen schon gar nichts. Also, wann könnt ihr hier sein?“

„Mann, Erwin, hat das nicht Zeit bis morgen? So wichtig wird es doch wohl nicht sein!“

„Herbert“, sagte Schopetta ernst und mußte sich bemühen, nicht ruppiger zu werden, als es die Situation erforderte. „Wenn ich dich, wann und wo auch immer anrufe und dich bitte zu kommen, dann ist es wichtig, verlaß dich drauf. Es tut mir auch leid, wenn ich euch die Feier versaue. Aber Dienst ist Dienst.“ Die Fortsetzung des Spruches schenkte er sich in Anbetracht der Hintergrundgeräusche und sagte nur: „Elle hat die Adresse. Ihr kommt ohne jede Verzögerung, ist das klar? Die Lippau ist ne kleine Randsiedlung in Ahsen. Ich warte auf euch, dort, wo die Dorfstraße von der L 609 in den Ort abzweigt.“

Die Bestätigung des Einsatzes brachte der Kollege ohne jede Begeisterung rüber, aber das war Schopetta egal. Er steckte sein Handy in die Tasche, zog den Kopf noch weiter zwischen die Schultern, um die Ohren besser gegen den kälter werdenden Wind zu schützen und näherte sich den ersten Häusern, die auf der linken Straßenseite den Rand der Siedlung bildeten.

Der Wirtschaftsweg erweiterte sich zu einer Wohnstraße. Der Kommissar wechselte auf die linke Seite, auf der kurz vor den bebauten Grundstükken der schmale Gehsteig begann, altmodisch nur in der Mitte mit grauen Zementplatten gepflastert, führte er an den Vorgärten der Häuser vorbei und endete an der Einmündung der nächsten kleinen Querstraße, an der er seinen Wagen geparkt hatte.

Ein dunkler Passat Kombi stand halb schräg in der Einfahrt des Hauses in dem die Teskes wohnten und blockierte dabei mit dem Heck einen Teil des Gehweges. Die Scheiben waren von innen beschlagen, und nur an einer Stelle des Seitenfensters erkannte man, daß vor einiger Zeit jemand mit den Händen darüber gewischt haben mußte. Aber der undurchsichtige Schleier hatte sich schon neu gebildet und verhinderte einen genauen Einblick. Der

Platz des Fahrers war leer, aber als im Innenraum ein Feuerzeug entzündet wurde, erkannte Schopetta die Konturen der Gestalt auf dem Beifahrersitz. Eine Person in dunkler Lederjacke. Doch die Sicht war sehr schlecht, die Flamme erlosch bald wieder, und seine Gedanken klebten noch zu dicht an den Ereignissen der letzten Stunden, um weiter nachzudenken.

Er überlegte noch kurz, das Gespräch mit der Familie nachzuholen, als es plötzlich um ihn herum hell wurde. Leicht schrak er zusammen, konnte aber die Veränderung erst mit dem zweiten Gedanken fassen. Die Straßenlaternen begannen gerade mit ihrer Nachtschicht und beleuchteten mühsam den Gehweg und die Vorgärten der Siedlungshäuser.

Das Fenster auf der Beifahrerseite des dunklen Autos war einen kleinen Spalt breit geöffnet. Bläulicher Zigarettenqualm stieg daraus hervor, den der Wind schnell verdrehte und sofort auflöste. Trotzdem erwischte Schopetta noch einen Zipfel des Tabakgeruchs, und im Vorübergehen schloß er nur für eine Sekunde entzückt die Augen.

Er erreichte seinen Wagen, und während er den Schlüssel in das Türschloß bugsierte, fiel sein Blick auf ein Schild an der Wand des Eckhauses, das ihm bei seiner ersten Visite vor knapp eineinhalb Stunden nicht aufgefallen war. Eine weiße Emailleplatte im Alurahmen, die jedem Passanten mitteilte, daß hier der Heilpraktiker Hubertus Teske seine Dienste anbot.

Nach der üblichen Mercedes-Benz-Gedächtnisminute startete er den Wagen.

Im Lichtkegel seiner Scheinwerfer wurde das Heck des Kombis vor ihm dunkelgrün, und das Nummernschild identifizierte das Fahrzeug als im Kreis Unna zugelassen. UN-DR 18 lautet die Autonummer.

Schopetta stutzte. DR? Zufall oder? Oder wie RE-DR 33 vielleicht ein Zeichen und doch kein Zufall? „Bei 33 wird man als Mensch in meinem Alter immer stutzig“, hatte der alte Czychi gesagt, und Schopetta gab dem Rentner recht. Da muß man stutzig werden, und einen Augenblick lang überlegte er, Fahrzeug und Insasse zu überprüfen. Doch in diesem Augenblick trommelte der Regen wieder heftiger auf das Autodach, und zwischen die schweren und harten Regentropfen mischten sich erste, noch naßweiche Schneeflocken.

Also blieb er sitzen, ließ ein langsam fahrendes Motorrad passieren und begann den Wagen zu wenden. Dabei addierte er in Gedanken die verschiedenen Hinweise, die in diesem Fall nun schon in eine Richtung wiesen. Da waren die Autonummern, der Kneipenname Kameradenklause mit Nazischrift und der Reichskriegsflagge, der zum Skin mutierte Ecki

Glowritz mit seinen Andeutungen zur „Bewegung“, die schwarz gewandeten Jünglinge auf den Photos bei Bender, Bender selbst mit seinen rechtslastigen Veröffentlichungen und dann ganz besonders der obskure Anruf vom Vorabend.

„Das dreht schon alles in dieselbe Richtung“, murmelte Schopetta. „Da muß man dranbleiben und den Hebel ansetzen.“

Er stand mit seinem Wagen gerade quer auf der Straße, als sich die Außenbeleuchtung am Haus des Heilpraktikers Teske einschaltete. Kaum daß er die Veränderung wahrgenommen hatte, rannten ein paar Gestalten gebückt und den Kopf tief zwischen den Schultern durch den Regen zum dunklen Kombi. Schopetta erkannte nichts Genaues, nur ein paar Leute eben, dunkel gekleidet, die schnell im Auto Platz nahmen.

Weiter geschah erst einmal nichts. Schopetta fuhr rückwärts in die nächste Seitenstraße, legte den Vorwärtsgang ein, und als er wieder in die Lippau einbog, um in Richtung Landstraße zu fahren, sah er, wie beim Passat die Beleuchtung eingeschaltet wurde, wie sich eine weißgraue Wolke aus dem Auspuff mit Regen, Schnee und Nebel vermischte und wie sich der Wagen in Richtung Lippeufer entfernte.

Beim zweiten Blick, den er in seinen Rückspiegel tat, leuchteten schon weit entfernt die Bremslichter des Autos auf, und dann verschwamm alles in der trüben Suppe des Novemberabends. War sicher diese Frau Teske, dachte Schopetta und fummelte dabei sein Handy in die Freisprechanlage.

Keine zwanzig Meter von der Einmündung in die Bundesstraße entfernt, stand auf der rechten Fahrbahnseite die letzte Laterne direkt hinter dem Ortsausgangsschild.

Er schaltete den Motor aus und wartete. Die Gedanken kamen von selbst. Altes Opfer, alte Angehörige, alter Zeuge. Nur alte Menschen, ging es ihm so durch den Kopf. Zwar ermittelte er immer wieder in Fällen, in denen alte Menschen Verbrechen zum Opfer gefallen waren. Erschlagen oder erwürgt oder nach dem Einkaufen niedergestochen. In den meisten Fällen waren es Taten, die Raub, Diebstahl und Betrug zu vertuschen suchten, nur manchmal die Taten von Weltverbesserern, die glaubten, Leiden verkürzen zu müssen und die es im nachhinein nur gut mit den armen Alten meinten.

Wollte er die Beute beziffern, um die es bei solchen Verbrechen ging, war die meist nur gering, oft nicht mehr als ein paar hundert DM. Wenn die Täter ihre Opfer gleich bei der Bank oder Post abfingen etwas mehr. Und die Zeugen, die er nach solchen Taten verhören mußte, waren auch fast immer alt. Andere Rentenabholer, Nachbarn, Heimbewohner und die Besucher von Altenzentren, so, wie die Opfer selbst.

Diese Menschen hatten sein Bild vom Alter geprägt, das Bild von Hilfsbedürftigkeit, Verletzlichkeit und vor allem die Ahnung vom Ausgeliefertsein an eine jüngere, ungeduldigere Generation.

Sein Vater war trotz seiner erreichten siebzig Jahre nicht wirklich alt geworden, höchstens in den paar Wochen, die er im Krankenhaus verbringen mußte, bis er eben tot war. Und seine Mutter war früh gestorben, noch bevor man ihn zum Kommissar gemacht hatte. Damals, als ein Kommissar noch etwas Besonderes war.

In diesem Mordfall waren die Alten irgendwie anders. Er konnte nicht genau sagen, was dieses Anderssein ausmachte, aber er empfand es so. Vielleicht waren sie härter, spröder, auch wehrhafter, wenn er an Czychi dachte oder die Schwester des Opfers, Martha Bender.

Sein Schreck war heftig, als jemand unverhofft an das Wagenfenster bollerte. Dicht vor der Scheibe grinste das runde Gesicht von Herbert Baumeister. Schopetta drehte sich über die Schulter um und stellte zu seiner Überraschung fest, daß hinter seinem Wagen zwei weitere Autos mit abgeblendeten Scheinwerfern standen. Am ersten Fahrzeug stand die Beifahrertür offen. Jetzt kurbelte er die Scheibe runter und roch gleich die Bierfahne des Kollegen, der sich mit beiden Händen am Autodach abstützte.

„Ein Stückchen weiter zurück ist eine Tankstelle. Da kannst du dir ein paar Pfefferminzdrops kaufen.“ Dabei wedelte er sich mit der Hand frische Luft zu. „Wirft ein schlechtes Licht auf die Polizei, wenn die Kommissare schon nachmittags blau sind.“

„Kärcher ist gefahren. Außerdem ist es dein Problem. Die Abschiedsfeier war lange genug angesagt. Karin war stinkesauer, daß du nicht da warst.“

Schopetta hatte die Feier völlig vergessen, sagte aber nun: „Ich brauche keine Tupperware. Außerdem haben wir einen Mordfall zu klären!“

„Is ja gut, Schopetta, wir sind ja jetzt bei dir“, frotzelte der Kollege. „Aber vielleicht sagst du uns jetzt, was zu tun ist.“

Schopetta zog den Zündschlüssel ab, nahm sein Handy und knurrte: „Ich komm zu euch rüber, oder habt ihr die Karre wieder zugequalmt?“

„Seit wann bist du denn da so pingelig, Mann? In deinem Büro sind doch selbst Kunstblumen eingegangen. Also, laß stecken, und mach hier nich auf militanten Nichtraucher.“

„Sind verwelkt, Baumeister! Alles Vergangenheit. Ich bin seit fast einem Jahr clean.“

„Meinen Glückwunsch, mein Lieber. Aber du kannst ruhig zu uns kommen. Seit Kärcher seine letzte polizeiärztliche Untersuchung hatte, verfolgt er jeden Raucher mit der Waffe in der Hand.“

Schopetta nickte, stieg aus, schloß seinen Wagen ab und fragte den Kollegen: „Wer ist jetzt dabei?“

„Kärcher und Elle. Rudi war nur kurz im Büro, hat die halbe Eierlikörtorte von Karin aufgefressen und sich dann ins Archiv abgemeldet. Wollte nach irgendwelchen alten Akten suchen, die für den Fall interessant sein können. Dann sind noch Dobratz und Bücker unterwegs. Die kommen aber direkt zur Adresse.“

Schopetta nickte nur, und als auch Baumeister und Elle Kommer im Wagen Platz genommen hatten, begann er mit seiner Instruktion: „Also, Leute, folgendes!“ Dann sah er Elle an, unterbrach seinen Aufgalopp, und fragte die Kollegin: „Wie laufen die Sonderermittlungen für den Direktor?“ Dabei zwinkerte er ihr möglichst unauffällig zu.

„Ohne Probleme. Ich denke, wenn diese Aktion nicht ganz so lange dauert, müßte übermorgen alles abgearbeitet sein. Sowie ich etwas Genaues habe, melde ich mich bei dir.“

Schopetta nickte, und die übrigen Kollegen sahen sich verwundert an. Kärcher säuselte: „Ja, ja. Anwärter müßte man sein, dann würde man auch schöne Sonderaufträge bekommen.“

„Anwärterin ...!“ betonte Schopetta. „Frauen haben es da bei mir einfach leichter!“ Dabei zog er sein Notizbuch aus der Tasche, blätterte darin einige Male hin und her, und als er seine entsprechenden Notizen gefunden hatte, setzte er die anderen über seine Ergebnisse in Kenntnis. Als er auf Martha Bender zu sprechen kam, sagte er: „Aus Benders Schwester hab ich so gut wie nichts herausbekommen. Weder zu Freunden und Verwandten noch zu anderen Feinden ihres Bruders.“

Rolf Kärcher hatte wieder seinen Block in der Hand, schrieb von Zeit zu Zeit einige Worte auf und fragte: „Überhaupt nichts?“

„Wenig. Nur allgemeines Geschwafel. Ich habe das Gefühl, es ist ihr peinlich, mit der Polizei zu tun zu haben. Sie will, so wie es scheint, den guten Namen des Bruders schützen. Von seinen Vorstrafen will sie absolut nichts wissen. Bei der oberflächlichen Durchsicht einiger Unterlagen und aus meiner Kenntnis seines Gedankengutes erhärtet sich mein Verdacht, daß Bender einer von den unverbesserlichen Altbraunen ist. Wenn ihr euch also das Arbeitszimmer vornehmt, greift auf jeden Fall mal in den Zeitschriftenschuber mit der Aufschrift „Archäologie in Deutschland“, Jahrgang 1993 bis1996. Da ist ein Photoalbum drin, das will ich unbedingt genauer ansehen. Und wenn ihr schon dabei seid: Hinter dem Brockhaus liegt eine Pistolentasche. Da müßt ihr feststellen, wie alt die Spuren des Waffenöls sind."

„Wenns mehr nicht ist", unterbrach Kärcher.

„Doch, is noch ne ganze Menge mehr. Seht euch mal gründlich, aber unauffällig im Haus um. Vielleicht findet ihr ja die passende Pistole. Ansonsten liegen im Schreibtisch jede Menge Kontoauszüge und alle möglichen Unterlagen. Wenn es zu viel Material ist, alles mitnehmen oder abholen lassen. Es interessiert uns, woher das Geld Benders kommt. Vielleicht gibt es ja auch ein ganz einfaches Motiv für die Tat."

„Und welches?" fragte Elle, die neben ihm auf der Rückbank saß.

Schopetta sah die junge Kollegin an.

„Ja, Herr Hauptkommissar. Ihre Ausführungen zu einfachen Lösungen interessieren mich wirklich", sagte die junge Frau und grinste.

Schopetta wußte einen Augenblick lang nicht genau, wie er die Anmerkung zu werten hatte, entschied sich dann aber für ehrliche Anerkennung und war mit sich und der Welt versöhnt.

„Habgier, meine Liebe", war seine Antwort. „Wenn ihr den Schreibtisch untersucht, findet ihr auch jede Menge an Versicherungsunterlagen. Es kann ja sein, daß eine Lebensversicherung darunter ist, und der oder die darin Begünstigte ist unser Mörder. Wäre doch prima, oder?"

Elle zuckte mit den Schultern.

„Bender hatte seine Versicherungen bei der V & O Marketing GmbH. Und wißt ihr, wer hinter diesem Laden steckt?"

Die Kollegen verneinten oder schüttelten mit dem Kopf.

„Unser alter Freund Pommes Dabringhausen. Der soll neben verschiedenen gastronomischen Betrieben auch eine große Versicherungsagentur betreiben. Ecki Glowritz sagt, der Kerl wäre ganz dick im Geschäft."

„Wie kommst du denn an Ecki?" fragte Baumeister. „Ich denk, der sitzt noch."

„Ecki ist seit mehr als einem Jahr wieder raus. Macht jetzt den Geschäftsführer in der Kameradenklause, und die gehört, wie wir seit heute mittag wissen, auch der V & O Marketing GmbH und damit auch dem Dabringhausen."

„Guck an!" kommentierte Kärcher anerkennend. „Da gibts doch mal was Zusammenhängendes in diesem Fall."

Die Polizisten nickten.

„Dann unbedingt die Bücher genauer ansehen“, fuhr Schopetta fort. „Den ganzen Klassikkram könnt ihr unbeachtet lassen. Seht mal, ob nicht was Verbotenes in den anderen Regalen steht.“

Kärcher sah ihn groß an.

„Meinst du etwa Schweinkram?“

„Quatsch.“ Schopetta verdrehte die Augen. „Wie ich schon sagte, ich vermute, daß Bender ein Brauner ist. Also sucht mal in die Richtung.“

„Und noch was.“ Schopetta zog den Umschlag mit den Photos aus der Jackentasche. „Die nehmt ihr mit ins Präsidium. Soll einer mal mit der Photokartei vergleichen. Vielleicht läßt sich der ein oder andere Knabe identifizieren. Dann hätten wir schon mal ein paar Gesprächspartner für den Anfang.“

Schopetta klatschte in die Hände. „Also, Männer. Jeder hat seinen Job. Ich nehm mir den Professor noch einmal vor, weil der in bezug auf den Bender gelogen hat, und lügen darf man nicht. Ihr macht in der Lippau eure Aufwartung, und Elle, du bringst Frau Bender ins Institut. Wenn sie ihren Bruder erkennt, soll sie das Protokoll unterschreiben. Mit der Rückfahrt laß dir ruhig Zeit. Je länger die Kollegen ungestört bleiben, um so besser. Und wenn ihr die Möglichkeit habt ...“, -Schopetta faßte die beiden Männer ins Auge – „... schaut euch, wie gesagt, auch wirklich mal ein wenig im Haus um.“

„Du hast nicht zufällig einen Hausdurchsuchungsbefehl?“ fragte Kärcher.

„Das ist keine Hausdurchsuchung, Herr Kollege! Wir untersuchen auf der Basis unserer unerschöpflichen kriminalistischen Erfahrung das Umfeld des Opfers, um eventuell auch dort Hinweise auf die oder den Mörder zu finden. Das ist doch wohl klar, oder siehst du das anders? Außerdem hat Frau Bender wirklich nichts dagegen. Du wirst sehen. Sie läßt euch ohne weiteres ins Haus und bittet euch förmlich darum, tätig zu werden.“

„So wie du das sagst, springt die uns wahrscheinlich mit dem Arsch ins Gesicht“, murmelte Kärcher und sah auf seine Armbanduhr. „Laß uns los, damit es nicht ganz so spät wird.“

„Eins noch!“ Schopetta zog Benders Notizbuch aus der Tasche. „Bender war Mitglied in so einer Art Heimatverein. Soviel ich mitbekommen habe, hat der seinen Sitz in Bork. Schaut mal, ob ihr darüber auch noch etwas mehr findet.“ Er reichte Baumeister das Notizbuch. Vielleicht steht hier ja auch noch etwas Erhellendes drin. Ich hab es noch nicht durchgesehen.“

Schopetta blätterte noch einmal seine eigenen Notizen durch. Dann meinte er: „Nee, ich denke das wars, Leute! Ich fahre jetzt erst einmal nach Haltern und versuche den Professor zu sprechen. Viel Erfolg und seid gründlich!“

Ihre Fahrzeuge setzten sich fast gleichzeitig in Bewegung. Im Rückspiegel sah Schopetta, wie sie wendeten und in den Ort fuhren. Er selbst ließ ein paar Autos auf der Landstraße passieren und fädelte sich dann in den laufenden Verkehr auf der L 609 in Richtung Haltern ein.

18

Schopetta überlegte schon auf halbem Weg nach Haltern, den Besuch beim Museumsdirektor erst morgen stattfinden zu lassen. Es war ein plötzlicher Anfall von Lustlosigkeit. Alles in ihm widersetzte sich der Überlegung, die Heimfahrt zu unterbrechen und damit die Gedanken abzuschneiden, die Bilder wegzuschieben und zu zerstreuen, die er doch erst in Ruhe sortieren mußte. Eins nach dem anderen würde er ansehen, genau und von allen Seiten, es bewerten und interpretieren, um es dann, in das richtige Fach zu legen oder es wieder zu verwerfen. Erst wenn so alles zusammengetragen war, der Überprüfung standgehalten hatte, erst dann würde er aus den vielen Kästchen das klärende Mosaik, die Lösung dieses Falles Steinchen für Steinchen zusammensetzen.

Mittlerweile war es auch fast 17:00 Uhr und der Professor wahrscheinlich schon auf dem Weg nach Hause. Trotz der von Schmierlewski-Schwarzer strikt geleugneten Verbindung, die sich zwischen ihm und dem Mordopfer aber nun abzeichnete, sah Schopetta keine Flucht- oder Verdunklungsgefahr.

Von der nach viel zu langer Rotphase auf grün springenden Ampel gesichert, überquerte er die Kreuzung an der Westruper Heide und riskierte an der Steverbrücke einen ausgiebigen Blick auf den See. Obwohl keines der bunten Boote mehr am Steg lag, wurde die Anlage des Bootsverleihs durch einige Laternen beleuchtet. Ihr Licht spiegelte sich glitzernd auf dem Wasser, und drüben am nordwestlichen Ufer über den Baumwipfeln der Seeinsel wölbte sich der weißliche Widerschein der Lichter des Stadtzentrums.

Als nach kaum dreihundert Metern der Wald scheinbar undurchdringlich und dunkel wieder dicht an die Straße heranrückte, trat Schopetta auf das Gaspedal. Er ließ die Autobahnauffahrt zur A43 bei Lavesum hinter sich und fuhr weiter auf der Landstraße seinem Zuhause entgegen. Die dünnen Aktendeckel mit den Informationen zu Heinrich Bender und Schmierlewski-Schwarzer lagen auf dem Beifahrersitz. Er wollte den Abend nutzen, um die Unterlagen gründlich durchzusehen. Später war er mit Wolfgang Rengers verabredet, einem alten Bekannten, den er leicht dazu überreden konnte, im Handelshof noch ein Bier zu trinken.

Wolfgang Rengers war einer der besten Kenner der rechten Szene im Land, und sein Privatarchiv umfaßte eine zentnerschwere Materialsammlung auch zu religiös angehauchten rechten Gruppen. Mit ihm wollte Schopetta die dubiose Telephonnachricht des Vorabends besprechen, in der so unheimlich von Thius Volk, einem heiligen Hain und fließendem Blut die Rede war. Wenn überhaupt jemand Antworten auf die sich daraus ergebenden Fragen wußte, dann war das Rengers.

Er griff ins Handschuhfach. Ohne hinzusehen, kramte er eine der Musikkassetten heraus und schob sie in den Rekorder. Schopetta chauffierte den Diesel gerade durch die lange kurvenlose Strecke zwischen dem Friedhof von Lavesum und den KOHIMA Schießbahnen, als das London Symphonie Orchester mit „Les Preludes“ von Franz Liszt aufwartete.

Kurz vor Merfeld erreichte dann die Komposition jene pompöse Schwellung, mit der die letzten Meter bis zum Gipfel des musikalischen Spannungsbogens begleitet wurden, und kurz bevor die Komposition dem Hörer suggeriert, im nächsten Augenblick bräche dieses kunstvoll entwikkelte Klanggebäude restlos in sich zusammen, entlädt sich anschwellend und mächtig, schmetternd und theatralisch, die über Minuten aufgebaute Spannung, der schlicht nur Vorspiel genannten Musik, in den donnernden Schlägen von Kesselpauken und Fanfaren.

Braunweiße Wochenschaubilder flimmerten plötzlich in Schopettas Kopf: Panzer rollten aus dem Zentrum des Filmbildes, blonde Soldaten marschierten singend und lachend durch Staub und Sonne, Flugzeuge donnerten über den freundlich bewölkten Sommerhimmel, und schnelle Fregatten mit weißer Bugwelle durchpflügten das Meer. Unscharf, fast verschwommen kamen sie aus einer imaginären Ferne und verschwanden, durch einen gekonnten Kameraschwenk schnell gemacht, nach links und rechts, nach oben und unten aus den flackernden, zitternden Bildern einer Wehrmachtssondermeldung.

Der arme Franz, dachte Schopetta. Wenn der gewußt hätte! Aber vielleicht wäre er ja auch stolz gewesen. Weiß man's? Tausend Jahre mit schwellender Brust? Da hätte er auch den Ruhm genießen können und wie so viele, die heute noch die Befreier von damals als Feinde beschreiben, von Niederlage sprechen und Schmach und die stumpf und stupide vermeintlich besseren Zeiten nachtrauern.

„Die meisten Gewissen sind weit“, sagte er sich und versuchte, nun untermalt von der eher beschwingten „Ungarischen Rhapsodie Nr. 2“ seinen eigenen Gewissensrahmen abzustecken, sich zu fragen, wo er im Fall einer akuten Gewissensaktivierung nur unauffällig mauern würde, wo er sich heimlich und ohne Preisgabe seiner wirklichen Einstellung vielleicht unentdeckt widersetzen wollte, oder wann er bereit war, offenen Widerstand zu leisten und vor allem wogegen? Wo waren seine Grenzen? In welchem Bereich lag der Schritt, der ihm zu weit ging, den er mit seinem Gewissen nicht mehr vereinbaren wollte und aus dessen Verweigerung Konsequenzen erwuchsen, die er dann ganz bewußt auf sich nehmen wollte?

Er brach den Gedanken ab, als er erkannte, daß seine Grenzen, selbst jetzt und hier, ganz allein in seinem Auto, ohne Zeugen und im stillen, weit entfernt lagen, weiter weg als der Horizont oder die Lichter, die ihm durch Regen und Dunkelheit vom Windmühlenberg am Stadtrand von Billerbeck entgegen leuchteten. Mut ist immer auch eine Frage des Augenblicks und Feigheit immer auch eine Frage der schlüssigen Ausrede, dachte er und bog in die Einfahrt seines Hauses ein.

Die Numero Sieben saß auch heute nicht auf der Mauer. Selbst eine kurze Inspektion des näheren Umfeldes ergab keine Spur des Katers, und er beschloß morgen im Lokalblatt eine Suchanzeige aufzugeben.

Während er Mantel und Jackett auf den Bügel hängte, blieb sein Blick auf dem Bild seiner Eltern kleben, das mit anderen Photos aus den letzten einhundertzehn Jahren Familiengeschichte im Flur gleich neben der Garderobe hing. Viel Vergangenheit heute, dachte er, nahm das Bild von der Wand und strich mit dem Daumen den Staub von der oberen Rahmenleiste.

Einundzwanzig und fünfundzwanzig Jahre alt waren sie, als die Aufnahme gemacht wurde. Fast fröhlich wurde in die Kamera gelacht, wo doch die Zeiten 1941 wirklich nicht fröhlich waren. Aber trotzdem, sie lachten. Nicht gezwungen oder verkniffen, weil einen Seemann nichts erschüttern kann, sondern fröhlich und glücklich, so richtig von innen heraus.

Es war ihre Zeit, und es war ihre beste Zeit, die Zeit der Wehrmachtssondermeldungen, die untermalt von „Les Preludes“ das Vorprogramm im Kino wirkungsvoll gestalteten. Er, Hauptfeldwebel und Wehrmachtsbulle, sie Ehefrau und Mutter, in großer Wohnung mit Putzfrau und dem Theaterabo „Gold“. Und sogar während der Bombenangriffe auf Posen waren sie im fliegenden Holländer und mit den Schauspielern zusammen im Theaterbunker, da sah man mal, wie stark die doch geschminkt waren.

Komisch, dachte Schopetta, was einem so alles als erinnerungswürdig und wichtig im Gedächtnis bleibt, so oder so.

Er fummelte das Bild wieder auf den kleinen Haken, nahm die Aktendeckel von der Fensterbank und ging ins Wohnzimmer.

Der Tee war wieder einmal kalt geworden. Dafür war der Krautsalat aufgegessen, und die Doppelte mit Leberwurst, fast ohne Krümel und Fettflecken auf den Mappen zu hinterlassen, vertilgt.

Das Studium der Akte Heinrich Maria Bender, das Schopetta während des Essens am Küchentisch begonnen hatte, erbrachte außer den Straftaten selbst nichts Auffälliges. Er hatte mittlerweile das Gefühl, die Person des Opfers besser zu kennen und zu verstehen. Der Kerl schien einfach seine Meise gepflegt zu haben, und wenn der Kommissar an Benders Veröffentlichungen dachte, glaubte er schon an einen pathologisch nachweisbaren Befund, was den Geisteszustand des alten Herrn anging. Die rücksichtslose Heftigkeit, mit der er die Angriffe auf jede von ihm nicht zu akzeptierende Hypothese zum Ort der Varusschlacht anging, waren weit davon entfernt, durch Vernunft, Logik oder Sachlichkeit getragen zu sein. Aber, ob dieser oder einer anderen fixen Idee, irgendeinem Blödsinn rannten die meisten Menschen nach, sogar Landesbedienstete und Polizeikommissare.

Schopetta hielt sich selbst, bezogen auf sein Faible für die römisch-germanische Geschichte Westfalens, auch für jemanden, der eine Meise erfolgreich groß zog. Seine Vogelzucht hatte sogar zur Folge, daß er sich auf diesem Wissensgebiet zu einem kenntnisreichen Fachmann entwickelt hatte. Selbst Lateinstunden nahm er, heimlich und wenn die Zeit es zuließ, und nur, um das Wissen des so lange zurückliegenden Kleinen Latinums aufzufrischen. Und er freute sich wie ein Kind, wenn es ihm gelang, kurze Quellen oder Inschriften zu übersetzen. Von frühester Kindheit an hatte er eine seltsame Wißbegierde und zähe Sammelleidenschaft zu Römern und Germanen entwickelt; aber anders als viele andere Kenner seiner Qualität freute er sich, wenn in Fachzeitschriften und Tagungsveröffentlichungen, neue Erkenntnisse die alten ablösten und archäologische Funde, alte Theorien als unhaltbar widerlegten.

Bender schien da anders. Wahrscheinlich war er völlig besessen vom Sendungsbewußtsein, nur seinen Vorstellungen Existenz und Verbreitung zu gewähren. Im Laufe der Jahre schien sich seine Idee so manifestiert zu haben, daß er es als persönlichen Angriff zu betrachten schien, wenn sich in Forschung und Lehre Ergebnisse Bahn brachen, die nicht in sein eigenes, enges Bild paßten.

Die Anzeige, die dem Laienforscher vor vielen Jahren die Bewährungsstrafe eingebracht hatte, war tatsächlich durch Siegfried von Schmierlewski-Schwarzer erstattet worden, der als Archäologischer Leiter eine Ausgrabung in Dorsten-Holsterhausen betreute. Beide kannten sich also. Warum sollte diese Bekanntschaft nicht bis heute angedauert haben?

Die dünne Akte, die über das strafrechtlich relevante Leben des Museumsdirektors umfassende Auskunft gab, sagte aber über eine Verbindung der beiden nichts. Auch sonst war nicht viel mehr zu lesen, als der Kommissar von der Dienstbesprechung schon mitgenommen hatte. Trotzdem arbeitete er an seinem Küchentisch alle Einzelheiten noch einmal in Ruhe durch, beschrieb bunte Pappkärtchen mit Informationen zu Zeiten und Zeugen und wußte dabei eigentlich nicht genau, wonach er suchen wollte.

Er las gerade das Formular zur dritten Anzeige gegen Schmierlewski-Schwarzer akribisch und Zeile für Zeile durch, als er unerwartet an einer Unterschrift hängen blieb: POM Niehoff! Keine schöne Schrift, aber leserlich. Polizeiobermeister Niehoff hatte am Mittwoch, den 19. Juli 1995, als Zeuge des tätlichen Angriffs auf den Polizeiobermeister Harry Lange durch Professor Doktor Siegfried von Schmierlewski-Schwarzer das Protokoll unterschrieben und war auch als ein weiterer Geschädigter benannt.

Schopetta glaubte, die Unterlagen durcheinander gebracht zu haben, da er wußte, die Unterschrift kurz vorher schon einmal gelesen zu haben. Er blätterte in den Papieren zurück. Die Reihenfolge stimmte. Anzeige zwei, vom Sonntag, den 14. Mai desselben Jahres. Die Trunkenheitsfahrt wurde wieder durch Polizeiobermeister Niehoff zur Anzeige gebracht, und als Schopetta die erste Anzeige aufschlug, wurde ihm seine Vermutung, daß auch diese von dem jungen Kollegen aufgenommen sein mußte, durch die Unterschrift bestätigt.

Zwei Anzeigen hätte Schopetta als Zufall durchgehen lassen. Drei waren dafür eine zuviel, das sagte ihm zumindest sein Instinkt, auf den er sich meistens auch verließ. Er stand vom Tisch auf, holte das tragbare Telephon und suchte in seinem Notizbuch nach der Nummer von Kommissar Sickmann. Sickmann war Schichtleiter, und Schopetta hoffte, von ihm etwas über die Einsatzzeiten von Niehoff zu erfahren, der ihm jetzt schon ein paarmalzu oft in den Ermittlungen begegnet war.

„Ich bin's, Jürgen", rief Schopetta, als sich der Kommissar meldete.

„Hallo, Erwin", kam es aus dem Hörer. „Mann, lange nichts von dir gehört. Aber gesehen hab ich dich auf der Pressekonferenz gestern. Richtig telegen biste, Alter."

„Liegt alles am Rasierwasser", flachste Schopetta.

„Stimmt, jetzt wo du's sagst, riech ich es auch", lachte auch Sickmann.

„Jürgen, paß mal auf, ich brauch dringend ein paar Auskünfte. Schau doch mal in die Dienstpläne und gib mir die Dienstzeiten vom Polizeiobermeister Niehoff durch."

„Niehoff haben wir zwei. Niehoff, Karl und Niehoff, Franz-Josef. Welchen willst du?"

„Weiß ich nicht. Der, den ich meine, ist so maximal dreißig, wenn's hochkommt."

„Dann ist es Franz-Josef. Karl ist schon über fünfzig. „Worum geht's, Erwin, und was willst du genau wissen?"

„Ich muß sehen, ob der Mann Zeuge in einer Ermittlung sein könnte, und dazu brauche ich die Angaben zu seinen Dienstzeiten, sagen wir mal in den letzten drei Tagen. Und dieselben Angaben brauche ich dann noch für den 24. November 1994, den 14. Mai 1995 und den 19. Juli 1995. Läßt sich das machen?"

Die Auskunft war kein Problem, und nachdem Schopetta ihm seine Handynummer gegeben hatte, versprach Sickmann, so bald wie möglich zurückzurufen.

Es war kurz vor zwanzig Uhr, als sich Schopetta auf den Weg machte, um Wolfgang Rengers zu treffen. Wie zu erwarten, saß der Bekannte schon gut aufgewärmt im Handelshof Ahlers und ließ sich von Jöppi, dem Wirt der Kneipe, bedienen.

Jöppis Handelshof war eine Bombenkneipe. Seit mindestens dreihundert Jahren nicht modernisiert, zeigten die Wände jenes Nikotinbraun, das nur noch wenige Bierverteilungsinstitute in Deutschland in der Originalversion vorweisen können. Ordentlich durchmischtes Publikum und allein fünfzehn Thekenplätze, davon vier mit fest installierten Sitzgelegenheiten und vier Knobelplätze am runden Auslauf des Tresens mit Marmorplatte. Jedes Detail stimmte. Der grüne Kasten der Sparkasse, die verstaubten Trumpf-Pralinen im Glasschrank, der Kolpingsaal mit der Büste des namengebenden Gevatters und eine Luft, wie sie in einer Kneipe eben sein muß.

Wolfgang Rengers saß am Knobelende mit dem Rücken zur Tür und dem Bauch vor dem kleinen Schaufenster, hinter dem gut gekühlt Landjäger, Frikadellen und kalte Koteletts auf den kleinen Hunger der Gäste warteten. Rolli Laus, der in Billerbeck, warum auch immer, nur „Pletti“ genannt wurde, machte ihn auf Schopettas Ankunft aufmerksam.

Ohne sich umzudrehen, bölkte Wolfgang gleich los: „Das fehlt mir noch, daß mich jetzt auch schon die Bullen in meiner Stammkneipe suchen.“

„Reg dich wieder ab, Wolfgang.“ Der Kommissar hängte seinen Mantel an den Garderobenhaken und legte den Hut auf die Ablage. „Sonst petz ich der Ina, daß du beim letzten Nana Mouskuri-Konzert Rotz und Wasser geheult hast. Dann is Schluß mit der häuslichen Nummer vom starken Mann.“ Dabei quetschte er sich zwischen „Pletti“ und Wolfgang, da alle Plätze am Tresen durch immer die gleichen Stammgäste in Beschlag gehalten wurden.

„Du bist noch viel gemeiner, als ich gedacht habe“, jammerte Rengers. „Immer wieder stichst du in diese eiternde Wunde.“

„Nu wein mal nicht. Ina ist doch ne tolle Frau mit viel Verständnis, und sie hat dir zumindest schon beigebracht, deine komischen Haare zusammenzubinden.“

Dabei wies Schopetta auf die langen blonden Haare, die der Freund sonst offen, heute aber ordentlich zu einem Zopf gebunden über der schwarzen Lederjacke trug.

„Willst du einsteigen?“ Wolfgang Rengers wies auf den Knobelbecher auf der Marmorplatte.

„Nein, ein anderes Mal vielleicht. Ich brauche deinen Rat.“

Jöppi reichte einen Weißwein über die Theke, den Schopetta immer trank, wenn er unter der Woche mal in der Kneipe auftauchte.

„Und ein Mineralwasser“, bestellte der Kommissar. „Und Bärbel soll es rüber in den Saal bringen.“

„Und für mich noch ein Pils an eben jenen Ort“, ergänzte Rengers. „Und dann wollen wir nicht gestört werden, Herr Wirt. Ich habe eine wichtige Unterredung mit dem Herrn Hauptkommissar.“

„Soll ich hinter euch abschließen ...?“ fragte Jöppi grinsend, „... oder is es so geheim auch wieder nicht?“

„Unnötig“, rief Schopetta, schon auf dem Weg in den dunklen Saal. „Ich bin heute bewaffnet!“

An einem Dienstagabend war der Kolpingsaal dunkel und leer. Wolfgang kannte sich aber auch ohne Beleuchtung aus, steuerte auf eine der Fensternischen zu und betätigte den Schalter einer Lampe mit gelbem Schirm, die auf der Fensterbank stand.

„Das reicht“, sagte er und setzte sich an den Tisch.

Auch Schopetta nahm Platz, zog sein Notizbuch aus der Tasche und startete ohne lange Vorrede: „Stell dir vor, du bekommst einen Anruf mit folgendem Text.“ Er ging mit dem Büchlein auf Halbarmdistanz und las vor: „Thiu liebt Opfer, aber sein Volk ist groß, wenn in seinem Hain Blut fließt. Was würdest du denken? Ein Scherz? Idioten? Blödsinn oder was? Kannst du mir da helfen?“

Wolfgang überlegte einen Augenblick. „Thius Volk, das Volk Odins, Odins neues Volk. Alles ein Name für dieselbe braune Scheiße. Die neue Innerlichkeit bei den altradikalen Rechten. Der irre Versuch, so etwas wie eine nordisch, rassische Religion zu entwickeln. Die Verehrung der Götter, der Väter, Mystik aus den alten Welten. Wenn du mehr wissen willst, muß du dich bis morgen gedulden. Aber sag noch mal, wie hieß der Spruch?“

„Thiu liebt Opfer, aber sein Volk ist groß, wenn in seinem Hain Blut fließt“, las Schopetta noch einmal aus seinem Notizbuch.

„Was meinst du, Erwin, kann es auch sein, daß es heißen muß: Thiu liebt Opfer und so weiter und so weiter, aber am Schluß nicht – in seinem Hain, sondern – an Samhain Blut fließt?“

Schopetta überlegte: „Jetzt, wo du es sagst! Macht es denn einen Unterschied?“

„Samhain würde besser passen. Ein keltisches Opferfest, und da unsere Neogermanen gerne alle alte Scheiße miteinander verquirlen, feiern sie ohne Probleme auch mal keltisch. War übrigens am letzten Freitag. Aber da diese Gruppen oft schon Ärger mit den bürgerlichen Traditionalisten bekamen, die an diesem Tag unter anderem dem öffentlich anerkannten Totenkult nachgehen, haben sie die Feierlichkeiten zum Samhainfest immer auf das erste Wochenende nach dem Allerheiligenfest verlegt.“

„Also, wenn eine solche Gruppe feierte, tat sie das am letzten Sonntag?“ resümierte Schopetta nachdenklich. Dann fragte er: „Und was passiert an so einem Fest?“

„Was soll passieren? Die Idioten treffen sich irgendwo. Möglichst in einem Wald und möglichst in der Nähe von Hünengräbern oder sagenhaften Opferplätzen, immer nur wegen der angeblichen Nähe zur Welt der Ahnen. Is übrigens völlig egal, ob es wirklich ein Opferplatz ist oder nicht. Hauptsache einer von den Oberspinnern behauptet, es wäre einer. Dann beten sie mehr oder weniger dummes Zeug herunter, für die Wiederkehr der alten Helden, für den Einzug in Wallhall, für den Sieg in der letzten Schlacht, die Thius Volk befreien soll und allerhand ähnlichen Stuß. Und meistens hast du einen dabei, der behauptet, der letzte Vertraute eines alten irischen Einsiedlers zu sein, der nach siebenhunderttägiger Lehrzeit, siebzigtägigem Fasten und einem anschließenden sieben Tage währenden Besäufnis – nur aus rituellen Gründen, versteht sich – die aus uralten Aufzeichnungen extrahierten sieben geheimen Rituale aller keltischen Druiden an ihn übergab und auf die er nun die alleinigen Copyrights hat. Das Ganze ist natürlich immer nur wenige Stunden vor dem Tod des Alten passiert, der immer glücklich und immer im Einklang mit Natur und allen Göttern diesen seinen Abgang vollzogen hat. Wo und wann das alles geschehen ist, darf der Erbe natürlich nicht verraten, weil sonst jeder Zauber verloren geht und so weiter und so weiter. Immer dergleiche Blödsinn. Aber zurück zu deiner Frage. Wenn es auf den Festen wild zur Sache geht, opfern sie dabei irgend so ein armes Vieh vom Kleintiermarkt. Dem Opfertier wird dann mit einem heiligen Werkzeug aus dem Versandhandel die Kehle durchgeschnitten. Am liebsten würden sie ja einen Stier oder ein Pferd opfern, aber bekommt man schwer im Landhandel und ist auch bei der Entsorgung viel schwieriger. Also behilft man sich eben."

„Und so etwas passiert in Westfalen? Hier im Vest?" fragte Schopetta unsicher.

Plötzlich fehlte ihm das Verständnis für den einen solchen Ritualmord notwendiger Weise umgebenden kultischen Rahmen. Seine Phantasie war bisher nicht so weit gegangen, sich einen komplexen religiösen Überbau vorzustellen. Die Tötung eines Menschen war für ihn auf eine stets befremdliche Art begreiflich. Aber dieses ganze, pseudo-religiöse Gehampel und Getue? Ihm kamen grundsätzliche Zweifel.

„Was glaubst du denn", lachte Rengers. „Hier ganz in der Nähe, in den kleinen Käffern ringsum opfern schwarz gekleidete Jugendliche arme Zwerghähnchen über umgestürzten Grabsteinen des Dorffriedhofes, oder sie nageln lebende Katzen an die Türen von Friedhofskapellen."

Schopetta zuckte förmlich zusammen, als er die letzte Anmerkung hörte, ließ sich dann aber nichts anmerken und folgte weiter den Ausführungen des Freundes.

„... in ihrem religiösen Eifer zapfen sie sich Blut ab, um es zu trinken. Ich kenne zwischen Lippe und Baumbergen jede Menge komische Käuze, die sich für die Wiedergeburt von keltischen Druiden oder germanischen Schamanen halten, die sich, angetan mit langen weißen Gewändern, nicht entblöden sogenannte Kultplätze zu umtanzen. Manchmal behauptet auch einer, die Wiedergeburt von Merlin zu sein, dem großen keltischen Zauberer. Labern tun sie aber meist wie der gute, alte Catweasle und quaken wie scine Gefährtin Külwalda, wenn du dich an die zwei noch erinnern kannst.“

Schopetta konnte, und während er nachdenklich nickte, trank Wolfgang Rengers sein Bier aus und stellte das Glas geräuschvoll auf den Tisch: „Ein gutes Beispiel für einen germanisch religiösen Sammelpunkt sind unsere schönen Externsteine. Jedes Jahr werden sie von Neukelten, Neogermanen, rechtsradikalen Nazijüngern, den Druiden, Schamanen und jeder Menge Altnazis belagert, die alle, völligen Blödsinn blubbernd, die Sonnenwendfeste begehen.“

Schopetta sah plötzlich auch eine Möglichkeit für Schlimmes, überlegte kurz und fragte: „Hast du schon mal gehört, daß da außer ein paar Hähnchen mehr geopfert wurde?“

Noch bevor Wolfgang Rengers antworten konnte, klingelte Schopettas Handy. Es war der Kollege Sickmann.

„Niehoff hatte das ganze Wochenende über Dienst. Samstag ab Mittag bis abends. Sonntag früh bis mittags. Am Sonntag hat er mit Schönberger auf die Montagsfrühschicht getauscht. Erster Einsatz am Montag, der Mord in Haltern. Die ganze Tauscherei wird zwar nicht gerne gesehen, aber er hat das mit einer Familienfeier begründet.“

„Das hilft mir schon mal weiter“, sagte Schopetta. „Vielen Dank für deine Bemühungen, Jürgen. Werd mich revanchieren, wenn du mal Bedarf hast.“

„Wie?“ Sickmann war verwundert. „Du wolltest doch noch weitere Auskünfte.“

„Ach, hast du die auch schon? Ich dachte, das dauert noch etwas.“

„Is’n ruhiger Abend. Da hab ich gut die alten Dienstpläne durchsehen können. Dein Freund Nichoff scheint ein ganz unruhiger zu sein. Tauscht gerne seine Schichten, der Mann. Na ja, is ja erstmal kein Vergehen. Wenn er einen findet, der wechselt, ist keinem ein Schaden entstanden. Aber an den Terminen, dic du mir durchgegeben hast, hatte er immer ganz regulär Dienst. Brauchst du sonst noch was.“

„Nein, im Augenblick reicht es wirklich aus“, Schopetta kritzelte ein paar Zeilen in sein Notizbuch. „Is ja auch mehr, als ich dachte. Wenn sich daraus was ergeben sollte, halt ich dich auf dem laufenden. Ansonsten würde ich dich bitten, erst einmal Stillschweigen über meine Nachfragen zu bewahren, damit keiner was in den falschen Hals bekommt.“

„Geht in Ordnung, Erwin.“

„Bis später, Jürgen.“

Schopetta wandte sich wieder Wolfgang zu. Der zuckte mit den Achseln: „Du wolltest wissen, ob ich schon mal von größeren Sachen gehört habe“, und als Schopetta ihn fragend anschaute, ergänzte er: „Bei diesen Opferritualen!“

Schopetta erinnerte sich an seine Frage.

„Ich geh davon aus, daß du nicht gerade einen Ochsen oder ein Pferd meinst, wenn du von größeren Sachen sprichst.“

Schopetta nickte.

„Du meinst Menschenopfer, hab ich recht? Aber das, mein lieber Erwin, das ist dein Ressort. Du kennst doch die Fälle von mordenden Teufelsanbetern. Warum soll so etwas immer nur im wilden Osten passieren. Aber wenn du direkt meinen Informationsradius abfragst, gehört hab ich von solchen Opfern im Zusammenhang mit diesem Thiu-Odin-Mist noch nichts.“

Schopetta schwieg nachdenklich und drehte sein Weinglas auf dem Bierdeckel.

„Geht es um einen Fall?“ fragte Rengers interessiert.

Schopetta nickte.

„Hier in der Gegend?“

„Haltern!“

„Was ich machen kann, ist, daß ich mich mal umhöre.“ Wolfgang Rengers nahm einen Kugelschreiber aus der Jacke und griff nach einem der Bierdeckel auf dem Tisch, sah Schopetta an und fragte: „Hast du ein paar Anhaltspunkte?“

„Viele Kleinigkeiten“, überlegte Schopetta laut, „aber im Augenblick paßt noch nicht alles zusammen. Da ist ein Verein für Heimatpflege in Bork, eine Kneipe, die allem Anschein nach rechtslastiges Publikum hat, ein kahlgeschorener Geschäftsführer mit Kampfhose und Kampfhund, Photos mit jungen Männern in schwarzen Klamotten und ordentlich gekämmten Haaren, Autonummern, die ein DR beinhalten und in denen entweder eine 33 oder eine 18 steckt, ein Heimatforscher mit dem Hang, die Geschichte der Germanen ganz besonders eng zu sehen, der aber jetzt leider tot ist, umgebracht wie ein Menschenopfer bei den Kelten.“

„Wouw!“ machte Rengers. „Starker Tobak. Wenn es wirklich ein Menschenopfer gibt, ist das auch für mich eine neue Dimension. Sonst riecht alles, was du da aufzählst, eindeutig nach meinen Freunden vom rechten Ufer. Dabei steht DR für ‚Deutsches Reich‘ oder auch ‚Drittes Reich‘. Die 33 ist 1933, Machtübernahme der Braunen. 18 ist ein Code. Eins für den ersten Buchstaben im Alphabet, das ist A wie Adolf und die Acht für den achten Buchstaben, nämlich H wie Hitler. Soviel dazu. Aber darf man wissen, wie der Tote hieß, oder ist das geheim?"

„Steht morgen wahrscheinlich sowieso in der Zeitung. Bender hieß der Mann! Heinrich Maria Bender aus Ahsen."

„Professor Bender?"

„Bender schon, aber Professor? Nee, beim besten Willen nicht."

„Aber du meinst so einen alten Grauhaarigen? Tritt gerne in der Uniform des Afrikacorps auf, erzählte auch immer von seinen glorreichen Taten im Stab des Wüstenfuchses."

„Afrikacorps – ist mir nichts von bekannt. Aber das andere stimmt. Woher weißt du?"

„Ich kenn ihn nur als Professor Bender. Und mit meiner Beschreibung dieses ganzen Kelten- und Germanenkrams liege ich bei dem gar nicht so schlecht. Bender ist einer der Vorturner in der Thulebruderschaft, einer, laß es mich mal Sammlungsbewegung für alte nordische Religionen nennen. Tritt seit Jahren in einschlägigen Kreisen und Zirkeln auf, hält sabbernde Vorträge zum Germanentum und läßt sich von den Anwesenden wacker Herr Professor nennen. Neben seinem religiösen Zeug erzählt er meistens was von Römern, Germanen und ihrem Schicksalskampf in Westfalen. Und über die Varusschlacht quasselt er auch. Den ganzen Kram verquirlt er mit rechten Parolen, Ausländerhetze und, wie gesagt, seiner germanischen Nationalreligion. Paßt völlig zu diesem Thiu-, Zhiu-, Odins- und Thorsgequake. Wenn du willst, grab ich mal etwas tiefer."

„Wenn du das machen könntest, wär das nicht schlecht."

Schopetta kramte in der Jackentasche und beförderte ein Photo daraus hervor. „Kennst du dieses Zeichen?" Die Aufnahme zeigte den Aufnäher auf dem blutigen Uniformhemd des Opfers.

„Na klar, kenn ich das. Das ist die ‚Schwarze Sonne'." Rengers nahm das Photo und betrachtete es eingehend. „Ist ein altes SA-Symbol. Zur Zeit wieder völlig aktuell. Gilt als geheimes Erkennungszeichen innerhalb der braunen Bewegung und ist heute schon als Ersatz für das Hakenkreuz anzusehen. Und ob da Schwingen dran sind, Stierhörner, Schlangen oder sonst was. Alles ein und derselbe Scheiß."

„Wenn du schon dabei bist, Wolfgang, besorg mir doch ruhig weiteres Material dazu. Nur damit ich mich besser in den Zusammenhängen auskenne. Ich würde dich dann morgen mit weiteren Einzelheiten über die Kneipe in der Haard und die seltsamen Heimatvereine versorgen. Vielleicht kannst du ja über deine Verbindungen etwas mehr in Erfahrung bringen. Wenn ich offiziell ermittele und bei den Leuten da wirklich etwas stinkt, bekomme ich doch keine ergiebigen Auskünfte."

„Alles kein Problem, Erwin. Aber bitte nicht vor zehn Uhr anrufen. Ich brauche morgen erst mittags los."

Damit nahmen die beiden ihre Gläser, Rengers schaltete das Licht aus, und sie gingen zurück in die Gaststube.

DRITTER TAG

19

„Hart ins Gericht geht jeder frische Tag mit dem, der seine Ankunft nicht genug erschlafen hat."

Schopetta zitierte diese Gedichtzeile müde und mit geschlossenen Augen, als er mit der rechten Hand mehrfach vergeblich versuchte, den Radiowecker zu treffen. Draußen war es stockdunkel, und die Uhr zeigte zwei Minuten nach sieben.

„Nein, sind das Schmerzen", stöhnte er laut und drehte sich aus dem Bett. Er brauchte zwei Minuten auf der Bettkante, bevor er sich ohne größere Kreislaufprobleme erheben konnte. Kneipenbesuche, die sich mitten in der Woche bis weit über die Sperrstunde hinaus erstreckten, können einem rapide alternden Körper auch bei nur mäßigem Alkoholgenuß nicht mehr zugemutet werden, belehrte ihn eine innere Stimme, die heute den Tonfall seiner Gattin angenommen hatte. Durch solch strenge Worte gemahnt, unterzog er sich vor dem großen Spiegel im Bad einer genauesten äußeren Begutachtung.

Der Lack ist ab, war das Ergebnis dieser Fleischbeschau, und um mindestens die Grundierung zu retten, begab er sich in den Glaskasten neben der Badewanne, um sein therapeutisches Duschbad zu nehmen, das auch bei größter Zeitnot mindestens zwanzig Minuten dauerte und am Schluß der Behandlung die Haut im Bereich des Nackens und der Schultern krebsrot gefärbt hatte.

Das Frühstück und sogar die geliebte Zeitungslektüre fiel aus, und um fünf Minuten vor halb acht war er schon auf dem Weg.

Wie schon an den letzten Tagen, hatte er auch seinen heutigen Arbeitstag sehr dicht geplant, und darum versuchte er schon vom Auto aus, die wichtigsten Dinge für den Morgen zu klären.

Er war mental völlig auf Annette vorbereitet, als er die Nummer seines Büros wählte und ließ sie gerade bis – Polizei Recklinghausen – kommen, als er ihr schon in die Ansage fuhr: „Laß gut sein, Annette. Ich bin's, Schopetta. Besorg mir bitte ein Käsebrötchen, und die Kollegen sollen um halb neun in mein Büro kommen."

„In dein Büro?“ fragte sie mit sarkastischen Unterton und nicht ohne Häme fuhr sie fort: „Gut. Ich werde es ausrichten.“

„Natürlich nur die, die im Präsidium sind“, ergänzte Schopetta unsicher, weil er nicht genau wußtc, was den Tonfall Annettes ausgelöst hatte. „Und ruf bei Dr. Hobrecht in der Pathologie an, es wird etwas später, alles klar?“

„Alles klar“, sagte Annette betont kühl und etwas schnippisch, und Schopetta wunderte sich, daß von ihr keine Fragen, keine Nachsätze und keine sonstigen Bemerkungen mehr kamen.

„Ist sonst noch was?“ fragte er deshalb immer noch irritiert.

„Nö. Was soll sein?“ Annette war eingeschnappt, das merkte er. Aber er hatte keine Lust, sie nach den Ursachen zu fragen und sagte nur kurz: „Na, dann is ja gut“, und damit beendete er das Gespräch.

Für das zweite Gespräch wählte er die Kollegin Kommer auf ihrem MobilTelephon an. Deren Handy war aber ausgeschaltet. So blieb ihm nichts anderes übrig, als Annette noch einmal anzurufen. Auch diesmal war er auf der Hut, aber genau im Augenblick, als Annette ihre Ansage abspulte, mußte er sich auf die Straße konzentrieren, denn in Marl-Nord fädelten sich jede Menge Fahrzeuge in den schon dichten Verkehr auf der A43 ein, und er hatte so keine Chance, die Sekretärin an irgendeiner Stelle zu unterbrechen.

„So, du möchtest Fräulein Kommer sprechen?“ legte sie nach seiner Bitte los. „Bin ich jetzt auch schon die Sekretärin für die Auszubildenden? Hab ich noch gar nicht gewußt, aber ich erfahre hier ja sowieso alles zuletzt. Mal sehn, ob die gnädige Frau überhaupt zu sprechen ist für das Schreibpersonal, für uns macht sie ja ein Riesenbohei aus ihrem Auftrag und faselt ständig nur vom Polizeidirektor. Die Dame hat übrigens an deinem Schreibtisch Platz genommen! Löst sie dich auch bald ab? Würde mich nicht wundern. Soviel nur zur Dienstbesprechung in deinem Büro. Ich hoffe, sie hat deine Erlaubnis.“

Aha, dachte Schopetta. Daher weht der Wind. Das Alphaweibchen der Horde wittert Konkurrenz und schärft ihre Zähne. Darum sagte er ganz betont um Verständnis bittend: „Die hat sie, Annette. Der Auftrag, den sie erledigen muß, kommt wirklich vom Direktor, und der duldet keine Verzögerung. Ich konnte mich nicht einmal dagegen wehren, daß sie übergangsweise mein Büro nutzt. Du weißt doch, wenn die da oben sich etwas in den Kopf setzen, gibt es doch für unsereinen nichts mehr zu melden.“

Er schmunzelte dabei und war froh, daß ihn Annette nicht sehen konnte.

„Muß ich für die etwa auch Kaffee machen? Die hat ja noch nicht einmal in die Kaffeekasse eingezahlt."

„Nur, wenn es dir nicht zuviel Mühe bereitet, Annette. Und für die Kaffeekasse komm ich auf."

Annette schien fürs erste zufrieden, und in ihrer Stimme lag sogar etwas Mitgefühl, als sie fragte: „Wann bist du hier?"

„Halb neun, Annette. Pünktlich!"

Die Kollegen trudelten alle zur verabredeten Zeit im Kommissariat ein. Nur Rudi tauchte noch nicht auf. Und weil Elle Kommer, so wie Annette Sattelknecht sich ausdrückte, das Chefbüro schon übernommen hatte, hielten sie die Besprechung im kleinen Konferenzzimmer der Etage ab. Baumeister und Kärcher trugen je einen Umzugskarton und setzten sie krachend auf den ovalen Konferenztisch.

„Erzähl du noch einmal was von netter Oma", schimpfte Baumeister los. „Die hat uns angefaucht wie ein leibhaftiger grauer Panther, und ins Arbeitszimmer durften wir erst, nachdem ihr Anwalt ausführlich mit ihr geredet hatte."

„Persönlich?" fragte Schopetta.

„Das nicht, aber angerufen hat sie ihn, und wir mußten dem Herrn Doktor Sowieso persönlich die Lage erklären, damit der beruhigend auf den Drachen einwirken konnte."

„Weißt du, wie der Rechtsverdreher genau hieß?"

Baumeister kramte in den Taschen seines grauen Sakkos: „Moment! Hier! Dr. Andreas Voigts, Strafverteidiger", und damit hielt er Schopetta eine edle Visitenkarte hin. „Hab ich mir von der Dame geben lassen."

„Dr. Andreas Voigts?" stutzte Schopetta. „Die Welt ist klein", sinnierte er. „Ich weiß nicht, ob ihr euch erinnert Jungs. Der war mal Staatsanwalt. Doch irgendwann hat er sich aus dem Dienst an der deutschen Justiz verabschiedet und nur noch die ganz schweren Jungens zu Kunden genommen. Wundert mich eigentlich, daß der Klienten wie die Benders vertritt. Aber was soll's. Wer ihn bezahlen kann."

„Am Telephon machte er einen ganz vernünftigen Eindruck. Und die olle Hexe hat er auch schnell beruhigt. Und als Elle sie dann mitgenommen hatte, war es für uns ein ruhiges Arbeiten. Die Überstundenzettel liegen übrigens bei Annette in der Unterschriftenmappe. Brauchst sie nur noch abzuzeichnen."

„Überstunden?“ fragte Schopetta ungläubig. „Wofür denn Überstunden? Für die paar Minuten?“

Allgemeiner Tumult war die Antwort. Dann meckerte Rolf Kärcher: „Von wegen, die paar Minuten. Bis zwanzig nach zwölf haben wir die Hütte auf den Kopf gestellt. Und hättest du die Sache nicht so eilig gemacht, wir hätten gestern gar nicht mehr angefangen.“

„War ein Scherz, Jungs, war nur ein Scherz. Also regt euch wieder ab und erzählt mal, was ihr so ausgegraben habt.“

Elle drängte sich vor und schnippte mit den Fingern wie ein Schulmädchen: „Vielleicht kann ich zuerst?“ Lächelnd sah sie sich im Kreis der Kollegen um. „Dann könnte ich nämlich gleich wieder rüber und mit der Arbeit an Heuermanns Auftrag weiter machen.“

Schopetta sah einen nach dem anderen fragend an. Die schüttelten in einer Mischung aus Gleichgültigkeit, Ignoranz und gekränkter Eitelkeit mit dem Kopf und ließen der jungen Polizistin eher säuerlich als freundlich den Vortritt.

„Ich kann es ganz kurz machen. Der Doktor war gestern nicht mehr da. Die Unterlagen lagen bei der Sekretärin. Martha Bender hat ihren Bruder ohne weiteres identifiziert, hat das Protokoll unterschrieben und wollte dann nur noch schnell wieder nach Hause, um mit dem Bestatter zu reden. Für sie schien es wirklich nur wichtig, ihn bald unter die Erde zu bekommen. Schon komisch so alte Leute. Irgendwie setzen die ihre Schwerpunkte ganz anders.“

„Wäre auch schlimm, wenn nicht“, knurrte der Kommissar. „Ist dir sonst noch was aufgefallen?“

„Die Dame sprach nicht mit mir. Wir haben sowohl die Hin- als auch die Rückfahrt mehr oder weniger schweigend nebeneinander gesessen.“

„War sonst noch was Nennenswertes?“

„Nein, absolut nichts. Ich bin dann auch gleich wieder an die andere Sache gegangen. Wenn in dieser Woche noch Ergebnisse her sollen, muß ich dran bleiben.“

„Gut“, schmunzelte Schopetta, der die gierigen Augen der Kollegen beobachtete, die alle wissen wollten, was nun genau die Aufgabe von Elle war.

Aber die beiden senkten den Blick wieder auf ihre Notizen und sagten nichts zu dem anderen Fall. Nach einer knappen Schweigeminute ergriff Schopetta wieder das Wort.

„Dann mach mal weiter. Wenn ich Zeit finde, schau ich noch rein.“

Elle stand auf, lächelte und sagte: „Ja, dann noch ein schönes Besprechen, bis später“, und damit verließ sie den Raum.

Die Tür war kaum ins Schloß gefallen, da legte Baumeister los: „Ist das jetzt die neue Form der Zusammenarbeit? Gibt es jetzt hier Zweiklassenermittler? Seit wann werden uns Informationen vorenthalten? Und dann noch eine Anwärterin. Sind wir zu blöd für den Job, oder was? Annette ist auch schon völlig sauer. Was soll das alles, Erwin?“

„Was das soll? Es gibt diese Ermittlung, und es gibt noch andere. Anderer Fall, andere Aufgaben, andere Mitarbeiter. Jeder tut das, was er am besten kann. Für den Mord im Museum brauche ich ein gutes Team, also euch. Für den anderen Fall will Heuermann uns nicht haben. So einfach ist das. Und jetzt laßt uns weiter machen, ich muß noch ins Institut, und die Zeit drängt.“

„Genau! Erwin muß noch ins Institut, also macht schon, Kollegen!“

Alle wandten sich Rudi zu, der plötzlich und unbemerkt auf einem Stuhl neben der Tür saß.

„Aber in der Zeit, die ihr jetzt noch zum Schmollen braucht, könnte ich euch schon mal erzählen, daß die Einbrecher im Museum die Alarmanlage lahm legten, indem sie wirklich kurzfristig den Strom für das ganze Museum abgeschaltet haben, und zwar von außen.“

Riepen stand auf und kam an den Konferenztisch. Er schien sehr aufgeräumt und grinste: „Dazu haben sie ein Verteilerhäuschen geknackt, sind rein und haben das Museum sozusagen vom Netz genommen.“

„Da mußten die aber schon Kenne haben“, sagte Kärcher.

„Davon sogar ne ganze Menge, meint auch der Ingenieur von den Stadtwerken. Nicht nur, daß sie sich im System der Verteilung auskennen mußten, auch die Funktionsweise der Alarmanlage mußte ihnen vertraut sein. Gibt nicht viele Leute, die dafür in Frage kommen.“

„Hast du schon eine Ahnung, wer zu diesen Fachleuten gehören könnte?“ Während er die Frage stellte, überlegte Schopetta selbst, wen er dazu befragen könnte.

„Noch nicht, aber ich habe eine Verabredung mit der Montagefirma. Der Chef, der die Auskunft geben könnte, ist allerdings noch bis übermorgen in Süddeutschland. Das Trafohäuschen habe ich mir aber schon angesehen. Wenn du auch noch einen Blick draufwerfen willst, können wir uns das gemeinsam ansehen. Ich habe noch die Schlüssel.“

„Eigentlich sieht meine Planung für heute anders aus.“

„Ich dachte auch nur. Dann könntest du auch gleich den Hausmeister verhören, oder hat er schon einen Verhörtermin?"

„Hat sich Annette drum gekümmert. Der kommt Freitag. Ist aber trotzdem keine schlechte Idee. Ich muß ja auch noch einmal mit dem Professor sprechen."

„Ich denke, das hast du gestern gemacht", warf Baumeister ein.

„Da war er schon weg. Macht pünktlich Feierabend, der Mann."

„So wie der Herr Kommissariatsleiter", nörgelte Kärcher. „Hauptsache man hält seine Leute an der Arbeit."

„Wer selber arbeitet", konterte Schopetta, „der verliert zu schnell den Überblick. Das wißt ihr doch. Management ist alles in diesen hektischen Zeiten. Managen und delegieren. Und bevor ich es vergesse, sorgt bitte dafür, daß der Nissan Pick-Up gründlich untersucht wird. Vielleicht ergeben die Spuren ja noch weitere Hinweise."

„Das Team ist schon im Einsatz", sagte Baumeister.

„Also, läuft doch alles, wie immer. In diesem Sinne, Männer. Was haben wir weiter herausgefunden?" Schopetta rieb sich die Hände und sah in die Runde.

Baumeister ließ sich Zeit, kramte lange nach seinem Notizblock, blätterte darin herum und fragte dann: „Gibt es heute eigentlich keinen Kaffee?"

Rudi stand auf und ging zum Telephon: „Ich kümmere mich", sagte er und Telephonierte mit Annette.

Als Riepen wieder am Tisch war, fragte Baumeister in Richtung Schopetta: „Raucht Martha Bender?"

„Nicht, daß ich wüßte", antwortete der. „Ist eigentlich mehr so eine vom Typ ‚eine deutsche Frau raucht nicht'. Aber warum fragst du?"

„Ganz einfach. Da du ja dein neues Nichtrauchertum wie eine Vereinsfahne vor dir her trägst, gehe ich davon aus, daß du nicht heimlich in Benders Arbeitszimmer geraucht hast. Wir haben Asche auf dem Teppich gefunden. Außerdem roch es schwer nach Zigaretten, als wir kamen."

„Nach Zigarren!"

„Nein. Eindeutig Zigaretten. Das kann ich gut unterscheiden, und wie gesagt, die Zigarettenasche auf dem Teppich. Zudem hatte ich das Gefühl, daß schon jemand vor uns etwas gesucht hat, die Schreibtischschublade war etwas geöffnet, und eins der Terrassenfenster war nur angelehnt."

Schopetta grübelte. „Vielleicht raucht die Haushälterin heimlich und hat hinterher das Zimmer gelüftet?"

„Eine Haushälterin haben wir nicht angetroffen. Als wir kamen, war Martha Bender allein im Haus, und der Anwalt war nur am Telephon."

Schopetta zuckte mit den Achseln. „Ich werde bei der Dame nachfragen. Ich denke, daß ich ihr sowieso noch einmal einen Besuch abstatten muß."

„Ich wollte nur darauf hinweisen", sagte Baumeister. „Aber kommen wir zu den Fakten. In ihrer Abwesenheit bin ich einmal durchs Haus gegangen. Im oberen Stockwerk sind noch zwei Badezimmer und vier Schlafzimmer, davon zwei nicht benutzt. Bücher, Papiere, Photos und so weiter waren wirklich nur in Benders Arbeitszimmer zu finden. Ich hab jetzt natürlich nicht bis in den hinterletzten Winkel gesucht, aber an den üblichen Versteckorten war nichts Auffälliges zu finden. Die Küche im Erdgeschoß war unauffällig. Ein Keller ist nicht vorhanden, und in der Garage sind außer einem Satz Sommerreifen nur zwei relativ neue Fahrräder. Was die Befunde im Arbeitszimmer angeht, lagst du wohl richtig. Bender war ein Rechter. In seinem Bücherschrank waren so ziemlich alle Nazigrößen vertreten, inklusive der literarischen Entäußerungen des Führers persönlich. Sonst eine breite Sammlung dessen, was die rechte Szene veröffentlicht, Völkisches a gogo. Rassentheorien in neuesten und uralten Auflagen und jede Menge Germanenmythologie, auch da wieder Neues und Altes. Dazu immer wieder Rommel und das glorreiche Afrikacorps. Vier, fünf Bücher hat er auch selber geschrieben."

Baumeister unterbrach seinen Vortrag, als Annette eine Thermoskanne und ein Tablett mit Kaffeegeschirr brachte. Rudi nahm ihr freundlich nikkend das Geschirr ab und flüsterte: „Vielen Dank, Annette. Wir bedienen uns dann selbst."

Frau Sattelknecht zog daraufhin ein Gesicht, mit dem sie mehr als deutlich sagte, ihr glaubt doch nicht im Ernst, daß ich euch bedient hätte, und verließ schweigend den Besprechungsraum.

„Bender muß in seinen rechten Kreisen eine echt große Nummer gewesen sein", fuhr Baumeister fort. „In vielen der einschlägigen Zeitschriften sind Artikel von ihm zu lesen. Die Suche war übrigens leicht. Überall, selbst da, wo nur sein Name Erwähnung fand, hatte er ein Lesezeichen eingelegt. Anhand der Kontoauszüge konnten wir schon einige Überweisungen ausmachen, die für Vorträge und Seminare getätigt wurden. Seine Veranstaltungen hielt er zu allermeist in Nordrhein-Westfalen ab. Seit 1991 aber zunehmend auch in den neuen Bundesländern. Brandenburg, Mecklenburg-Vorpommern und Sachsen-Anhalt, vornehmlich."

„Konnte er von dieser Art Arbeit leben?" fragte Schopetta.

„Nein. Er, das heißt, seine Schwester und er, verfügen über nicht unerheblichen Immobilienbesitz. Das ging aus den Versicherungsunterlagen hervor. Daraus müssen sich solide Einkünfte ergeben haben. Regelmäßige Überweisungen, die letzte von Anfang September. Die Mäuse kamen von – und jetzt haltet euch fest, es wird interessant – von der Firma Versicherungs- & Objektmanagement GmbH, Recklinghausen. Die verwalten für die beiden Alten die Liegenschaften. Mit der genauen Kontrolle der Bankkonten und der Kontoauszüge haben wir aber nur oberflächlich angefangen. Die Schwester hat übrigens noch eine kleine Kriegswitwenrente. Eine Lebensversicherung liegt auch für beide vor. Bruder und Schwester sind jeweils als Begünstigte eingesetzt. Und natürlich laufen die Verträge auch über die Firma von unserem alten Freund Pommes Dabringhausen."

„Wir müssen dem Kerl unbedingt einen Besuch abstatten und ihn nach seinem Klienten befragen." Schopetta beschrieb eine von den mitgebrachten bunten Pappkarten.

„Ich bin da am Ball", warf Rudi ein. „Hab schon mal das Dezernat Wirtschaft angesprochen. Aber gut Ding will Weile haben. Die Kollegen mahnen zur Besonnenheit. Sie haben Sorge, ihn zu verschrecken, und dann kommt bei den ganzen Untersuchungen, wie schon zu oft, nichts raus. Dabringhausen scheint gute Verbindungen zu bestens informierten Quellen zu haben. Was mich jetzt viel mehr interessiert, ist die Lebensversicherung. Was bekommt die Dame für das Ableben ihres Bruders ausbezahlt?"

Er pfiff anerkennend durch die Zähne, als Baumeister eine Summe von einhunderttausend Mark nannte.

„Dafür lohnt es sich schon, die zittrige Hand zu erheben, wenn man bedenkt, daß das Leben für die Dame aus naturgegebenen Gründen auch nicht mehr allzu lange währen wird."

„Zyniker", meckerte Kärcher.

In der Bewertung von Rudis Anmerkung dachte Schopetta trotz grundsätzlicher Bedenken über die Möglichkeit einer derartigen Verwicklung der Schwester in den Mord nach. Dann sagte er: „Ich hab lange mit ihr geredet, Kollegen. Freundschaftliche Gefühle könnte ich zu der Dame auch in hundert Jahren nicht wirklich entwickeln, aber irgendwie? – Jetzt mal ganz unabhängig von der Tatsache, daß sie rein körperlich zu solcher Gewaltanwendung nicht fähig wäre." Er schüttelte den Kopf: „Ich weiß nicht."

„Na, klar." Rudi wurde lebendig. „Wenn, dann nur Auftragsmord! Wenn Erwin recht hat, dann mit der Tatsache, daß die Alte körperlich nicht dazu in der Lage war, ihren Bruder eigenhändig aus dem Leben zu befördern. Also wird sie einen gebraucht haben, der die Arbeit für sie übernimmt."

„Aber Mord unter Geschwistern?" Schopetta erhob noch einmal seine Bedenken. „Das paßt nicht in dieses Familienbild."

„Ins landläufige Bild eines Museums paßt auch nicht ein echter Toter im historischen Töpferofen."

Schopetta sah Rudi eindringlich an. Der Satz, den der Kollege mehr als Gag, denn als wirkliche Feststellung gesagt hatte, beschäftigte ihn anscheinend. Dann, nach längerem Nachdenken, sagte er: „Ich räume ein, daß wir in jedem Fall auch in Richtung Auftragsmord ermitteln müssen. Aber in bezug auf den Fundort der Leiche denke ich: Die gehört in diesem Fall genau dorthin. Und sie hat auch etwas mit dem Museum zu tun."

„Und was ist das deiner Meinung nach?" fragte Rudi ironisch.

„Vergangenheit! Vergangenheit und Geschichte."

„Wie kommst du denn darauf?"

„Erstmal nur so eine Vermutung, aber mittlerweile ist es schon mehr. Hört zu! Ich hatte von Anfang an so ein Gefühl, was die Umstände des Mordes angeht. Bei der Tatortuntersuchung habe ich euch doch von diesem Lindowmann erzählt, der ja vor ein paar tausend Jahren auf völlig identische Weise getötet wurde wie Bender. Am Montagabend habe ich einen Anruf erhalten. Auf jeden Fall war in diesem Anruf von einem Gott Thiu die Rede, von Opfern, die gebracht werden müssen, an einem bestimmten Ort oder einem festgelegten Festtag. Ich will euch die Einzelheiten ersparen. Gestern abend habe ich die Gelegenheit gehabt, mit einem Fachmann darüber zu sprechen. Der bestätigte mir, daß es so etwas wie eine Sekte gibt, die Thiu verehrt, übrigens ein anderer Name für den Gott Odin. Die in unserem Raum aktive Gruppe nennt sich Bruderschaft Thule oder Thulebruderschaft und macht sich zur Aufgabe, die altgermanische Religion unserer Ahnen zu neuer Stärke und altem Ruhm zu führen. Der Verein zählt zum rechten politischen Spektrum. Das Fest, an dem geopfert wird, heißt Samhain und wurde am vergangenen Wochenende gefeiert. Bisher ist nichts von Menschenopfern bekannt geworden, das heißt aber nicht unbedingt, daß es noch keine gegeben hat. Denn wenn man auf die keltischen Quellen dieser neuen Religion zurückgeht, trifft man durchaus darauf, siehe den Lindowman. Erst seitdem ich mit dem Sachverständigen gesprochen habe und nun das an Informationen dazu nehme, was ihr über Bender und seinen Bücherschrank beisteuert, denke ich, wir können auch einen religiös motivierten Ritualmord nicht mehr ausschließen."

Die Kollegen sahen Schopetta ungläubig an und schüttelten zweifelnd mit dem Kopf. Nur Rudi sagte: „Ungewöhnlich finde ich die Vorstellung in unseren bekloppten Zeiten erst einmal überhaupt nicht. Laufen einfach zu viele Idioten frei rum. Aber so vom Inhalt her. Nee, nee. So ein Ritualmord paßt nicht hierher, das ist Blödsinn. Die unsinnigen Verletzungen und die Ablage der Leiche im Museum muß eine andere Begründung haben."

„Vielleicht haben wir es auch einfach nur mit einem Irren zu tun, und alles andere ist Zufall." Norbert Bücker machte die Anmerkung und ergänzte: „Bei diesen Geisteskranken hat immer alles Gründe und eine tiefere Bedeutung. Nur wir erkennen das erst, wenn der Gutachter den Freispruch vorbereitet."

„Etwas Irres hat das Ganze, Norbert, da hast du recht. Trotzdem glaube ich, alles ist eine absichtliche Inszenierung. Zeichen, mit denen uns einer etwas sagen will. Ich weiß nur noch nicht, worauf wir hingewiesen werden sollten."

„Und daß man ausgerechnet Erwin angerufen hat? Ist das auch Zufall?" warf Rudi ein.

„Vielleicht hat jemand meinen Namen mit bekommen, als wir am Tatort waren."

„Oder du hast ihm deine Karte gegeben!" bemerkte Rudi hintergründig.

„Jetzt laß doch den Rentner aus dem Spiel. Das ist doch ein alter Kerl. Oder kannst du dir ernsthaft vorstellen, daß zwei klapprige alte Säcke wie der Bender und der Czychi sich gegenseitig was in die Schnauze hauen? Is doch lächerlich, die Vorstellung."

„1987 in Hervest-Dorsten. Da hat ein 92 Jahre alter Bauer aus Eifersucht seinen Nebenbuhler, der war 81, mit der Mistgabel erstochen, und die Herzdame war 68. War auch lächerlich, is aber live."

Schopetta winkte verächtlich ab und beschrieb wieder seine bunten Pappkarten, die er später an die Wand seines Büros heften wollte.

„Halten wir uns das Motiv für die Tat doch noch offen", gab er anschließend versöhnlich in die Runde. „Auftragsmord, um die Lebensversicherung abzukassieren ist das eine, Ritualmord ist vor dem Sektenhintergrund aber auch durchaus möglich. Und der irre Blutrauschkiller begleitet uns auf allen Wegen der Ermittlung."

Und als niemand dazu weitere Einwände erhob, bat er die Kollegen, mit dem Bericht über die Untersuchung des Benderschen Arbeitszimmers fortzufahren.

„Ja gut, also, weiter." Baumeister zog das Pistolenkoppel aus einem der Kartons und ließ es wieder hineinfallen. „Die Pistolentasche haben wir mitgebracht. Da du die Photos mit der Pistole ja selber sichergestellt hast, kann man davon ausgehen, daß sie bis vor kurzem noch in dem Futteral steckte. Sie hätte auch in Doktor Sarasons Kulturjahrbuch, Jahrgang 1913, stecken können. Stand auch in einem der Regale, und wie in einem alten Kriminalfilm waren die Seiten so ausgeschnitten, daß eine 08 gut hineingepaßt hätte. War aber leer."

„Wie seid ihr auf das Versteck gekommen?"

„Du wirst lachen, Erwin. Es war das einzige Buch, das auf dem Kopf im Regal stand, und da wird man als alter Kriminalist wo man is schon ein wenig mißtrauisch. Fingerabdrücke gab es aber nicht auf dem Buch. Das SA-Erinnerungsphotoalbum liegt übrigens auch in dem Karton. Du kannst es auch rausnehmen. Die Abdrücke auf den anderen Gegenständen haben wir schon gesichert. Routinemäßig. Alles klar?"

Schopetta nickte, nahm das Koppel und betrachtete es.

„Dann haben wir noch Unterlagen zum besagten Heimatverein gefunden", erklärte Baumeister weiter. „Wir fanden sogar Angaben zu insgesamt drei solcher Clubs. Alle heißen ‚Verein für nationale Heimat- und Geschichtspflege', sowohl der in Bork als auch die in Sinsen und Wulfen. Bender hat zu allen Verbindungen gehabt. Die Überprüfung der Unterlagen wird aber noch ein zwei Tage dauern. Das gilt auch für die Liste, die wir anhand der Namen in Benders Telephon- und Adreßverzeichnisses erstellt haben."

„Hat euch die Schwester auch eine Liste gegeben?" fragte Schopetta. „Sie sollte mir eine zusammenstellen mit allen Freunden und Bekannten ihres Bruders."

„Ja, hat sie." Baumeister wühlte in einem Stapel Papier, den er aus dem Umzugskarton nahm.

„Was die Anzahl angeht, sie hat zwei Namen mehr als in seinen Unterlagen zu finden waren. Dafür hat er vier, die sie nicht aufgeführt hat."

Schopetta nickte zufrieden und fragte: „Gabs noch mehr Nennenswertes?"

„Ich denke schon", mischte sich jetzt Kärcher ein. „Wir fanden in Benders Unterlagen diese roten Mappen. Sie enthalten verschiedene Dossiers zu einer Menge Personen. Einige waren uns unbekannt. Aber ein paar kennen wir auch, wie zum Beispiel Professor Schmierlewski-Schwarzer nebst

Gattin. Wir haben den ganzen Schriftkram erst einmal mitgebracht und wollen ihn in den nächsten Tagen analysieren."

Schopetta begleitete den Vortrag des Kollegen, indem er ununterbrochen weitere Pappkärtchen beschrieb und vor sich auf dem großen Tisch verteilte. Kärcher war irritiert und fragte: „Hörst du mir überhaupt zu, Erwin?"

„Na klar, mach ruhig weiter. Ist in Ordnung, wenn ihr die Unterlagen analysieren wollt. Wie du siehst, folge ich deinem Vortrag uneingeschränkt."

Kärcher zuckte mit den Achseln und setzte seine Darstellung fort.

„Gut. Als nächstes sind uns einige Computerausdrucke in die Hände gekommen. Nur Zahlenkolonnen und Buchstabenmix. Standen auch in einem der Schuber. Eine Diskette lag auch dabei. Auffällig ist aber, es gibt im ganzen Haus keinen Rechner. Ich kann mir darauf keinen Reim machen. Vielleicht kann sich Rudi um das Zeug kümmern. Davon hat er die meiste Ahnung."

Riepen lächelte überlegen und warf wie nebenbei ein: „Es ist eins eurer größten Probleme, daß ihr nicht mit der Zeit geht, Männer. Die Forderung des Augenblicks heißt lebenslanges Lernen und die elektronische Datenverarbeitung und ihre nutzbringende Anwendung in allen Bereichen des Lebens ist Punkt fünf auf der nach oben offenen Bildungsskala, wenn ihr mir folgen könnt."

Dann sah er einen Kollegen nach dem anderen an und bemerkte: „Ich seh schon, könnt ihr nicht! Aber legt den Kram raus, ich kümmere mich darum! Vielleicht kann das Kommissariat ja mal den Antrag auf Anschaffung eines technisch aktuellen Laptops stellen. Wäre eine echte Arbeitserleichterung." Und als weiter niemand auf seine Anmerkungen einging, quittierte er das mit der Bemerkung „Ignoranten".

Kärcher sah derweil seine Notizen durch, blätterte ein paarmalin seinem Block hin und her und schloß seinen Vortrag mit dem Hinweis auf ein Adreßkärtchen: „Ein Nagelstudio in Herten-Bertlich. Und an das Kärtchen geheftet war ein Abrißcoupon einer Phototüte. Da können aus einem Drogeriemarkt ebenfalls in Herten Bilder abgeholt werden, aber erst Freitag."

„Also, Arbeit satt", knurrte Schopetta, der jetzt grüne Karten beschrieb. „Gibt es aus den Labors neue Nachrichten?"

„Annette hat mir diese Faxe in die Hand gedrückt." Rudi überflog die Papiere, die er in der Hand hielt. „Die beiden Kippen werden vom LKA untersucht, keine Ergebnisse vor Freitag, das gilt auch für die Faseruntersuchungen und die sonstigen Analysen von den Sachen des Toten. Die von uns zur Vergleichsanalyse rausgegebenen Fingerabdrücke sind noch nicht bestätigt, außer natürlich denen von Bender."

„Gut, dann geh ich jetzt meine Pinnwand vervollständigen. Anschließend fahre ich zu Hobrecht ins Institut. Kümmerst du dich weiter um die Überprüfung des Ladens von Dabringhausen, Rudi? IHK-Auskunft, Finanzamt, Büros etc.?"

„Ich glaube, ich sagte schon, daß ich tu, was ich kann. Zudem haben die Kollegen von der Abteilung Wirtschaft intensive Hilfe zugesagt." Damit nahm er den Stapel mit den Computerlisten und die Diskette. „Die Arbeit mache ich zu Hause. Ich persönlich habe mich nämlich mit einem leistungsstarken Rechner der neusten Generation ausgestattet. Ansonsten wollte ich mich für heute nachmittag zum Arzt abmelden, Herr Chef. Ich hab die letzte Zeit so ein Reißen in der Leiste. Hoffentlich macht mein alter Bruch nicht wieder Theater."

„Seh ich dich denn noch? Von wegen Trafohäuschen und Vernehmung des Museumsdirektors?" fragte Schopetta.

Rudi hielt Daumen und den kleinen Finger weit gespreizt an Ohr und Mund: „Laß uns Telephonieren", und dabei stand er vom Besprechungstisch auf.

Schopetta nickte und wandte sich an die Kollegen: „Machen wir für den Augenblick Schluß. Wenn euch etwas Besonderes unterkommt, bitte ich um sofortige Mitteilung. Also, alles wie immer."

20

Durch die Wohnungstür kaum gedämpft, klang vom Laubengang, direkt vor der Wohnungstür, unvermittelt der laute Gesang eines Männerchores, blechern und dröhnend. „Schwarzbraun ist die Haselnuß" schmetterten die jungen, kräftigen Männerstimmen, zackig und immer geradeaus.

„Das is die blöde Putze, die Schwiegerolle vom Hausmeister", rief der junge Mann mit blonder Grönemeyerfrisur seinem Mitbewohner zu, ohne dabei auch nur eine Sekunde den Blick vom Bildschirm des Computers zu nehmen. Das Wohnzimmer, in dem er saß, war trostlos möbliert und der Rechner so ziemlich die einzige Mobilie von wirklichem Wert. Mit seltsam spastischen Verrenkungen betätigte er einen Joystick, und auf dem Monitor folgte ein mit Balkenkreuzen gekennzeichneter Tigerpanzer den Steuerbewegungen und machte Jagd auf russische T 34. Der letzte Schuß auf dem virtuellen Schlachtfeld war ein Volltreffer. Einer der russischen Panzer flog auseinander, aus den kleinen Lautsprechern des Computers ertönten Schreie, und immer wieder rief eine rissige Computerstimme „Njet, njet." Der Junge vor dem Bildschirm grinste.

„Die scheint ja völlig taub zu sein, die Alte." Der Kommentar kam lautstark aus der Küche, so wie die gesamte Konversation sehr laut geführt werden mußte, um die Distanz und den Männerchor zu übertönen. Der ebenfalls blonde Mann, der das Haar aber gescheitelt und kurz geschnitten trug, stand nachdenklich am Herd und rührte mit einem Holzlöffel in einer Dose Ravioli, die er in einem Wasserbad erhitzte.

„Die hat ihren scheiß Rekorder immer so auf volle Pulle stehen, wenn die putzt. War gestern auch so!" beschwerte er sich weiter. „Gestern die ganze Zeit diesen kack Rudolf Schock oder wie der Penner heißt! Siebenmal hintereinander ‚Ich bin nur ein armer Wandergesell'. Da wird man echt rammdösig von. Noch ein-, zweimal mehr, und ich hätte die Scheiße ohne Textbuch mitsingen können."

„Aber bitte nicht in meiner Gegenwart", war die Antwort aus dem Wohnzimmer, wo im Hintergrund wieder virtuelle russische Panzerfahrer verzweifelt um ihr Leben winselten.

„Sag mal, was meinst du, wie lange müssen wir eigentlich hier noch rumhocken?" fragte der Computerfeldherr. „Mir geht die Sache schon reichlich aufn Piss. Den ganzen Tage in der Bude rumsitzen is nichts für mich."

„Du bist vielleicht ein Spezialist. Noch keine achtundvierzig Stunden in der Deckung und schon rummeckern. Wenn man einen Kampfauftrag hat, muß man schon mal solche Einschränkungen in Kauf nehmen."

Vom virtuellen Schlachtfeld waren mehrere verhaltene Explosionsgeräusche zu hören, dann die begeisterte Stimme: „Deinen Rekord hab ich eingestellt. 17.908 Punkte. Willst du auch noch ma versuchen?"

„Ich weiß gar nicht, wie du so gelassen bleiben kannst", rief der junge Mann aus der Küche seinem Kollegen zu. „Der Heinrich is tot, unser Auftrag is noch nich erledigt, und du spielst ohne Unterbrechung Panzerknakken."

„Ja und?" war die empörte Antwort. „Was soll ich denn tun? Soll ich mich auf den Boden werfen und den ganzen Tag heulen? Dir is bis jetzt der Appetit doch auch nicht vergangen. Dreimal am Tag frißt du diese Scheiße da aus der Dose."

„Weil nichts anderes da is, du Penner! Und Cornflakes kann ich nur zum Frühstück essen. Trotzdem könntest du schon ein bißchen pietätvoller sein."

„Pietätvoller, was is das denn? Statt hier auf intellektuell zu machen, denk lieber mal darüber nach, was wir tun sollen."

„Wieso, wir haben doch unseren Auftrag."

„Und? Haben wir den schon erfüllt?"

„Zumindest einen Teil."

„Eben! Und wann sollten wir in Deckung gehen?"

„Wenn die Aktion durchgezogen ist."

„Und warum erledigen wir nicht den zweiten Teil?"

„Weil der Heinrich tot ist, und die neue Führung den Auftrag ausgesetzt hat, hab ich dir doch gesagt."

„Du weißt ja nicht mal, wer dich da angerufen hat."

„Der kannte die Geheimparole und wußte alles über Heinrich. Der neue Auftrag lautet in Deckung bleiben und auf neue Befehle warten."

„Ja, und du Idiot hast ihm deine Adresse und deine Telephonnummer gegeben."

„Wieso, die Telephonnummer hatte der doch sowieso."

Die beiden jungen Männer schwiegen. Nach ein paar Minuten sagte der Koch: „Vielleicht hätten wir in Heinrichs Nähe bleiben sollen."

„Wieso denn? Der hat uns doch selbst nach Hause geschickt."

„Stimmt! War das allerletzte Mal, daß er mit uns gesprochen hat, und du läßt da die Kamera fallen."

„Pech eben."

„Ich mein das doch nich wegen dem Heinrich, ich mein das wegen dem anderen."

„Meinst du, der hat was damit zu tun?" Der Panzerknacker kratzte sich ausgiebig in der Al-Bundy-Region.

Der andere junge Mann schwieg ein paar Augenblicke lang, dann sagte er: „Aber so is auch gar nicht so schlecht. Gerade wenn der glaubt, wir könnten was wissen, läßt der uns doch auch in Ruhe. Wir könnten sonst doch jederzeit zur Polizei gehen und alles sagen."

„Und warum tun wir das jetzt nich?"

„Weil das nicht geht!"

„Gehen tut alles. Aber du hast doch nur Schiß, daß sie dich dann wegen der anderen Sache drankriegen."

„Da mach dir ma kein Kopp drum. Das war unser Auftrag. Das war unsere Pflicht. Außerdem war das ein Unfall. Das Gegenteil muß man uns erstmal beweisen." Und nach einer Zeit des nachdenklichen Grübelns rief er ins Wohnzimmer rüber: „Ich glaube, wir sollten nur einfach alles aufschreiben und mit der Videokassette bei som Anwalt hinterlegen, auch wenn da nix Richtiges drauf ist. Wenn wir sagen können, daß, wenn uns was zustößt, alles automatisch an die Bullen geht, könnte uns das schon was nutzen."

„Und warum machen wir das nicht?"

„Weil du Blödmann mit deinen beschissenen Ballerspielen den ganzen Tag den Computer belegst."

„Is klar. Jetzt bin ich es wieder. Ich kann hier jederzeit aufhören. Bisher wolltest du nie an die Maschine."

„Mach ich aber jetzt, sofort wenn ich gegessen hab."

Der Chor auf dem Laubengang besang jetzt den Westerwald, und in den markerschütternden Klängen ging der Ton der Türklingel fast unter.

Der blonde Mann mit der Grönemeyertolle wartete einen Augenblick. Als der Kumpel in der Küche sich aber nicht rührte, klickte er in der Menüleiste auf ‚Pause', stand auf und öffnete schwungvoll die Tür.

Daß er einen Fehler begangen hatte, erkannte er sofort, aber ihm blieb keine Chance, über diesen weiter nachzudenken oder ihn eventuell sogar noch auszubügeln. Er sah die schweren Motorradstiefel, die Lederhose mit den kantigen Protektoren auf den Knien und den Oberschenkeln, die kurze Lederjacke, und umfaßt von beiden Händen, die in schwarzen Motorradhandschuhen steckten, die große Pistole.

Nicht einmal eine Sekunde nach dem Öffnen der Tür drückte der Fremde sie ohne größere Anstrengung noch weiter auf, hielt dem überraschten Jungen die 08 auf die Stirn, schob ihn damit in die Wohnung, trat ein, schloß die Tür ohne hinzusehen mit dem Fuß, und ohne sein Gegenüber nur eine Sekunde aus den Augen zu lassen, drückte er den Abzug der Pistole durch.

Der Schuß schleuderte den Jungen nach hinten und schmetterte den Körper mit Wucht gegen die Stahlzarge der Wohnzimmertür, in der er nach dem polternden Aufprall regungslos liegenblieb.

Das Geräusch der Türklingel war kaum bis in die Küche gedrungen, aber den scharfen Knall des Schusses konnte er nicht mehr überhören. Mit etwas mehr Cleverness, einer Spur mehr Kombinationsgabe und geistiger Schnelligkeit hätte er es geschafft. Sofort losrennen, die schmale Balkontür aufreißen und raus, über das Gitter quer über den Parkplatz vom Lidl-Markt oder irgendwo anders hin, in die Schrebergärten oder rüber zum Hospiz.

Doch statt dessen schickte ihn ein blöder Reflex in den Flur. Zwei, drei Schritte vor ihm stand der schwarze Mann und ein paar weitere Schritte dahinter lag mit grotesk verdrehten Gliedern der Freund auf dem Boden, genau in der Tür zum Wohnzimmer und hatte ein Loch in der Stirn. Der Türrahmen war blutverschmiert.

Vor Schreck blieb ihm der Mund offen stehen, und die unvermittelt in seinem ganzen Körper gegenwärtige Angst lähmte ihn vollends, verzerrte sein Gesicht zu einer blöden Fratze, und wieder war es ein Reflex, der ihn den mit roter Sauce beschmierten Holzlöffel, den er wie eine Polizeikelle erhoben hatte, gegen den Fremden schleudern ließ. Nur der Reflex einer Gegenwehr und der auf die kurze Distanz fast zwangsläufige Treffer malte auf der schwarzen Lederjacke des Schützen einen roten, fettig glänzenden Stern. Auch auf dem Boden und an der Wand tanzten plötzlich rote Sterne, alles drehte sich, flimmerte vor seinen Augen, umkreiste ihn, und vor der weißen Rauhfasertapete sah das sogar sehr dekorativ aus, dachte der junge Mann einen Augenblick lang, und er schrie nicht. Ihm wurde schlecht, aber kein Ton kam über seine Lippen. Kein Ruf, kein Schrei, kein Brüllen, trotz all der Angst. Nichts. Nur der Männerchor im Hausflur grölte weiter vom Westerwald, und als einer der fröhlichen Sänger schrill den Wind über die Höhen pfeifen ließ, krachte der zweite Schuß.

Nicht größer als ein Fünfzigpfennigstück, zeigte sich das Loch zwischen den Augenbrauen und dem Nasenbein. Mit dem Explosionsknall war es da und warf den Getroffenen gut zwei Meter nach hinten, mitten auf den Fliesenboden der Küche, auf dem er verdreht und mit so entsetzlich weit aufgerissenen Augen liegenblieb.

Der Schütze sah nur kurz auf den Toten im Flur, ging in die Küche und stieg mit einem großen Schritt über die Leiche des Jungen hinweg, ohne in das Blut zu treten, das sich langsam unter dessen Kopf ausbreitete.

Das Wasser im Topf mit der Raviolidose blubberte leise, und es zischte, wenn einzelne Wasserspritzer aus dem Topf sprangen und auf die Herdplatte tropften. Der Schütze drehte den Schalter des Elektroherdes auf Null, schob den Topf auf eine der hinteren Herdplatten, und mit einem kurzen

Blick auf den Toten sagte er leise: „Budutschi naglymi schenjenkami wy rischili sygrat s motjorymi wolkami, moi druzja.“[1]

Auf Zehenspitzen ging er in den Flur zurück und blieb hinter der Wohnungstür lauschend stehen. Im Treppenhaus teilte nur der Chor mit, daß ein Schiffchen schwer mit den Schätzen des Orients beladen war. Leise öffnete der Mann die Tür, vorsichtig, nur einen Spalt breit und spähte auf den Gang, und so weit es ihm der schmale Türspalt erlaubte, auch auf den Platz vor dem Haus. Er wartete noch einen Augenblick, kramte dabei eine schwarze Wollmütze aus der Innentasche seiner Jacke, zog sie über die kurzen strohblonden Haare bis weit über die Augenbrauen, und als er sicher war, daß sich nichts Ungewöhnliches tat, trat er in den Laubengang, nahm einen Wischmob, räumte ein paar Putzutensilien in einen Plastikeimer, sah sich mehrmals sichernd um und stellte alles ohne jede Eile in den Fahrstuhl im Treppenaufgang. Dann nahm er den röhrenden Kassettenrekorder, der immer noch, in den Höhen schon leicht verzerrt, die „Schätze des Orients“ besang und verschwand selbst im Lift, nicht ohne im Vorbeigehen einen Klebestreifen von der Lichtschranke zu reißen. Die Alutüren schlossen sich surrend, der Chorgesang wurde deutlich leiser, und nachdem der grüne Pfeil über der Fahrstuhltür die Abwärtsfahrt anzeigte, dahin, wo sich Keller und Tiefgarage befanden, verstummte auch der militärische Gesang mitten in der Strophe.

21

Als Schopetta sich endlich auf den Weg ins Institut machte, hatte sich der Nebel aufgelöst, und die Wolken ließen genug Licht auf den schwarz glänzenden Asphalt der Straßen fallen, um die restlichen grauen Schleier wirkungslos werden zu lassen. Er bog in den Westerholter Weg ein, fuhr auf die alte Feuerwache zu. Die Ampel zeigte grün, und zügig konnte er sich in den Verkehr auf dem Ring einfädeln. Ein paar hundert Meter weiter folgte er der breiten Straße stadtauswärts, die ihn fast auf direktem Wege bis zum Pathologischen Institut brachte.

Alle Auskünfte hätte er auch den immer sehr präzisen Berichten des Gerichtsmediziners entnehmen können, aber eine diffuse Mischung aus Neu-

---

[1] Ihr habt euch als arrogante Welpen mit erfahrenen Wölfen eingelassen, meine Freunde.

gier und Abneigung ließ ihn, wie schon so oft, den Doktor an seinem wenig anheimelnden Arbeitsplatz aufsuchen.

Doktor Volker Hobrecht erwartete Schopetta im Keller des Gebäudes, der neben den Kühleinrichtungen auch den Sektionssaal beherbergte. Mit einem etwas schrillen Sinn für Gemütlichkeit hatte der Arzt hinter den drei Seziertischen aus Edelstahl eine mannshohe Junior-Birkenfeige aufstellen lassen, aus derem sehr dichten Laub der Hals und Kopf einer braungefleckten Pappgiraffe auf den winzig kleinen Schreibtisch aus der Büromöbelkollektion „Verwaltungselend der frühen fünfziger Jahre“ stierte. Auf der steinernen Fensterbank darüber stand eine Kaffeemaschine und in einer weiteren Fensternische ein schwarzer PC mit Flachbildschirm.

„Na, du Aasfresser, wie siehts aus?“

„Wie immer, Erwin. Was willst du wissen?“ gab der Doktor an Schopetta zurück, der wie bei jedem Besuch in der Gerichtsmedizin lauter sprach als normal und fast zwanghaft locker schon von der Tür aus seine Sprüche durch den Raum schickte.

Der Pathologe schob seinen Stuhl zurück, stand auf, ging dem Kommissar ein Stück entgegen und reichte ihm die Hand.

„Was will ich wissen? Immer dasselbe, Volker. Wann und wie ist der Mensch zu Tode gekommen?“ und dabei deutete Schopetta mit dem Kopf in Richtung Untersuchungstische. Unter dunkelblauen Laken zeichneten sich auf zweien von ihnen die Konturen menschlicher Körper ab.

„Ich brauche Informationen über die letzten Stunden des Toten. Besonders beeindruckend finde ich es immer, wenn du mir auch sagen kannst, was die Ärmsten kurz vor ihrem Ende noch gegessen haben.“

„Graubrot mit gekochtem Schinken ohne Butter“, parlierte Dr. Hobrecht ohne besondere Erregung. „Und eine Art Honigwein, Met genannt. Er hatte von dem Zeug einen Blutalkohol von 0,23 Promille. Außerdem hatte er schlechtsitzende Zahnprothesen und darum nur unzureichend gekaut. Die Analyse war nicht schwierig. Zu sich genommen hat er das Essen maximal eine Stunde vor seinem Tod.“

Schopetta verdrehte etwas die Augen.

„Warum stelle ich nur immer die falschen Fragen“, sagte er und wußte wie immer, daß ihm die Empfindlichkeit niemand abnehmen würde, weil er überall als extra harter Hund galt. Dabei mußte er sich wirklich zusammenreißen, damit ihm nicht übel wurde.

Dem Doktor waren Schopettas Empfindungen egal, oder er bemerkte sie nicht. Statt ein Wort des Bedauerns zu finden, sagte er nur: „Ein wirklich interessanter Fall." Dabei machte er alle Anstalten, das Tuch von der Leiche zu ziehen. „Man hat dem alten Herrn den Schädel eingeschlagen, ihn stranguliert und ..."

„... und ihm zu allem Überfluß auch noch die Kehle durchgeschnitten. Ich weiß, Volker. Unser Opfer wurde umgebracht wie der Lindowmann."

Hobrecht ließ die Leiche bedeckt und wandte sich der Fensternische zu, in der seine Kaffeemaschine stand. Das Fenster dahinter war zur Hälfte mit einer milchigen Folie beklebt, die sich durch die permanent aufsteigenden Kaffeedünste an allen Ecken schon leicht ablöste.

„Lindowmann? Den Fall kenne ich nicht", überlegte er laut. „Muß vor meiner Zeit gewesen sein."

„Davon kannst du ausgehen", grinste der Kommissar. „Beim sogenannten Lindowmann handelt es sich nämlich um eine männliche Moorleiche, die vor ein paar tausend Jahren auf eben jene brutale Art und Weise aus dem Leben befördert wurde wie der Alte hier."

Dabei deutete er mit dem Kopf zum Körper auf dem Seziertisch. „Nur wurde der Kerl aus dem Moor mit Sicherheit auf dem Höhepunkt einer religiösen Zeremonie von seinen Zeitgenossen in das mittelenglische Lindowmoos geworfen."

„Du weißt vielleicht Sachen", bemerkte Dr. Hobrecht mit Anerkennung. „Da bin ich wie immer völlig beeindruckt. Was ich immer sage, Erwin. Du hättest besser Pauker werden sollen."

„Mein lieber Freund!" Schopetta hob die Stimme theatralisch und zeichnete mit dem Zeigefinger Spiralen in die Luft. „Der Lehrberuf, auch im gehobenen Dienst, hat mich noch nie wirklich interessiert. Du weißt doch: Meine Passion ist die Gerechtigkeit!"

„Erreicht man niemals, und man hat deutlich weniger Ferien", gab Dr. Hobrecht zu bedenken.

„Hast du mehr?" Schopetta grinste und beobachtete den Doktor, der einen Augenblick nachzudenken schien.

„Das nicht. Aber ich kann die Vorteile eines Schulmeisterlebens täglich im eigenen Haushalt studieren. Meine liebe Gattin kommt damit bestens zurecht."

„Ich denk, Doris ist beurlaubt?"

„Das schon. Trotzdem zeigt sich bei der Guten zu Beginn aller Schulferien eine unerklärliche Unruhe, und sie fühlt den fast zwanghaften Wunsch, für mindestens drei Wochen eine Verlagerung unseres gesamten Haushaltes in südlichere Gefilde durchführen zu müssen."

„Berufskrankheit ...“, diagnostizierte Schopetta. „Vielleicht kann man sich darauf frühzeitig pensionieren lassen. Bestell Doris trotzdem schöne Grüße. Kann sich ja mit Hannelore zusammentun. Ob Ferien oder nicht. Die ist auch nur noch unterwegs.“

Schopetta machte eine wegwerfende Handbewegung. Etwas breitbeinig stellte er sich dann neben den Seziertisch und sah auf die Konturen des Toten unter dem blauen Tuch herab.

„Fang an“, sagte er an den Doktor gewandt und verschränkte die Arme vor der Brust. „Ich bin ganz Ohr.“

„Gut.“ Hobrecht atmete wie vor einem größeren Vortrag schwer ein. „Alle Ergebnisse sind zwar noch nicht ausgewertet, aber das meiste läßt sich so schon sagen. Ich kann auch noch mit einigen Überraschungen aufwarten, aber dazu komme ich später.“

Von seinem Schreibtisch nahm er einen gut gebrauchten Kaffeepott, dessen klebrig braune Trockensubstanz jedem durchschnittlichen Kaffeetrinker zur Herstellung eines ganzen Kännchens ausgereicht hätte. Er füllte das Gefäß mit der bitumenähnlichen Flüssigkeit aus der Glaskanne.

„Willst du auch einen?“ fragte er freundlich. Doch Schopetta, dem sich allein beim Anblick der schwarzen Brühe der Magen umdrehte, lehnte dankend ab.

„Ich hab mich zum Teetrinker entwickelt“, log er abwehrend, worauf der Gerichtsmediziner nur brummte: „Zu viel DDT. Is auch nicht viel gesünder.“

Schopetta zog die Schultern hoch und fragte: „Hast du schon den Bericht geschrieben?“

„Bekommst du morgen, hoffe ich. Wenn nichts dazwischen kommt. Jetzt mußt du mit meiner Schilderung zufrieden sein.“

Dr. Volker Hobrecht räusperte sich erneut und ging mit der Kaffeetasse in der Hand zum Seziertisch. Lässig schlug er mit der Linken nun doch das Tuch zurück und sagte: „Alle vorhandenen Verletzungen wären auf ihre Art grundsätzlich tödlich gewesen.“ Dabei beugte er sich dicht über den Toten und betrachtete eingehend die tiefe Schnittwunde am Hals des Opfers, auf die er anschließend mit dem Finger zeigte.

„Volker, laß das. Deck ihn wieder zu.“ Schopetta wandte sich ab. „Ich kann mir das nicht gut ansehen, das weißt du doch. Du kannst mir die Sachverhalte auch so beschreiben.“

„Ist aber dann viel schwerer zu erklären.“

„Ich will nicht Medizin studieren, sondern wissen, wie er umgekommen ist.“

„Mein Gott, bist du empfindlich. Aber, hör zu: Tödlich wären, wie gesagt, eigentlich alle Verletzungen gewesen.“ Er kam vom Seziertisch zurück und stellte sich neben den Kommissar. Seine folgenden Ausführungen unterstrich er auch weiterhin mit am langen Arm ausgestrecktem Zeigefinger.

„Vorausschicken möchte ich, daß der Tod mit Sicherheit zwischen 19 und 20 Uhr eingetreten sein dürfte. Genauer kann man es nicht sagen, da ich weder die Temperaturen, die auf dem Weg zum Ablageort noch die am Ablageort selbst genau ermitteln konnte. Andere Hinweise wie die Beschaffenheit der Totenflecken und Totenstarre lassen eine Eingrenzung auf den von mir genannten Zeitraum zu. Direkt unmittelbar und sofort zum Tode geführt hat mit Sicherheit die Kopfverletzung. Zwei Hiebe mit einer Stahlrute. Die Bleikugel an der Spitze dieses Werkzeuges durchschlug die Schädeldecke beide Male. Die beiden Schläge erfolgten schnell hintereinander und trafen fast exakt die gleiche Stelle des Hinterkopfes von rechts schräg oben. Das Schlagwerkzeug muß mit enormer Kraft geführt worden sein.“

„Und woher willst du das alles wissen?“ fragte Schopetta, der wußte, daß die Angaben des Pathologen fast immer den später ermittelten Tathergang bestätigten. Trotzdem fragte er sich oft, ob es die Intuition oder die Gründlichkeit des Arztes war, die zu den Ergebnissen führte.

Die Zweifel des Polizisten trafen Dr. Hobrecht nicht einmal ansatzweise.

„Die Stahlfeder hat eine eindeutige Spur hinterlassen. Außerdem kann man aus Form und Verlauf der Schädelfraktur, der Größe des Opfers und so weiter, recht genau ableiten, wie und von wo aus der Schlag angebracht wurde. Zudem würde ich dir ja gerne alles zeigen, aber du wirst ja mit zunehmendem Alter immer empfindlicher!“

Dabei machte er einen Schritt auf den Seziertisch zu und griff nach einem gelblich-weißen Gegenstand, der bis dahin von Schopetta unentdeckt auf der Brust des Toten gelegen hatte. Es war ein Teil des Schädelknochens, das fein säuberlich herausgetrennt war und mit dem der Pathologe seine Erklärungen nun plastisch unterlegte. Schopetta nahm sich zusammen und betrachtete das flache Knochenstück. Auf der Oberseite wies es zwei pfenniggroße, sich fast deckende Löcher auf. An der Unterseite zeigte sich deutlich eine kleine Knochenplatte, die sich scharfkantig fast zwei Zentimeter von der Innenseite des Schädelknochens gelöst hatte und schräg abstand.

„Wie du siehst, lieber Erwin, wurde durch den Bruch des Schädels ein Stück des Knochens in das Gehirn gedrückt. An dieser Verletzung ist er gestorben.“

Der Gerichtsmediziner ließ bei seiner Erklärung die linke Faust mit Schwung durch die Luft sausen und goß sich so einen guten Schluck Kaffee über die Hand.

„So ein Mist“, fluchte er und wischte die Hand am Kittel ab. „Zum Glück ist das Zeug nicht mehr so heiß.“

„Wir können also sicher sein, daß man ihn erschlagen hat, und der Stich in die Kehle sowie die Strangulation erfolgte, nachdem er bereits tot war?“

„Ich hätte es nicht besser sagen können.“ Hobrecht trank schlürfend den Rest des Kaffees und fuhr fort. „Die Strangulation war so kompakt, da hättest du keinen Finger mehr zwischen das Würgewerkzeug und den Hals bekommen.“

„Wer will das auch schon“, bemerkte Schopetta, und Dr. Hobrecht winkte mitleidig ab.

„Um es gleich vorwegzunehmen, beide Verstümmlungen erfolgten erst Stunden nach der Tötung, das ist eindeutig.“ Noch einmal wies der Arzt mit ausgestreckter Hand auf den Toten: „Die Blutergüsse und Schürfwunden an Stirn, Jochbein und Nase sind durch den Sturz des Körpers auf eine betonierte oder gepflasterte Fläche hervorgerufen worden. Wir haben in den Wunden entsprechende Spuren gefunden. Druckstellen auf dem Scheitelbein, an den Schultern, den Knien und den Armen sind auch eindeutig frühestens eine Stunde nach der Tötung entstanden, auch das ist offensichtlich, zumindest für den Fachmann. Ich denke, man hat ihn in irgendeinem engen Behältnis zwischengelagert.“

„So weit, so schlecht!“ Schopetta zog sein Notizbuch hervor und kritzelte ein paar Worte hinein.

„Den genauen Hergang werden die weiteren Ermittlungen ergeben, hoffe ich. Was ist mit den anderen Tatwerkzeugen?“

„Wie ich schon sagte.“ Der Pathologe ging zum Schreibtisch und blätterte in einer zerfledderten Kladde, bis er die entsprechenden Notizen gefunden hatte. „Für die Strangulation wurde dem Opfer eine starke, geflochtene Hundeleine um den Hals geknotet. Ein Endstück, an dem sich wahrscheinlich ein Karabinerhaken befand, war abgeschnitten. Der Rest mißt noch einen Meter zehn. Das Ding war mit einem Achtknoten im Nacken verschnürt. Zur Strangulation wurde ein länglicher stabiler Gegenstand unter die verknotete Leine geschoben, und mit diesem Knebel wurde der Riemen um den Hals zusammengezogen. Prinzip der Garotte, einem Würgeeisen, das immer noch für Hinrichtungen gebraucht wird."

Schopetta schürzte die Lippen und nickte anerkennend mit dem Kopf.

„Mein lieber Herr Doktor, du weißt vielleicht Sachen", bemerkte er diesmal spöttisch. „Da bin ich ja völlig beeindruckt."

„Keinen Applaus mitten in der Szene!" wehrte der Doktor ab und fuhr dann mit seiner Erklärung fort. „Mit dieser Methode erzielt man eine hohe Wirkung bei geringem Kraftaufwand. Ein-, zweimal gedreht und fertig! – Es kam zu Hautabschürfungen im Nacken- und Rückenbereich und am Hinterkopf. Wahrscheinlich Spuren des Knebels, mit dem der Riemen gedreht wurde. Die erste Schlinge wurde später zerschnitten und der Knebel entfernt. Riemen, Kleidung und alle Spuren, die ich am Opfer gefunden habe, sind schon zu deinen Kriminaltechnikern unterwegs."

„Den Bericht der Spurensicherung soll ich in den nächsten 48 Stunden bekommen", sagte Schopetta. „Aber auch nur soweit die Untersuchungen abgeschlossen sind."

„Gut", sagte der Arzt. „Zu der Stichverletzung sind zwei Dinge erwähnenswert. Erstens, der Schnitt, beziehungsweise der Stich, weist einige bemerkenswerte Details auf. Viereinhalb Zentimeter breit, acht Zentimeter tief. Der Stichkanal deutet auf eine vorne symmetrisch zulaufende, beidseitig geschliffene Klinge hin. Geführt wurde der Stoß von links nach rechts. Der Schnitt wurde erst nach dem Einstich von innen nach außen geführt. Untypisch dafür, jemandem die Kehle durchzuschneiden. Als Tatwaffe käme ein beidseitig geschliffener Dolch in Frage. Die Verletzung durchtrennte die linke Halsschlagader und die Luftröhre. Aber wie gesagt, das Opfer war zum Zeitpunkt der Verletzung schon mehrere Stunden tot. Am Rande zu vermerken ist, daß durch die Schläge auf den Kopf das bedauernswerte Opfer seine Zahnprothese zerbissen hat. Ein Teil der Gaumenplatte hat sich seitlich in den Oberkiefer gebohrt. Prothese und verbleibendes Zahnschema könnten zur genauen Identifizierung dienen."

„Wir wissen, wer er ist", bemerkte Schopetta.

„Und? Darf ich den Namen vielleicht auch mal erfahren?" Dr. Hobrecht stellte sich neben Schopetta und sah auf den Toten herab. „Du mußt wissen, ich spreche meine Kunden gerne mit vollem Namen an, verstehst du?"

„Aber natürlich, mein lieber Volker. Das verstehe ich sehr gut. Du arbeitest gerade mit Heinrich Maria Bender. Heimatforscher, Schriftsteller und freier Journalist. In bestimmten Zirkeln mehr oder weniger bekannter Alt- und Neunazi. Vor allem in seinem Wohnort Datteln-Ahsen, weltbekannt der Mann."

Dr. Hobrecht sah Schopetta befremdet an: „So genau wollte ich es gar nicht wissen. Mir reicht in den meisten Fällen Vor- und Zuname."

„Was schreibst du in den Totenschein?"

„Tod infolge von Gewalteinwirkung gegen den Schädel."

„Ist durch die Verletzungen viel Blut ausgetreten?"

„Kopfwunden bluten immer stark. Seine Kleidung hat das meiste aber wohl aufgefangen. Als ihm die beiden anderen Verletzungen zugefügt wurden, hatte sich das meiste Blut schon an der Liegeseite des Körpers abgelagert. Kann man an der Ausprägung der Totenflecken feststellen. Diese Wunden haben nicht mehr geblutet."

„Der Fundort der Leiche war also auch auf keinen Fall der Tatort?" fragte Schopetta und schrieb weitere Notizen in sein Lederheftchen.

„Nein, auf keinen Fall. Wie gesagt, hat zwar die Kopfverletzung stark geblutet, aber am Ablageort war auch dafür nicht genügend Blut zu finden. Eigentlich kann ich mir auf die Sache keinen richtigen Reim machen", sagte der Pathologe. „Warum das alles? Nach dem Schlag konnte selbst ein Amateur sicher sein, den alten Mann wirklich um die Ecke gebracht zu haben. Warum noch die Hundeleine und die durchgeschnittene Kehle? Hat die Polizei denn dafür keine ordentliche Erklärung?"

„Mann, Volker. Tu nicht so scheinheilig. Du weißt doch, wie das läuft. Wir stehen noch am Anfang unserer Ermittlungen."

„Vielleicht eine perverse Lust am Töten, ein besonderes Rachegefühl dem Opfer gegenüber?"

„Alles möglich, bis hin zu einem Auftragsmord mit Verschleierungsabsichten kann im Augenblick noch alles in Betracht gezogen werden. Wir leben nämlich in seltsamen Zeiten."

Der Kommissar schwieg einen Augenblick lang. Dann blätterte er in seinem Notizbuch ein paar Seiten zurück, hielt das Heftchen auf Distanz und versuchte, es in den Lichtkegel einer der Deckenlampen zu halten.

„Was sagst du zu Folgendem: Durch die massive Abschnürung der Jugularvene kommt es zu einem Blutstau. Nach der Durchtrennung dieses Blutgefäßes mit dem Messer wäre das Blut unter hohem Druck herausgespritzt."

„Und wie hab ich das zu verstehen?" fragte der Arzt und sah Schopetta verständnislos an.

„Das ist die Beschreibung eines Menschenopfers bei den alten Kelten. Aber erst einmal will ich nur wissen, ob das so stimmt, mit der Abschnürung und dem Herausspritzen."

„Ja, stimmt. Da würde schon Blut fließen. Aber nur, wenn das Opfer noch oder fast noch leben würde. Später nicht mehr. Aber worauf willst du hinaus, Erwin?"

„Ich denke an einen Ritualmord."

„Ritualmord in Haltern? Im Römermuseum. Mann, Erwin. Sexualmord, Mord aus Eifersucht, gut. Aber Ritualmord?"

„Gib mir ne bessere Erklärung, Volker."

„Ich? Du bist der Ermittler. Ich hab dich auch noch nie nach der Todesursache gefragt."

„Es geht nicht darum, daß du den Mörder nennst, Herr Doktor. Ich benutze quasi deine Intelligenz als Projektionsfläche für meine nimmer müden Ermittlergedanken. Laß es mich darum anders anfangen. Sexualmord können wir fast ausschließen. Beim Alter des Opfers müßten wir sonst schon in Richtung auf nekrophile Abartigkeit ermitteln. Mord aus Eifersucht hat es auch schon im Altenpflegeheim gegeben, aber ob in unserem Fall die betrogene Ehefrau, die es im übrigen nicht gibt, einen Killer anheuerte? Eher unwahrscheinlich. Dann schon eher Mord, um die Lebensversicherung zu kassieren."

Der Doktor legte den Zeigefinger auf den Mund und brummte: „Das wäre doch was Gängiges. Denn Ritualmord? Ich weiß nicht, ob das ein tragfähiges Motiv abgeben würde. Nur eins scheint mir ganz sicher: Im Affekt hat den keiner umgebracht."

Schopetta nickte zustimmend.

„Trotzdem geht mir diese seltsame Parallele zu dem toten Mann im Lindowmoos nicht aus dem Kopf. Das ist kein Zufall. Vor dem Hintergrund ergebe ein Ritualmord durchaus einen Sinn, wenn auch einen völlig perversen."

„Stimmt. Da ist was dran." Der Arzt legte das Stück Schädelknochen wieder auf die Brust des Toten und breitete das Laken darüber. „Die Geschichte von deinem Lindowmann scheint einen Nachahmer gefunden zu haben. Da mußt du ja nur noch jemanden im Umfeld des Toten finden, der die Geschichte kennt. So viele dürften das doch nicht sein."

„Eine andere Möglichkeit wäre auch noch, die Vortäuschung eines Ritualmordes, um vom wirklichen Hintergrund, sozusagen vom wahren Motiv abzulenken, oder ...", Schopetta unterbrach sich und zögerte einen Augenblick, um dann fortzufahren: „... oder die Präsentation der Leiche unter eigenartigen Umständen und in einer ganz bestimmten Form, um uns auf ein ganz profanes Motiv hinzuweisen.“

„Du denkst nicht nur um eine Ecke“, bemerkte Hobrecht zweifelnd. „Für mich denkst du in Serpentinen.“

„Mag sein, Volker. Aber anders kommen wir nicht weiter. Die Tatausführung und der Fundort der Leiche haben eine besondere Bedeutung, daran kannst auch du nicht zweifeln. Ich suche auf jeden Fall einen Mörder mit Geschichtskenntnissen. Allein diese Erkenntnis ist doch schon mal was, oder?“

„Dafür spricht ja sogar der Fundort der Leiche. Wer geht sonst nachts in ein Museum, um einen toten Heimatforscher abzulegen.“

„Egal wie, Volker. Es sind Hinweise. Wir müssen sie nur erkennen.“

„Womit wir ja wohl ausschließlich bei deinem Job sind, nicht wahr?“

„Aber ja doch, Herr Doktor. Und damit ich den Übeltäter auch finde, mach ich mich jetzt auf die Socken. Nur der frühe Vogel frißt den Wurm.“

Schopetta knöpfte seinen Mantel zu, klopfte Dr. Hobrecht auf die Schulter und machte sich daran zu gehen.

„Fängt den Wurm“, verbesserte der Doktor Schopettas Spruchweisheit.

„Was meinst du?“ fragte er, da er mit der Antwort des Doktors nichts anfangen konnte.

„Der Spruch lautet: Der frühe Vogel fängt den Wurm!“

„Sag ich doch“, war Schopettas Antwort. „Fangen wir ihn eben, bevor wir ihn fressen.“

Schon fast in der Tür, drehte er sich noch einmal um und rief, wieder zu laut und viel zu locker: „Wenn dir noch was auffällt, ruf mich an, auch nach Feierabend.“

Der Pathologe hob die Hand und rief: „Halt! Mir ist schon noch was eingefallen. Deine Wißbegierde läßt nach, Erwin. Ich hab doch von Überraschungen gesprochen, die ich dir noch mitzuteilen habe.“

Schopetta ging zurück, und die Männer begegneten sich am Tisch mit der zweiten zugedeckten Leiche.

„Also, erstens“, sagte der Pathologe, „Herr Bender, wenn ich mich recht an den Namen erinnere, war todkrank. Er hatte Krebs an der Bauchspeicheldrüse. Die Krankheit hatte so ziemlich das letzte Stadium erreicht. Metastasen in Leber, Magen, Darm und auch im Gehirn. Außerdem hat er die heftigsten Schmerzmittel genommen, in großen Mengen versteht sich.“

Schopetta hatte noch einmal sein kleines Buch hervorgeholt und wieder Notizen gemacht und fragte, ohne aufzusehen: „Und waren das die beiden Überraschungen?"

„Nur die eine", sagte der Arzt. „Die zweite liegt hier."

Damit schlug er das blaue Leichentuch auf dem zweiten Seziertisch ein wenig zur Seite und legte zwei gelblich-weiße, blau geäderte und behaarte Altmännerbeine frei, die von Hämatomen übersät waren. Schopetta wich unwillkürlich etwas zurück.

„Das dunkelrote bis schwarze Zickzackmuster sind Reifenprofile", erklärte Hobrecht. „Daran konnten wir erkennen, daß ihr in Haltern innerhalb von knapp zwei Tagen den zweiten Mord am Hals habt."

Schopetta sah auf und fragte mit besorgtem Gesicht: „Ich dachte, das sei nur Unfall mit Fahrerflucht gewesen?"

„Fahrerflucht stimmt. Aber wie gesagt, an den Reifenabdrücken konnten wir mit der bekannten an Sicherheit grenzenden Wahrscheinlichkeit feststellen, daß ein und dasselbe Auto den guten Herrn Reichenberg einmal angefahren und anschließend zweimal überrollt hat. Soll ich mehr erzählen?"

Schopetta sagte nichts und stierte nur abwesend auf die halbbedeckten Beine der Leiche. Wieder ein Toter, wieder ein alter Mann, und wieder war die Tat in Haltern geschehen. Und weil Schopetta nichts sagte, ergänzte der Arzt seinen Vortrag: „Also, der Aufprall erfolgte auf der linken Körperhälfte. Opfer und Fahrrad wurden gut zwanzig Meter weggeschleudert. Das Fahrzeug kam zurück, überrollte den Körper, wendete erneut und überfuhr den Mann ein zweites Mal. Das Opfer wurde dann gut dreißig Meter weit mitgeschleift. Haben Sie dazu vielleicht Fragen, Herr Hauptkommissar?"

Schopetta sah den Doktor an und schüttelte müde den Kopf: „Viel brutaler waren die ollen Kelten auch nicht", knurrte er vor sich hin. Und als er dabei das fragende Gesicht Hobrechts sah, ergänzte er: „Ich meine damals, die Jungs im Lindowmoos."

„Kann man so sehen. Aber wie ist es? Willst du zu dem zweiten Fall noch mehr hören?"

Er überlegte kurz. Irgendwie traf ihn dieser zweite Mord völlig überraschend, und er war trotz professioneller Abgebrühtheit ungewohnt betroffen: „Schick den Bericht ins Präsidium. Das, was ich bis jetzt mitbekommen habe, reicht mir zum Verarbeiten. Ich bin ein alternder Mensch und will mich nicht überfordern."

Er steckte sein Notizbuch in die Tasche und knöpfte mit hängenden Schultern seinen Mantel weiter zu.

Hobrecht zuckte mit den Achseln.

„Dann bin ich mit meinen Überraschungen am Ende."

„Man sieht sich, Doktor." Sie reichten sich kurz die Hand, und der Kommissar verließ das Institut.

22

Schon beim Verlassen der Gerichtsmedizin fühlte Schopetta, wie sich seine Stimmung zusehends veränderte. Seine emotionale Konstitution begab sich auf eine rasante Talfahrt, und während er seinen Weg zurück in die Stadt nahm, setzte sich in seinem Bauch, im Kopf, vielleicht auch in seinem Herzen oder sonst wo, die periodisch immer wieder auftretende Gewißheit fest, völlig am Ende zu sein, persönlich und beruflich. Überflüssig, ausgebrannt, ideenlos und moralisch tot, nur, daß er anscheinend das Umfallen vergessen hatte.

Auslöser dieses Zustandes war diesmal, neben vielen anderen Dingen, sicher auch der Aufenthalt in Hobrechts Leichenkeller. Das war ihm klar. Nirgendwo sonst wurde ihm eindringlicher seine Hilflosigkeit vorgeführt, bewiesen diesmal durch die beiden alten Männer, die tot auf den Edelstahltischen lagen, die er nicht mehr lebendig machen konnte, aber deren Mörder er auch nicht hatte abschrecken können.

Die Schnauze von all dem gestrichen voll, wollte er, wie schon so oft in all den Jahren, mit dem Job Schluß machen, sich nicht mehr mit Verbrechern und Verbrechen auseinandersetzen, nicht mehr den dämlichen Begründungen folgen, die später von smarten Anwälten vorgetragen, dazu führten, für die Täter so etwas wie Verständnis und Mitgefühl zu entwickeln. Er wollte auch die Begründungen nicht mehr verstehen, die Zusammenhänge, die mit deutlicher Zwangsläufigkeit zu den Taten führten, nichts mehr hören von Mißachtung, Mißhandlung, von Mißbrauch, Armut und Verwahrlosung, Dinge, die ihm selbst mindestens so vertraut waren, wie die Motive für Mord und Totschlag.

Irritierend und auf eine deutliche Art beunruhigender als dieser Widerwillen war jedoch die Verachtung, die er den eigenen, auf flachstem Stammtischniveau kreisenden Rübe-ab-Gedanken entgegenbrachte. Besonders in solchen, ihn aufs äußerste bedrängenden Situationen bauten sie sich in ihm auf, blähten sich dabei wie gasiger Vulkanauswurf, und in diesem Gefühlsmatsch kotzte es ihn besonders an, die Balance halten zu müssen, die Ruhe, die Gelassenheit und die Neutralität, die notwendig waren, um die Ermittlungen korrekt und fair zu führen, selbst wenn er hinter irgendwelchen Arschlöchern her war, die es für sich als ganz normal ansahen, das Leben anderer Menschen vorsätzlich auszulöschen, brutal und voller Mißachtung für die Existenz des Nächsten.

Wie immer, wenn er an diesem Endpunkt angekommen war, fühlte er Fluchttendenzen. In ihm entstand dann der zwingende Wunsch, abzuhauen und alles hinter sich zu lassen. Viel schneller als die träge Masse seines Körpers war dann seine Phantasie am Meer, oben, fast an der nördlichen Landesgrenze. Die Phantasie ließ ihn mit wehendem Mantel über die lange Sandbank laufen, wie in der Bierreklame, völlig entspannt in Strandcafés sitzen, die ihm, auf hohen Stelzen und bei Flut schon im Wasser stehend, neben würzigem Aquavit, ohne Ende auch die salzige Seeluft servierten. Und wenn er die Augen schloß, wurde ihm gleich dieser atemberaubende Blick präsentiert, die Aussicht über das endlose Nichts des Meeres, das glatt oder gekräuselt, wechselnd grau, blau, grün, von weißen Wattewolken beschirmt, im dauernden Wind auf den Strand rauschte.

Schöne Gedanken, die sich da von der Realität seines gequälten Leibes stark absetzten. Was er im Augenblick empfand, war schmerzlich und eindeutig weniger lyrisch. Denn während sich seine Phantasie mit Gedanken in einem blauweißen Strandkorb räkelte, arbeitete sein irdischer Körper schwer an der Verdauung eines Zigeunerschnitzels inklusive Pommes, Majo und einem Fläschchen alkoholfreien Bieres. Dieser zweifelhafte Genuß, ein Tagessonderangebot des Schnellrestaurants „Zur Schlemmerecke“ in Bossendorf, war eigentlich als Belohnung für Sorge und Selbstzweifel gedacht gewesen, erwies sich aber jetzt, zwanzig Minuten nach der verhängnisvollen Tat, als wirkliche Strafe. Konzentriert und mit anhaltendem Aufstoßen und Sodbrennen kämpfend, bog Schopetta auf den Parkplatz vor dem Römermuseum ein.

Weit hinten, kurz vor der Betontreppe, stand Riepens goldfarbener Monza. Schopetta sah zum Museum hoch. Obwohl gerade erst der Nachmittag begann, war das Gebäude mit den großen Fenstern schon hell erleuchtet. Auch das Museumscafé war, wie nicht anders zu erwarten, geöffnet.

Er schloß seinen Wagen ab und stieg über die Treppe zur großen Wiese hinauf. Irgendwo ziemlich auf der Mitte des Weges zum Museum meldete sich doch noch einmal sein Pflichtbewußtsein, das er mittels gedanklicher Selbstzerstörung sehr flach gehalten hatte. Er nahm das Handy und rief im Präsidium an, um mitzuteilen, daß neben dem vorliegenden Material zum Museumsmord auch die sichergestellten Beweismittel des Verkehrsunfalls mit Fahrerflucht spurentechnisch untersucht werden mußten.

„Nein, war keine Verkehrssache“, sagte er auf Kärchers wenig fröhliche Nachfrage. „Der Bericht von Dr. Hobrecht kommt. Ja, is eindeutig. Der Tote wurde mehrfach durch ein und dasselbe Fahrzeug überrollt, und das nenne ich Mord.“

Die Kollegen nahmen die Mitteilung unbewegter und viel gleichgültiger hin, als es Schopetta in seiner augenblicklichen Verfassung ertragen konnte. Und als er zu allem Überfluß im Hintergrund den Kollegen Bücker maulen hörte: „Das kaputte Fahrrad etwa auch?“ fragte sich Schopetta, ob er nur von Idioten umgeben sei.

Er beendete das Gespräch, das seiner schlechten Laune noch einmal richtig Futter gegeben hatte, legte den Rest des Weges leise fluchend zurück und betrat über die Lichtgitterbrücke die Eingangshalle des Museums.

Der Verkaufs- und Kassentresen war nicht besetzt. Nur ein älterer Herr stand einsam hinter der Glastür zum Ausstellungsraum und sah ihm erwartungsvoll entgegen. Der Kommissar grüßte mit der Hand, der Mann erwiderte den Gruß mit einem höflichen Kopfnicken, und Schopetta bog zum Museumscafé ab.

Annkathrin Heriks saß an einem der kleinen Marmortischchen und hatte ihm den Rücken zugewandt. Er erkannte sie sofort an ihren roten Haaren. Ihre Hände lagen auf dem Tisch und waren bedeckt von den Riesenpranken des Kollegen Riepen, der sehr vertraut ganz dicht neben ihr saß. Die beiden hatten ihre Blicke so innig ineinander verknotet, daß sie Schopetta nicht bemerkten. Mit erstaunter Zufriedenheit registrierte der, daß ihn der Anblick eines so innigen Verliebtseins beruhigte und ungewöhnlich schnell mit dem größten Teil seiner Selbstzweifel versöhnte. Das Bild selbstvergessener Traulichkeit, das die beiden abgaben, stimmte ihn friedlich, ließ ihn gleich weniger mit dem Schicksal hadern und überdeckte cremig den Restgroll, den er noch in sich trug.

„Ich störe hoffentlich nicht?“ fragte er leise und versuchte, seiner Stimme den Schmelz einer Mantovanigeige zu geben.

Die beiden sahen ihn überrascht und erstaunt an. Dann flogen ihre Hände auseinander, Riepen räusperte sich verlegen, und Annkathrin Heriks’

Gesicht näherte sich in der Gesichtshauttönung deutlich der Färbung ihrer Haare.

Schopetta freute sich, den Kollegen so verlegen zu sehen, und seine Stimmung hellte sich dadurch noch weiter auf. Er grinste Riepen an: „Na, wie war es beim Arzt?“

Riepen sah ihn mit leidenden Augen an und bedeutete Schopetta mit einem minimalen Kopfschütteln, die Klappe zu halten. Der registrierte zwar die Botschaft, wollte sie aber aus purer Bosheit nicht umsetzen. Rudis Entschuldigung, ausgerechnet an einem Mittwochnachmittag den Arzt aufsuchen zu wollen, hielt Schopetta für schlichtweg unglaubwürdig, und darum stichelte er, trotz der unauffälligen Abwehrversuche des Kollegen, weiter: „Ist es denn wirklich der alte Bruch, der deine Lenden so quält, oder ist es nicht doch ein frischer Trieb, der sich da im alten Körper beim Auswachsen bemerkbar macht?“

Der Kollege versuchte, wieder durch Mimik und eingeschränkte Gestik, den Kommissar dazu zu bewegen, den Mund zu halten, aber der ließ seinen Blick zwischen Rudi und der schönen Caféhauspächterin wandern, die Rudi nur besorgt ansah, und bemerkte feixend: „Jetzt weiß ich auch, was deinen Abend so schön gemacht hat.“

Rudi grinste wie ein erkältetes Lama und konnte nur schwer verbergen, daß er keine Ahnung hatte, von welchem Abend Schopetta redete.

„Mein guter Tip!“ Schopetta hob die Stimme und legte in den Ton freundlichen Nachdruck. „Du erinnerst dich? Deine Nachricht, gestern morgen auf meinem Schreibtisch.“

Riepen erinnerte sich natürlich noch nicht und Schopetta drängte: „Ja, Mann, deine Nachricht auf meinem Telephonblock, wegen des schönen Abends!“

„Ach ja, ja, ja. ... Na klar, ... ha ha.“ Rudi lachte gekünstelt. „Ja, ja. Hat wirklich was gebracht. Hätte gar nicht gedacht, daß du so ein guter – ich will mal sagen, hm, nun ja – Kenner weiblich-nonverbaler Kommunikationsformen bist!“

„Ich sag nur eins“, grinste Schopetta, „alles eine Frage der entsprechenden Fachliteratur.“ Er wollte gerade zu einer weiter ausholenden theoretischen Erklärung ansetzen, als er von Frau Heriks gefragt wurde: „Darf ich Ihnen etwas anbieten, Herr Kommissar?“ Sie war aufgestanden und gab damit auch Rudi die Möglichkeit, sich neu zu sortieren.

„Wenn ich ein Wasser haben könnte", antwortete der Kommissar, und die günstige Gelegenheit ausnutzend, ging er zu dienstlichen Angelegenheiten über.

„Weißt du, ob Schmierlewski-Schwarzer noch da ist? Ich hätte dringend ein paar Fragen an ihn. Oder hast du das vielleicht schon erledigt?"

Rudi hatte seine Fassung fast wiedergefunden: „Erstens kenne ich deine Fragen nicht, und zweitens war doch der Direktor dein Kunde, Erwin. Gemeinsam wollten wir nur den Herrn Hausmeister interviewen. Hat er nun seine Vorladung erhalten?"

„Darum kümmert sich die Sekretärin. Aber ich glaube, das erwähnte ich bereits an anderer Stelle. Für mich wird es einfach zu viel, bei all dem, an das ich im Augenblick denken muß."

„Wem sagst du das, mein lieber Kollege." Riepen hatte wieder Normalniveau erreicht. „Aber ich habe mich derweil um die Aussage von Annkathr..., von Frau Heriks gekümmert. Die hat nämlich in Ergänzung zu dem, was sie uns schon gesagt hat, noch einiges mitzuteilen."

Rudi sah nun Annkathrin Heriks an, die am Kuchentresen stand und Mineralwasser in ein Glas füllte.

„Du erlaubst ...", säuselte er zu ihr rüber, „... daß ich dem Kollegen Schopetta deine Aussage weitergebe?" Frau Heriks lächelte Rudi bewundernd an und nickte kaum wahrnehmbar.

„Also, erstens", begann Riepen, der zur Unterstützung seiner Darlegungen einen mehrfach zusammengefalteten DIN A-4 Zettel aus der Innentasche seiner Jacke zog. „Annkathrin, ich meine natürlich Frau Heriks, hat mit absoluter Sicherheit Bender auf dem Photo aus seinem Buch erkannt. Deine Erlaubnis vorausgesetzt, habe ich Benders Konterfei gescannt und vervielfältigt."

Schopetta nickte anerkennend und bewunderte im stillen den souveränen Umgang des Kollegen mit dem Computer.

„Genauso sicher ist Ann..." Wieder zögerte er den Namen auszusprechen, und Schopetta intervenierte: „Ich weiß jetzt, daß Frau Heriks Annkathrin heißt, und daß ihr mittlerweile beim ‚Du' angekommen seid, ist mir auch nicht verborgen geblieben. Also, bitte! Brich dir keinen ab und eiere nicht rum, mein lieber Rudi!"

Riepen schaute etwas konsterniert, setzte aber seine Ausführungen fort: „Gut, also Annkathrin ist sich sicher, Bender noch am Sonntagnachmittag so gegen 16:00 Uhr, 16:15 Uhr hier im Museum gesehen zu haben. Er war der alte Mann mit den zwei jungen Männern, die sie in unserem ersten Gespräch genannt hat. Später tranken sie hier einen Kaffee, eine Cola und ein Wasser, und sie gingen um ziemlich genau 16:35 Uhr. Wie du siehst, hat man von hier aus gute Sicht auf alles, was sich vor dem Eingang tut, und Frau Heriks ist absolut sicher, daß die drei das Gebäude nicht durch den Haupteingang verlassen haben."

„So bleibt nur die Möglichkeit, hinten rauszukommen. Der Hintereingang ist aber immer verschlossen. Jemand muß sie also aus dem Haus gelassen haben."

„Ist denn am Sonntag in der Verwaltung überhaupt jemand anwesend?" Schopetta wandte sich an Frau Heriks.

„Normalerweise ist an den Samstagen und Sonntagen nur die Kasse besetzt. Aber am letzten Sonntag tauchte so gegen 16:15 Uhr Schmierlewski-Schwarzer – pardon – der Professor hier auf. Er müsse noch einige wichtige Korrekturen an einem Manuskript vornehmen. Das sagte er zumindest der Kollegin Eichstätter, obwohl er uns sonst nie sagt, was er gerade zu tun hat. Gegen 16:40 Uhr ließ er sich von mir zwei Kännchen Kaffee bringen. Er empfing mich an der Tür und nahm mir, ganz anders als sonst, das Tablett gleich ab. Ich konnte sehen, daß ein grauhaariger Mann vor seinem Schreibtisch saß."

„War es Bender?" Für Schopetta wurde die Sache langsam spannend.

„Ich sah ihn nur von hinten, aber die langen grauen Haare, die waren schon eindeutig. Er war ja irgendwie eine auffällige Erscheinung, und ich hatte ihn ja schon beobachtet, als er mit den jungen Männern hier im Café saß. Darum bin ich absolut sicher, daß er es war. Aber später, ich meine bis zum Feierabend, habe ich weder ihn noch den Direktor wiedergesehen. Aber mit Bestimmtheit weiß ich, daß im Büro des Chefs kein Licht mehr brannte, als ich das Museum verließ."

Schopetta griff in die Innentasche seiner Jacke und beförderte daraus vier der Photos hervor, die er aus Benders Arbeitszimmer hatte mitgehen lassen. Sie zeigten die sechs Jungen und Bender.

„Sehen Sie diese Bilder doch bitte einmal an." Er legte sie vor Annkathrin Heriks auf den Tisch. „Erkennen Sie jemanden der abgelichteten Personen?"

Schon nach dem ersten Blick zeigte sie auf Bender: „Der hier, das ist er. Der war am Sonntag hier im Café. Und diese zwei Jungen", und dabei zeigte sie auf ein anderes Bild, „die haben ihn begleitet, ganz sicher. Für Personen hab ich ein Gedächtnis."

„Sehr gut, Frau Heriks, das sind doch schon mal Anhaltspunkte.“ Schopetta packte seine Photos wieder ein, nicht ohne die beiden jungen Männer mit einem Kreuz zu markieren.

„Wir müssen die Namen herausbekommen, damit wir sie befragen können“, sagte Schopetta, schrieb etwas auf und sah dann Rudi fragend an. Der nickte schweigend.

„Noch eine Frage, Frau Heriks: Ist Schmierlewski-Schwarzer wohl noch da?“

Sie sah auf ihre Armbanduhr und sagte: „15:50 Uhr. Sie könnten noch Glück haben. Sein Zug geht um 16:28 Uhr. Soll ich Sie zu ihm bringen?“

„Ja, gerne. – Seh ich dich gleich noch, Rudi?“

„Aber ja doch, ich warte.“

Schopetta folgte der Frau bis zum Gang mit den großen Fenstern, den er schon Montagmorgen durchquert hatte. Ab da kannte er sich aus.

23

Die Stahltür war gerade wieder ins Schloß gefallen, als sich die Tür des Direktionsbüros öffnete und der Professor im Mantel, mit Hut und Aktentasche in den Gang trat. Er schloß sein Büro ab und wandte sich zum Gehen, als er Schopetta erkannte.

„Ah, guten Abend, Herr Kommissar. Ich hoffe nicht, daß Sie auf dem Weg zu mir sind. Ich bin nämlich in größter Eile. Mein Zug fährt in einer halben Stunde.“

„Ich denke, es wäre gut, wenn Sie sich trotzdem die Zeit nehmen würden, um mir noch einige Fragen zu beantworten, Herr Professor.“

Schopetta hatte sich mitten in den Gang gestellt und machte keine Anstalten, den Weg frei zu geben, obwohl der Professor eilig versuchte, mit dem am Arm weit vorgestreckten Aktenkoffer an ihm vorbeizukommen.

„Das kommt mir sehr ungelegen, Herr Kommissar. Rufen Sie doch bitte morgen meine Sekretärin an, und lassen Sie sich einen Termin geben. Heute abend ist es nicht mehr möglich. Ich erwarte Gäste, und Sie wissen sicherlich, wie unangenehm die Damen werden können, wenn der bei einer solchen Gelegenheit geplante Ablauf durch einen unpünktlichen Ehemann gestört wird“, röhrte er fröhlich.

Schopetta machte zwei kleine Schritte rückwärts und blockierte so weiter den Durchgang für Schmierlewski-Schwarzer.

„Das weiß ich, Herr Professor, das weiß ich sogar ganz sicher. Aber ich denke, daß meine Fragen auch sehr wichtig sind. Es geht nämlich um die Unwahrheiten, die Sie mir bei unserem Gespräch aufgetischt haben."

Von Schmierlewski-Schwarzers Gesicht verzog sich beleidigt, und mit genervt hochgezogenen Augenbrauen fixierte er den Kommissar. Als er aber merkte, daß Schopetta diesem arrogant umflorten Vernichtungsblick ohne Probleme standhielt, rangierte er seine Gesichtszüge in eine Leidensmine um und ließ den so forsch vorgestreckten Arm mit dem Aktenkoffer sinken. Mit müden Bewegungen drehte er sich um und schloß die Tür zu seinem Büro wieder auf.

„Nehmen Sie Platz", sagte er leise, warf Aktenkoffer, Hut und Mantel auf einen der Besuchersessel, umrundete seinen Riesenschreibtisch und ließ sich schwer in seinen schwarzledernen Drehsessel fallen.

„So! Und in welcher Beziehung soll ich Ihnen die Unwahrheit gesagt haben?"

Es war nur ein sehr schwacher Versuch, erneut Widerstand zu leisten, den Schopetta einfach überging. Statt dessen entschloß er sich, den Schwung seiner Attacke zu nutzen und den Professor vorerst nicht mehr aus der Defensive kommen zu lassen.

„Hätten Sie mir von Anfang an die Wahrheit gesagt, hätten Sie jetzt nicht die Schwierigkeiten, mir das, was Sie auftischen, auch beweisen zu müssen", sagte Schopetta leise, bestimmt und möglichst emotionslos. „Eigentlich war es nur ein einziger wesentlicher Punkt, zu dem ich Sie befragte. Es ging um das Mordopfer und die Frage, ob Sie den Toten kannten. Sie verneinten das, wenn ich mich richtig erinnere, in stiller Abstimmung mit Ihrer Frau, dann sogar vehement. Nach den Ergebnissen unserer Ermittlungen und nach vorliegenden Zeugenaussagen kannten Sie Bender, so hieß das Opfer nämlich, anscheinend sogar recht gut."

„Mein Gott! Der Tote war Bender?" heuchelte Schmierlewski voll Erstaunen. „Wahrscheinlich habe ich ihn aufgrund der Verletzungen nicht erkannt, so blutüberströmt wie er war." Mit wenig Geschick versuchte der Professor, den Eindruck eines entschuldbaren Versehens in seine Darstellung zu montieren.

„Reden Sie sich doch nicht raus, Herr Professor." Schopetta wurde nur unbedeutend lauter, aber strenger. „Sie wußten von Anfang an, daß es Bender war. Ich kannte ihn nur von einem schlechten Photo und habe mich an ihn erinnern können. Sie hingegen kennen Bender schon seit Jahren. Vielleicht waren Sie nicht mit ihm befreundet, denn vor einigen Jahren haben Sie ihn sogar angezeigt. Aber gekannt haben Sie ihn, ganz zweifellos."

„Das ist alles mehr als zwanzig Jahre her!" Schmierlewski-Schwarzer reagierte aufgebracht, schwieg aber sofort wieder, weil er gleich bemerkte, daß er sich mit einem unbedachten Satz um jede weitere Ausrede gebracht hatte.

„Es freut mich, daß Sie sich doch erinnern", versenkte Schopetta routiniert die unfreiwillig gegebene Vorlage.

Der Professor sah zu Boden. Schopetta griff zu einem Bluff, um die Erschütterung zu vertiefen: „Außerdem haben Sie seine Auftritte auf den Kongressen der letzten Jahre auch mitbekommen. Benders blindwütige Angriffe auf die wissenschaftliche Arbeit der Althistoriker in Osnabrück, Münster und in Würzburg dürften Ihnen nicht verborgen geblieben sein."

Schmierlewsk-Schwarzer sah Schopetta völlig erschrocken an. „Woher wissen Sie, daß ich auf diesen Kongressen war?"

Für einen Professor eine zu naive Frage, dachte Schopetta, und ein warmes Überlegenheitsgefühl genießend, sagte er betont abgeklärt: „Es ist unser Prinzip, immer mehr zu wissen, als im allgemeinen von uns angenommen wird. Trotzdem haben wir Fragen. Und ich erwarte jetzt ehrliche Antworten, Herr Professor. Das Katz-und-Maus-Spiel sollten wir anderen überlassen."

Schmierlewski-Schwarzer war beeindruckt, und still triumphierend nutzte Schopetta den erreichten Vorteil: „Wo waren Sie zum Beispiel am Sonntagabend in der Zeit zwischen sieben Uhr abends und etwa zwei Uhr morgens?"

„Warum diese Frage?" Die Augen des Professors flackerten einen Augenblick lang. „Gehöre ich etwa zum Kreis der Verdächtigen?"

„Zum Kreis der Verdächtigen gehört erst einmal jeder, der in einer Beziehung zu dem Toten stand. Verschärfend kommt natürlich hinzu, wenn man nicht eindeutig nachweisen kann, wo man zum Zeitpunkt der Ermordung war", antwortete Schopetta sachlich.

In dem so reichlich von wildestem Haarwuchs eingerahmten Gesicht arbeitete es, und die Antwort des Professors war verhalten: „Ich war zu Hause, und ab zweiundzwanzig Uhr dreißig habe ich in meinem Bett gelegen."

„Kann das jemand bestätigen?"

„Nein! Blödsinn. Ja, meine ich natürlich. Meine Frau wird es bestätigen können."

„Gut“, sagte Schopetta. „Dann ist doch alles klar.“ Aber er war sich nicht sicher, ob die Angaben des Professors jeder Überprüfung standhalten würden. Ohne erst einmal weitere Fragen zum Alibi zu stellen, lenkte der Kommissar das Gespräch auf eine andere offene Frage:

„Was uns aber auf jeden Fall sehr interessiert, Herr Professor, ist die Frage, in welcher Verbindung, oder sollte ich sagen, in welcher Bindung Sie zu Herrn Bender standen?“

Der Professor legte die gefalteten Hände auf den Schreibtisch und ließ den Kopf sinken. Dann rieb er sich mehrmals das Gesicht, und schon etwas resignierend brachte er hervor: „Es gibt keine Verbindung und eine Bindung schon gar nicht.“

Dann schwieg er, rückte in der entstehenden Pause seine Armbanduhr zurecht und, nachdem er mit einem schnellen Blick die Zeit kontrolliert hatte, murmelte resignierend: „Jetzt ist es eh zu spät“, eine Anmerkung, die Schopetta auf den versäumten Zug bezog.

Der Professor stöhnte und ächzte, rieb seine Hände und machte körperlich deutlich, daß er nicht wußte, wie er die anstehenden Erklärungen verständlich und nachvollziehbar abgeben sollte. „Bender war der völlige Salonidiot“, brach es dann aus ihm hervor. Der Professor atmete tief: „Verfolgte seit Jahrzehnten eine völlig chaotische Theorie, die angeblich auf den jahrzehntelangen Forschungen seines Vaters und seines alten Lehrers beruhte, mit der er im Laufe der Zeit mehr und mehr Menschen zu infizieren schien. Und weil er bei einer Unzahl von Lokalpatrioten, selbsternannten Heimatforschern, beseelten Nationalhistorikern und Freizeitwissenschaftlern Erfolg hatte, versuchte er diesen wissenschaftlich verbrämten Schwachsinn mit, ja man kann wirklich schon sagen, mit aller Gewalt durchzusetzen.“

„Um was für eine Art von Theorie handelte es sich dabei?“ wollte Schopetta wissen. Wieder interessierte ihn die Sache mehr als nur dienstlich.

„Es ist lächerlich“, sagte Schmierlewski verächtlich. „Eigentlich möchte ich darüber nicht sprechen.“

„Das wird sich nicht vermeiden lassen, Herr Professor“, drängte Schopetta.

Schmierlewski-Schwarzer kämpfte deutlich mit sich. Er machte ein, zwei Versuche, schien aber körperliche Probleme zu haben, die angemessenen Formulierungen zu finden.

„Ich glaube, ich habe einen Fehler gemacht. Ich habe mich verleiten lassen. Wenn davon etwas herauskommt, bin ich wissenschaftlich erledigt“, sagte er endlich. „Allein dic Tatsache, mich mit diesem Herrn überhaupt in Gespräche eingelassen zu haben, wird mich in Kollegenkreisen völlig diskreditieren.“

„Ich kann Ihnen nicht folgen, solange Sie mir nicht deutlich machen, worum es geht, Herr Professor.“

„Mein Gott auch! Dieser Bender vertritt die völlig idiotische Auffassung, das römische Militärlager Aliso entdeckt zu haben. Zudem behauptet er, genau zu wissen, an welchem Ort der Krieg des Varus, der gemeinhin auch als Schlacht im Teutoburger Wald bekannt ist, stattgefunden hat.“

Schopetta war begeistert. Sein ureigenstes Lieblingsthema in einer dienstlichen Ermittlung. Für ein paar Augenblicke fühlte er sich wie nach einem Lottogewinn, und so fragte er interessiert nach: „Und? Wo hat dieses Ereignis Benders Meinung nach stattgefunden?“

„Ja, hier eben“, stieß Schmierlewski-Schwarzer völlig aufgebracht hervor. „Nordöstlich von Recklinghausen, behauptet dieser Mensch“, und er ließ sich verleiten, sich dabei mit dem Zeigefinger auf die Stirn zu tippen. „Im Waldgebirge der Haard und den Sümpfen des Emscherbruchs. Ein völliger Blödsinn ist das, aber Bender hatte schon Hunderte davon überzeugt. Den Annaberg hat er in einem Abwasch gleich zum Heiligtum der Veleda bestimmt, und unsere Kreisstadt wurde für ihn völlig logisch auf den Ruinen des römischen Aliso gebaut.“

Schopetta lächelte. In seiner eigenen Sammlung von Veröffentlichungen zu besagten Ereignissen war Benders Theorie nicht die abgedrehteste, die ihm bekannt war. Die für ihn neueste verlegte den Teutoburger Wald in den nordöstlichen Vorharz, und der Autor schimpfte ähnlich heftig wie Bender über ein Komplott der etablierten Wissenschaft. Darum fragte Schopetta: „Was ist so schlimm an dieser Auffassung? Meines Wissens gibt es mehr als siebenhundert ähnlich dubioser Behauptungen. Auf eine mehr oder weniger sollte es Ihnen, Herr Professor, doch wirklich nicht ankommen.“

„So könnte man es sehen. Aber in dieser stecke ich nun drin! Außerdem kannten Sie diesen Bender nicht. Der Mann war völlig durchgeknallt, um mich einer Umschreibung, die mein Kollege Professor Piepenhagen aus Münster kreiert hat, zu bedienen. Ob Vertreter der Hochschulen oder Heimatforscher und Lokalpatrioten, Bender hat sich mit jedem angelegt, der eine andere Meinung vertrat als er. Sie können sich vorstellen, dieser Mann lag so ziemlich mit jedem im Streit, der sich mehr oder weniger ernsthaft diesem Teil der römisch-germanischen Geschichte näherte. Bender ging hin und störte Kongresse, wie Sie ja selbst wissen. Er schrieb unmögliche Briefe an Hochschulen, Personen des öffentlichen Lebens und an Redaktionen von Zeitschriften und Zeitungen. Er arbeitete mit Verunglimpfungen, Beleidigungen und schreckte auch vor Erpressung nicht zurück, um sich durchzusetzen. Er ließ von ihm als Gegner ausgemachte Personen beobachten, beschatten und verfolgen, bis er etwas gefunden hatte, mit dem er sie unter Druck setzen konnte.

Obwohl ich ihm anfangs immer aus dem Weg ging, kam er wieder, meist in Begleitung seiner seltsamen Leibwache. Von denen ließ er sich Professor nennen, doch soweit ich weiß, hat er nicht einmal einen ordentlichen Schulabschluß. Wenn Sie mich fragen, war der Mann krank, krank, krank, krank, aber komplett!" rief der Direktor und schlug bei jedem „krank" mit der Handfläche krachend auf den Schreibtisch. Er war jetzt völlig außer sich.

Schopetta blieb ruhig, wartete, und nach ein paar Minuten fragte er dann: „Ja, wie ich vielleicht bereits erwähnte, aus unseren Unterlagen geht hervor, daß Sie Bender vor etlichen Jahren einmal angezeigt haben. Worum ging es damals?"

„Ja natürlich, es stimmt." Deutlich weniger erregt setzte der Professor seine Darstellung fort: „Aber damals war er mir persönlich noch völlig unbekannt. Ich wußte nicht einmal, wen ich da angezeigt hatte. Ich war Hochschullehrer und im Rahmen meines Lehrauftrags auch mit archäologischen Forschungsarbeiten beschäftigt. Eins unserer Ausgrabungsprojekte lag in der Nähe von Dorsten. Wir untersuchten damals einen kleinen römischen Hafen an einem später verlandeten Lippearm und machten ein paar sehr interessante Funde. Unter anderem die Reste eines Bronzehelms."

„Typ Montefortino", warf Schopetta ein, und der Professor sah ihn erstaunt und mit einer gewissen Anerkennung an.

„Ich habe die Veröffentlichungen dazu gelesen", entschuldigte sich Schopetta. „Interessierter Laie", fügte er noch hinzu, um nur nicht in den Verdacht zu geraten, ein ähnlich abgedrehter Freizeitforscher zu sein.

Ein sehr kurzes Lächeln huschte über das Gesicht des Professors und er ergänzte: „Ja, Montefortino. Wahrscheinlich aus der Zeit der ersten drusischen Feldzüge. Aber auch Münzen fanden sich, die diese Datierung durchaus stützten, dazu viel Keramik und Bruchstücke aus der Bewaffnung der unterschiedlichsten Truppenteile."

Schopetta hörte gerne zu, und zu gerne hätte er gefragt, wo diese interessanten Fundstücke heute zu besichtigen sind. Aber er gab sich einen Ruck und stellte die nächste Frage, die sich direkt auf die Aussage des Professors bezog: „Und Bender verschaffte sich Zugang zu dieser Ausgrabungsstelle?"

„Ja! Er ging an einem Wochenende hin und pflügte mit seinen Helfershelfern wie ein Besessener das ganze Areal um, der eigenen These folgend, den Platz gefunden zu haben, auf dem Varus oder wen auch immer der Tod ereilte. Völlig wahnsinnig, eine solche Idee. Bei seiner Aktion hat er ein paar Münzen, Waffenteile und Keramikscherben mitgehen lassen. Damals fing er lauthals an zu schreien, daß ihn die etablierte Wissenschaft aufgrund seiner besseren Forschungsergebnisse verfolge und verunglimpfe und nicht einmal vor falschen Anschuldigungen zurückschrecke."

Die Art und Weise, mit der Bender ihn seitdem verfolgte, ließ noch einmal den Zorn in Schmierlewski-Schwarzer wie einen Geysir loszischen. Seine Gesichtsfarbe wurde dunkler, und die Adern an den Schläfen traten noch deutlicher hervor, als er erneut loslegte: „Stellen Sie sich diese Frechheit vor. Nur wenige Monate, nachdem wir nach jahrelanger Vorarbeit das Museum eröffneten, erhielt ich einen Brief von Bender. Er entschuldigte sich lapidar für seinen Ausrutscher, wie er es nannte, und gleichzeitig schickte er mir eines seiner seltsamen Werke, um es zu lesen und wissenschaftlich zu bewerten." Der Museumsdirektor schnaufte hörbar: „An dem, was er mir vorlegte, waren nicht zwei Sätze wissenschaftlich", stieß er verächtlich hervor. „Damals war ich noch amüsiert und hielt das Ganze für die liebenswerte Marotte eines geschichtsbesessenen Eigenbrötlers. Er hatte seine Strafe bekommen, und ich war nicht nachtragend. Also schrieb ich ihm sogar einen Brief, etwas von fleißiger Quellenarbeit, interessanten Ansichten und Thesen, die jedoch alle noch des archäologischen Beweises bedurften.

Wenig später bat er plötzlich darum, was heißt schon, er bat, er forderte mich auf, das Vorwort zu einem seiner Bücher über die Entdeckung des verschollenen Legionslagers Aliso zu schreiben. Ich konnte natürlich nur ablehnen, da ich seine zur These erhobenen Schlußfolgerungen nicht nur nicht teilte, sondern komplett idiotisch fand. Ich machte den Fehler, ihm dies nicht schriftlich mitzuteilen. So kam Bender mit immer idiotischeren Forderungen. Er wollte die Erlaubnis, auf bestimmten Flächen Prospektionen durchzuführen, wollte uns vorschreiben, an welchen Stellen wir nachzugraben hätten, um zu erkennen, wie richtig seine Theorien seien. Vorträge wollte er halten, um den Menschen die Wahrheit zu sagen, und er wollte seine blöden Bücher verkaufen, alles in unserem Museumsshop. Das mußte ich ablehnen. Und als er begriff, welche Position ich einnahm, von diesem Tag an verfolgt mich sein Terror. Anders kann man das nicht mehr nennen." Schmierlewski lachte bitter: „Er verfolgt mich mit seinem kranken Haß ungebremst."

„Sie erwähnten Verunglimpfung und Erpressung? Wurden Sie von Bender erpreßt? Und wenn ja, womit?"

Schmierlewski-Schwarzer zögerte merklich. Nach einigen Augenblikken sagte er vorsichtig: „Vielleicht ist erpressen zuviel gesagt. Aber lange Zeit galt es in Kreisen ernstzunehmender Wissenschaftler nicht als seriös, sich um ein Ereignis wie die Varusschlacht zu kümmern. Die Varus-Arminius-Geschichte und insbesondere die Suche nach dem Schlachtfeld galt fast ausschließlich als Spielwiese für unterbelichtete und beschränkte Heimatforscher, wenn Sie wissen, was ich meine. Und Benders Auftritte waren immer laut, peinlich, beschränkt und enorm unterbelichtet. Sie waren durchweg geeignet, jeden Beteiligten in Mißkredit zu bringen. Setzte man sich aber gegen ihn zur Wehr, wurden die Lächerlichkeiten auf jeden Fall auch noch öffentlich. Kümmerte man sich gar nicht um das, was er verbreitete, wurde er immer dreister und völlig hemmungslos in der Form seiner Verlautbarungen. Seine Belästigungen waren permanent. Wenn man von ihm, wie ich, als Feind betrachtet wurde, hatte man zu jeder Zeit mit Schwierigkeiten zu rechnen."

„Wie muß ich mir das alles vorstellen? Konnte man sich nicht entziehen, sich zur Wehr setzen, die Anwälte und Gerichte bemühen?" Schopetta war erstaunt, wie betroffen der Professor reagierte und wie naiv er sich gegen Benders Angriffe zur Wehr setzte.

„Ja, ich weiß, es hört sich komisch an. Aber stellen Sie sich vor, Sie werden zu einer Diskussionsrunde in eine Volkshochschule, einen Heimat- oder Geschichtsverein oder sogar von möglichen Sponsoren zu einem Vortrag eingeladen, und ohne daß Sie darauf nur den geringsten Einfluß hätten, ist ein Herr Bender auch anwesend, weil er zum Beispiel als Vorstandsmitglied, als Vorsitzender oder Ehrenpräsident irgendeines dubiosen Veranstaltungsgremiums freien Zutritt hat. Oder Bender erscheint als geschichtswissenschaftlicher Schoßhund eines Bankdirektors oder eines landesweit agierenden Autohändlers. In solchen Fällen sorgte er auch immer für die Anwesenheit einer genügend großen Anzahl seiner treuen Fans. Egal, was Sie da vortrugen, sagten oder sagen wollten, Sie hatten nie eine Chance. Aber gingen Sie nicht hin, stand garantiert am nächsten Tag in der Zeitung

‚Wissenschaft unterdrückt Erkenntnisse von Privatforschern‘ oder ‚Hochschuldünkel verhindert echte Forschungsarbeit‘ oder ‚Was hat die Wissenschaft zu verbergen?‘ Solche Auseinandersetzungen kosten Zeit und auf die Dauer auch viel Kraft. Die Medien heizen einen solchen Eklat mit Vorliebe noch kräftig an, denn da interessiert die Wahrheit am wenigsten. Lautstarkes und öffentlichkeitswirksames Trara ist da gefragt. Und steht man erst einmal in der öffentlichen Diskussion, dann ist es nur ein kleiner Schritt, daß selbst solide wissenschaftlich exakte Arbeiten ins Gerede kommen. Wissenschaft und Forschung ist das eine, die wissenschaftlichen Ergebnisse sind das andere, aber das Allerwichtigste ist für einen Wissenschaftler eine einwandfreie Reputation. Ohne eine solche Reputation keine guten Beziehungen, ohne gute Beziehungen keine Zuschüsse, keine öffentlichen Mittel und kein Sponsoring. Diese Zusammenhänge waren Bender vertraut, und in diesem Rahmen zog er an allen Fäden, die er erreichen konnte.“

Schmierlewski schnaufte schwer, schloß kurz die Augen und legte die Hände um die Tischkante. Dann sagte er erschöpft: „Und ich kann wirklich mit allem Fug und Recht behaupten, Bender versuchte seit ein paar Jahren mit allen Mitteln, meine gute Reputation zu zerstören. Und ich sage nichts Neues, wenn ich anführe, rechtswirksam war ihm nichts nachzuweisen.“

Schmierlewski-Schwarzer wirkte auf Schopetta erst einmal überzeugend. Es schien sogar, daß allein die Erinnerung und Beschreibung der Situation ihm sehr viel abverlangte. So war der große Mann bei seiner emotionsgeladenen Schilderung in seinem Sessel immer weiter zusammengesunken. Die Hände hatten sich von der Tischkante gelöst und hingen nun schlaff über die Sessellehnen.

Die Männer schwiegen eine Weile, der Professor vor Erschöpfung und Schopetta aus Rücksicht. Dabei wackelte er verständnisvoll mit dem Kopf. Doch wenn er ehrlich war, blieb ihm die fatale Wirkung, die ein anscheinend völlig verschrobener Mensch wie Bender bei einem ordentlichen Professor erzielen konnte, immer noch unverständlich. Trotzdem sagte er: „Das versteh ich soweit.“

Er hatte sich wie immer eifrig Notizen gemacht, blätterte jetzt zwei Seiten in seinem Buch zurück und fragte: „Eine Frage bleibt, Herr Professor. Warum verfolgte er Sie so hartnäckig? Was machte Sie angreifbar? Nur die Rache für eine berechtigte Anzeige aus grauer Vorzeit, wenn ich mal so sagen darf. Hatte er nicht etwas gegen Sie in der Hand? Diese Überlegung drängt sich mir auf, weil ich so gar nicht erkennen kann, wie Sie sich gegen diesen Mann wehrten. Es sei denn, Sie hätten ihm so voller Haß doch den Schädel eingeschlagen."

Schmierlewski-Schwarzer riß die Augen auf und starrte den Kommissar völlig entrüstet, aber schweigend an.

„Sie kannten sich", setzte Schopetta nach. „Das ist jetzt auch von Ihnen unbestritten. Sie haben ihn einmal angezeigt, das scheint nach Ihren Ausführungen aber überwunden. Sie verweigerten ihm die Zusammenarbeit, auch klar, aber Sie behielten weiterhin einen Kontakt. Womit hat er das erreicht? War es wirklich nur die Sorge um Ihre, wie sagten Sie doch gleich, Ihre Reputation?"

Schmierlewski schwieg. Sein Blick blieb entrüstet, und eine ganze Zeit verharrte er in einer bemitleidenswert zusammengefallenen Haltung. Doch dann richtete er sich langsam auf, straffte sich und sah Schopetta an: „Dieser Mensch drohte damit, mich in der gesamten Öffentlichkeit bloßzustellen."

Schopetta dachte an die Trunkenheitsfahrten des Professors und fragte: „Hatte er dazu die Möglichkeiten?"

„Zumindest verfügte er nachweislich über Informationen, die das nicht ausschlossen."

Der Kommissar ließ nicht locker: „Was waren das für Informationen?"

„Das ist meine absolute Privatsache. Sie hat mit dem Mord an Bender nichts, aber auch gar nichts zu tun, so wie ich absolut nichts mit dem Mord zu tun habe!" Die Antwort Schmierlewski-Schwarzers war laut, bestimmt, brüsk und mit allen Anzeichen ausgestattet, ab sofort keine Fragen in diese Richtung mehr zuzulassen, geschweige denn sie zu beantworten.

Schopetta hatte im Laufe seines Berufslebens ein Gefühl dafür entwikkelt, wann es keinen Sinn mehr hatte, auf der Beantwortung einer Frage zu beharren. Wenn er Glück hatte, richtete er sich auch nach diesem Gefühl. Heute tat er es. Ohne jedoch endgültig auf eine Antwort zu verzichten, stellte er harmlos und leise eine andere Frage: „Wann haben Sie Bender zuletzt gesehen?"

Obwohl der Professor diese Frage hätte erwarten müssen, eine Frage, die doch in einem Verhör als durchaus normal anzusehen war, brachte sie ihn sofort wieder um die gerade erst zurückgewonnene Sicherheit.

„Ich weiß es nicht mehr", war die zögernde, fast stotternde Antwort. „Vielleicht ist es drei, vier Monate her."

Schopetta sah den Professor an und versuchte dessen erneut unruhig flackernden Blick zu fassen. Es gelang ihm nicht. Er räusperte sich umständlich und stellte dann ruhig und ohne Aufregung fest: „Sie lügen ja schon wieder, Herr Professor. Bender war am späten Sonntagnachmittag hier, hier bei Ihnen im Büro. Er saß auf dem Platz, auf dem ich jetzt sitze und vieles deutet darauf hin, daß Sie sich mit ihm hier verabredet hatten. Für all das gibt es Zeugen."

Herr Professor von Schmierlewski-Schwarzer explodierte förmlich: „Wenn Sie doch schon alles wissen, warum versuchen Sie, mich dann reinzulegen?" schrie er. „Das ist absolut nicht fair von Ihnen. Wollen Sie mich kriechen und wimmern sehen? Aber den Gefallen tue ich Ihnen nicht! Nein, auf keinen Fall", tobte er weiter. „Ich werde nicht kriechen und jammern, das habe ich nicht nötig."

Mit hochrotem Kopf, aufgebracht unkontrolliert, sichtlich und hörbar entnervt brüllte er Schopetta weiter über den breiten Schreibtisch hin an. „Können Sie sich denn meine Situation nicht vorstellen? Ich bin es nicht gewohnt, von der Polizei verhört zu werden, und in dieser Hinterhältigkeit schon gar nicht. Versetzen Sie sich in meine Lage. In meinem Museum ist ein Mord geschehen. Heinrich Maria Bender wurde umgebracht, das war in der Region kein Unbekannter. Nur wenige Stunden vor dieser schrecklichen Tat war er in meinem Büro. Ein Mann, dem ich, kam nur die Rede auf ihn, das Verrecken gewünscht habe wie keinem zweiten. Und ich kann Ihnen sagen, sehr zurückhaltend mit meinen Äußerungen war ich auch in der Öffentlichkeit nicht. Soll ich mit all dem hausieren gehen? Da kann ich mir doch gleich einen Strick ..."

Mitten im Satz brach Schmierlewski plötzlich ab, sah Schopetta einen Augenblick lang völlig erschrocken an, so als ob ihm in dieser Sekunde erst der Ernst seiner Lage klar wurde, um dann verzweifelt die Augen zu schließen. Seine Ellbogen stützten sich auf die Schreibtischkante, seine Hände bildeten ein spitzes Dach über Nase und Mund und am Ende stützten sie den nach vorne fallenden Kopf des Professors.

„War er es, der Sie bei der Polizei anzeigte, oder wußte er davon?"

Der Professor schrak auf, und wieder fixierte er Schopetta erschrocken.

„Die Trunkenheitsfahrten im letzten Jahr. Irgend jemand hat davon gewußt und Sie denunziert. Oder sehen Sie das anders, Herr Professor?"

„Das wissen Sie auch?" fragte Schmierlewski mit erstaunt aufgerissenen Augen.

„Herr Professor! Ich bin Polizist!"

„Und ich bin ein völlig unbescholtener Bürger mit hohen Verdiensten. Ich stehe in der Öffentlichkeit. Zählt das denn gar nicht?" Wieder schrie der

Professor hemmungslos. „Wo bleibt hier eigentlich der vielgepriesene Datenschutz, die Persönlichkeitsrechte eines Menschen? Muß in diesem Land eigentlich immer und immer wieder jeder noch so kleine Fehltritt an die Öffentlichkeit gezerrt werden?“

Schmierlewski-Schwarzer blieb außer sich und schnaufte. Schopetta machte sich ernsthafte Gedanken um den Gesundheitszustand des Museumsdirektors, und mit Sorge betrachtete er die schwellenden Adern auf dessen Schläfen, soweit sie unter der schwarz-grauen Bärenmähne sichtbar waren.

Sehr sachlich, mit beruhigendem Ton und sanfter Stimme, versuchte er zu antworten: „Ich bin nicht die Öffentlichkeit, sondern, wie ich bereits sagte, Polizist. Außerdem habe ich Ihnen eine Frage gestellt, Herr Professor.“

Professor Schmierlewski schwieg, und erst nach mehrmaligem tiefen Durchatmen und dem ruhigeren Abwägen einer Antwort sagte er: „Ich weiß es nicht. Daran gedacht hab ich auch schon. Aber woher sollte Bender so genau wissen, wann ich getrunken hatte.“

„Entweder, weil Sie immer trinken, oder weil hier jemand im Hause ist, der ihm jederzeit Auskunft über Sie gegeben hat und der mit Bender näher in Verbindung stand.“

Von Schmierlewski-Schwarzer zog die Augenbrauen zusammen und fragte über die Anmerkung Schopettas spürbar verunsichert: „Wer soll das sein?“

„Da kommt grundsätzlich jeder Ihrer Mitarbeiter in Frage“, bemerkte der Kommissar.

Der Professor grübelte, und zwischen seinen Augenbrauen entstand eine tiefe, senkrechte Falte.

„Natürlich. Das würde einiges erklären“, tauchte er aus seinen Überlegungen wieder auf. „Manchmal habe ich mich schon gewundert, warum Bender oft Dinge wußte, die mir selbst erst sehr kurz bekannt waren oder erst viel später bekannt wurden. Ich vermutete zwischenzeitlich schon ganz andere Verbindungen, wissen Sie? In Kreisen der Wissenschaft ist man sich auch nicht immer nur grün, insbesondere dann nicht, wenn von verschiedensten Instituten am selben Gegenstand geforscht wird.“

„Verstehe! Des einen Freud ist des anderen Neid“, sagte er in Abwandlung des bekannten Sprichwortes.

„Das ist wohl wahr.“

Bevor Schopetta seine nächste Frage stellte, ließ er dem Professor eine weitere kurze Verschnaufpause und dachte darüber nach, ob der Informant nicht auch der Hausmeister Ahlers sein konnte. Zumindest in Anbetracht der politischen Weltsicht schienen sich der rechtslastige ehemalige Bundeswehrfeldwebel Ahlers und der rechtsdrehende Altertumsforscher Bender sehr nahe zu stehen.

„Was wollte Bender am Sonntag hier im Museum? Waren Sie mit ihm verabredet?"

Erst nickte er nur leicht mit dem Kopf, aber dann folgte ein deutliches: „Ja! Er rief mich am Nachmittag an, privat", erklärte Schmierlewski. „Er wollte mir einen Vorschlag machen. Ich habe zuerst rigoros so ein Treffen abgelehnt. Ich konnte mir einfach nicht vorstellen, irgend etwas, das von ihm ausging, zu akzeptieren. Aber Bender ließ nicht locker, was mich eigentlich wunderte, und schließlich sprach er von Geld. Von sehr viel Geld, wie er sagte. Er wolle eine größere Summe für die Arbeit des Museums zur Verfügung stellen. Eigentlich machte mich das erst einmal nur mißtrauisch, weil er doch bisher immer nur etwas haben wollte."

Schopetta nickte verständnisvoll: „Wenn mir plötzlich jemand Geld anbieten würde, mit dem ich seit Jahren im Streit liege, würde mich das auch wundern."

„Vielleicht redete ich mir aber daraufhin ein, dringend nach Haltern zu müssen, um ein Manuskript zu korrigieren", fuhr Schmierlewski fort. „Auf jeden Fall habe ich am Ende diesem Treffen zugestimmt."

„Und? War was dran an seinem Vorschlag?"

Schopetta erkannte wieder die Grenzzone in der Seele des Menschen, breit und unübersichtlich. Und niemand kann wirklich erkennen, wo seine eigene, ganz persönliche Grenze zwischen eigener Überzeugung und Verführung wirklich verläuft.

„Sie wissen, wie knapp die öffentlichen Mittel zur Zeit sind." Schmierlewski-Schwarzer ließ seine Hände hilflos auf den Schreibtisch fallen. „Freie Arbeit, also Ausgrabungen, die nicht von den Plänen für Neubausiedlungen, Umgehungsstraßen oder Autobahnbauten diktiert werden, gibt es kaum noch. Sponsoring gilt auch in Kreisen der Altertumswissenschaften mittlerweile als durchaus seriöse Finanzierungsform. Aber die großen Sponsoren konzentrieren sich meist auf sehr spektakuläre Projekte. Bender wollte eine neue Ausgrabung drüben auf dem Annaberg finanzieren, und damit hätte ich mich sicher anfreunden können, denn die letzte liegt fast hundert Jahre zurück. Und beim Fortschritt der Ausgrabungstechnik könnte man heute sicher mit aussagekräftigeren Ergebnissen rechnen. Bender wollte dort ein germanisches Heiligtum nachweisen und so seine Veleda-Theorien bestätigen. Er hält den Berg wegen seiner exponierten Lage im Lippetal für ein altgermanisches Heiligtum, eben den Ort, an dem die Priesterin Veleda ihren Turm bewohnte. Mein Interesse liegt in der Neuvermessung eines römischen Militärlagers aus der frühen Kaiserzeit. Da kann ich wenigstens sicher sein, daß es auch da ist. So stimmten zum erstenmalunsere Interessen überein, zumindest in einer deutlichen Schnittmenge."

„Was glauben Sie, warum er so vehement auf die Zusammenarbeit setzte? Bei Ihrer gemeinsamen Vorgeschichte finde ich das erstaunlich."

„Wie er sagte, wollte er sich zum Ende seines Lebens diesen großen Traum erfüllen, und ich bin zuständig für das Gebiet, also brauchte er mich."

„Und Sie ihn!"

„Das stimmt, Herr Kommissar, aber es gab noch etwas anderes. Zum erstenmalkonnte ich ihn in seinem Wunsch verstehen, und irgendwie habe ich ihm diesmal sogar alles geglaubt."

„Hat er gesagt, woher das Geld kommen soll?"

„Nein. Wenn ich ehrlich bin, habe ich auch nicht danach gefragt. Er wäre nicht unvermögend, hat er gesagt, er müsse sein Kapital nur flüssig machen. Der Begriff Kapital hat mich fast amüsiert, bis er die Summe nannte, die er einbringen wollte."

„Wie viel Geld wollte Bender für die Ausgrabung zur Verfügung stellen?"

„Eine halbe Million!"

Schopetta pfiff durch die Zähne: „Nicht schlecht, Frau Specht. Ist das Geld wirklich vorhanden, dann war das ein Angebot, das man in Ihrer Situation sicher nur schlecht ausschlagen kann."

„Ich bräuchte nur noch zuzustimmen, sagte er, und wir könnten noch in diesem Monat anfangen. Ich wies zwar darauf hin, daß es im Winter nur wenig Sinn habe, mit den Grabungen zu beginnen, aber er sagte, er hätte nur noch wenig Zeit."

Schopetta nickte wieder nachdenklich: „Bender war wirklich todkrank. Und wenn er sagte, er wolle sich am Ende seines Lebens einen Traum erfüllen, stand er dicht davor. Der Gerichtsmediziner hat das herausgefunden, und viel Zeit hatte er tatsächlich nicht mehr."

„Dann verstehe ich ihn um so besser."

„Das heißt, Sie haben zugesagt, das Projekt gemeinsam anzugehen?"

„Ich habe erst einmal die Notwendigkeit angesprochen, eine entsprechende Vereinbarung abzuschließen, die Kollegen zu überzeugen und so weiter und so weiter. Er ging darauf ein. Plötzlich schien er sogar richtig froh zu sein, Geld für uns ausgeben zu dürfen."

Schopetta nickte wissend, schrieb wieder etwas in sein Lederheftchen und fragte ohne aufzusehen: „Wann ist er gegangen?"

„Nach zirka einer Stunde."

„Und das ist sicher?"

„Ja. Ich selbst habe ihm die Tür aufgeschlossen, unten, den Verwaltungseingang. Nur wenig später bin ich auch los, um den Zug kurz nach sechs noch zu bekommen."

„Sie fuhren nach Recklinghausen zurück. Gibt es dafür Zeugen?"

Der Professor lachte spöttisch auf: „Meine Mitreisenden im Zug vielleicht? Wenn die sich erinnern, gerne! Ich bin aber sicher, daß auf dem Bahnsteig niemand war. Es war Sonntagabend, es war dunkel, und wir hatten schlechtes Wetter."

„Vorhin sagten Sie, Ihre Frau könnte Ihnen ein Alibi geben." Schopetta sah den Professor bei seiner Frage direkt und eindringlich an.

Der hielt nur kurz dem Blick stand und schüttelte dann kaum merklich den Kopf: „Warum soll ich es noch weiter komplizieren." Er stöhnte leise und ließ die Schultern noch tiefer hängen. „Die Wahrheit ist, sie kam erst sehr spät in der Nacht heim. Die Uhrzeit meiner Ankunft wird sie nicht bestätigen können."

„Wann genau kam Ihre Frau nach Hause?"

Schmierlewski-Schwarzer schwieg und blickte über seine gefalteten Hände auf den Schreibtisch.

„Herr Professor." Schopetta fragte mit Nachdruck. „Für welche Zeit kann Ihnen Ihre Frau ein Alibi geben?"

„Meine Frau kam erst gegen vier Uhr."

„Also haben Sie letztlich für die Tatzeit kein Alibi?"

„Wenn die Tatzeit zwischen achtzehn und vier Uhr liegt – nein!"

„Schlecht, sehr schlecht sogar. Planen Sie in nächster Zeit größere Reisen, Herr Professor?"

„Nein, aber was spielt das im Augenblick für eine Rolle?"

„Ich würde Sie dann bitten, diese Reisen zu verschieben."

„Sie verdächtigen mich allen Ernstes, Bender umgebracht zu haben?"

Schmierlewskis Empörung war echt, als er den Kommissar so anblaffte. Aber auch diesmal behielt Schopetta die Ruhe. „Sie haben selbst mehrere gute Gründe genannt, warum Sie ihn hätten umbringen können. Ob das alles für ein Motiv ausreicht, beurteilt der Staatsanwalt. Aber Sie haben kein Alibi."

„Und wenn ich wirklich der Täter wäre, dann würde ich Ihnen auch alles so einfach erzählen, was? Mich quasi selbst ans Messer liefern. Wenn Sie sich Ihre Meinung doch schon gebildet haben, warum verhaften Sie mich dann nicht sofort?"

„Weil die Meinung gar nicht so fest gebildet ist, wie Sie es vielleicht annehmen. Die Fragen, die Sie stellen, stelle ich mir natürlich auch. Aber andererseits kann unter gewissen Umständen das Eingeständnis, verwundbar zu sein, zumindest für eine gewisse Zeit eine gute Deckung bedeuten. Außerdem haben Sie mehrfach gelogen und ich muß nachdenken."

Der Professor schwieg. Dann fragte er unvermittelt: „Kann ich mich mit einem Anwalt beraten?"

„Natürlich! Jederzeit! Wenn Sie es wünschen, kann er auch dabei sein, wenn ein weiteres Verhör notwendig sein sollte. Wie Sie wissen, habe ich noch einige Fragen, die Sie mir nicht beantwortet haben."

„Dazu habe ich bereits etwas gesagt und dabei wird es bleiben. Der Themenbereich ist für jeden Außenstehenden tabu."

„Gut", sagte der Kommissar. „Dann noch eine Frage zum Schluß. Als Bender am Sonntag ging, hat er da gesagt, was er vor hat? Sprach er von einem Termin, den er noch hatte? Wollte er nach Hause oder noch Essen gehen? Hat er irgend etwas gesagt oder ist ihnen etwas Nennenswertes aufgefallen?"

Schmierlewski-Schwarzer überlegte, rieb sich mit der linken Hand das Kinn und sagte dann: „Ich meine, er hätte so etwas gesagt wie ‚Dann mach ich mich sofort auf, die Mittel bereitstellen zu lassen.' Es hörte sich schon so an, als wolle er noch am selben Abend tätig werden. Aber vielleicht ist es auch nur Einbildung und ich überinterpretiere eine völlig belanglose Äußerung."

„Und die jungen Männer, die bei ihm waren?" Schopetta stellte die Frage schnell und hastig, weil er sie fast vergessen hatte. „Wo waren die, als sie das Gespräch führten? Haben sie sich beteiligt?"

„Ich habe mich durchaus gewundert", antwortete Schmierlewski-Schwarzer. „Ganz anders als sonst, hat er sie vor die Tür geschickt. Ich mußte die Verwaltungstür aufschließen, um sie rauszulassen. Sie blieben unter dem Vordach. Als ich mich nach unserem Gespräch dort von Bender verabschiedete, standen sie rauchend oben auf dem Parkplatz."

„Dann waren das im Augenblick meine Fragen.“ Schopetta stand auf und ging zur Tür. „Halten Sie sich bitte an meine Empfehlung. Es könnte sonst alles noch komplizierter werden, als es ohnehin schon ist. Wenn Sie mit Ihrem Anwalt sprechen, wird der Ihnen sicher etwas Ähnliches raten.“

24

Als Schopetta in das Café zurückkehrte, räumte Frau Heriks hinter der Kuchentheke auf. Rudi saß sichtlich zufrieden an einem der Tische und rauchte. Schopetta setzte sich neben ihn.

„Er hat für die Tatzeit kein Alibi“, sagte er und wies mit dem Kopf in die grobe Richtung der Verwaltung des Museums. „Dafür hat er aber ein astreines Motiv.“

„Welches?“ fragte Rudi und lutschte den Kaffeelöffel ab.

„Haß, Abneigung und die Angst, Bender könne ihn um seine wissenschaftliche Reputation bringen.“

„Hat er wirklich Reputation gesagt?“

Schopetta nickte.

„Ein besseres Motiv, jemanden um die Ecke zu bringen, gibt es nicht. Also, worauf wartest du noch? Wir nehmen ihn fest. Sicher ist sicher. Laufenlassen können wir ihn ja immer noch.“

Rudi grinste, als er Schopetta den sichtlich nicht ganz ernstgemeinten Vorschlag unterbreitete.

„Bleib doch mal ernst, Rudi.“ Schopetta dachte einen Augenblick lang nach. „Mir fällt es trotz des scheinbaren Motivs schwer, in Schmierlewski den Mörder Benders zu sehen. Mit der gestauten Wut im Bauch und dem gewissen Jähzorn, den er ja aktenkundig schon bewiesen hat, gut, da hätte er den Alten vielleicht im Affekt niederschlagen können. Totschlag, höchstens. Aber Bender ist alles andere als im Affekt umgebracht worden, sagt der Doktor auch. Ein wütender Schlag mit nem Bronzeleuchter oder Omas Stocheisen läge im Bereich des Möglichen. Aber dann auch noch die Hundeleine um den Hals und zudrehen? Ich weiß nicht? Oder macht er auf dich den Eindruck, sich so ein Ding ausdenken zu können?“

„Du kennst mich, Erwin. Außer einem Ritualmord im Münsterland, kann ich mir fast jedes Motiv und jeden Menschen als Mörder vorstellen.“ Rudi wiegte bedenklich seinen Kopf. „Außerdem kennt der Mann die Geschichte. Gute Vorlagen hat er da weiß Gott im Angebot. Vielleicht weiß er sogar, wie deine Moorleiche umgebracht wurde. Und im alten Rom waren sie seinerzeit auch nicht so pingelig, wenn es um das gegenseitige Abmeucheln ging."

„Aber einer Leiche auch noch den gewürgten Hals durchzuschneiden, dazu hätte der gar nicht die Nerven. Das paßt nicht. Außerdem hat er nicht einmal einen Hund, wie ich den einschätze."

„Einen Hund?" fragte Rudi irritiert. „Warum soll er einen Hund haben?"

„Wegen der Hundeleine, Mann!"

In diesem Augenblick kam Professor von Schmierlewski-Schwarzer, wieder angetan mit Regenmantel und braunem Hut, durch den Gang, der das Café auf einer Seite begrenzte.

„Haben Sie eigentlich einen Hund, Herr Professor?" Riepen rief dem Professor die Frage laut hinterher, der die Anwesenheit der Kommissare im Museumscafé gar nicht bemerkt hatte. Verwirrt und fragend blieb er stehen, wandte sich zu den Polizisten um und stammelte: „Also, ja, ich mein natürlich nein, also wieso? Komische Frage!" Unsicher machte er einen kleinen Schritt ins Café und stotterte weiter: „Ja, nein ... eh ..., damit kann ich wirklich nicht dienen, auf keinen Fall, nein, keinen Hund." Dann sah er sich hilfesuchend um und entdeckte glücklicherweise den Hausmeister, der von der Besuchertoilette kam. „Vielleicht fragen Sie einfach mal unseren Herrn Ahlers. Wenn ich mich nicht irre, ist der sogar Hundesportler. So heißt das doch, nicht wahr, Herr Ahlers?"

Der Hausmeister kam langsam in das Blickfeld Schopettas und nickte mißmutig.

„Ich denke, Fragen in bezug auf Hunde kann Ihnen also Herr Ahlers viel besser beantworten, meine Herren. Mich werden Sie entschuldigen müssen. Einen Zug habe ich schon verpaßt. Auf Wiedersehen, die Herren."

Er lüftete kurz den Hut und entfernte sich mit schnellen Schritten in Richtung Haupteingang, ganz so, als wolle er auf keinen Fall in ein weiteres Gespräch verwickelt werden.

Schopetta wandte sich grinsend an Ahlers. „Hundesportler? Toll! Was für einen Hund haben Sie denn, wenn ich fragen darf? Deutschen Schäferhund?"

„American Staffordshire Terrier."

„Nein, ein echter Kampfhund. Ich hoffe, Sie haben das Tier auch gut im Griff?" stichelte Riepen.

„Da machen Sie sich mal keine Sorgen“, sagte Ahlers aggressiv. „Ich bin ausgebildeter Hundetrainer.“

Schopetta hatte unvermittelt ein Bild vor Augen. Der Hundeplatz hinter der Kameradenklause, die hohe Hecke, die grüne Baracke. Würde gut passen, sortierte er in Gedanken seine Vorurteile. Das Bild in seinem Kopf wurde plastischer. Bender und seine komische Germanenreligion, die Informationen von Wolfgang Rengers. Die gaben letztlich den vielen einzelnen Bildern einen stimmigen Rahmen, machten aus den Ausschnitten und Schnipseln eine aussagekräftige Collage. Vielleicht doch ein Ritualmord mit entsprechendem Hintergrund? Obwohl in diesem Fall viel zusammen paßte, wirkten aber die Beteiligten so gar nicht mystisch. Abgesehen vom Opfer selber, war ihm bisher nicht die Spur einer obskuren Religiosität oder eines religiösen Fanatismus begegnet. Malte er sich aber keltische oder germanische Opferrituale aus, hatte er andere Bilder vor Augen. Lange Bärte, wallende Gewänder, Nebel und der Rauch von Opferfeuern. So betrachtete er das Motiv zwar als möglich, aber er konnte sich ihm nicht nähern. Es blieb ihm fremd und wenig greifbar.

Auf der anderen Seite wußte er nur zu gut, daß es Menschen gab, empfänglich genug ihren trostlos engen Alltag zu verlassen, die sich mit Leib und Seele in andere Rollen begaben. Da wurden aus biederen Familienvätern harte Cowboys oder Indianer, römische Legionäre, Hunnen und Wikinger oder eben Druiden und Schamanen. Und meist war es mehr als nur ein oberflächlich lustiger Rollentausch, den diese Menschen vollzogen. Es waren andere Welten, die man sich erschloß, die Erfüllung von Träumen und tiefen Phantasien, und manchmal wurde alles sogar zu einem zweiten Leben, einer Existenz, die auch mit allen Konsequenzen gelebt wurde. Und wenn dann noch esoterische oder religiöse Komponenten Basis und Rahmen bildeten, war wiederum nichts mehr unmöglich.

Schopetta grübelte. Bei Bender stand die Aussage von Schmierlewski-Schwarzer gegen einen Opfertod, natürlich immer vorausgesetzt, der Professor sagte die Wahrheit. Aber gesetzt den Fall daß, dann hatte der Alte für die nächste Zukunft Pläne gehabt. Pläne, die dagegen sprachen, ein freiwilliges Opfer für eine übergeordnete Sache zu werden. Vielleicht war die Krankheit der Auslöser. Wenn er sich aber einen Traum erfüllen wollte, dann wäre das freiwillige Opfer erst nach der Vollendung fällig. Davor lag die Ausgrabung auf dem Annaberg. Voraussetzung dafür war aber, daß die übrigen Mitglieder der Vereinigung das auch so sahen und großzügig über die Freiwilligkeit hinwegsahen. Man mußte herausbekommen, woher das Geld kommen sollte, das Bender dem Direktor zugesagt hatte.

Er unterbrach seine Gedanken, faßte Ahlers wieder ins Auge und wiederholte wie nebenbei: „Hundetrainer! Dann trainieren Sie sicher auf dem Hundeplatz hinter der Kameradenklause, nicht wahr?“

Die von Ahlers bei allen Begegnungen stets sehr dick aufgetragene Unteroffizierseloquenz war schlagartig verbraucht, und der Gute mußte mehrere Anläufe nehmen, um endlich sagen zu können: „Kameradenklause? Wie, wie kommen Sie denn darauf? Kenn ich nicht den Club. Nee, wüßt ich nich. Außerdem war ich wohl schon seit fast einem Jahr nich in Sinsen.“

„Ich dachte auch nur“, lächelte Schopetta genüßlich und wußte sofort: Treffer mittschiffs und wieder mal versenkt. „Hätte ja sein können“, fügte er im Genuß der überführten Lüge und immer noch fies grinsend hinzu.

„Haben Sie übrigens schon unsere Einladung erhalten? Ich meine, wir haben am Freitag einen Termin. Da können wir die Dinge ganz in Ruhe besprechen.“

Langsam versuchte Ahlers wieder Fahrt aufzunehmen. „Ich denke, der Staatsanwalt wollte mich persönlich einladen. Eigentlich habe ich mich schon richtig drauf eingestellt.“

„Das tut er auch, Herr Ahlers, zwar nicht eigenhändig, aber zumindest mit eigenhändiger Unterschrift. Nur reden, reden müßten Sie letztlich doch mit mir, auch wenn ein Staatsanwalt einlädt. Ich bin nämlich sein bester Erfüllungsgehilfe, verstehen Sie?“

Ahlers verzog das Gesicht: „Ich werde mich beschweren. Da können Sie sicher sein. Außerdem ist Freitag unmöglich. Freitag hab ich ab 13:00 Uhr dienstfrei und bin verreist.“

„Sie müssen es wissen, Herr Ahlers. Sollten Sie nicht kommen, werde ich mich um ein Strafgeld gegen Sie bemühen“, sagte Schopetta, obwohl er genau wußte, daß so etwas gar nicht möglich war.

Ahlers fletschte unbewußt die Zähne und knurrte: „Tja! Muß noch mal ins Geschirr. Habs leider nicht so gut wie andere, die den ganzen Tag im Café rumhängen können und das auch noch auf Staatskosten.“

Damit drehte er sich um und entfernte sich in Richtung Verwaltung.

„Irgendwie hab ich das Gefühl, er mag uns nicht, geht es dir auch so, Erwin?“

„Ich weiß auch nicht, woran es liegt. Dabei bemühen wir uns doch sehr um korrekten Umgang“, ergänzte Schopetta.

Frau Heriks verdrehte ungläubig die Augen und forderte die Männer dann lächelnd auf, die Kaffeerunde zu beenden: „So, meine Herren, wir schließen. Wenn Sie Ihre Unterhaltung fortsetzen wollen, müssen Sie das draußen tun. Aber wenn es Ihnen nicht allzu unschicklich erscheint, kann ich Sie auch zu einem Glas Rotwein einladen." Und während sie diese Einladung aussprach, tauschte sie mit Rudi einen fragenden Blick.

„Also, ob unschicklich oder nicht, auf mich wartet niemand. Ich gehe mit Sicherheit auf dieses Angebot ein."

Schopetta hob schon abwehrend die Hände, und war froh, daß in diesem Augenblick sein Handy klingelte. Es war Kärcher, der sich am anderen Ende der Leitung meldete.

„Du wolltest wissen, wenn sich was Außergewöhnliches tut", sagte er.

„Es geht um ein paar Namen, die wir in den Unterlagen von Bender gefunden haben. Rudi hat uns die entschlüsselten Listen zugefaxt. Sie enthalten zum Teil die Namen von uns sehr gut bekannten Personen."

Hat er also doch noch etwas anderes gemacht, als nur einen Arztbesuch vorzutäuschen und im Museumscafé Süßholz zu raspeln, dachte Schopetta und war ein wenig beschämt, dem Kollegen so viel ungerechtfertigtes Mißtrauen entgegengebracht zu haben.

„Kannst du sie durchgeben", fragte er Kärcher, „oder ist es besser, wenn ich noch einmal ins Präsidium komme?"

„Das mußt du selber wissen, Erwin. Aber ich halte die Dinge, die sich aus den Unterlagen schließen lassen, für so interessant, daß sich eine kurze Auswertung sicher lohnen würde. Außerdem könnten wir die weiteren Jobs ganz gut verteilen und morgen früh gleich die nächsten Schritte tun."

„Alles klar, Rolf. Ich bin schon auf dem Weg."

Rudi sah Schopetta fragend an.

„Ich fahre noch einmal zurück ins Büro. Die Jungs haben bei der Auswertung scheinbar ein paar interessante Sachen aufgetan. Willst du mit?"

Riepen warf einen fragenden Blick auf Annkathrin Heriks. Die zuckte nur mit den Schultern und sagte: „Dienst is Dienst, und außerdem gilt meine Einladung auch noch für später."

„Worauf wartest du noch?" sagte Rudi daraufhin zu Schopetta. „Aber wir fahren auf jeden Fall mit meinem Wagen. Annkathrin kann deinen Wagen vor ihrer Haustür abstellen. Los, gib schon mal den Schlüssel raus."

Ein wenig zögerlich folgte Schopetta den Anweisungen des Kollegen und willigte, den Verzicht auf Schlüssel und Wagen als eine freiwillige Buße für sein ungerechtfertigtes Mißtrauen dem Kollegen gegenüber betrachtend, in den Vorschlag ein.

25

Rudi Riepen drückte vom Start weg das Gaspedal bis zum Anschlag durch. Er trat alles aus dem Monza heraus, was der Achtzylinder zu bieten hatte. Vom Kassettenrekorder röhrte dabei ZZ-Tops „Sharp dressed man“ in einer Endloswiederholung. Der Song schaffte aber nur knapp den vierten Durchlauf, denn die Fahrt von Haltern nach Recklinghausen dauerte mit Rudi am Lenkrad keine zwölfeinhalb Minuten. Außerdem tat er, was Schopetta überhaupt nicht mochte. Er setzte schon auf dem Parkplatz des Museums das mobile Blaulicht auf das Dach und scheuchte so präpariert alles auf die rechte Spur zurück, was ihm zufällig, oder mit der Absicht zu überholen, vor den Kühler kam.

Mit quietschenden Reifen bogen sie in die lange Einfahrt zum Hof des Polizeipräsidiums ein, passierten die beiden hintereinanderliegenden dunklen Ziegelbauten, und Schopetta schwor sich im stillen, nie wieder in diesen „dünnpfiffarbenen Maurerporsche“ zu steigen.

Kärcher saß schon im Besprechungsraum und Telephonierte. „Er kommt gerade rein. Wollt ihr noch einmal selber mit ihm sprechen? – Gut, sag ich ihm.“ Dann legte er auf. „Das waren die Kollegen von der ‚Wirtschaftskriminalität‘. Sie wollten eigentlich mit dir sprechen, Rudi. Da du noch nicht da warst, habe ich sie mit allen neuen Informationen versorgt. Sie wollen dichter an Dabringhausen ran. Es wird aber noch einige Zeit brauchen, bis sie tragfähige Ergebnisse haben.“

Gefolgt von den Kollegen Dobratz und Bücker betrat auch Baumeister den Besprechungsraum. Von der Tür aus beförderte der mit einem gekonnten Wurf seinen Spiralblock auf den Tisch und sagte, während er sich heftig auf einen der Stühle fallen ließ: „Hab ich mir vom Kanzler abgeguckt! Symbolisiert Entschlossenheit, Kompetenz und Führungsstärke, sagt man.“ Er sah die Kollegen der Reihe nach an und fragte: „Wie wirkt das so auf euch?“

„Entschlossen, kompetent und führungsstark!“ Rudi sprach, ohne den Blick von einem der Fenster des gegenüberliegenden Finanzamtes zu nehmen, hinter dem eine junge Frau in völliger Arglosigkeit und sicher auch im

Glauben, unbeobachtet zu sein, in ihrem hellerleuchteten Büro die Strumpfhose wechselte.

„Nur an deinem Untergewicht mußt du noch was ändern. Solche Eigenschaften kommen mit hundertsechzig Kilo sicher noch besser zur Geltung“, ergänzte Dobratz die Anmerkung des Kollegen Riepen.

„Genug gealbert, laßt uns anfangen.“ Schopetta beobachtete Rudi und versuchte dabei herauszufinden, was dessen Aufmerksamkeit so fesselte. Von seinem Platz aus konnte er aber vor dem Fenster nichts erkennen. Er gab den Versuch auf und nickte Rolf Kärcher zu, der sich daraufhin umständlich schnäuzte und ohne besondere Einführung gleich zur Sache kam: „Also direkt zu den Ausdrucken und der Diskette mit den komischen Zahlen- und Buchstabenkolonnen, die wir bei Bender gefunden haben. Wie er es in der kurzen Zeit geschafft hat, weiß ich nicht, aber Rudi hat aus dem mir völlig unzugänglichen EDV-Kauderwelsch die gesamte Mitgliederdatei dieser dubiosen Heimatpflegevereine rekonstruiert.“

Rudi erhob die Arme wie ein Preisboxer nach einem K.-o.-Sieg und fragte: „Na Männer, wo bleibt der Applaus?“

Schopetta verkniff sich ein Grinsen, und als auch von den anderen Männern keiner Reaktionen zeigte, murmelte Riepen nur: „Banausenpack“, und er ließ die Arme wieder sinken.

„Folgendes ist zu den Listen zu sagen. Ich beginne mit dem eher Unerwarteten.“ Kärcher sah die Kollegen vielsagend an. „Unser Opfer, Heinrich Maria Bender, war wirklich in allen drei Ortsgruppen eines ‚Vereins für nationale Heimat- und Geschichtspflege‘ Mitglied des Vorstandes und in Bork sogar der Vorsitzende. Diese Position besetzt interessanterweise in Sinsen unser Freund Dabringhausen und in Wulfen ein Herr Hubertus Teske.“

„Den Namen kenne ich“, rief Schopetta dazwischen. „Die Frau Teske ist Haushälterin bei den Benders, und Herr Hubertus Teske ist Heilpraktiker und wohnt ganz in der Nähe von Benders Haus in Ahsen. Um ein Haar hätte ich die Familie heute vernommen. Waren aber leider nicht zu Hause. Müssen wir noch überprüfen, unbedingt! Damit besteht eine Verbindung zwischen der Familie Teske und Bender über das Anstellungsverhältnis der Ehefrau hinaus. Und anscheinend ist Dabringhausen auch nicht nur der Immobilienmakler von Bender. Auch da scheint es eine weltanschauliche Übereinstimmung zu geben. Ich bin wirklich gespannt, was Rudi dazu herausfindet.“

Kärcher runzelte die Stirn, weil er gleich zu Beginn seiner Zusammenfassung schon unterbrochen wurde. Darum fragte er leicht angesäuert: „Darf ich jetzt weitermachen?“

„Natürlich! Ich dachte nur, die Information wäre für alle interessant.“ Schopetta beschrieb wieder eine seiner Karten.

„Gut, also ...“, nahm Kärcher den Faden wieder auf. „Neben ein paar durchaus prominenten Mitgliedern aus der sogenannten besseren Gesellschaft des Kreises und angrenzender Regionen, ich erwähne nur den allseits beliebten und angesehenen Konsul Schulze-Niesing, seines Zeichens Vorstandsmitglied der Kreissparkasse, Mitglied des Kreistages, Besitzer einer Kette von Autohäusern mit dem Stern und Sponsor etlicher Kulturstiftungen und Sportvereine, gehört auch Hans Otto Ahlers, der Hausmeister des Römermuseums und ausgemusterter Hauptfeldwebel der Bundeswehr, zu den Heimatfreunden, und zwar zum Verein in Sinsen.“

„Hört, hört“, bemerkte Schopetta lächelnd.

Rolf Kärcher sah den Kommissar mißbilligend an.

„Ja, mein Gott, jetzt guck nicht so, Rolf! Gibt dir das denn nicht zu denken, wenn sich plötzlich alle Beteiligten, ob verdächtig oder nicht, in diesem Fall zu kennen scheinen? Man kann sogar noch mehr sagen: Alle kannten das Opfer. Alle kannten diesen Heinrich Bender.“

„Ich wäre noch darauf eingegangen, Erwin. Und wenn ihr nichts dagegen habt, würde ich jetzt gerne weitermachen.“

Schopetta zuckte mit den Achseln und machte eine einladende Geste.

„Gut!“ begann Rolf Kärcher von neuem. „Verteilt auf alle drei Vereine, taucht dazu rund ein Dutzend Namen auf, die unsere Kundendatei auch kennt. Keine großen Lichter, meist nur trübe Funzeln, aber aktenkundig eben, und meist auch nur wegen dem üblichen Kleinscheiß. Ruhestörung, Sachbeschädigung, Beleidigung und Körperverletzung. Ernster wird es bei einigen Nötigungen, beim Bruch des Haus- und des Landfriedens, das heißt Störungen von privaten Feiern, von Straßen- und Stadtteilfesten sind mehrfach aufgeführt. Insbesondere dann, wenn Ausländer mitfeierten. Desweiteren: Verurteilungen wegen Ausschreitungen im Rahmen von Sportveranstaltungen und immer wieder Strafen wegen Tragens und Zurschaustellung verbotener Embleme. Die ein oder andere Volksverhetzung konnte ich auch finden und, fast schon normal, immer wieder ausländerfeindliche Aktionen.“

Kärcher wandte sich Schopetta zu und wechselte das Thema: „Dein Einverständnis vorausgesetzt, Herr Hauptkommissar, habe ich über den Polizeidirektor eine Anfrage an den Staatsschutz losgelassen. Und weil ich schon mal in den höheren Etagen vorgelassen wurde, hab ich gleich personelle Verstärkung angefordert, in deinem Namen versteht sich. Hat erstaunlicherweise sofort geklappt. Nur Elle konnte ich nicht überzeugen, ihren Kram für die nächste Zeit liegenzulassen. Hab mir eigentlich mehr von dem Fräulein versprochen."

„Laß die mal ihre Sache durchziehen", wiegelte Schopetta ab. „Ich denke höchstens noch vierundzwanzig Stunden, dann steht sie wieder zur Verfügung."

Kärcher zuckte nur mit den Achseln. „Du mußt es wissen, Erwin. Aber weiter in unserem Fall. Die Kameradenklause gehört, wie nun bekannt, zum insgesamt 41 Objekte umfassenden Immobilien- und Kneipenimperium von Dabringhausen, beziehungsweise seiner V & O-Klitsche. Wir sind dabei, die Objekte im einzelnen zu erfassen, mit unseren Unterlagen zu vergleichen und zu sehen, ob wir schon mal dienstlichen Kontakt hatten. Die Kameradenklause wird in ein paar Vereinsprotokollen, die uns in die Hände gefallen sind, immer wieder erwähnt, manchmal aber auch ein sogenanntes Clubhaus."

„Ist wahrscheinlich die Baracke am Hundeplatz mit gemeint. Liegt direkt hinter der Klause", erklärte Schopetta den Kollegen.

Baumeister setzte die Ausführungen Kärchers fort, während Schopetta schon wieder bunte Pappkarten beschrieb. „Die Kollegen aus Unna überprüfen zur Zeit die Vereinsadresse in Bork. Die Gruppe in Wulfen hat Räume in einer ehemaligen Ziegelei angemietet."

Schopetta hob den Daumen der rechten Hand und signalisierte, ohne von seiner Tätigkeit aufzusehen, seine tiefe Zufriedenheit mit der Arbeit der Kollegen. Dann fragte er plötzlich: „Du hast von Verstärkung gesprochen, Rolf. Womit beschäftigen sich die Leute gerade?"

„Ohne Ausnahme sind die seit heute mittag unterwegs in Sachen Personenüberprüfungen! Die Aktion soll morgen fortgesetzt werden."

„Wie Rolf schon sagte, alle Personen, die in den Mitgliederlisten verzeichnet sind, sollen überprüft werden. Das sind rund einhundertachtzig. Wir haben dazu noch Ausschnittvergrößerungen von den Bildern gemacht, die Bender mit den Bengels zeigen. Is ja möglich, daß die Kollegen bei den Interviews den ein oder anderen sofort erkennen. Von denen, die auch in unserer Datei vorkommen, haben wir auch Photos. Zum Beispiel von Eckehard Glowritz. Fast schon normal, daß der als Festwirt auch Mitglied im Heimatverein ist. Zu den nicht bei uns registrierten Personen, die uns aber trotzdem aufgefallen sind, gehört ein gewisser Franz Josef Niehoff. Der ist zwar, wie gesagt, nicht in unserer Kartei, dafür muß er sich als Polizeiobermeister aber bestens in unseren Systemen auskennen. Wohnen tut der in Oer-Erkenschwick.“

„Stop mal“, rief Schopetta. „Unabhängig davon, daß sich gerade in unseren Ermittlungen ein Zusammenhang mit einer, vorsichtig ausgedrückt, zumindest rechtslastigen Gruppierung herstellt, laßt uns mal mit dem uniformierten Kollegen anfangen. Ein Polizeiobermeister Niehoff ist also Mitglied im ‚Verein für nationale Heimat- und Geschichtspflege‘? Das ist aber mal besonders interessant. Dieser Niehoff läuft mir einfach zu oft über den Weg.“

Die Männer am Tisch sahen sich fragend an, nur Rudi stierte weiter aus dem Fenster.

„Erklärung folgt schon“, sagte Schopetta, als er die fragenden Gesichter der Kollegen sah. Dann stand er auf, schob die Hände in die Hosentaschen und stellte sich ans Fenster. Einen kurzen Augenblick starrte er in den regnerischen Abend, und während er noch einmal herauszufinden versuchte, was Rudis Aufmerksamkeit so intensiv auf sich zog, sagte er: „Also, die Herren, erstens: POM Niehoff war am Morgen, als wir im Museum den Mord aufnahmen, auch am Tatort anwesend. Du erinnerst dich, Rudi? Der Uniformierte auf dem Parkplatz.“

Rudi nickte abwesend und sagte: „Spärlicher Bartwuchs und Scheiß Frisur.“

„Genau“, bestätigte der Kommissar, der trotz einer kurzen optischen Rasterfahndung vor dem Fenster wieder nichts Bemerkenswertes feststellen konnte, weil im Finanzamt mittlerweile in allen Büros die Lichter verloschen waren.

„Zweitens!“ sagte er dann und wandte sich wieder den Männern zu: „Niehoff begleitete den Einsatz an der Kameradenklause, als wir den Pick-Up sicherstellten. Der schien sich da übrigens sehr gut auszukennen, was mich jetzt auch nicht mehr wundert. Und Punkt drei der Zufälligkeiten: Niehoff wird von Ecki Glowritz auch noch als Alibizeuge angegeben. Glowritz hat angeblich Niehoff und drei andere sogenannte Stammgäste in der Nacht des Mordes von der Kameradenklause nach Hause gefahren. Das ist aber noch nicht alles.“

„Wer waren die anderen drei?“ fragte Norbert Bücker dazwischen.

Schopetta sah in sein Heftchen: „Der eine hieß Korbjuhn, einer Knieriem und ein Herr Gärtner war der Dritte.“ Dann gab er Bücker das Lederheftchen. „Komm, such dir die anderen Angaben selber raus. Adressen sind irgendwo mit aufgeschrieben.“

„Knieriem hat ein Inkassobüro“, erklärte Norbert Bücker, nachdem er seine Unterlagen mit den Namen verglichen hatte. „Bisher liegen ein paar Anzeigen vor, zu Verurteilungen hab ich noch nichts. Aber alle drei sind nach der Liste Vereinsmitglieder in Sinsen. Der Karl Gärtner ist vorbestraft, ehemaliger ‚Helldriver‘. Gehört zu denen, die wir in der Datei haben. Korbjuhn ist bei uns unbekannt. Wir ermitteln also fast im Kreise alter Freunde.“

„Laßt mich noch einen Augenblick bei Niehoff bleiben“, sagte Schopetta. „Die Verbindung zum Museum kommt nicht nur durch sein Auftreten am Morgen nach dem Mord zustande, sondern auch über das Verhältnis unseres Museumsdirektors zum Mordopfer. Und wenn ich da recht behalten sollte, ist ein weiteres Verbindungsglied der Hausmeister. Denn jedesmal, wenn unser Professor besoffen hinter das Steuer seines Autos kroch, hat ihn, welch ein Zufall, und immerhin schon Punkt vier meiner Auflistung seltsamer Zufälligkeiten, immer Polizeiobermeister Niehoff angehalten. Und als fünften Punkt glaube ich, er hat Martha Bender vom Tod ihres Bruders unterrichtet, und zwar zu einem Zeitpunkt, als wir noch nicht wußten, wer der Tote war. Angeblich hat morgens früh gegen elf jemand von der Polizei bei ihr angerufen. Ich halte da ne Wette drauf, daß das der Niehoff war.“

„Gibt ne schlechte Quote“, sagte Rudi, der seine Meditation beendet zu haben schien. „Is zwar noch nicht klar, welche Rolle er in dem ganzen Theater spielt, aber wirkt nicht wie ein Statist.“

„Meines Erachtens gibt es zweifelsfrei eine Verbindung von Schmierlewski-Schwarzer zu Bender und von dem über den Kollegen Niehoff zum Hausmeister“, stellte Schopetta sachlich fest.

„Die Verbindung gibt es zweifellos“, nickte Rudi. „Aber wie kommst du auf den Ahlers?“

Schopetta ging zum Tisch zurück und überblickte seine bunten Pappkarten. Ein paar Augenblicke lang überlegte er, dann stellte er den Kollegen seine Überlegungen vor: „Ich fasse mal zusammen und versuche dabei einige Rückschlüsse zu ziehen. Erscheint euch was unlogisch oder zu weit hergeholt, will ich, daß wir sofort darüber reden, ist das klar?“

Er sah sich im Kollegenkreis um, und als alle ihre Zustimmung signalisierten, legte er los: „Also, erst einmal Ahlers lügt. Obwohl er angeblich die Kameradenklause nicht kennt, sortierte er sie gleich in Sinsen ein. Sowohl die Kneipe als auch der Hundesportplatz sind ihm damit bestens bekannt. Er ist Mitglied des Heimatvereins, der sich regelmäßig in der Kameradenklause trifft, genauso wie der Kollege Niehoff. Bender ist, als Gründungsvater aller Clubs, den beiden auch bekannt. Der alte Bender hat den Schmierlewski-Schwarzer wahrscheinlich schwer gepiesackt. Den genauen Grund kennen wir noch nicht. Es scheint mir aber durchaus überlegenswert, daß Bender seinen Heimatverein als sechste Kolonne einsetzte, um den Museumsdirektor und vielleicht auch andere weich zu klopfen. Über den Ahlers konnte er alle Infos aus dem Museum bekommen und hätte in aller Ruhe aus der Ferne zuschauen können, wenn zum Beispiel der Heimatfreund Niehoff dem Professor Handschellen anlegt."

Warum Bender den Professor unter Druck setzte, könnte wirklich in Benders fixen Ideen begründet sein. Er war besessen von dem Gedanken, seine Theorien gegen das Establishment in Wissenschaft und Forschung durchsetzen zu müssen. Wenn ihr euch erinnert, hat Schmierlewski-Schwarzer den Bender einmal angezeigt. Schon damals ging es um wissenschaftliche und archäologische Forschungsergebnisse. Darüber hinaus habe ich heute erfahren, daß der Kontakt zwischen Schmierlewski und Bender nie wirklich abriß, auch wenn der Professor behauptet, daß dies für ihn eher unangenehm war, weil Bender Dinge forderte, die für Schmierlewski, als etablierten und angesehenen Wissenschaftler, unmöglich waren. Bender könnte durch die Anzeigen den Druck auf den Direktor erhöht haben, ganz nach dem Motto: Ich zeige dir mal, wozu ich in der Lage bin, Herr Professor."

„Und wenn man die Dossiers liest, die wir in Benders Unterlagen gefunden haben", Baumeister zog aus einem Stapel dünner roter Schnellhefter einen hervor, „dann kann ich mir gut vorstellen, daß die Androhung der Veröffentlichung den Professor sehr unruhig werden ließ."

Schopetta griff sofort den Aktendeckel und begann, neugierig geworden, die eng beschriebenen Seiten zu überfliegen.

Bevor er sich aber darin vertiefen konnte, klingelte das Telephon. Baumeister nahm den Hörer ab und gab ihn nach ein paar knappen Worten an Schopetta weiter, der die rote Mappe auf den Tisch warf und nach dem Telephon griff.

Es war die Zentrale: „Ich habe hier das Diakonische Werk Münster am Apparat", meldete die Stimme aus der Zentrale. „Da will ein Herr Max Engels oder so mit Hauptkommissar Schopetta verbunden werden. Nehmen Sie das Gespräch an?"

„Max Engels? Kenn ich nur den aus Elberfeld. Hat der Mann gesagt, worum es geht?“

„Nein, keine Hinweise.“

Schopetta überlegte einen Augenblick lang und sagte: „O.k., stell mal durch.“

Als er die Stimme am anderen Ende hörte, fiel es Schopetta gleich wie Schuppen aus den Haaren: „Mein Gott, du bist es, Wolfgang.“

„Keinen Personenkult, bitte. Es reicht, wenn du beim Vornamen bleibst“, quasselte Wolfgang Rengers ungebremst aus dem Hörer.

„Blödmann! Ich dachte schon an einen Bekehrungsversuch durch die evangelische Telephonseelsorge.“

„Wer sollte dich schon bekehren wollen“, Rengers lachte. „Du hast mich gebeten, dich sofort zu informieren, wenn ich etwas rausbekomme. Ist eigentlich eine Belohnung ausgesetzt? Du weißt, ich bin immer knapp bei Kasse.“

„Wir arbeiten grundsätzlich nur mit Menschen zusammen, die freiwillig und freudig ihren Bürgerpflichten nachkommen. Mit Kopfgeldjägern und Belohnungshaien wollen wir nichts zu tun haben. Also schieß los, sonst muß ich dich wegen Behinderung der polizeilichen Ermittlungsarbeit festnehmen lassen.“

„Ach ja“, stöhnte Rengers auf. „Ist es vielleicht auch möglich, daß ihr mich fesselt und mit Gummiknüppeln auf mich eindrescht? Wenn es schon keine Belohnung gibt, könnte ich mein schmales Budget ja wenigstens auf diese Weise entlasten.“

„Red kein dummes Zeug, und komm zur Sache.“ Schopetta lachte. „Ich stell den Raumlautsprecher an, damit die Kollegen mithören können, was du zu vermelden hast.“

„Du tust ja doch, was du willst, und ändern könnte ich es auf die Entfernung auch nicht“, quengelte Rengers. „Auf jeden Fall habe ich herausgefunden, daß Bender in dieser neogermanischen Glaubensgemeinschaft einer der Oberhirten war. Zwar nicht ganz die Nummer eins, wie es scheint, aber doch der Spitzenplatz in der nordostdeutschen Regionalhierarchie, besonders seit es heißt, Bender wolle der Bewegung ein neues Zentrum spendieren, so eine Art Glaubensschmiede. Der Verein, dem er dabei zuzurechnen ist, nennt sich wirklich ‚Bruderschaft Thule‘, sind aber auch Schwestern dabei. Hat im deutschsprachigen Raum rund tausend Mitglieder, und Bender führt da offiziell den Dienstgrad ‚Hoher Priester‘. Eindeutig rechtes Gewäsch, was von denen so kommt, jedoch weniger auf den ‚Gemeinen

Prügelskin‘ ausgerichtet, weil man den in der Bruderschaft eher gar nicht mag, sondern eine, ich zitiere: ‚... bewußte Hinwendung zu ernster, religiöser Tiefe, nationalem Glauben, zu Rassenreinheit, Überlegenheit des arischen Blutes, der völkischen Ehre ...‘, Zitat Ende, würg! Ich kann dir nur eins sagen, Erwin, das sind echte Fundamentalisten, und ich mach da keinen Scherz. Wenn du dir das reinziehst, was die so veröffentlichen, mein lieber Scholli. Seitenweise nichts als diese kackbraune völkische Ausscheidung. Da gehts nur: Rein, reiner, am reinersten, denn der deutsche Mann tut dies, die deutsche Frau tut dies nicht und so weiter und so weiter. Bei all dem nationalen Geblubber gebrauchen sie gerne und reichlich den Begriff germanisch und halten sich scheinbar schon allein deshalb für das Beste der Schöpfung. Natürlich wissenschaftlich belegt und bewiesen durch die bekanntesten Größen der europäischen Rassenlehre, versteht sich. Und wie schon gesagt, Benders Titel in der Glaubensgemeinschaft war wirklich ‚Hoher Priester‘. Hört sich zwar alles leicht bescheuert an, ist aber wirklich so. Man sollte wissen, daß die ‚Bruderschaft Thule‘-NRW sich vor allem aus Mitgliedern der unterschiedlichsten rechtslastigen Gruppen und Grüppchen zusammensetzt. Geht da wirklich querbeet von Nationalökos über diverse Heimatvereine bis hin zu Fanclubs der bekanntesten Fußballvereine. Für ihre Things, so nennen sie ihre Treffen, kommen sie regelmäßig an ganz unterschiedlichen Orten zusammen. Meist liegen die ganz in der Nähe von prähistorischen Kulturdenkmälern, Hünengräbern, Ringwällen, Burgruinen oder sogenannten Opfersteinen. Feiern da die Sonnenwendfeste und zum Teil auch diesen ganzen keltischen Kram, hab ich dir ja schon alles erzählt. Alles ein seltsamer Mischmasch aus deutschen Heldensagen, germanischem Götterhimmel und keltischen Menschenfressermythen. Geht alles ein wenig durcheinander, sowohl das, was ihnen in den Köppen so rumkreist, als auch die Quellen, auf die sie sich in ihren Theorien berufen. Wenn dir das noch nicht weiterhilft, müßtest du dich in ein umfangreiches ‚Schrifttum‘ einarbeiten. Ist ne ganze Menge zu bekommen. Vieles davon ist allerdings von Bender selbst zusammengewerkelt.“

„Eine Frage habe ich direkt, Wolfgang. Du weißt, wir haben einen seltsamen Mord aufzuklären. Sind von Thius Völkern bisher Opferhandlungen bekannt, die über das übliche Hühnerabstechen hinausgehen?“

„Hab ich nachgefragt, Erwin. Mein Informant wußte dazu aktuell nichts. Aber er sagte auch, daß grundsätzlich alles möglich ist. Wäre immer eine Frage von Zeit, Umständen und Stimmungen, die bei den Treffen zum Tragen kommen. Und gerade Bender soll in den letzten Monaten sehr viel von

Opferbereitschaft gesprochen haben, daß man stets alles geben müsse, um seine Ziele zu erreichen, und die Götter verlangen alles, so wie sie niemandem zürnen, der den Feind der Bewegung mit allen Mitteln bekämpfe. Soweit mein Informant."

Schopetta knurrte nachdenklich, sah in die Runde der Kollegen und fragte: „Will einer von euch mehr wissen, Männer?"

Außer Rudi schüttelten alle kurz mit dem Kopf, und Schopetta sagte zu Wolfgang Rengers: „Also, hier scheint der Informationsbedarf was rechtsradikale Glaubensgemeinschaften angeht, erst einmal gestillt zu sein. Unsern Dank für deine Bemühungen, Alter. Vielleicht setz ich mich bei deinem nächsten Strafmandat für dich ein, aber höchstens bis hundert Mark, darüber liegt dein eigenes Risiko."

„Einfach zu großzügig der Herr Cheeeefinspektor, küss die Hand, Herr Hofrat, und nichts für ungut", wienerte Rengers plötzlich zum Abschied los, um dann in westfälischer Breite fortzufahren: „Bei unserm nächsten Treffen im Handelshof zahlst du, sonst is ein für allemal Schluß mit Informationen." Und noch ehe Schopetta etwas entgegnen konnte, hatte Rengers aufgelegt.

„War der besoffen?" Baumeister schien etwas irritiert.

„Nein, der is immer so."

„Und wer war das?" fragte Kärcher.

„Wolfgang Rengers, wohnt auch in Billerbeck bei mir um die Ecke. Der ist Beauftragter für Jugendkulturen bei irgendeinem kirchlichen Verband. Und mittlerweile auch anerkannter Fachmann für alles, was alten und neuen Nationalsozialismus angeht. Das Sektenthema bearbeitet er nebenher."

„Er ist bei der Diakonie!" erklärte Baumeister.

„Gut, dann eben bei der Diakonie. Ist das denn kein kirchlicher Verband?"

Baumeister zuckte mit den Achseln und ging stumm mit dem Kugelschreiber die einzelnen Positionen seiner Aufzeichnungen durch.

Wie ein Gewitter aus heiterem Himmel polterte Rudi plötzlich los: „Hoher Priester, ‚Thulebruderschaft', Religionsgemeinschaft. Macht euch doch nich lächerlich. Das ist doch alles die reinste Verarsche. Wer strickt sich denn aus so einem Scheiß ein brauchbares Motiv für einen Mord?"

„Ich stricke kein Motiv, sondern schließe nur keine Möglichkeit aus." Schopetta versuchte ruhig zu bleiben, obwohl er sich von Rudi direkt angegriffen fühlte. „Klar hört sich das erst einmal bescheuert an, aber denk doch nur an diese Sonnensekte in der Schweiz, die sich gemeinschaftlich umgebracht haben. Oder die Leute in Kanada, die Davidianer in den USA oder damals die vierhundert Toten in Mittelamerika. Und das waren nicht irgendwelche Indios aus dem Urwald, sondern nur junge Menschen aus den USA und Europa. Ritualmord ist vielleicht selten und unfaßbar, aber lange nicht unmöglich. Von den zwei beknackten Teufelsanbetern aus Halberstadt red ich hier gar nicht."

„Das waren fast alles Selbstmorde, Tötungen auf Verlangen, und ob der satanistische Hintergrund im letzten Fall wirklich existent war und nicht nur von zwei Idioten vorgeschoben wurde, weiß auch keiner. Rituelle Tötungen oder kultische Menschenopfer sehe ich da nicht", konterte Rudi Riepen. „Keltisch-germanischer Ritualmord in Haltern, da sagt mir doch das bißchen persönlich verbliebener kriminalistischer Verstand, daß wir da keine Minute dran verschwenden sollten."

Schopetta überging Rudis Einwände, blickte auf seine Pappkarten und, nachdem er einige hin und her geschoben hatte, sagte bestimmt: „Der Hausmeister kommt Freitagmittag. Ich werde mich auch um den Polizisten kümmern, diesen Niehoff. Ich laß ihn gleich morgen früh durch unseren verehrten Präsidenten vorladen. Am besten auch für Freitag. Mal sehn, was der Herr so zu erzählen hat. Dann müssen wir uns noch darum kümmern, wo Bender zwischen 18:00 Uhr und Mitternacht war. Vielleicht finden wir auch noch schnell heraus, wer die Jungen waren, die ihn am letzten Wochenende nach Arnsberg begleitet haben."

„Und wir sollten uns dringendst auch mit einigen weiteren Namen befassen", intervenierte Rudi mit allem Nachdruck. „Namen, die in verschiedenen Aufzeichnungen zu Vereinsveranstaltungen immer wieder auftauchen. Wenn ich mich richtig erinnere, fand sich der deines renitenten Berginvaliden auch auf solchen Listen verzeichnet." Dabei griff Riepen heftig nach den Ausdrucken der Diskette, die vor Baumeister auf dem Tisch lagen. Mit dem Zeigefinger tippte er immer wieder auf einen Namen: „Czychi, Ernst, aus Haltern, hier ganz eindeutig. Gehört ja anscheinend auch zu den Nationalgläubigen, dein hochverehrter Zeuge."

Rudi sah Schopetta herausfordernd an, der bei der Nennung des Rentners als Mitglied eines der Heimatvereine wirklich stark ins Grübeln gekommen war. Weder das Auftreten Czychis noch dessen Einlassungen, weder seine Wortwahl noch irgend eine Anmerkung hatten beim Kommissar den Eindruck eines rechtslastigen Volkstumsrentners hinterlassen. Schopetta hätte, rein aus dem Gefühl heraus, deutlich in die Gegenrichtung getippt. Doch bevor er genauer nachfragen konnte, hatte Rudi schon wieder laut und durchdringend das Wort ergriffen: „Wie war das noch? Aus Haltern kam doch noch so ein Senilofix, wie hieß der noch gleich? Beide tauchen immer wieder bei besonderen Veranstaltungen in Bork und Sinsen auf und bestätigten ihre Anwesenheit durch ihre Unterschrift.“

„Reichenberg, Karl-Heinz Reichenberg!“ Herbert Baumeister hatte die mit einer Büroklammer zusammengehaltenen Blätter wieder an sich genommen, glattgestrichen und geordnet und war über die Spalte „Wohnort“ sofort auf Reichenberg gestoßen.

„Mal langsam!“ Nun ging Kärcher seine Unterlagen durch, zog eine Faxmitteilung hervor und fragte: „Karl-Heinz Reichenberg, Elektroingenieur, geboren 11.03.1916 in Jakobsdorf bei Breslau, Wohnung Haltern, Hullerner Damm 16?“

„Genau der“, bestätigte Baumeister. „Das mit Jakobsdorf steht zwar nicht hier, aber daß er Elektroingenieur war schon, und zwar Fachmann für elektronische Gebäudesicherung.“ Er sah auf: „Alarmanlagen! Hallo Kollegen, hört ihr auch was? Fachmann für Alarmanlagen. Suchten wir da nicht einen?“

Die Männer sahen sich an und wandten dann ihre Blicke Kärcher zu, der plötzlich schimpfte: „Verdammt noch mal! Warum laßt ihr mich nicht ausreden?“ Nachdem er dann sicher war, daß ihm alle zuhörten, begann er: „Erwin hatte uns heute nachmittag gerade mitgeteilt, daß der Verkehrsunfall in Haltern ein Mord war, da kam auch das Fax vom Doktor.“ Er hielt das Blatt hoch, aus dem er zuvor die Personaldaten vorgelesen hatte. „Reichenberg wurde in der Nacht von Montag auf Dienstag in Haltern von einem Auto überfahren und getötet.“

„Warum kein Verkehrsunfall?“ fragte Rudi.

„Er wurde mit hoher Geschwindigkeit angefahren und anschließend zweimal überrollt, und zwar vom selben Fahrzeug, einmal von links und dann auch noch von rechts. Ist absolut eindeutig. Das war der zweite Mord in Haltern“, sagte Schopetta.

„So viele Zufälle gibt es nicht!“ Rudi zählte an den Fingern: „Bender, das erste Opfer, wird tot im Museum abgelegt. Um reinzukommen, muß die Alarmanlage ausgeschaltet werden. Also mindestens einer der Beteiligten mußte über ausgesprochen gute Kenntnisse in bezug auf Alarmanlagen verfügen, beziehungsweise ein guter Elektronikfachmann sein. Auf jeden Fall war der Reichenberg ein solcher. Und unser einziger Zeuge ist Czychi. Ich glaube fest, daß alle drei sich aus dem Heimatverein kannten. Da liegt doch die Lösung fast auf der Hand. Die waren Komplizen, die beiden, und dieser

Czychi hat den Reichenberg einfach kalt gemacht, um einen Mitwisser seines ersten Mordes loszuwerden, so ist das, ganz einfach also."

„Jau, ganz einfach", knurrte Schopetta. „Jack the Ripper im Altenheim. Mann, Rudi, die Kerle sind alle drei um die achtzig. Warum sollten die beiden zuerst gemeinschaftlich Bender abmurksen und dann der Czychi den Reichenberg?"

„Das, mein lieber Erwin, das sollten wir herausfinden."

„Bevor wir damit beginnen, möchte ich noch die Frage beantwortet wissen: Waren Czychi und Reichenberg wirklich Mitglieder in dem Heimatverein, mit Monatsbeitrag und so? Und zweitens: Hat der Czychi überhaupt ein Auto, geschweige denn einen Führerschein?"

Keiner der Männer sagte etwas, und einige zuckten nur müde und nichtwissend mit den Schultern.

„Ja, überprüft das vielleicht mal einer?" rief Schopetta ein wenig zu laut und ohne jemanden direkt anzusprechen.

Lothar Dobratz, der sich bisher nicht aktiv am Gespräch beteiligt hatte, erhob sich und ging zum Nebenanschluß, der auf der Fensterbank stand. „Ich ruf die Zulassungsstelle an!"

„Was ist mit der Mitgliedschaft, Rudi? Sind die beiden Mitglieder oder tauchen sie namentlich nur mal so auf?"

„Wie ich sagte, auf verschiedenen Anwesenheitslisten sind sie mit eigenhändiger Unterschrift bestätigt."

„Und in den Mitgliederlisten?"

„Da nicht!"

„Also sind sie keine Mitglieder?"

„Das heißt doch nichts."

„Ich finde grundsätzlich schon, aber mehr wollte ich erst einmal gar nicht wissen."

„Trotzdem werde ich mich um Czychi kümmern", bestimmte Riepen plötzlich forsch. „Der Kerl ist doch nicht sauber."

Doch als er Schopettas verschärft fragenden Blick sah, reduzierte er seinen Vorstoß: „Nur die Aktenlage, Erwin. Ich halte mich an das Geschriebene. Die Besuche bei deinem Grubenpferd überlasse ich gerne dir selbst."

Erwin Schopetta schüttelte den Kopf und fragte sich wieder, worin sich die Abneigung begründete, mit der Rudi dem Rentner begegnete. Da er im Augenblick jedoch keine schlüssige Antwort darauf fand, fragte er in die Runde: „Gibt es schon Ergebnisse was die Untersuchung der Fahrerflucht angeht?"

Rolf Kärcher fühlte sich angesprochen: „Nu hau ma nich so aufs Blech, Erwin. Wir sind bis vor knapp zwei Stunden noch von einem Verkehrsunfall ausgegangen. Da ist doch wohl klar, daß der Fall erst einmal hintenanstand! Routineuntersuchungen sind natürlich gemacht worden. Lackspuren, Teile, die vom Auto stammen könnten. Die Rekonstruktion des Unfalls anhand der Spuren und der Verletzungen ist noch nicht erfolgt. Der Bericht und die Photos vom Doktor sind auch noch nicht da. Außerdem stand erst einmal die Untersuchung des Pick-Ups an. Und die Spuren aus dem Museum sind ja auch noch nicht alle ausgewertet."

„Gut, dann sag uns, was mit dem Pick-Up ist", forderte Schopetta den Kollegen Kärcher ungeduldig auf.

Lothar Dobratz hatte gerade sein Gespräch mit der Zulassungsstelle beendet und ließ Kärcher vorerst nicht zu Wort kommen. „Er hat einen und ein Auto auch. Alter Ford Capri aus der ersten Baureihe, in den traumhaften Farben creme-weiß und weinrot. Den Führerschein hat er seit 1942, unfallfrei."

„Gut", knurrte der Kommissar. „Dann kannst du dir die Karre morgen gleich vornehmen, Norbert! Ganz besonders interessieren mich die Reifen", und zu Riepen gewandt sagte er: „Ich bin nämlich nicht mal auf einem Auge so blind, wie du mir für zwei unterstellen möchtest, lieber Kollege." Dann sah er wieder Rolf Kärcher an und sagte: „Entschuldige! Was war jetzt mit dem Pick-Up?"

„Das einzige, was bisher sicher feststeht, ist, daß jede Menge Fingerabdrücke vorhanden sind, Unmengen von Haaren und Flecken auf den Sitzen." Kärcher zog einen weiteren Zettel aus seinen Unterlagen, stockte einen Augenblick und fuhr dann fort: „Das gilt nicht für die Ladefläche. Und ein geheimes Fach unterhalb dieser Ladefläche wurde noch nicht genau untersucht."

„Was heißt das?" fragte Schopetta.

„Das Fahrzeug ist hundertprozentig für den Transport illegaler Dinge, um es mal vorsichtig zu umschreiben, hergerichtet worden, wir sind aber noch nicht so weit, Genaues sagen zu können. Dafür haben wir aber den Unterboden mit der Pinzette abgekratzt, die Schmutzfänger und so. Alleine mit dem Dreck aus dem Fußraum der Karre kannste ein Hochbeet anlegen. Dauert also wahrscheinlich ne ganze Zeit, bis die Ergebnisse da sind."

„Gut. Was gibt es sonst noch?" Schopetta drängte nach einem Blick auf die Uhr plötzlich aufs Tempo. Er wollte plötzlich nach Hause. Vielleicht noch ein paar Blicke in die Dossiers werfen, aber sonst nur nach Hause und Feierabend machen.

„Von den Fingerabdrücken im Pick-Up konnten heute eindeutig die von Glowritz, dem Karl Gärtner und die von Knieriem identifiziert werden, alle aus Eckis ehemaliger Rockerbande. Bei den anderen dauert es eben noch was. Entweder sind die Prints so undeutlich, daß man sie nicht zuordnen kann, oder wir haben die Vergleichsdaten in der Kartei noch nicht ausgemacht.“

„Ecki hat gesagt, er hätte mit den Freunden von früher Schluß gemacht. Er hat also auch gelogen.“ Schopetta schüttelte den Kopf. „Man kann heute wirklich keinem Verbrecher mehr trauen.“

„Glaubst du, daß bei einem Kerl wie Ecki sechs Jahre genügen, um ihn die Wahrheit sagen zu lassen?“

„Viereinhalb!“ verbesserte Schopetta, was von Kärcher mit: „Is eben zu wenig“, kommentiert wurde.

Schopetta überlegte einen Moment und entschied sich dann, Dobratz die Unterlagen zum Großmarktkrieg von 1990 heraussuchen zu lassen.

„Und guck dann gleich mal nach, ob wir nicht auch noch die Akten zu den Helldrivers haben. Ich meine, mich erinnern zu können, daß damals gegen die gesondert ermittelt wurde.“

Dobratz machte sich Notizen und nickte. „Bis wann?“ fragte er.

„Wie immer so schnell wie möglich. Ich würde vorschlagen, wir treffen uns zur Lagebesprechung morgen nachmittag. Wäre schon gut, wenn wir weitere Ergebnisse möglichst schnell zusammentragen könnten.“

Dann wandte er sich an Baumeister. „Bei den sogenannten Dossiers, gibt es da auch welche von Personen, die in den Fall verwickelt sind?“

„Nein, Erwin. Nur die über Herrn Professor von Schmierlewski-Schwarzer, die ehebrecherischen Aktivitäten seiner Gattin Schmierlewski-Schwarzer-Heidenbruch und dann das über den Dabringhausen.“

„Kann ich nicht diese Dossiers bearbeiten?“ fragte Rudi, der trotz zwischenzeitlichem Aufbrausen immer wieder in eine partielle Lethargie zu fallen schien, auf das Reizwort „ehebrecherisch“ jedoch sofort reagierte.

„Du bist EDV-Fachmann. Dabei soll es erst einmal bleiben.“ Schopetta griff nach den roten Mappen. „Sonst noch jemand dabei, den wir kennen?“

„Ich hab’s nur überflogen, aber Dabringhausen wurde von Bender wirklich ausspioniert. Aber sonst sind nur Personen aus verschiedenen Kreisverwaltungen und den im Umkreis ansässigen Universitäten genannt. Berichte über die schlechten Angewohnheiten von Professoren, Doktoren,

Amtsräten und so weiter. Soweit ich das gesehen habe, sind die meisten Altertumswissenschaftler. Wenn ich einige Aussagen richtig interpretiere, hat Benders Truppe bei ihren geheimen Beobachtungen auch Videoaufnahmen gemacht."

„Wo könnten die sein?" fragte Schopetta interessiert.

„Keine Ahnung. Bei Bender war nichts. Vielleicht müssen wir die Buden von der schwarzen Leibwache unter die Lupe nehmen, geht aber erst, wenn wir den Photos auch Namen und Adressen zuordnen können."

„Gut! Tun wir später, Herbert. Die Sichtung der Dossiers übernehme ich", verkündete Schopetta. „Soll ich Kopien machen, oder kann ich die Akten so mitnehmen?"

„Alles Originale. Mußt du schon ein bißchen drauf aufpassen."

„Gut, mach ich. Gibt es schon etwas zu den Tatwerkzeugen?"

„Die Kopfverletzung wurde durch eine Stahlrute mit schwerem Metallkopf verursacht. Der Lederriemen war eine Hundeleine, und der Stich in die Kehle wurde mit einer Art beidseitig geschliffenem Dolch ausgeführt. Die Hundeleine weist keine Besonderheiten auf, außer, daß der Karabinerhaken vor kurzem davon abgeschnitten wurde."

„Auch keine verwertbaren Fingerabdrücke?"

„Keine!" sagte Baumeister.

„Gut!" murmelte Schopetta, beschrieb weiter eifrig seine Pappkärtchen und überflog die Notizen in seinem Lederbüchlein. Anschließend sah er die Männer der Reihe nach an. „Wer holt die komischen Photos ab?"

Als von den Ermittlern keine Reaktion kam, meckerte er ungeduldig: „Mensch! Heute morgen habt ihr vom Abschnitt einer Phototüte gesprochen. Drogeriemarkt in Herten. Was ist damit?"

Bücker hob die Hand. „Hol ich ab. Bin am Freitag sowieso in Herten, dann kann ich die mitbringen."

„Was war mit diesem Nagelstudio? Gibt es schon Erkenntnisse?"

Allgemeines Kopfschütteln war die Antwort.

„Gut, kann ich übernehmen. Rudi, was meinst du? Sollten wir da morgen nicht zusammen hinfahren? Vielleicht bekommst du ja eine Gratisbehandlung!"

Es war Schopettas Friedensangebot, und Rudi sah demonstrativ auf seine Fingernägel: „Muß man die vorher selber saubermachen, oder gehört da die Grundreinigung schon mit zum Service?"

„Wenn die Nagelstudiöse Tilly heißt, wird sie dir sogar deine rauhen Spülhände einweichen."

„Ja, wenn das so ist", konstatierte Riepen laut und mit viel gespielter Wichtigkeit, „dann werde ich Sie natürlich begleiten, Herr Hauptkommissar."

26

Als er in den Wagen stieg, war Schopetta auf alles gefaßt, aber zu seinem ehrlichen Erstaunen ließ sich Rudi für den Rückweg sehr viel Zeit.

Die beiden Männer schwiegen, und Schopetta hatte sogar den Beifahrersitz weit zurückgeschoben, die Rückenlehne etwas flacher eingestellt und täuschte, den Kopf an den Seitenholm gelegt, einen leichten Schlummer vor. Erst als sie sich der Ausfahrt in Haltern näherten, begann Rudi ein Gespräch: „Du, die Einladung da, die von der Annkathrin heute nachmittag, das war wirklich ernst gemeint. Wir können da durchaus noch einen kleinen Rotwein nehmen."

„Mein Gott, Rudi. Was macht dich eigentlich so sicher, daß wir da willkommen sind?" Schopetta brachte den Sitz wieder in eine aufrechte Position. „Du kennst die Frau doch höchstens seit Montag. Meinst du nicht, daß deine Partnerwahl von einem deutlich zu hohen Tempo geprägt ist? Oder hast du deinen Rasierer schon länger bei der Dame im Badezimmer stehen?"

„Erwin!" Riepen hob in klassischer Manier den Zeigefinger der rechten Hand, und obwohl das bei ihm irgendwie blöde wirkte, erkannte Erwin sofort, daß das, was der Kollege nun zu sagen hatte, wirklich Ernst gemeint war. „Ich bin ein erfahrener Mann, und ich hoffe, das wirst du mir nicht abstreiten. Darum will ich dir zur Schnelligkeit bei der Partnerwahl mal etwas sagen, Herr Hauptkommissar! Es ist nämlich alles eine Frage des Zeitverständnisses bei zunehmendem Lebensalter. Einer Frau zu begegnen, ihr schöne Augen zu machen, mit ihr mal nett Essen zu gehen, lächelnd Händchen zu halten bis hin zum zwangsläufigen Austausch hormonhaltiger Körperflüssigkeiten, das muß in unserem Alter schneller über die Bühne gehen als in unserer Jugend, viel schneller, um das noch einmal deutlich zu sagen. Ich bin bald fünfzig, Erwin!"

„Du bist nicht einmal fünfundvierzig."

„Ich sag ja auch, bald. Aber selbst in meinem Alter, da kann es durchaus passieren, daß man morgens aufwacht und tot ist. Und ich empfände das als echte Schande, wenn mir persönlich in diesem Augenblick bewußt würde

‚Pech gehabt, Alter, leider war nur Händchenhalten und ein Küßchen in Ehren drin. – Vielleicht hättest du einfach mal etwas mehr Gas geben müssen bei dem Käthchen von gestern abend; das Aktivitätsspektrum etwas breiter angelegt, und du hättest einen nicht nur schönen, sondern sogar erfolgreichen letzten Abend gehabt.' Denk nur an den Norbert Groß, den von der Sitte, der war nicht mal vierzig."

„Eine Ausnahme, Rudi!"

„Und wer sagt mir, daß ich nicht die nächste Ausnahme bin? Ab einem bestimmten Punkt im Leben des erwachsenen Mannes, und ich möchte an dieser Stelle darauf hinweisen, daß der biologische Alterungsprozeß schon zwischen zwanzig und fünfundzwanzig Jahren einsetzt, darf man nichts mehr aufschieben, da ist schnelles, gezieltes und entschlossenes Handeln angesagt. Falls du mal in diese Entscheidungslage kommen solltest, mußt du unbedingt an meine Worte denken. Glaub mir das, Erwin!"

Schopetta lächelte aufgrund der Botschaft und der Vortragsweise, aber einen Einwand machen, das konnte er nicht, denn gerade, als er ansetzen wollte, hob Rudi, den Blick konzentriert auf die Straße gerichtet, abwehrend die Hand: „Einen Augenblick, ich bin noch nicht zu Ende. Hör nur einen Moment weiter zu. Wer weiß, wofür es einmal gut ist. Also, du zum Beispiel Erwin, du bist seit mehr als hundert Jahren verheiratet, und zwischen dir und Hannelore ist alles bestens eingespielt. – Sieht zumindest so aus", ergänzte Riepen seine Anmerkung, als Schopetta den Kopf bedächtig hin und her wackeln ließ. „Im Gegensatz dazu hab ich hundert Jahre nur gesucht, wie ein Gesengter hab ich gesucht. Ich hab auch oft genug etwas gefunden. Aber aus den Erfahrungen, die ich dabei als Sucher und Finder machte, habe ich gelernt, verstehst du? Ich habe gelernt, ganz genau hinzusehen. Und darum weiß ich heute – empirisch ermittelt sozusagen – was geht und was nicht, in bezug auf mich und die Frauen, meine ich."

Dabei sah er Schopetta mit einem kurzen Seitenblick an und zog die Augenbrauen dabei wichtig zusammen. Nach einer kleinen Pause, als Schopetta noch nachdachte und schwieg, setzte er seine Erklärung fort: „Puppen zum Beispiel, Puppen und Stofftiere, diese vielen kleinen süßen Spielzeugmonster gehen nicht. Die gehen auf keinen Fall, glaub mir das!"

Schopetta grübelte, wohin sich jetzt diese Aussage entwickeln würde, als Rudi ergänzte: „Ich will dir das erklären. Nehmen wir mal an, es war ein schöner Abend, und eigentlich scheint alles klar mit der Dame. Du erinnerst dich vielleicht an früher, wenn diese Filmfrage gestellt wird: ‚Kommst du noch mit auf einen Kaffee zu mir nach oben?' – und dann, in einem mit allem möglichen Zierrat leicht überladenen Wohnzimmer kommt es nicht mal ansatzweise zur Sache, weil diese scheiß Stoffpuppentiere das Sofa nicht verlassen wollen, weil Butzi, Bautzi, Bessy, Barbara und Hinkelchen schon müde sind und nicht mehr gestört werden wollen und gar nicht daran gewöhnt sind, auf dem Boden zu schlafen, und du merkst, nur das mit dem Kaffee war ernstgemeint. Dann, Erwin, genau an so einem Punkt, mußt du dir klarmachen, egal wie sie aussieht und wie viel Geld sie hat, wer mit mehr als dreißig Lenzen noch Stofftiere auf dem Sofa sitzen hat, und sie für einen echten Kerl nicht vom Sofa wirft, das, mein lieber Erwin, das ist keine Frau für einen Mann vom Typ Rudi Riepen. Verstehst du, was ich meine?"

Schopetta nickte stumm, aber verständnisvoll und malte sich in Gedanken ein Wohnzimmer, angefüllt mit Stofftieren, aus, in dem er verlegen rumstand und einen Platz zum Schlafen suchte.

Rudi erhob die Stimme und schien auf den Kernpunkt seiner Theorie kommen zu wollen: „Und wenn dir dann noch ernsthaft die Badewanne als Schlafplatz angeboten wird, eine Luftmatratze oder die alte Isomatte, dann ist das genauso beschämend, dann, Erwin, dann ist es unvermeidlich, ein Taxi zu bestellen, sofort und ohne jede Verzögerung. Bei Teddybären und Handarbeiten, die eine ganze Singlewohnung verunstalten, verhält es sich übrigens genau so. Du kannst mir glauben. Im Laufe der Jahre habe ich eine richtige Checkliste entwickelt. Einhundertsiebenunddreißig Punkte, die innerhalb der ersten gemeinsamen achtundvierzig Stunden abgehakt sein wollen. Das geht los bei A wie ‚anschmiegsam' bis Z wie ‚Zahnstellung oder zerdrückte Zahnpastatube'. Und wenn eine Dame in der Bewertung unter siebzig Punkte kommt, dann verabschiede ich mich, ohne Zynismus, ohne Häme, ohne falschen Stolz, ohne Hochmut und, ehrlich Erwin, auch ohne only-one-night-Mitnahmegeschäfte, aber ich tue das immer in der sicheren Gewißheit, daß es nie etwas geworden wäre mit ihr und mir. Man muß da auch ehrlich mit sich selber sein, Erwin. Annkathrin hat auf Anhieb über hundert Punkte erreicht, eine Zahl, die ich vorher noch nie vergeben hatte. Da ist die Entscheidung schnell gefallen. Nachdenken brauchte ich da nicht mehr, nachgedacht hatte ich glücklicherweise schon vorher. Mein Punktesystem ist da todsicher und unschlagbar."

Schopetta lächelte immer noch über die Ausführungen des Kollegen und die Ernsthaftigkeit, mit der er seine Thesen vertrat. Er verstand die Theorie, die dahinter steckte, und während er kurz darüber nachdachte, wie seine Bewertungskriterien bei einer Punktevergabe aussehen würden, fiel ihm ein, daß er von Hannelore aus Nishnij noch nichts gehört hatte. Nur der Anruf im Büro, den Annette für ihn entgegengenommen hatte. Einen Augenblick lang überlegte er, ob er sich Sorgen machen müßte, erkannte dann aber, daß ihm auch bei echten Gründen für Sorgen keine wirkliche Interventionsmöglichkeit gegeben war, und darum entschloß er sich, mit den Sorgen vielleicht doch bis zum nächsten Tag zu warten.

Während seiner umfangreichen, theoretischen Ausführungen steuerte Rudi den Wagen durch die kleinen Straßen der Wohnsiedlung oberhalb des Museums und parkte direkt hinter Schopettas grauem Mercedes, der vor einem schmucken Einfamilienhaus aus den späten Fünfzigern stand.

„Nicht schlecht", kommentierte Schopetta den Anblick des schön renovierten Hauses.

„Annkathrin wohnt oben. Unten hat sie vermietet. Aber was is nu? Kommste noch mit?"

„Nee, laß mal, Rudi, ich muß nach Hause. Vielleicht ruft Hannelore ja noch an, die hat sich die ganze Woche noch nicht gemeldet. Außerdem muß ich den Kater suchen, ist seit ein paar Tagen überfällig. Und wenn der weg is, dann is der erste Krach schon wieder vorprogrammiert. Mach dir nen schönen Abend mit den hundert Punkten. Außerdem würd ich doch nur stören, wenn ich deinen Vortrag richtig verstanden habe. Denn wie nach Stofftieren sieht deine Frau Heriks wirklich nicht aus."

Rudi Riepen nickte. „Gut, ich hol deinen Schlüssel runter. Einen Augenblick mußt du dich also noch gedulden. Willste nich doch den Moment mit reinkommen?"

Schopetta schüttelte nur den Kopf.

Rudi benötigte kaum eine Minute, um den Schlüssel zu besorgen und Hauptkommissar Erwin Schopetta genau vierundzwanzig Minuten, um sein Haus in Billerbeck zu erreichen.

Alles war wie immer, nur der Kater saß auch an diesem Abend nicht auf der Mauer. Mit gut konditioniertem schlechtem Gewissen fiel ihm ein, die Anzeige zur Wiederbeschaffung des Tieres vergessen zu haben. Er sah auf die Uhr. Vielleicht hat die Anzeigenredaktion ja einen Spätdienst, dachte er und griff zum Telephonbuch. Die Nummer fand sich leicht, jedoch forderte nur ein Anrufbeantworter auf, unbedingt eine Nachricht nebst Telephonnummer zu hinterlassen und versprach mit treuherziger Stimme auch wirklich zurückzurufen.

Schopetta ließ die Ansage durchlaufen und legte nach dem Pfeifton den Hörer wieder auf.

Der Regen hatte irgendwann im Laufe des Nachmittags aufgehört. Geblieben war das suppige Wetter. Als er im Dunkeln noch eine Runde durch den Garten machte, hatte er das Gefühl, es sei unnatürlich warm geworden. Ohne es eigentlich zu wollen, ging er die Lieblingsplätze des Katers ab. Das Futter, das er ihm auf dem Holzstoß unter dem Carport hingestellt hatte, war unberührt. Langsam ging er durch die kleine Gartenpforte über den Stichweg bis zur Landstraße. Soweit das Licht der einzelnen Laterne reichte, suchte er mit langem Hals die Seitenränder der Fahrbahn ab, aber er konnte nichts entdecken, was als Kadaver einer toten Katze zu identifizieren gewesen wäre, und die Gräben jetzt um diese Zeit mit der Taschenlampe abzusuchen, erschien ihm wenig erfolgversprechend.

Besorgt und enttäuscht war er schon wieder auf dem Rückweg, als ihn von hinten die Scheinwerfer eines Autos erfaßten. Vorsichtig trat er zurück und drückte sich etwas in die Hecke, die das Grundstück umgab, um den Wagen passieren zu lassen. Es war sein Nachbar, der anhielt, die Scheibe heruntersurren ließ und rief: „Na, Erwin, auf Verbrecherjagd?"

„Du hast es erfaßt", antwortete Schopetta mit ernstem Gesicht. „Ich such den Entführer von unserm Kater. Das Viech ist seit Montagabend überfällig. Wer weiß, wo der Bolz wieder steckt. Du hast ihn nicht zufällig gesehen?"

„Nicht die Spur. Aber du weißt doch, wenn Kerle abhauen, steckt hundertprozentig ne Frau dahinter. Haste schon vorne bei Dogan nachgefragt? Die Blagen von dem haben vorige Tage zwei kleine Kätzchen rumgeschleppt. Vielleicht sichert sich dein Stubentiger nur rechtzeitig einen neuen Harem."

„Is ne Möglichkeit. Vielleicht haben die ja was gesehen. Ich geh gleich mal rüber."

Der Nachbar winkte zum Abschied mit der Hand, die Seitenscheibe hob sich, und der Wagen verschwand nach kurzer Fahrt hinter einem sich selbsttätig öffnenden und schließenden Garagentor.

Dogans Kinder hatten die Numero Sieben natürlich nicht gesehen.

Es war schon nach zehn, als er sich für das Abendbrot die aus Polizeifunk und Fernsehen bekannte Steinofentiefkühlpizza mit Käse und Spinat in den Ofen schob. Er zerteilte sie nach dem Aufbacken in zwölf schmale Dreiecke und entschied sich gegen alle guten Vorsätze, doch ein Flasche Chianti Classico aufzumachen.

Der Geschmack der Pizza war bekannt, der Wein eine Enttäuschung. Trotz mehrfachen Nachkostens war Schopetta der festen Überzeugung, der

Wein schmecke nach Fisch. Da es aber zu seinen fest konditionierten Eigenschaften gehörte, alles aufzuessen und auszutrinken, was einmal auf den Tisch gekommen war, leerte er das Glas, schlug mit der flachen Hand den Korken in den Flaschenhals und knurrte: „Ich sag's doch, fischig", und wie immer, wenn er sich der Heimarbeit widmete, machte er es sich am Küchentisch bequem. Soweit hinter dem Teller mit den Pizzastücken, wie es der Schliff seiner Bifokalbrillengläser zuließ, baute er die roten Mappen mit den Dossiers auf, die von den Kollegen in Benders Arbeitszimmer sichergestellt worden waren. Angelehnt an den dreiarmigen Kerzenleuchter aus polnischem Buntporzellan, konnte er sie so lesen, während er sich Stück für Stück die Pizza einverleibte. Immer darauf bedacht, keine Fett- oder Tomatenflecken auf den Unterlagen zu hinterlassen, hatte er auch eine Küchenrolle in Griffweite.

Die Berichte über Herrn und Frau von Schmierlewski-Schwarzer sowie den über Dabringhausen erachtete er als die für den Fall am wichtigsten. Die über insgesamt neun andere Vertreter des geschichtswissenschaftlichen Lebens des Landes überflog er nur und legte sie dann zur Seite.

Was Schopetta aber zu lesen bekam, war, besonders im Fall des Ehepaars Schmierlewski-Schwarzer, eher von größter Peinlichkeit geprägt als kriminalistisch besonders aufschlußreich. Man hatte den Professor ausspioniert, platt, hämisch und niederträchtig. War ihm auf Schritt und Tritt gefolgt, hatte sich anscheinend heimlich seines Terminkalenders bedient, war ihm hinterhergefahren, hatte akribisch die Gläser Rotwein gezählt, die er, wo auch immer, getrunken hatte, die Schlückchen aus der Cognacpulle in Promille umgerechnet, und Schopetta stellte sich ziemlich angewidert vor, wie Hausmeister Ahlers heimlich Markierungen auf der Schnapsflasche anbrachte, um zu ermitteln, ob der Konsum für ein anzeigewürdiges Vergehen schon ausreichte. Irgendwie erbärmlich, dachte der Kommissar.

Einige Blätter weiter tauchte dann eine Adresse im Bericht auf, die Schopetta sofort wiedererkannte. Das Nagelstudio in Herten. Schopetta ging in sein Arbeitszimmer und zog die Kreiskarte aus dem Regal. Die Adresse lag in Herten-Langenbochum, genauer in Transvaal, einer Siedlung an der Kreuzung der L 638 und K 36. Auf seinen experimentellen Heimwegen, die er wegen übermäßigem Gedankenaufkommens durch komplizierte Umwege in die Länge zog, war Schopetta schon ein paarmal dort vorbeigekommen.

Den von Benders Schnüfflern abgelieferten Observationsberichten zur Folge, wurde dieses Nagelstudio in den letzten dreieinhalb Jahren von

Schmierlewski-Schwarzer insgesamt siebenundsechzigmal aufgesucht, und zwar zwischendurch am Tag, auf dem Heimweg oder noch vor Dienstbeginn in der Zeit zwischen halb neun und zehn Uhr. Schopetta dachte kurz und ernsthaft darüber nach, wie schnell seine Fingernägel wuchsen und wie oft er sie schneiden mußte, kam aber auf die Schnelle zu keinem klaren Ergebnis.

Wie naiv er aber mit dieser Betrachtungsweise an der Realität vorbeischrappte, erfuhr er drei Zeilen weiter. Da entpuppte sich nämlich das vermeintliche Nagelstudio als ein florierendes kleines Stadtrandbordell.

„Sieh an, der Professor", murmelte Schopetta erstaunt, aber auch seltsam betroffen. Trotzdem hielt er die Bezeichnung Nagelstudio für eine zwar verwirrende, wenn auch sehr treffende Umschreibung für einen einfachen Puff. Eines gewissen Humors entbehrte die Namensgebung auch nicht, trotzdem wollte sich bei Schopetta der richtige Spaß nicht einstellen. Er kam sich eher voyeuristisch und ein wenig schäbig vor, als er auch noch haarklein nachlesen konnte, wie gerne der Herr Siegfried von Schmierlewski-Schwarzer besonders ganz jungen Damen aus Fernost den Vorzug gab. Insbesondere bei diesen Informationen mußte es sich eindeutig um Insiderwissen handeln, denn nur durch die Beobachtung des Hauses konnten sie nicht in den Bericht gelangt sein.

Ob es nun die Tatsache des regelmäßigen Besuchs in einem Stadtrandpuff war, die traurige Tatsache, dabei insbesondere jungen Damen den Vorzug zu geben, die akribische Vergleichsrechnung von Kilometerabrechnungen, Spesensätzen und Arbeitszeiten, oder der fragwürdige Nachweis einer sehr legeren Vermischung von privaten und dienstlichen Angelegenheiten, die den Professor in die Hand Benders gegeben hatten, interessierte Schopetta erst einmal nicht. Wahrscheinlich war es die Summe aller Dinge, die ihm irgendwann von Bender mit den entsprechenden Forderungen präsentiert worden war.

Auch wenn Schopetta einen kleinen Schritt weitergekommen zu sein schien, Zufriedenheit stellte sich bei ihm erst einmal nicht ein.

„Schmierlappen", zischte er und klappte den Aktendeckel zusammen, und er war sich dabei gar nicht sicher, ob er den Professor und seine Untaten nicht viel weniger meinte als die Unappetitlichkeit der Schnüffelcrew.

Wenigstens Rudi wird seinen Spaß haben, dachte er und stürzte sich in die Abgründe des Privatlebens der Diplom-Ökotrophologin Eva Maria von Schmierlewski-Schwarzer-Heidenbruch. Seine angesäuerte Befindlichkeit änderte sich durch die Lektüre dieses zweiten Berichtes auch nicht.

Anscheinend in Ermangelung anderer wesentlicher Details aus dem Privatleben der Dame, hielt man sich auch in ihrem Fall ausschließlich bei der Wiedergabe von Aktivitäten auf, die ihren leidenschaftlichen und zugleich doch höchst kompromittierenden Ausgangspunkt in den Regionen unterhalb der Gürtellinie nahmen. Durch intensive Beobachtung und konsequente Observationsarbeit, wie es in dem Dossier hieß, war man der guten Frau von Schmierlewski-Schwarzer-Heidenbruch einfach draufgekommen. Sie unterhielt ein leidenschaftliches Verhältnis zu einem jüngeren Mann. Selbst der Name des Herrn, der regelmäßig in der Briener Straße auftauchte – wenn sich der Herr des Hauses Nummer 45 hinter seinem Schreibtisch im Museum mit den Lasten der alten Geschichte abplagte –, der sie zum Kaffee ins Seehotel abholte, sie nach Düsseldorf oder Köln zum Shoppen begleitete, war für den Kommissar nur deshalb interessant, weil er diesen Herrn zumindest dem Namen nach kannte. Es handelte sich um den Museumspädagogen Heiner Boeing, auch ‚der schöne Heiner' genannt, der also neben historischen Fachtagungen auch noch andere Termine mit deutlich höherem Gegenwartsbezug wahrnehmen konnte.

„Also nicht nur eine schöne, sondern sogar eine sehr schöne Arbeit. Und so abwechslungsreich", kommentierte Schopetta diese Information und die nächste Anmerkung „... und das alles für BAT II" war schon nicht mehr ganz ernst gemeint.

Nach dieser Unmenge von Enthüllungen war Schopetta im Grunde die Lust vergangen, weitere Schnüffelprotokolle zu bearbeiten. Das Gefühl körperlichen Unwohlseins hatte sich dagegen weiter aufgebaut, und er überlegte, wie er diesem begegnen konnte. Ein oder zwei Saunagänge waren ihm jetzt zu aufwendig, darum entschied er sich zu baden.

Nachdem er die Verpackungsreste seines Abendbrots in den Müll geworfen hatte, ging er hinauf ins Badezimmer, ließ das Wasser in die breite Eckbadewanne einlaufen und streute eine ordentliche Portion Dr. Kneipps Heublümchenextrakt hinein. Das Wasser färbte sich sofort neongrün, und im Badezimmer verbreitete sich der angenehme Geruch von duftig frischem Heu.

VIERTER TAG

27

Auch die Luft war plötzlich von einem eigenartigen Neongrün. Nebelig war es, alles wirkte leicht verschwommen, und das rotierende Blaulicht auf dem Gepäckträger von Czychis altem Damenfahrrad warf zusätzlich seltsam kontrastierende Farbreflexe auf die Szene. Der Rentner saß aufrecht auf seinem Drahtesel und ließ sich von drei strammen Rauhaardackeln vorwärts ziehen. Runde um Runde drehte er auf dem Parkplatz des Römermuseums, und Schopetta wunderte sich über die Geschwindigkeit, die diese ungewöhnliche Troika dabei entwickelte. Der Berginvalide alberte, lachte und drehte sich lässig nach Rudi um, der schnaufend und schwitzend hinter dem Gespann herrannte und verzweifelt versuchte, das Alarmgerät vom Gepäckträger zu reißen. „Tatütata!“ schrie Czychi zwischendurch und bearbeitete mit dem Daumen den kleinen Hebel der Fahrradklingel, die dabei ganz seltsame Töne von sich gab. Es war kein normaler Klingelton, den die alte Fahrradschelle hervorbrachte und auch nicht das helle Ping Ping, das die neueren kennzeichnete, bei denen nur ein kleines Hämmerchen von außen gegen den Deckel schlug. Das Geräusch, das Schopettas Ohr erreichte, war technischer, eine kleine Tonfolge, fast eine Melodie. Während er angestrengt darüber nachdachte, wie das Geräusch wohl zustande kam, wurde es lauter, und noch tief schlafend erklärte ihm eine Stimme, daß es sich bei dieser Melodie wohl um den Klingelton seines Telephons handeln müsse.

Wenn sein Kreislauf ihm normalerweise eins nicht verzieh und dies grundsätzlich mit minutenlangem Herzrasen bestrafte, dann waren es Telephonanrufe mit oder ohne Traumbegleitung, die ihn unvermittelt aus dem Schlaf rissen. Meist konnte er dann erst nach einer halben Minute entscheiden, ob er wirklich schon wach war oder noch träumte. Hielt er sich für wach, dann waren seine Reaktionen meist überhastet, weil er stets fürchtete, durch das Nachdenken schon zu viel Zeit verloren zu haben. Bei den Versuchen, den Hörer dann in aller Eile ans Ohr zu bekommen, war zu oft eine Wasserflasche, das Kabel des Radioweckers oder die aufgeschlagene Abendlektüre im Weg, und irgend etwas ging immer krachend zu Boden.

Aber das Bedrückendste war die psychische Wirkung, die nächtliche Anrufe auf ihn hatten, und gegen die er sich auch nicht wirklich wehren konnte. Stets wußte er, daß ihn in diesem Augenblick die ultimative Katastrophennachricht, die Information über Tod und Vernichtung oder Schlimmeres ereilen würde, und so war er beim Abnehmen des Hörers angespannt, fahrig und aufgeregt. Selbst nach den vielen Jahren im Polizeidienst, in deren Verlauf er regelmäßig nachts geweckt und an Tatorte gerufen wurde, hatte er sich nicht an diese Störungen gewöhnen können.

Zu seinem eigenen Erstaunen fühlte er heute diese Panik nicht. Die Augen bekam er schlecht auf, das war alles. Darum griff er blind auf die Kommode neben dem Bett, und nachdem er, völlig anders als sonst, die Fernbedienung für den Fernseher und die für den Satellitenreceiver allein durch Abtasten sicher als solche erkennen konnte, war es ein Leichtes, das dritte Gerät als das Telephon zu identifizieren. Erst jetzt öffnete er mühsam die Augen.

Wie erwartet war es noch stockdunkel. Nur die roten Ziffern des Wekkers leuchteten und sagten 4:07 Uhr. Ohne hinzusehen, fand er den Knopf, um das Gespräch anzunehmen, und mit dem Gefühl, das gesamte Gebiß fest mit stumpfem Gewebeband abgeklebt zu haben, fragte er verschwommen: „Wer stört?“

„Ich hab ihn, Erwin, ich hab ihn! Ganz sicher. Mensch, Erwin, du hattest recht, und ich bin eine blöde Gans und hab dich angepöbelt. Tu ich auch nie wieder. Versprochen. Ich hab ihn, und die ganze blöde Listenwälzerei hat sich echt gelohnt.“

„Nur aus den bruchstückhaften Informationen entnehme ich, daß du es bist, Elle“, war Schopettas Antwort.

„Na klar, wer denn sonst?“

„Es ist 4:09 Uhr, und da sich meine Frau zur Zeit in Rußland aufhält, hätte sie es auch sein können. Ich glaube, die Russen liegen dichter am Sonnenaufgang als wir. Außerdem ist es nicht unbedingt die normale Zeit für dienstliche Telephonate.“

„Weiß ich doch“, entgegnete Elle. „Aber ich bin so aufgeregt, und du hast doch gesagt, daß ich dich sofort anrufen soll, wenn ich etwas herausgefunden habe, und vor fünf Minuten habe ich den Kontrolldurchlauf abgeschlossen.“

„Sag bloß, du bist noch im Büro?“ fragte Schopetta besorgt.

„Na klar! War doch deine Anweisung, in dieser Woche mit dem Vergleich der Unterlagen fertig zu werden.“

„Damit hab ich aber nicht gemeint, du sollst vierundzwanzig Stunden durchmachen.“

„Hat sich einfach so ergeben, und gelohnt hat es sich auch."

„Also, wenn ich dich richtig verstanden habe, hast du aus den Meldeunterlagen eine Person herausgefiltert, die weitestgehend mit der Täterbeschreibung im Vergewaltigungsfall übereinstimmt. Ist das richtig?"

„Ja!"

„Gut! Hast du schon mit jemandem darüber gesprochen?"

„Mit wem denn? Mit dem Pförtner oder dem Kollegen vom Notruf?" erwiderte Elle eingeschnappt.

„Oh, entschuldige, gnädige Frau, es war nur eine von den vielen Routinefragen, die man als alternder Ermittler fast automatisch abspult. Trotzdem habe ich schon einmal von der Erfindung des Telephons gehört, und in unseren kommunikativen Zeiten soll es sogar vereinzelt zum Einsatz von sogenannten MobilTelephonen gekommen sein. Also, geredet haben kannst du schon mit der halben Welt. Trotzdem will ich deine Antwort als Nein werten und den eher unangemessenen Ton einem Vorgesetzten gegenüber auf die starke Übermüdung zurückführen. Willst du jetzt noch nach Hause, oder bleibst du im Präsidium?"

„Bist du wirklich erst gerade wach geworden?" fragte die junge Frau beeindruckt.

„Ja, wieso?"

„Solche Sätze bekäme ich nicht mal hin, wenn ich Speed genommen hätte."

„Ich hoffe nicht, daß du Probleme mit aufputschenden Drogen hast!"

„Quatsch! Aber zu deiner Frage. Ich möchte eigentlich im Präsidium bleiben. Ich könnte sowieso nicht mehr richtig schlafen."

„Schön, und wie heißt jetzt der Vogel, den du da ermittelt hast?"

„Laurenz, Maik Laurenz. Maik mit ai und Laurenz nur mit z, und umgezogen ist er von Dortmund-Huckarde nach Castrop-Rauxel-Bladenhorst. Erst waren es noch sechs Männer, die bei dem Abgleich übriggeblieben waren. Vier scheiden mit ziemlicher Sicherheit aus, und von den andern beiden ist der eine, glaub ich, zu alt."

„Hervorragend, meine liebe Kollegin! In Anbetracht der nachtschlafenden Zeit mache ich dir einen Vorschlag. Du gehst an meinen Schrank neben der Tür. Darin steht auf der rechten Seite mein Feldbett. Eine Decke findest du im Fach darüber. Ne Stunde kannst du, wenn nicht schlafen, so doch zumindest ausruhen. Ich spring eben noch unter die Dusche. Du kannst später ja schon mal einen Kaffee kochen. Die Maschine steht bei Annette im Büro. Ich bin so gegen sechs, halb sieben da. Frühstück bringe ich auch mit. Und dann erläuterst du mir in aller Ruhe die Einzelheiten deiner Ermittlung. Und wenn alles schlüssig ist, werden wir uns beim Direktor anmelden und sehen, ob wir nicht heute noch eine Verhaftung hinbekommen können. Ist das o.k.?“

„Is o.k.“

Während Schopetta seine therapeutische Duscheinheit absolvierte, putzte er seine Zähne fast zehn Minuten lang, um den faden Geschmack loszuwerden, den der seltsam fischige Rotwein hinterlassen hatte. Das Ergebnis war einigermaßen, doch im Domcafé am Markt, der einzigen Bäckerei in Billerbeck, die ihren Kunden schon um 5 Uhr frische, auf Wunsch sogar belegte Brötchen anbot, ließ er sich neben den mit Käse und gekochtem Schinken belegten Bäckereierzeugnissen auch ein Päckchen Kaugummi geben. Er schob sich gleich vor der Tür zwei der Dragees in den Mund, legte die Tüte mit den Brötchen auf die Rückbank und zog den alten grauen Lodenmantel, den er beim Verlassen des Hauses sicherheitshalber über die graue Anzugjacke gezogen hatte, wieder aus.

Sein Empfinden vom Vorabend hatte ihn nicht getäuscht. Nach dem vielen Regen, dem Nebel und den unangenehm naßkalten Temperaturen war es über Nacht sehr warm geworden. So hatte schon die Lokalzeitung, die er vor seinem Aufbruch kurz überflogen hatte, die Kreisseite mit „Plötzlicher Temperaturanstieg von mehr als fünfzehn Grad – Gefahr für alle Herz-Kreislaufpatienten“ übertitelt. Zwar zählte er sich nicht unbedingt zur angesprochenen Risikogruppe, aber unangenehm empfand er den plötzlichen Temperaturanstieg doch. Trotz der Warnung behielt er den Hut auf dem Kopf und schob ihn, wie fast immer, nur lässig in den Nacken.

Die Straßen waren noch frei. Er hatte den Stadtrand von Billerbeck schon erreicht, und aus den Lautsprechern ertönte gerade der zweite Satz der D-Dur Symphonie No. 2 von Brahms, als ihm die roten Mappen mit den Dossiers einfielen. Sie lagen noch vor seinem Bett. Dort hatte er sie in der Nacht einfach fallenlassen, als ihn nach zwei Seiten Herbert Dabringhausen und dem ausgiebigen Erfrischungsbad die Müdigkeit übermannte.

Schopetta wendete auf dem Gelände der kleinen Westfalen-Tankstelle und nahm die Abkürzung durch das südwestliche Industriegebiet. Gerade als er sich der Einmündung in die Umgehungsstraße näherte, sprang eine Katze durch die Lichtkegel der Scheinwerfer. Es war eine schwarze Katze, die in ein, zwei schnellen Sprüngen den Weg überquerte. Er stieg scharf in die Bremse und versuchte, das Tier irgendwo am Straßenrand noch zu entdecken. Er war sich sicher, daß er die Numero Sieben gesehen hatte. Der weiße Fleck auf der Brust und der doppelte graue Ring am Schwanzende waren bisher immer das sichere Erkennungsmerkmal. Obwohl es im Dunklen eher aussichtslos war, stieg er aus, holte seine Handlampe aus dem Kofferraum und leuchtete das filzige Gestrüpp links der Straße ab. Eine Zeitlang blieb er sogar unbeweglich stehen, bereit, bei der kleinsten Bewegung den Strahl der Lampe auf den Ausreißer zu richten. Aber im vertrockneten Durcheinander von gelbem Gras und verblühten, rotbraunen Stauden war nichts mehr.

„Mistvieh“, knurrte er, stieg wieder ein, und nachdem die beiden roten Mappen neben ihm auf dem Beifahrersitz lagen, fuhr er deutlich schneller als sonst üblich in Richtung A43.

28

Abgesehen von der Eingangshalle und der Zentrale war im Präsidium noch alles dunkel. Auch in Schopettas Büro brannte kein Licht, lediglich der Computer lief, und ein in bunten Farben langsam kreisender Bildschirmschoner warf geheimnisvolle Wechsellichter an die Wände des Raumes. Schopetta legte die Brötchentüte auf den Tisch. Langsam gewöhnten sich seine Augen an das Halbdunkel. Sein Blick streifte sein überdimensionales Pinboard mit Photos und Pappkarten, das im diffusen Farbspiel der ungewöhnlichen Beleuchtung an ein antikes Mosaik erinnerte.

Fürsorglich drückte er den Schirm seiner Schreibtischlampe tief hinunter, und als er nun das Licht einschaltete, erkannte er auch die Umrisse der jungen Frau, die hinter dem Schreibtisch, eingewickelt in seine dunkelgrüne Wolldecke, auf dem Feldbett lag. Außer einem riesigen Knäuel blonder Haare sah man nur ihren linken Arm, der schlaff herabhing und mit der Hand seltsam abgeknickt den Linoleumboden berührte. Der Kommissar nahm sich leise einen der Stühle vom Tisch, drehte den Monitor in seine Richtung und bewegte die Maus. Sofort zeigte der Bildschirm eine fein unterteilte Graphik. Es waren die von Elle zusammengetragenen Untersuchungsergebnisse.

„Hervorragend“, murmelte Schopetta immer wieder, während er die Aufstellungen studierte, und er versuchte, trotz seiner Begeisterung weiter so leise wie möglich zu sein.

Elle hatte alle Informationen sorgfältig gespeichert, die zum Teil völlig unterschiedlichen Formate der Meldeunterlagen sortiert und übersichtlich in einer Datenbank, für jeden Nutzer gut lesbar, aufbereitet. Mit einem sicherem Blick für das Wesentliche war nichts Überflüssiges mehr vorhanden. Die Umzugs-, Zuzugs- und Abzugsbewegungen waren in Diagrammen dargestellt, ihr methodisches Vorgehen Schritt für Schritt beschrieben und ihr Resümee in einen mehrseitigen Bericht gefaßt.

Schopetta empfand sein Leben lang schon stille Hochachtung vor gut strukturierten Menschen, und das vor allem, weil er sich selbst als zu ungenau, zu unpräzise und vielleicht auch als eine Spur zu chaotisch empfand.

Zwar war er in seiner Arbeit erfolgreich, doch hätte man ihn zu diesem Erfolg näher befragt, würde er ihn Zufällen zuschreiben, einem Instinkt, der nicht näher zu fassen war. Vielleicht würde er sich sogar entschuldigen und die Anmerkung vorschieben, manchmal nur zu einem ungewöhnlichen Zeitpunkt einem ungewöhnlichen Gedanken nachzugehen. Daß es gerade diese ungewöhnlichen Gedanken waren, die dann auch zum Erfolg führten, Gedanken, die andere Polizisten im täglichen Ermittlungsstreß eben nicht entwickelten, hätte er weit von sich gewiesen.

Dabei wußte Schopetta aber immer auch den Vorzug zu nutzen, als Vorgesetzter auf ein Team zurückgreifen zu können, das die ungewöhnlichen Gedanken des Hauptkommissars verfolgen und auf dessen Anordnung hin sogar umsetzen mußte. Ohne sein Team wäre eben vieles nicht möglich. Schopetta glaubte an diese Begründungskonstruktion, obwohl er sich selbst nie als außergewöhnlich teamfähig einschätzte. Oft benutze er die Arbeit der Ermittlungsgruppe nur, um einzelne Vermutungen oder Verdachtsmomente mit Sicherheit ausschließen zu können. Jede in einen Fall verwickelte Personen wollte er dann befragt und verhört haben, nur um ganz sicher zu sein, daß wirklich niemand, aber auch wirklich niemand etwas gesehen hatte. Die Möglichkeit, jemanden nicht zu befragen, und mit diesem Versäumnis den Schlüssel zur Lösung eines Falles nicht aufzunehmen, war ihm schon eine sehr unangenehme Vorstellung.

Schopetta stand auf und ging ins Nachbarbüro. Flüsternd die Löffel Kaffeepulver zählend, fütterte er die Kaffeemaschine, nahm zwei Kaffeepötte und einen Teller für die Brötchen, Milch und Süßstoff aus dem zwekkentfremdeten Aktenbord und legte sogar zwei Platzdeckchen auf den Besprechungstisch in seinem Büro, bevor er das Geschirr daraufstellte. Dann ging er an den Schreibtisch zurück. Noch mehrmals sah er die Ausdrucke der Listen und Aufstellungen Elles durch, nahm sich auch den Bericht vor und dachte dabei weniger an eine Kontrolle als vielmehr daran, in den Zusammenstellungen keine Frage offen und jeden Widerspruch ausgeschlossen zu wissen.

Am Ende aller Sortiervorgänge waren sechs Namen übrig. Schopetta fixierte die Aufstellung, als könne er allein durch intensives Anstarren alle möglichen Fehler und Fehlinterpretationen ausschließen. Elle hatte die Namen der in Frage kommenden Personen zuerst mit einem neongrünen Textmarker gekennzeichnet und vier von ihnen später mit dem Kugelschreiber wieder ausgestrichen. Beim fünften war nur das Geburtsdatum eingekreist und an den Rand der Liste der Vermerk gesetzt worden – wahrscheinlich zu alt.

Ein dicker, roter Kreis rahmte den sechsten Namen ein. Eben jenen Maik Laurenz. Nach den Angaben der Personalausweisdaten war er ein ideales Abbild der durch die Zeugenaussagen zusammengetragenen Personenbeschreibung. Amtlich eingetragene 1,79 m, geboren am 14.12.1967 in Korbach, also fast 29 Jahre alt und ledig. Und auch sein neuer Wohnort lag fast im Zentrum aller Tatorte.

Mit einem Summton meldete sich die Kaffeemaschine aus Annettes Büro. Schopetta ging gleich rüber, aber auch Elle wurde durch den häßlichen Ton aus ihrem kurzen Schlaf geholt.

„Ach du Scheiße, verschlafen“, sagte sie, als sie mit einer Frisur vom Typ „Exploding Armchair“ vom Feldbett hochschnellte.

„Mach ma keine Hektik“, beruhigte Schopetta sie, als er mit der Kaffeekanne ins Büro zurückkehrte. „Eigentlich haste ja deine Wochenschicht mit den Überstunden der letzten Tage schon abgefahren.“

„Moin Chef“, antwortete Elle nur und begann ihre Schuhe anzuziehen, die sie einen nach dem anderen unter dem Feldbett hervorkramte.

„Wirklich erstklassige Arbeit, Kollegin“, nickte Schopetta. „Müßte mit dem Daibel zugehen, wenn der Sack nich zu is.“

Zum erstenmalbemerkte Schopetta ein feines, stolz-verlegenes Lächeln auf dem Gesicht der Kommissaranwärterin, das sich sehr vom Lachen über Rudis Witze unterschied und auch anders war als ihr selbstbewußt, lautes Lachen. Und darum lächelte Schopetta auch, weil ihm das, was er sah, gefiel, und weil es die junge Frau so schön machte. „Kannste wirklich stolz drauf sein, auf die Arbeit. Das macht dir hier so schnell keiner nach, vor allem nicht in der Qualität. Mit den Unterlagen kann sogar Heuermann was anfangen. Ehrlich! Is einfach Spitze.“

„Mann ... Erwin, hör auf. War doch schließlich alles deine Idee. Das bißchen Statistik ist doch wirklich ein Klacks. Aber ich muß zugeben, daß sich alle hier auf deinen Instinkt verlassen, is völlig o.k. Ich wäre nie auf so eine ... Idee gekommen."

Zwischen den Worten „eine" und „Idee" lag eine Pause, in die gut der Begriff „scheiß" gepaßt hätte. Aber sie hat es sich verkniffen, dachte Schopetta und war nun der Überzeugung, daß es mit der Zusammenarbeit in Zukunft schon klappen würde. „Instinkt is eins", sagte er darum gut gelaunt. „Strukturiertes Vorgehen und zielorientiertes Arbeiten das andere. Trotzdem sag ich: Wir müssen ihn erst haben, den Scheißer. Stell dir vor, der macht uns einen Strich durch die Rechnung, weil er sich ein Eins-A-super-Alibi besorgt hat. Eins, an dem es nichts zu rütteln gibt. Dann hat ihn deine Statistik überführt, und wir gucken trotzdem in die Röhre. Dann sehen wir sofort wieder alt aus. Wie sollen wir deiner Meinung nach weiter vorgehen?"

„Hinfahren und das Schwein abholen."

„Und was ist mit einem möglichen Alibi?"

„Das muß man dann sehen", knurrte Elle unwillig. „Er ist es, hundert Pro. Ich würde am liebsten sofort los und mir den Typen kaufen. Das vorliegende Täterprofil paßt auf diesen Kerl."

„Was macht dich so sicher? Die Wut auf einen Mann, der Frauen überfällt?"

Elle zuckte mit den Schultern: „Ein Gefühl nur, aber eins, das sich auch auf die Ergebnisse der Ermittlungen stützt."

„Was ist mit unserer Zeugin? Weiß die schon etwas über unseren Fortschritt?"

„Nein! Woher auch?"

„Gut, dann laß uns mal bis acht warten, dann rufen wir die Dame an und bereiten alles für eine verdeckte Gegenüberstellung vor. Am besten gleich am Wohnort des Verdächtigen. Wenn die Frau sich völlig sicher ist und ihn wiedererkennt, nehmen wir ihn gleich hops. Selbst wenn er nicht gesteht, können wir alles andere mit einem Gentest beweisen."

Schopetta sah auf seine Armbanduhr. „Jetzt ist es halb sieben. Laß uns frühstücken. Ich hab Brötchen mitgebracht, hier, ganz frisch. Sind noch warm. Und bevor es losgeht, müssen wir sowieso noch zu Heuermann hoch. Der wartet dringend auf eine Nachricht."

Sie frühstückten in Ruhe, aßen dabei fünf der sechs Brötchen ohne Probleme auf und tranken genußvoll den heißen Kaffee aus den dicken Porzellanbechern. Elle nahm sich sogar noch die Zeit, eine von ihren filterlosen Camels zu rauchen, und für kurze Zeit nagte am Kommissar wieder einmal der Neid des unfertigen Nichtrauchers. Als Elle für eine kurze Morgentoilette in der Sanitärabteilung verschwand, beschlich Schopetta erneut eine gewisse Unsicherheit. Darum gingen sie später noch einmal gemeinsam alle Ergebnisse durch, um jede erdenkliche Fehlerquelle auszuschließen.

Um zwanzig vor acht meldete sich der Hauptkommissar mit der Kollegin im Schlepptau im Vorzimmer des Direktors: „Ich muß den Kollegen Heuermann sprechen, dringend!"

Frau Tomczyk war sprachlos, ob dieser ungeheuerlichen Art, nach dem obersten Herrn des Hauses zu fragen. Trotzdem brachte sie mit einer vor Entrüstung leiser werdenden Stimme hervor: „Wen wünschen Sie zu sprechen, Herr Hauptkommissar Schopetta?" Und im Nachsatz, der stimmlich fast erstarb, fügte sie bebend hinzu: „Das wird ja immer schöner, einfach ungeheuerlich!"

„Ich weiß zwar nicht, was Sie damit meinen, werte Frau Tomczyk, aber ich befürchte, wenn Sie mich nicht schleunigst bei dem Herrn melden, wird es für Sie unangenehm."

Die Chefsekretärin schnappte sichtbar ein und würdigte Schopetta ab sofort keines Blickes mehr. Mit spitzem Finger drückte sie auf den Knopf der Gegensprechanlage und sagte mit einem angewiderten Unterton: „Ein gewisser Herr Schopetta möchte Sie sprechen. Ich habe ihm schon gesagt, daß es terminlich heute morgen sehr eng ist wegen der ..."

„Er soll hochkommen", schnarrte die Stimme Heuermanns im Lautsprecher, „aber schnell."

„Er steht schon vor mir, Herr Polizeidirektor", sagte sie giftig und zog dabei ein Gesicht, als wolle sie hinzufügen: Und er riecht so schrecklich.

Schopetta grinste, beugte sich etwas vor und brüllte in das Mikrophon der Sprechanlage: „Wir haben ihn, Herr Heuermann, wie versprochen!"

Keine drei Sekunden später riß Kriminaloberrat Heuermann die Tür seines Büros auf und rief ins Vorzimmer: „Großartig, Schopetta! Kommen Sie rein. Das ist mal eine gute Nachricht!" Und fast freundschaftlich, die Hand auf Schopettas Schulter, schob er den Kommissar sanft in das Büro.

„Sind Sie sicher, Schopetta, daß wir ihn haben?" war die erste, noch etwas bange Frage, nachdem Elle die Tür zum Vorzimmer hinter sich geschlossen hatte. „Ich habe kaum ein Auge zugetan vor lauter Sorge, irgendein Datenschutzbeauftragter könnte Wind von der Sache bekommen haben und beginnen, dumme Fragen zu stellen."

„So gut wie sicher", war Schopettas Antwort. „Aber darf ich Ihnen Kommissaranwärterin Kommer vorstellen?" Elle war einfach hinter den beiden Männern hergestolpert und ein wenig verloren an der Tür stehengeblieben. „Sie hat die Hauptlast der Arbeit getragen und auch die Unterlagen zusammengestellt. Ganz hervorragende Beamtin, ohne ihren Einsatz hätte es niemals so schnell geklappt." Schopetta dreht sich um und zwinkerte Elle zu.

Heuermann, der gerade erst hinter seinem Schreibtisch Platz genommen hatte, stand sofort wieder auf, bat Elle zur Sitzgruppe, reichte ihr mit einer kleinen Verbeugung die Hand und sagte: „Glückwunsch, Frau Kommer. Wenn alles so ist, wie der Hauptkommissar es andeutet, haben Sie einen Wunsch frei." Kaum daß sie in den Ledersesseln Platz genommen hatten, begann er leise gackernd zu lachen: „Natürlich nur soweit ich als Polizeidirektor darauf Einfluß habe, hahaha. Aber Spaß beiseite. Wie wollen wir weiter vorgehen?"

„Als erstes werden wir uns die Wohnsituation des Tatverdächtigen genau ansehen", begann Schopetta seinen Plan vorzustellen, den er erst während des Vortrags entwickelte. „Als nächstes bringen wir unsere Truppen in Stellung. Ob wir ein Sondereinsatzkommando brauchen, entscheiden wir vor Ort. Ich würde mich dann bei Ihnen melden und Sie um die entsprechende Unterstützung bitten. In der Zwischenzeit werden wir Kontakt zu der Zeugin aufnehmen, die den Täter als einzige genau beschrieben hat. Die soll den Verdächtigen direkt, schnell und möglichst eindeutig identifizieren. Dann werden wir uns bemühen, den Kerl irgendwie vor die Tür zu bekommen, um eine verdeckte Gegenüberstellung möglich zu machen. Läuft alles nach Plan, nehmen wir ihn direkt fest."

„Und was ist, wenn sich die Zeugin nicht festlegen will?" fragte Heuermann. „Kommt ja immer mal wieder vor, daß sich Zeugen plötzlich nicht mehr erinnern können. Oder stellen Sie sich vor, die Zielperson hat ein Alibi. Was ist dann, Schopetta?"

„Dann packen wir ihn trotzdem ein. Der Täter hat immer wieder ein paar Spuren hinterlassen. Aus denen wurde schon ein genetisches Profil erstellt. Das müssen wir dann zwar noch vergleichen, aber das wird jedes Alibi kippen, da bin ich mir sicher. Sollte aber alles schiefgehen, haben Sie mit der Sache nichts mehr zu tun. Sie wissen doch, was dann passiert."

„Was meinen Sie, Schopetta? Was soll dann passieren?"

„Dann melde ich mich wie versprochen ab, Herr Kriminaloberrat. Dann heißt der Verkehrskasper von Erkenschwick ab sofort Schopetta."

„Lassen Sie die Sprüche, Schopetta, Sie machen mich nervös mit Ihren dummen Scherzen. Besteht denn wirklich noch die Möglichkeit, daß Sie sich irren?"

Plötzlich und unerwartet durchfuhr Schopetta der grausame Schauer des Zweifels. Ihm wurde völlig flau im Magen, und wenn er nicht gesessen hätte, wären ihm vielleicht sogar die Beine weich geworden. Er war bisher so sehr von der Stimmigkeit ihrer Thesen ausgegangen, daß er nicht ein einziges Mal an ihrer Richtigkeit gezweifelt oder an einen Fehlschlag gedacht hatte.

Herr, schick mir ein Zeichen, dachte er panisch, und hilfesuchend warf er einen Blick auf seine Kollegin. Die hielt aber fast ehrfürchtig ihren Blick auf den Polizeidirektor gerichtet und – ja, sie tat es wirklich, ohne daß sie Schopettas Blick wahrnahm – schüttelte dabei ganz unbewußt, langsam, aber nachdrücklich den Kopf.

Ich danke dir, großer Manitu, war sein Gedanke, aber seine Worte klangen kompetent und völlig überzeugend: „Nein, Herr Heuermann, diese Möglichkeit besteht nicht!"

29

Sie saßen in ihrem Einsatzwagen und hatten von ihrem Standort aus einen guten Blick in die Ahornstraße. Das Haus Nummer sechs war die rechte Seite eines Doppelhauses. Zwei Treppenstufen vor der Haustür, und an jedem der beiden Eingänge zwei Klingeln.

Es waren nur wenige Menschen unterwegs, und so konnten sie ziemlich sicher sein, daß ihre Observation nicht auffallen würde. Ab und zu betätigten sie den Scheibenwischer. Die Wohnsiedlung in Bladenhorst war typisch für das Revier. Eine alte Zechensiedlung. Aber die Doppelhäuser aus ehemals grau verputztem Zechenziegel waren anscheinend schon alle in Privatbesitz übergegangen, was ihre zum Teil abenteuerliche Aus- und Umgestaltung schrill dokumentierte. Putz von weißgrau bis beigebraun, Kunstschiefergiebel, Pseudofachwerk, Blumen, Schmiedeeisen, Rüschengardinen und Kunststoffblumenkästen im Holzdesign mit den vom Regen schlaff und traurig herabhängenden Stiefmütterchen. Einfach Klasse. Das zu observierende Gebäude unterschied sich von den anderen Häusern durch einen besonders schlecht proportionierten und mit braunen Eternitplatten verkleideten Dachausbau.

Die beiden Kommissare hatten das Terrain im Umkreis von gut zweihundert Metern intensiv in Augenschein genommen und auf dem Rundgang mit hochgeschlagenem Mantelkragen und tief in die Stirn gezogenen Hüten ihren Einsatzplan entwickelt. Zwei Polizisten in Zivil waren auf den Waldfriedhof beordert, an den die Grundstücke grenzten. Als Besucher getarnt, sollten sie die Rückseite des Grundstücks im Auge behalten und den Fluchtweg über die Friedhofsmauer verhindern. Zwei weitere Polizisten parkten in einem Zivilwagen in der Einfahrt der linken Doppelhaushälfte des Zielobjektes unter dem Carport. Während des Einsatzes sollten sie den Fluchtweg über den Hof abschneiden. Elle sollte die Vorhut machen, und Schopetta behielt sich mit Kommissar Wensing den Direktzugriff vor, sobald der Verdächtige öffnen würde. Ein Sondereinsatzkommando hielten sie für überflüssig. Alles war ausführlich abgesprochen, doch Hauptkommissar Norbert Wensing, der erst durch Heuermann über den Einsatz und die Beteiligung von Erwin Schopetta nebst der Kommissaranwärterin Kommer unterrichtet wurde, war entsprechend sauer und glaubte, von Vorgesetzten und Kollegen einfach übergangen worden zu sein.

„Was hast du eigentlich mit dem Fall zu tun?“ maulte er Schopetta an. „Ich hab mich schon auf der Pressekonferenz gefragt, wieso du da plötzlich aufgetaucht bist.“

„Mann, hör auf zu heulen“, antwortete Schopetta. „Wir sind ein Verein, der auf den Prinzipien von Befehl und Gehorsam aufgebaut ist. Mir wurde etwas befohlen, und als guter Beamter folge ich blind meinem Diensteid, das ist alles.“

„Du bist vielleicht ein Quatschkopp. Ich hab dir ne ernsthafte Frage gestellt, also gib mir gefälligst eine einigermaßen ernsthafte Antwort.“

„Ich weiß nicht, was du hast!“ knurrte Schopetta „Ich finde meine Antwort eigentlich ganz gut. Um sicher zu sein, daß alles klappt, war Geheimhaltung vereinbart. Jetzt sitzen wir hier, und wenn alles glattgeht, hast du ein Problem weniger. Damit is gut und Ende!“

„Geheimhaltung!“ Wensing tippte mit dem Zeigefinger auf seine Stirn. „Die kleine Anwärterin wurde eingeweiht und nur der zuständige Kommissariatsleiter nicht, der bleibt außen vor. Die Version kannst du einem anderen erzählen.“

„Laß das Mädchen aus dem Spiel. So gute Arbeit, wie die Elle sie gemacht hat, hätten wir beide nicht hingekriegt. Kannst dich später ruhig bei ihr bedanken, mein Lieber.“

„Oh, Entschuldigung, Onkel Erwin. Bisse mit der Kleinen verlobt?“

„Arschloch“, knurrte Schopetta und schwieg ab dann beleidigt.

Norbert Wensing war von der ganzen Aktion überhaupt nicht überzeugt. Immer wieder nahm er das Phantombild, das Elle für die Einsatzgruppe vervielfältigt hatte, betrachtete es und legte es unwillig wieder auf das Armaturenbrett zurück. Plötzlich stieß er aufgebracht hervor: „Wißt ihr denn überhaupt etwas über diesen Typen? Der steht doch nicht mal in unserer Datei. Das heißt, der ist bis jetzt ein völlig unbescholtener Bürger!“

Schopetta schüttelte den Kopf: „Wir wollen nicht, daß er überhaupt etwas spitz bekommt. Unser Ziel ist die komplette Überrumpelung. Überrumpelt gestehen sie am besten. Kennst du doch. Lügen brauchen bei den meisten Menschen etwas länger.“

„Meinst du, der ist plemplem?“

„Is durchaus möglich, daß er ’n kleinen Webfehler hat. Außerdem, so’n bißchen hat Elle schon rausbekommen. Wie du siehst, wissen wir, wo er wohnt, wir wissen, daß er als Trainer in einem Fitneß-Studio drüben auf der Bahnhofstraße arbeitet und heute Mittagschicht hat, daß er nicht verheiratet ist, und daß er noch nie über einen längeren Zeitraum eine Freundin hatte, ist uns auch schon bekannt.“

„Und wie habt ihr das rausgefunden?“

„Da mußt du Elle fragen. Alles ihre Arbeit.“

„Und wo is deine Superassistentin jetzt? Hat se vor der Verhaftung Manschetten bekommen und sich krank gemeldet?“

„Kerl noch eins, Norbert. Jetzt bleib einfach auf’m Teppich. Die holt unsere Hauptzeugin ab, muß jeden Augenblick hier auftauchen.“

Der Wärmeschub der vergangenen Nacht hatte sich nur kurz gehalten. Über dem Ruhrgebiet war es schon wieder deutlich kälter geworden, und für einige Zeit sah es so aus, als wolle sich über dem Südkreis ein ordentliches Wintergewitter zusammenbrauen, aber Blitz und Donnerschlag blieben aus.

Um kurz vor halb zwölf saßen Elle, die ihre Zeugin Veronika Hasselt von ihrem Arbeitsplatz, einem Drogeriemarkt in Suderwich, abgeholt hatte, und die beiden Kommissare bei einem sich fies niederschlagenden Kaltniesel im zivilen Polizeiauto und starrten alle wie magisch angezogen auf das Haus Nummer sechs in der Ahornstraße.

„So, Frau Hasselt.“ Schopetta wandte sich lächelnd an die Zeugin. „Frau Kommer wird jetzt versuchen, den besagten Herrn an die Tür zu bekommen. Wir werden direkt da drüben vor dem Haus parken, damit Sie eine gute Sicht auf den Kerl haben.“

Veronika Hasselt nickte stumm. Die Aufregung war ihr deutlich anzumerken.

„Ich bleibe natürlich bei Ihnen“, fügte Schopetta beruhigend hinzu. „Sie brauchen sich vor nichts zu fürchten. Der Mann wird Sie nicht sehen und Ihnen auch nicht gefährlich werden können. Kommissar Wensing bleibt auch ganz in der Nähe und spielt einen Passanten. Er nähert sich dem Haus zu Fuß. Frau Kommer wird bei der Nachbarin klingeln, sich als Mitarbeiterin der Stadtverwaltung ausgeben und etwas von einer Anzeige wegen Lärmbelästigung erzählen. Dann wird sie zur rechten Tür gehen. Wir sind ganz sicher, daß unser Mann da ist. Die Kollegin wird warten, bis er aufmacht, und wenn Sie ihn erkennen, sagen Sie mir einfach, das ist er oder das ist er nicht. Alles klar?“

Veronika Hasselt nickte wieder und preßte angespannt ihre Lippen aufeinander.

Wensing verließ nun das Auto und begab sich in die Deckung einer Hecke, um von dort aus seinen Teil zum anstehenden Rollenspiel beizusteuern. Auch Elle stieg in ihren Wagen um und fuhr dann langsam in die Ahornstraße. Sie parkte direkt vor dem Doppelhaus, in dessen linker Einfahrt die Kollegen unter dem Carport standen. Locker und unauffällig stieg sie aus, hängte mit Schwung ihre Tasche über die Schulter und nahm ein Klemmbrett unter den Arm. Im Vorbeigehen grüßte sie mit einem Augenzwinkern die Kollegen. Als sie auf den Klingelknopf drückte und kurz darauf ein Gespräch mit der Nachbarin führte, chauffierte Schopetta verabredungsgemäß seinen Wagen ebenfalls in die Ahornstraße und parkte auf der anderen Straßenseite, schräg hinter Elles Wagen.

„Es geht los“, sagte der Kommissar leise, und ein Blick über die Schulter zeigte ihm, daß auch Wensing schon in Bewegung war.

Schopetta nahm das Funkgerät: „An alle Kräfte Einsatzgruppe Bladenhorst, Aktion läuft. Wer ihn durchläßt, stellt ab morgen Angelscheine aus, aber in Winterberg-Süd, ist das klar?“

Die zwei Männer im Auto unter dem Carport zeigten Schopetta den erhobenen Daumen, stiegen langsam aus und verschwanden durch einen kleinen Torbogen in der Verbindungsmauer zwischen den Siedlungshäusern. Schopetta war zufrieden und hoffte, daß auch die beiden Friedhofsbesucher, von denen er nur ein kurzes „Gruppe Friedhof in Bereitschaft“ empfing, wirklich auf ihrem Posten waren.

Elle hatte das Gespräch mit der Frau beendet und stand nun vor der Tür des Hauses, in dem Laurenz seine Wohnung hatte. Sie sah sich noch einmal um, nickte Schopetta kurz zu und drückte auf den Klingelknopf. Erst als sie zum zweiten Mal die Türschelle betätigte, hörte sie etwas im Innern des Hauses. Jemand kam die Treppe hinunter. Die Tür wurde schwungvoll geöffnet, und vor ihr stand der Mann vom Phantombild. Eindeutig. Besser hätte man ihn nicht zeichnen können, dachte sie, zog beiläufig ihren Ausweis und sagte: „Guten Tag. Mein Name ist Kommer. Ich komme vom Ordnungsamt der Stadt und gehe einer ..."

„Es tut mir leid, Schätzchen", wurde sie von dem jungen Mann unterbrochen, der sie dabei abschätzend lächelnd taxierte. Cool und lässig trat er einen halben Schritt durch die Tür. „Ich bin auf dem Weg zur Arbeit, und ich habe wirklich keine Zeit. Ein anderes Mal vielleicht!"

Ungefähr in diesem Augenblick sagte Veronika Hasselt zu Schopetta: „Das ist er. Ohne jeden Zweifel. Ich erkenn ihn genau wieder – das Schwein!"

Vielleicht stieg der Kommissar darauf hin ein wenig zu forsch aus dem Wagen. Auf jeden Fall nahm Maik Laurenz die schnelle Bewegung wahr. Mit einem kurzen Blick sah er zuerst Schopetta an. Dann fixierte er mit einem schnellen Seitenblick auch Wensing, der auf seinem Weg zum Haus die Einfahrt mit auffällig schnellen Schritten durchquerte, nahm dann noch einmal Elle ins Visier, und mit einem Mal schien ihm klar, worum es in dieser Aufführung ging.

Mit einem auch für die Polizistin überraschenden Angriff stieß er Elle mit seiner großen Tasche heftig zurück und versuchte im nächsten Augenblick, rückwärts in den Flur zurückzuweichen. Zu seinem Pech verhinderte aber die Sperrigkeit seines überdimensionierten Athletengepäcks den schnellen Rückzug, und er blieb damit kurz zwischen Tür und Zarge hängen. Bei seinem panischen Versuch, die Tasche ins Haus zu zerren, beugte er sich schnell und ein wenig zu hastig vor, und ohne es zu wollen, warf er sich dabei in eine erstklassig plazierte rechte Gerade, die Elle ihm sehr trocken einschenkte. Der Hieb war nicht von schlechten Eltern, und unter dem Zusammenprall von Faust, Nase und Lippen platzten letztere gefährlich auf. Mit diesem einen Schlag wurde allen Beobachtern der Szene klar, daß Herr Laurenz nicht über ausreichend gute Nehmerqualitäten verfügte.

Augenblicklich verloren seine Beine die notwendige Spannkraft, und in einer einknickenden Dreh-Kippbewegung fiel er über die Seite rückwärts in den Flur, fing sich nur notdürftig an einem Schuhschränkchen ab, das er dabei umriß, stolperte rückwärts über einen schmiedeeisernen Schirmständer, und ehe er überhaupt wußte, was mit ihm wirklich geschah, lag er auf der Seite und fühlte Elles Knie in der Nierengegend.

Nur mit großer Mühe gelang es ihm, die Schwärze zurückzudrängen, die wie eine Photoblende sein Gesichtsfeld immer mehr einschränken wollte, und als es ihm endlich gelungen war, nicht k.o. zu gehen, hatte Elle schon sein Handgelenk nach hinten gedreht. Der Mann ächzte unter dem Polizeigriff. So war es Wensing, der, weil zwei Schritte eher am Ort des Geschehens als Schopetta, ohne übermäßige Anstrengung Maik Laurenz die Eisen anlegen konnte. Wie ein aus Polizeifunk und Fernsehen bekannter Amicop rief Wensing in Richtung Schopetta: „Los, Erwin, lies ihm schon mal seine Rechte vor!“

„Ich hab den Text vergessen“, schnaufte Schopetta nach seiner kurzen Sprinteinlage durch den Vorgarten.

„Trotzdem verhaften wir ihn wegen des Überfalls auf Frau Veronika Hasselt am 16.12.1995 in Dortmund-Mengede.“ Wensing drehte Laurenz auf den Rücken und sah ihm in das blutverschmierte Gesicht: „Sie brauchen es nicht zu leugnen, Herr Laurenz. Frau Hasselt hat Sie vor wenigen Augenblicken eindeutig wiedererkannt. Wir werden von Ihnen Haar- und Speichelproben nehmen und diese mit den vorliegenden Spuren vom Tatort vergleichen. Wir sind sicher, daß wir Sie anhand der genetischen Übereinstimmung als Täter überführen können. Wollen Sie sich dazu äußern?“

„Ich hätte die Ischen abstechen sollen, alle elf, dann hättet Ihr mich nie gekriegt“, stieß Maik Laurenz hervor, spuckte einen Mund voll Blut auf den Treppenläufer und verfiel von diesem Zeitpunkt an in abwesendes Schweigen.

Elle machte eine Notiz, unterschrieb, setzte Datum und Uhrzeit ein und sagte: „Müßt ihr beiden auch unterschreiben, ist fast so gut wie ein Geständnis, denn verhaftet haben wir ihn nur wegen des einen Falls.“

Schopetta grinste und sagte zu Wensing: „Na, was sagste. Top Kollegin oder?“

Sie brachten Maik Laurenz in die Wohnung zurück und plazierten ihn am Küchentisch. Alle Versuche, ihm weitere Informationen abzuringen, blieben erfolglos, und so sah sich Schopetta ein paar Minuten lang in der Wohnung des jungen Mannes um. Später setzte er sich wieder an den Küchentisch und bot dem apathisch dasitzenden Laurenz eine von Elles Camels an, die sie kurz zuvor mit ihrem Feuerzeug auf den Küchentisch geworfen hatte. Laurenz nahm die Zigarette. Schopetta gab ihm Feuer, und der Mann nahm einen tiefen Zug. Dann senkte er wieder den Kopf.

„Warum?“ fragte Schopetta, „Kannst du mir sagen, warum? Erst mal siehst du doch völlig normal aus.“

Laurenz hob den Kopf, sah Schopetta lange an und sagte leise: „Ich hatte mir zwölf vorgenommen, ganz genau zwölf. Keine mehr und keine weniger. Schade, hat leider nicht geklappt.“ Dann zog er die Füße auf den Stuhl, legte die Arme um die Knie, auf die er noch den Kopf legte und murmelte: „Zwölf ist eine echt geile Zahl! Wirklich. Es geht nichts über die Zwölf.“ Und ohne ein weiteres Wort hervorzubringen, saß er zusammengekauert da und starrte auf die langsam verglühende Zigarette, die er mit den gefesselten Händen hielt, und nur von Zeit zu Zeit wischte er mit den Handrücken über die geschwollenen Lippen, auf denen das Blut schon eingetrocknet war.

Schopetta war seltsam angerührt von der traurigen Figur, die Laurenz abgab, von der embryonenhaften Position, die er auf dem Stuhl kauernd einnahm, von den müden Bewegungen, den schwachen Gesten und dem desorientierten Schweigen. Er mußte sich immer wieder die Verbrechen des Mannes vor Augen führen, um nicht plötzlich Mitleid aufkommen zu lassen, aber das gelang ihm im Augenblick nur unzureichend.

„Brauchen Sie einen Anwalt?“ fragte er den Mann eindringlich, worauf Laurenz nur abwesend und langsam den Kopf schüttelte.

„O.k., lassen wir das.“ Schopetta sah die Kollegen fragend an. Die sagten nichts, verzogen das Gesicht oder zuckten nur hilflos mit den Achseln. „Gut, is nicht mehr mein Fall. Was er gesagt hat, war nicht viel, aber du hast ja mitgeschrieben, Elle, und ein Geständnis war es allemal, da hast du recht.“

Wensing und sein Team waren dabei, die Wohnung gründlicher zu untersuchen.

„Wir sind ab jetzt raus aus der Sache!“ rief Schopetta. Und als ihm das so unvermittelt rausgerutscht war, sah er unsicher Elle an. Die stand grinsend in der Tür zur Küche und feixte: „Na, Erwin, auch zu viele schlechte Krimis gesehen?“

„Jeden Tag, du freches Luder“, gab der zur Antwort und wandte sich zum Gehen. An der Wohnungstür verabschiedete er sich von Wensing: „Wäre schön, wenn ich im öffentlichen Teil des Schaulaufens nicht erwähnt würde. War sowieso Elles Arbeit. Und denk dran, laß Heuermann den Erfolg auskosten, und ich misch mich auch nicht mehr in deine Fälle – is versprochen!“

30

Der Westerholter Weg war auf der Höhe von Finanzamt und Präsidium komplett zugeparkt. Auf einigen der Fahrzeuge waren die bekannten Logos von Filmgesellschaften und Fernsehsendern zu erkennen, und zwei, drei Kamerateams stolperten auch wirklich über die große Treppe, um das alte Gebäude der Recklinghauser Polizei aus allen Perspektiven zu filmen.

Schopetta registrierte den Medienauftrieb mit einer Gefühlsmischung aus Stolz und einem leicht nervösen Unbehagen. Hat sich ja schnell rumgesprochen, dachte er. Wahrscheinlich hat Heuermann den Erfolg bei den Kollegen Telephonisch abgefragt und dann gleich die Presse informiert. Im Vorbeifahren, schon auf der schmalen Zufahrt zu den Höfen des Präsidiums, sah er vor dem Haupteingang mehr als ein Dutzend Menschen warten.

Er fuhr langsam auf den Parkplatz für die Einsatzfahrzeuge und stellte das Auto zwischen die dort abgestellten Streifenwagen. So unauffällig wie möglich wollte er sich dem rückwärtigen Eingang nähern, und in einer fast perfekten Kopie seines heimlichen Vorbildes schlug er darum den Mantelkragen hoch, zog den Hut tief ins Gesicht und griff in die Tasche, um sich eine der Filterlosen zwischen die Zähne zu stecken. Leider fanden sich im Mantel, außer den üblichen Krümeln und Faserresten, nur zwei Bonbonpapiere, sonst nichts. Allein aber die Vorstellung genügte, ihn den Virginia-Tabak schmecken zu lassen. Doch ehe er diese suchtgesteuerte Erinnerung mit Wehmut vertiefen konnte, flog auch schon seine Tarnung auf.

„Heh, Hauptkommissar Schopetta", rief ein Mann, auch mit hochgeschlagenem Mantelkragen, aber statt des Hutes mit einer Baseballkappe der New York Yankees bedeckt.

Mit Zigarette wäre ich unentdeckt geblieben, dachte Schopetta in einem Anflug von Selbstironie, denn so in Gedanken vertieft, hatte er die Hand voll Presseleute nicht wahrgenommen, die den Hintereingang des Präsidiums im Auge behielten und unter dem rostigen Fahrradständer vor dem Nieselregen Schutz suchten.

„Einen Augenblick nur, Kommissar", rief der Mann erneut.

Es war Schrader, den alle nur Hennes nannten. Er war Polizei- und Gerichtsreporter der Kreiszeitung und lebte in dem Wahn, die besten Beziehungen zur Polizei zu haben, und Schopetta setzte nichts daran, diesen Glauben zu zerstören. Hennes nahm Schopettas Schritt auf und begleitete ihn nun auf dem Weg zum Hintereingang des Präsidiums.

„Da erwisch ich ja genau den Richtigen“, begann er die Unterhaltung. „Wie sieht's denn aus? Kann der große Schopetta, einem unterbezahlten und völlig durchnäßten Lokalreporter nicht ein paar verwertbare Auskünfte flüstern?“

Schopetta grinste den Mann von der Seite an: „Noch ein solcher Satz, Hennes, und ich kann meine Tränen nicht mehr zurückhalten“, bedauerte der Kommissar feixend. „Tut mir wirklich leid, is nicht mein Fall. Macht alles der Wensing. Den mußt du fragen, der ist ganz allein mit den Ermittlungen betraut. Aber ich denke, daß er nur noch den Direktor informiert und anschließend für Auskünfte zur Verfügung steht. Dauert sicher keine halbe Stunde mehr bis zur Pressekonferenz. Der Fall hat uns ja auch lange genug beschäftigt. Ich denke, nicht nur wir sind froh, daß wir den Kerl gefaßt haben.“

„Wieso gefaßt?“ fragte der Reporter irritiert. „Wir waren doch vor nicht mal fünfzig Minuten noch am Tatort. Die Nachricht ist noch keine Stunde alt.“

Die Frage des Reporters machte Schopetta unsicher. Trotzdem nickte er und sagte: „Das kommt hin. Wir haben den mutmaßlichen Täter vor gut einer Stunde festgenommen, und gestanden hat er auch schon.“

„Wieso gestanden? Heh, Schopetta! Solltest du ausnahmsweise mal nicht auf dem laufenden sein?“ Jetzt wirkte Schrader verunsichert und erklärte: „Es geht doch hier nicht um irgendeinen Fall, es geht um den Doppelmord, den an den zwei Neonazis, heute morgen unten in Grullbad. Kurz nach zehn ging es über euren Privatsender.“

Während sie so miteinander sprachen, zwängte sich Schrader wie selbstverständlich und dicht an Schopetta gedrängt mit durch den schmalen Hintereingang des Präsidiums. Schopetta grüßte die Wache, und als sie in der Eingangshalle vor dem Fahrstuhl anhielten, grinste der Reporter schon extra breit.

„Das Abhören des Polizeifunks ist nicht gestattet. Das solltest du wissen!“

„Kommissar, Kommissar, jetzt enttäusch mich nicht. Als ob du nicht Bescheid wüßtest. Ausgerechnet du!“

„Nee, echt, Schrader, keine Ahnung, wovon du sprichst“, lächelte Schopetta treuherzig. „Ich komm wirklich gerade erst von diesem Job in Castrop. Wir haben den Typ festgenommen, der die vielen Frauen überfallen und vergewaltigt hat. Du weißt doch, unsere Pressekonferenz, letzten

Montag. Der Fall, an dem der Wensing seit fast anderthalb Jahren gearbeitet hat. Von einem Doppelmord hab ich keine Zeile auf'm Schirm."

„Mein Gott, Schopetta! Was lügst du schlecht. Ich habe doch mit deinen Leuten gesprochen. Riepen und Bücker. Die waren da wesentlich gesprächiger als du. Fememord wurde als mögliches Motiv angedeutet, eventuell ein Zusammenhang mit dem Mord an diesem ollen Heimatforscher im Haltender Römermuseum. Sogar die Auswirkung eines Richtungsstreites in der Neonaziszene vor dem Hintergrund der Ergebnisse der letzten Kommunalwahlen wurden als Möglichkeit in Betracht gezogen. Und du willst davon nichts wissen?"

„Nee, Schrader, wirklich, keinen blassen Schimmer." Schopetta schob den Hut in den Nacken. „Trotzdem, jetzt mal genau. All den Krampf sollen Riepen und Bücker in aller Öffentlichkeit gesagt haben?" fragte er nachdenklich.

„Nee, nee!" ruderte der Reporter etwas zurück. „Gesagt hat das alles euer Präsi, der Heuermann. Heute morgen, auf der improvisierten Presseinformation am Tatort. Aber deine zwei Jungs, die standen schon daneben und haben ihm scheinbar schon vorher kräftig souffliert."

„Gibt's doch gar nicht", murmelte der Kommissar. Und obwohl ihn der Hinweis auf die Auskunftsfreudigkeit der Kollegen mächtig ärgerte, grinste er und sagte: „Und ich Dussel hab wirklich geglaubt, heute bekommen wir endlich mal den Medienapplaus für unseren nimmermüden Einsatz im Namen der Gerechtigkeit. Aber so kann man sich eben irren." Und damit klopfte er Schrader im Vorbeigehen auf die Schulter, stieg in den Fahrstuhl, der soeben einige Uniformierte in die Eingangshalle entlassen hatte, drückte eilig den Knopf mit der rot leuchtenden Zwei, und bevor die Tür sich leise schloß, grüßte er noch einmal den verdutzten Reporter, indem er mit Zeige- und Mittelfinger an seine Hutkrempe tippte.

„Wo sind die alle?"

Ohne anzuklopfen, stürmte Schopetta in das Sekretariat.

„Hallo, Erwin." Annette Sattelknecht blieb unbeeindruckt. Mit der Brille auf der Nasenspitze saß sie vor ihrem Rechner und blätterte mit ausgestreckten Armen in irgendwelchen Papieren. „Wenn du die Kollegen meinen solltest", sagte sie betont verbindlich, „die sitzen zum großen Teil im Besprechungsraum und warten auf dich. Is schon viel passiert heute morgen."

„Das hab ich gemerkt“, nörgelte der Kommissar schon deutlich leiser. „Ist ja ein Medienauftrieb, als würde Sophia Loren zu Besuch erwartet.“

„Püüüh, für die alte Schachtel. Für die würde doch nicht mal die Kreiszeitung ihre Leute schicken, da müßten schon ganz andere kommen, der Typ, mit dem jetzt der neue Titanic-Film gemacht wird zum Beispiel. Dieser Leonardo di ‚Kabrio‘“, schwärmte Annette. „Die Omma von dem wohnt ja immer noch in Erkenschwick, und er soll sich ja rührend um sie ...“

„Is sonst noch was?“ fragte Schopetta ungeduldig, und Annette antwortete kaum beleidigt: „Heuermann hat nach dir gefragt. Soll ich dich bei ihm anmelden?“

„Nein, ich gehe zuerst zu den Kollegen rüber. Muß mir erst einmal einen Überblick verschaffen. Ich hoffe, die sind einigermaßen in der Lage, Auskunft zu geben.“

„Ja, warum denn nicht, Erwin? Ich hab dir doch gesagt, daß sie auf dich warten. – Glückwunsch übrigens zum Erfolg in dem anderen Fall. Alle Achtung, Erwin, das macht dir so schnell keiner nach.“

„Wieso wißt ihr denn schon davon?“

„Ja, hör mal. So etwas spricht sich schnell rum und in Frauenkreisen sogar noch schneller, selbst in diesem männerdominierten Haus“, schob sie schnippisch dazwischen. „Außerdem waren doch die vielen Überfälle auf Frauen schon eine echte Bedrohung. Man traute sich doch kaum noch auf die Straße, wenn es dunkel wurde. Und deswegen ist es schon gut, daß ihr den Kerl endlich einkassiert habt.“

„Hat allein die Elle geschafft“, sagte Schopetta mit ehrlicher Anerkennung. „Top Polizistin, die Frau. Die macht bestimmt noch mal richtig Karriere.“

„Wieso die denn?“ fragte Annette mit einem Gesicht, als wenn sie gerade eine Teelöffel Salz kauen würde. „Die hat doch wirklich nur in deinem Büro gesessen und auf wichtig gemacht.“

„Siehste Annette! So kann man sich irren. Es gibt einfach viele Fälle, da führt erst mal nichts anderes als stupide Schreibtischarbeit weiter. Und von wegen Wichtigmachen. Elle hat den Kerl ganz allein festgenommen, richtig Klasse, mit allem Schnickschnack. Und das noch als besondere Information: Sie hat ihm dabei eine reingehauen, daß die arme Wurst Rad geschlagen hat. Na? Ist das nicht mal eine gute Nachricht, auch wenn sie aus diesem männerdominierten Haus kommt?“

Keine Minute später riß Schopetta die Tür zum Besprechungszimmer auf und stürmte mit wehendem Mantel und dem immer noch weit in den Nacken geschobenen Hut hinein: „Also, bevor ich euch wegen eurer soeben von der versammelten mitteleuropäischen Presse hochgelobten Informationsfreudigkeit richtig zusammenscheiße, will ich wissen, was hier eigentlich los ist. Von was für einem Doppelmord faselt die Mischpoke da unten eigentlich?"

Die Männer sahen erstaunt auf. Baumeister hatte sich als erster von der Überraschung des Auftritts erholt: „Ja, Erwin, geht alles so schnell wie im richtigen Leben. Plötzlich und unerwartet hat unser Fall zwei Tote mehr. Wir gehen davon aus, daß der neue Doppelmord im Zusammenhang mit den Toten vom Anfang der Woche steht. Vier Tote innerhalb von vier Tagen ist in Friedenszeiten neuer vestischer Rekord." Während er sprach, sah Herbert Baumeister seinen Chef abwartend an, klopfte dabei einen flachen Stapel handbeschriebener Blätter zurecht und legte sie neben den obligatorischen Spiralblock.

Schopetta schwieg nachdenklich. Erst nachdem Baumeister sicher war, daß der Hauptkommissar nichts sagen wollte, fuhr er fort: „Wie du weißt, befragen wir ja seit gestern mittag alle Personen, die auf den Mitgliedslisten der Heimatvereine stehen. Rundet zwar das Bild ab, hat aber grundsätzlich keine weitere Spur gebracht. Beim Abklappern der Adressen sind wir in Grullbad in einer der Zielwohnungen auf zwei tote junge Männer gestoßen, und das mehr durch Zufall als durch kriminalistische Ermittlung."

„Wo genau?" fragte Schopetta einsilbig und kämpfte dabei schon gegen die körperliche Reaktion auf diese üble Neuigkeit an. Wie immer in solchen Situationen, zog sich seine Nackenmuskulatur krampfartig zusammen und führte in den meisten Fällen zu Kopfschmerzen, denen er durch möglichst heimliche Stretchingübungen zu begegnen suchte.

„Grullbad. Das Hochhaus direkt am Lidl-Markt", erklärte Baumeister. „Eigentlich wollten wir da nur einen der Namen von unseren Vereinslisten abhaken, einen gewissen Klaus Müller. Der war aber nicht da. Unsere Leute sind dann noch zweimal vorbei, aber es machte immer noch keiner auf. Irgendwann tauchte einer der Nachbarn auf dem Laubengang auf. Der hatte son kleinen fetten Furchenmolli dabei, und stutzig sind die Kollegen geworden, als der Kläffer die Nase nicht mehr von der Tür nehmen wollte und angefangen hat, den Lack vom Türblatt zu kratzen. Das ist ihnen verdächtig vorgekommen, und darum hat der Kollege Küppers die Tür aufgemacht. Der war lange genug beim ‚Einbruch'. Hat von seinen Kunden das eine oder andere abgeguckt, ja, und als dann die Tür auf war, haben sie die zwei Jungs gefunden. Kopfschüsse, beide. Jeweils nur einer, aber gut plaziert. Mitten in die Stirn mit einer großkalibrigen Pistole, wahrscheinlich neun Millimeter."

Schopetta fühlte sich plötzlich wie mitten in einem Déja-vu. Von Zeit zu Zeit irritierten ihn solche Reflexe, aber als überzeugter Realist und nüchterner Antiesoteriker kramte er sofort nach einer schlüssigen Begründung. In welchem anderen Zusammenhang hatte er die Botschaft schon einmal gehört, diese Informationen erhalten oder auch nur eine bestimmte Konstellation von all dem aufgenommen, die ihm nun das Erlebnis bescherten?

Bevor er jedoch zu einem Ergebnis kam, schnitt Baumeister ihm seinen Gedanken ab, weil er lauter als vorher seinen Bericht fortsetzte: „Die beiden waren wohl auch schon eine ganze Zeit lang tot, wie der Arzt meinte. Mindestens zwanzig Stunden. Für ihn war da nichts mehr zu machen. Kommt aber alles mit dem Bericht vom Doktor. Und wie sagt der Österreicher so treffend? ‚Is selten a Schoaden, wo net oach was guats dabei is.' Der Fund hat uns ein paar Wege erspart, denn auch der zweite Tote stand auf unserer Adreßliste. Nach den Photos, die wir hatten, konnten wir die Toten sogar sehr schnell identifizieren. Es waren Klaus Müller, der Wohnungsinhaber, und Ulf Teske, die wir da gefunden hatten."

„Sind übrigens die Jungs, die mit Bender am Sonntag im Museum waren", ergänzte Rudi Riepen. Und da Schopetta nicht sofort im Bilde war, sagte er: „Die Jungen in schwarz, die Annkathrin auf den Photos wiedererkannt hat."

„Scheiße", sagte Schopetta, griff in die Innentasche seiner Jacke und holte die Photos heraus. Auf zweien hatte er mit Kugelschreiber ein Kreuz gemalt, mitten auf die Brust.

„Wer schön gewesen, wenn die uns noch was zum restlichen Tagesverlauf des alten Herrn hätten sagen können."

„Kannste jetzt vergessen", unterstrich Rudi die Anmerkung des Kommissars. „Nur daß alle Morde zusammenhängen, das wird meines Erachtens damit zweifelsfrei deutlich."

Schopetta wiegte den Kopf hin und her: „Teske? Verwandtschaft von Benders Haushälterin?"

„Und dem Vorsitzenden eines der Heimatvereine! Is der Sohn der beiden", sagte Baumeister leise.

„War schon einer hin und hat Bescheid geben?"

Baumeister schüttelte leicht mit dem Kopf, und die anderen Kollegen beschäftigten sich, wie auf ein geheimes Zeichen hin, mit irgendwelchen Kleinigkeiten, blätterten in Notizbüchern, rührten im Kaffee oder sahen auffällig unbeteiligt den Regentropfen zu, die auf der Fensterscheibe perlten. Doch Schopetta hatte nicht die geringste Lust, in diesem Augenblick zu bestimmen, wer die ungeliebte Aufgabe zu übernehmen hatte, also schwieg auch er.

Nachdem die so ungewollt zelebrierte Doppelschweigeminute verstrichen war, hob er den Kopf. Aber anders als von den Männern erwartet, fragte er nur: „Gibt es weitere Einzelheiten?"

„Wie gesagt, Kopfschüsse." Rolf Kärcher setzte die Information fort. „Von den Nachbarn hat keiner etwas Besonderes bemerkt oder gehört. Keine Schüsse, keine auffälligen Fremden, nichts. Im Haus soll alles wie immer gewesen sein. Nur die Musik im Parterre wäre für eine kurze Zeit sehr laut gewesen. Aber das sei nicht ungewöhnlich. Die Putzfrau, die im Haus saubermacht, ist schwerhörig, hört aber beim Putzen immer laute Musik. Fingerabdrücke haben wir jede Menge, werden aber noch ausgewertet. Die Photos sind in der Mache."

„Hmm", brummte Schopetta. Dann sah er in die Runde und fragte: „Was war das eigentlich mit dieser improvisierten Pressekonferenz? Die Kollegen von der schreibfilmenden Radiozunft hatten ausgesprochen skurrile Informationen zu diesem neuen Fall. Könnte es sein, daß die von euch stammen?"

Baumeister eierte sofort herum, brachte aber außer „Ja, hm, wie soll ich sagen? War eben alles improvisiert" keine vernünftige Aussage zustande.

Dann ergriff Rudi ungeduldig und heftig das Wort: „Ja, mein Gott noch mal! Heuermann hat uns wieder mal gelöchert, als er plötzlich am Tatort auftauchte. Warum wir gerade in Grullbad waren, wieso wir die Opfer kannten, woran wir im Augenblick arbeiten, welche Hintergründe wir vermuten, was unser Eindruck ist, und dann fragte er, wo du wärst, Erwin, vor allem wollte er bis ins kleinste wissen, was deine Meinung zu der laufenden Sache ist, welche Vermutungen deine sind, das war für ihn ganz wichtig. Darum hab ich ihm was von deiner Ritualmordtheorie erzählt, von rechten Hintergründen und dem ganzen Scheiß, den wir auch sonst noch so rausgefunden haben. Er hat sich dann daraus seine Presseerklärung gebastelt. Das mit dem Kommunalwahlkampf ist völlig auf seinem Mist gewachsen. Und als er erst mal die Mikros unter der Nase hatte, da hab ich auch nichts mehr richtig gestellt. Egal, wer für die Verwirrung sorgt, hab ich gedacht, sie kann uns eigentlich nur recht sein. Außerdem schien er sehr glücklich und zufrieden mit seinem Medienauftritt."

„Hat er was zur Festnahme in Bladenhorst gesagt?"

„Nur daß die Polizei heute sehr erfolgreich einen der schwierigsten Fälle der letzten Jahre abgeschlossen hätte, und er zu einer späteren Pressekonferenz eingeladen hat."

„Gut oder auch nicht, ist im Augenblick egal. Wir müssen ..." Mitten im Satz brach Schopetta ab. Ihm gingen die neuen Morde auf eine ihm zur Zeit noch unerklärliche Art nahe. Als er gegen den Krampf im Nacken anging, den Hals reckte und drehte, knirschte es wie altes Leder.

Diesmal waren es keine Alten, die es getroffen hatte, diesmal waren es die Jungen. Menschen, kaum älter als seine Kinder. Die neue Tat folgte ihm viel zu dicht auf die vorausgegangenen Verbrechen. Sie ließ ihm keine Zeit, über alles richtig nachzudenken, die dicken Brocken zu verdauen, etwas aufzuarbeiten. Er fühlte sich hilflos, und der Wunsch, wieder einmal aufzugeben, die Branche zu wechseln und seinen Lebensunterhalt in Zukunft mit dem Zusammenschieben von Einkaufswagen in irgendeinem Supermarkt zu verdienen, sah er als einzig lohnende Alternative.

„Willst du nen Kaffee?" Bücker schob Schopetta eine gefüllte Tasse über den Tisch.

„Kann ich gebrauchen", sagte dieser, nahm die Tasse und nippte mehrmals daran. „Hat zufällig einer nen Schnappes? Die Sorte is egal, Hauptsache, knallt im Kopp." Er sah Rudi dabei an, von dem er wußte, daß der manchmal einen silbernen Flachmann in der Jacke trug. Doch der zuckte bedauernd mit den Achseln: „Ich hab jetzt ne andere Droge."

Schopetta stand auf. Er kam in seinen Gedanken nicht weiter. Nicht nur das Wetter war neblig trüb, auch in diesem Fall fischte er im Trüben oder stocherte im Nebel herum, ganz egal. Er ging zum Fenster und sah schweigend hinaus. Jemand verließ den Raum. Auch das war für ihn unbedeutend. Er wollte sich jetzt nicht umdrehen. Draußen war der naßkalte Nebel aufgestiegen und lag nun gut hundert Meter über dem höchsten Punkt der Stadt. Wahrscheinlich unter den dort herrschenden Bedingungen von Wind, Temperatur, Luftdruck und Vogelflug war der Niesel in Regen übergegangen, und man hatte wieder eine bessere Sicht. Wenn es nebelig ist, sieht man nichts, und wenn es regnet, braucht man einen Schirm, und wenn einem nichts einfällt, muß man so weitermachen wie bisher, konstatierte er die Situation und wandte sich damit wieder den Kollegen zu. „Unabhängig von den neuen Morden. Wir tun genau das, was wir geplant hatten. Die Befragung der Vereinsmitglieder wird zu Ende geführt. Die Photos der beiden Jungen werden allen gezeigt und entsprechende Informationen abgefragt. – Wer kennt sie? – Wer waren sie? – Was machten sie? – Wer hat sie wann zuletzt gesehen? – und so weiter. Vielleicht sollten wir auch nach den letzten Stunden von Bender fragen. Es kann ja sein, daß er noch bei einem der anderen Vereinskameraden vorbeigeschaut hat. Sonst werden alle anderen Aufgaben abgearbeitet, wie gestern besprochen. Je nach dem, wie schnell wir vorwärtskommen, werden wir noch heute abend oder morgen früh die nächste Auswertungsrunde ansetzen."

„Meinst du nicht, daß das zu wenig Zeit ist, um alles zu erledigen?" gab Baumeister zu bedenken.

„Genau, Erwin! Nu hetz mal nicht so. Kommt guter Schnaps, kommt guter Rat", wurde Baumeister von Dobratz unterstützt, der in diesem Augenblick mit einer halben Flasche Fernet Branca wieder in das Zimmer kam. „Is ne Menge zu tun, und was mit heißer Nadel genäht wird, hält selten."

Wieder schwieg Schopetta. Dann nickte er abwesend, kam zum Besprechungstisch, wo ihm Dobratz einen guten Schluck in ein mitgebrachtes Wasserglas schüttete. Schopetta setzte sich, trank einen Schluck, und als das klebrige Zeug durch seinen Hals gelaufen war, fragte er: „Und ihr seid fest davon überzeugt, daß die vier Morde zusammenhängen, daß es nicht eine Serie von Gewalttaten ist, die aus welchen Gründen auch immer nur zufällig in einem zeitlichen Zusammenhang stehen?"

„Scheiße, Erwin!" rief Rudi aufgebracht. „So viele Zufälle gibt es nicht." Rudi regte sich auf, wie man es von ihm kannte. Ohne zu fragen, nahm er die Flasche mit magischen Kräften, goß sich etwas davon in die Kaffeetasse und kippte das Zeug, ähnlich wie Schopetta, in einem Zug herunter, und während er so gestärkt weiterredete, begann er, den Besprechungstisch zu umkreisen, ganz langsam, Schritt für Schritt: „Kollegen, ich betrachte jetzt mal nur die Fakten und versuche dabei alles auf die Reihe zu bekommen. Fangen wir mit dem ersten Mord an Bender an. Eben dieser Herr Bender, der Gründer und Vorsitzende von drei rechtslastigen Heimatvereinen, wird im Römermuseum Haltern ermordet und bestialisch zugerichtet aufgefunden. Die einzige Zeugenaussage zu ungeklärten nächtlichen Aktivitäten in der Nähe des Fundortes der Leiche liefert ausgerechnet jemand, der den Heimatverein in Sinsen zumindest kennt, nämlich unser hyperaktiver Knappschaftsrentner Ernst Czychi, der auch rein zufällig ganz in der Nähe des Museums wohnt. Darüber hinaus aber – und das nur am Rande – leugnet dieser Mann bis heute, das Opfer oder den Heimatverein zu kennen. Übrigens meines Erachtens eine Ungereimtheit, der eigentlich dringendst nachgegangen werden müßte.“

„Soweit ich weiß, hat ihn noch keiner nach diesen Zusammenhängen gefragt, und daß der Tote Bender ist, kann er normalerweise frühestens aus der gestrigen Zeitung haben. Da erst ist der Name genannt worden. Nur das zu den Ungereimtheiten“, warf Schopetta ein.

Rudi konnte seinen Ärger über die ständigen Verteidigungsreden Schopettas kaum unterdrücken. Grollend sagte er: „Ich glaub wirklich, selbst wenn du den mit dem blutigen Messer in der Hand getroffen hättest, wäre der olle Seger noch nicht verdächtig genug für dich.“

Und weil Schopetta über die Bemerkung ohne Reaktion hinwegging, faßte Rudi verärgert Dobratz ins Auge, der gerade die Arme vor der Brust verschränkte und die Augen schloß. Unfreundlich stieß er ihn an und bellte: „Wenn ich dich störe, ich kann gerne leiser sprechen.“

„Mein Gott!“ antwortete Dobratz sofort, öffnete aber die Augen absichtlich nicht. „Unser große Austeiler Rudi ist sensibel. Aber keine Angst, Alter, ich höre dir aufmerksam zu. Soll ich wiederholen?“

Rudi überlegte einen Augenblick, murmelte irgend etwas Unfreundliches und fuhr dann fort: „Weiter im Text, auch für die Ignoranten. Unsere Untersuchungen haben deutlich gemacht, man braucht eine ganze Menge Kenne von Sicherheitselektronik, um unbemerkt in das Museum einsteigen zu können. Diese Kenntnis hatte zweifelsfrei unser toter Herr Reichenberg. So wie Ernst Czychi war auch der des öfteren Gast in den Heimatvereinen. Ich betone das Wort ‚Gast‘, um die Empfindungen unseres Herrn Chefermittlers nicht zu verletzen. So viel schon mal zu den Ergebnissen unserer Nachforschungen: Laut verschiedener Zeugenaussagen war Reichenberg ein sehr guter Bekannter von Czychi. Da besteht absolut kein Zweifel.“

„Ist das sicher?“ Schopetta sah Rudi an. „Oder ist das eine Annahme?“

„Is sicher. Wir haben mit ein paar Nachbarn gesprochen.“

Schopetta nickte schweigend und machte sich eine Notiz in sein Lederheft, während Rudi Riepen in seiner Zusammenfassung weitermachte: „Leider wurde Reichenberg keine vierundzwanzig Stunden nach dem Mord an Bender fatalerweise von einem Auto überfahren. Mit Absicht, wie die Ermittlungen ergeben haben. Zeugen gab es diesmal nicht. Meine Meinung zur Verbindung zwischen dem Mord an Bender und dem Mord an Reichenberg kennt ihr ja.“

„Moment!“ meldete sich Lothar Dobratz. „Da gibt es eine Anmerkung zu!“

„Stör nicht und schlaf weiter!“ bestimmte Rudi. „Jetzt will ich erst mal meinen Gedanken zu Ende führen.“

„Mit dem rennst du dann wahrscheinlich in die Irre“, konterte Dobratz. „Du solltest dazu nämlich wissen, daß Czychis Auto auf keinen Fall an diesem Unfall beteiligt gewesen sein kann. Ich hab nachgefragt und mir die Karre genau angesehen. Is wirklich einer der ersten Capris überhaupt. In top Zustand. Fast wie neuwertig, der Wagen“, schwärmte der Polizist. „Und ich mein ja, wer son Auto fast 35 Jahre nur bei gutem Wetter fährt und die Karre pflegt wie seine dritten Zähne, der fährt mit so einem Liebhaberstück keinem anderen Zeitgenossen übern Bauch. Außerdem passen einfach die Details nicht. Nicht die Reifen, nicht der Radstand und schon gar nicht die Tatsache, daß man an der Schleuder nicht die kleinste Beule findet. Nichts paßt zu den Merkmalen des Tatfahrzeuges im Fall Reichenberg. Aber nix für ungut, Rudi. Is nur ne Anmerkung am Rande.“

Riepen schnaufte hörbar, aber auf Schopettas Gesicht kräuselte sich ein beruhigtes Lächeln. „Rudi, gib zu, daß dein Verdacht gegen Czychi damit erst einmal entkräftet ist, oder glaubst du immer noch, daß es der Alte war, der Bender und Reichenberg um die Ecke gebracht hat?“

„Meines Wissens kann man Autos auch klauen und sie hinterher sogar wieder zurückgeben“, sagte Rudi mit scharfem Unterton. „Man kann sich ohne weiteres einen Zweitwagen besorgen und die Kiste nach so einer Tat im Kanal versenken. Ist das schon überprüft worden?“

„Kann ich machen. Sag mir nur eben, in welchem Kanal ich suchen soll!“ kommentierte Lothar Dobratz schmunzelnd. „Aber ich glaube ehrlich, da kommt nichts bei raus, Rudi. Mit einem anderen Wagen wurde der Czychi noch nie gesehen. Entweder der Alte ging zu Fuß, fuhr mit dem Rad, oder er chauffierte seinen Oldtimer durch die Gegend, aber nie ein anderes Auto.“

„Spielt im Augenblick auch keine Rolle“, brummte Rudi. „Denn die Tatsache, daß sich Opfer und Zeuge kannten, ist nicht zu entkräften. Auch wenn Reichenberg und Czychi keine eingetragenen Mitglieder in den Heimatvereinen waren. Es gibt aber noch weitere Indizien, die auf einen Zusammenhang der Fälle hinweisen. Folgendes zum Beispiel: In den Unterlagen Benders findet unser hochverehrter Herr Hauptkommissar Photos von ein paar jungen Burschen. Blond und alle schwarz gewandet, wenn ihr Legastheniker überhaupt mit dem Begriff etwas anfangen könnt. Zwei von den abgelichteten Jünglingen, übrigens wie alle anderen auch Mitglieder des Heimatvereins, werden in der Wohnung eines der beiden erschossen aufgefunden. Die Leichen Nummer drei und vier. Und das soll alles Zufall sein? Nee. Daran glaub ich nicht, und wie ich dich kenne, Erwin, und das trotz mancher ehrlich eingeräumter Unstimmigkeiten, die zwischen uns immer möglich sein werden: Du glaubst doch auch nicht an diesen Zufall. Wir müssen diese Heimatvereine genauer unter die Lupe nehmen. In diesen komischen Vereinen, da liegt die Lösung aller vier Morde! Hundertprozentig!“

Schopetta nickte langsam und bedächtig. „Is was dran, Rudi. War auch eine echt gute Zusammenfassung und Bewertung, und wir müssen wirklich nur noch rausbekommen, wie der ganze Scheiß mit und in den Vereinen zusammenhängt.“

„D’accord, Erwin“, betonte Rudi. „Und ich bin auch deiner Meinung, daß wir auf jeden Fall so weitermachen wie beschlossen. Aber die Kollegen haben auch recht. Heute schon Ergebnisse zu erwarten ist ein zu enger Rahmen. Wir brauchen noch Zeit.“

„Ja, aber trotzdem. Laßt uns kurz austauschen, was wir im Einzelnen herausgefunden haben. Dann kann jeder wieder an seine Arbeit gehen. Die beiden Toten in Grullbad sind das eine. Aber ist bei der Befragung nicht noch mehr rausgekommen?“

„Sicher. Darum mach ich erst mal weiter, Erwin.“ Baumeister legte die handbeschriebenen Zettel vor sich auf den Tisch und legte zwei Seiten des Spiralblocks um. „Das mal vorweg. Ich habe bei einer Befragung selten so viele komische Vögel getroffen wie bei der Überprüfung dieser Heimatvereine. Da waren die Jungen, zumindest die, mit denen wir gesprochen haben, fast normal zu nennen. Die Alten waren schlimm, besonders die zwischen fünfzig und scheintot. Nur Rechthaber, Egomanen, frühzeitig vergreiste Weltkriegsbenachteiligte, scheinintellektuelle Militärköppe und Salon-Idioten. Fast alle erzählten uns ihr Leben, wie sie unverschuldet haarscharf an einer großartigen Karriere vorbeigeschrappt seien, und das nur, weil in den schlechten Zeiten das Schulgeld nicht bezahlt werden konnte, die Familie nach Brot schrie, oder weil man den Nachkriegsmachthabern, die Deutschland verkauft haben, standhaft jede politische Opportunität verweigerte. Dabei beschimpften die Vögel wechselweise die rechte oder die linke der großen Volksparteien. Was sie von der liberalen Mitte gesagt haben, möchte ich hier gar nicht wiedergeben. Doch die eigenwillige Mitgliederschar ist nur das eine“, setzte Baumeister fort. „Es gibt aus den vielen Gesprächen, die wir gestern und auch heute noch geführt haben, ein paar wesentliche Informationen. Also erst einmal habe ich festgestellt, daß alle Befragten den Bender in irgendeiner Form mochten oder verehrten. Die einen, weil er so ein großes geschichtliches Wissen hatte, die anderen, weil er der einzige Mensch war, der ihnen die Geschichte überhaupt nahegebracht hat, weil er Antworten auf die Fragen der Zeit wußte, weil das, was er sagte, allem einen Sinn gab, er sich durchsetzen konnte, und vor allem, der Mann folgte einer Idee, hatte Charisma, lebte eine Vision, mit der er die Bewegung, und damit ist wohl vor allem die Kiste mit der Bruderschaft Thule gemeint, gut anführte. Und den Jungen gab er Abenteuer, und zwar derartige, wie sie mit dem Aussterben der Boyscouts und anderer pfadfinderähnlicher Gruppen verlorengegangen sind."

Herbert Baumeister sah die Kollegen an, die zum Teil die Stirn kraus zogen, und mit dem, was er ihnen da vortrug, nur wenig anfangen konnten. „Ich zitiere, werte Freunde und Kollegen. Was ich hier sage, ist nicht meine persönliche Meinung, um das klarzustellen. Es ist das, was die Leute, die ihn kannten, zu sagen hatten. Aber weiter: Was uns bei den Gesprächen auch deutlich wurde: Man muß die Heimatvereine von der Bruderschaft Thule unterscheiden. Sie sind nicht grundsätzlich identisch. Genau wie es dein Bekannter beschrieben hat. Aber die Thule-Anhänger sind in den Sektionen Bork und Wulfen wesentlich zahlreicher als die in Sinsen. Stramm rechts sind aber alle."

„Du sagtest gerade, Bender verfolgte eine Idee und hatte eine Vision." Schopetta hatte sein Lederbüchlein wieder aufgeklappt und begonnen, sich Notizen zu machen. „Gab es dazu was Näheres?"

„Ich muß zugeben, ich hab viel gehört, aber nur Weniges wirklich so verstanden, daß ich es nachvollziehen kann", gestand Baumeister.

„Macht nichts", sagte Schopetta. „Erzähl einfach."

„Gut! Also, Bender hatte, und da stimmen alle Auskünfte der Zeugen überein, in nächster Zeit etwas Großes vor. Ein Plan zu einem Ding, das die Öffentlichkeit in Staunen versetzen würde. Es sollte ein neues Zentrum der nordischen Religion entstehen, und dafür schien er besonders in den letzten Monaten gelebt zu haben. Das war seine Vision. Er sprach anscheinend viel vom großen Opfer, von der Notwendigkeit ‚alles in die Schanzen zu schlagen', und vom immerwährenden Kampf des Nordischen gegen Überfremdung und dem Ausverkauf der Werte der Väter hat er wohl auch ununterbrochen gepredigt. Und sicher ist auch, daß all seine Pläne sich auf den Kreis Recklinghausen bezogen. Sie waren konzentriert auf einen Ort, an dem schon die Väter den Göttern huldigten. Das ist alles Originalton. Und irgendwo an der Lippe sollte es auch sein. Bewundert haben sie Bender auch für seine historischen Arbeiten, die viel dazu beigetragen hätten, auch die Geschichtswissenschaft für seine Theorien zu begeistern, so daß sie, zögerlich zwar, aber letztlich doch einvernehmlich seinen Thesen und Vorstellungen folgten."

„Folgen ist gut. Haben die Zeugen das so gesagt?"

„Fast wörtlich, Erwin!"

Schopetta blätterte in seinem Notizbuch: „Wie er mit Schmierlewski-Schwarzer umgesprungen ist, hat der Museumsdirektor mir selber erzählt", ereiferte sich Schopetta. „Und wenn ihr hört, was in den Dossiers steht, würdet ihr euch wundern. Seine Methode war immer dieselbe. Bender hat systematisch die Entscheidungsträger im Bereich von Denkmalpflege und Archäologie bespitzelt und wußte von ihren kleinen Fehltritten. Und dann hat er sie allem Anschein nach ganz einfach erpreßt. Hier Schmierlewski-Schwarzers Saufereien, da ein paar falsche Spesenabrechnungen, Spielsucht oder die Vorliebe für kleine Thaimädchen in irgendwelchen Stadtrandpuffs, und wenn das nicht reichte, dann die läßlichen Sünden der Ehefrauen. Fast nie wirklich strafbare Handlungen, aber immer Dinge, die ganz, ganz schlecht für das persönliche Image in der gehobenen Gesellschaft sind. Vom freiwilligen Anerkennen der Ideen unseres Altmeisters Bender kann da nirgendwo die Rede sein. Wie gesagt, einfache und skrupellose Erpressung. Und am Ende, als es für ihn immer noch nicht so lief, wie er es gerne wollte, soll er zumindest den Museumsdirektor mit Geld gelockt haben, um ihm eine große Ausgrabung auf dem Annaberg zu ermöglichen, dem Ort, wo nach Benders Theorien die Götter in Zukunft verehrt werden sollten. Und was alle Bender-Fans auch noch mit Bewunderung anerkannten", setzte Baumeister seine Darstellung fort. „Er wollte sein eigenes Vermögen in das Projekt stecken. Der Vorstand der Bruderschaft hatte sogar den schriftlichen Auftrag, das Werk zu vollenden, falls er zu früh ins Nirwana eingehen sollte."

„Walhall!"

„Wie Walhall?" fragte Baumeister konsterniert.

„Die Germanen sprechen von Wallhall, wenn sie das Jenseits meinen. Nirwana ist buddhistisch!"

Herbert Baumeister sah Schopetta immer noch fragend an, als Lothar Dobratz anmerkte: „Hört sich an, als ob er mit seinem baldigen Ableben gerechnet hat."

„Stimmt!“ Schopetta sah in die Runde. „Bender war unheilbar krebskrank. Ich weiß nicht, ob ich das schon erwähnt habe.“

„Stand im Bericht vom Doktor“, nickte Baumeister, für den der Unterschied zwischen Nirwana und Walhall immer noch nicht genau klar zu sein schien.

„Rein theoretisch könnte man unter diesen Voraussetzungen durchaus auch in Richtung auf einen freiwilligen Opfertod ermitteln“, warf Schopetta ein. „Wäre durchaus drin beim Tenor der vorliegenden Zeugenaussagen, meine ich.“

„Erwin, hör auf mit dem Quatsch, so was gibts nicht.“

„Es gibt nichts, was es nicht gibt. Also ist auch die Möglichkeit eines freiwilligen Opfertodes nach irgendeinem Pseudoritus gegeben.“

Rudi sagte nichts mehr und winkte nur resignierend ab.

„Schmierlewski-Schwarzer“, warf Kärcher plötzlich ein. „Wenn ihm von Bender wirklich so übel mitgespielt wurde, wie Erwin das beschrieben hat, dann hat der ein Motiv. Wer bleibt denn sonst noch?“ fragte er fast verzweifelt. „Der Ahlers? Aber warum sollte der seinen Vereinsvorstand umbringen? Das ergibt doch keinen Sinn. Außerdem hätte der auch nicht einbrechen müssen.“ Kärcher schüttelte langsam den Kopf, um seine eigenen Überlegungen als sehr gewagt und unhaltbar zu kennzeichnen.

„Der Bender hat doch alle bespitzelt, warum nicht auch den Ahlers?“ fragte Dobratz und schüttelte den Kopf. „Rechtsradikaler Bundeswehrfeldwebel mit DDR-Hintergrund! Kann doch sein, daß der noch mehr Scheiße am Schuh hat, als wir bisher vermuten können. Vielleicht ist das was?“

„Wenn der Ahlers den Bender umgelegt hat, dann würde der vielleicht die Leiche an seinen Hund verfüttern, Lothar, aber doch nicht in seinem Museum aufbahren.“

Die Männer nickten stumm und ratlos.

Schopetta begann, mit einem dicken Filzstift wieder Pappkarten zu beschreiben, die auf dem Tisch des Besprechungszimmers liegengeblieben waren. Namen, Orte, mögliche Motive, Umstände, Daten und Zeitpunkte schrieb er auf die bunten Pappen, und als er damit fertig war, fragte er: „Aber wenn wir ernsthaft einen Zusammenhang aller Morde annehmen, warum sollte Ahlers oder Schmierlewski-Schwarzer sowohl Bender und Reichenberg als auch die beiden Jungen umbringen?“

„Für den Museumsdirektor wäre die Frage berechtigt“, ging Rudi auf die Überlegung ein. „Bei Ahlers besteht eine eindeutige Verbindung zu diesem Geschichtsverein. Vielleicht is ja da was im Busch mit innerbetrieblichen Keilereien und so. Wir kennen eben die Zusammenhänge noch nicht, Erwin. Wir brauchen noch Zeit."

„Der einzige, der ein echtes Motiv zu haben scheint, ist und bleibt unser Professor", sagte Bücker und kratzte sich dabei das Kinn. „Trotzdem mag ich dem das Ding so einfach nicht zutrauen."

„Ich sag doch, wir wissen im Augenblick noch zu wenig", bekräftigte Rudi seinen Vorschlag. „Wir brauchen einfach noch viel mehr Zeit, um alles zusammenzutragen, über die Geschichtsvereine und deren Mitglieder, die Jungen in Schwarz, und allein schon wegen der Lebensversicherung auch über die Schwester. Wir haben ja nicht mal alle Zeugen vernommen, denk doch mal an den Ahlers oder diesen Polizisten, den Niehoff. Laß uns damit weitermachen, Erwin."

„Bevor wir aber weitermachen, müßte ich noch etwas zu den Ermittlungen in unserem Mordfall Reichenberg beitragen." Bücker wühlte sich weiter durch seine Unterlagen. „Wir haben etwas Neues zu dem Fahrzeug, das als Mordwerkzeug eingesetzt wurde."

„O.k. Leg los, Norbert." Schopetta nickte dem Mann zu. Der nahm sein Klemmbrett und begann mit seiner Zusammenfassung: „Alles das, was schon vermutet oder rausgefunden wurde, hat sich bestätigt. Alle Spuren weisen mit Sicherheit auf einen Mord hin. Reichenberg war übrigens Kriegsinvalide. Ihm fehlte die rechte Hand. Die Rekonstruktion der Tat anhand der Verletzungen läßt erkennen, daß das Opfer vom Auto erfaßt wurde, als es noch auf dem Fahrrad saß. Beim Zusammenstoß kam es zu Splitterfrakturen im linken Bein. Beim Aufprall auf den Wagen brachen der Oberarm und die linke Schädelbasis. Durch die Wucht des Aufpralls wurde der Mann zirka 25 Meter weit weg geschleudert und prallte dann mit der rechten Schädelseite auf den Asphalt. Dabei zog sich Reichenberg einen offenen Schädelbruch zu, Quetschungen, Hautabschürfungen und so weiter. Als Reichenberg überfahren wurde, hinterließen die Reifen deutlich erkennbare Spuren. Dadurch steht eindeutig fest, daß er tatsächlich von ein und demselben Fahrzeug zweimal überrollt wurde. Selbst die Marke des Reifens konnte anhand der Bundesdatei schon bestimmt werden. Interessiert jemanden die Reifenmarke?" fragte er und sah die Kollegen an.

„Nicht wirklich", sagte Baumeister. „Reicht, wenn alles im Bericht steht", und Bücker referierte weiter: „Daß es nicht der alte Ford Capri gewesen ist, dazu hat Lothar ja schon etwas gesagt."

„Nach den schwersten Verletzungen durch den Aufprall wurden anschließend beim Überrollen des Körpers so ziemlich alle Knochen gebrochen, die ein Mensch sein eigen nennt. Rippen, Becken, die Wirbelsäule an zwei Stellen und so weiter und so weiter. Ich komme jetzt zum Vorgehen der Täter und zum Tatfahrzeug. Der Wagen wurde mit Sicherheit für den Mord präpariert. Offensichtlich wurde die vorgesehene Aufprallzone mit einem silberfarbenen Gewebeband abgeklebt. Deshalb auch so wenig Fahrzeugteile auf der Fahrbahn, was die Identifizierung des Fahrzeugs sehr erschwert. Kleinste Teile des Bandes konnten am Toten und auf der Straße sichergestellt werden. Vielleicht haben die Täter nach dem Mord auch noch aufgeräumt. Leider gibt es dazu keine Zeugenaussagen. Trotzdem haben wir ein paar Splitter eines Scheinwerferglases und auch ein paar Krümel Verbundglas gefunden und analysieren es zur Zeit. Die Ergebnisse liegen aber noch nicht vor. Trotz der täterseitigen Vorsichtsmaßnahmen haben wir geringe Mengen von Lackspuren, hauptsächlich am Fahrrad, gefunden. Wie sich herausstellte, handelt es sich um zwei verschiedene Lacke. So wie unser Labor es einschätzt, ist ein nato-oliv lackiertes Auto übergespritzt worden, und zwar in einem Flaschengrün, das ausschließlich in der Farbpalette der Firma VW angeboten wurde. Farbnummer und so weiter steht dann auch im Bericht. Die vom Labor nehmen an, daß es sich um ein ausgemustertes Bundeswehrfahrzeug handeln könnte. Mit absoluter Sicherheit ist das aber erst nach Vergleichsanalysen zu sagen."

Schopetta sprang auf. „Hier, absolut, an dieser Stelle wird es rund, Leute!" Seinen Stuhl hatte er bollernd nach hinten geschoben, und er wurde fast hektisch. In seinem Kopf war eine neue Synapse entstanden, die sich heimlich, sozusagen über Umwege an den Hauptspeicher angedockt hatte, und in ihm breitete sich das beruhigende Gefühl aus, in diesem Fall ganz sicher die Lösung zu finden. Der Gedanke beflügelte ihn, versorgte ihn mit der Überzeugung, doch weitermachen zu können, und die Einkaufswagen, die er in seinen traurigen Aussteigerphantasien vor knapp einer Stunde schon quer über den Parkplatz des Supermarktes geschoben hatte, rollten, angetrieben durch einen gezielten Fußtritt, zurück unter das Plexiglasdach ihres Unterstandes.

„Ich hab keine Ahnung, warum ich nicht vorhin schon drauf gekommen bin, als es um den Namen ging, den von Benders Haushälterin und dem Toten in Grullbad", begann er und sah die überraschten Kollegen der Reihe nach an. „Aber als ich Martha Bender aufgesucht habe, da hab ich auf dem Rückweg genau so ein Auto gesehen. Dunkelgrüner Passat und nicht mehr ganz neu. Das Auto stand in der Einfahrt zum Haus der Teskes an der Lippau. Und als ich wegfuhr, um euch zu treffen, fuhr der Passat in die Gegenrichtung, vielleicht sogar zum Anwesen der Benders." Er blätterte in seinem Notizbuch: „UN-DR 18. Das war die Autonummer."

Ein Ruck ging durch die Gruppe. Dobratz ging ans Telephon und ließ über das Register den Halter des Fahrzeugs feststellen.

„Frau Teske war bei den Benders Haushälterin, und der Sohn ist einer der Knaben in Schwarz, der bis zuletzt bei Bender war. Wir werden uns dringend darum kümmern müssen", sagte Schopetta. „Und damit keiner glaubt, ich drücke mich vor unschönen Aufgaben: Ich werde die Familie Teske selbst aufsuchen, und zwar jetzt gleich."

Erleichtert beifälliges Gemurmel war die Antwort, denn keiner der Männer verspürte die geringste Lust, im Rahmen der Ermittlungen die Familie in Ahsen aufzusuchen und dabei die Nachricht vom Tod des Sohnes zu überbringen.

„Der Wagen ist auf den Verein für nationale Heimat- und Geschichtspflege in Bork zugelassen. Steuern und Versicherung werden regelmäßig vom Vereinskonto überwiesen", rief Dobratz.

„Danke, Lothar", nickte Schopetta dem Kollegen zu. „Wer kümmert sich um den zweiten Toten, diesen Klaus Müller?" fragte er in die Runde.

Baumeister hob die Hand.

„Gut, Herbert. Dann steht auch noch das Nagelstudio auf meinem Plan", setzte Schopetta fort. „Wie ist es Rudi, machen wir das noch zusammen?"

Schopetta gab noch nichts von den Informationen weiter, die er zum zweideutigen Hintergrund der Adresse aus den Benderschen Dossiers ermittelt hatte. Eine entsprechende Andeutung hätte wahrscheinlich ausgereicht, die Entscheidung des Kollegen schnell zu beeinflussen, aber ohne den entsprechenden Hinweis blieb Riepens Antwort abwehrend müde und lustlos: „Laß mich erst die Infos zu Dabringhausen zusammenstellen und sortieren. Ich will sehen, womit die Kollegen vom Wirtschafts-K aufwarten können. Die hatten für Benders Konten eine richterliche Verfügung zur Einsichtnahme beantragt. Wir können uns ja später Telephonisch verabreden."

„Geht in Ordnung, Rudi! Und nimm dir Benders Dossier zu Dabringhausen dazu. Ich bin gestern nicht mehr dazu gekommen, es intensiv zu lesen. So wie ich in Ahsen fertig bin, ruf ich dich an. Wie teilen wir uns die Arbeit weiter auf?" Schopetta sah in die Runde und wandte sich als nächstes an Baumeister: „Neben den Infos zu diesem Müller bleibst du für die Befragungen der Vereinsmitglieder zuständig. Das muß unbedingt mit aller Sorgfalt weitergeführt werden, achte darauf. Unser besonderes Interesse sollte den Jungen von der Benderschen Leibwache gelten. Du bleibst die Zentrale, Herbert. Nimm alle Berichte entgegen. Die sollen sich nach jedem Gespräch melden. Mach bitte eine entsprechende Zusammenfassung, damit wir so schnell wie möglich einen Überblick bekommen."

Baumeister nickte nur und sah kaum von seinem Spiralblock auf, in dem er emsig weitere Eintragungen machte.

„Wenn zwischendurch etwas Zeit ist, brauchen wir auch noch alles zu diesem Herrn Reichenberg und alles möglichst schnell."

„Rolf schiebt die Untersuchung des schwarzen Pick-Ups voran. Alle Ergebnisse in einem kurzen Bericht. Ist das O.k.?"

Rolf Kärcher nickte und wies darauf hin, daß alle Kollegen schon mit Hochdruck arbeiteten. „Wir wissen Bescheid, Erwin. Feierabend ist erst wieder, wenn die Arbeit erledigt ist."

Schopetta drehte sich zu Lothar Dobratz um, der nun halb links hinter ihm an der Wand lehnte und grinste. „Das ist die richtige Einstellung, Männer. Aber gebt ruhig noch mal Druck auf die Leitung. Die sollen sich beeilen. Droht zur Not mit Heuerman."

Plötzlich erinnerte Schopetta sich daran, daß er den Direktor anrufen sollte, verschob den Anruf aber auf einen Zeitpunkt nach ihrer Besprechung. „Kannst dich ruhig auf den Direktor berufen, Lothar. Wenn du mit den Leuten von der Kriminaltechnik sprichst, mach es dringend. Und geh auf jeden Fall runter und such die alten Akten raus. Wie besprochen, alles über die Helldrivers und den ..."

Großmarktkrieg wollte er sagen, und dabei fiel ihm der tote Fleischgroßhändler ein, der, den es damals auf einem Parkplatz an der A43 erwischt hatte. War vorhin also doch kein Déja-vu, sondern eine ganz konkrete Erinnerung. Es war einfach der Begriff der großkalibrigen Pistole. Sie hatte den Gedanken ausgelöst, die Pistole, mit der die Jungen erschossen worden waren. Auch der Großhändler war 1990 mit einer großkalibrigen Pistole erschossen worden und, wie die Jungen, auch mit einem einzelnen Schuß, gezielt zwischen die Augenbrauen.

Ohne den Kollegen den soeben wiedergefundenen Gedanken mitzuteilen, setzte Schopetta die Verteilung der Aufträge fort. „Ja, genau, auch die Unterlagen vom Großmarktkrieg. Vielleicht tauchen ja noch andere Dinge auf, die in irgendeinem Zusammenhang stehen. Wir müssen das alte Material genau unter die Lupe nehmen und gegebenenfalls mit dem neuen vergleichen. Wenn du es gesichtet hast, brauchen wir auch von dir einen Bericht."

Wie vorher Rolf Kärcher, nickte jetzt Lothar Dobratz schweigend und machte sich Notizen.

„Und dann noch das Trafohäuschen am Museum und die Auskünfte zur Alarmanlage. Wer die Anlage eingebaut hat, wer sie wartet und so weiter und so weiter. Das ist dein Job, Norbert. Und seht zu, daß ihr den Großteil der Arbeit heute noch erledigt. Spätestens morgen vormittag, so gegen 11:00 Uhr würde ich sagen, treffen wir uns zur Berichterstattung."

„Wir wollten doch nicht hetzen, Erwin." Norbert Bücker machte den Einwand. „Was soll das Ganze, wenn unsere Informationen nichts auf den Hacken haben? Es braucht alles seine Zeit."

„Wenn es noch nicht ausreichen sollte, machen wir eben weiter. Hat bis morgen vormittag keiner was Genaues, können wir uns immer noch vertagen." Schopetta drückte aufs Tempo und wollte den Einwand nicht gelten lassen.

„Hat unsere junge Kollegin eigentlich auch einen Auftrag oder wird sie für höhere Aufgaben geschont?"

„Ach ja, hätte ich bald vergessen." Schopetta wandte sich an Rudi, der mit deutlich provozierendem Unterton die Frage gestellt hatte. „Die Kollegin Kommer ist frühestens morgen früh wieder dabei. Sie hat den Fall mit den Serienvergewaltigungen geklärt und schreibt jetzt den Bericht für den Präsidenten. Ihr wißt doch, nach der Pressekonferenz am Montag hatte der Fall doch absolute Priorität. Hat sich ja auch gelohnt."

„Kann man mal mehr erfahren?" fragte Bücker.

„Ihr könnt ihr gratulieren. Hat sie verdient. Morgen ist sie wieder da, dann könnt ihr selbst nachfragen. Gibt es sonst noch was zum jeweiligen Einsatz?"

Angesäuert aufgrund der ausweichenden Antwort Schopettas maulten die Männer. Da sie aber wußten, daß aus ihm jetzt nichts mehr rauszuholen war, fügten sie sich in die Situation, und einer nach dem anderen packte seine Unterlagen zusammen und verschwand in Richtung seines Büros.

„Wo sind eigentlich die Klamotten, die in Grullbad sichergestellt worden sind?" fragte Schopetta, als Norbert Bücker seine Unterlagen zusammenpackte und an ihm vorbei den Raum verließ.

„Stehen bei mir auf dem Schreibtisch. War nicht so viel. Den Rechner müssen wir noch abholen. Ansonsten haben wir erst einmal nur das mitgenommen, was wir eindeutig den Jungen zuordnen konnten. Zwei Sporttaschen mit Inhalt. Ein paar Kleidungsstücke sind auch noch in der Wohnung geblieben. Brauchst du was davon?"

„Die Wohnungsschlüssel! Eventuell wollte ich mich in der Bude noch mal umsehen."

„Traust du uns nicht? Glaubst du, wir haben etwas übersehen?"

„Quatsch. Du kennst mich doch. Ich muß mir einen Eindruck verschaffen, einen Blick auf die Situation werfen. Vielleicht fahre ich sogar noch bei Hobrecht im Institut vorbei und laß mich von ihm in bezug auf die beiden Jungen ins höhere Leichenwesen einführen. Ich weiß noch nicht, muß mal sehen."

Schopetta schloß die Tür, und gemeinsam gingen die beiden Männer den Gang hinunter.

Es waren drei Schlüssel, die Bücker aus einem braunen Briefumschlag auf seinen Schreibtisch schüttete. Sie hingen an einem schwarz-weiß-roten Schlüsselanhänger mit einem „Eisernen Kreuz".

„Der ist für die Haustür und der für die Wohnungstür", sagte Bücker und zeigte dabei auf die beiden Schlüssel. „Hab ich selbst ausprobiert. Linker Aufgang, Parterre rechts, die letzte Wohnung auf dem Gang. Hier, der kleine ist für den Briefkasten. Der war bei unserer Kontrolle übrigens leer."

Schopetta nickte und machte sich auf den Weg. Als er Hut und Mantel aus seinem Büro holte, verspürte er ein deutliches Hungergefühl. Seit dem Frühstück mit Elle hatte er nichts mehr gegessen. So entschloß er sich, vor seinem Aufbruch in Richtung Grullbad die Kantine aufzusuchen und bei Marion Salisch, der freundlichsten Buffetkraft südlich der Lippe, eine Gulaschsuppe mit Brötchen und eine Tasse Kaffee zu kaufen.

31

Auf der Jungfernheide 18. Schopetta parkte direkt vor dem Haus. Zehn Stockwerke mit blauen Verkleidungen an den Laubengängen, und das oberste Stockwerk war im Dunst und Nebel fast schon unsichtbar. In einem großen Block, seltsam auffällig in dottergelb, leuchteten einhundertzwanzig Briefkästen, gleich neben der breiten Treppe zum Hauseingang, und ganz links neben dem Gebäude, von überrankendem grauen Buschwerk halb verdeckt, die Einfahrt zur Tiefgarage. Das Scherengitter am Ende der Rampe war geschlossen, und eine Ampel zeigte hinter den struppig kahlen Ästen ihr rotes Licht.

Der Kommissar kramte die Schlüssel aus der Manteltasche und betrat das Haus. Sechs Stufen bis ins Hochparterre, die Drahtglastür zum Gang und dann die letzte Wohnung. In der Haustürklingel steckte ein handgeschriebener Zettel. „Müller“ stand da in ungelenken Druckbuchstaben. Mit seinem Letherman Allzweckküberlebensmesser entfernte er die beiden Siegel an der Tür, schloß die Wohnung auf und trat ein.

„So weit, so gut“, brummte Schopetta in der ihm sehr angenehmen Art überzeugender Selbstbestätigung.

Die Spurensicherung hatte Müllers Wohnung gründlich untersucht, da hatte er keinen Zweifel. Natürlich war aber nichts aufgeräumt oder gereinigt worden, das blieb in diesem Fall den Erben oder der Hausverwaltung als besonders appetitliche Überraschung vorbehalten. Infolgedessen trockneten auf dem Kunststoffboden im Durchgang zum Wohnzimmer und in der Küche zwei große Blutlachen.

Für die Tatortphotos hatten die Kollegen zwei rote Pfeile angebracht, die unmißverständlich die Einschußlöcher markierten, die von den Projektilen am Ende ihres tödlichen Weges durch die Köpfe der beiden Opfer in den Küchenschrank beziehungsweise in die Türzarge gerissen worden waren. Sie wirkten auf Schopetta wie eigens gesetzte Zeichen, die auf das schreckliche Verbrechen hinweisen wollten.

Der Blutgeruch war kaum wahrnehmbar, aber er reichte aus, um in Schopettas Magen Turbulenzen aufkommen zu lassen, die ihm dringend rieten, nicht allzulange in der Wohnung zu bleiben. Vorerst reichte die Einnahme von zwei Kaugummipastillen, die er in der Brusttasche seines Hemdes noch fand. Langsam und sich aufmerksam umschauend, durchschritt er die Räume.

Im Wohnzimmer stand der von Baumeister erwähnte Rechner und wartete auf den Abtransport. Auf dem niedrigen Tisch vor der auberginefarbenen und schwarzgemusterten Eckcouch stand ein Ascher, blitzsauber und ungebraucht. Die Jungen schienen Nichtraucher gewesen zu sein.

Sonst präsentierte sich in den Schränken und Regalen der zusammengewürfelte Besitz eines Junggesellen. Eine Kollektion vom Spektrum zweckmäßiger Sachlichkeit bis zu höherwertigem Müll, aber nichts wirklich Auffälliges, gesichtslose Massenware. Auch die Inspektion der anderen Zimmer lieferte Schopetta keine neuen Erkenntnisse. Ein Paar schwarzglänzende Halbschuhe, echte Doc Martens, standen im Flur neben der Eingangstür. Im Schlafzimmer auf dem Boden ein paar Kleidungsstücke, augenscheinlich aus dem Besitz der Opfer. Schwarze Hemden, zwei schwarze Lederjacken und eine schwarze Jeans. Schopetta nahm Hemden und Hose einzeln hoch und tastete sie ab. Er tat das auch an den Säumen der Jacken, nachdem er festgestellt hatte, daß ein Taschenfutter Löcher aufwies. Aber finden konnte er nichts. Keinen Augenblick zweifelte er bei seinem Tun die wie immer einwandfreie Arbeit der Kollegen an. Im Gegenteil. Dieses neugierige Schnüffeln definierte er für sich wie einen tiefsitzenden Reflex, einen Reflex wie bei Müttern, der sie dazu zwang, selbst frühverrenteten Söhnen die Haare glattzustreichen oder ihnen mit Spucke und Taschentuch den Spinatfleck von der Krawatte zu reiben, nicht ohne den immer gleichen Vorwurf: Nein, wie du wieder rumläufst. So, genau so oder eben darum tat er es. Weil er gerade in der Wohnung war, weil er es einfach immer tat, und weil, ja weil letztlich jeder, selbst der beste Kollege, auch mal etwas übersehen konnte.

Das Badezimmer war winzig. Dusche, Toilette und Waschbecken. Es gab nichts Auffälliges. Nur die üblichen Utensilien. Rasierzeug, Aftershave, Shampoo, ein Deostift. Zusammengepackt in einer Aldi-Plastiktüte und in einer schwarzgrauen Kulturtasche. Beiläufig stocherte er mit seinem Kugelschreiber darin herum, aber auch hier fand sich nichts Aufregendes. Schopetta wollte die Tasche schon wieder auf die schmale Glasplatte unter dem Spiegel stellen, als er noch einmal hineingriff und eine kleine Pappschachtel daraus hervorzog. „Schloßhotel Arnsberg" stand darauf.

Benders Termin fiel ihm ein. Am Tag vor seinem Tod, das Treffen in Arnsberg. Ein Vortrag oder so etwas in einem anderen Geschichts- oder Heimatverein. Schopetta wollte die kleine Schachtel, die laut Aufschrift eine Duschhaube enthielt, schon zurücklegen, als ihm das Gewicht des Kästchens auffiel. Abschätzend wog er es weiter in der Hand. Nur für ein Stück Plastikfolie zu schwer, dachte er, öffnete die Verpackung, und eingewickelt in die angekündigte Duschhaube fand er einen einzelnen Autoschlüssel in dessen schwarzen Plastikkopf das unverwechselbare VW Logo eingestanzt war. Einen Augenblick lang betrachtete er seinen Fund, nickte dann zufrieden, steckte alles zusammen in die Hosentasche und nahm sich vor, der Tiefgarage des Hauses einen Besuch abzustatten.

In der Wohnung blieb ihm nichts mehr zu tun. Er hatte alle Räume gesehen und sich den Eindruck verschafft, den er glaubte haben zu müssen, und im Bewußtsein, daß es sich durchaus gelohnt hatte, verschloß er die Wohnungstür sorgfältig, klebte zwei neue Siegel auf den Spalt zwischen Tür und Rahmen und machte sich auf den Weg zum Hausmeister.

Sieverding wohnte in der rechten Haushälfte, Parterre, zweiter Treppenaufgang links, die erste Wohnung auf dem Laubengang. Das schnörkelige

Namensschild präsentierte sich mit einer noch schnörkeligeren Kursivschrift. Anton und Ammelie hießen die beiden.

Keine fünfzehn Sekunden nach dem Klingelton öffnete ein untersetzter Mann, etwas kleiner als Schopetta selbst und schätzungsweise Anfang vierzig. Sein hellblaues Unterhemd war ölverschmiert, und auch die blaue, zu einem Arbeitsanzug gehörende Hose, die mit einem Ledergürtel unter einer gut dimensionierten Bierpocke gehalten wurde, hätte durchaus eine Vollreinigung vertragen können.

„Ja?" fragte der Mann, sicherheitshalber erst einmal feindselig und aggressiv.

„Schopetta! Hauptkommissar Schopetta!" Er hatte seinen Dienstausweis gezogen und hielt die grüne Karte seinem Gegenüber direkt vor das Gesicht. „Spreche ich mit Herrn Sieverding?"

„Mit wen denn sons", grunzte der, und Schopetta schwoll augenblicklich der Hals ob der so unerwarteten Freundlichkeit.

„Entschuldigen Sie", lächelte er trotzdem leicht krampfhaft. Und unter Zuhilfenahme der verschiedenen Antihausmeisterstrategien des Hausmeisterkenners Rudi Riepen fügte er ganz gegen seine sonstigen Gewohnheiten hinzu: „Sie haben recht! Gut, daß Sie mich darauf aufmerksam machen. Einen Augenblick lang habe ich doch wirklich gedacht, Schweinchen Dick hätte mir die Tür geöffnet."

Sieverding blieb der Mund offen. Schopetta war im Grunde erstaunt über die enorme Wirkung seiner flachen Anmache und nutzte die Verblüffung aus. In einem scharfschneidigen Ton forderte er: „Haben Sie die Freundlichkeit und öffnen Sie mir bitte unverzüglich die Tiefgarage, ich habe weitere polizeiliche Untersuchungen durchzuführen und nur wenig Zeit!"

Ansprache, Wortwahl und Tonfall paßten wieder einmal, denn der Hausmeister sagte merklich beeindruckt: „Ja, sicher. Einen Augenblick nur!" Er ging zurück in die Wohnung, aus der sich langsam aber unaufhaltsam eine Duftmischung aus Zigarettenqualm, Schwaden angebrannter Kartoffeln und einem billigen Deospray in den Gang wälzte, und während der Wohnungsmief ohne Anstrengung die naßkalte Novemberluft vom Laubengang schob, zog Sieverding eine lindgrüne Trainingsjacke an, darüber den scheckig-grauen Hausmeisterkittel, und schon wieder auf dem Weg zur Tür schlüpfte er in ein Paar ausgetretene Wildlederslipper.

„Wir könn den Fahrstuhl nehm", sagte er jetzt schon fast zuvorkommend und wies mit der Hand, die ein großes Schlüsselbund umfaßt hielt, in

Richtung des Treppenaufgangs. Der Lift stand natürlich im Zehnten und bewegte sich, wie die Anzeige über der Fahrstuhltür blinkend zu erkennen gab, nur sehr langsam.

„War ja richtich wat los hier, heute morgen“, begann Sieverding unvermittelt ein Gespräch, um die für ihn unangenehme Stille der Wartezeit zu überbrücken. „Mein Gott du, alle warn se da, WDR, Polizei, RTL, der Notarzt, SAT 1 und noch son paar andere Private. Is ja auch eher selten, son Doppelmord.“

Schopetta nickte. Dann fragte er aber unvermittelt und bediente sich dabei weiter des strengen, außerordentlich dienstlichen Tons, der beim Hausmeister nicht einmal andeutungsweise Gedanken an eine Verweigerung aufkommen ließ: „Kennen Sie den Namen der Dame, die hier im Haus die Flure putzt?“

„Is doch keine Dame, die hier putzt“, antwortete der Hausmeister. „Is meine Schwiegermutter. Die macht rechts die Gänge und meine Frau auffe linke Seite.“

„Können Sie mir auch sagen, wann Ihre Schwiegermutter normalerweise die Flure reinigt?“

„Jeden Tag, die ganze Woche über. Is n großet Haus.“

„Hat sie eine bestimmte Reihenfolge? Fängt sie oben, unten oder in der Mitte an?“

„Nee, nee. Is ganz komisch mit der Frau. Die meine, die guckt ja ers immer, wo an dreckichsten is. Aber ihre Mutter, die fängt immer oben an. Immer inne zehnte und dann die neunte, und immer montags. Und witzigerweise macht se dann am Dienstag dat Parterre und die erste, und dann bis Freitag hoch inne achte. Am Samstag immer Eingang und Außentreppe. Aber ers nach 16:00 Uhr, weil dann nich mehr so viel los is.“

„Das heißt, sie hat ganz sicher am Dienstag das Parterre geputzt?“

„Wenn se et nich plötzlich in Kopp gekricht hat – ja!“

„Man hat ausgesagt, Ihre Schwiegermutter würde beim Putzen immer laute Musik hören.“

„Sehn Se, ich wußte, dat dat no ma Zoff gibt. Denn dat mit der Musik, dat stimmt auffallend. Mein Gott! Und immer den Rudolf Schock. Da steht die drauf, auf den Knödelheini. Also, ich will ma sagen, wenn ich nich hier Chef inn Ring wär, hätte die den Job schon lange nich mehr, aber ich halt ja die Hand drüber. Alles klar?“ Mit dem Blick eines Kenners der Materie grinste er Schopetta von unten an, und der nickte verständnisvoll.

„Am Mittwoch, das sagen einige Zeugen übereinstimmend, hätte aber auch laute Musik auf dem unteren Laubengang gespielt, irgendwann, so zwischen neun und zehn Uhr."

„Weiß ich nich. Um die Zeit war ich anne Sparkasse. Aber meine Schwiegermutter kannet auch nich gewesen sein, die war nämlich mit anne Sparkasse, weil die is nämlich fast taub, müssen Se wissen. Deswegen muß immer einer mit, wenn et um wat zu erklären geht. Verstehn Se."

Schopetta nickte erneut. „Sie haben ja Ihre Zeugenaussage schon gemacht, Herr Sieverding. Trotzdem frage ich noch einmal, weil einem manchmal später doch noch das ein oder andere einfällt: Ist Ihnen im nachhinein zu den Geschehnissen von heute morgen noch etwas Ungewöhnliches auf- oder eingefallen?"

„Ich war doch nich da, sachte ich doch schon. Und davor und danach war nix Auffälliget zu vermelden."

„Überlegen Sie noch mal genau." Schopetta legte absichtlich viel Respekt in seine Worte, als er dem Hausmeister schmeichelte: „So wie ich Sie einschätze, Herr Sieverding, sind Sie ein hervorragender Beobachter. Denken Sie daran, alles kann wichtig sein."

Ein stolzes und bestätigendes Lächeln huschte über Sieverdings Gesicht. Dann legte er die Hand an die Stirn und sagte: „Aufn Rückweg vonne Sparkasse, als ich da hier auf mein Parkplatz eingebogen bin, ich hab ja einen mit mein Nummernschild dran, sons würd ich ja ewig einen suchen, da stand da bei der Tiefgarage ein Motorrad. Und jetz wo Se mich so intensiv fragen, würd ich meinen, dat war weg, als ich später die Garagenauffahrt gefegt habe. Und ich weiß nich, ob dat auch wichtig is, aber der Tibulski, der aus n dritten Stock, der hat noch gesagt, ich soll besser aufpassen, weil einer von ne Russen drüben aus n Aussiedlerwohnheim sich im Keller rumgedrückt hätte, Herr Kommissar, alles so zwischen neun und zehn."

„Alles ist wichtig, Herr Sieverding. Wer war das, der Ihnen das mit dem Russen gesagt hat?"

„Tibulski, Dieter, rechtes Haus, dritter Stock, Wohnung drei auf n rechten Gang."

„Ist Herr Tibulski wohl zu sprechen?"

„Denk schon, der is Frührentner, der sitzt fast nur noch vor der Glotze."

„Sehen Sie, Herr Sieverding, hab ich mich in Ihrer Beobachtungsgabe doch nicht getäuscht."

„Ach wissen Se, Herr Kommissar. In mein Beruf muß man schon die Augen aufhalten. Wat mein Sie wohl, wat in so eine Wohnanlage wie hier für ein Volk zusammenkommt. Da muß man schon n Blick für dat Wesentliche habn, sons steht man jeden Tag wieder auf verlornen Posten, dat kann ich Ihnen sagn."

„Kann ich mir gut vorstellen", nickte Schopetta anerkennend.

Sie waren mittlerweile im Keller des Hauses angekommen, und Sieverding schloß eine graue Stahltür direkt neben dem Fahrstuhl umständlich auf.

„Hier muß man wirklich allet abschließen, sonst hasse Gott und die Welt in Keller."

„So wie den Russen?"

„Ganz genau!"

„Hat jede Wohnung einen Einstellplatz hier unten?"

„Nee, nee, so viel Platz is nich. Vielleicht jede zweite. Und ein paar von denen, die ein haben, haben den auch weitervermietet."

„Gut zu wissen, Herr Sieverding. Ich sehe mich hier unten mal kurz um. Wenn ich fertig bin, melde ich mich wieder bei Ihnen."

„Kein Problem. Wenn ich nich inne Wohnung bin, bin ich hier im Haus unterwegs. Wenn Se noch wat von mir wollen, könn Se einfach durch den Flur brüllen. Meistens hör ich dat wohl."

„Alles klar, Herr Sieverding. Und vielen Dank auch für die Mitarbeit. Wir werden uns eventuell noch mal melden."

Der Hausmeister grüßte, und wenige Augenblicke später fiel die Tür ins Schloß.

Das Licht war schlecht, und die Luft roch leicht nach Benzin, Autoabgasen und abgestandenem Wasser. Ungefähr die Hälfte der Einstellplätze war belegt. Schopetta brauchte nicht lange zu suchen. Ganz hinten in einer der äußersten Ecken, etwas verdeckt durch einen Gitterverschlag, in dem Sieverding seine Kehrmaschine und weitere unverzichtbare Gerätschaften untergebracht hatte, stand unter einem dunklen Plastiküberzug ein Auto. Noch ehe er die Nylonhaut angehoben hatte, wußte Schopetta, daß er den Wagen gefunden hatte, mit dem vermutlich der Mord an Karl-Heinz Reichenberg begangen wurde. Im Schein seiner Kugelschreibertaschenlampe zog er die Nylonhülle weiter hoch und begab sich an eine oberflächliche Untersuchung des Fahrzeugs. Alle Spuren schienen ihm Recht zu geben. Der vordere linke Holm zeigte eine schwere Delle. Die Frontscheibe war auf gleicher Höhe sternförmig gerissen. Tiefe Schrammen auf Motorhaube und Kotflügel, und rund um das fehlende Scheinwerferglas, das durch eine Plastikfolie ersetzt war, zeigte sich der Lack gesplittert und abgeplatzt. Unter der dick aufgetragenen Lackschicht erkannte man selbst im schlechten Licht die olivgrüne Unterlackierung. Auch Reste von Gewebeband, wie es die Spurensicherung am Unfallort sichergestellt hatte, waren in kleinen anhaftenden Fetzen an der Fahrzeugfront zu finden. Das Auto war nicht verschlossen, und der Schlüssel steckte im Zündschloß. Auf dem Rücksitz lag ein roter Aktendeckel. Schopetta öffnete ihn kurz. Er war leer. Der Kommissar umrundete den Wagen, und im Vorbeigehen fiel sein Blick auf das Nummernschild, und damit holte er sich die letzte Bestätigung. UN-DR 18. Kein Zweifel, es war das Fahrzeug, an dem er am Dienstag in der Lippau vorbeigegangen war. Er hatte die Insassen nicht überprüft und auch versäumt, eine Halterfeststellung zu veranlassen, und nur, weil das Wetter schlecht war. Ihm stieg ungewollt die Hitze in den Kopf.

„So eine blöde Scheiße", zischte er halblaut, und während er plötzlich fahrig und mit nervösen Fingern die Kunststoffplane wieder über das Auto zog, fragte er sich, ob die beiden Jungen eine Chance gehabt hätten, wenn die Fahndung nach ihnen früher eingeleitet worden wäre.

„Kann sein, muß aber nicht", versuchte er sich zu beruhigen, und er hätte gerne vorne am Scherengitter der Einfahrt eine Zigarette geraucht. Die Beruhigung gelang so nur ansatzweise, und nur weil er sich um die nächsten Ermittlungsschritte kümmern wollte, verschwanden die Selbstvorwürfe vorläufig aus seinen Gedanken.

„Die Karre vom Müller is die unter der Plane. Der war der einzige, der selbst hier unten dat Plastikteil immer über seine Schleuder gezogen hat", erzählte Sieverding, der trotz Mittagsruhe von Schopetta noch einmal aktiviert worden war. Als sie die Tiefgarage betraten, bemerkte er nochmals erstaunt: „Nanu, der hatte doch immer gleich hier um die Ecke geparkt. Viel laufen wollte der nie." Dabei wies er auf eine freie Parkfläche, die außer einigen Ölflecken nichts aufzuweisen hatte. „Wieso steht der denn jetzt in der hintersten Ecke?"

Und als sie dann gemeinsam noch einmal die Plastikplane lüfteten, sagte er nochmals erstaunt: „Dat is nich Müllers Wagen. Den hier kenn ich überhaupt nich! Müller hatte einen zweier BMW-Kombi in rot." Dann sah er sich in der Tiefgarage um. „Is nich da. Dabei bin ich sicher, daß ich ihn am ... warte ma, ... genau, am Dienstag, vorgestern, noch gesehen hab. Da bin ich nämlich mitte Kehrmaschine hier durch. Genau am Dienstag. Muß so gegen drei gewesen sein. Aber warten Se ma. Da stand der ohne die Plane hier. Da bin ich ganz sicher. Ker wenn ich mich doch erinnern könnte, ob der hier", und damit wies er auf den grünen Wagen unter der Plane, „ob der hier auch schon gestanden hat." Schopetta hatte wie immer begonnen, sich Notizen zu machen, und nachdem der Hausmeister mit seinem Bericht zu Ende gekommen war, fragte der Kommissar: „Können Sie mir sagen, was Müller eigentlich so machte? Beruf, Freunde, Freizeit?"

„Da hab ich doch keine Ahnung", war die Antwort. „Hier wohnen hundert Parteien im Haus, und daß ich den Müller überhaupt richtig kenn, kann man ja auch nich sagen. Eigentlich weiß ich nur was von ihm wegen sein Auto und weil er mich manchmal drüben in n Getränkemarkt bedient hat, da bei Schlucki. Dat wart aber auch schon. Und ob ein Mieter mal zufällig weg is, sich irgendwo in Süden inne Sonne aalt oder wie der Müller tot is, dat kann ich auch als Hausmeister nich immer wissen."

„Na klar", bestätigte Schopetta jovial. „Dafür wohnen wirklich zu viele hier." Und während er sich mit dem Hausmeister, diesmal ohne den Fahrstuhl zu benutzen, in die Eingangshalle begab, wählte er das Präsidium an und veranlaßte, den grünen Passat sicherzustellen und die Fahndung nach Müllers rotem BMW rauszugeben. Dann verabschiedete er Sieverding ein zweites Mal in dessen wohlverdiente Mittagsruhe und machte sich auf den Weg, Herrn Dieter Tibulski im dritten Stock des Hauses aufzusuchen.

Der Russe, den Dieter Tibulski erstaunlich genau beschrieb, war diesem am Mittwochmorgen ziemlich genau um halb zehn auf dem schmalen Gang zwischen den Kellern und der Tiefgarage begegnet. Daß es ein Russe war, hätte man gehört, weil der sofort anfing zu schimpfen und zu fluchen, als sie sich begegnet waren. Und die Sprache sei Russisch gewesen, vielleicht Polnisch, aber eben eins von beidem, da würde er sich auskennen. Dunkelblond sei er gewesen, und die Haare im Nacken, unter der komischen Wollmütze, waren kurz. Er hatte einen sehr kurzen Bart, wirkte eher unrasiert und hatte dunkle Augen. Und er trug Lederklamotten, schwarz, so wie ein Motorradfahrer.

Schopetta nickte anerkennend. „Was meinen Sie, Herr Tibulski, wenn ich Ihnen einen von meinen Mitarbeitern vorbeischicke, könnten Sie den Mann so beschreiben, daß wir ein Phantombild anfertigen könnten?"

„Sie mein so ein richtiges Phantombild, wie bei dem Ede Zimmermann in XY?"

„Ja genau, Herr Tibulski, so eins."

„Käm auf ein Versuch an, aber versprechen kann ich nix!"

„Nur der Versuch zählt, Herr Tibulski!"

32

Ulf Teske war zum engsten Kreis um Bender zu zählen. Er, Klaus Müller und vier andere junge Männer zählten zu einer Art Leibwache, einer kleinen Bodyguard, die der alte Herr um sich geschart hatte. Sie begleiteten ihn, fuhren ihn durch die halbe Republik, zu Vortragsveranstaltungen und Kongressen oder zu den Zusammenkünften der Thulebruderschaft.

Der Heilpraktiker Hubertus Teske, Ulfs Vater, beschrieb das Verhältnis der Jungen zu Heinrich Bender als ein sehr inniges. Besonders zu Ulf Teske war es fast wie das eines Vaters zu seinem Sohn, oder zumindest doch so wie das eines Onkels zu seinem Lieblingsneffen.

Die Jungen wußten fast alles über Benders Pläne, sie waren in seine Aktionen eingeweiht, und sie mußten versprechen, das Vermächtnis, das Erbe des Hohen Priesters Thormod, wie sich Bender in der Bruderschaft nannte, umzusetzen, seine Pläne zu verwirklichen und die Gemeinschaft weiterzuführen.

Zwei Stunden lang hatte Schopetta bei dem Ehepaar gesessen. Es war ein äußerst anstrengender Aufenthalt, aber es mußte eben so sein. Er war geblieben, hatte die schlimme Nachricht überbracht und hatte zugehört. Dabei hatte er viel erfahren. Wichtiges und Nebensächliches, denn Hubertus Teske redete, erzählte von sich und seinem Sohn, von der Bruderschaft Thule und von Heinrich Bender und von den Zielen, die dieser und mit ihm all die anderen in den Vereinen verfolgten.

Erst als Teske müde und traurig nichts anderes mehr mitteilte als nur noch rechtes Geschwätz, da hatte Schopetta seine Visitenkarte auf den Tisch gelegt und leise das Haus verlassen.

Bewegt und aufgewühlt war er zurück in den Ort gefahren, ohne genau zu wissen, wohin. Er hatte die Lippe überquert und war dann in einen der nächsten Feldwege eingebogen. Da, irgendwo zwischen Weiden, Erlen und Haselgestrüpp, konnte man auf den Fluß sehen, ganz so wie durch ein von Ästen und Zweigen gerahmtes Fenster.

Fünfzehn Minuten war es jetzt her, seit er den Motor abgestellt hatte, und immer noch saß er schlaff hinter dem Lenkrad, leicht vorgebeugt. Immer noch lag sein Blick ohne festen Halt auf dem grau gekräuselten Wasser des Flusses, aus dem die Dämmerung zu kriechen schien, um sich am Ufer, in Büschen, Bäumen und Gestrüpp festzusetzen.

Schopetta versuchte, seinen Seelenzustand auf eine Normalerregung zu bringen. Die Zeit im Haus der Teskes war anfangs quälend langsam verstrichen, und der Besuch war für Schopetta so kraftraubend wie einer seiner früheren Kämpfe, die er als Ringer des KSC Grimmberg hinter sich gebracht hatte. Trotz mehrerer Versuche war es ihm nicht gelungen, nach dem Überbringen der Todesnachricht schnell und ohne eigene Beschädigungen der bedrückenden Situation zu entkommen.

Teske hatte die Tür geöffnet, bärtig, hager mit runder Silberbrille. Dahinter die kleine Frau, auch schlank. Ganz besorgt hatte sie über die Schulter ihres Mannes geblickt, und an den entsetzlich stummen Schrei erinnerte sich der Kommissar, der den beiden im Gesicht stand, schon als er seinen Ausweis zog. Sie schienen längst alles zu wissen, bevor er auch nur ein Wort gesagt hatte, denn ohne Nachricht hatte der Ulf sie nie warten lassen, noch nie ohne Bescheid zu geben, zwei Tage. Da wußten sie, es mußte etwas passiert sein.

Hubertus Teske mußte seine Frau auffangen, weil ihr die Beine den Dienst versagten. Das war, als Schopetta noch im Flur die schreckliche Nachricht, stockend und Wort für Wort nach dem richtigen suchend, überbrachte.

„Ulf", hatte sie verzweifelt gerufen, immer wieder „Ulf, mein Junge", und weil sie sich nicht wieder auf die Füße stellen lassen wollte, schleiften sie über den Boden, als ihr Mann sie vorsichtig ins Wohnzimmer trug. Die Hände vor dem Gesicht und ohne Schopetta oder ihren Mann anzusprechen, fragte sie weinend: „Wer war das? Sag mir doch einer, wer das war. Wer tut so etwas denn? Warum nur den Ulf, der hat doch keinem etwas getan, niemals, nie!"

Seltsam verdreht hielt Teske seine Frau im Arm. Sie war in einen hemmungslosen Weinkrampf gefallen und hielt ihn umfaßt, als wolle sie ihn nie mehr wieder loslassen.

Minutenlanges Schweigen. Vielleicht wäre das der Zeitpunkt gewesen, an dem Schopetta noch hätte den Rückzug antreten können, aber er schwieg auch nur, bewegte sich nicht weiter als einen Schritt in das Wohnzimmer hinein, blieb auf dem bunten Orientläufer im Eingang stehen, stützte sich nur leicht mit den Fingerspitzen der linken Hand an einer palisanderfarbenen Schubladenkommode ab.

Viel später, ohne daß Schopetta auch nur eine Frage gestellt hatte, begann Hubertus Teske von seinem Sohn zu erzählen. Hastig, schnell und wie unter großem Druck redete er, als müsse er nur schnell und laut genug Ulfs Leben an sich vorbeiziehen lassen, um ihn zu halten, um sein Sterben ungeschehen zu machen.

Ohne Unterlaß klopfte er dabei mit immer derselben rührend hilflosen Bewegung den Rücken seiner lautlos weinenden Frau, und zwischen den schnellen Sätzen, von denen jeder einzelne Angst zu haben schien, nicht gehört zu werden, sah Teske den Kommissar hilfesuchend an. Und Schopetta, der brachte es wieder nicht fertig, in der Wohnzimmertür kehrtzumachen, sich mit einem kurzen Kopfnicken zu verabschieden, um feige, wie er glaubte, versteckt hinter ein paar blöden Floskeln das in seinem Schmerz völlig hilflos wirkende Elternpaar in seiner Not allein zu lassen.

„Nein“, hatte Hubertus Teske viel später gesagt, als Schopetta ungefragt in einem der goldfarbenen Samtcordsessel Platz genommen hatte. Nein. Als ungewöhnlich habe er die Jungen nicht empfunden, und ihr Äußeres auch nicht als seltsam. Die schwarze Kleidung, die alten Embleme, nein, das war schon in Ordnung, weil auch er sich seit langer Zeit als national gesinnt empfand, und schließlich wäre er stolz darauf, ein Deutscher zu sein, auch wenn man das ja heute nicht mehr überall offen sagen dürfe. Nur Herr Bender, der wäre da anders gewesen. Selbst die Jungen haben ihn verstanden, weil er sie nicht hinters Licht geführt hat, wie so viele es mit ihnen taten, und auch ihre Lehrer, die mit ihrer wahren Meinung immer nur hinter dem Berg hielten. Er hätte früher auch nie gewußt, wohin damit, mit all diesen Gedanken und Ansichten, bis er Bender kennengelernt hätte, und stolz war er auf seinen Sohn, den er zwar schon zu einem ordentlichen Menschen erzogen hätte, aber den letzten Schliff, den haben die Jungen von Bender erhalten. – Ja, pünktlich und zuverlässig war der Ulf. Auf den konnte man sich verlassen, wie auf all die Jungen. Die hingen nicht rum, die versahen jeden ihrer Dienste aufopferungsvoll, die wollten nichts zu tun haben mit den Langhaarigen, das war den Jungen ein Graus, und Herr Bender hat diese Einstellung unterstützt, hat den Kerlen Bewußtsein und vor allem Selbstbewußtsein mitgegeben, und durch sein Vorbild, durch sein persönliches Tun hat er die Jungen zu neuem Glauben geführt, für den er selbst, Hubertus Teske und sogar seine Frau, die doch gar nicht für Veränderungen sei, mit allen alten Dingen gebrochen habe, gerade mit der Kirche, die sowieso immer nur mit den Reichen hielt und das hat Bender genau so gesehen. Und was er selbst, er ganz persönlich, diesem Mann nicht alles zu verdanken hatte, der jetzt tot war, umgebracht wie sein Sohn, von irgendwelchen feigen Schweinen, umgebracht wie Klaus Müller, der doch auch noch das ganze Leben vor sich gehabt hätte, und ohne Bender, nie hätte er selbst die Ausbildung zum Heilpraktiker begonnen oder besser zum Naturheiler, zu einem Heiler, wie ihn die Bewegung brauchte, denn eine andere Weltanschauung brauche auch eine andere Medizin. So, ja genau so, auf diesen Weg hätte ihn nur Herr Bender gebracht, weil dieser Staat nachweislich immer nur da war für die, die sowieso schon alles hatten, und für die, die Ausländer sind, denn die bekommen wirklich alles nachgeworfen.

„Nein“, hatte Hubertus Teske auf die zaghafte Frage Schopettas hin gesagt, einen Arzt bräuchten sie auch nicht. Und auch den Hinweis auf die immer noch leise stöhnende Frau tat er mit einer Handbewegung ab. Er wüßte, was zu tun sei, und auch seine Frau würde sich wieder fangen und dann, dann war auch Herr Teske plötzlich in Tränen ausgebrochen, völlig aufgelöst und am Ende seiner Kraft, hatte geweint, mit zuckenden Schultern wie ein Kind. Und Schopetta war weiter sitzengeblieben, weiter hilflos, mitten im altdeutschen Wohnzimmer, das ihn mit Brokattapete und Stickbildern und dem Ölbild vom Wilden Kaiser erinnerte. Wie angenagelt hockte er in diesem Sessel und versuchte Worte zu finden, die er doch brauchte, um endlich gehen zu können.

Als Hubertus Teske nach fast einer Stunde endlich ruhiger wurde, bemerkte Schopetta mit Erstaunen, wie viel Teske außer von Ulf auch von Bender gesprochen hatte, und wie eng das Leben dieser Menschen miteinander verknüpft gewesen sein mußte.

Später war Herr Teske aufgestanden, als auch der Körper seiner Frau sich nur noch mit großen Abständen krampfartig schüttelte. Sanft hatte er sie in die Sofaecke gedrückt, ihren Kopf mit einem Kissen gestützt und ihr, nach einem Gang in einen Nebenraum, eine Handvoll kleiner Kügelchen in den Mund geschoben. Dann hockte er sich in einen der Sessel, direkt gegenüber dem Kommissar und sah Schopetta, still und immer noch traurig fragend an.

Wieder verging eine lange Zeit des Schweigens, in der Schopetta sein Kinn einfach auf die Brust fallen ließ, die Hände gefaltet mit drehenden Daumen oder zwischendurch mit suchendem Blick, zufällige Punkte an der Zimmerwand fixierend.

„Wie haben sie es gemacht?“ fragte Hubertus Teske später unerwartet. Er sprach dabei leise und ganz zaghaft, und ohne im Einzelnen zu überlegen erzählte Schopetta, ebenso zaghaft und behutsam, was er den Informationen der Kollegen entnommen hatte.

Die Art und Weise, wie die beiden jungen Männer getötet worden waren, schien Teske zu beruhigen. „Erschossen“, sagte er. „Erschießen geht schnell und ist sauber. Bei einem guten Schuß muß keiner unnötig leiden.“ Das hielt Teske für wichtig, und Schopetta war erschrocken, erschrocken über diese Reaktion, und auch für die folgenden Sätze fehlte ihm erst einmal jedes einordnende Verständnis, denn Teske gab mit seinen Worten Bender recht, so wie Bender scheinbar immer Recht hatte. „Wir stehen im Kampf", sagte Hubertus Teske. „Immer und jeden Tag. Und für alle, die für die Bewegung einstehen, ist es schwer, den Feind genau auszumachen. Der Feind ist überall, und manchmal steht er sogar schon in unseren eigenen Reihen."

Trotz der Last der Situation und der kaum ausreichend klaren Bedeutung von Teskes Worten wurde Schopetta hellhörig. Nur kurz überlegte er, ob es wohl ein geeigneter Zeitpunkt wäre, Fragen zu stellen, aber seine Bedenken hielten nur kurz. „Das hört sich so an, als ob Sie etwas mehr sagen könnten", fragte er. „Über den Kampf der Bewegung, zum Tod der beiden Jungen, vielleicht sogar zum Tod des Herrn Bender, liege ich da richtig?"

„Nein, absolut nicht!" war die Antwort. „Ich weiß nichts, gar nichts weiß ich! Man hat ihn umgebracht, kurz bevor er am Ziel war, für das er immer gelebt hat. Nur das weiß ich!" Herr Teske sprach bellend, bissig und unerwartet aggressiv. Schopetta dachte aufgrund der Reaktion nur kurz darüber nach, nicht auf einer Antwort zu bestehen, und während Teske zu schniefen begann und mit dem Handrücken mehrere Versuche machte, den Fluß der laufenden Nase zu stoppen, entschied sich der Kommissar, seinen Entschluß, mehr zu erfahren, zu diesem Zeitpunkt noch nicht aufzugeben.

Teske suchte in seiner Hose nach einem Taschentuch. Der Kommissar zog aus der Innentasche seiner Jacke ein Päckchen Tempos und bot dem Mann eines an. Teske nahm die Packung, zog eines der Papiertücher heraus und schnäuzte sich umständlich die Nase, sah auf und lächelte eine Sekunde dankbar: „Entschuldigen Sie. Es sind wohl die Nerven. Ich weiß gar nicht, wohin mit dem ganzen Durcheinander in meinem Kopf."

Schopetta nickte mitfühlend. „Sie sprachen von Ulfs Zielen, die er nun nicht mehr verwirklichen kann", sagte er.

„Nein!" Teske schüttelte mit dem Kopf. „Ich meinte eher die Ziele Benders. Aber das sind ja auch unsere Ziele, alle."

„Und was waren diese Ziele?" fragte Schopetta.

Teske nickte schnell und mehrmals hintereinander: „Es waren die Ziele der Bewegung, das Auferstehen der alten Religion, das Wiederaufleben der alten Kultur, die Verehrung der Götter am alten Platz und das Gesunden der Welt. Das zu erreichen waren seine Ziele, und an die Verwirklichung glaubten er und wir, wir tun es immer noch. Sein Leben lang hat er geforscht, und nun waren endlich alle Beweise erbracht. Obwohl sie ihn verachteten, diese Herren Professoren und Doktoren, weil er nicht den richtigen Stallgeruch hatte, nicht von einer ihrer Universitäten kam, in ihren Augen kein Fachmann war, nur ein Laienforscher mit zu viel Phantasie. Und trotzdem mußten sie ihm nun doch Recht geben, und es tut mir weh, daß er diesen Triumph nicht mehr auskosten konnte."

„Worin mußten sie ihm Recht geben?" fragte Schopetta vorsichtig.

„Er hatte das Heiligtum der Veleda gefunden, den Ort, an dem ihr Turm stand. Falls Sie sich in der Geschichte etwas auskennen, schon Tacitus hat darüber berichtet. Und seine Ausgrabung auf dem Annaberg, die sollte wirklich noch in diesem Jahr beginnen. Das war für ihn der endgültige Sieg."

An dieser Stelle war Schopetta stutzig geworden. „Denken Sie wirklich, das alles ist der Grund für einen Mord? Eifersüchtige Professoren, ein Komplott der Wissenschaft? Ich kann mir beim besten Willen einen solchen Hintergrund nicht vorstellen, Herr Teske."

„Mein Gott", sagte Teske verächtlich. „Wer steht denn hinter Wissenschaftlern und Universitäten?" Der Ton machte deutlich, für wie einfältig er die Frage Schopettas hielt, und noch bevor der Kommissar überhaupt antworten konnte, gab er sich selbst die Antwort: „Staat und Kirche! Und die haben nicht das geringste Interesse an einer Rückkehr zu alten Religions- und Staatsvorstellungen."

„Ging es in den Auseinandersetzungen denn nur um die Ausgrabung, den Beweis, das Zentrum der alten Religion gefunden zu haben?" Schopetta versteckte seinen anhaltenden Zweifel nicht, denn ihm waren die Aussagen und Vorwürfe des Museumsdirektors zum Vorgehen Benders noch gut in Erinnerung.

Aber Teske wirkte völlig überzeugt. „Natürlich. Nur um diesen Punkt ging es. Sie müssen wissen, der Platz hat unendliche Bedeutung für die Bruderschaft. Den Tempel der Veleda zu finden ist so, als wenn der Stall zu Bethlehem ausgraben würde. Auf diesem Platz, dessen reale Existenz Bender nun eindeutig bewiesen hat, soll wieder ein neuer Tempel entstehen. Das Zentrum unseres Glaubens muß wiedererrichtet werden, als germanischer Wallfahrtsort für ganz Europa, der erste neue, heilige Hain in der Germania. Der Tempel wird für uns dieselbe Bedeutung bekommen wie Mekka für diese Moslems. Einen Platz für unsere Jugend zu schaffen, für unsere Zukunft. Auch das waren Benders Ziele."

Fast atemlos schwieg Hubertus Teske dann, legte den Kopf in den Nakken und schloß die Augen, und erst nach einer weiteren langen Pause fügte er trotzig entschlossen hinzu: „Und wir werden sie auch verwirklichen, das haben wir alle geschworen. Auch wenn er jetzt tot ist und wir uns sicher erst ganz neu sammeln müssen."

Teskes Ausführungen verunsicherten Schopetta. So wie er sich einen Ritualmord als ein besonders motiviertes Tötungsdelikt vorstellen konnte, blieb ihm das entsprechend religiöse Umfeld mit Glaubensbekenntnis und inbrünstiger Verehrung weiter verschlossen. Ihm fehlte weiter der Zugang zu den Ausführungen des Mannes, der in der religiösen Welt der Thulebruderschaft völlig aufzugehen schien. Und ohne dieses Verstehen gelang es Schopetta auch nicht, das Gefühl loszuwerden, von diesem Gläubigen auf eine ganz besonders clevere Art verladen zu werden.

„Und damit sollte es nun wirklich losgehen?" fragte er darum zynisch zweifelnd. „Zuerst diese Ausgrabung und auf den alten Fundamenten der neue Tempelbau?"

„So ist es." Teske nickte, stand plötzlich auf, nahm eine karierte Decke, die ordentlich zusammengefaltet am Fußende des Sofas gelegen hatte, und breitete sie zärtlich über seiner Frau aus.

„Ulf und Klaus waren am Dienstagnachmittag noch hier, und bevor die schreckliche Nachricht eintraf, haben wir noch lange über die neue Entwicklung gesprochen. Die Jungen haben vom Wochenende erzählt und von der Begeisterung, die Herrn Bender erfüllte." Und als Schopetta ihn fragend ansah, erklärte er: „Ulf und Klaus haben Herrn Bender das Wochenende über zu seinen Terminen begleitet."

„Ja, richtig. Die Veranstaltung in Arnsberg", sagte Schopetta wie selbstverständlich.

Nun sah Teske den Kommissar verblüfft an. Dann bemerkte er: „Sie sind gut informiert."

„Herr Teske! Wir ermitteln zur Zeit in vier Mordfällen. Alle stehen unserer Meinung nach in einem sehr engen Zusammenhang auch mit der Thulebruderschaft. Sie können sicher sein, daß wir noch viel mehr wissen."

Hubertus Teske nickte anerkennend und sagte leise: „Natürlich, das ist mir schon klar!"

„Wann haben Sie vom Tod Heinrich Benders erfahren, Herr Teske?"

Mit weiten Augen, die jetzt auch rot gerändert waren, sah Teske Schopetta an, und nach einigen Augenblicken sagte er stockend: „Sie rief uns am Dienstag an. Martha Bender, meine ich. Nachmittags so zwischen drei und vier Uhr. Sie erzählte uns von dem Anruf, den sie am Montag bekommen hatte, und daß sie gerade Besuch von der Polizei habe."

„Und was haben Sie dann getan?"

„Wir haben ihr unsere Hilfe angeboten, aber wir sollten erst später kommen. Sie war oft sehr eigensinnig und dann war auch nichts zu machen."

„Haben Sie Frau Bender später noch gesehen?"

„Ich nicht, aber meine Frau ist später rüber gefahren. Ulf und Klaus begleiteten sie."

„Wissen Sie, ob außer Ihrer Frau und den Jungen sonst noch jemand im Haus der Benders war?"

„Ja! Meine Frau hat davon gesprochen, obwohl sie den Besucher nicht gesehen hat. Denn dieser Russe ist erst kurz nach dem Besuch meiner Frau bei Frau Bender aufgetaucht."

„Ein Russe?"

„Frau Bender sagte so. Er sei von der Firma V & O gekommen."

„Sie meinen die V & O Marketing GmbH aus Recklinghausen?" Schopetta fühlte eine erhöhte Spannung, als der Name der Firma fiel. „Woher kennen Sie die V & O? Und wissen Sie, was sie mit Bender zu tun hatte?"

„Der Mann war nur ein Bote und sollte Unterlagen abholen, die dringend gebraucht wurden. Die Benders wickelten ihre Geld- und Grundstückssachen mit der V & O ab. Trotzdem hat sich Frau Bender sehr erschreckt, weil der Mann so unfreundlich war. Das hat sie zumindest später meiner Frau erzählt."

„Haben die Jungen bei ihrem Aufenthalt im Haus Bender vielleicht noch etwas Besonderes bemerkt? Haben sie da noch etwas erwähnt?"

Teske schüttelte vorsichtig den Kopf: „Nicht, daß ich wüßte. Sie wollten die Nacht bei Klaus Müller verbringen und sind nicht einmal mehr ins Haus gekommen, als sie meine Frau absetzten."

„Und vorher? Sie sagten gerade, die beiden hätten über das Wochenende in Arnsberg gesprochen. Haben sie darüber noch mehr erzählt? Es ist ja durchaus möglich, daß der Schlüssel zu den Morden in den Vorgängen dieses Wochenendes liegt. Alles kann wichtig sein, Herr Teske."

Teske schüttelte den Kopf.

„Und ihr Verhalten, war das anders als sonst? Ist Ihnen an den beiden nichts Besonderes aufgefallen?"

Teske starrte auf den Tisch und rieb sich mit der Hand die Stirn. „Nein, sie waren nicht verändert. Nicht mal nach dem Anruf."

„Was war das für ein Anruf?"

„Ich weiß nicht. Meine Frau sagte, am Dienstagnachmittag hätte zweimal jemand versucht, Ulf zu erreichen. Er hat den dritten Anruf dann selbst entgegengenommen, kurz bevor die drei dann zu Frau Bender rüber sind." Teske verdeckte die Augen mit der Hand. „Es war das letzte Mal, daß ich ihn sah! Das will mir nicht aus dem Kopf. Ich seh ihn vor mir, aber ich habe keine Erinnerung mehr daran, wie er war, es ist so schrecklich!" Mit zukkenden Schultern weinte er erneut.

Schopetta wartete, bis er sich wieder etwas gefangen hatte, fragte dann aber weiter: „Aber Ihr Sohn hat zu dem Anruf nichts weiter gesagt?"

Teske schüttelte mit verdeckten Augen den Kopf.

„Aber am Dienstagnachmittag war er hier, erfuhr vom Tod Benders, besuchte gemeinsam mit Ihrer Frau Martha Bender und übernachtete dann bei Klaus Müller, ist das richtig?"

Wieder nickte Teske: „Aber ich empfand ihn nicht als anders, nein. Er war betroffen, wie wir alle. Aber das war doch nichts Ungewöhnliches nach dieser Nachricht."

Schopetta nickte nur und schwieg ein paar Augenblicke: „Und der Termin in Arnsberg, war der lange vorher abgestimmt?"

„Ja, natürlich! Sie müssen wissen, Ulf führte einen Kalender, da notierte er alle Aufträge für die kommenden Wochen, manchmal Monate im voraus. Er war da sehr genau."

„Wissen Sie, wo er den Kalender aufbewahrte?"

„Nein. Eigentlich hatte er ihn immer dabei, in der Jacke oder in seiner Tasche. Manchmal lag er auch im Seitenfach des Autos."

„Wurde der grüne Passat nur von Ulf gefahren?"

„Ja, mehr oder weniger zumindest. Der Wagen gehörte eigentlich dem Verein, aber Herr Bender ließ sich am liebsten von Ulf fahren. Er mochte unseren Ulf ganz besonders."

„Wir wissen, daß Herr Bender am Tag nach der Veranstaltung in Arnsberg noch eine Unterredung mit dem Professor im Museum hatte. Waren das die einzigen Termine des Wochenendes? Wissen Sie da mehr?"

„Ja, ja. Die Jungen haben ihn ja auch zu diesem Termin begleitet. ‚Männer, es geht los', hat Bender ihnen auf der Rückfahrt gesagt. ‚Jetzt hab ich sie soweit, sie können nicht mehr anders, sie müssen mit uns zusammenarbeiten.' Da waren sie aber schon wieder auf dem Rückweg." Teske hielt inne und schien plötzlich intensiv nachzudenken, und nachdem er mehrmals mit dem Kopf geschüttelt hatte, sagte er: „Es ist doch kein Zufall, wenn er kaum zwölf Stunden später ausgerechnet im Museum tot aufgefunden wird. Er war mit diesem Professor verfeindet."

Schopetta wiegte den Kopf langsam und schwer. „Uns liegen Erkenntnisse vor, die nicht unbedingt für einen solchen Zusammenhang sprechen." Weil er aber neugierig geworden war, fragte er: „Hat Ihr Sohn oder der Klaus Müller nicht doch noch mehr erzählt, eine weitere Andeutung? Oder was sie nach dem Besuch im Museums noch getan haben?"

„Herr Bender hat, soweit ich von den Jungen weiß, diesen Wissenschaftlern und besonders seinem Hauptgegner, dem Professor in Haltern, unwiderlegbar bewiesen, daß auf dem Annaberg ein altgermanisches Heiligtum existiert hat."

Schopetta nickte. „Und dafür hatte Bender ernsthaft Beweise?"

„Ja, natürlich, jeder im Verein kannte die. Wir haben die Berichte gelesen, die historischen Quellen. Wir konnten die Karten einsehen, sogar die Meßdaten und Aufzeichnungen eines Bodenradars, und wir haben die Funde der Probegrabungen gesehen. Streng geheim waren die und nur durch die Unterstützung anderer Forscher überhaupt möglich. Aber den wichtigsten Beweis lieferte für mich die Wissenschaft selbst, weil sie nun auch die Ausgrabung wollte. Bender hat es unserem Jungen genau so gesagt."

Schopetta nickte nur. Bender hatte augenscheinlich alle betrogen, Freunde, Vertraute und die Gegner. Er hatte alle benutzt und hintergangen. Er fälschte wahrscheinlich die Unterlagen, kaufte seine angeblichen Beweise und täuschte seine Anhänger durch die völlig irrwitzige Darstellung einer vermeintlichen Zusammenarbeit mit den Museumswissenschaftlern.

Schopetta erwähnte gegenüber Teske nichts von seinem Gespräch mit Professor Schmierlewski-Schwarzer, nichts von seinem Wissen von Benders Angebot, sein Geld für eine Ausgrabung zu geben, die wahrscheinlich nichts anderes als die Spuren eines lange bekannten, römischen Militärlagers hervorbringen würde. Statt dessen fragte er: „Und Sie denken, Männer wie Professor von Schmierlewski-Schwarzer haben mit Benders Tod zu tun?"

Teske sah an ihm vorbei, schnaufte verächtlich die Luft durch die Nase: „Wenn diese Herren es wollten, brauchten sie sich nicht einmal die Finger selbst schmutzig zu machen. Ohne Probleme könnten die sich doch so ein Schwein kaufen, das die Drecksarbeit für sie erledigt. Irgendso eine Elendsfigur aus den Reihen des ausländischen Gesindels, das doch in Massen in unserem Land herumläuft."

„Es gibt auch noch andere Erklärungsmuster für die Taten!“ Schopetta schwoll wieder einmal der Kamm, und mit einer fast unwillkürlichen Bewegung zog er sein Notizbuch aus der Tasche. „Gerade zum umherlaufenden Gesindel hab ich einige Fragen“, knurrte er ärgerlich. „Besonders Sie als Vereinsvorstand müßten mir doch da einige Auskünfte geben können.“ Und während er wieder in seinem Büchlein die richtige Seite suchte, bemühte er sich, seinen Ärger nicht stimmlich werden zu lassen. „Wir haben uns im Verlauf der Ermittlungen natürlich auch um die ‚Vereine für nationale Heimat- und Geschichtspflege‘ gekümmert. Rein routinemäßig. Sie verstehen?“

Teske nickte, schaute aber stumm an ihm vorbei, und nach einem Blick auf seine schlafende Frau zog er die Wolldecke etwas höher über ihre Schultern.

Schopetta sah ihm zu und bemerkte, wie sich seine Irritation verstärkte, die ihn seit Beginn des Gesprächs unsicher machte. Diese Fürsorge, mit der sich Teske um seine Frau kümmerte, wollte so gar nicht in das Bild passen, das er sich vom Vorsitzenden einer rechtsradikalen Vereinigung zusammengezimmert hatte. Das störte ihn, und er wandte sich von der Szene ab, begann erneut in seinem Notizbuch zu blättern und räusperte sich mehrfach. „Unsere Ermittlungen haben ergeben, daß sehr unterschiedliche Menschen in Ihrem Verein zusammenkommen. Ich will sagen, viele der Mitglieder kennen wir bestens aus unserer Verbrecherkartei. Überrascht Sie das, Herr Teske?“

Ein wissendes Lächeln huschte über das Gesicht des Mannes, eine Spur überheblich und nur ein wenig bitter. „Natürlich bin ich als Vorstandsmitglied darüber informiert. Aber ich frage Sie: Sind diese Straftaten wirklich geschehen, oder wurden sie aus rein politischen Gründen unseren Männern in die Schuhe geschoben? Grundsätzlich wollen wir keine Schläger und Krawallmacher in der Bewegung.“

„Warum diese Skrupel? Andere Vereinigungen Ihrer Couleur bestehen nach meinen Erfahrungen komplett aus Elementen, wie wir sie in unseren Karteien zu bieten haben.“

Teske lächelte gequält. Ohne Schopetta anzusehen, antwortete er: „Diese Vereinigungen besagter Couleur, wie Sie so abfällig bemerken, haben auch keinen Vorsitzenden wie unseren Herrn Bender. Dem ging es um die Inhalte. Unter seiner Leitung stand die Weltanschauung im Vordergrund und nicht die gewalttätige Auseinandersetzung. Sehen Sie, Herr Kommissar, wir sind nicht ganz so beschränkt, wie wir immer hingestellt werden.

Uns ist doch klar, daß wir mit unserer Sicht der Dinge vierundzwanzig Stunden pro Tag im Blick von Polizei und einem sogenannten Verfassungsschutz stehen. Allein schon unserer eindeutigen Haltung zu Staat und Kirche wegen. Doch wir haben Zulauf aus allen Richtungen, weil wir wissen, was die Menschen suchen. Ich schließe nicht aus, daß durchaus auch mal die falschen Leute zu uns kommen. Damit muß sich aber jeder Verein, jede Gruppe und selbst jede Partei rumschlagen. Für uns wäre schon viel erreicht, wenn uns die Öffentlichkeit einmal fair behandeln würde. Aber leider ist die Polizeiarbeit ja Ländersache, und gerade in unserem Land ist doch die Regierung nachgewiesenermaßen auf dem linken Auge völlig blind, obwohl wirklich genug damit zu tun wäre, endlich einmal das ganze linke Bombenlegergesocks unschädlich zu machen, das sich mittlerweile wie Unkraut überall ausbreitet."

Schopetta schluckte, und er mußte sich mit Nachdruck daran erinnern, mit welch schrecklicher Nachricht er Herrn und Frau Teske konfrontiert hatte, um nicht sauer und ärgerlich auf diesen Stuß zu reagieren. Darum versuchte er angestrengt, sachlich zu bleiben. „Wenn ich es richtig sehe, und meine Fähigkeit, kleine Zahlen im Kopf zusammenzuzählen, nicht allzu sehr gelitten hat, versammeln sich auf Ihren Vereinssitzungen jedesmal mindestens hundertfünfzig Jahre Knast. Sind zwar alles keine Bombenleger, diese Herren, doch die mir aus diesen Reihen ganz persönlich bekannt sind, empfinde ich eben nicht als minder gefährlich."

Teske nickte und stierte einen Augenblick lang auf den grünledernen Zentrifugenascher, der auf einem kleinen handgeknüpften Tischläufer stand. Und dann sagte er: „Eben! Herr Bender hat immer auch an diese Menschen geglaubt, auch wenn sie ohne wirklichen Nachweis nur vorgaben, die Ziele der Bewegung zu unterstützen. Ich war da immer mißtrauischer. Außerdem, so glaube ich, hatte Heinrich Bender eine verzeihliche Schwäche für diese Männer, ihre Kraft und Aggression. Ihre Kampfbereitschaft für die Sache hat ihm imponiert. Zupacken und nicht lange fragen. Sie verschafften uns Respekt und hielten auch unsere Gegner auf Distanz."

„Könnte es nicht möglich sein, daß Männer dieses Schlages auch für den Tod Benders und Ihres Sohnes verantwortlich sein könnten?" fragte Schopetta beiläufig.

Teske schrak merklich zusammen, hob den Kopf und sah Schopetta durchdringend an: „Gibt es darauf Hinweise?"

„Hinweise? Hinweise gibt es auf vieles. Zum Beispiel auch auf einen möglichen Ritualmord", sagte Schopetta, obwohl er besonders unter dem

Eindruck der letzten Stunde immer weniger daran glaubte. Aber er fügte seiner Überlegung eine Frage hinzu: „Ist es nicht so, daß sich die Thulebruderschaft als Sammlungsbewegung alter nordischer Religionen versteht?“

Teske nickte vorsichtig und sah Schopetta mißtrauisch an.

„In diesem Rahmen benutzen sie auch viele, angeblich auf die keltische Religion zurückgehende Rituale. Die Kelten sind zwar nicht so ganz nordisch, aber kleine Unkorrektheiten will ich in unserem Gespräch mal unberücksichtigt lassen. Warum also, vor diesem Hintergrund, nicht auch ein möglicher Opfertod? Aus meiner Sicht wäre das dann eben ein Ritualmord. Die Morde an Ihrem Sohn und seinem Freund könnten dann durchaus auch als Folgetaten betrachtet und gewertet werden. Taten zur Beseitigung der Opferhelfer. Auch das wäre übrigens original keltisch!“

Während er so sprach, beobachtete Schopetta sein Gegenüber und sah, wie dessen Augen plötzlich schmal und eng wurden. Der Mann war anfangs erschrocken und dann nachdenklich geworden. Als er aber nach einigen Augenblicken antwortete, wirkte er wieder entspannt. „Sie haben sich gut informiert, ganz erstaunlich gut sogar. Aber ich kann Ihnen versichern, über eine solche Form des Opferns ist in unserer Bruderschaft, und damit spreche ich eigentlich für die gesamte mir gut bekannte Bewegung, weder nachgedacht, geschweige denn geredet worden. Einen Menschen zu opfern, gehört nicht im allerentferntesten zum Brauchtum unserer Religion.“

Teske richtete sich in seinem Sessel etwas auf. „Das Menschenopfer, auch das in ältesten Zeiten, war stets ein letzter Ausweg für ein Volk, wenn es existentiell bedroht war. Vielleicht opferte sich bei unseren Vorfahren dann ein wichtiger, wertvoller und bedeutender Mensch! Freiwillig natürlich, zum Wohle des Ganzen.“

„Schon eine seltsame Religion, der Sie da anhängen.“

„Weil sie in frühen Zeiten ein Menschenopfer nicht ausschloß?“

„Eine makabere Vorstellung.“

„Finden Sie, Herr Kommissar? Wir befinden uns mit diesem Ritual aber in bester Gesellschaft. Nehmen Sie als Beispiel das Christentum. Ein zentraler Glaubenssatz dieser Religion ist das Selbstopfer des Gottessohnes. Gott muß Mensch werden, um die Menschheit zu erlösen. Würden Sie da auch ‚makaber‘ sagen?“

Schopetta hatte darüber noch nie wirklich nachgedacht, und im Augenblick wollte er es auch nicht. Darum antwortete er: „Ich bin kein Theologe. Ich bin aber sicher, daß ein Fachmann auf diesem Gebiet die Unterschiede schon deutlich machen könnte. Was mich nur wundert, ist, daß Menschen wie Eckehard Glowritz, Karl Gärtner oder Gunnar Knieriem plötzlich religiös geworden sein sollen."

Teske zögerte keinen Augenblick, als er die Namen hörte. Anscheinend kannte er die Männer und auch ihr Vorleben, als er mit den Schultern zuckte und antwortete: „Ich sagte schon, vielleicht ein Fehler, diese Menschen zu akzeptieren. Vielleicht hat Herr Bender ja geglaubt, sie durch die neue geistige Kraft unserer Erneuerungsidee zu verändern. Ich weiß es nicht." Teske senkte den Blick und überlegte: „Aber es gab ja nicht nur diese Typen in unserer Bewegung. Es gab eben auch Idealisten wie unseren Ulf und seine Freunde. Die Besten eben. Und drei von den Besten sind nun in unserem Kampf gefallen."

„Ich verstehe", preßte Schopetta hervor, und obwohl er viel Mitgefühl für die Verfassung des Vaters aufbrachte, drehte es ihm den Magen um. Mit diesem Gefühl fand er für sich aber eine gute Möglichkeit, aus dem Gespräch auszusteigen.

Ob er jemanden benachrichtigen solle, wollte Schopetta noch wissen, aber Teske hatte nur leicht mit dem Kopf geschüttelt.

„Melden Sie sich bitte, wenn ich Ihnen helfen kann", war das, was Schopetta noch sagen konnte. Er hatte noch seine Karte auf den Tisch gelegt und war dann gegangen.

Die kleine Pause mit dem Blick durch Dunst und Niesel auf den Fluß half ihm, die Eindrücke der letzten Stunde beiseite zu schieben und die widerstreitenden Gefühle von den Fakten zu trennen. Zu einem wichtigen Ergebnis hatte ihm die kurze Auszeit schon verholfen. So wie Rudi Riepen es von Anfang an getan hatte, schloß er nach dem Gespräch mit Hubertus Teske den Ritualmord nun völlig aus.

Er fischte das Handy aus der Halterung und wählte die Nummer des Präsidiums, ließ Annette Sattelknecht nur die Zeit „Polizei Recklingshausen" zu sagen und fragte sofort nach Rudi.

„Der ist oben bei den ‚Wirtschaftskriminellen'", antwortete sie fröhlich und fragte, ob sie weiter verbinden solle. Schopette entschied sich dagegen und teilte kurz mit, noch bei Martha Bender vorbeizufahren, und Rudi solle sich bei ihm melden.

„Ich kenne die Frau zwar nicht, aber ich richte es aus", sagte sie ungebrochen gut gelaunt, und einen Augenblick lang fragte sich Schopetta, was Annette sich wohl eingeworfen haben könnte, als sie schon wieder trällerte: „Was kann ich sonst noch für dich tun, Erwin?"

Schopetta ließ den letzten Gedanken fallen und antwortete: „Wenn die Kollegen anrufen, sag ihnen, die nächste Besprechung ist, wie verabredet, morgen spätestens um elf. Und sei bitte so freundlich, auch Elle zu informieren. Sag ihr, wenn sie Zeit hat, soll sie sich den Terminkalender von Bender vornehmen und die Brocken aus dem grünen Passat untersuchen. Der Ulf Teske soll auch einen Terminkalender geführt haben, der in der Wohnung nicht aufgetaucht ist. Vielleicht liegt er ja im Auto. Ist das o.k.?"

„Alles klar, Erwin. Hab ich alles notiert. Gibt es sonst noch etwas zu erledigen?"

„Ja, das Wichtigste noch. Verbinde mich mit Heuermann. Und laß dich nicht von der Tomczyk abwimmeln", sagte er noch, aber da war Annette schon dabei, das Gespräch herzustellen.

Bleibt mir der Kampf mit der Tomczyk also nicht erspart, dachte er, schloß die Augen, biß die Zähne aufeinander und sagte, als sich die Sekretärin des Polizeidirektors meldete, so fest und bestimmt wie möglich: „Tach, Frau Tomczyk, Schopetta hier. Ich muß Heuermann sprechen, dringend."

Doch die erwarteten Sprüche blieben aus. Frau Tomczyk sagte nur kühl bis frostig: „Ich verbinde." Es klickte in der Leitung, und dann meldete sich der Polizeidirektor. Schopetta trug ihm seine Bitte vor, den Polizeiobermeister Niehoff vorzuladen, und zwar für Freitagmittag. Heuermann war sehr interessiert, und nachdem der Kommissar kurz die Zusammenhänge dargestellt hatte, nahm die Sache ihren dienstlichen Lauf. „Freitagmittag, 13:00 Uhr in Ihrem Büro", faßte der Polizeidirektor zusammen, und damit brauchte Schopetta sich nicht mehr um die bei internen Untersuchungen notwendigen Formalitäten zu kümmern.

Ohne große Lust und eher einem nicht zu besiegenden Pflichtgefühl folgend, startete Schopetta den Diesel, und da es auf dem schmalen Feldweg keine geeignete Wendemöglichkeit gab, setzte er rückwärts auf die Landstraße und fuhr über die Lippebrücke zurück in die Ortsmitte von Ahsen, am Haus der Teskes vorbei, und je weiter er sich dem Fluß und dem Haus der Benders näherte, um so mehr wurde aus dem Grau der Dämmerung ein dichter Nebel.

Diesmal parkte Schopetta den Benz auf der mit Waschbetonplatten ausgelegten Fläche vor den Garagen des Hauses, ging an dem Fenster mit den drei sauber ausgerichteten Gummibäumen vorbei, und als er unter das schmale Vordach trat und klingelte, öffnete eine ihn böse und abschätzig musternde Martha Bender.

„Was kann ich für Sie tun?“ fragte sie fast feindselig.

„Ich müßte noch ein paar wichtige Dinge mit Ihnen klären, Frau Bender. Kann ich vielleicht reinkommen?“

Martha Bender antwortete nicht, sondern öffnete die Tür so weit, daß Schopetta eintreten konnte, und nachdem sie die Haustür leise wieder geschlossen hatte, ging sie voran in das Zimmer, das er schon von seinem ersten Besuch her kannte.

„Bitte, nehmen Sie Platz. Welche Fragen möchten Sie beantwortet haben, Herr Kommissar?“ fragte die alte Dame abweisend.

„Ich muß Sie über einige Vorkommnisse informieren, und es wird mir nicht erspart bleiben, Ihnen auch einige Vorwürfe zu machen, Frau Bender“, begann Schopetta ebenso kühl und abweisend und nahm sich dabei vor, das Eis, mit dem sich Martha Bender wieder umgab, nicht aufzutauen, sondern aufzubrechen. „Sie haben mir bei unserem letzten Gespräch viele Dinge nicht gesagt, die für die Arbeit der Polizei sicherlich von Nutzen gewesen wären. So gehe ich nämlich inzwischen davon aus, daß Sie sehr gut wußten, daß Ihr Bruder Kontakte zu Professor Schmierlewski-Schwarzer unterhielt. Ich gehe ebenso sicher davon aus, daß Sie über alle Pläne der Bruderschaft Thule bestens informiert waren, zum Beispiel über die geplanten Ausgrabungen und den Aufbau eines Zentrums für germanische Religionen auf dem Annaberg. Ich gehe auch davon aus, daß Sie über die finanzielle Situation, und damit meine ich sowohl die Ihres Bruders als auch Ihre eigene, beste Kenntnisse hatten und haben. Darum können Sie mir auch sicher Auskunft darüber geben, in welchem Umfang und mit welchen Mitteln sich Ihr Bruder an den Gründungs- und Aufbauplänen beteiligen wollte. Und ich bitte Sie ernsthaft, nicht wie beim letzten Mal um die Sache herum zu reden, sondern mir präzise Auskünfte zu geben. Denn wir haben in den letzten achtundvierzig Stunden viele Dinge herausgefunden. Also bemühen Sie sich, nicht die Unwahrheit zu sagen. Sollte ich Sie der Lüge überführen, werde ich den Staatsanwalt bitten, trotz Ihres Alters gegen Sie vorzugehen, und zwar wegen Behinderung polizeilicher Ermittlungsarbeit. Haben Sie mich verstanden, Frau Bender?“

Das Gesicht Martha Benders blieb hart und unbeweglich, ganz so, wie er es kannte, und wie er es wohl auch im stillen erwartet hatte. Nur an ihren Händen, die nervös und unablässig in Bewegung waren, an den Fingern, die sich rieben, drehten, flatterten und sich nur mit Mühe von Zeit zu Zeit selbst halten konnten, erkannte der Kommissar die Wirkung seines Auftritts. Und da Schopetta heute zu einem Ergebnis kommen wollte, ergänzte er streng und unnachgiebig seine Anmerkungen: „Und noch etwas sehr Wichtiges, Frau Bender. Nur damit Sie sehen, daß dieser Fall auch eine äußerst gefährliche Seite hat. Die beiden jungen Männer, die Ihren Bruder am Wochenende auf seiner Vortragsreise begleiteten, sind tot. Irgendwann im Verlauf der letzten achtundvierzig Stunden wurde ihnen in den Kopf geschossen. Sie waren gerade mal zweiundzwanzig Jahre alt. Sie hatten das Leben noch vor sich, Frau Bender. Und wir gehen davon aus, daß diese Morde mit dem Tod Ihres Bruders zusammenhängen. Vielleicht hätten wir das Schlimmste verhindern können, wenn Sie nur etwas mehr mit uns kooperiert hätten."

Schopetta plazierte diesen Vorwurf absichtlich, um Martha Bender zu einer Reaktion zu zwingen, und ohne der alten Frau einen Augenblick Zeit zu lassen, fuhr er fort: „Und behaupten Sie nicht wieder, Sie hätten die Jungen namentlich nicht gekannt. Es waren Klaus Müller und Ulf Teske. Letzterer war der Sohn von Frau Teske, Ihrer Haushaltshilfe, die doch wahrscheinlich in Ihrem Haus ein und aus geht. Können Sie sich vorstellen, wie es Frau Teske im Augenblick geht?"

Unmerklich schüttelte Martha Bender ihren Kopf. Und wirklich, in dem sonst immer so harten und strengen Gesicht erkannte Schopetta nun doch noch Betroffenheit.

„Also, Frau Bender." Er legte noch einmal alle Strenge in seine Stimme. „Ich stelle Ihnen jetzt ein paar Fragen und wie gesagt, ich erwarte nun klare, eindeutige und vor allem ehrliche Antworten."

Erstaunlicherweise nickte die alte Dame fast so brav wie ein Schulmädchen. Der Kommissar zog sein Notizbuch aus der Tasche, nahm den Kugelschreiber und gab so das Zeichen, daß er nun mit dem Verhör begann. „Ich weiß, daß die beiden Jungen am späten Dienstagnachmittag beziehungsweise am frühen Abend hier bei Ihnen waren, und zwar im Anschluß an meinen Besuch, aber noch bevor die Kollegen von der Spurensicherung ankamen. Ist das richtig?"

Martha Bender nickte stumm und war erkennbar froh, schon die erste Frage Schopettas beantworten zu können. „Worum ging es bei diesem Besuch?"

„Sie wollten mir ihr Beileid aussprechen und waren sehr erschüttert über Heinrichs Tod", antwortete sie. „Besonders der Ulf. Der stand meinem Bruder doch so nahe. Sie haben gefragt, ob ich Hilfe brauche. Dann hat Ulf gesagt, er würde die Schuldigen schon zur Rechenschaft ziehen. Er könne sich denken, wer hinter der Tat stecken würde, und nun würde eben zurückgeschossen."

Schopetta wurde ganz anders bei dieser Wortwahl, und darum fragte er vorsichtig: „Und Sie meinen, das war sein Ernst?"

„Das kann ich nicht sagen. Sie wirkten auf jeden Fall sehr entschlossen. Darum habe ich nur gesagt, sie sollen keinen Unsinn machen und abwarten, was die Ermittlungen ergeben. Und weil ich ja Besuch von der Polizei erwartete, sind sie dann auch schnell wieder gefahren."

„Waren die beiden noch im Arbeitszimmer Ihres Bruders, bevor sie gingen?"

„Nein." Martha Bender schüttelte leicht den Kopf. „Sie waren nur kurz hier, und wir haben nicht einmal die Diele verlassen."

„Mit welchem Wagen sind sie gekommen?"

„Es gibt nur ein Fahrzeug. Ein grünes, das, mit dem sie Heinrich immer gefahren haben."

„Den Unterhalt für das Auto zahlte Ihr Bruder?"

„Das Fahrzeug gehörte dem Verein, aber Ulf hatte die Schlüssel. Er war immer am schnellsten zu erreichen."

„Hatten denn die jungen Männer keine Arbeit, wenn sie immer zur Verfügung stehen mußten?"

„Natürlich! Zumindest die meisten, denke ich. Der Ulf war auf jeden Fall bei so einem Sicherheitsdienst, verstehen Sie?"

Schopetta nickte nachdenklich und beschrieb die nächste Seite seines Lederheftchens. „Hatten Sie weitere Besucher an diesem Abend? Selbstverständlich abgesehen von meinen Mitarbeitern."

Leise, aber verständlich, sagte Martha: „Ja. Es kam noch ein Herr von der Firma V & O aus Recklinghausen."

Als Martha Bender die Firma nannte, hätte Schopetta am liebsten gleich wieder Rudi angerufen, um endlich mehr über diesen Laden zu erfahren, denn neben dem Heimatverein war es sicher die V & O, über die man Neues zu den Akteuren in diesem Fall erwarten konnte. Doch statt dessen fragte er: „Gehörte ein solcher Besuch zu den normalen Ereignissen?"

Martha Bender nickte. „Bisher wollten die Besucher immer Heinrich sprechen."

„Kannten Sie den Mann?"

„Ich weiß nicht. Irgendwie kam er mir bekannt vor, andererseits auch nicht. Er legte mir das Schreiben der V & O vor, und nur darum hab ich ihn ins Haus gelassen."

„Was wollte er?“

„Er gab vor, für einen dringenden Termin wichtige Papiere abholen zu müssen.“

„Wie sah er aus? Können Sie ihn noch beschreiben?“

„Ja, natürlich“, zischte Martha Bender.

„Also, wenn Sie so freundlich sein wollen“, drängte Schopetta mit einer auffordernden Geste.

„Er war etwas kleiner als Sie, stämmig und mit breiten Schultern. Die Haare konnte ich nicht sehen, weil er eine Mütze aufhatte. Im Gesicht war er braun und auch an den Händen, so wie nach einem Urlaub im Süden. Er trug einen Lederanzug, so einen wie ihn die Motorradfahrer tragen, ganz schwarz. Und er hatte noch eine von diesen unmöglichen Sonnenbrillen auf, mit Gläsern, durch die man nicht hindurchsehen kann, obwohl es doch schon fast ganz dunkel war.“

Schopetta wurde aufmerksam und erinnerte sich an die Beschreibung, die Dieter Tibulski von der Jungfernheide gegeben hatte.

„Schwarze Lederkleidung und sonnengebräunt – interessant. Würden Sie den Mann wiedererkennen?“

Frau Bender nickte heftig. „Auf jeden Fall, so ein ungezogener Mensch“, sagte sie aufgebracht. „Das Auffallendste war aber sein schlechtes Deutsch. Ich glaube, er war Russe, auf jeden Fall stammte der von irgendeinem slawischen Volk. Er sagte später nämlich mehrmals ‚dawai, dawai‘, als es ihm nicht schnell genug ging.“

„Konnten Sie ihm die Papiere aushändigen, die er haben wollte?“

„Nein. Ich wußte nicht einmal, welche das sein sollten, und deshalb wurde er sehr unfreundlich. Nur, wie gesagt, die Sprache. So ein Kauderwelsch, und immer dieses ‚dawai, dawai‘. Es war schlimm. Es erinnerte mich so an die Zeit nach dem Krieg, als diese Bolschewiken ...“ Mit einem ächzenden „nein furchtbar“ brach sie ihre Erinnerungen ab.

Einen Augenblick lang überlegte Schopetta, ob er seinen plötzlich wieder spürbaren Unmut mit einer entsprechenden Bemerkung zum Ausdruck bringen sollte, doch er schenkte sie sich und zwang seinen Ärger unter das Zwerchfell zurück. Und während er so mit seinen eigenen Empfindungen kämpfte, hörte er Martha Bender sagen: „Er nötigte mich förmlich, ihn in das Arbeitszimmer meines Bruders zu lassen. Er ist dann nach hinten gegangen, und kurz darauf kamen ja schon die Kriminalpolizisten und die junge Frau, die mich abholen wollte.“

„Dann wußte er, wo das Arbeitszimmer Ihres Bruders ist?“ fragte Schopetta, durch die eigene Feststellung überrascht.

„Jetzt, wo Sie es sagen, es stimmt. Ich brauchte ihm den Weg nicht zu zeigen.“

„Kann es sein, daß er schon einmal in Ihrem Haus war, zu einer anderen Gelegenheit, vielleicht zu einer der Vereinssitzungen oder zu einem der Treffen, die Ihr Bruder veranstaltete?“

Martha Bender überlegte. „Nein! An einen Russen würde ich mich bestimmt erinnern.“

„Gut“, brummte Schopetta. „Was war dann?“

„Ich sagte ja schon, kurz darauf kamen Ihre Kollegen.“

„Und Sie riefen Ihren Anwalt an und versuchten uns Schwierigkeiten zu machen, stimmts?“

Martha Bender schaute ertappt auf ihre Hände, antwortete dann aber patzig: „Ja. Ich wollte sichergehen, daß uns kein Unrecht geschieht.“

„Von der Polizei?“ Schopetta konnte nun seinen Ärger nicht mehr zurückhalten. Er war sauer und polterte los: „Ja, aber jetzt geht's doch wohl los. Ihr Bruder wurde ermordet, wir versuchen diesen Mord aufzuklären, und Sie werfen uns in unseren Ermittlungen von Anfang an nur Knüppel zwischen die Beine. Wo geschieht Ihnen denn Unrecht, Frau Bender? Wo?“

„Mein Bruder hat mich immer vor der Staatsmacht gewarnt. Wir werden täglich nur unserer Anschauungen wegen bespitzelt und verfolgt, das hat er immer wieder gesagt.“

„Dann war es auch sicher die Staatsmacht, die Ihren Bruder tötete, was?“ Schopetta wurde unwillkürlich laut, und Martha Bender wich erschrocken etwas zurück. Aber auf seinen Angriff folgte postwendend der Gegenangriff. Statt eingeschüchtert in ihrem Sessel einzuknicken, sammelte sie sich und zischte arrogant: „Warum nicht? Heute ist alles möglich. Heinrich hatte ja sogar Hinweise darauf, Verräter und Denunzianten in unseren eigenen Reihen zu haben, linke Alleswisser, die nur darauf warteten, längst Vergangenes erneut an die Öffentlichkeit zu zerren und Unrat über uns auszugießen, nur um aufrechten Deutschen das Leben schwerzumachen.“

„Sind mit dem Alten und Vergangenen vielleicht die Vorstrafen Ihres Bruders gemeint oder seine unerfreulichen Auftritte bei wissenschaftlichen Kongressen?“ Obwohl Schopetta die Frau schon bei der ersten Begegnung auf einen Teil dieser Themen angesprochen hatte, ließ sie Schopettas Frage sichtlich verlegen werden. Für ein paar Sekunde flackerte ihr Blick, bis sie heftig den Kopf schüttelte. „Sondern?“ bohrte Schopetta laut, herrisch und fordernd nach.

„Nein“, war die spontane Antwort. „Was ich meine, das liegt alles viel länger zurück.“

Die letzte Silbe klang noch im Raum, als sie mit einem scheelen Blick auf Schopetta überprüfte, ob der Fehler, den sie grade begangen hatte, von ihm wohl bemerkt worden war. Nachdem diese Überprüfung für sie zu keinem befriedigenden Ergebnis geführt hatte, sagte sie schnell und so kalt wie bei der Begrüßung: „Mein Anwalt hat mir geraten, nur Fragen zu beantworten, die im Zusammenhang mit dem Tod meines Bruders stehen. Wenn Sie noch solche Fragen haben, bitte! Ansonsten habe ich nichts mehr zu sagen.“

Schopetta räusperte sich, sah Frau Bender an und nötigte sich sogar so etwas wie ein Lächeln ab. „Natürlich, Fragen zum Tod Ihres Bruders habe ich noch einige.“ Er blätterte in seinem Notizbuch zurück. „Der Mann der Firma V & O ging ins Arbeitszimmer Ihres Bruders, Sie riefen Ihren Anwalt an, und dann kamen meine Kollegen. Wo blieb der Fremde?“

„Als ich die Polizisten ins Arbeitszimmer führte, war dieser unangenehme Mensch verschwunden.“

„Haben Sie den Beamten nichts davon gesagt?“

„Nein, das hielt ich nicht für nötig.“

Schopetta zuckte mißmutig mit den Achseln: „Es wäre gut gewesen, vielleicht wären wir dann schneller vorwärts gekommen.“

„Es tut mir leid“, sagte Martha Bender leise und mit einer interpretierbaren Spur Schuldbewußtsein. „Fehlte hinterher etwas im Arbeitszimmer Ihres Bruders?“

„Natürlich. Ihre Männer haben die Sachen doch kartonweise rausgeschleppt.“ Kurz flammte noch einmal Martha Benders alte Kampfform auf, aber Schopetta pendelte geschickt aus, indem er sagte: „Sie haben natürlich recht, Frau Bender. Eine andere Frage stelle ich Ihnen darum noch einmal genauer. – Besaß Ihr Bruder eine Waffe? Ich sage Ihnen offen, daß wir eine entsprechende Pistolentasche gefunden haben. Auch sind uns Photos in die Hände gefallen, die Ihren Bruder noch vor kurzem mit einer Pistole zeigen. Wissen Sie etwas darüber, Frau Bender?“

Martha Bender schwieg einen Augenblick lang. Dann nickte sie stumm, und nach weiteren Augenblicken des Nachdenkens sagte sie auch wieder sehr leise: „Es war seine alte Dienstwaffe.“

„Ach ja“, sagte Schopetta wissend. „Ihr Bruder war ja Soldat im Afrikacorps bei dem berühmten General Rommel.“ Und ohne von seinem Notizbuch aufzusehen, schrieb er etwas hinein und nickte dann stumm.

Martha Bender beantwortete die Anmerkung des Kommissars seltsam zögerlich und mehr mit einem schiefen Kopfnicken als mit dem leisen und gezierten „Ja!“

Schopetta fragte abwesend: „Gut, kommen wir zum Schluß. Ich habe noch eine Frage zu dem, was sie gerade von Ihrem Bruder sagten. Er vermutete Denunzianten in den eigenen Reihen. Wie kam er darauf?“

„Ich weiß es nicht. Irgendwann sprachen wir darüber. Linkes Gesocks hat er gesagt. Aber er würde schon dahinterkommen, wer genau da Spitzeldienste leistete, und dann würde Schluß gemacht mit dem Verrat.“

„Wie hat er das gemeint?“

„Wie soll ich das wissen? Ich habe nicht danach gefragt.“

„Hat er vielleicht Personen genannt, die er verdächtigte?“

„Linkes Gesocks hat er gesagt, das man schon früher hätte ausrotten müssen. Mehr weiß ich dazu nicht.“

In Schopetta entwickelte sich ein Gedanke, der ihn unruhig werden ließ, und in Begleitung dieses Gedankens stellte sich ein Gefühl ein, das er bereits aus frühesten Zeiten kannte, das Gefühl, einen Denkmalssockel bröckeln zu sehen, zu erkennen, wie sich Geschichten als Geschichte herausstellten, und wie das Sündenregister einer Zeit am Ende auch die Taten eines Helden einschließt, eines Helden, an dem vor langer Zeit Bewunderung, Achtung und Liebe gehangen hatte. Schopetta klappte das Notizbuch zu und schob den Kugelschreiber in die Lasche. „Ich habe erst einmal keine Fragen mehr, Frau Bender.“ Und weil der Kommissar diesmal glaubte, es könne nützen, fügte er hinzu: „Und wenn Ihnen noch etwas einfällt, Frau Bender, hier ist noch einmal meine Karte. Sie können mich zu jeder Zeit anrufen.“

Martha Bender nahm das Kärtchen, warf einen kurzen Blick darauf, legte es auf den Tisch neben der Couch und nickte stumm. Schopetta erhob sich, und auch sie machte Anstalten sich zu erheben. „Behalten Sie Platz“, sagte der Kommissar. „Ich kenne ja jetzt den Weg.“

Für ein paar Augenblicke blieb er unter dem Vordach stehen und sah unter dessen Rand hinweg in den anhaltend grauen Himmel. Wenn ich aus diesem Haus komme, stehe ich immer im Regen, dachte er. Dann ging er am Fenster mit den Gummibäumen vorbei zu seinem Auto, stieg ein und beschloß, trotz des schon späten Nachmittags noch mal ins Präsidium zu fahren.

33

Für die Fahrt wählte er die Landstraße. Sie führte ihn direkt aus dem kleinen Ort heraus und schlängelte sich am Südrand der Haard entlang, quer durch gepflügte Felder, mattgrüne Weiden und den Wald, der schon fast ganz im Dunkel lag. Aus dem schwarzen Himmel fiel wieder der Regen, diesmal nur mit etwas Schnee vermischt, und die Flocken jagten im Licht der Scheinwerfer auf seine Windschutzscheibe zu.

Kurz hinter der Einmündung der Straße aus Datteln klingelte das Telephon. Hobrecht stand auf dem blinkenden Display.

„Schopetta, wie immer unterwegs“, rief er, nachdem er die grüne Sprechtaste des Handys bedient hatte.

„Ich erwarte eigentlich deinen Rückruf, mein Lieber. Wenigstens ab und zu solltest du deine Telephonnotizen lesen.“

Schopetta erinnerte sich zwar, den kleine Packen auf seinem Schreibtisch gesehen zu haben, hatte sich aber nicht die Zeit genommen, die Zettelsammlung zu sichten.

„Es geht um die Freigabe in der Mordsache Reichenberg. Hier steht schon zum zweitenmal ein Bestattungsunternehmer, der nachfragt, ob er den Mann mitnehmen kann. Hast du noch irgendwelche Einwände?“

„Wenn du alles so schön wie immer aufgeschrieben hast, was sollten wir da noch für Fragen haben, Volker? Ist Sache des Staatsanwalts.“

„Der hat meinen Bericht und ist zufrieden. Mehr will er nicht.“

„Dann kann Herr Reichenberg meinetwegen unter die Erde. Wer hat übrigens den Auftrag an den Unternehmer erteilt? Ich meine, wir hätten keine näheren Verwandten ermittelt.“

„Da müßte ich in den Papieren nachsehen, Moment bitte.“

Es knisterte im Lautsprecher, und dann meldete sich der Doktor wieder: „Czychi, Ernst, ist der Auftraggeber. Haltern, Augustusstraße 24. So wie ich das hier lese, übernimmt der Herr die Kosten.“

In Schopettas Bauch stieg spontan das Alarmgefühl auf, das sich zwischenzeitlich, während des Gesprächs mit Frau Bender, gemeldet hatte. Auslöser war das Wort vom linken Gesocks, das ihr Bruder aufspüren und vernichten wollte. Nun rumorte dieses blöde Gefühl wieder in ihm. Es hatte mit Ernst Czychi zu tun, eindeutig. Das mußte sich Schopetta eingestehen. Er mochte den Rentner auf eine besondere Art, und am liebsten hätte er den Alten aus den ganzen Ermittlungen rausgehalten, und das sogar gegen die Verdachtsmomente des Kollegen Riepen.

War er vielleicht wirklich schon zu alt? Blind in bezug auf Menschen, die ihm sympathisch waren? Schützte er aus persönlichen Gefühlen einen Zeugen, sogar einen möglichen Verdächtigen? Die Nähe des Rentners zu Opfer und Tat war gegeben. Was fehlte, war ein Motiv, aber richtig danach gesucht hatten sie noch nicht. Nur, daß Czychi den Bender gekannt haben mußte, das lag nun auf der Hand. Außerdem stand Czychis Name auf vielen Teilnehmerlisten der Veranstaltungen, die der Verein für nationale Heimatpflege durchgeführt hatte. Und auch das zweite Mordopfer, Karl-Heinz Reichenberg, war Besucher dieser Vorträge. Man kannte sich also untereinander. Und Reichenberg war Fachmann für Alarmanlagen. Und jetzt kümmerte sich Czychi um die Bestattung Reichenbergs? Das war sicher nicht unbedingt der passende Hinweis auf einen Mord, aber durfte man überhaupt etwas ausschließen?

Rudi hatte sicher recht. Die Menschen in unserer Gesellschaft werden immer älter. Zwangsläufig müssen damit auch die Mörder immer älter werden, allein schon wegen dieser statistischen Normalverteilung. Und möglich war alles, das hatte er selbst gestern noch gesagt. Letztlich würde wirklich nichts weniger auffallen als ein alter, klappriger Knappschaftsrentner, der killend durch die Gegend läuft. Wie denn auch? Wer denkt bei Herbert Knebel schon an vierfachen Mord?

„Hallo, Erwin, bist du noch da?" hörte er plötzlich Volker Hobrecht am Telephon. „Ich setze jetzt meine Unterschrift unter das Papier. Damit der Mann wegkommt. Ist sowieso zu wenig Platz hier. Richtig ungemütlich mit den vielen Toten auf den Tischen. So einen Andrang hatte ich in meiner ganzen Laufbahn noch nicht. Ich glaub, ihr schreckt mit eurer Arbeit keinen mehr ab. Laßt euch da mal was einfallen."

„Machen wir, Volker. Und wenn ich richtig Zeit habe, lache ich auch über deine Witze."

„Mein Gott, Erwin. Jetzt hab dich nicht so. War ein kleiner Scherz. Bist doch sonst nicht so empfindlich."

„Hast recht, entschuldige. Aber die Sache macht mir schon einige Kopfschmerzen."

„Ich wünsche dir auf jeden Fall viel Erfolg, Erwin. Und wenn ich helfen kann, tue ich das gern. Muß ja nicht gleich die Untersuchung einer fünften Leiche sein.“

„Bewahre“, stöhnte Schopetta. „Was wir zur Zeit haben, reicht mir vollkommen.“

Sie beendeten das Gespräch.

Der Schneeanteil im Regen wurde größer, und Schopetta saß hinter einem Wohnmobil fest, das sich mit konstanten fünfundvierzig Stundenkilometern in Richtung Oer-Erkenschwick bewegte. An Überholen war nicht zu denken, denn die Sicht betrug kaum mehr als einhundert Meter, eine zu geringe Distanz für ein Überholmanöver im „zwei Liter Bauernbenz mit Schweinehaken“. Also war Geduld angesagt. Und während er hinter dem „Wohnklo“ herzockelte, dachte Schopetta weiter nach.

Ganz im Gegensatz zu den im Gespräch geäußerten Befürchtungen, nahm die Öffentlichkeit im Verhältnis zu anderen Fällen eher wenig Notiz von den vier Morden. Der Tote im Töpferofen, der war natürlich pressetechnisch fast genüßlich auseinandergenommen worden, der tote Radfahrer blieb in der Berichterstattung ein Verkehrstoter, weil die zwei Toten in Grullbad die Schlagzeilen für sich in Anspruch nahmen. Zum Glück wurden die beiden toten Jungen noch nicht so richtig mit den Morden vom Anfang der Woche in Verbindung gebracht, obwohl der Polizeipräsident in seiner Pressekonferenz eine solche Konstruktion deutlich angeregt hatte. Außerdem war der druckschwarze Niederschlag erst am nächsten Tag fällig. In den Radionachrichten wurde die Tat zwar schon erwähnt, und sicher würden die verschiedenen Fernsehsender in den Regionalfenstern entsprechende Meldungen verbreiten, aber nur zehn Stunden nach der Entdeckung des Doppelmordes erwartete nicht einmal der sehr kritische Regionalsender die Lösung des Falles.

Das Wohnmobil vor ihm reduzierte angesichts des immer dichter fallenden Schneeregens das Tempo auf nervtötende vierzig Stundenkilometer, und Schopetta fluchte leise. Trotzdem blieb er mit seinen Gedanken bei den Ermittlungen. Dem Kommissar wurde ein Versäumnis deutlich. Eine wesentliche Frage hatte er mit Martha Bender nicht mehr besprochen, und da Schopetta die langsame Fahrt aufgrund der deutlichen Untermotorisierung zwangsläufig akzeptieren mußte, wollte er diese Antwort jetzt einholen. Er zog sein Notizbuch aus der Jackentasche, indem er sich vorbeugte und mit den Unterarmen das Lenkrad bediente, blätterte er vorsichtig, bis die Telephonnummer der Benders, schwarz umrahmt, irgendwo zwischen seinen

Notizen auftauchte. Im Gegensatz zum Suchen war das Eintippen der Telephonnummer für den geübten Einhandfahrer ein leichtes.

Schon nach zwei, drei Klingelzeichen meldete sich Martha Bender. Schopetta entschuldigte sich für die Störung und erklärte mit kurzen Worten, eine wichtige Frage leider noch nicht ausreichend geklärt zu haben. Es ginge ihm dabei um die Finanzierung des Projektes auf dem Annaberg, die Ausgrabung und den Aufbau des religiösen Zentrums. Dabei ging ihm dieser Begriff nur absonderlich schräg über die Lippen, denn im Zusammenhang mit Germanen, Thule, Thiu und dem nationalen Heimatkram fehlte ihm eine verstehende Akzeptanz völlig.

„Ihr Bruder", begann er die erneute Befragung, „hat im Gespräch mit Herrn Professor von Schmierlewski-Schwarzer Finanzmittel angesprochen, die sofort bereitstünden, um das Projekt zu starten. Können Sie mir sagen, um welche Mittel es sich dabei handeln könnte?"

„Das ist kein Geheimnis", sagte Martha Bender aufgeräumt. „Mein Bruder hat für dieses Vorhaben vor Jahren einen Art Fonds gegründet. Dieser wurde durch die Überschüsse aus der Immobilienbewirtschaftung und unseren anderen Kapitalanlagen gespeist. Das Geld wurde wiederum ausschließlich in kurzfristige Festgeldanlagen gesteckt. Immer bei bester Verzinsung, versteht sich. So war bei Bedarf das Geld innerhalb kürzester Zeit verfügbar." Während Martha Bender die Zusammenhänge erklärte, kam Schopetta aus dem Staunen nicht heraus. Völlig souverän jonglierte sie mit Begriffen aus der Finanzwirtschaft, die Schopetta sonst nur aus dem Wirtschaftsteil der Zeitung kannte. Modisch vielsagende Floskeln, die in seinem eignen Haushalt so gut wie nie gebraucht wurden.

Bei einer Bank gab es Prozente, und wenn man eine größere Anschaffung machte, war es wichtig den Händler zu finden, der wiederum die meisten Prozente gab. Hier erschöpften sich erst einmal seine privaten Vorstellungen von dem, was man als „ein gutes Geschäft machen" bezeichnen konnte. Wenn etwas darüber hinausging, erledigte das seine Frau. Hannelore hatte eine sichere Hand in allen Dingen, die mit Geld zu tun hatten. Und Martha Bender schien sich deutlich besser auszukennen als er, das mußte Schopetta neidlos anerkennen. So beeindruckt fragte er vorsichtig weiter: „Können Sie mir sagen, um welche Größenordnungen es sich bei der vorgesehenen Finanzierung handelte?"

„Eine solche Ausgrabung ist sehr teuer, und wenn dann auch noch auf den alten Grundmauern neue Gebäude entstehen sollen, ist eine halbe Million nicht zu hoch gegriffen. Aber Heinrich hatte den Auftrag erteilt, zusätzlich noch einige andere Liegenschaften zu veräußern, um die Finanzierung des Zentrums auf jeden Fall sicherzustellen.“ Martha Bender war von unüberhörbarem Stolz erfüllt, und Schopettas Respekt vor großen Geldsummen war echt. Mit diesem Respekt stellte er seine nächste Frage: „Also insgesamt deutlich mehr als nur eine halbe Million?“

„Davon gehe ich aus“, bestätigte sie.

„Wer tätigte solche Transaktionen für Sie? Arbeiten Sie mit einer Großbank zusammen?“

„Herr Kommissar! Ich glaube, ich sagte Ihnen schon, daß wir Geschäfte dieser Art mit der Firma V & O abwickeln. Herr Dabringhausen hatte das vollste Vertrauen meines Bruders!“

Schopetta war erstaunt, von Dabringhausens Funktion bei der Abwicklung seriöser Geldgeschäfte zu erfahren und sagte: „Ja, natürlich, ich erinnere mich, Frau Bender. Auch in den Unterlagen Ihres Bruders fanden wir ja Hinweise darauf. Aber ich dachte wirklich, die V & O wäre mehr mit der Verwaltung Ihrer Immobilien betraut. Hausmeisterdienste, Neuvermietung und so weiter. Daß es auch um die Vermögensverwaltung geht, ist mir erst jetzt klar geworden.“

„Na, dann wissen Sie es jetzt“, sagte Martha Bender schnippisch.

Stinkezicke, dachte Schopetta, blieb aber gelassen und sagte: „Wie verhält es sich, Frau Bender, und damit auch wirklich zu meiner letzten Frage. Waren Sie mit den Plänen Ihres Bruders einverstanden? So viel ich weiß, ging es doch um Ihr gemeinsames Vermögen.“

Martha Bender schwieg einen Augenblick. Dann war von ihr sogar ein helles Auflachen zu hören. „Da machen Sie sich mal keine Sorgen, Herr Kommissar. Es bestand völliges Einvernehmen zwischen mir und meinem Bruder. Ganz sicher werden wir auch jetzt noch seine Pläne umsetzen. Es war unser gemeinsames Ziel, unser Vermögen für die Ausbreitung der Bewegung einzusetzen. Und trotzdem bleibe ich gut abgesichert. – Haben Sie sonst noch Fragen?“

Das war im Augenblick nicht der Fall, und nach ein paar Worten des Dankes und der Versicherung, das Beste zu tun, um den Täter zu finden, verabschiedete er sich, nicht ohne sie in Gedanken noch mehrmals mit der Gattungsbezeichnung vierbeiniger, gehörnter Herdentiere zu belegen, und dann verglich er sie in Gedanken mit seiner Lehrerin aus Volksschulzeiten, die er haßte wie unheilbaren Fußpilz, und einen schlimmeren Gedanken konnte er keinem Menschen antun.

Schopetta erreichte das Präsidium um zwanzig nach sechs. Die meisten Büros waren da schon verwaist, und auch Annette war schon gegangen. Nachdem Schopetta die Kaffeemaschine in ihrem Büro in Gang gesetzt hatte, begab er sich hinter seinen Schreibtisch, schaltete die Lampe an, und in dem angenehm gelben Licht, das in seiner beruhigenden Wirkung durch den Duft des frischen Kaffees unterstützt wurde, studierte er die Pinnwand, die mittlerweile einen beträchtlichen Umfang angenommen hatte. Er folgte mit dem Blick den dicken, mit Filzstiften gezeichneten schwarzen Pfeilen, die von der Photographie Benders ausgingen und auf die drei Vereine für nationale Heimatpflege zeigten, um die sich im Grunde alles übrige gruppierte. Dann betrachtete er die Photos mit den schwarz gekleideten Jungen der Benderschen „Leibgarde", dazwischen die mit einem schwarzen Rahmen hervorgehoben Bilder von Ulf Teske und Klaus Müller. Darunter wiederum die Karten mit den Namen der bereits bekannten Vereinsmitglieder, die ebenfalls mit Photos versehen waren. Da war in einem anderen schwarzen Kasten „Reichenberg" zu lesen. Czychi, von Rudi Riepen als dessen Hauptverdächtiger mutwillig und nachdrücklich mit einem dicken roten Kreis umrandet, und daneben je ein vergrößertes Photo von Eckehard Glowritz und Karli Gärtner, beide aus der Serie „der gelungene erkennungsdienstliche Schnappschuß." Und auch Polizeiobermeister Niehoff war zu sehen. Schopetta hatte das Photo aus der Personalakte kopiert. Hans Otto Ahlers war nur als Name auf blauem Karton vertreten, und etwas weiter weg, aber eingebunden mit einer roten Linie, befanden sich die vollständigen Listen von Mitgliedern und Freunden aller drei Abteilungen der Heimatvereine.

Eine Schnittmenge mit verschiedenen Akteuren bildete der Kreis um den Namen Herbert, alias Pommes oder Scheitel Dabringhausen, und in dessen Schlepptau die V & O Marketing GmbH. Schopetta schrieb „Vermögensverwaltung Bender" auf ein Karteikärtchen, um es später in der Nähe des Namens Dabringhausen unterzubringen.

Und dann etwas abseits, aber besonders deutlich, die farbige Umrahmung des ersten Mordopfers schneidend, stach die gelbe Karte mit dem Namen des Museumsdirektors hervor, unter die Schopetta, wegen des hinterhältigen Schnüffeldossiers, die Karten der Professorengattin von Schmierlewski-Schwarzer-Heidenbruch und die ihres tag- und nachtaktiven Museumspädagogen geheftet hatte. „Motiv!" war daneben notiert und durch mehrere Ausrufungszeichen verstärkt. Im Augenblick schien es so, als ob es nur diese drei Personen waren, die ein wirkliches Motiv hatten.

Die Frage, ob es ein ausreichendes war, um Bender wegen der vermutlichen Erpressungen zu beseitigen, ließ er im Augenblick noch offen, denn die anderen drei Morde wollten für ihn zu dieser Überlegung überhaupt nicht passen. Schopetta stand von seinem Schreibtisch auf und nahm einen dicken Filzstift. Das Wort „Ritualmord“ strich er schon mal aus, und die gestrichelte Linie, die den Namen Bender mit den drei Heimatvereinen zu einer Opfer/Tätereinheit zusammenfaßte, machte er auch ungültig. Dann trat er noch näher an die Wand, sah einzelne Photos genauer an, nahm sie in die Hand, heftete sie wieder an, veränderte die Abstände zwischen den einzelnen Informationen und beschäftigte sich intensiv mit jedem einzelnen Abschnitt der Pinnwand. Später trat er nachdenklich einen Schritt zurück, lehnte sich an seinen Schreibtisch, betrachtete lange die zusammengetragenen Puzzleteile und versuchte, sich nun auch optisch einen Überblick zu verschaffen. Er starrte auf dieses Gebilde und wartete. Er wartete und hoffte demütig auf eine plötzliche Eingebung, auf das Erscheinen einer unsichtbaren Hand, die ohne sein Dazutun alle Dinge in den richtigen Zusammenhang schob und auf dem bunten Flickenteppich ein schlüssiges System sichtbar werden ließ, ein Muster, durch das alle Elemente des Geflechts zu einem logischen Ganzen wurden. Dabei fiel sein Blick noch einmal auf das Gruppenbild, das die Jungen in Schwarz mit Heinrich Bender auf dem Lippedeich zeigte: Freundlicher alter Herr legt freundlichen jungen Männern freundliche Altmännerarme auf die nackten Schultern. Bender thront auf einer hochkant gestellten leeren Bierkiste. Ulf und Klaus Müller links und rechts neben ihm. Einer steht hinter Bender mit verschränkten Armen, und drei weitere sitzen davor, im Schneidersitz, die Hände locker auf den Knien. Es waren sechs Personen, mit Bender sieben, die freundlich in die Kamera lächelten. Schopetta zählte noch einmal die Personen auf den anderen Photos. Es blieb bei sechs! Bender war der siebte. Nur wer, verdammt noch mal, wer hat dann das Photo gemacht? arbeitete es in seinem Kopf. Er pflückte das Bild von der Wand und nahm es im wahrsten Sinne des Wortes unter die Lupe. Der Photograph stand mit dem Rücken zur Sonne, und er warf einen Schatten, halb rechts an der Gruppe vorbei. Also kein Selbstauslöser. Der Photograph war ein Mann. Soviel verrieten die dunklen Flächen, die sich über das Gras legten und mit ihrer Spitze bis an die zusammengestellten Kanupaddel reichten. Die Arme des Schattens verbanden winklig den Kopf mit den breiten Schultern. Sonst kein Hinweis auf die Person. Wer war der achte Mann auf dem Bild, der nicht zu sehen war? Schopetta fragte sich, ob es Zufall war, oder ob eine Absicht dahinter steckte, die achte Person nicht abzulichten und ihre Identität zu verbergen, sozusagen ein großer Unbekannter im Hintergrund, aber er kam zu keinem eindeutigen Ergebnis. Er begnügte sich damit, nichts unbedingt Weltbewegendes entdeckt zu haben, aber es war ein Fakt, der ihm bisher nicht aufgefallen und darum für ihn Grund genug war, zu handeln.

Er wollte die Jungen befragen. Die mußten wissen, wer im Sommer am Fluß dabei war. Und wenn sie es leugneten, wußte er auch schon wieder mehr. So nahm er sich einen der Ordner vor, in dem die Ermittlungsgruppe während der laufenden Untersuchung alle Informationen sammelte, Adressen, Hinweise, die Ergebnisse der kriminaltechnischen Untersuchung und die Berichte des Pathologen. Aber auch alle Adressen von Zeugen oder anderen in den Fall verwickelten Personen. Er fand schnell, was er suchte, schrieb sich die vier Namen mit den Telephonnummern auf einen Zettel, setzte sich wieder an seinen Schreibtisch und zog das Telephon zu sich heran.

Die ersten beiden Nummern waren Flops. Dieter Albert ließ seinen Anrufbeantworter seine Abwesenheit erklären, und Horst Olschewski ging gar nicht erst ans Telephon. Bei der dritten Telephonnummer hatte er Glück, und nachdem er sich mit dem üblichen Spruch gemeldet hatte, erfuhr er, daß Michael Urban gerade in diesem Augenblick bei Werner Schnakenpol saß und die schrecklichen Ereignisse der vergangenen Tage das Thema ihres Gesprächs waren. „Das trifft sich gut“, sagte Schopetta, der schon aus den wenigen Worten, die er mit Werner Schnakenpol wechselte, herauszuhören glaubte, wie Angst und Unsicherheit den Klang seiner Stimme beeinflußten. „Daß es sich um eine sehr, sehr ernste Angelegenheit handelt, brauche ich Ihnen nicht zu sagen, meine Herren“, begann der Kommissar die Befragung. „Ich will auch nicht viel von Ihnen, da Sie das meiste sicher schon meinen Kollegen gesagt haben werden. Meine Fragen beziehen sich auf Heinrich Bender und seine engste Umgebung im Verein für nationale Heimatpflege. Sie erinnern sich sicher an einen bestimmten Tag im Sommer. Diesen Tag haben Sie beide zusammen mit Ulf Teske, Klaus Müller, Dieter Albert, Horst Olschewski und Herrn Bender an der Lippe verbracht, Grillen, Kanu fahren und so weiter. Erinnern Sie sich?“

Schnakenpol knurrte eine Bestätigung.

„Gut. Wann fand das Treffen statt?“

„Mein Gott, das ist doch schon so lange her. Wie soll man das noch wissen? Ich mein, es wär so der letzte Samstag im August gewesen“, antwortete Werner Schnakenpol unwillig. „Das Datum weiß ich aber absolut nicht. War sozusagen unser Betriebsausflug. Sind von Hamm aus mit den Kanus bis Ahsen gepaddelt."

„Herr Schnakenpol!" sagte Schopetta darauf hart und streng, um möglichst keine Mißverständnisse aufkommen zu lassen. „Bevor Sie sich bei der Antwort auf die nächste Frage in Richtung Unwahrheit begeben, möchte ich Ihnen sagen, daß ich die Photos von Ihrer Zusammenkunft habe. Und wenn Sie keine Lust haben, mir die Auskünfte zu geben, können Sie sich auch gerne mit dem Staatsanwalt unterhalten. Haben Sie das verstanden?" Als keine Einwände kamen, setzte er fort: „Gut! Also, wenn Sie sich erinnern wollen, damals an der Lippe wanderte eine Pistole von Hand zu Hand, so eine alte 08. Wem gehörte diese Pistole?"

Werner Schnakenpol druckste einen Augenblick herum, dann hörte er Flüstern und kurz darauf sagte der junge Mann: „Bender."

„Sind Sie sicher?"

„Ja klar, es gab doch nur die eine!"

„Gut! Was machten Sie mit der Waffe?"

„Was man mit som Ding mal tut. Son bißchen rumspielen eben. Wenn wir bei Heinrich waren, haben wir immer gedrängt: ‚Los Heinrich, hol doch mal deine Knarre' und so. Und dann hat er sie geholt. Er hat uns dann immer was erzählt, wie alles war, früher, vom Krieg und so. Und von Afrika hat er erzählt und von Rommel und so, und meistens haben wir auch noch auf Treibholz geschossen oder auf Coladosen."

„Gut", sagte Schopetta und entschloß sich, ab sofort ein anderes Wort als dieses dämliche „gut" zu gebrauchen, um seine Fragen einzuleiten. O.k. wäre nicht schlecht, war aber schon Standard bei den Fußballprofis. Scheiße, dachte er, strich den Gedanken und sagte: „Gut, wer war noch bei diesem Treffen dabei?"

„Die haben Sie doch schon alle aufgezählt."

„Herr Schnakenpol!" Schopetta schnaufte die Worte hörbar unwillig in den Hörer: „Ich habe Sie gebeten, die Wahrheit zu sagen. Halten Sie sich bitte daran! Erinnern Sie sich genau! Wer war an diesem Tag am Fluß dabei? Fragen Sie auch Herrn Urban."

Am anderen Ende der Telephonleitung wurde geflüstert. Dann meldete sich plötzlich eine andere Stimme: „Herr Kommissar? Michael Urban hier!" Er sprach ein wenig durch die Nase, und wenn man genau hinhörte, wirkte seine Betonung sogar ein wenig feminin. „Also, ich hab da wirklich nichts zu verbergen. Auch wenn der Schnacki sich nicht mehr erinnert. Der Eckehard Glowritz, der Wirt von der Kameradenklause, der war auch da, aber nur ganz kurz.“

Für ein paar Augenblicke war Schopetta sprachlos. Mit diesem Namen hatte er nicht gerechnet, und darum fragte er noch einmal nach: „Der Glowritz? Der Schoko Ecki? Der war dabei?“

„Ja, er hat das Fleisch für den Grill vorbeigebracht, die Getränke und ist dann noch ein bißchen geblieben.“

„War der Glowritz immer dabei, wenn Sie sich trafen?“

„Nein, eigentlich nicht, Herr Kommissar. Der hat mit uns ein Bier getrunken und ist dann wieder verschwunden.“

„Und er hat das Photo gemacht, nicht wahr?“ ergänzte Schopetta. „Wie war das genau?“

„Wie das war? Ich meine, wir sind so gegen sechs in Ahsen gewesen, haben die Boote an Land gezogen, das Feuer gemacht, und dann ist er gekommen, glaub ich.“

„War das, bevor die Pistole ins Spiel kam?“

„Nee, ja, Moment.“ Urban überlegte. Dann erklärte er: „Doch, genau, so war’s. Wir wollten alle, daß Herr Bender wieder die Pistole holt. Der hatte aber keine Lust, so weit zurückzulaufen. Und als der Ecki auftauchte, hat der die Pistole geholt. Dann wurden die Photos gemacht, und der Glowritz ist wieder abgehauen.“

„Das heißt, der Glowritz und der Bender kannten sich so gut, daß Glowritz in Benders Haus die Pistole finden konnte.“

„Wird ja wohl so sein, denn der hat ja die Knarre aus dem Haus mitgebracht.“

„Hatte Bender viel Kontakt zu Glowritz?“

„Mal mehr, mal weniger. Glowritz war Knasti, und Herr Bender hat öfter für Kameraden gesorgt, die wegen ihrer Überzeugung in den Knast mußten. Wenn die rauskamen, hat er seinen Einfluß geltend gemacht und denen Arbeit und Wohnungen besorgt.“

„Und so ein Kandidat war Glowritz?“ fragte Schopetta mürrisch. „Ich meine, so einer, der wegen seiner Überzeugung in den Knast gekommen war?“

„Na klar! Der hat auf so ner Kommunistendemo nur so n paar Kanaken aufgemischt, und dafür ist er vier Jahre eingefahren!“

Der Unmut des Kommissars stieg, und er konnte sich nicht zurückhalten: „Glowritz ist Berufsverbrecher, Mann“, rief er lauter als in Gesprächslautstärke in das Telephon. „Und er wurde verurteilt wegen räuberischer

Erpressung und mehrfacher gefährlicher Körperverletzung. Und politische Anschauungen hatte der vor seiner Verurteilung nicht eine. Aber das nur am Rande. Kommen wir lieber wieder zur Sache." Schopetta versuchte, sich wieder zu beruhigen. „Haben sie Glowritz noch mal gesehen?"

„Natürlich. Oft sogar. Die Kameradenklause ist unser Vereinslokal."

„Wann zuletzt?" raunzte Schopetta.

„Vergangenen Sonntag, abends in der Klause. Wir haben uns da getroffen. Da war schwer was los."

„Und die anderen, Teske, Müller, Olschewski oder Albert?"

„Die auch."

„Und davor? Den Sonntag über?"

„Wir haben uns alle in Heiden getroffen, an den Teufelssteinen."

„Wer sind alle, und warum da?" fragte Schopetta leicht ungeduldig.

„Die Teufelssteine sind ein heiliger Ort", erklärte Urban leiser und etwas verlegen, ganz so, als sei ihm dieses Bekenntnis durchaus etwas peinlich. Schopetta schloß die Augen und schüttelte den Kopf. Ihm war und blieb der Zugang zu dieser Weltanschauung verschlossen.

„Und alle", sagte Michael Urban, „damit meine ich die Leute aus dem Verein, aber nicht alle, ich mein nur die, die ..." Er stockte erneut und suchte nach den richtigen Worten. Dann stieß er hervor: „Ja, ich mein, nicht alle eben."

„Nur die Mitglieder der Thulebruderschaft?" fragte der Kommissar streng. „Ist das richtig?"

Urban schwieg verblüfft. Dann fragte er unsicher: „Woher wissen Sie das?"

„Sie können davon ausgehen, daß wir über alle Aktivitäten Ihrer Gruppe beste Informationen haben. Und ich überprüfe zur Zeit nur noch deren Vollständigkeit. Darum rate ich Ihnen unbedingt, bei der Wahrheit zu bleiben."

Schopetta wollte zwar auf die Bruderschaft nicht weiter eingehen, doch mit einer weiteren Demonstration seiner Insiderkenntnisse beeindruckte er zumindest seinen Gesprächspartner hörbar.

„War das die regionale Samhainfeier?"

Erst nach einem kurzen Zögern sagte Urban leise, wie ein ertappter Schuljunge: „Ja!"

„Wen haben Sie dort in Heiden getroffen? Wer genau war da anwesend?"

„Oh, Mann!“ stöhnte Urban auf. „Ich kenn doch nicht alle persönlich. Das waren mindestens so fünfzig, sechzig Leute.“

„War Bender da?“ fragte der Kommissar.

„Ja, natürlich war Herr Bender da. Der ist doch sozusagen dabei die Hauptperson.“

„Das ist klar“, warf Schopetta ein. „Als Hoher Priester der nördlichen Gaue darf er nicht fehlen.“ Selbst durch das Telephon konnte er Urbans Verblüffung über seine Detailkenntnisse wahrnehmen. Darum setzte er nach: „Aber wissen Sie, Herr Urban, was Sie da an den Teufelssteinen mit Ihrer, – ich will es mal ‚Glaubensgemeinschaft‘ nennen – so treiben, ist mir absolut egal. Ich muß eine Reihe von Morden aufklären, darum nennen Sie mir jetzt zumindest die Leute, die sie persönlich kannten.“

Michael Urban zählte ungefähr zwanzig Namen auf, die Schopetta alle nicht kannte, die er aber alle auf den Mitgliederlisten wiederfand. So bestätigte er die ein oder andere Nennung durch kurze Kommentare, um den gerade gewonnenen Nimbus als intimer Kenner der Bruderschaft auszubauen. Dann fielen auch die Namen, die ihm im Laufe der Ermittlungen schon begegnet waren. Es wurden Werner Schnakenpol, Klaus Müller und Horst Olschewski genannt. Selbst daß Albert Dienst hatte und erst später kam, wußte Urban noch genau.

„Was ist mit einem Hans Otto Ahlers?“ fragte Schopetta drängend, „Oder mit Franz Josef Niehoff, Korbjuhn, Gärtner, Knieriem oder mit unserem gemeinsamen Bekannten Glowritz? Sind Ihnen die Leute dort begegnet?“ Angeregt durch einen plötzlichen, eher unkontrollierten Einfall, schob er noch die Namen von Ernst Czychi und Karl Heinz Reichenberg nach. „Was ist mit denen?“

Im Hörer blieb es einen Moment lang völlig still, so daß Schopetta sogar das Gefühl hatte, die Leitung wäre unterbrochen. Dann aber hörte er Urban voller Verachtung sagen: „Dann stimmt es also doch. Heinrich hatte recht. Sie haben uns überwacht und beobachtet.“

„Blödsinn“, schnauzte der Kommissar spontan. „Das sind nur Personen, die wir im Zusammenhang mit den Morden schon befragt und überprüft haben. Also, waren von denen welche anwesend?“

„Das sind alles nur Vereinsmitglieder. Aber in der Bruderschaft waren die nicht. Nur der Glowritz, bei dem war das anders. Der war eher son Grenzgänger. Und die beiden Alten, die sie zuletzt genannt haben, die waren auf jeden Fall auch da. Die kenn ich, weil die ständig wissen wollten: was ist dies, was bedeutet das, wo kommt das Geld her, wer gibt den Ton an, und wer ist der Oberste. Immer hatten die irgendwelche Fragen und waren am rumquengeln."

Schopetta schluckte, weil er lieber eine andere Antwort gehabt hätte. Und gleich darauf zweifelte er auch an seinem Vermögen, weiterhin Kriminalfälle zu lösen, wenn er in der Einschätzung eines Mannes wie Czychi schon so derbe daneben lag. „Was wollte Glowritz da?"

„Keine Ahnung. Der kam noch kurz vor Schluß. War eigentlich mehr auf die Crew in Sinsen fixiert, den Hundeverein und die Rockertreffen. Aber Vorträge und Feiern besuchte er auch, zumindest hin und wieder."

„Haben Sie an dem Nachmittag in Heiden mit Herrn Bender gesprochen?" fragte er plötzlich müde geworden und mehr von dem Wunsch beseelt, nach Hause zu fahren und sich auszuruhen als weiter zu recherchieren. „Vielleicht noch mit einem der anderen Anwesenden? Vor allem interessiert es mich aber, was Bender, Teske und Müller zu sagen hatten."

„Mit denen zu reden war keine Zeit. Bender war ständig umlagert, und wir sechs mußten ja den Platz sichern. Es konnte ja jeden Augenblick ein Überfall der linken Zecken erfolgen."

„Wieso das?"

„Heinrich Bender hatte Hinweise. Der war immer auf der Hut. Der hat uns immer schon vor den Überfällen der Linken gewarnt, vor der Gefahr, der wir ausgesetzt sind, solange wir uns nicht auf unserem eigenen Territorium befänden und unser Hain nicht auf unserem eigenen Grundstück liegen würde. Und noch schlimmer war die Bedrohung durch die Schweine, die sich bei uns eingeschlichen haben sollten."

„Dann wurden Sie also ständig bedroht?"

„Ja", antwortete Urban. „Und zuletzt sogar schon von innen."

„Wirklich interessant. Aber was wurde gesagt? Es muß doch gesprochen worden sein. Gab es Neuigkeiten, Informationen? Es geht um die Aufklärung der Morde an Herrn Bender und Ihren Freunden."

„Ich kann Ihnen nicht mehr sagen", antwortete Urban. „Natürlich, jeder denkt immer, wir hätten alles aus erster Hand mitgekriegt, weil wir ja auch immer um Bender rum waren, aber geredet hat er hauptsächlich mit den anderen, den Würdenträgern aus der Bruderschaft. ‚Das Ziel ist fast erreicht', hat er am Sonntag gesagt, und daß sich der Kampf gelohnt hat, das hat er auch mal gesagt. Aber sonst nichts Besonderes. Außerdem war ja das meiste geheim, was da zu bereden war. Mein Gott, und was haben die sich immer dicke getan mit ihrem topsecret. Und ganz besonders Teske und Müller! Die hielten sich doch absolut für was Besseres, für die Elite, nur weil sie soviel wußten und angeblich für Spezialaufträge vorgesehen waren. Aber letztlich konnten sie das Maul auch nicht halten. War für mich sowieso immer die Frage, warum Herr Bender den Ulf uns anderen so vorgezogen hat. Aber sonst hörten wir nichts, was ich nicht schon gesagt hätte."

„Spezialaufträge?" bohrte Schopetta nach. „Was heißt das?"

„Da hätten Sie die beiden selbst fragen müssen. Angeblich hat Bender sie für Spezialaufträge vorgesehen."

„Lag so ein Spezialauftrag an?"

„Keine Ahnung, ehrlich! Der Müller hat abends rumgelabert, daß es jetzt am Annaberg losgehen sollte, und sie hätten ne wichtige Sache abzuwickeln. Da kamen er und Teske gerade aus Recklinghausen wieder. Ganz harte Kiste, ham se gesagt. Aber mehr auch nich. Da haben wir gedacht, die hauen wieder mal nur auf die Sahne. Die faselten ja öfters von Aufträgen und vom Ausspionieren der Gegener, und wie wichtig eine gute Aufklärungsarbeit wäre und son Scheiß. Ich will mal ehrlich sein, Herr Kommissar, so richtig für voll genommen, hab ich die beiden nie. Und das wars auch schon. In Heiden sind die drei nach Benders Schlußworten relativ schnell abgehauen."

„Wo sie in Recklinghausen waren, wurde nicht erwähnt?"

„Nee. Ging aber um Geld, so viel war rauszuhören."

„Fiel in diesem Zusammenhang irgendwann vielleicht mal der Name Dabringhausen?" Der Kommissar wartete gespannt auf eine Antwort.

„Dabringhausen? Der Vorsitzende aus Sinsen?"

„Genau der!"

„Nicht, daß ich wüßte."

„Doch, doch", hörte Schopetta plötzlich Werner Schnakenpol in den Hörer rufen. „Ich hab das gehört. Herr Bender hat gesagt: ‚Dann soll der Dabringhausen in den nächsten Tagen mal unser Geld flüssig machen, damit es wirklich sofort losgehen kann' oder so ähnlich. Ich weiß nicht mehr zu wem, aber gesagt hat er es, das war noch in Heiden."

„Ist das sicher?" fragte Schopetta, jetzt wieder mehr bei der Sache und eine neue Witterung aufnehmend.

„Ganz sicher", hörte er Schnakenpol jetzt ganz dicht an der Sprechmuschel des Telephons.

Der Kommissar atmete tief durch. Das war doch mal was! „Später haben Sie die drei nicht mehr gesehen?"

„Nein, zusammen nicht. Nur Müller und Teske. Dic waren am Abend noch in der Klause."

„Gab es da noch was Besonderes? Es waren ja viele Leute aus dem Verein da."

„Nur das übliche Biergelaber, Fußball, ein bißchen Politik. Und über die undichte Stelle wurde geredet, den Verdacht, den Bender immer geäußert hat, daß wir ein U-Boot in den eigenen Reihen haben."

„Wurden in dem Zusammenhang Namen genannt?"

„Quatsch! Alles nur Spekulationen. Keine wirklichen Beweise."

„Ich fragte nach Namen. So, wie Sie das sagen, hört es sich an, als wüßten Sie welche."

„Wir, das heißt der Müller, Teske und ich, hatten immer die beiden Alten in Verdacht. Die paßten einfach nicht richtig zu uns. Nörgelten immer nur rum und wollten alles ganz genau wissen. Ein paar andere verdächtigten auch den Ecki, aber mehr noch die Ische von dem. Die hat nämlich nie ein Hehl daraus gemacht, daß sie für die Bruderschaft und unseren Verein nichts über hatte."

„Die beiden Alten sind Czychi und Reichenberg?"

„Ja. Besonders der Ulf Teske konnte die nich leiden. Der Czychi, der Größere von den beiden, hat den Ulf nämlich mal völlig auflaufen lassen und vorgeführt."

„In welchem Zusammenhang?"

„Eigentlich nur ne Kleinigkeit. Die haben über Geschichte diskutiert, im Anschluß an so eine Vereinsveranstaltung, und da war der Alte einfach besser."

Schopetta lächelte am Telephon, weil hier indirekt seine Einschätzung des Rentners zum erstenmal bestätigt wurde. Der machte einfach den Eindruck, gut Bescheid zu wissen. Und Angst hatte er scheinbar auch nicht.

„Gut, Herr Urban. Wann haben Sie vom Tod Benders erfahren?"

„Am Mittwoch. Aber nicht aus der Zeitung. Da stand zwar was von einem Toten im Museum, aber nicht mal den Namen haben sie da abgedruckt. Und wer geht schon davon aus, daß er ein Mordopfer kennt. Herr Teske hat uns alles erzählt. Als wir nämlich da anriefen, weil wir nach Ulf und Klaus fragen wollten, hatten wir ihn am Telephon."

„Was wollten Sie von den beiden?"

„Die wurden gesucht."

„Gesucht? Von wem?" fragte Schopetta erstaunt, weil er mit Suchen immer nur die Fahndung des eigenen Apparates verband.

„Irgend so ein blöder Typ hat am Dienstag angerufen und gefragt, ob ich wüßte, wo er die zwei finden könnte. Als ich gefragt hab, wer das denn wissen wollte, wurde der richtig pampig."

„Und um wen es sich bei dem Anrufer handelte, können Sie nicht sagen?"

„Nein!"

„Gut, und vom Tod Benders haben Sie später am Telephon erfahren?"

„Genau. Von Ulfs Vater. Der hat uns alles gesagt. Und er hat auch gesagt, Ulf sei mit Müller unterwegs. Doch bei Müller waren die beiden nicht, das hatten wir vorher schon abgecheckt."

„Wie abgecheckt?

„Wir sind vorbeigefahren."

„Wann?"

„Am Mittwoch, so gegen zwölf."

„Da waren die beiden schon tot!" Die Anmerkung rutschte ihm so raus, weil er in Gedanken schon alle neuen Informationen in sein Gedankenraster einsortierte. Wahrscheinlich derselbe, der die Teskes angerufen hat, dachte Schopetta. Er machte sich weiter Notizen. Nach einer kurzen Pause fügte Schopetta hinzu: „Ja, dann erst mal vielen Dank für die Zusammenarbeit, Herr Urban. Eine Frage noch zum Schluß. Der Klaus Müller, ist Ihnen über den noch etwas Besonderes bekannt? Sie waren doch fast immer zusammen."

„Müller, nee. Der war fast immer nur mit dem Ulf zusammen, sonst mit keinem. Ich glaub, so richtig weiß keiner was über den. Lebte alleine in seiner Butze in Grullbad, und er soll aus nem Heim kommen und war da, wenn er gebraucht wurde, aber sonst? Nee, da weiß ich nichts."

„Arbeitsstelle, andere Freunde, Vereine oder so? Gar nichts?"

„Nee, wirklich. Aushilfe hat er gemacht bei ‚Schlucki', diesem Getränkemarkt bei ihm direkt um die Ecke. Wenn einer von dem mehr wußte, dann war das der Ulf. War son bißchen unser Außenseiter."

„Vielleicht fällt Ihnen ja zwischenzeitlich noch etwas ein. Wenn das so sein sollte, melden Sie sich doch bitte bei mir." Schopetta nannte seine Telephonnummer und die des MobilTelephons, verabschiedete sich, nicht ohne Grüße auch an Werner Schnakenpol ausrichten zu lassen, und legte auf.

Mittlerweile war es 21:22 Uhr. Trotzdem tippte er wie üblich all seine Ergebnisse noch in den Rechner, verteilte sie elektronisch an die Kollegen, trank den Kaffee aus und warf zum Schluß doch noch einen Blick auf den kleinen Stapel mit Telephonnotizen. Die beiden, die den Doktor betrafen, warf er sofort in den Papierkorb. Heuermann verlangte, ihn am nächsten Morgen zu sprechen, sagte den Termin mit der nächsten Notiz wieder ab und wollte nur noch einen Rückruf. Seine Frau ließ ihm ausrichten, daß alles in Ordnung wäre und er nur nicht vergessen solle, die Katze zu füttern, und die restlichen fünf Zettel waren Anfragen der Presse zum Doppelmord in Grullbad, mit der unverschämten Aufforderung zurückzurufen. Einen Augenblick überlegte er. Müde schwankte er zwischen Unlust, Diensteifer und Informationsverpflichtung und warf dann alle Zettel in den Papierkorb, nahm seine Sachen vom Garderobenhaken, löschte das Licht und verließ sein Büro.

Mit den ersten Atemzügen in der frischen Luft legte sich die Erschöpfung unerwartet heftig auf seine Schultern und drückte wie ein Zementsack auf Rücken und Knie. Die Gelenke schmerzten, und er hatte Hunger. Fast sechzehn Stunden war Schopetta ununterbrochen auf den Beinen, und zwar nicht, ohne daß mehrmals mächtig Adrenalin in seine Blutbahn gepumt worden war. Es wurde einfach Zeit, daß er von den Füßen kam. Vorher wollte er irgendwo etwas Ungesundes essen, vielleicht ein Bier trinken und dann nur noch schlafen. Jetzt ärgerte er sich über den weiten Heimweg, und auch der stille Hinweis an die eigene Person, es ja selber so gewollt zu haben, das mit dem Leben auf dem Lande, tröstete ihn nicht wirklich.

Zwei Stunden später, als all das, was er sich vorgenommen hatte, geschafft war, fühlte sich Schopetta satt und zufrieden. Rumpsteak mit Bratkartoffeln und Salat in der Domschänke am Billerbecker Markt, zwei kleine Bier, nette Plauderei mit dem Wirt über die neuesten Ereignisse in der Stadt, und dann, mehr oder weniger, direkt ins Bett. Nicht mal an den vermißten Kater verschwendete er einen überflüssigen Gedanken, aber als er endlich in seinem Bett lag, konnte er nicht einschlafen. Doch zu viel Adrenalin, dachte er und wälzte sich schwer hin und her. Auch der doppelte „Single Malt“, den er sich noch als Gute-Nacht-Trunk eingeschüttet hatte, half beim Abbau des körpereigenen Treibstoffes nur unzureichend. So lag er da, geschafft, aber wach, die Hände hinter dem Kopf gefaltet, und beobachtete wie so oft die Lichtreflexe, die, ausgelöst von den wenigen Autos, die über den Hügel in Richtung Stadt fuhren, sein Schlafzimmer jedesmal für einige Sekunden in weißes Licht tauchten. Die bizarren Schatten des Kastanienbaumes strichen dann langsam vom Kleiderschrank zum Spiegel über die alte Landkarte des Vestes Recklinghausen und verschwanden irgendwo hinter dem kleinen Fernsehapparat.

Manchmal, ganz besonders dann, wenn er so wie heute vor Müdigkeit nicht einschlafen konnte, wirkten die Lichter unheimlich auf ihn und machten ihm tief im Innern Angst. Das beklemmende Gefühl, das schon seit Kindertagen tief in ihm saß, kroch dann aus dem Bauch in die Brust, so wie vor vierhundert Jahren, denn so lang schien seine Kindheit schon zurückzuliegen. Und in Gedanken sah er all die Gruselbilder aus den blöden Krimis, die er, hinter dem Türpfosten lauernd, unbemerkt vom Vater oder dem älteren Bruder, mit angesehen hatte. Das pure Entsetzen lag schon damals kalt auf seinem Nacken. Und mit dieser Last, unter der er nie den Weg zurück in sein Bett fand, stand er da und mußte die Angst aushalten, bewegungslos, mußte das Grauen bis zuletzt durchstehen, durfte sich vor allem nicht umdrehen, nicht die Gefahr ansehen, die so dicht hinter ihm stand, und die erst, wenn der Nachspann über den flimmernden Bildschirm rollte, langsam den Rückzug antrat und sich unsichtbar aus der klapprigen Dachluke des Badezimmers schlich. Erst dann konnte er seinen ganzen Mut zusammennehmen, sich langsam, ohne Hast umdrehen und auf Zehenspitzen ins Bett zu seinen jüngeren Geschwistern kriechen.

Es waren die dämlichen Schwarzweißfilme, die heutzutage jeden Schrecken verloren haben. Heute machte die Erinnerung Angst, die Erinnerung an den Hexer, den Zinker, das Wirtshaus an der Themse und die Bande des Schreckens, und als Schopetta irgendwann wieder aus dem Fenster sah und Klaus Kinski friedlich und einträchtig neben Marianne Koch auf dem ausladenden Ast der Kastanie sitzen sah, wußte er mit angenehm beruhigender Sicherheit, daß er doch eingeschlafen war.

FÜNFTER TAG

34

Das erste Signal aus der realen Welt erreichte ihn durch ein kurzes, verhaltenes Klingelzeichen seines Handys. Ausgelöst wurde der frühe Weckruf durch den Eingang einer SMS. Seine Frau hatte anscheinend irgendwo in den Weiten Rußlands ein sendefähiges Handy aufgetrieben, mit dem sie ihm nun die Nachricht übermittelte: „Stimmung und Getränke gut, alles bestens, Hannelore."

Er erinnerte sich dunkel, daß mit bestimmten Tastenkombinationen eine direkte Antwort möglich war, ohne umständlich die Nummer aufschreiben und anschließend wieder eintippen zu müssen. Aber nach einigen ungelenken Zielübungen auf den Minitasten, für die der Morgen eigentlich auch noch viel zu früh war, wurde ihm über das grünlich leuchtende Display mitgeteilt, daß nun alle Nachrichten gelöscht seien. Ärgerlich warf er das kleine Telephon in die Keramikschale mit den getrockneten Hortensienblüten, die durch den Treffer deutlich an Volumen einbüßten. Sein Blick fand den Radiowecker. 6:43 Uhr. Keine gute Zeit, um aufzustehen. Er entschied sich, es trotzdem zu tun. So blieb ihm ausreichend Zeit, in Ruhe das Frühstück anzugehen und dabei ausgiebig die Zeitung zu lesen.

Frisch gewaschen und wohlriechend, stellte er nach einem prüfenden Blick in den Kühlschrank und einer verzweifelten Suchaktion in der Küche fest, daß es so ziemlich an allem fehlte, was zu einem leidlichen Frühstück notwendig war. Selbst die Haferflocken, die sonst bei Brotmangel einen magenschonenden Ausgleich boten, waren aus. Ganz zu schweigen von der Milch, die, ohne das angegebene Verfallsdatum deutlich überschritten zu haben, die Konsistenz eines zu flüssigen Hüttenkäses angenommen hatte. So von der Welt enttäuscht, packte er seinen Kram zusammen und machte sich auf den Weg, das Frühstück in einer besser ausgestatteten Lokalität einzunehmen. Im Vorbeigehen warf er, mit besten Grüßen an den grünen Punkt, den Milchkarton samt geflocktem Inhalt in die Tonne für Altpapier, stopfte seine Zeitung in die Manteltasche und warf einen kurzen Blick auf das bereitgestellte Katzenfutter. Seine Sorge wurde zur Gewißheit. Die Nummero 7 war immer noch nicht aufgetaucht. Schopetta verzichtete auf eine Expedition zu den Lieblingsplätzen des ignoranten Zimmertigers, klemmte sich mit einem schnell erholten schlechten Gewissen hinter das Steuer seines Wagens und fuhr in die Stadt.

Vor dem Domcafé waren noch alle Parkplätze frei. Für Schopetta ein gutes Zeichen. So war er der einzige Gast, und die nette, immer freundliche Ehefrau des Stadtkonditors brachte schon nach ein paar Minuten das große Frühstück mit Ei. Der Käse und der Aufschnitt reichten hier immer für den Normalbelag von sechs Brötchen. Schopetta aß zwar nur zwei, belegte diese aber mehr als üppig.

„Auf den ersten Schluck des Tages", flüsterte er sich selbst zu, hob die Tasse, zog genüßlich den warmen Duft in die Nase und trank den Kaffee in kleinen Schlucken. Dann breitete er die Zeitung aus, biß ab und zu in das Brötchen und war fürs erste mit dem Frühstart versöhnt.

Ganz gegen seine Gewohnheit begann er seine Zeitungslektüre auf der Westfalenseite. Natürlich brachte auch der „Baumberger Lokalanzeiger" die Nachricht vom Doppelmord in Recklinghausen, sogar extra breit und als Aufmacher. Mehr als eine halbe Seite inklusive der Photos vom Tatort, und mitten drin der Polizeipräsident auf der improvisierten Pressekonferenz vor dem Treppenaufgang des Hochhauses in Recklinghausen-Grullbad.

Die Festnahme des lange gesuchten Vergewaltigers brachte es bei doppelmörderischer Konkurrenz auf zwölf Zeilen, und das auch nur, weil der Polizeichef damit auf die erfolgreiche Arbeit seiner Behörde verweisen konnte. Ansonsten enthielt der Artikel keine unerwarteten Neuigkeiten. Abgesehen von Heuermanns phantasievollem Exkurs über Fememord und Richtungskämpfe in der Neonaziszene war der Artikel in Ordnung. Er grunzte zufrieden, denn der Polizeireporter stellte erst einmal keine Spekulationen zum Toten im Römermuseum an und brachte auch den vermeintlichen Unfalltod des Herrn Reichenberg nicht damit in Verbindung.

Nach etwas mehr als einer dreiviertel Stunde beendete er sein Frühstück. Er war satt und zufrieden. Beim Bezahlen wechselte er mit der Chefin noch ein paar Freundlichkeiten über das miese Wetter und verließ ohne jede Eile das Cafe.

Für eine Weile dem Müßiggang frönend, blieb er in der Tür stehen. Hinter ihm im Laden wurde die große, elektrische Kaffeemühle angeworfen. Er steckte die Hände in die Hosentaschen und sah zu den Domtürmen hoch. Die große Uhr auf der Südseite zeigte kurz vor halb neun.

An so einem Morgen schätzte er es besonders, seine Arbeitszeit frei einteilen zu können. Schon vor Jahren hatte er das lästige Aufschreiben seiner Überstunden einfach aufgegeben. Wenn es die Arbeit zuließ, kam er später und ging dafür etwas früher. War aber ein Fall zu bearbeiten, blieb er dran und schlief manchmal sogar im Büro auf seinem alten Feldbett. Wichtig war für ihn nur, daß man ihn ließ und nicht mit kleinkarierten Vorschriften zu maßregeln suchte.

Der Duft des frisch gemahlenen Kaffees weckte ihn aus seiner Betrachtung. Tief sog er den angenehmen Geruch ein, und sein Blick folgte dabei den Dohlen, die sich treiben ließen, von immer dem gleichen Wind, der stetig um die beiden Kirchtürme drehte und unruhig an den kahlen Ästen der Bäume auf dem Domplatz zerrte. Der Nieselregen schien den Vögeln nichts auszumachen. Mit ihrem taumelnden Flug maßen sie den Raum zwischen den Dächern und den Wolken, und ihr heiseres Geschrei unterstrich nur das Elend des Wetters. Nach wenigen Augenblicken hatte er genug. Mit konditioniert lässiger Geste drückte er den Hut fest auf den Kopf, schlug den Mantelkragen hoch und verließ das Treppchen vor dem Café. Den Kopf tief zwischen den Schultern und die Hände jetzt in den Manteltaschen, bog er am Ende des Marktes in die Fußgängerzone ein, jener städtebaulichen Errungenschaft, mit der so ziemlich jedes Dorf des Münsterlandes sein Ortszentrum veröden ließ.

Es war noch früh und die rot gepflasterte Einkaufsstraße fast menschenleer. Ein paar ganz eilige Hausfrauen wechselten in der Deckung ihrer Regenschirme hastig vom Bäcker zur Reinigung, in den Drogeriemarkt oder die Apotheke und belebten dabei das Straßenbild nur unzureichend. Schopettas Ziel war aber nicht das Angebot der wenigen Geschäfte, die noch nicht von irgendeiner Drogerie- oder Textilkette geschluckt waren, sondern das mit Abstand häßlichste Haus der Stadt. Die Darlehenskasse Baumberge lag etwas abseits des kleinstädtischen Einkaufsparadieses, und Schopetta hatte sich überlegt, ein paar für seine Ermittlungen wichtige Auskünfte einzuholen. An die kam man in kleinen Orten besser heran als in der Großstadt, und wenn man die Quelle persönlich kannte, erhielt man sie meist sogar noch schneller als über die offiziellen Wege des Behördenapparates. „Kolping-Connection“ nannte er diese Form der Nachrichtenbeschaffung.

Er kam keine Minute zu früh. Während er den Geldautomaten und den Drucker für die Kontoauszüge nutzte, schob ein junger Mann im tadellosen grauen Anzug die Glaselemente zusammen, die den Vorraum der Bank von der Schalterhalle trennten. Hinter den mit rosagrauem Granit belegten Tresen saßen die Angestellten und wirkten emsig in ihre Arbeit vertieft.

Schopetta schob seine Kontoauszüge in die Innentasche seiner Jacke und steckte die zwei Hunderter in die Hosentasche, zwinkerte dem Bankangestellten freundlich zu und fragte: „Darf man schon eintreten?"

Höflich lächelnd rückte der seine randlose Brille zurecht: „Ja, natürlich, Herr Schopetta, was kann ich für Sie tun?"

„Ich würde gern Herrn Voss sprechen, ist er schon anwesend?"

Eine rhetorische Frage, denn er hatte den Kreditmanager längst in seinem Glaskasten entdeckt, der diesem am anderen Ende der Halle als Büro diente. Nach einem kurzen Blick wies der junge Mann in die entsprechende Richtung: „Ich sehe, er ist anwesend." Mit einer einladenden Geste fügte er verbindlich hinzu: „Sie kennen den Weg."

Karl-Heinz Voss sah Schopetta kommen, öffnete ihm die Tür seines Büros, und als der Kommissar in einem der ledernen Besuchersessel Platz genommen hatte, schloß er mit einem Knopfdruck die Lamellen des Sichtschutzes. „Was kann ich für dich tun, Erwin, brauchst du etwa Geld?"

„Bis jetzt spuckt der Automat noch die Summen aus, die ich von ihm haben will. Außerdem würde ich nie einen alten Kumpel um Geld bitten, selbst wenn der bei meiner Bank beschäftigt ist."

Voss grinste.

„Aber es geht schon um Geld, wenn auch nicht um meins. Du mußt mir einen Gefallen tun, Karl-Heinz. Es geht um den Fall, an dem ich grade arbeite." Nach einer kleinen Pause, die die Wichtigkeit und Bedeutung seines Anliegens unterstreichen sollte, fügte er hinzu: „Du kennst das Dilemma. Die offiziellen Wege sind einfach zu lang und zu kompliziert."

„Nichts Illegales, Erwin! Ich mache nichts Illegales!" Voss hob abwehrend die Hände, und um seine Augen spielte plötzlich etwas Ängstliches.

„Wo denkst du hin, Karl-Heinz, das weiß ich doch", beruhigte Schopetta. „Ich möchte dich nur bitten, etwas vorzubereiten. Ein paar Erkundigungen, nur weil die Zeit drängt. Ich brauche Informationen zu Bewegungen auf bestimmten Konten. Und aus der Vergangenheit weiß ich, daß du über deinen Kasten da", und dabei wies Schopetta auf den großen Monitor, den der Banker auf seinem Schreibtisch stehen hatte, „beste Verbindungen in die große weite Welt der Banken und Sparkassen hast."

„Das sind alles Bankgeheimnisse. Da kann ich nicht einfach so mir nichts, dir nichts ein paar Informationen draus entnehmen und sie in die Welt tröten. Das solltest du als Polizist doch wissen."

„Nicht die Welt, ich bin es, der sie braucht, Karl-Heinz. Ich und nur als Polizist! Mir ist doch klar, daß du an Vorschriften gebunden bist. Trotzdem, hör mich doch erst mal an, bevor du rumlamentierst."

Voss ließ die Hände, die er immer noch abwehrend erhoben hielt, auf den Schreibtisch sinken. „Also bitte", stöhnte er. „Sprich dich aus."

Schopetta zerrte schnell sein Notizbuch hervor. „Es ist eigentlich ganz einfach. Der Name des Kontoinhabers ist Bender, Heinrich Maria Bender", und in einer kurzen Zusammenfassung gab er dem Banker alle notwendigen Informationen. Karl-Heinz Voss schrieb alle Daten in einen Kreditantrag, den er vor sich liegen hatte, und kommentierte die Angaben des Kommissars mit zischenden, seinen Widerstandswillen bekundenden Wortfetzen.

„Bender hat Konten bei der Volksbank in Recklinghausen, bei der Stadtsparkasse Haltern und der Deutschen Bank in Lünen", fuhr Schopetta unbeirrt fort. „Und ich möchte gerne wissen, was sich auf diesen Konten, sagen wir einmal im laufenden Jahr, getan hat."

„Und warum fragst du mich das alles?" rief Karl-Heinz Voss gequält. „Genau um solche Dinge geht es, wenn ich Bankgeheimnisse sage!"

„Karl-Heinz! Ich bin doch nicht von der Steuer. Außerdem ist der Kontoinhaber tot, ermordet, und ich such den Mörder. Genau dabei sollst du mir mit deinen Auskünften helfen."

„Bring mir eine richterliche Anordnung, und ich tu alles!"

„Werde ich auch tun, Karl-Heinz. Nur wenn ich die heute beantrage, bekomme ich die wahrscheinlich frühestens nächsten Mittwoch. Du weißt doch, wie Behörden arbeiten. Ich muß schneller sein. Deswegen bin ich hier! Verstehst du? Such die Informationen raus, gib sie mir, und ich besorge dir den Zettel vom Richter. Kommt aber allerfrühestens Montag oder Dienstag, davon muß du ausgehen."

„Und bis dahin kannst du nicht warten?"

„Mein Gott, siehst du denn nicht fern? Bis dahin ist der Mörder wahrscheinlich schon über alle Berge, Südamerika oder Brasilien. Dahin fahren sie immer gerne."

Voss sah den Kommissar zweifelnd und durchdringend an: „Schopetta, du verarscht mich doch! Kann ich mich wenigstens drauf verlassen, daß die Verfügung Montag hier ist? Nur zu meiner Sicherheit."

„Hundertprozentig"

„Ehrenwort?"

„Ehrenwort!"

„Und du hältst die Klappe! Keinen Ton darüber, woher du deine Informationen hast! Auch zu niemandem in deiner Dienststelle! Ist das klar?“

„Du kannst dich drauf verlassen.“

„Gut, ich melde mich Telephonisch bei dir im Laufe des Vormittags.“

Schopetta reichte dem Mann eine seiner Visitenkarten. „Da hast du alle Nummern. Wäre schön, wenn ich auf meiner Dienstbesprechung was Neues zu vermelden hätte.“

„Mal sehn, was sich machen läßt“, knurrte Voss genervt. „Hast du wenigstens die Kontonummern?“

Schopetta blätterte in seinem Notizbuch. Dann nahm er einen kleinen Zettel aus einem Zettelkasten, der auf dem dunklen Mahagonischreibtisch stand, schrieb die Nummern auf und schob das Papier ein Stück unter die lederne Schreibtischauflage.

Später, auf der A43, irgendwo zwischen Halten und Marl-Sinsen, meldete sich Rudi übers MobilTelephon.

„Ich dachte, ich treff dich gestern abend noch im Büro“, tat Schopetta erstaunt. „Hätte gerne noch einige Ermittlungsergebnisse mit dir diskutiert. Wo warst du, Alter?“

„Wenn du ein anderer wärst“, erklärte Rudi in aller Ruhe, „würde ich ja sagen: ‚Geht dich ein Scheißdreck an, Herr Kommissar.‘ Aber weil du es bist, mein lieber Erwin, möchte ich dir mitteilen, daß ich in Haltern war bei der – du weißt schon – bei einer sehr netten, freundlichen und äußerst liebenswürdigen Dame.“

„Müssen wir schon sammeln, oder willst du der neuen Bindung vorläufig nicht den Segen von Staat und Kirche gönnen? Denk an die Ortszuschläge, Rudi! Und vor allem an die Ersparnisse durch die günstigere Steuerklasse.“

„Du entwickelst dich in letzter Zeit immer mehr zum echten Korinthenkacker, Kollege. Du warst doch früher ganz anders, fröhlich, ausgeglichen, großzügig. Geht es dir nicht gut? Ich habe dir doch ausführlich meine Beweggründe geschildert. Da solltest du doch wissen, gerade in der Beziehung zu dieser Frau geht es mir nicht um schnöden Mammon und die Einsparung von ein paar Steuergroschen, sondern um wahre und tiefe Gefühle.“

„Das hab ich befürchtet“, bemerkte Schopetta und dachte an die vielen Verflossenen des Kollegen, bei denen es ausschließlich um tiefe Gefühle gegangen war.

„Annette hat gesagt, du wolltest mich sprechen, was gibt es?“

„Gestern wollte ich dich sprechen."

„Macht nichts, was wolltest du von mir?"

„Ich wollte dir nur mitteilen, daß für mich die Sache mit dem Ritualmord auch vom Tisch ist. Ich hab mir gestern einiges erklären lassen und mit einem Häuptling dieser Neogermanen aus der Bruderschaft Thule gesprochen. Ich muß zugeben, meine Vermutungen haben sich demnach als mehr oder weniger haltlos erwiesen. Is ein Verein von Spinnern, aber sonst nicht viel. Wollte ich dir nur sagen."

„Nehme ich mit Achtung zur Kenntnis, Erwin. Und was meine neuesten Infos angeht, würde ich die lieber auf unserer Besprechung zum Besten geben, weil ich noch auf einige Details warte."

„Kannst du schon mehr sagen?" fragte Schopetta neugierig.

„Geht um Dabringhausen. Der scheint im Augenblick tiefer in der Scheiße zu stecken, als man bei einem honorigen Bürger seiner Preisklasse erwarten würde. Jede Menge Schulden. Gehört aber anscheinend in diesen Kreisen zum guten Ton. Unser Freund soll übrigens auch in den Finanzskandal der Kreissparkasse verwickelt sein. Is zwar weniger schön und hat nichts mit unserem Fall zu tun, paßt aber gut zu dem, was man sonst noch so hört. Geht um schlappe zwanzig Millionen DM. Aber wie gesagt, laß uns bis gleich warten, dann hab ich hoffentlich alles zusammen. Gibt es sonst noch etwas?"

„Ja, zwei Sachen hätte ich noch. Du könntest dir das Nagelstudio in Bertlich ansehen, und zum anderen könntest du noch mal deine Verbindung zu den ‚Politischen' spielen lassen. Versuch doch mal heraus zu bekommen, ob die Heimatvereine oder die Bruderschaft Thule unter Beobachtung stehen oder standen."

„Ich denke, die sind raus aus dem Verdacht?"

„Sind sie auch. Aber der Bender soll ständig von irgendwelchen dubiosen Bedrohungen gefaselt haben. Fühlte sich angegriffen von unserem Staat und anderem linken Geschmeiß. Da wollte ich einfach nur mal wissen, ob da was dran ist."

„Kümmer ich mich drum."

„Gut! Was meine übrigen Ermittlungen angeht, meine Informationen sind auf dem Rechner. Müßtest du schon drauf zugreifen können."

„Ich bin noch nicht im Büro", gestand Rudi mit gesenkter Stimme.

„Ach!" säuselte Schopetta süffisant. „Noch bei besagter netten, freundlichen und äußerst liebenswürdigen Dame?"

„Du sagst es."

„Dann viel Vergnügen auch weiterhin."
„Bis später", rief Rudi. „Wir sehen uns."

35

Es war Viertel nach neun, als Schopetta ins Präsidium kam. Rolf Kärcher saß im Büro von Annette Sattelknecht und schlürfte Kaffee aus einer dickwandigen Bürotasse.

Außer ihm war noch kein weiterer Kollege eingetroffen. „Sind alle unterwegs oder wollen erst zur Besprechung hier sein", krähte Annette. „Is wohl bei allen sehr spät geworden gestern abend. Rudi hat sich vor ner halben Stunde gemeldet, ich hab ihm gesagt, daß du ihn sprechen wolltest."

„Danke, Annette. Mit dem hab ich eben gesprochen."

Schopetta ging rüber in sein Büro, knipste gegen das noch graue, trübe Licht des Morgens die Schreibtischlampe an und hängte Mantel und Hut an den Garderobenhaken.

„Wir müssen beim Richter einen Antrag stellen, um uns die Konten von Bender anzusehen", rief er zu Annette rüber. „Kannst du das vorbereiten? Das Beste wäre, du schickst einen Boten, damit wir die Unterschrift möglichst noch heute bekommen."

„Und daran glaubst du wirklich", fragte Annette spöttisch zurück. „Die wollen die Ermittlungsakten sehen, Berichte, die den begründeten Verdacht belegt haben. Das Allermindeste ist ein mündlicher Vortrag. Soll es etwas in dieser Richtung geben?"

„Bereite den Antrag vor. Ich geh selbst rüber", maulte Schopetta, weil er wußte, daß sie recht hatte, aber diesen Versuch war er seinem Kumpel Karl-Heinz Voss auf jeden Fall schuldig.

Rolf Kärcher war ihm ins Büro gefolgt und rückte sich jetzt einen der Stühle heran. „Wenn du willst, kann ich dir vorab schon einiges zu meinen Ergebnissen sagen. Vielleicht kannst du jetzt schon etwas damit anfangen."

Schopetta nickte. „Einen Augenblick noch. Ich will nur noch den Zeichner anfordern. Der muß nach Grullbad und Ahsen. Am Tatort hat ein Hausbewohner einen Verdächtigen gesehen, und die olle Bender hatte Besuch von einem seltsamen Vogel. Vielleicht sieht der ja jemandem ähnlich, den wir schon kennen."

Schopetta Telephonierte, nannte Namen und Adressen und wandte sich dann wieder dem Kollegen zu. „Schieß los“, knurrte er und ließ sich in seinen Schreibtischstuhl fallen, der ächzend nachfederte.

„Also, ich fange mit dem Pick-Up an. Absolut sicher ist, daß damit Benders Leiche transportiert wurde. Innen und außen jede Menge Spuren. Fingerabdrücke a gogo. Mit Sicherheit konnten wir die von Ecki Glowritz identifizieren, was zu erwarten war. Karli Gärtner, Knieriem und dieser Korbjuhn haben sich auch verewigt. Alle vier, dank unserer Datenbanken kein Problem. Aber bis auf den Glowritz sind die anderen nur Eierdiebe. Der Knieriem vielleicht noch. Der ist geschäftsführender Alleinunterhalter eines sogenannten Inkassobüros. Beim Durchsetzen von Kundenforderungen geht er wohl manchmal etwas zu ruppig vor. Das hat ihm bisher zwei Verhaftungen, ein Dutzend Anzeigen, aber nur einen Strafbefehl eingebracht. Knieriem hatte immer einen Zeugen mehr, der in allen Fällen die Notwehr bestätigte. Bei einer Anzeige tauchte die V & O als Auftraggeber auf.“

Schopetta nickte stumm. Bei fortschreitender Ermittlung stolperte man zunehmend über die V & O. Dabringhausen hängt, wenn nicht drin, so doch überall dran, und mit einem Mal wurde ihm in aller Deutlichkeit klar, daß Dabringhausen wirklich mit allen Personen des Falls zumindest bekannt war. Bender und Ecki sowieso, über den Geschichtsverein auch Benders Bodyguard und sogar mit dem toten Reichenberg. Die Tatsache an sich war nicht neu und nicht umwerfend, sie war ja auch in allen Berichten und Protokollen nachzulesen. Aber ihre Bedeutung für den gesamten Fall hatte bei ihm bis zu diesem Augenblick nicht das Gewicht gehabt. Darum schien es ihm nun dringend geboten, Dabringhausens Firma, der V & O, einen baldigen Besuch abzustatten. Letztlich war eines der Mordopfer dort Kunde. Grund genug für ein paar schlaue Fragen. Der Kommissar entschloß sich, Rudis Ergebnisse noch abzuwarten, um dann zu sehen, ob sich daraus etwas mehr als nur ein unverbindlicher Besuch begründen ließ.

„Ein paar Fingerabdrücke waren eine echte Überraschung“, sagte Rolf Kärcher.

„Welche?“ fragte Schopetta dazwischen und konzentrierte sich wieder auf das, was der Kollege vortrug.

„Die unidentifizierten. Wir konnten sie sowohl in und an der Transportkiste des Pick-Ups sichern, als auch an den unterschiedlichsten Orten im Museum. Nach der Verteilung der Fingerspuren zu urteilen, hat sich die entsprechende Person an fast allen Stellen, die wir im Museum untersucht haben, auch umgesehen."

„Erstaunlich", murmelte Schopetta. „Dazu war doch viel zu wenig Zeit." Und in Gedanken ging er die Mitarbeiter des Museums durch und blieb erst einmal bei Schmierlewski hängen. Dann dachte er an Ahlers, den Hausmeister. Der kann überall seine Fingerabdrücke hinterlassen haben, völlig klar. Aber auch am Pick-Up?

Kärchers Stimme drang wieder an sein Ohr. Er mußte sich zusammenreißen, um dessen Ausführungen zu folgen und nichts zu verpassen, aber er nahm sich vor, diesen Überlegungen später noch einmal ausführlicher nachzugehen.

„Insgesamt waren noch jede Menge anderer Fingerabdrücke vorhanden, aber der Abgleich mit der Datei ist noch nicht abgeschlossen." Er blätterte in den handbeschriebenen Zetteln, die er hin und wieder als Gedächtnisstütze benutzte, nickte und hob die Stimme, als er ankündigte: „Also die Untersuchung des Innenraums des Wagens. Material, mit dem kann man wahrscheinlich Millionen von gentechnischen Analysen machen. Einmal sind da Haare. Sehr lange, dunkelblonde, mit ungleichmäßiger goldgelber Färbung. Strähnchen meinen die Fachleute. Aber es sind auch kurze da. Die sind braun. Schon ein wenig ergraut, aber professionell gefärbt. Ein weiterer Fund war ein Stück eines kirschrot lackierten Fingernagels. Die im Labor haben mir sogar die Marke der Kosmetikfirma genannt. Und dann noch jede Menge Zigarettenasche. Im Aschenbecher hinten rechts eine Zigarettenkippe der Marke Kim. An der befanden sich Spuren eines zum Nagellack passenden Lippenstiftes. Und das ganze Geschmiere auf der Rückbank des Wagens war eine exklusive Mischung aus Champagner der Sonderangebotsklasse, Schokolade und den eingetrockneten Resten einer unkontrollierten Samenspende."

„Mein Gott", kommentierte Schopetta die Beschreibung. „Es gibt wirklich Menschen, die schrecken vor nichts zurück."

„Wie meinst du das denn?"

„Unwichtig", knurrte der Kommissar. „Mach weiter."

„Wie du willst! Die Spuren auf der Rückbank weisen also auf ein gemütliches Zweipersonenstück mit nicht ganz jugendfreiem Finale hin. War bestimmt ne angeregte Veranstaltung."

Mit hochgezogenen Augenbrauen nickte Schopetta eine weise Bestätigung, worauf Rolf Kärcher schäbig grinste und ebenfalls weise mit dem Haupt zu wackeln begann. „Der Dreck aus dem gesamten Fußraum kann so gut wie überall herkommen. Stimmt aber im größten Teil seiner ‚Cerealien' mit dem Zeug im Umfeld der Kameradenklause überein. Also eher unauffällig. Aber Textilfasern waren da und Hundehaare, Hundehaare haben wir in Massen gefunden."

„Das paßt", sagte Schopetta. „Zumindest einen Köter hab ich da schon gesehen."

Kärcher nickte erneut zur Bestätigung.

„Die Spuren in der Transportkiste haben uns aber auch weitergebracht. Von der Größe her kann man da ne ganze Menge mit transportieren, und nach den Spuren zu urteilen war da auch schon vieles drin. Von Benders Leiche habe ich schon gesprochen. Ansonsten haben wir zarteste Spuren von Marihuana, Heroin und Koks gefunden. Wenn man die Akten liest, könnte man alles gut mit Glowritz in Verbindung bringen. Seine Handabdrücke hat er so ziemlich überall in dem Blechkasten hinterlassen. Wenn er nicht für die ganze Nacht das Alibi hätte, wäre er mit Sicherheit erst einmal unser Mann für den Mord an Bender."

Schopetta reckte sich und rieb sich die Augen. „Ecki ist ein Ganove! Steht sein Alibi wirklich?"

„Drei der nächtlichen Fahrgäste haben es unabhängig voneinander bestätigt. Darum ist er für den Mord erst einmal raus aus der Sache."

„Es sei denn, alle lügen gewaltig."

Kärcher nickte. „Aber bleiben wir noch bei dem Pick-Up. Wie gesagt, das Wesentlichste ist wohl, daß der oder die Mörder Benders Leiche in der Keksdose transportiert haben. Blut und ein paar Haare konnten eindeutig dem Toten zugeordnet werden. Ich denke, der Alte wurde in der Kameradenklause oder in unmittelbarer Nähe umgebracht, und dann, von wem auch immer, mit dem Pick-Up zum Museum gefahren."

„Ecki sagt, daß so ziemlich alle Gäste des Abends wußten, wo der Schlüssel hängt und ihn auch hätten nehmen können. Sonst paßt alles zu den Ergebnissen der Obduktion", bestätigte Schopetta. Dann nickte er schweigend und hatte trotz der vielen wichtigen Informationen das Gefühl, mit der Ermittlungsarbeit nicht von der Stelle zu kommen.

Rolf Kärcher blätterte wieder in seinen Zetteln.

„Das nur zu deiner Information, Erwin. Alle Ergebnisse sind die unserer eigenen Untersuchungen. Die Vergleichsanalysen und Gegenproben sowie die Feststellung von Blutgruppen, Gentests und so weiter stehen noch aus. Werden jetzt eine nach der anderen vom LKA zurückkommen."

Schopetta machte sich weitere Notizen.

„Nächster Punkt", Kärcher tippte mit dem Kugelschreiber auf seine Notizen. „Der grüne Passat Kombi ist mit absoluter Sicherheit der Wagen von der Fahrerflucht in Haltern. Es gibt da nicht den geringsten Zweifel. Die Lackierung stimmt. Die Farben haben wir auch vom Fahrradrahmen abgekratzt. Die Blutspuren am Auto sind die von Reichenberg, und die Beulen in der Karosserie passen exakt zu dessen Verletzungen. Im Umkreis des Fahrersitzes ausschließlich Teskes Fingerabdrücke. Wahrscheinlich hat nur er den Wagen gefahren. Müller hat sich im Beifahrerbereich verewigt und der alte Bender im Bereich Rücksitz rechts. Was wir an Gegenständen in der Karre gefunden haben, hat deine schöne Assistentin Elle weggeschleppt."

„Laber keinen Scheiß und bleib bei der Sache", meckerte Schopetta auf die Anspielung hin.

Kärcher grinste, hielt einen Augenblick in seiner Zusammenfassung inne und folgerte dann nachdenklich: „Bender war der erste Tote, aufgefunden im Museum. Der zweite, Reichenberg, überfahren von Benders Auto. Den dritten und den vierten Toten kann man als regelmäßige Fahrer des Mordautos bezeichnen, zudem gehören sie zu den Bodyguards Benders. Und die vier Toten gehören nach unseren Ermittlungen alle demselben Verein an."

Schopetta nickte mit geschlossenen Augen: „Vielleicht so eine Art Kettenreaktion", sinnierte er und verschränkte die Hände im Nacken. „Der erste Mord, der vielleicht noch ein plausibles Motiv hatte, das wir aber nicht kennen, zog die anderen zwangsläufig nach sich."

Jetzt nickte Kärcher: „Es könnte ja sein, daß Mitwisser oder Zeugen beseitigt wurden, oder jemand Rache nahm, Rache für eines der anderen Opfer."

„Oder für etwas, das schon länger zurücklag. Es kann auch sein, daß wir einfach völlig falsch ermitteln. Vielleicht ist gar nicht Bender, sondern die beiden Bengel aus Grullbad das Zentrum des Falls, oder der alte Reichenberg?"

„Wie meist du das, Erwin? Wir haben doch in seinem Umfeld nichts entdeckt. Elektroingenieur, 32 Jahre unter Tage, Pensionierung, nebenberuflich bei einer Elektronikfirma in Bottrop tätig, betreut da ein paar Projekte. Keine Verwandten, unauffällig, Bastler, wenn man den Kram betrachtet, den der so in der Wohnung hatte."

„Is doch nur so eine Überlegung, Rolf, nur ein Beispiel. Auf mich wirkt der ganze Mist einfach wie ein Tangram-Spiel. Das besteht aus sieben geometrischen Figuren. Jedes einzelne Teil liegt vor uns, wir können es genau beschreiben, nur die Figur, die von der Vorlage gefordert wird, die können wir nicht daraus zusammensetzen."

Wieder nickte Rolf Kärcher nachdenklich: „Vielleicht wissen wir nicht einmal, welche Figuren wir daraus zusammensetzen sollen."

„Genau!" Schopetta stand auf und begann zwischen dem Fenster und seinem Schreibtisch auf und ab zu gehen. „Nimm doch nur den Mord an Bender. Wer auf der einen Seite so sorglos mit den Hinterlassenschaften seiner Tat umgeht und jede Menge Spuren hinterläßt, der präsentiert auf der anderen Seite sein Opfer nicht in dieser Form. Das paßt nicht zusammen."

„Is was dran", überlegte Kärcher. „War ja bei dem VW kaum anders. Jede Menge Spuren. Man hat den Wagen sogar mit Klebestreifen für den Mord präpariert. Nur, wer ist der Täter? Alle uns bekannten Personen, die dieses Fahrzeug irgendwie bewegt haben könnten, haben für die Tatzeit ein Alibi oder sind mittlerweile tot."

„Vielleicht sind hier ja Täter zu Opfern geworden. Kommt vor, wie die Geschichte immer wieder zeigt", erklärte Schopetta. „Ich glaube mittlerweile, weder die Leiche Benders noch die Fahrzeuge sollten wir jemals zu Gesicht bekommen. Der Pick-Up wurde durch einen dummen Zufall von einem Zeugen gesehen und von uns auch schnell gefunden. Auch mit dem VW haben wir mehr oder weniger Glück gehabt."

„Du meinst ein Ding hat da das andere nach sich gezogen, ohne daß es wirklich so gewollt oder geplant war?"

Schopetta nickte: „So oder so ähnlich. Eine Kettenreaktion eben. Ich habe einfach so ein Gefühl, daß da viel Zufall mitspielt."

„Wenn ich jetzt mal unseren eigenen Überlegungen folge und die vorhandenen Indizien dazunehme, müßten wir Teske und Müller verhaften, wenn sie nicht schon tot wären. Alle unsere Beweise sprechen doch dafür, daß sie Reichenberg überfahren haben oder zumindest an dem Mord beteiligt waren. Die Fingerabdrücke im Pick-Up und die Tatsache, daß Bender mit diesem Wagen transportiert wurde, bringen zumindest im Augenblick noch Ecki Glowritz ins Spiel. Vielleicht hat Ecki den Bender umgelegt, und dann, warum auch immer, fahren die Jungs daraufhin den Reichenberg platt. Die Indizien sprechen dafür", sagte Rolf Kärcher gewichtig.

„Ebent!" frotzelte Schopetta. „Vieles, wenn nicht alles, deutet darauf hin. Und vielleicht ist sogar der Mord an Reichenberg wiederum der Grund für das plötzliche Ableben von Teske und Müller!"

„Kann alles sein."

„Ja, Rolf, kann alles sein. Aber warum? Das ist doch die Frage. Gehen wir mal davon aus, daß Eckis Alibi stimmt. Dann is der raus aus der Sache. Aber dann hätten wir zumindest im Fall Reichenberg die Mörder ermittelt, dann bleiben drei Tote, zu denen wir die Täter suchen. Aber zu allen vier Morden, Herr Gott nochmal, fehlt uns immer noch jegliches Motiv. Außer halbgaren Vermutungen – nichts. – Warum sind sie geschehen? – Warum? – Spuren und Zusammenhänge überall, aber nirgendwo findet man ein Pakkende, an dem man das Ding aufwickeln könnte. Alles kann, nichts muß, und wenig ist. Selbst die Tatsache, daß alle Opfer in Beziehungen zueinander standen und der rechten Szene zuzuordnen sind, hilft uns nicht wirklich weiter. Alles ist klar, aber nichts führt im Augenblick zu einer Lösung. Vielleicht müssen wir alle Zeugen noch einmal befragen, jeden einzelnen, und den Kreis sogar noch erweitern und dann sehen, ob sich in den Aussagen Widersprüche auftun."

Kärcher stöhnte auf. „Um Gottes Willen, das nicht noch einmal. Es war schon so ein Marathon. Die Kollegen haben mehr als hundertzwanzig Gespräche geführt. Was ist denn eigentlich mit deiner Ritualmordtheorie und dem ganzen Kram mit der Germanensekte? Die Informationen von deinem Diakoniespezi waren doch sehr vielversprechend."

„Da hast du recht. Is eigentlich richtig schade drum, aber kann man absolut vergessen. Es haben sich keine echten Anhaltspunkte und erst recht keine Beweise für irgendwelche Gewalttaten ergeben. Viel dummes Gerede. Diese Heimatvereine sind nichts anderes als ein Haufen eifernder Spinner. Bringt uns alles keinen Millimeter weiter."

Die Männer schwiegen. Nach ein paar Minuten stand Schopetta auf und stellte sich vor seine Pinnwand. „Vielleicht müssen wir uns noch einmal um die Aussagen der Jungen kümmern." Er tippte dabei auf die Namenskarten von Schnakenpol und Urban. „Auch der alte Teske hat etwas von ständiger Bedrohung gesagt, vor der Bender noch am Sonntag gewarnt haben soll. Vielleicht gibt es ja doch so etwas wie eine mörderische Auseinandersetzung zwischen Linken und Rechten, von der wir in unserer heilen Kleinbürgerwelt einfach noch nichts mitbekommen haben."

Kärcher zuckte mit den Achseln „Wer weiß das schon. Aber kann man doch über die ‚Politischen' rauskriegen. Wenn da was ist, müßten die es doch wissen. Vielleicht haben die ja sogar einen V-Mann in dem Verein."

„Ich hab mit Rudi gesprochen, der kümmert sich drum. Warte nur noch auf seinen Anruf."

Schopetta wies auf den Namen des Museumsdirektors.

„Schmierlewski-Schwarzer sollten wir auch nicht ganz außer acht lassen. Völlig sauber abgebürstet haben wir den auch noch nicht."

Annette Sattelknecht kam ins Büro und fragte, ob jemand Kaffee haben wolle. Rolf Kärcher hielt ihr seine Tasse hin, Schopetta stand auf und nahm seine Tasse vom Besprechungstisch. Es war die gebrauchte vom vorigen Abend, aber er war da nicht so pingelig.

„Haben die anderen sich schon gemeldet?"

Annette nickte. „Herbert sitzt mittlerweile in seinem Büro, und Lothar hockt im Archiv. Soll ich ihnen was ausrichten?"

„Wenn sie soweit sind, sollen sie rüberkommen, wir müssen so schnell wie möglich alles zusammentragen." Und nachdem er einen Schluck Kaffee genossen hatte, sagte er noch: „Dein Kaffee ist wirklich spitze, Annette. Genau den brauchte ich jetzt."

Die Sekretärin sah ihn groß an, schüttelte den Kopf, warf einen fragenden Blick auf Rolf Kärcher und fragte dann Schopetta verwundert: „Is dir nicht gut, Erwin?" Verwirrt und nachdenklich den Kopf schüttelnd, schloß sie die Tür hinter sich.

„Wie man es macht, ist es verkehrt", seufzte der Kommissar voller Selbstmitleid. „Da will man mal freundlich sein, und schon gibt es auf den Kopp."

„Ja, ja, Erwin. Deinen Job möchte ich auch nicht haben", feixte der Kollege. „Bist ehrlich zu bedauern."

„Jetzt fang du auch noch an", schimpfte Schopetta und setzte sich wieder hinter seinen Schreibtisch.

Wenig später tobte Baumeister herein, direkt vom Flur und ohne anzuklopfen.

„Moin!" brüllte er. „Wie ist das werte Wohlbefinden allerseits?"

„Pssst. Nicht so laut", raunte Kärcher. „Und vor allem nicht so fröhlich. Unser Chef ist aufgrund mangelnder Zuwendung durch die Chefsekretärin depressiv geworden. Nimm bitte Rücksicht."

„Das tut mir jetzt aber leid. Soll ich später wiederkommen?"

„Quatsch!" schnauzte Schopetta. „Bleib! Der Kerl erzählt Blödsinn. Wie weit bist du?"

„Soll ich sofort loslegen oder bis elf warten?" Baumeister sah fragend in die Runde. „Wenn es sofort sein soll, muß ich aber erst meine Unterlagen holen."

„Es geht sofort los“, bestimmte Schopetta. „Rolf hat seinen Teil auch schon vorgetragen. Also, beeil dich.“

Der Mann brauchte keine Minute, um den obligatorischen Spiralblock zu holen. Sie setzten sich an den Besprechungstisch. Nachdem er auf den neuesten Ermittlungsstand gebracht war, faßte er die wesentlichsten Informationen seiner Arbeit zusammen.

„Die Befragung der Mitglieder in den Heimatvereinen ist dank der großzügigen Unterstützung durch andere Abteilungen abgeschlossen. Ergebnisse hat sie nur wenige gebracht. Was wir zu hören bekamen, wußten wir auch vorher schon. Dafür hat sie ein Dutzend bekannte Stützen unserer Gesellschaft erschreckt und irritiert zurückgelassen. Was die Untersuchung aber bestätigte, war, daß Bender als der ungekrönte König der nationalen Heimatvereine galt, deutschlandweit, und als Oberpriester – ich kann mich an diesen bekloppten Titel absolut nicht gewöhnen – war er auch einer der Häuptlinge der Thulebruderschaft. Dann kam raus, daß er schon jede Menge privater Kohle in die Organisationen gesteckt hat, und bis zu seinem plötzlichen Ableben schien er auf dem besten Wege, noch mehr investieren zu wollen. Er plante tatsächlich, auf dem Annaberg so etwas wie einen germanischen Tempel für diese dubiose Sekte bauen zu lassen. Und das ist kein Gerücht, Kollegen. Alle, die ich befragt habe, waren von der Sache völlig überzeugt. Man muß sich das mal vorstellen: Kurz vor der Jahrtausendwende will der Kerl eine Germanenkirche zu Ehren der alten Götter errichten.“

Baumeister schüttelte immer noch beeindruckt den Kopf und strich sorgfältig über das oberste Blatt seines Schreibblockes: „Das er Krebs hatte, wußte übrigens keiner. Nach dem, was ich so mitbekommen habe, würde ich sagen, er hatte keine Freunde. Dafür aber viele Bekannte und darunter wieder echte Fans. Die verehrten ihn wie andere Mutter Theresa. Diese Personen waren alle im Umfeld der Vereine und der Bruderschaft zu finden. Bekanntschaften darüber hinaus sind uns nicht begegnet. Übrigens auch keine Frauen. War ne reine Männervereinigung, jetzt mal abgesehen von Benders Schwester.“

„Wenn du die erlebst, kannst du durchaus den Eindruck bekommen, daß sie jeden Morgen ein Täßchen Testosteron trinkt, nur so zum Wohlfühlen“, warf Rolf Kärcher ein und hatte ungeheuren Spaß an seiner Bemerkung.

Baumeister sah den Kollegen irritiert an und setzte dann kopfschüttelnd seinen Bericht fort. „Zu Benders Feinden gehören interessanterweise so ziemlich alle Altphilologen, Althistoriker und Archäologen deutscher Zunge, die sich in ihrer Arbeit mit der römisch-germanischen Geschichte Westfalens befassen. Ausgesprochen reger Briefwechsel, den der Alte da geführt hat. Wenn sich da irgendeiner erdreistete, eine andere Meinung zu vertreten als unser Nestor der Heimat- und Germanenforschung Westfalens, hatten sie ihn am Hals und zwar gleich mit seinem ganzen Verein. Er lag wirklich mit jedem großen Namen im Streit. Mangel an Selbstbewußtsein kann man ihm da nicht attestieren. Für Bender alleine sieben, acht Hausverbote oder Platzverweise durch die Polizei. Zitat Uniprofessor aus Münster: ‚Lassen Sie mich, um Gottes Willen, mit diesem alten senilen Riesenarschloch in Ruhe!‘ Das hat schon was Erhebendes. Ein Held war Bender nur im Kreise geistig heimatloser Heimatforscher.

Und noch etwas. Auf der Freund-Feindliste, die Martha Bender zusammengestellt hat, steht unser Freund Dabringhausen auch. Entweder als letzter Freund oder erster Feind. Muß aber nichts bedeuten.“

Schopetta nickte nachdenklich und zögernd: „Mir wird heute erst so richtig klar, wo man dem Kerl überall begegnet. Is einfach auffällig oder?“

„Dabringhausen ist ein bekannter Mann im Kreis.“

„Für mich eher berüchtigt. Hat einfach in zu vielen Sachen die Finger drin.“

„Aber weiter im Text“, drückte Baumeister aufs Tempo. „Die Jungs in Schwarz, Benders seltsame Bodyguards. Nachdem du Schnakenpol und Urban ja schon vernommen hattest, haben wir die anderen zwei besucht: Franzen und Olschewski. Beiden stand das blanke Entsetzen im Auge, aber flüssig. Da paßte einfach alles, was man von diesen Brüdern schon so gehört hat. So zäh wie die kruppschen Windhunde. Das Schicksal der Kameraden – um den Originalton zu treffen – schien ihnen unter die Haut gegangen zu sein. Im Gespräch wurde klar, daß Bender absoluten Gehorsam von seinen ‚Getreuen‘ verlangte. ‚Wenn ich das Äußerste verlange, muß ich sicher sein, daß ihr auch das Äußerste tut‘, wurde er von Olschewski zitiert. Und bei solchen Sprüchen verweigerten sich die Jungs nicht, sondern blühten förmlich auf. ‚Unsere Bestimmung ist der Gehorsam.‘ Das war übrigens ein Originalzitat von einem der Jungen, dem Franzen. Was wir mit unseren Blagen ein Leben lang versuchen, hat der mit seinen Bubis voll umgesetzt. Die haben, ohne viel zu fragen, pariert“, beklagte Baumeister nicht ohne Selbstmitleid. „Weder an seiner Person noch an seinen Befehlen ließ der Alte einen Zweifel zu. Und die Bengel schienen ihm fast hörig zu sein. Ulf Teske und Klaus Müller sogar in besonderer Weise, wie mir berichtet wurde. Bender hat gefordert, für die Bewegung alles zu geben, und bis vorgestern waren auch alle bereit dazu. Aber seit gestern ist den vier Hinterbliebenen erst klar, was ‚alles' für Bender wirklich hieß."

Baumeister blätterte in seinem Block zurück und strich etwas aus. „Komme ich zu meinem letzten Punkt. Umfeld Klaus Müller. Die Wohnung haben wir direkt nach dem Mord genauestens unter die Lupe genommen, und da war absolut kein Hinweis, aber auf gar nichts. Du hast es selbst gesehen, Erwin. Alles, was in der Bude steht, völlig ohne Gesicht. Die Klamotten alle schwarz, sogar die Unterhosen, keine Bücher, keine Zeitungen, kein Bild, kein Photo, kein Stück beschriebenes Papier. Lebensmittel, außer Cola, Cornflakes und Ravioli, Fehlanzeige. Das einzige von Belang war der Computer, und der wurde, wie die Sichtung der Festplatte ergab, zu 98 Prozent für Ballerspiele benutzt. Was wir zu seiner Person wissen, stammt aus zwei, drei Infos, die Sieverding, das ist dieser Hausmeister, beigesteuert hat, und von einer Nachbarin aus dem dritten Stock. Die scheint sich ein wenig mehr mit dem Jungen befaßt zu haben, geistig und körperlich, wenn ich hier mal meinem Eindruck den entsprechenden Ausdruck geben darf. Sein Geld hat Müller als Lagerarbeiter in einem Getränkemarkt verdient. Manchmal auch als Türsteher in Diskotheken. Verwandte gibt es nicht. Müller war Heimkind, Vollwaise. Achtzehn Jahre lang in einem Kinderheim im tiefsten Siegerland. Insgesamt ein armes Schwein, wenn ihr mich fragt."

Schopetta nickte wieder. „Hab ich das eigentlich schon weitergegeben? Müller fuhr einen roten BMW. Der Wagen ist spätestens seit dem Auffinden der Leichen in Grullbad verschwunden. Dafür stand dann der grüne Passat in der Tiefgarage des Hauses, schön versteckt unter Müllers Nylongarage."

„Haben wir die Autonummer?"

„Is schon zur Fahndung ausgeschrieben, aber ich wollte dich nicht schon wieder unterbrechen, Herbert. Mach bitte weiter."

„Eigentlich bin ich mit meinem Teil am Ende. Mehr is nich."

Keiner hatte eine Frage, und die Männer verfielen in Schweigen. Herbert Baumeister las dabei noch weiter in seinen Notizen, Rolf klapperte mit einem Kugelschreiber, und Schopetta lehnte sich zurück und schloß noch einmal für einen kurzen Augenblick die Augen.

Es war kurz vor halb zehn, als Norbert Bücker zu den Männern stieß. Er kam durch das Vorzimmer in Schopettas Büro.

„Na?" rief er gutgelaunt. „Schweigeminute für den unbekannten Ermittler? Was ist los? Alle schon dem Stumpfsinn verfallen oder wie?"

Grinsend ging er von einem zum anderen, reichte jedem die Hand, setzte sich dann an den Besprechungstisch und sah in die Runde: „Ich hab die Photos abgeholt. Was schätzt ihr, was drauf is?“

Besonders Schopetta liebte diese Art dummer Fragespielchen wie Fußpilz. Er wollte gerade eine möglichst fiese Bemerkung machen, als Kärcher einwarf: „Nikolausfeier im Nudistenclub der Schwulen und Lesben in Alt-Henrichenburg.“

Bücker sah Kärcher irritiert an. Dann faßte er sich und schüttelte den Kopf: „Mein Gott, bist du pervers.“ Er griff in seine Jackentasche, zog den grellgelben Umschlag einer bekannten Photoshopkette hervor und entnahm ihm ein Päckchen Bilder. „Sind alles Beschattungsaufnahmen!“

„Was sind das?“ Kärcher wollte sich schier kringelig lachen. „Beschattungsphotos?“

„Na klar! Alle während verschiedener Observationen aufgenommen.“

„Ach so“, lachte Kärcher „Jetzt habe ich verstanden.“

„Na ja! Wenn du es begriffen hast, dann müßten ja eigentlich die anderen auch im Bilde sein“, zahlte Bücker zurück und fuhr unbeirrt fort. „Vier von den Photos zeigen eine sehr elegante Dame beim Ladendiebstahl in der Stadtparfümerie, drei portraitieren einen gut gekleideten älteren Herren beim Händchenhalten mit einem zu jungen, hübschen Mann in einem Café, sechs weitere Bilder lichten ein sexuell interagierendes Paar in herbstlich feuchter Heidelandschaft ab. Die Schnappschüsse machen übrigens gut deutlich, daß niemand, der die Hände in den Schoß legt, unbedingt untätig sein muß.“

Wie immer lachte Bücker selbst am lautesten über seine Witze. „Aber Spaß beiseite, mit den anderen elf Bildchen könnte man auch einen erotischen Photoroman gestalten.“

„Erotischer Photoroman?“ fragten Baumeister und Kärcher fast gleichzeitig.

Bücker nickte. „Ich führ euch das mal vor.“ Er stand auf, nahm das oberste Photo vom Stapel und hielt es hoch. Es zeigte Professor Siegfried von Schmierlewski-Schwarzer, wie er aus einem Taxi stieg.

„Das ist der Hauptdarsteller!“ rief er. „Unser verehrter Museumsdirektor!“ Wieder sah er sich triumphierend im Kreise der Kollegen um, die mit der Darbietung aber nur wenig anfangen konnten. „Ich will meinen, wir haben unseren Mörder, Jungs!“

Als von den Polizisten immer noch keiner in Jubel ausbrechen wollte, nahm er den gesamten Stapel der Photos und begann: „Mein Gott, begreift ihr denn gar nichts? Also, unser Professor fährt mit einem Taxi an einem nicht näher bekannten Gebäude vor. Man achte dabei aber auf das Schild neben dem Hauseingang. Wenn man genau hinsieht, kann man das Wort Nagelstudio entziffern. Zweites Bild: Herr Professor betritt das Haus, begibt sich in den ersten Stock und klingelt an der Tür des Nagelstudios." Bei jedem weiteren Punkt knallte er wie ein Kartenspieler ein Photo auf den Tisch.

„So, und nun der absolute Höhepunkt: Wer glaubt, die noch ausstehenden acht Photos zeigen, wie einem vollakademischen Bären die Krallen beschnitten werden, hat sich erst einmal selbst geschnitten."

Die drei Männer sahen nun voll Spannung auf Bücker. Der warf die restlichen Bilder auf den Tisch und voll ironisierender Theatralik rief er: „Es ist einfach schlecht bestellt um die Moral deutscher Professoren. Da läßt sich doch Siegfried von ... in jenem Studio von zwei hübschen, mandeläugigen Fräuleins eine 1a-Body-to-Bodymassage verpassen, aber mit allem Drum und Drin, wenn ich das mal so sagen darf!"

„Gibts doch gar nicht", stöhnte Schopetta, der als erster nach den Photos griff, und Baumeister fragte nur verwirrt: „Wieso denn zwei?"

„Mein Gott", stöhnte Bücker. „Kannst du blöde Fragen stellen, Herbert. Wahrscheinlich, weil die Mädchen so klein sind und der Schmierlewski so groß."

Bücker legte eine dramaturgische Kunstpause ein, sah sich mit einem viel zu ernsthaften Gesicht im Kreis der Kollegen um und begann von neuem: „Dazu hat meine äußerst professionelle Recherche ergeben, daß es sich bei diesem Nagelstudio auf keinen Fall um eine Fingernagelbearbeitunganstalt handelt, sondern in Wirklichkeit um einen kleinen, gemütlichen Puff am Rande der Stadt. Von dem ist übrigens schon in dem Dossier über Schmierlewski-Schwarzer die Rede."

„Dann ist das Nagelstudio also gar kein Nagelstudio?"

„Baumeister hör auf! Ich kann deine Gedankenschnelle nicht ertragen", stöhnte Bücker und bedeckte mit der Hand die Augen. Die Photos gingen nun von Hand zu Hand.

„Es sind genau vierundzwanzig. Wehe, wenn gleich eins fehlt", drohte Bücker. „Sie wurden übrigens zum Teil durch einen Spiegel gemacht, so einen, wie wir ihn auch in den Vernehmungszimmern haben. Also, Männer, ich glaube, diese Photos sind mindestens elf Motive, den Alten umzubringen. Wenn ihr mich fragt, hat der Blender den Professor mit solchen Photos erpreßt, und aus dem so gegebenen Anlaß hat der den alten Sack bei nächster sich bietender Gelegenheit umgehauen. Zur Vertuschung der Tat hat er die Leiche entsprechend präpariert und zugerichtet, um uns damit in die absolut falsche Richtung zu schicken."

„Schlau genug ist er ja", nickte Schopetta, der aufmerksam zugehört hatte. Doch dann fragte er: „Aber wie erklärst du uns dann den toten Reichenberg und die zwei Kopfschüsse in Grullbad, mein lieber Norbert?"

„Hab ich mir gedacht, daß du auch nix gesehn hast. Nur wieder Augen für den Schweinkram. Das sieht euch ähnlich. Schaut euch alle Bilder doch mal ganz genau an."

„Ich hasse Rätselraten", knurrte der Hauptkommissar, nahm aber die Bilder noch einmal auf. Beim zweiten Hinsehen erkannte er sofort, was Bücker meinte. Auf jedem der Bilder war neben den Zielpersonen entweder Ulf Teske oder Klaus Müller zu erkennen. Als Kunden getarnt, taten sie unbeteiligt, oder einer von beiden saß, scheinbar in eine Zeitung vertieft, im Café am Nebentisch. Nur auf den Bildern in der Heide waren sie nicht zu sehen.

„Wenn die abwechselnd auf den Bildern sind, dann haben die auch die Photos geschossen, soviel müßte feststehen", stellte Bücker kategorisch fest. „Einige Photos wurden aus dem Fahrzeug gemacht, andere wohl mit einer versteckten Kamera, wie manche seltsame Perspektive erahnen läßt. Und zu den Betreibern des Stadtrandpuffs müssen die Jungs eine besonders gute Beziehung gehabt haben."

Für mich steht eindeutig fest, das Opfer der Erpressung hat nicht nur den Anstifter, sondern auch die Helfershelfer ausgeschaltet."

Für Bücker schien es nicht mehr den geringsten Zweifel zu geben.

Schopetta betrachtete die Photos noch eingehender. Nach geraumer Zeit verkündete er: „Die Sache gewinnt durchaus an Brisanz, wenn man weiß, daß die Dame, die sich da so innig mit dem jungen Herrn in der Heide beschäftigt, Frau Eva Maria von Schmierlewski-Schwarzer-Heidenbruch ist, die Gattin des Professors."

Schopetta stand auf und hielt die Photos nun ins Licht seiner Schreibtischlampe. „Eindeutig! Ich erkenne sie wieder. Der Kerl ist wahrscheinlich der Museumspädagoge. Wie hieß er noch gleich?" Schopetta kam so schnell nicht auf den Namen, darum soufflierte Kärcher: „Heiner Boeing!"

„Genau der", bestätigte der Kommissar. „Die beiden haben was miteinander. Geht auch aus den Dossiers hervor."

„Also durchaus noch ein Grund mehr für Schmierlewski, den Alten und die Jungens umzulegen", warf Rolf Kärcher ein. „Hast du nicht selbst gesagt, Herr Professor hatte Sorge, durch Bender in der Öffentlichkeit bloßgestellt zu werden. Das wäre dem Germanenfuzzi mit den Photos zweifellos gelungen. Und darum hat unser Schmierlewski-Schwarzer einfach alle, die von seinem Hobby wußten, aus dem Weg geräumt."

„Und warum mußte dann Reichenberg sterben? Der Mord paßt doch gar nicht in das Bild", meckerte Baumeister und nutzte dabei die Gelegenheit, alle Photos noch einmal anzusehen.

„So schwer ist es auch nicht, für dessen Tod ein Motiv zu finden. Ich habe auch da Erkundigungen eingezogen. Reichenberg kann durchaus Schmierlewskis Mitwisser gewesen sein. Den hat der Professor eingekauft, um den Einbruch ins Museum zu fingieren. Der konnte ja schlecht mit seinem eigenen Schlüssel da rein. Mußte ja schon alles echt aussehen. Oder hab ich da nicht recht? Und gekannt haben die sich auch! Hab nachgefragt. Die Alarmanlage für das Museum wurde nämlich von der Firma ‚ELSISYS – Elektronische Sicherungssysteme' entwickelt und installiert. Und zwar unter dem maßgeblichen Engineering von Dipl. Ing. Karl Heinz Reichenberg. Der war nach seiner Pensionierung als freier Mitarbeiter für den Laden in Bottrop tätig. Übrigens nur ein kleines Nebenprodukt meiner unermüdlichen Ermittlungsarbeit, wenn ihr versteht, was ich meine."

„Und dein Resümee?" sagte Schopetta fordernd. „Du gehst also davon aus, Schmierlewski-Schwarzer hat Bender wegen der Erpressungen umgebracht?"

Norbert Bücker zuckte mit den Achseln und nickte, aber erste Zweifel zeichneten ihm ein paar Falten auf seine Stirn.

„Bleiben wir bei deiner Theorie, Norbert, und gehen davon aus, der Professor heuchelte Interesse an Benders Ausgrabungs- und Bauplänen, lockte den Alten zum Museum, brachte ihn da um, richtete ihn ganz nach dem historischen Vorbild zu, beseitigt gründlichst alle Spuren, und nachdem alles soweit angerichtet ist, bestellt er Reichenberg, der, wie vorher abgesprochen, den Einbruch ins Museum vortäuscht. Dann gibt Schmierlewski kaltschnäuzig und ganz bewußt den Auftrag für den Mord an seinem Mitwisser Reichenberg an die zwei Kerle aus Benders Leibwache, obwohl die für die lustigen Photoreportagen verantwortlich waren. Ob die dann wieder wußten, daß sie mit ihrer Attacke gegen Reichenberg auch den Mord an ihrem hochverehrten Chef vertuschen halfen, lassen wir erst einmal offen. Auf jeden Fall fahren sie Reichenberg gründlich über den Haufen." Schopetta sah Bücker an: „Wenn ich etwas Falsches sage, oder wenn es nicht deinen Überlegungen entspricht, mußt du Einspruch erheben."

Norbert Bücker zuckte mit den Achseln und schüttelte den Kopf, schien aber über etwas nachzudenken.

„Also weiter! Der Mord an Müller und Teske. Zwei Tage, nachdem die Kollegen Reichenberg von der Straße gekratzt haben, fährt der Professor unbemerkt nach Grullbad, um, nehmen wir mal an, wie verabredet, das Erfolgshonorar an Teske und Müller auszuzahlen. Die sind ahnungslos über die wahren Absichten des Herrn und öffnen ihm nichts ahnend die Tür, denn wir haben ja keine Einbruchsspuren gefunden. Doch statt ‚Kopfgeld' gibts ‚Kopfschuß'. Fängt auch mit ‚K' an, tut aber weh und macht tot. Ist das in etwa deine Vorstellung zu den vier Morden?"

„So oder anders", erklärte Bücker. „Nur eins ist mir nicht klar. Wieso sollen ausgerechnet die beiden Jungens den Reichenberg überfahren haben?"

„Weil das zu dem Wenigen gehört, was wir mit ziemlicher Sicherheit beweisen können", erklärte Rolf Kärcher mit einem hämischen Touch in der Stimme. „Außerdem müßte sich nach deiner Vorstellung Schmierlewski auch noch den Pick-Up aus der Kameradenklause ausgeliehen haben. Nachweislich wurde Bender in diesem Fahrzeug transportiert, und zwar eindeutig, als er schon tot war."

Norbert Bücker überlegte einen Augenblick lang, dann erklärte er: „Gut, aber theoretisch ist auch das möglich. Haben wir nicht eine Verbindung zur Kameradenklause über diesen Hausmeister des Museums herstellen können? Außerdem bleibt es dabei. Schmierlewski-Schwarzer hat eindeutig kein Alibi für den Zeitpunkt des Mordes an Bender. Oder hat sich daran was geändert?" Als keiner der Männer antwortete, fuhr er fort: „Und das wesentlichste Moment bei einer Mordaufklärung ist immer noch das Motiv. Er hat eins! Außerdem ist er, nach allem was wir bis jetzt wissen, der letzte, der Bender lebend gesehen hat."

„Und was ist mit den Aussagen von Olschewski, Urban, Schnakenpol und Franzen?" fragte Schopetta. „Die haben ausgesagt, Teske und Müller hätten den Alten nach Recklinghausen gefahren."

„Richtig! Aber das haben Olschewski, Urban, Schnakenpol und Franzen gesagt! Ob es der Wahrheit entspricht, kann doch keiner feststellen. Außerdem, Recklinghausen – das paßt doch."

Bücker wollte seine für ihn so schön schlüssige Theorie noch nicht aufgeben. „Auch Schmierlewski wohnt in Recklinghausen. Der Fundort der Leiche war nicht der Tatort! Alle eure Einwände wollen doch erstmal gar nix heißen, Kollegen. Wenn Schmierlewski die Tat vorbereitet hat, kann er sie auch in seinem Wohnhaus ausgeführt haben. Die können sich am späteren Abend durchaus noch einmal getroffen haben, und dabei hat der Professor dem Bender das Licht ausgeblasen, hat sich die Karre aus der Klause besorgt und ihn nach dem fingierten Einbruch ins Museum gelegt. All diese unerklärlichen und undurchsichtigen Begleitumstände haben doch nur das Ziel, uns zu verwirren und zum endlosen Grübeln zu bringen."

„Wenn wir diese Theorie beweisen wollen, haben wir noch einiges vor uns." Baumeister stand auf und zog mit dem Finger auf der Pinnwand die fehlenden Verbindungslinien.

„Wenn du ehrlich bist, Norbert, erkennst du doch selbst die gewagte Konstruktion und die Lücken in der Beweiskette."

„Wir haben schon oft genug über die idiotischsten Zusammenhänge gestöhnt, und die intelligentesten Täter waren zu oft die dämlichsten, absolute Dilettanten, die fest daran glaubten, wenn man mit nem Taschentuch drübergeht, sind alle Spuren weg."

„Aber in Recklinghausen war Bender wirklich. Da hat Norbert recht. Den Beweis hab ich hier."

Die Männer drehten sich überrascht zur Tür. Elle stand da, die Türklinke in der Hand und hob eine Alditüte in die Höhe. Durch die Diskussion abgelenkt, hatten sie das Eintreten der jungen Frau nicht bemerkt.

„Zuerst in Haltern der Termin mit Schmierlewski", fuhr die junge Frau fort. „Um 17:00 Uhr waren sie im Museum verabredet. Am Abend gibt es dann die Eintragung ‚19:00 Uhr, RE'."

„Wie kommen Sie zu der Erkenntnis, Frau Kollegin?"

Schopetta, mehr als nur erfreut, die junge Frau zu sehen, wies mit der ausgestreckten Hand auf einen Stuhl am Besprechungstisch.

„Ich habe, neben vielen anderen Dingen, auch die Kalender von Bender und Teske miteinander verglichen. Die sind für das Wochenende völlig identisch. Am letzten Samstag waren sie um 14:00 Uhr verabredet und fuhren nach Arnsberg. Um 19:30 Uhr der Termin beim ‚Geschichtskreis Arnsberg', Übernachtung im Schloßhotel. Für den Sonntag ist ‚Samhain' eingetragen, um 13:00 Uhr. Bei beiden steht da unter Ort: Heiden. Und am Nachmittag und Abend Haltern und Recklinghausen. Bender war auf jeden Fall in Heiden, Haltern und demnach wohl auch in Recklinghausen. Mit wem er sich da getroffen hat, steht meines Erachtens auch fest, denn Teskes Kalender präsentiert uns freundlicherweise einen Namen oder zumindest eine eindeutig zu interpretierende Abkürzung. Neben der identischen Uhrzeit und Ortsangabe steht bei ihm nämlich noch Dabr., und das heißt für mich eindeutig – Dabringhausen.“

„Der Hausmeister, das ist es“, murmelte Schopetta halblaut, wandte den Kollegen den Rücken zu und schien nun seinerseits unsichtbaren Linien auf der Pinnwand nachzugehen. Die Gruppe sah sich erstaunt an und konnte mit der Äußerung ihres Hauptkommissars nichts anfangen. Dann stammelte Bücker auf Elles Feststellung hin: „Kann aber auch ... ehem ... vielleicht Dabr...“ Und nach zwei Ansätzen brach er den Versuch eines Einwandes ab.

„Gib dir keine Mühe, Norbert. Der Duden gibt kein Wort her, das mit D, A, B, R beginnt, ob groß- oder kleingeschrieben.“

„Gibt's doch gar nicht! Is doch wohl Quatsch!“

„Wenn du's mir nicht glaubst, schau selber nach. Bei Namen ist es was anderes, da könnte man schon etwas konstruieren. Aber viele sind es nicht. Dabringhausen, Dabringhaus, Dabrik und Dabrowski in Duisburg. Dabringhausen, Dabrowski und Dabriseck in Oberhausen. In Recklinghausen finden sich gar keine Namen mit Dabr., außer eben unserem Dabringhausen. Obwohl ich nur Stichproben gemacht habe und nur Personen mit Telephonanschluß von mir überprüft wurden.“

Bücker zuckte mit den Achseln: „Ich sag's ja, vielleicht war alles auch ganz anders. Aber verdächtig ist der Schmierlewski immer noch.“

„Stimm ich zu, Norbert. Wie du siehst, bleibt er der einzige mit einem echten Motiv.“ Schopetta wies auf die Wand. „Aber es birgt alles noch zu viele Ungereimtheiten.“

Elle hatte sich gesetzt und die Plastiktüte auf den Tisch gestellt. Sie zog zwei schwarze Terminkalender daraus hervor. Auf beiden befand sich in Goldprägung das Logo der ‚Luzerner Leben‘ mit dem Zusatz ‚Versicherungsagentur Dabringhausen‘.

„Es hilft nichts, Leute.“ Schopetta nahm einen der schwarzen Kalender. „Es wäre ja schon fast auffällig, wenn wir den Kerl nicht wegen seines toten Klienten befragen würden. Und die Abkürzung in Teskes Kalender ist auch ein Grund, Kontakt aufzunehmen. Zumindest anrufen müssen wir ihn, einen Termin ausmachen und dann sehen, wie er reagiert.“

Er nahm das Telephon und beauftragte Elle, eine Verbindung mit Dabringhausen herzustellen. Dann öffnete er das in Kunstleder gebundene Buch und fand gleich auf der ersten Seite die Adresse der Versicherungsagentur. „Mühlenmathe 12“, murmelte er und schrieb den Straßennamen in sein eigenes Notizbuch. Dann klingelte das Telephon. Es war Lothar Dobratz, der sich hörbar genervt aus dem Archiv meldete. „Hör mal, Erwin. 11:00 Uhr schaff ich nich. Ich brauche mindestens bis eins. Allein das Raussuchen dauert Stunden, und ein bißchen lesen wollte ich den Kram doch auch noch. – Ich kann dir den Scheiß aber auch nur auf den Tisch legen", sagte er angesäuert, als Schopetta zu nörgeln begann.

Der Kommissar sah seine Mitarbeiter an. „Was meint ihr, bis wann können wir unsere Gesamtbesprechung verschieben?"

„Bis Montag", sagte Kärcher unvermittelt laut und mit ernsthaftem Nachdruck. „Wir haben Wochenende!"

Schopetta sah ihn an, als hätte ihm jemand unbemerkt ein paar Eiswürfel in den Hemdkragen fallen lassen. „Wir haben einen Fall zu lösen!" sagte er fast entrüstet.

„Und wir haben Wochenende. Es soll wirklich Menschen geben, sogar im Polizeidienst, die an solchen Tagen etwas mit ihrer Familie unternehmen."

„Und was?" fragte Schopetta völlig verständnislos.

„Ich hab Karten für Schalke."

Schopetta schwieg einen Weile, und die Männer sahen ihn gespannt und erwartungsvoll an. Nach einer Verdauungszeit von gut zwanzig Sekunden rang sich Schopetta, leicht schnaufend, eine Antwort ab. Der vergrätzte Unterton war nicht zu überhören: „Gut! Ich verstehe! Aber is schon o.k." Dann räusperte er sich umständlich und nervös. „Sagen wir, ihr schreibt bis Mittag eure Berichte, möglichst unter Berücksichtigung des neuesten Sachstandes, und nur, wenn es unbedingt sein muß, werde ich euch das wohlverdiente Wochenende versauen. Ich kann aber nicht versprechen, daß es nicht passiert. Wer sagt Lothar Bescheid?"

„Der ist noch am Telephon", sagte Bücker lakonisch und wies auf den Telephonhörer, den Schopetta noch in der Hand hielt.

Ihm war die Zerstreutheit peinlich und die Verweigerung der Kollegen unverständlich. Darum schnauzte er unfreundlich in die Muschel: „Haste verstanden?"

„War nicht zu überhören, Herr Hauptkommissar! Ich mach hier fertig, schreib meinen Bericht und schau nochmal bei euch rein. Aber wenn du bitte in deiner Erinnerung graben möchtest: Die Unterschriftenmappe, heute vor vierzehn Tagen, morgen um 5:20 Uhr geht mein Flieger nach Lanzarote. Drei Wochen Urlaub. Sie erinnern sich, Herr Hauptkommissar? Extra in den Spätherbst gelegt, weil im Sommer soviel zu tun war."

Er erinnerte sich, quälte sich sogar noch ein „schönen Urlaub“ ab und legte auf.

„Ja dann, Kollegen“, brachte er gequält hervor, sah dabei aber keinen mehr an. „Schönes Wochenende. Und vergeßt nicht eure Berichte, ich werde sie brauchen.“

Er war beleidigt, fühlte sich mißverstanden, und den Widerstand der Kollegen empfand er absolut unprofessionell. Trotzdem versuchte er, sich nichts anmerken zu lassen, was ihm wie immer so gut gelang, daß die Männer betreten schwiegen, Löcher in den Teppichboden starrten oder einfach unbeteiligt aus dem Fenster sahen, vor dem langsam die dichte hohe Bewölkung von dichter niedriger Bewölkung abgelöst wurde. Die zaghaft zunehmende Helligkeit machte so die künstliche Beleuchtung in den Büros fast überflüssig.

Baumeister nahm als erster wieder das Wort: „Warum machst du nicht auch ganz normal Wochenende, Erwin? Ich hab nicht das Gefühl, daß uns in diesem Fall, irgend etwas wegläuft. Es reicht doch, wenn wir Montagmorgen wieder drangehen.“

„Mein Gott, tut mir leid, wenn ich euch die Stimmung versaut habe. Geht ins Wochenende und gut. Ich hab mir für heute und morgen noch einiges vorgenommen. Außerdem habt ihr ja recht. Eure Familien warten. Meine Frau ist nicht zu Hause, und ich würde mich in Billerbeck nur langweilen. Also schönes Wochenende, Jungs!“

„Sollten wir nicht wenigstens noch die bisher vorliegenden Ergebnisse austauschen? Soviel Zeit sollte mindestens sein, auch wenn du sauer bist“, bohrte Baumeister weiter.

„Ich sauer? Wieso sollte ich sauer sein? Ich weiß gar nicht, was ihr wollt! Die Sache ist doch klar.“

Unversehens öffnete sich die Tür zum Vorzimmer, und Annette, die von der gespannten Atmosphäre unbetroffen war, kam herein. Wie das olympische Feuer trug sie eine schwarze Thermoskanne vor sich her.

„Bei Dabringhausen geht keiner dran. Aber ich hab noch ein Kännchen gekocht, Erwin, weil du ihn doch so gerne trinkst.“ Dann zeigte sie auffällig unauffällig den anderen Männern ihr zugekniffenes Auge, mit dem aber nur Kärcher etwas anfangen konnte.

„Toll, Annette!“ antwortete Schopetta schon etwas weniger muffig. „Wenn ich nicht verheiratet wäre, würde ich mich noch heute mit dir verloben, obwohl ich weiß, daß du evangelisch bist und Klosettpapierrollen mit Schockfarbenwolle behäkelst.“

Die Sekretärin sah Schopetta verblüfft an. „Woher weißt du das?"

„Ich bin Kriminalist, da bekommt man so etwas schnell heraus." Lapidar fügte er noch hinzu: „Wobei deine Religionszugehörigkeit einer Verlobung überhaupt nicht im Weg stehen würde." Dann wandte er sich ohne weitere Anmerkung wieder den Kollegen zu, und Annette ärgerte sich, weil sie für den Augenblick die Antwort schuldig bleiben mußte.

„Wie ist die allgemeine Meinung? Austausch oder Wochenende?"

Die Männer nickten stumm, was Schopetta sofort als Zeichen für den weiteren Austausch wertete. „Gut! Bevor Elle weitermacht, hast du noch was, Norbert?"

„Nur noch den Einbruch in das Verteilerhäuschen am Museum", sagte er lustlos. „Da wurden stumpf die Schlösser aufgebohrt. Dazu wurde, den Spuren nach zu urteilen, ein Spezialbohrer benutzt. Dann sind die unbemerkt rein und wieder raus. Was die näheren Umstände angeht, habe ich mich mit dem Ingenieur der Stadtwerke in Verbindung gesetzt. Nach dessen Einschätzung wurde der Stromausfall mit großer Sachkenntnis herbeigeführt und auch wieder beseitigt, und zwar in der Zeit zwischen 2:56 Uhr und 3:05 Uhr."

„Ist das so sicher?"

„Garantiert! In der Zentrale der Stromversorger werden Störungen registriert, und meist wird ein Störtrupp losgeschickt, um nach den Ursachen zu sehen."

„War das hier auch so?"

„Nein! War nicht nötig, weil die Störung nach nicht ganz zehn Minuten behoben zu sein schien. Aber, wie schon gesagt, die technischen Kenntnisse, die von den Tätern an den Tag gelegt wurden, können für eine Beteiligung von diesem Reichenberg sprechen. Der hätte genau gewußt, an welchen Knöppen er drehen muß."

Schopetta nickte und machte seine Notizen.

„Die Einbruchspuren am Hintereingang des Museums stammen wirklich von einem Aluhebel. Ein Einbruchswerkzeug, speziell zum Öffnen von Glastüren angefertigt. Die Kollegen vom Einbruch haben uns da weitergeholfen. Auch dazu ist nicht mehr zu sagen. Die Fingerabdrücke bieten nichts Verwertbares. Soviel dazu."

Auch Norbert Bücker zog jetzt einen Notizblock aus der Jacke, warf ein paar schnelle Blicke darauf, grinste und sagte: „Ach ja, deine zwei Zigarettenkippen vom Museumsparkplatz. Liegen auch noch beim LKA. Die Untersuchungen dauern an. Bisher konnte man nur die Blutgruppe der beiden Raucher feststellen." Bücker reichte ihm einen gelben Notizzettel.

„Was soll ich mit der Blutgruppe?" knurrte Schopetta in der ihm eigenen Art. „Ich will die DNA-Analysen, und die sollen mit allem anderen Material verglichen werden. Die Haare, der Fingernagel, Blutspuren und so weiter. Mit jeder Doppelung engen wir den Kreis der Verdächtigen ein. Kannst du das veranlassen, Rolf?"

„Ist schon geschehen", gab der zur Antwort. „Das Schnellste sind 48 Stunden, wenn sie sofort damit angefangen haben. Das mit dem LKA gilt übrigens auch für die Faserspuren und den ganzen anderen Kram. Alles in Arbeit, dauert aber noch."

„Nur kein Verzug. Sag ihnen, daß es wichtig ist."

Noch einmal ging die Tür zu Anettes Büro auf, und sie steckte den Kopf herein: „Auch auf die Gefahr hin vom Vorgesetzten nur wieder verarscht zu werden, möchte ich darauf hinweisen, daß die Herren Niehoff und Ahlers zum Verhör geladen sind. Auf ausdrücklichen Wunsch des Herrn Hauptkommissars Schopetta, beide um 13:00 Uhr."

„Scheiße, hätte ich fast vergessen", fluchte Schopetta leise. „Vielen Dank für den Hinweis, Annette. Geht doch wirklich nichts über eine funktionierende Logistik. Das Beste wird sein, wenn du den Kollegen Sickmann von der Einsatzzentrale anrufst, daß der den Niehoff auf halb zwei umbestellt. Läßt sich das wohl machen?"

„Arrangieren kann ich alles, Erwin. Man muß mir nur was sagen."

„Prima. Dann kann der junge Mann in Grün in Rudis Büro Platz nehmen, und Ahlers lagern wir im Vernehmnungszimmer zwischen. Wäre gut, wenn sie vor der Vernehmung nicht miteinander reden würden."

Schopetta sah auf seine Uhr. „Ist jetzt kurz nach halb zehn. Bis zehn sollten wir hier fertig sein, dann mach ich mich nochmal auf den Weg. Wenn ich etwas später wiederkomme, müssen die Herren eben warten. Sollten sie komisch werden, erzähle ihnen irgend etwas vom Staatsanwalt oder dem Richter."

„Aber ja doch, Erwin. Ich arbeite gerne auch in meiner Freizeit für die Polizei! Sonst noch was?" stänkerte Annette schnippisch.

Schopetta zögerte, faßte sie ins Auge, und in Erinnerung der vorausgegangenen Diskussion sagte er: „Oh entschuldige! Ich bin wirklich zu unaufmerksam. Du hast ja heute nur bis 11:00 Uhr Dienst. Aber tu mir den Gefallen und frag in deiner verbleibenden Dienstzeit nach, wer Bereitschaft hat. Dann sollen die sich um die richtige Aufbewahrung unserer Zeugen kümmern."

Noch eh Annette etwas erwidern konnte, mischte sich Elle ein: „Wenn du nichts dagegen hast, kann ich das ja übernehmen. Ich muß sowieso noch ein paar Überstunden sammeln. Is das o.k.?"

Schopetta sah erst Elle und dann Annette an, und als die Sekretärin deutliche Reaktionen zeigte, den Kopf säuerlich und eine Spur zu heftig in den Nacken warf, sagte er: „Is mir recht, Elle. Das paßt mir sogar ganz prima." Als Annette daraufhin das Büro ohne ein weiteres Wort verließ, huschte ein zufriedenes Lächeln über sein Gesicht.

„Guck Erwin, dann biste ja nicht mal alleine. Bei so einer hübschen Unterstützung kannste doch bestimmt gut auf uns verzichten, oder?"

Der Kommissar sah Kärcher prüfend an.

„Wo du recht hast, hast du recht, Rolf! Also, worauf wartet ihr noch, ihr habt alle eure Arbeiten."

36

Die Kollegen waren schnell gegangen. Eine Weile saßen Elle und Schopetta schweigend am Konferenztisch. Elle studierte ihre Notizen, und Schopetta brannte mit grimmigen Blicken kreisrunde Löcher in die Tischplatte. Dann raffte er sich schnaufend auf, schüttete für Elle und sich frischen Kaffee ein und fragte: „Mit den beiden Kalendern, das war doch nicht alles, oder?" Umständlich gab er Milch und Zucker in seinen Kaffee und rührte ausgiebig um.

„Ich gehe davon aus, daß dich leere Coladosen, eine Chipstüte, ein aktueller Kicker und ein Magazin für Videospiele nicht interessieren."

Schopetta nickte andeutungsweise mit dem Kopf.

„Es gibt aber noch andere wirklich interessante Dinge, die ich herausgefunden habe. Ich fang mal mit dem weniger Spektakulären an. Das Photoalbum, das mit den SA-Männern aus dem Sennelager. Auf einem Photo standen die Namen hinten drauf. Mit einer solchen Vorlage konnte man Bender auch auf allen anderen erkennen. Eigentlich ist der nur grau und faltig geworden. Sonst hat er sich kaum verändert. Aber ich hab da auch nen Blick für."

„Keine Frage", bestätigte Schopetta und nickte dabei mit viel zu ernsthaftem Blick und hochgezogenen Augenbrauen. „Wenn jemand einen Blick dafür hat, dann du!"

Elle sah ihn überrascht an, und einen Augenblick lang fragte sie sich, wie ernsthaft diese Anmerkung wohl gemeint war. Da Schopetta keine Miene verzog, gab sie das Vorhaben auf und erzählte weiter.

„Aus reinem Interesse habe ich noch einen alten Schulfreund dazu befragt. Der macht zur Zeit seinen Doktor in neuzeitlicher Geschichte und hat richtig Ahnung von der Nazizeit, der SS, SA und so weiter. Der wußte zum Beispiel, daß es dazu jede Menge Material gibt und auch spezielle Archive. Und nachdem ich ihm versprochen hab, daß wir ihm auch mal behilflich sein würden, hat er sich richtig ins Zeug gelegt."

„Was hast du ihm versprochen? Straffreiheit bei bundesbrüderlichem Verbindungskiffen?"

„Quatsch. Den interessiert nur das Landesarchiv in Kalkum. Ansonsten ist das ein ganz Ordentlicher."

„Aha", frotzelte Schopetta, „ein Ordentlicher", und erstaunlicherweise wurde Elle rot.

„Hör doch mal auf mit dem Quatsch! Du bringst mich ganz durcheinander mit deinem blöden Aha und deinen komischen Bemerkungen. Das is nur ein guter Freund aus Steinfurt. Er hat für uns nur ein paar Datenverbindungen hergestellt, und kurz drauf konnte er mit Sicherheit ausschließen, daß Bender jemals im Afrikacorps war, was er doch so gerne erzählt hat. Nicht mal Soldat ist der gewesen. Wehrmachtsauskunftsstelle Berlin, hat er gesagt."

Schopettas Stirn legte sich in Falten. „Der Mann hat ausnahmslos alle seine Mitmenschen belogen, ob Freund oder Feind. Verarscht hat der wirklich alle."

„Weiß ich nicht", sagte Elle und wirkte weiterhin sehr begeistert von ihren Ergebnissen. „Hinweise waren aber noch mehr zu bekommen, weil Bender ja in der SA war. Und in einem anderen Archiv gab es wirklich noch eine Akte von ihm. Seit 1929 war er Mitglied der NSDAP und ab 1930 SA-Mann. Ab März 1933 wurde er von der Partei als Hilfspolizist in Gelsenkirchen eingesetzt. 1934 ging er in die Parteiorganisation und war seit 1939 so eine Art Ortsgruppenleiter. Goldfasan hat mein Freund gesagt. In Hüllerum in der Nähe von Albersdorf, oben in Schleswig-Holstein. Es ist ein großer Zufall, daß ausgerechnet seine Unterlagen die Jahre überdauert haben. Nach 1945 stand Bender unter Aufsicht der Alliierten. Übrigens seine Schwester auch. Der warf man ungeklärte Verbindungen zu irgendwelchen Wirtschaftsgrößen der Nazizeit vor. 1945 wurde auch sie von den Engländern in Deutschlands hohen Norden verfrachtet, bis 1946. Als sie wieder ins Ruhrgebiet kamen, sind sie bei einem Onkel in Ahsen untergeschlüpft. Und da sind sie geblieben, bis heute."

Schopetta war wieder einmal von der Arbeit der jungen Kollegin restlos beeindruckt. „Machst du auch noch mal was anderes, als zu ermitteln", fragte er lächelnd.

„Schlafen, lesen und boxen. Essen und trinken natürlich nicht zu vergessen."

„Wie? Boxen?"

„Ich bin Mitglied in einem Boxverein. Wenn die Zeit es zuläßt und ich mal zu Hause bin, trainiere ich da noch mit."

„Jeu ... ! Mein lieber Scholli. Jetzt wundert mich gar nichts mehr, und ab sofort mach ich auch keine dummen Bemerkungen mehr", grinste er. „Dazu waren meine Dritten zu teuer."

Elle lächelte, warf einen weiteren Blick in ihre Unterlagen und fuhr fort: „Benders Gepäck vom Wochenende war übrigens auch noch in dem Passat. Eine Reisetasche mit Teleskopbügel zum Ziehen und sein Mantel. Sonst nur die üblichen Klamotten für so eine Wochenendreise. Dann war da noch der Text seines Referates und eine Art Thesenpapier", dabei wies sie auf ihre Plastiktüte. „Ein roter Aktendeckel lag auf dem Rücksitz, so einer wie für die Dossiers. Der im Auto war aber leer. Am Armaturenbrett war eine Vorrichtung montiert. Auf der konnte man einen Photoapparat oder eine Kamera befestigen. Anscheinend wurden die Beobachtungen von diesem Auto aus gemacht. Ein Photoapparat mit Teleobjektiv lag in einer Tasche auf dem Rücksitz. Ein Film war nicht eingelegt. Aber im Handschuhfach lagen ein paar in Originalverpackung. Da ich keine Verpackungsreste gefunden habe, gehe ich davon aus, daß keine Photos gemacht wurden. Von wirklicher Bedeutung war dann etwas anderes. Unter dem Beifahrersitz haben die Kollegen nämlich in einer extra dafür eingebauten Tasche eine hochmoderne Videokamera entdeckt. Die Kassette in dem Gerät hatte es in sich."

„Und? Was war auf dem Film?"

„Videobänder sind keine Filme."

„Auch egal. Was war also drauf?"

„Etwas sehr Interessantes."

„Mein Gott, Mädchen, jetzt mach doch hier nicht einen auf geheimnisvoll. Was gab's zu sehen?"

„Auf dem Band konnte man beim Abspielen mit einem normalen Rekorder so gut wie nichts erkennen. Darum habe ich es mitgenommen. Ein Freund von mir hat es dann nach allen Regeln der Kunst untersucht und bearbeitet. Mußt du dir selbst anschauen."

„Was würden wir nur tun, wenn wir dich und deine Freunde nicht hätten?" ätzte Schopetta, denn aus unbestimmtem Grund nervte ihn der Einsatz von fremden Personen bei der Ermittlung plötzlich. „Wir arbeiten in einer technisch sehr gut ausgestatteten Behörde. Konnten unsere Fachleute das nicht übernehmen?"

„Wann denn? Vergangne Nacht um halb zwei?"

Schopetta winkte ab, versuchte seine Emotion wieder auf Normaltemperatur zu steuern und quengelte ertappt: „Hab verstanden! Mach weiter!"

„Also, bevor du wieder mit dem blöden Aha und so kommst, der Freund, der mir dabei geholfen hat, ist der Mann meiner Freundin und macht auf dem Computer jede Form der elektronischen Bildbearbeitung, und wenn man sich jetzt nach seinem Einsatz das Videoband ansieht, sind da schon seltsame Sachen zu sehen. Gibt es hier irgendwo einen Videorekorder?"

„Nur im Vernehmungszimmer ist einer. Laß uns rübergehen."

Die ersten Minuten des Bandes zeigten eine Straßenecke in irgendeinem gediegenen Vorort. Eine dunkle Hecke, Büsche und Bäume, eine kniehohe Mauer mit einem schweren Eisenzaun darauf. Im Dunkeln kaum auszumachen die breite Einfahrt, und darin stand ein großes Auto. Im Hintergrund eine, nach ihren Umrissen zu urteilen, ältere Villa. Nur aus einem einzigen Fenster drang Licht, gedämpft durch helle Vorhänge.

Untermalt wurden die Bilder durch das Gespräch von zwei jungen Männern. An den Satzfetzen, die willkürlich abbrachen und übergangslos neu begannen, wurden die Unterbrechungen der Aufnahme deutlich. Ihre Dauer dokumentierte der Camcorder durch die Einblendung am unteren Bildrand: 96 Nov 03 Time 19:12.

„Der Dritte war letzten Sonntag. Stimmt das Datum?" fragte Schopetta. Die Kollegin nickte stumm.

Auf dem Bildschirm fuhr ein Auto von rechts nach links. Das Licht der Scheinwerfer verteilte über das ganze Bild helle Lichtreflexe, und für Sekunden war nichts mehr zu erkennen. Dann baute sich das Bild erneut auf, und man sah wieder die Villa, das erleuchtete Fenster, die Hecke, den dunklen Schlund der Einfahrt und, leicht glänzend, das Auto.

„Ich erkenne erst einmal nichts“, maulte Schopetta. „Auto, Haus, Hecke, Zaun und fertig.“

„Aber vorher konnte man absolut null erkennen. Da war nur Schwarz. Das hat doch jetzt schon bald Spielfilmqualität“, verteidigte sich Elle.

„Ich will die Leistung ja nicht schmälern. Nur, wenn man wenigstens die Adresse von dem Palast da hätte oder die beiden Quasselköppe mal etwas Verwertbares sagen würden. Aber mit dem Geblubber kann man wirklich nichts anfangen. Kommt da später noch Brauchbares?“

Elle schüttelte den Kopf. „Der Ton bringt nichts, aber die Bilder werden wirklich brisant.“

Die beiden Stimmen nannten sich wechselweise Mü und Tes, woraus der Kommissar schloß, daß es sich nur um Teske und Müller handeln konnte. Das Gespräch der beiden gab wirklich nichts her. Fußball meistens, der Geschmack von Chips, zwei Kinofilme, von denen Schopetta noch nie etwas gehört hatte und ein seltsames Insiderchinesisch über die Qualität von Videospielen.

„Hast du eine Ahnung, wo das sein könnte?“ fragte Schopetta die Kollegin erneut.

„Keinen blassen Schimmer.“ Elle schüttelte den Kopf.

Schopetta stand plötzlich auf und griff hastig zum Telephon. „Wir haben doch ein echtes ‚native girl‘ im Haus. Warum fragen wir die nicht?“

Nach kurzem Freizeichen meldete sich Annette Sattelknecht. „Annette? Gut, daß du noch da bist. Komm doch mal rüber und schau dir ein Video an. – Ja, bitte. Auch wenn du es sehr eilig hast. Wir sind im Vernehmungszimmer eins.“

„Das ist oben am Festspielhaus“, erklärte die Sekretärin, die in Mantel mit Schirm und Umhängetasche demonstrierte, schon längst auf dem Weg nach Hause zu sein. „Entweder die Mühlenmathe oder der Treckweg.“

Und als in einer anderen Szene des Videos, bis zu der Schopetta bei der Betrachtung noch nicht vorgedrungen war, wieder ein Auto direkt auf die Villa zufuhr, sagte Annette: „Das ist eindeutig die Kleinschneider-Villa. Da wohnt doch jetzt dieser ... Wie heißt er doch gleich? Hier, der, wo ich anrufen sollte. Meldet sich aber immer noch nicht.“

„Dabringhausen?“ sagte Schopetta, „Mühlenmathe 12, Luzerner Leben, Versicherungsagentur Dabringhausen.“

„Ja genau. Mühlenmathe, sag ich doch. War’s das, oder willst du mich noch länger von meinem wohlverdienten Wochenende abhalten?“

„Um Gottes Willen! Könnte ich doch mit meinem Gewissen nie vereinbaren, Annette! Aber ich danke dir trotzdem.“

Annette schloß die Tür hinter sich.

Elle ließ das Band ein Stück zurücklaufen.

„Na klar“, konstatierte Schopetta. „Der Bender hat den Dabringhausen ja auch beobachten lassen. Es liegt ja sogar ein Dossier vor. Muß Rudi noch haben. Stand aber wenig drin. Wenn das jetzt kein Grund ist, den Mann aufzusuchen, dann weiß ich nicht mehr. Ich denke, das machen wir gleich.“

„Noch einen Augenblick, Erwin. Das Aufschlußreichste kommt ja noch. Und achte bitte immer auf die Zeitangaben.“

Sie hielt den Rekorder kurz an. „Ich hab das überprüfen lassen. An der Kamera wurde nicht manipuliert. Die Einblendungen von Zeit und Datum sind echt. Und nun kommt es. Wenn das Band in Normalgeschwindigkeit läuft, sieht man so gut wie nichts. Erst wenn man das Ding in Einzelbilder zerlegt, erkennt man, was da zufällig aufgenommen wurde.“ Sie betätigte die schnelle Vorlauftaste. „Jetzt paß auf!“

Schopetta starrte auf den Bildschirm. Nach einem wackeligen Sprung, der anhand der Zeiteinspielung auf knapp zwei Minuten festzusetzen war, ruckelte über die linke Bildfläche ein Schatten. Dann produzierte das Videoband ein paar Sekunden lang nur noch Schneegestöber. Anschließend wieder Haus, Hecke, Mauer, Zaun. Nur die Umrisse des Fahrzeugs in der Einfahrt waren jetzt deutlich als die eines Jaguars neuester Bauart zu erkennen.

Während dieser Vorführung sagte Elle: „Ich nehme es vorweg, der Schatten, der grade durch das Bild huschte, war eine Person, die auf dem Grundstück verschwand.“ Sie spulte das Band zurück, wobei nun Einzelbilder auf dem Bildschirm erschienen. Jetzt erkannte Schopetta auch die angekündigte Person. In eine Art Kampfanzug gekleidet, verschwand sie im Dunkel der Einfahrt.

„Ich konnte ihn nicht erkennen, zeig ihn mir nochmal!“

„Moment. Es gibt noch eine bessere Einstellung.“

Wieder sah man nur Flimmern auf dem Bildschirm, mitten im Bild blitzte etwas auf, die linke Gebäudeseite war plötzlich in grelles Weiß getaucht, das langsam in sich zusammenfiel und wieder nur die Ansicht der dunklen Villa zurückließ.

„Ja, bin ich jetzt zu blöd oder zu alt? Waren das jetzt die brisanten Bilder? Wo ist die Verbindung zu unserem Fall?“

„Moment! Wir haben auch von dieser Sequenz Einzelbilder gemacht. Schau ganz genau hin.“ Das Geflimmer zeigte sich in Einzelbildern als wirklich sehenswert. Der Blitz enttarnte sich als aufleuchtende Deckenlampe in der Garage, und der Mann, der für Schopetta unerwartet unter der Lampe stand, war einwandfrei zu erkennen.

„Zurück!“ rief Schopetta aufgeregt. „Sofort wieder zurück. Das muß ich nochmal sehen!“ Und nachdem Elle die Szene Bild für Bild mehrmals wiederholt hatte, rief er: „Den Kerl kenn ich doch! Diese Schubladenfrisur, die platte Nase. Mein Gott das is Ahlers, der Hausmeister aus dem Museum!“

Schopetta warf einen Blick auf die Kameraeinblendung 96 Nov. 03 So Timer 19:21. Er wurde völlig unruhig.

„Ahlers bei Dabringhausen. Und auszukennen scheint er sich da auch. Mein Gott,Walter, wir müssen da hin.“

„Bitte noch einen Augenblick, Erwin, nur noch etwas Geduld. Bei den letzten Bildern, die ich dir zeigen möchte, ist unseren beiden Observationsspezialisten scheinbar die Kamera runtergefallen. Die Bilder, wenn man sie so nennen kann, sprechen dafür. Wirklich zu erkennen ist nur etwas, wenn man alles wieder in Einzelbildern anschaut.“ Die Polizistin setzte das Gerät in Gang, und während die Bilder auf dem Bildschirm erschienen, erklärte sie: „Das erste Bild zeigt nur zur Hälfte etwas. Die schwarze Fläche ist wohl das Dach des Autos. Nur im unteren Teil ist die Villa zu erkennen, diesmal sogar mit eingeschalteter Außenbeleuchtung. Achte mal auf die Person, die sich dem Betrachter nur im halbschrägen Profil von hinten zeigt, die in der Einfahrt!“

Schopetta rief spontan: „Das ist Dabringhausen, eindeutig, das ist er, unverkennbar. Den breiten Scheitel hat nur einer.“

Der Mann auf dem Bild bewegte sich auf den Jaguar zu, der im Schein der Außenbeleuchtung still und glänzend in der Einfahrt stand. Dann folgte das zweite Bild, nur Sekunden später aufgenommen. Die Kamera schien sich leicht nach rechts gedreht zu haben, und eine zweite Person wurde sichtbar. Ein älterer Herr ging direkt auf das Auto der beiden Beobachter zu, und dieser alte Mann, da gab es für Schopetta auch nicht den geringsten Zweifel, war auch ein Bekannter. Es war Heinrich Maria Bender.

Unwillkürlich sah Schopetta auf seine Armbanduhr, dann auf die Zeiteinblendung: 96 Nov. 03 So Time 19:39. Bender lächelte auf dem Bild, nein, er grinste, grinste mit spitzem Mündchen, linkisch und verschlagen. Die rechte Hand hielt er leicht vorgestreckt, und in dieser Hand leuchtete etwas Weißes.

„Was hat der da in der Hand? Kann man das vergrößern?“ fragte Schopetta aufgeregt.

„Wenn man das Bild digitalisiert und ausdruckt, sieht man, daß es ein Briefumschlag ist. Und Bender scheint ihn einem der Jungen ins Auto reichen zu wollen, wahrscheinlich Teske, weil Teske auf der Fahrerseite saß.“ Elle griff in die Alditüte, zog einige Ausdrucke daraus hervor und legte sie vor Schopetta auf den Tisch. „Ich komme gleich darauf zu sprechen“, sagte sie und ließ das nächste Bild auf dem Monitor erscheinen. „Anscheinend hat sich die Kamera beim Fallen in der Luft gedreht. Man soll es nicht glauben, aber sie hat dabei wirklich noch ein paar Bilder aufgenommen. Hat eine super Optik, das Ding. Trotzdem, die meisten sind verwackelt oder nur noch tiefschwarz, aber eins geht noch. Es zeigt, wenn ich es richtig interpretiere, über die Rückenlehne des Beifahrersitzes hinweg die Straße durch das Heckfenster. Und wenn ich mich nicht ganz täusche, erkennt man unter der nächsten Laterne, wenn auch durch die Nackenstütze und den Scheibenwischer der Heckscheibe etwas verdeckt, den Pick-Up aus der Kameradenklause. Zumindest könnte er es sein“, verbesserte sich Elle und gab Schopetta einen Ausdruck des Videobildes, der aber von erheblich besserer Qualität war als die flimmernde Darstellung auf der Mattscheibe.

„Sakralui, Elle! Stimmt! Das ist der Wagen. Und wenn das wirklich Ahlers war, der da in die Villa von Dabringhausen schleicht, ist das eine völlig neue Konstellation. Das ist eine komplette Wendung in dem Fall. Wir können beweisen, daß Ahlers bei Dabringhausen war und Bender um 19:39 Uhr noch lebte. Der Doktor hat den Tod für die Zeit zwischen 19:00 und 20:00 Uhr abends festgelegt. Das sind mit Sicherheit die letzten Bilder von ihm. Kurz drauf muß es aus gewesen sein mit ihm.“ Der jahrelange Dienst, der Umgang mit Mord und Totschlag hatten Schopetta zu einem abgebrühten Ermittler werden lassen. Er war hart geworden und bei bestimmten Wahrnehmungen auch gleichgültig. Doch die Bilder des noch lebenden Heinrich Bender, das Wissen um dessen direkt bevorstehenden Tod, erfüllten ihn mit einer seltsam tiefen Beklemmung. Hilflos betrachtete er das Bild mit dem lächelnden alten Mann. Er sah es genauso hilflos und schockiert, wie er die Fernsehbilder gesehen hatte, auf denen Menschen von marodierenden Söldnern von einer Brücke geworfen wurden, wo Soldaten mit dikken Steinen Kindern die Arme brachen oder andere Militärs mit Bajonetten auf Gefangene einstachen. Es war geschehen, er konnte die Bilder sehen, die Spuren der Getöteten, ihr Blut, ihre zurückgelassenen Habseligkeiten. Der Blick aus ihren weitaufgerissenen Augen ging ihm nie aus dem Sinn, und er konnte nichts dagegen tun. Es war passiert, und nichts hatte es verhindert. Diese Hilflosigkeit empfand er jetzt auch beim Anblick des Videos mit dem lächelnden Alten, hinter dem schon der Tod grinste. Mühsam drängte er die Gedanken zurück und versuchte sich auf die nächsten Schritte seiner Arbeit zu konzentrieren. „Dieser Hausmeister“, sagte er und betrachtete den ersten Computerausdruck, der Ahlers mit zum Lichtschalter ausgestreckter Hand unter dem Garagentor zeigte. „Ist schon erstaunlich, wie unverwechselbar ein Mensch ist.“ Dann sah er Elle an. „Was hat der mit Dabringhausen zu tun, meine Fresse, der war für mich bisher nur ein bekloppter Hausmeister, den wir ein wenig verarschen wollten, und jetzt steckt der mitten in unserem Fall. Reicht das aus für eine vorläufige Festnahme? Was meinst du?“

„Zumindest reicht es für ein intensives Gespräch mit den beiden. Ahlers taucht doch gleich hier auf. Wir können ihn direkt mit unseren Erkenntnissen konfrontieren. Mal sehn, wie er reagiert. Und den anderen besuchen wir später.“

Schopetta nickte abwesend. Er brauchte ein paar Minuten Zeit zum Nachdenken. Das Auftauchen von Ahlers in der Nähe von Dabringhausen, Bender kurz vor seinem Tod bei seinem Vermögensverwalter, was hatte das zu bedeuten? Wenn man es genau betrachtete, waren da plötzlich zwei bisherige Randfiguren unmittelbar tatverdächtig.

Nach seinen ersten Überlegungen, Dabringhausen ohne Verzögerung schnell auf die Bude zu rücken, entschied sich der Kommissar nun doch dafür, weiterhin behutsam vorzugehen und einen Schritt nach dem anderen zu tun. Nur nichts überstürzen und die Ruhe bewahren, dachte er sich. Jetzt nur nichts vermasseln.

„Hast du eigentlich dieses Papier im Auto gefunden?“ Als Elle ihn fragend ansah, ergänzte er: „Den Zettel oder Umschlag, den Bender den Jungen ins Auto gereicht hat.“

„Bei den Dingen aus dem VW war er nicht.“

Noch einmal nahm Schopetta das Telephon, um Bücker zu erreichen. Aber der hatte nichts gefunden. Keine Papiere, keine Zettel, keine Briefe. Nicht einmal Kontoauszüge seien im Auto und schon gar nicht in der Wohnung aufgetaucht.

Schopetta legte auf und sah Elle an. „Es bleibt an uns hängen. Gibt ein strammes Wochenende. Ich mach auf jeden Fall noch mal einen Besuch bei Teske. Vielleicht liegt der Brief Benders ja irgendwo zwischen den Klamotten des Jungen. Dann sind die beiden Vernehmungen zu machen und auf jeden Fall noch ein Besuch bei Dabringhausen."

„Was ist mein Part dabei?"

„Mir wäre es lieb, wenn du dich um das Verhör von Niehoff kümmern könntest. Ich schätze, der hat jetzt schon die Hose gestrichen voll. Aber schau dir auf jeden Fall nochmal unsere Berichte an, damit du dir ein umfassendes Bild machen kannst. Wichtig sind vor allem die Fragen nach seiner Rolle bei den Anzeigen gegen den Professor, warum er ständig in der Nähe von Ermittlungsorten auftaucht, welche Beziehungen er zur Kameradenklause und ihren Gästen hat, und vor allem, warum er als Polizist Martha Bender über den Tod ihres Bruders unterrichtet hat, ohne uns zu sagen, daß er den Toten kannte."

„Hat er das getan?"

„Weiß ich nicht. Aber ich nehme es an. Wer soll es sonst gewesen sein? Aber is eigentlich auch egal. Bluff ihn ruhig, und geh hart ran. Sag, wir wüßten alles, und daß er seine Lage nur verbessern kann, wenn er kooperiert. Und auf keinen Fall soll er dem Ahlers begegnen. Laß den Hausmeister ins Vernehmungszimmer bringen, und hol dir von der Wache einen Kollegen, der ein Auge auf ihn hat. Wenn es etwas dauert, macht das nichts, der kann ruhig schmoren. Ich beeil mich mit dem Zurückkommen."

„Willst du Dabringhausen allein besuchen?"

„Warum fragst du?"

„Ich hätte schon Interesse, den Kerl mal aus der Nähe zu sehen."

„Spricht nichts dagegen. Wenn ich wiederkomme, ist Dabringhausen der nächste. Versuch Rudi zu erreichen, der soll auch zur Villa von dem Kerl kommen. Und ruf unten in der Wache an. Sie sollen dir auf jeden Fall Nachricht geben, wenn einer der Vögel früher auftauchen sollte."

Elle lächelte. Sie packte ihre Sachen zusammen und grüßte militärisch: „Wird gemacht, Herr Hauptkommissar. Sonst noch irgendwelche Aufträge?"

Schopetta winkte wieder einmal resignierend ab und verschwand in seinem Büro.

37

Die Prozedur war kurz und einfach. Als Schopetta in der Lippau klingelte, öffnete eine alte Frau, die Großmutter Ulf Teskes. Die Eltern waren zu notwendigen Behördengängen in Datteln. Der Kommissar zeigte seinen Dienstausweis, und die alte Dame hatte dann nichts mehr dagegen, daß er sich im Zimmer des Jungen umsah.

Eigentlich hatte er nicht damit gerechnet, aber schon nach wenigen Handgriffen fand er im randvollen Papierkorb das, was er suchte. Einen weißen Briefumschlag, zerknüllt und von einer braunen Apfelkippe leicht angeweicht. ‚Kampfgruppe Teske' stand auf dem Umschlag, der scheinbar in Eile grob aufgerissen worden war. Der Zettel war wie der Umschlag zerknüllt, in zwei Teile zerrissen und handgeschrieben. Unter einem Wust von Papier fand Schopetta eine Rolle mit Tesafilm und fügte die beiden Fetzen zusammen. Nachdem er das Blatt notdürftig geglättet hatte, las er die Mitteilung, die ohne formale Anrede begann: ‚unsere heilige Bewegung verlangt von uns zu jeder Zeit Einsatz und absoluten Gehorsam. Der Feind plant den Angriff. Darum sind die beiden Spitzel Reichenberg und Czychi sofort zu eliminieren', stand da in blauer Tinte und spitzen, dicht zusammenstehenden Buchstaben, die fast ein wenig an das ausgestorbene Sütterlin erinnerten. ‚Die beiden Kommunisten haben sich in unsere Bewegung eingeschlichen und ihren hinterhältigen Zersetzungsangriff schon begonnen. Sie gefährden den Sieg der Bewegung, der greifbar nahe ist. Der Befehl zum Gegenangriff ist hiermit erfolgt und verlangt sofortige Ausführung ohne Zeitverzug. Die Vorgehensweise ist in die Hand der Kampfgruppen gelegt. Aus Sicherheitsgründen werden die Kampfgruppen aufgefordert, keine Kontakte zur Führung aufzunehmen, bis ein anderer Befehl erfolgt. Es wird keine mündliche oder schriftliche Vollzugsmeldung erwartet. Diese Nachricht ist nach Kenntnisnahme sofort zu vernichten. Die Parole für alle Aktionen ist „Jaguar".'

In Magen, Brust und Hals machte sich bei Schopetta ein würgendes Gefühl breit, das ihn immer befiel, wenn ihm deutlich wurde, daß sich geistiger Dünnschiß festigte und sich zu einer für ihn nicht erklärbaren Realität verformte. Noch weigerte er sich zu akzeptieren, daß Benders Brief, dieses dumme, völlig idiotische Gewäsch, das der Alte auch noch mit „Hoher Priester der Bewegung" unterzeichnet hatte, die beiden Bengel dazu veranlaßt haben könnte, den irrwitzigen Mordbefehl in eine reale, blutige Tat umzusetzen.

Mein Gott, dachte er nicht ohne Schaudern. Und plötzlich wurde ihm klar, daß er die Absichten der Gruppe um Bender und ihre bis ans Äußerste gehende Brutalität nicht ernst genommen und völlig unterschätzt hatte.

Nachdenklich strich er wieder und wieder über das Papier, faltete es zusammen und steckte es in die Jackentasche. Mehr still als freundlich verabschiedete er sich aus dem Haus der Teskes und fuhr, immer noch schockiert und nachdenklich, in das Zentrum des kleinen Ortes zurück. Er fühlte sich nicht mehr wohl, und aus seinem Bauch arbeitete sich die unruhige Angst nach oben, in den Ermittlungen weitere Fehleinschätzungen begangen zu haben, weil er auf eine Gedankenwelt gestoßen war, der er zwar Ablehnung und Verachtung entgegenbrachte, die er aber bisher nie als ernsthafte Gefahr betrachtet hatte.

In der Kneipe, die wie überall in Westfalen gleich neben der kleinen Kirche stand, bestellte er Cognac.

„Cognac, Moment." Der Wirt suchte in seinem Schnapsregal. „Haben wir aber nur Metaxa. Is aber auch nicht schlecht", versicherte er und beäugte dabei den einzigen Gast des Hauses, der schon vormittags ausländische Schnapssorten vertrug. Korn geht ab 11:00 Uhr, im Winter sogar ab 9:00 Uhr. Aber Metaxa machte in diesem Landstrich einen einfachen Gastwirt mißtrauisch.

„Schütt man ein", knurrte der Kommissar und mußte alle Beherrschung aufwenden, um sich nicht gleich den nächsten hinterherzukippen.

Warum sollten die beiden Rentner ausgeschaltet werden? Was tat sich da wirklich in diesem Geschichtsverein? Ging nicht aus dem schriftlichen Mordbefehl hervor, daß er auch an andere sogenannte Kampfeinheiten gegeben worden war? Wie viele gibt es davon? Schwebte vielleicht der alte Czychi auch in Lebensgefahr? Er mußte nach Haltern fahren und den Alten warnen.

38

Um zehn Minuten vor elf befand er sich auf dem Weg in Richtung Haltern. Kurz vor der Schleuse Flaesheim klingelte das Telephon.

„Paula Lenzen hier", meldete sich eine erstickte Frauenstimme. „Ich hab hier Ihre Karte gefunden, hinterm Tresen."

Schopetta war nicht gleich im Bilde. Darum fragte er noch einmal: „Wer ist da?"

„Paula Lenzen, ich bin die Freundin von Ecki Glowritz. Kameradenklause. Erinnern Sie sich?" Und nach kurzem Zögern: „Sprech ich denn nich mit Hauptkommissar Schopetta?"

„Doch, doch, der bin ich. Was kann ich für Sie tun, Frau Lenzen?"

„Der Ecki is weg", kam die Antwort wieder erst nach einigen Augenblicken. „Schon seit Dienstagabend. Jetzt mach ich mir echte Sorgen."

„Ecki Glowritz?" fragte Schopetta unsicher. „Ecki is keiner, auf den man ständig aufpassen muß. Der war doch mit Sicherheit schon öfter weg, oder?"

„Ja schon, aber nich so. Der wollte nur für einen Bekannten was besorgen, is mit seinem Moped los und bis heute nich wieder aufgetaucht. Ich weiß nich, aber ich hab das Gefühl, da is was passiert."

„Rufen Sie aus der Kameradenklause an?" Schopetta suchte schon nach einer Möglichkeit zu wenden.

„Na klar. Wir wohnen doch über der Kneipe."

„Gut, Frau Lenzen. Ich bin auf dem Weg. In zehn Minuten bin ich bei Ihnen. Und sperren Sie die Hunde ein."

Als Schopetta die Frau sah, war alles, was Kärcher über die Spuren aus dem schwarzen Pick-Up gesagt hatte, wieder in seinem Kopf. Die Haare mit der unregelmäßig gelbgoldenen Färbung gehörten auf jeden Fall zu dem strähnchenblonden Engel mittleren Alters, der jetzt vor ihm stand. Mit Sicherheit fehlt ihr auch ein Fingernagel, dachte er und zog den Dienstausweis. „Ich bin Schopetta", sagte er, und die junge Frau versuchte ein Lächeln. Er setzte seinen Hut ab, sah sich kurz in der Kneipe um und stellte fest, daß sich die Luft seit seinem letzten Besuch deutlich verbessert hatte. Er ging bis an den Tresen, zögerte einen Augenblick, und in seinem Gesicht formte sich ein verlegenes Grinsen. Dann schoß er einfach aus der Hüfte: „Bevor wir über Ecki reden, kann ich Ihnen sagen, wo Sie in der Nacht von Sonntag auf Montag waren! Aber nur, wenn Sie interessiert sind."

Paula Lenzen schaute irritiert, nickte dann aber unsicher.

„Nun denn! Sie waren so zwischen 23:00 Uhr und 1:00 Uhr mit dem schwarzen Nissan auf dem Parkplatz des Römermuseums in Haltern. Sie waren nicht allein da, sondern mit einem Herrn. Der hatte kurze, braune Haare, und ich weiß nicht, ob Sie es wissen, aber seine Haare waren gefärbt. Im Auto saßen Sie zumindest zeitweise auf der Rückbank hinter dem Fahrersitz, aßen Schokolade und tranken Champagner, wahrscheinlich aus der Flasche. Außerdem hatten Sie mit Ihrem männlichen Begleiter sexuellen Kontakt, wenn ich es mal so nennen darf. Und bei der ganzen Rangelei auf engstem Raum haben Sie sich einen Fingernagel abgebrochen." Schopetta griff nach den Händen der Frau und drehte die Handrücken nach oben. Der kirschrote Nagellack hatte seit Sonntag zwar ein wenig gelitten, doch neun Nägel waren lang und gepflegt. Nur der am linken Ringfinger war kürzer und die ungleichmäßige Bruchstelle nur oberflächlich befeilt.

Paula Lenzen klappte der Unterkiefer runter, zweimal schnappte sie mit einem schmatzenden Geräusch nach Luft, und auch beim dritten Versuch fehlten ihr noch die Worte.

„Ist irgend etwas unrichtig an meiner Darstellung? Ich denke, ich habe nichts vergessen, oder?"

Paula Lenzen schüttelte den Kopf und brachte völlig beeindruckt hervor: „Nur die Zeit."

„Wie, die Zeit?" Schopetta sah sie fragend an.

„Die Zeit stimmt nicht ganz. Es war später."

„Und wann hatten Sie Ihr Rendezvous, Frau Lenzen?"

„So zwanzig nach zwölf."

„Sehr schön. Ach ja. Nur der Vollständigkeit halber: Geraucht haben Sie auch. Eine Zigarette der Marke Kim und wahrscheinlich auch eine der Marke Finas ohne Filter. Die Kippen, übrigens auch die, die aus dem Fenster geworfen wurden, habe ich untersuchen lassen."

Es sprach für die Fähigkeit der Frau, Überraschungen schnell wegstekken zu können. Sie nickte anerkennend mit dem Kopf und fragte: „Sie heißen nicht zufällig Hellseher mit zweitem Vornamen, he? Und da Ihnen auch kein Gras aus der Tasche wächst, sind Sie auch nicht Jesus, wahrscheinlich nur einer von diesen ‚Profildingenskirchen'. Hört man ja jetzt so viel von!"

Schopetta winkte lässig ab. „Keine Spur! Nee, nee. Kein Profiler. Meine Erkenntnisse sind das Resultat polizeilicher Kleinarbeit, Frau Lenzen. Kombinationsgabe und Logik, sonst nichts." Er staubte kräftig und wollte den Vorteil, der ihm durch diesen schnellen Vorstoß zugewachsen war, ausnutzen.

„Aber Scherz beiseite", schlug er einen fast freundschaftlichen Ton an. „Wir haben für all das natürlich Zeugen und Beweise, und wir werden sicher noch einmal auf die Sache zurückkommen müssen."

„Was heißt denn zurückkommen müssen? Ist es jetzt vielleicht polizeilich verboten im Auto zu vög..., na ja, Sie wissen schon."

„Das auf keinen Fall, Frau Lenzen. Vielleicht Erregung öffentlichen Ärgernisses, wenn es jemanden stört. Hat es aber nicht. Brisant wird das Ganze nur durch die Tatsache, daß wir am Morgen nach Ihren Aktivitäten auf dem Parkplatz im Museum eine Leiche gefunden haben, und dieser Leichenfund hängt ganz sicher mit dem Auto zusammen, mit dem Sie da waren. Ich weiß nicht, ob Sie von der Sache wissen?"

Paula Lenzen sah Schopetta verblüfft an: „Na klar! Stimmt ja. Ecki hat davon erzählt. Hab ich völlig vergessen. Aber wieso hängt das mit der Karre zusammen?“

„Die Leiche wurde nachweislich darin transportiert.“

„Machen Sie kein Quatsch, Herr Kommissar.“ Paula Lenzen wurde blaß. „In der Karre? Also, weder ich noch mein Partner haben etwas mit einer Leiche zu tun gehabt.“

Schopetta fixierte Paula Lenzen. Sie wirkte weder unsicher noch nervös, eher überrascht, erschrocken und nachdenklich.

„Sie wollten mich zwar aus einem anderen Grund sprechen, aber wenn wir schon einmal dabei sind: Schildern Sie mir einfach den Verlauf des Sonntagabends aus Ihrer Sicht.“

„Wie soll der Abend schon verlaufen sein? Wie immer, wenn der Laden voll ist. Zwischen vier und halb sechs haben wir den Laden aufgeräumt und alle Vorbereitungen für das Abendprogramm getroffen. Ab sechs kamen die Leute. Ecki hat gezapft und Musik aufgelegt. Ich hab an den Tischen bedient, bis Ecki blau war und nur noch mit den Gästen rumgequatscht hat. Ab da hab ich auch noch gezapft. Irgendwann ist ein guter Bekannter aufgetaucht, und der hat mich zu ner kleinen Tour eingeladen. Ich hab Ecki gesagt, er wär nu wieder dran, und bin dann los. Mit meinem Bekannten, versteht sich.“

Schopetta überlegte. Dann atmete er tief durch und wechselte das Thema: „Sie riefen an, weil Ecki verschwunden ist und Sie sich Sorgen um Ihren Mann machen.“

„Wir sind nicht verheiratet, wir leben nur schon lange zusammen.“

„Schon bevor Ecki das letzte Mal einfahren mußte?“

Paula nickte jetzt nur andeutungsweise mit dem Kopf.

„Wann haben Sie ihn zuletzt gesehen?“

„Dienstag, so zwischen halb und drei Uhr“, erklärte Paula, und von einer Sekunde auf die andere legte sich echte Angst und Sorge auf ihr Gesicht. „Die Polizei war gerade weg und hatte den Wagen mitgenommen.“

„Und Ecki hat dann seinen Zweitwagen genommen und ist auch weg?“

„Der hat doch gar keinen. – Nein. Der hat erst mit dem Chef Telephoniert.“

„Mit dem Chef? Ich denke, Ecki ist Geschäftsführer.“

„Geschäftsführer schon, aber der Boß is Dabbi.“

„Dabbi? Gehe ich recht in der Annahme, daß damit Herbert Dabringhausen gemeint ist?“

„Wer sonst? Auf jeden Fall, nach dem Gespräch packte er ein paar Sachen zusammen, hat geflucht wie ein Müllkutscher und is dann mit seiner Maschine los."

„Und vorher hat er sich mit Dabringhausen unterhalten?"

„Unterhalten ist gut. Die hatten sich am Kopp, die zwei. So wütend hab ich ihn Dabringhausen gegenüber noch nie gesehen."

Schopetta kramte nach seinem Lederheftchen. „Ich muß mir ein paar Notizen machen." Seit dem Morgen war Dabringhausen für Schopetta zur Schlüsselfigur des Falls geworden. Alles, was ihn betraf, interessierte ganz besonders. „Es wäre schön, Frau Lenzen, wenn Sie mir den Ablauf so genau wie möglich schildern könnten." Er blätterte in seinem Notizbuch und suchte wie immer nach einer freien Seite. „Wie war das? Waren Sie bei dem Telephonat dabei?"

„Nein – ich mein, ja, aber nich so richtig."

„Wie denn jetzt? Waren Sie dabei oder nicht?"

„Ich hab gelauscht. Er hat zu mir gesagt, ich soll mich verziehen", fuhr sie fort. „Hab ich dann auch, aber nur um die Ecke. Ich bin im Flur neben der Tür stehengeblieben. Ecki war nämlich irgendwie sauer, und da wollte ich wissen, mit wem er Telephonierte."

„Und warum war er sauer?"

„Wahrscheinlich, weil ich mit Dabbi – mit dem Chef eben – die kleine Spritztour gemacht hab." Sie hatte den Satz kaum zu Ende gesprochen, als sie auch schon tiefrot anlief und in einem Reflex die Hand auf den Mund legte.

Schopetta grinste: „Verstehe, Sie wollten den Namen eigentlich nicht nennen, stimmt's?"

Paula nickte zur Bestätigung.

„Is aber gut so", sagte er vielsagend und nahm das Grinsen aus dem Gesicht. Und sie sagt auch noch Spritztour, dachte er in Erinnerung an die sehr eindeutigen Spuren auf der Rückbank des Autos.

„Also, Ihr Bekannter war Dabringhausen?" Und als sie erneut nickte, fragte Schopetta im Gefühl grundsätzlicher Antipathie gegen den Menschen: „Nun frag ich mich ernsthaft, warum eine nette Frau wie Sie mit diesem alten Schleimbeutel durch die Gegend tuckert?"

Paula fixierte ihn erstaunt und dann abschätzend und verglich in Gedanken wohl die Erscheinung Schopettas mit der von Dabringhausen. Schopetta erriet irgendwie ihre Gedanken und war froh, am Morgen den Anzug angezogen zu haben. Selbst mit Krawatte gab ihm der graue Zwirn etwas Cooles, sagten zumindest Frau und Töchter.

Paula überlegte nicht lange, dann antwortete sie völlig offen: „Dabringhausen is der Chef. Der kann einem, wenn er will, jeden Wunsch erfüllen. Und wenn man nett zu ihm ist, tut er das auch. Wenn man mit Dabringhausen gut kann, ist vieles leichter."

Schopetta nahm die Offenheit der Antwort mit Respekt zur Kenntnis.

„Und wohin sind Sie mit ihm gefahren?"

Paula Lenzen fuhr Schopetta erstaunt und etwas aufgebracht an: „Das haben Sie mir doch gerade selber haarklein erzählt. Und woanders waren wir nicht mehr." Und nach einer Schrecksekunde sagte sie zweifelnd: „Sie haben mich verarscht. Es gibt in Wirklichkeit gar keine Zeugen, stimmt's?"

„Nee, nee, meine Liebe." Schopetta lachte. „Zeugen gibt es schon. Aber sagen Sie, warum sind Sie ausgerechnet zum Museum gefahren?"

„Ich wußte bis vorhin nicht mal, daß es das Museum war. Er is da hin. Warum, weiß ich doch nicht. Vielleicht fährt er da immer hin, wenn er mal ..." Mitten im Satz brach sie ab.

„Und Sie kannten das Museum nicht?"

„Hab in der Zeitung mal davon gelesen, als es eröffnet wurde. Sonst interessiert es mich nicht."

Schopetta verzog das Gesicht. „Sie sind also von der Klause direkt nach Haltern gefahren und dann zurück."

Paula antwortete wieder nur mit einem Kopfnicken.

„Sind Sie die ganze Zeit im Auto geblieben oder auch mal ausgestiegen?"

„Am Museum, aber nur kurz. Dem Dabbi is warm geworden. Da sind wir die kleine Straße entlang, bis zur nächsten Ecke und wieder zurück."

„Die Nacht war regnerisch und kalt."

Paula zuckte mit den Achseln. „Ihm war wohl trotzdem warm."

Nun nickte Schopetta mit viel Verständnis. „Wie lange dauerte Ihr kleiner Spaziergang?"

„Vielleicht ne Viertelstunde."

„Und dann sind Sie eingestiegen und wieder zur Kameradenklause zurückgefahren. Wann war das?"

„Ich schätze so gegen eins."

„Ist Ihnen irgend etwas aufgefallen, am Museum oder in der Nähe?"

Paula Lenzen druckste einige Augenblicke herum. „Mein Gott, was soll denn das alles? Is das denn so wichtig?"

„Es geht um Mord, und das nehme ich immer sehr wichtig."

Paula Lenzen schwieg betreten. Dann sagte sie: „Am Museum nich, nur bei Dabbi, da konnte man den Eindruck haben, daß der voll bekokst war. Machte völlig den Zampano. Quasselte ohne Ende, von wegen, ihn könne man nicht verarschen, und für Firlefanz würde er nicht seine Arbeitskraft hergegeben. Wie gesagt, ich würde denken, der hatte sich die Nase gut vollgezogen."

„Wirklich Koks?" fragte Schopetta ungläubig.

„Gelabert hat er so. Wenn die Brüder drauf sind, hält sich doch jeder Metzger fürn Schönheitschirurg, und Dabbi hielt sich an dem Abend für das Superhirn an sich."

Beide schwiegen. Schopetta verarbeitete die neue Information, und Paula Lenzen war unzufrieden, weil sie glaubte, zu viel erzählt zu haben.

„Nochmal zurück zu Ecki", begann Schopetta von neuem. „Der war also eifersüchtig wegen der Spritztour mit Dabringhausen und wollte den am Telephon zur Rede stellen?"

„Püh, son Quatsch, der Ecki war doch nich eifersüchtig, der doch nich. Vielleicht war er sauer, weil er an dem Abend nichts mehr mitgekriegt hat. Am Sonntag war der so zu, daß der nicht mal wußte, daß ich weg war. Und zweitens: Ecki und ich, wir lieben uns richtig. Da is doch son bißchen Poppen am Rande kein Trennungsgrund. Er war einfach stinkig. Doch in dem Streit zwischen den beiden ging es um was ganz anderes. Dabringhausen hat Ecki angepupt, weil ihr den Pick-Up mitgenommen hattet und Dabringhausen Ecki die Verantwortung dafür zuschieben wollte. Und dann sollte Ecki ihm auch noch einen Gefallen tun, weil er ihm das jetzt schuldig wär. Darum gings. Ecki wollte aber nich in was reingezogen werden, und da hat es eben gekracht."

„Und was war das genau, in das er nicht reingezogen werden wollte?"

„Ecki hat nichts Genaues gesagt, und das, was Dabringhausen sagte, konnte ich mehr oder weniger doch nur aus Eckis Antworten ableiten. Die haben eben nur so rumgeeiert, von wegen, wer da schon mal was, wann, für wen getan hat und so."

„Und Sie konnten nicht heraushören, worum es ging?"

„Nee, heraushören konnte man da nix. Mußte aber alles schon ne Weile her sein, denn Dabbi hat mächtig Druck gemacht wegen Eckis Knastgeschichte und so. Aber Ecki hat Kontra gegeben, von wegen er ginge nich noch einmal wegen anderer in die Kiste, und Dabringhausen soll es sich doch gefälligst alleine besorgen."

„Ja, aber was? Was war das? Was hat Ecki für Dabringhausen schon mal gemacht oder besorgt?“

Paula Lenzen zuckte mit den Achseln und verzog das Gesicht. „Auf jeden Fall, am Ende hat die Kohle gesiegt.“

„Was heißt das? Hat Ecki dem Job zugesagt?“

„Na klar. Aber ers, nachdem er dem Dabringhausen zwei Riesen aus dem Kreuz geleiert hat. In solchen Sachen war der Mann einfach spitze.“

„Frau Lenzen. Wenn ich Sie jetzt mal unabhängig von dem, was die zwei wirklich beredet haben, fragen würde, ich meine, als Geschäftsfrau, die sich auch in der Szene gut auskennt, was glauben Sie, was sollte Ecki für Dabringhausen besorgen?“

Paula Lenzen zuckte nur kurz mit den Schultern. Sie ging hinter den Tresen, gab Eiswürfel in ein Glas und füllte es mit Cola auf. Schopetta beobachtete sie genau und ließ ihr noch ein paar Augenblicke Zeit für die Antwort. Die stand unerwartet plötzlich im Raum. „Eine Kanone! Und wenn ich alles ganz genau bedenke“, setzte sie nach, „bin ich sogar absolut sicher, daß Ecki dem Dabringhausen eine Puste besorgen sollte.“

Schopetta war völlig überrascht: „Und wie kommen Sie darauf, Frau Lenzen?“

„Ganz einfach. Als es um die zwei Riesen ging, hat Ecki gesagt: ‚Dafür kannste bei jedem Kanaken einkaufen.‘ Und von den Kanaken kaufste Waffen oder Drogen. Drogen hatte Ecki selber, also Waffen, beziehungsweise eine. Für zwei Riesen bekommt man höchstens eine.“

Schopetta nickte wissend. „Klar, Kanaken und Ballermann.“ In seinem Kopf setzten sich sofort Bilder zusammen, die als Fragmente in den verschiedenen Abteilungen seines Gedächtnisses auf diesen Abruf gewartet hatten. Ein Gedanke fügte sich zum anderen, und eine gespeicherte Information hakte sich in die nächste. Benders Pistole, die Luger, war der erste Gedanke. Großkalibrig, neun Millimeter – der Mord an dem holländischen Fleischgroßhändler im Großmarktkrieg 1990 fügte sich als nächstes Teilchen in das Gedankenpuzzle. Schopetta ließ es einfach zu und wollte sich zum jetzigen Zeitpunkt keine Erklärung dafür geben. Es paßte einfach. Aber für ihn war jetzt eins völlig klar, Ecki hatte die Pistole von Bender besorgt! Zumindest seit dem letzten Sommer wußte Ecki um den Aufbewahrungsort der Waffe. Ob das vor sechs Jahren auch schon der Fall war, mußte man herauszufinden. Vielleicht über Paula. Wäre ja möglich, daß sie mehr über das Verhältnis ihres Freundes zu Bender wußte.

„Woher kannte Ecki den Bender eigentlich?“ fragte er darum. „War Bender oft hier in der Kneipe?“

Paulas Schultern bewegten sich wieder einmal ruckartig fast bis zu den Ohren. „Kann man nich unbedingt sagen. Er kam zu den Vereinssitzungen. Ob sie sich schon lange kannten, keine Ahnung. Als Ecki vor 18 Monaten rauskam, kannten sie sich auf jeden Fall schon. Lief irgendwie über Dabringhausen. Mit dem hing Ecki ja wohl früher schon zusammen, und Dabringhausen machte Geschäfte mit Bender. Wahrscheinlich kannten sich alle drei.“

„Vor 1990?“ wollte Schopetta trotzdem wissen.

„Davon geh ich aus, wenn sie sich schon vor dem Knast kannten.“

Schopetta war zufrieden. Vom zeitlichen Ablauf würde das passen. Die Mordwaffe, mit der man den Holländer getötet hatte, war nie aufgetaucht, und Schopetta ahnte nun, warum. Sie hatte nach der Tat die ganzen Jahre einfach nur bei Bender im Schreibtisch gelegen. Er machte sich ein paar Notizen.

„Womit war Ecki bekleidet, als er am Dienstag losfuhr?“ fragte er, um die Rekonstruktion des Falles, die sich in seinem Kopf immer mehr abzeichnete, weiter zu verdichten.

„Seine schwarze Lederkombi, schwarze Handschuhe, schwarze Stiefel, schwarzer Helm mit silbernen Streifen und Motorradrucksack.“

„Und die Maschine?“

„War eine schwarzsilberne Yamaha Custom. Bißchen aufgemotzt, lange Gabel und hochgezogener Auspuff.“

„Erinnerung an alte Rockertage?“

„Wird wohl. War ja immer noch Mitglied bei den Boneheads.“

Auch die schwarze Lederkleidung paßte in Schopettas Rekonstruktion. Der Kerl in schwarzem Leder, den Dieter Tibulski in Grullbad gesehen hatte. Und auch der Mann bei Martha Bender. Beide trugen schwarzes Leder, und wenn Ecki für Dabringhausen unterwegs war, dürfte auch das Schreiben der V & O, das der Fremde bei Martha Bender vorlegte, kein Problem gewesen sein.

Die V & O und Dabringhausen. Der hing irgendwie in allem drin, das wurde immer deutlicher. Aber wie und warum? Der Mann war reich, war ein Mitglied der besseren Gesellschaft, und Ecki war ein Gangster. Dabringhausen wollte etwas von Ecki. Am Telephon hatte der sich aber geziert! Erst bei zweitausend stimmte er zu! Nicht viel für das, was Schopetta plötzlich vermutete. So langsam kriegt das Ding Konturen, dachte er, und eine scheinbare Nebensächlichkeit kam ihm in den Sinn. „Konnte Ecki eigentlich Russisch?“

„Russisch? Von wem wissen Sie denn das schon wieder?“ Ein kurzes Lächeln huschte über Paulas Gesicht. „Russisch kann man das eigentlich nich nennen. Rumkrakelen konnte der. Immer dann, wenn er leicht blau war. Hat er von einem Kumpel im Knast gelernt. Waren aber alles nur Schweinereien.“

Schopetta nickte, suchte nach seinem Handy, bis er es in der Brusttasche seiner Jacke, in der es immer steckte, fand. Bevor er im Präsidium anrief, unternahm er einen weiteren Versuch, für das Verschwinden von Eckehard Glowritz einen Allerweltsgrund zu finden. „Wir haben in dem Pick-Up außer den Spuren von ihrem Stelldichein auch andere Dinge gefunden. Zum Beispiel Reste von Koks. Wenn der aus der Kokerei von Zeche Ewald käme, hätte ich damit keine Probleme. Leider kommt das Zeug aber aus Kolumbien. Vielleicht ist Ecki ja wegen anderer Geschäfte nur in der großen, weiten Welt unterwegs.“

Paula schüttelte den Kopf. „War in der letzten Zeit nicht mehr so wild. Wenn er was hatte, war das Eigenbedarf. Sie können ruhig lachen, aber er hat mir versprochen, ordentlich zu werden.“

Schopetta lächelte und nickte verständnisvoll. „Oder ist er einfach mal kurzzeitig in Deckung gegangen, aus Gründen, die er auch Ihnen nicht mitgeteilt hat? Wäre das nicht auch noch eine Möglichkeit?“

Paula schüttelte wieder den Kopf: „Kann ich mir nicht vorstellen. Holland hat er zwar erwähnt, aber mehr so aus Scherz, und ich sagte doch schon, Herr Kommissar, zwischen Ecki und mir stimmt alles. Er vertraut mir. Hört sich blöd an, is aber so. Das is ne richtig gute Beziehung mit uns beiden. Der hatte keine Geheimnisse. Selbst wenn er untergetaucht wäre, selbst dafür hatten wir eine Vereinbarung.“

„Und welche, wenn ich mal so indiskret sein darf?“

„Er hätte sich auf jeden Fall innerhalb der ersten vierundzwanzig Stunden bei mir gemeldet. Und wenn das nich geklappt hätte, wäre in den nächsten zwei Tagen jeweils um halb zehn morgens ein Anruf bei mir eingegangen. Dreimal klingeln, zwei Minuten Pause, und dann wär ich erst nach dem siebten Klingeln drangegangen. Das hatten wir so ausgemacht. Aber jetzt warte ich schon den dritten Morgen, und er hat sich immer noch nicht gemeldet. Da is was passiert, Herr Kommissar. Irgendwie hab ich ein ziemliches Scheißgefühl.“ Jetzt schüttelte sie den Kopf, und mit abwesendem Blick starrte sie auf den Tresen.

Schopetta zögerte einen Augenblick: „Und eine andere Frau?“ Es war der allerletzte Grund, der Schopetta noch einfiel. „Ich mein, son bißchen kannte ich Eckehard Glowritz ja auch, von früher, mein ich!“

Paula Lenzen winkte mit beiden Händen, was die Treue ihres Freundes anging, völlig ungerührt, ab. „Das hatte der nicht nötig. Da stand nichts zwischen uns. Aber viel wichtiger als sein Vertrauen war sein Geld. Ich hab nämlich auf seine Kohle aufgepaßt. War sozusagen seine Sparkasse. Ecki wußte immer, daß er nich gut mit Geld umgehen konnte, und ich bin gelernte Bankkauffrau. Er hatte sich von früher was zurückgelegt, und ich hab dafür gesorgt, daß es mehr wurde. Wenn er untergetaucht wäre, hätte er zumindest einen Teil der Knete mitgenommen. Is aber noch alles da. Selbst die Einnahmen vom letzten Wochenende – liegt alles noch unberührt in der Schublade.“ Und mit einer kurzen Kopfbewegung deutete sie auf das schmale Büfett unter dem Flaschenregal.

„Sie sind gelernte Bankkauffrau?“ fragte Schopetta erstaunt, und die Verblüffung war so gut zu hören, daß es ihm sofort peinlich war.

„Hätten Sie nicht gedacht, was, Herr Kommissar?“ lächelte Paula. „Ich hab sogar Abitur gemacht und ne Lehre bei der Deutschen Bank! Manchmal läuft das Leben eben anders, als man es geplant hat. Is zudem alles schon was länger her.“

Obwohl ihn das anders laufende Leben sehr interessiert hätte, fragte der Kommissar nicht weiter nach. Aber das Argument der Frau überzeugte ihn. Die Vorstellung, Ecki Glowritz sei ohne ausreichende Barmittel untergetaucht, enthielt keine zur Person passende Logik.

„Was meinst du denn?“ fragte er noch mit diesem Gedanken beschäftigt und entschuldigte sich sofort: „Ich meine natürlich Sie! Wie ist Ihre Einschätzung? Wenn überhaupt – wo könnte er sich aufhalten?“

Wieder lächelte Paula, diesmal eine Spur verlegen: „Ich finde es wirklich sehr freundlich von Ihnen, daß Sie mich siezen, aber Sie können ruhig du sagen. Bin ich sowieso eher dran gewöhnt. Aber wo er stecken könnte?“ Sie zuckte in der ihr typischen Art mit den Achseln. „Er hat wirklich ne Tante in Arnheim, in Osterbeek, um genau zu sein. Die hat da einen Campingplatz direkt am Fluß. Aber wissen tu ichs wirklich nich, Herr Kommissar.“

Schopetta nickte und wählte auf dem Handy Elle an, damit sie die Fahndung nach Eckehard Glowritz rausgeben konnte. Er hatte die Beschreibung von Person, Kleidung und Fahrzeug schon durchgegeben, als er der jungen Kollegin noch eine Aufgabe übertrug: „In dem Zusammenhang ist noch was! Lothar sitzt wahrscheinlich noch im Archiv wegen der Unterlagen zum Großmarktkrieg. Geh zu ihm, und verschaff dir die Projektile, die damals einem Markthändler den Schädel durchlöchert haben. Die müssen unbedingt mit den Geschossen aus Grullbad verglichen werden. Sofort, ganz eilig und mit allem Vorrang. Das Ergebnis sofort an mich. – Hast du alles?“

Elle bestätigte den Auftrag, Schopetta steckte sein Handy ein und wandte sich wieder Paula zu: „Ecki hat mir gesagt, er hätte in der Nacht von Samstag auf Sonntag einige der Stammgäste gefahren. Wenn er aber wirklich so schwer angeschlagen war, wie Sie es beschreiben, wie hat er das dann noch hinbekommen?“

„Ecki konnte saufen, ohne umzufallen. Dem merkte man die ersten zwei Promille nicht mal an. Trotzdem is er aber mit Niehoff, Knieriem, Gärtner und dem Korbjuhn los. Irgendwann gegen halb vier. Vielleicht war er da auch schon wieder klar. Ich weiß nich. Zu dem Zeitpunkt war ich auch nich mehr ganz clean. Auf jeden Fall wirkte er so normal wie immer. Nachdem die fünf Kerle raus waren, hab ich den Laden sofort dichtgemacht und mich hingelegt.“

„Können Sie sich noch an alle Gäste erinnern, die am Sonntagabend hier in der Kneipe waren?“

Paula massierte sich die Stirn. „Waren ne ganze Menge. Alleine die Boneheads sind ja schon so an die dreißig. Waren auch alle da. Ein paar Leute hatten die mitgebracht, die ich nicht kannte. Aber wenn Sie es genau wissen wollen, es gibt hier irgendwo eine Mitgliederliste. Müßte man so rauskriegen können, wer da zu wem gehörte.“

Schopetta nickte: „Können wir später noch machen. Gehören die denn auch zu diesem Heimat- und Geschichtsverein?“

Paula machte eine wegwerfende Handbewegung: „Nicht mal im entferntesten. Zu den Vögeln zu zählen ist auch keine Auszeichnung. Ich hab ja nich mal Ecki verstanden. Aber der fühlte sich aus irgendeinem Grund wohl dem Bender verpflichtet, und andererseits – so latent ‚fascho‘ war Ekki schon immer. Aber diskutiert hab ich mit ihm darüber nich. Politik ham wir aus unserer Beziehung rausgehalten.“

„Und wer gehörte nun dazu?“

„Zur Politik?“

„Nein! Zu diesen Vereinen für nationale Heimatpflege.“

„Da fragen Sie jetzt besser Hubertus Teske. Wohnt auch in Ahsen. Der gehört doch zum Vorstand.“

Schopetta nickte. „Und speziell am Sonntag? Wer war außer der Rokkercrew sonst noch da?“

Paula Lenzen konzentrierte sich, und auf ihrer runden Stirn entstanden drei tiefe Falten: „Natürlich der Ulf Teske, das is der Sohn vom Hubertus, und wo der is, darf der Klaus Müller nich fehlen. Die sind so gegen 20:00 Uhr hier eingetrudelt, auf keinen Fall später. Die anderen von der Firma Wichtig sind schon früher gekommen.“

Schopetta sah sie mit einem fragenden Blick an. Paula lächelte kurz. „So hab ich die immer nur genannt. Manchmal auch ‚Leibstandarte Bender‘, weil die Jungs den Alten vor lauter Ehrfurcht am liebsten den ganzen Tag auf den Schultern getragen hätten.“

„Und mit dem Alten ist Bender gemeint?“

Paula nickte „Den Kerl konnte ich nie leiden. Auch wenn er nur ein alter Mann war. Der hatte für mich immer so was Klebrig-Süßliches mit seinem germanischen Religionsgeschiß. Der zog immer den Mund so spitz zusammen, und dann diese ewige Wichtigtuerei.“

„War Bender denn am Sonntag auch noch hier?“

„Nein, war er nicht. Dabringhausen hat zwar ununterbrochen rumpalawert, Bender würde noch kommen, aber hier rumgehangen haben nur die Jungs von seiner persönlichen Leibwache.“

„Wann ist Dabringhausen aufgetaucht?“

„Nach neun, vielleicht zwanzig nach. Ich weiß das noch, weil er zwanzig Mark fürs Taxi haben wollte. Hätte sein Geld vergessen. Hat mich gewundert. Dabringhausen ohne Geld! Hab ich eigentlich noch nie erlebt. Ich sollte es auf seinen Deckel schreiben. Anschließend hat er den ganzen Abend eine Lage nach der anderen geschmissen. Der Deckel liegt noch da.“ Sie wies auf einen kleinen Stapel Bierdeckel auf der Zapfanlage. „Klar, dann die vier, die Ecki später nach Hause gefahren hat. Gärtner kam mit dem Knieriem und mit Ziege Korbjuhn schon gegen halb sechs, Niehoff vielleicht ne Viertelstunde später. Und dann lief die Party, und so gegen zwölf bin ich mit Dabringhausen los. Zurück waren wir so ziemlich genau um zwanzig nach eins.“

„Können Sie sich vielleicht an zwei ältere Herren erinnern? Der eine heißt Czychi und der andere Reichenberg und an einen etwas jüngeren, so Mitte vierzig, der heißt Ahlers. Nach unseren Erkenntnissen waren die beiden Alten oft bei Veranstaltungen des Geschichtsvereins dabei.“

„Ach, meine zwei Opas. Die kommen seit gut einem Jahr regelmäßig zu den Veranstaltungen, und natürlich auch dann, wenn die Bruderschaft tagt.

Aber am letzten Sonntagabend waren die bestimmt nich da. Nee, garantiert nich. Daran würde ich mich erinnern."

„Und Ahlers?"

„Der gehörte dazu. Wenn der auch meist drüben im Hundeclub rummachte. Aber zu den Vereinssitzungen kam er auch und zwischendurch manchmal auf ein Bier."

„Und am Sonntag?"

„Puh! Ich meine nicht!"

Schopetta war wirklich enttäuscht, als er nun diese Auskunft erhielt. Doch dann zeigten sich auf Paulas Stirn wieder die drei Denkfalten. „Oder? Ich bin nicht ganz sicher! Doch, doch. Jetzt weiß ichs wieder. Ich mein, der hat eine Zeitlang hier drüben an der Tür zum Büro gestanden. Ja, genau, er hat mit Korbjuhn geredet." Paulas Stirn glättete sich. „Nee, so wars. Jetzt weiß ich es wieder sicher. Als Niehoff kam, kam kurze Zeit später auch der Ahlers. Die haben dann zu fünft zusammengestanden und gequatscht. Dann hab ich nicht mehr drauf geachtet. So gegen sieben hat Korbjuhn mit dem Pizzataxi Telephoniert und für sich und seine Kumpel Pizza bestellt, da war Ahlers aber nicht mehr da, ganz sicher nicht. Später hab ich ihn noch einmal mit Dabringhausen gesehen. Standen drüben in der Ecke und machten auf geheim und wichtig. Da war es aber bestimmt schon nach zehn."

Schopetta nickte. Und während er in Gedanken versuchte, die Angaben Paulas und die Informationen der letzten Stunden zu sortieren, stellte er zu seinem Erstaunen fest, daß erst einmal alles gut zusammenpaßte.

„Und was machte Ecki den Abend über?"

„Hab ich doch schon gesagt. Nur für die Zeit, in der ich selbst nich da war, kann ich nichts sagen!"

„Wie sicher ist das?"

„Kann ich beschwören."

„Müssen Sie später vielleicht auch! Aber noch einmal zu den beiden Alten. Wann haben Sie die zuletzt gesehen?"

„Ich mein, am Dienstag letzter Woche. Bender hat einen seiner Vorträge angekündigt, und zu dem sind sie gekommen. Waren einmal mehr die bestgehaßten Gäste der Veranstaltung."

„Warum das?"

„Ich kann es nich mit Bestimmtheit sagen und auch nich beweisen, aber ich hatte immer das Gefühl, der Opa, und ich mein dabei den Schlanken, der hat die Wichtigtuer aus dem Verein nach Strich und Faden verarscht. Der stellte Fragen, die er viel besser beantworten konnte als die selbsternannten Oberpriester. Der war wie ein wandelndes Lexikon. Doch gekonnt haben die ihm nie etwas. Der war immer hundertfünfzigprozentig auf Vereinslinie. Mehr als Bender selber, nur durfte der sich als Vorbeter keine Blöße geben. Der hat den Alten gehaßt. Nen Hals wie n Kröpper beim Balztanz hat der gehabt, wenn der Opa auch nur eine Frage stellte. Dem anderen, diesem Herrn Reichenberg, war das immer nur alles peinlich."

„Und aus diesem Grund mochte man die beiden nicht?"

„Ja, auch! Aber es gab auch noch das Gerücht, die zwei wären Spione. Kommunisten, Linke, was weiß ich. Auf jeden Fall vom politischen Gegner geschickt, um zu stören und die weltpolitisch bedeutenden Dinge auszuspionieren, die Bender seinen Leuten mitteilte. War auch letzten Sonntag wieder Thema. Aber als feindliche Agentin wurde ich auch schon mal verdächtigt. Das Spiel spielen sie gerne. Eine Zeitlang war es sogar Ecki, den sie zum Staatsfeind Nummer eins gemacht hatten. Egal, wer da im Club Mitglied is, für mich haben die alle einfach nen kräftigen Hau. Die haben Angst vor jedem und allem. Und wenn sie das Gefühl haben, jemand sei ihnen überlegen, werden sie fies und ekelig. Die dummen Arschlöcher, die keine Ahnung haben, sind immer nur die anderen."

„Können Sie sich noch an die Gespräche erinnern, die am Sonntagabend geführt wurden? Gab es da etwas Besonderes?"

„Die letzten Wochen hatten immer nur ein Thema", gab Paula zur Antwort. „Ihr blödes Germanenfest, Samhain. Sollte diesmal an den Teufelssteinen in Heiden stattfinden. Und natürlich die geplante Götterhalle auf dem Annaberg, und dazu eben das ständige Gelaber von feindlicher Unterwanderung. Der Bender hat denen die blanke Paranoia eingeredet, und besonders Teske und Müller waren an dem Abend völlig aus dem Häuschen."

„Wieso die beiden besonders?"

Paula lachte abschätzig: „Letzten Sonntag waren die gar nicht mehr zu bremsen. Die haben nur noch dummes Zeug gelabert, ohne Pause, vom Ende der Geduld, vom endlich Ausrotten, aber mit Stumpf und Stiel. Und all dem Gerede wollten sie nun Taten folgen lassen, denn dazu hätten sie Befehle. – Ich bin ja kein Arzt, aber auf mich wirkte das schon reichlich durchgeknallt."

„Und? Haben Sie etwas über diesen Befehl gesagt?"

Paula grinste. „Das geistige Volumen der Leute entspricht zwar in etwa dem einer gekochten Kartoffel, aber ganz so einfach ist es auch nicht. Außerdem gelte ich bei denen längst nicht mehr als vertrauenswürdig. Wenn ich in ihre Nähe komme, sagten die erst einmal gar nichts mehr. Was ich hier höre, ist Zufall oder von der Lautstärke abhängig, und die wiederum bestimmt der Alkoholpegel."

„Wie haben Sie das Gerede der Männer eingeschätzt?"

„Wenn ich ehrlich bin, eigentlich wie immer. Dummerjungenscheiß, Wichtigtuerei, Abenteuerspielplatz für Große, nicht mehr."

Schopetta schwieg, wackelte mit dem Kopf, und nach kurzem Schweigen sagte er: „Ich befürchte, diesmal war es mehr. Es sieht so aus, als hätten sie dem großspurigen Gerede von Sonntag wirklich Taten folgen lassen." Dann starrte er stur in sein Notizbuch, ganz so, als wolle er Paula bei der folgenden Information nicht ansehen. Ohne seine Haltung zu verändern, sagte er: „Es ist sicher, daß sie den alten Herrn Reichenberg totgefahren haben, absichtlich und äußerst brutal. Und das Ganze nicht einmal 24 Stunden nach der Party."

„Ach du Deiwel", schoß es aus Paula heraus. Dann schwieg sie und hielt sich betroffen mit einer Hand den Mund zu, schüttelte mehrfach wie abwesend den Kopf, und erst nach längerem Schweigen sagte sie leise, aber mit Nachdruck: „Diese dämlichen Kerle, diese blöden Arschlöcher." Dann griff sie ins Schnapsregal, goß sich einen gut proportionierten Jägermeister ein und kippte ihn hinunter. „Wenn das stimmt, dann is aber auf allen Ebenen Schluß mit lustig. Bisher hab ich es immer für so eine Art Kraftspielchen gehalten, große Schnauze, dicke Lippe und sonst nur heiße Luft. Aber, daß die wirklich Ernst machen? Ich kann's nich glauben." Mit hastigen Bewegungen wiederholte sie die Trinkkur, und kippte etwas zuviel vom guten Hörnerwhisky ins Glas. Nun stand sie gedankenverloren da, mit Bauch und Hüften an den Tresen gelehnt, und leckte das braunklebrige Zeug von den Fingern.

Es hatte Paula Lenzen getroffen. Erst nach ein paar weiteren Minuten, in denen sich die zwei schweigend gegenüberstanden und angestrengt versuchten aneinander vorbeizusehen, trafen sich ihre Blicke wieder. Schopetta sah, daß sich die Augen der jungen Frau mit Wasser füllten, und mitten darin schwamm Angst. „Glauben Sie, der Ecki hat mit der ganzen Sache was zu tun? Ich mein, mit dem Tod von Bender und ..." Sie brach mitten im Satz ab.

„Sie meinen die beiden Toten aus Benders Leibwache?"

Paula sah ihn mit aufgerissenen Augen an, und der Schrecken, der schon darin war, steigerte sich noch weiter. „Welche Toten?" fragte sie unsicher, und das letzte Wort endete in einem Krächzlaut.

Nun war es Schopetta, der keine Antwort wußte. Er druckste unsortiert herum, bis er eine Gegenfrage formuliert hatte: „Ist Ihnen wirklich nicht bekannt, daß Teske und Müller tot aufgefunden wurden?"

Paula schwieg. Ihr Gesicht hatte mit einem Schlag den Rest Farbe verloren. Nur als sie sich den nächsten mehrfachen Jägermeister eingießen wollte, legte Schopetta ihr die Hand auf den Arm. „Das hilft jetzt auch nicht." Er drehte den Deckel auf die Flasche und schob sie zur Seite. „Ich habe wirklich gedacht, daß Sie schon eine Nachricht erhalten hätten."

„Von wem denn?" fragte sie leise. Nachdem sie mehrmals geschluckt hatte, sagte sie mit belegter Stimme: „Montagabend war hier die Party. Was am Wochenende passiert ist, hat mir Ecki gesteckt. Sonst hat sich bis heute noch niemand hierher verirrt."

„Es stand auch schon in der Zeitung!"

„Wir haben hier keine. Ecki hat nur immer die Bildung gekauft, wenn er in den Ort gefahren is. Dann senkte sie den Kopf, starrte in die Spüle, und Schopetta sah von der Seite, wie es in ihrem Gesicht arbeitete. Es dauerte lange, bis sie erneut ansetzte. Stockend und unsicher wiederholte sie ihre Frage: „Aber was glauben Sie? Hat der Ecki was mit den Morden zu tun? Mit Bender, meinetwegen auch mit dem an den Jungen oder sogar mit dem Opa aus Haltern?"

Schopetta zögerte. „Ich will ehrlich sein, Paula, weil Sie auch offen mit mir geredet haben. Ob Ecki geschossen oder zugeschlagen hat, weiß ich nicht. Aber ich glaube, daß er zumindest weiß, wer da wem den Kragen umgedreht hat. Und daß er für einen schon länger zurückliegenden Mord zumindest die Waffe besorgt hat, glaube ich mittlerweile ganz sicher. Ob er die Kanone gebraucht hat? Wie gesagt! Es spricht soviel dafür wie dagegen."

Paulas Seufzer kam von ganz tief unten. „Ich kann das nich glauben. Nich der Ecki. Ich kenn den Mann doch mittlerweile ganz gut, und ich weiß auch viel von seiner Vergangenheit. Der is nich immer ein angenehmer Zeitgenosse, das steht fest! Der is eben ein Rocker. Da wird nich viel geredet, da gibts ganz schnell mal was auf die Glocke, und wenn einer liegenbleibt, is das Risiko. Aber kaltblütig geplanter Mord? – Das macht der nich, nich der Ecki, nee! Der hat mir nie etwas getan, und er war sogar ehrlich. Bevor der gelogen hat, hat der lieber nix gesagt. So gut is es mir noch nie gegangen, es sei denn, ich war mal ne Zeit solo. Ich hab da wirklich schon ganz andere Erfahrungen gemacht, das können Sie mir glauben, Herr Kommissar!" Sie schnäuzte in ein Stück Küchenrolle, die sie unter dem

Tresen hervorgezogen hatte, und nachdem sie sich auch die Augen ausgewischt hatte, stieß sie trotzig hervor: „Irgendwie pack ich doch immer wieder in ne Scheiße."

Schopetta näherte sich dem Tresen. Er steckte sein Notizbuch ein und legte der Frau die Hand auf den Oberarm. „Erst mal Kopf hoch", murmelte er und ärgerte sich auch schon, ausgerechnet diesen Ohrpusterspruch der Sonderangebotsklasse gesagt zu haben. Dabei meinte er es in diesem Augenblick sogar wirklich ehrlich und fügte schnell hinzu: „Noch wissen wir gar nichts. Vielleicht meldet er sich ja noch. Und wenn er das tut, soll er mich unbedingt anrufen. Sonst müssen Sie mich informieren. Ist auch in Ihrem Interesse." Paula nickte und wischte sich jetzt mit den Handballen die Augen aus: „Ich glaub, ich hau sowieso erstmal von hier ab. Wenn Ecki mich erreichen will, weiß er auch wie und wo. Ich hab einfach keinen Bock mehr."

„Und wo kann ich Sie erreichen? Ich meine nur, wenn es notwendig ist!"

„Recklinghausen." Paula schrieb eine Telephonnummer auf einen Bierdeckel, reichte ihn über den Tresen, und Schopetta verabschiedete sich.

Innerhalb weniger Tage stand er nun zum zweiten Mal auf den Stufen vor dieser Kneipe. Versonnen sah er in die Wipfel der kahlen Bäume, hörte wie die Tür hinter ihm verriegelt wurde, und völlig unerwartet kam ihm der Tag in den Sinn, als er hier mit Vater, Bruder und Onkel an den verschrammten, grünweißen Biergartentischen gesessen hatte. Zitronenlimonade war in seinem Glas, und die beiden Männer tranken Glückauf Export. Als Landgasthaus „Zur alten Molkerei" hatte ihm der Laden einfach besser gefallen.

39

Vom Parkplatz des Finanzamtes aus überquerte der Mann den Westerholter Weg und lief schräg auf das Polizeipräsidium zu. Mitten auf der Straße fummelte er sein Handy aus der Tasche, blieb stehen, ließ ein Taxi passieren und schnauzte im Weitergehen: „Ja!"

„Otto? – Wo bist du gerade?" fragte der Mann am anderen Ende der Verbindung.

„Wie, wo bis du? Muß ich mich bei dir abmelden?"

„Nun reg dich doch nicht gleich auf. Wer spricht denn vom Abmelden. Ich wollte nur hören, wie es dir geht, und ob es was Neues gibt."

„Dat fragst du? Auf dem Weg zum Präsidium bin ich. Dieser Scheißbulle hat mich vorladen lassen. Scheinbar hat dein Rechtsverdreher doch nich den Einfluß, den er glaubt zu haben! Du wolltest den doch aktivieren. Is dat überhaupt passiert?"

„Doch, doch! Er hat sich zwar noch nicht wieder gemeldet, aber normalerweise ist Verlaß auf ihn. Er wollte sich gleich mit dem Polizeipräsidenten in Verbindung setzen."

„Dein Wort in Gottes Gehörgang, Alter. Wenn es Probleme gibt, is der hier, sonst garantiere ich für nix!"

„Welche Probleme sollte es geben, Otto? Du hast dein Alibi. Wir waren beim Italiener und später in der Klause. Das können mehr als ein Dutzend Zeugen bestätigen."

„Zeugen können umfallen. Außerdem, ich trau diesem Bullen nich."

„Wenn du dir ernsthaft Sorgen machst, dann ruf Doktor Voigts an. Aber versuchs gleich auf dem Handy. Am Freitag um diese Zeit ist der mit Sicherheit unterwegs. Hast du die Nummer?"

„Is eingespeichert."

„Wenn du bei den Bullen fertig bist, sag mir Bescheid, wie es gelaufen ist. Ich bin zu Hause. Wäre nicht schlecht, wenn wir das, was wir sagen, etwas aufeinander abstimmen. Es kann uns wirklich nichts passieren."

„Ach ja! Klar, Mann! Wie konnte ich das vergessen. Kann ja nix passieren", brüllte Hans Otto unvermittelt. Die Nerven des Mannes schienen reichlich blank zu liegen.

„Hat ja alles der große Boß geplant", krakelte er weiter, und zwei ältere Damen, die ihm vor der großen Treppe zum Polizeipräsidium entgegenkamen, sahen sich erschrocken an.

Wesentlich leiser, aber mit zischendem Nachdruck fügte er hinzu: „Nee, bei der Planung kann wirklich nix schiefgehen. Zwar kann plötzlich eine Leiche mitten im Museum sitzen, und keine Sau weiß, wie die dahinkommt. Es kann auch passieren, daß ein Transporter dummerweise nicht rechtzeitig entsorgt wird, aber sonst? Nee, passieren kann da nix. Und einen Grund, sich irgendwelche Sorgen zu machen, den gibt es auch nicht. Hat doch alles der Boß organisiert, der weiß, wie man das macht! – Weiße, du Optimist! Wenn ich die Knete von dir schon hätte, wär ich längst auf dem Weg nach Südamerika!"

„Behalt die Nerven, Hans Otto. Dein Geld kommt. Und wenn wir das Richtige sagen, kann uns nichts passieren. Glaub mir, ich hab das alles im Griff, hundertprozentig.“

„Ich hoffe, du has wirklich ma recht und gibs den großen Checker nich nur in deinem zugeschneiten Schädel. Außerdem muß ich Schluß machen. Der Bulle in der Wache guckt schon so dämlich. Ich melde mich, wenn ich hier fertig bin.“

„Dann bis später, Hans Otto.“

„Ja, – tschau auch!“

40

Die Klaviermusik, die leise aus den beiden Lautsprechern im Armaturenbrett klimperte, nervte ihn plötzlich. Mit einem Druck auf die Taste ließ er die Kassette aus dem Rekorder springen und steuerte dabei den Diesel auf einen Parkplatz mitten in der Hohen Mark. Der Ort war ihm von den Spaziergängen mit Hannelore gut bekannt, aber seit sie im Ministerium arbeitete, waren sie nicht mehr hier gewesen. Er sah auf seine Armbanduhr. Den Besuch bei dem Rentner in Haltern hatte Schopetta auf später verschoben. Vielleicht auf den nächsten Morgen, wenn nichts dazwischenkam. Jetzt war es schon fünf nach halb eins. Eigentlich mußte er zurück, um Elle zu unterstützen. Doch er brauchte jetzt diese kleine Pause. Eine halbe Stunde, um sich ordentlich durchzusortieren, die Gedanken und Überlegungen, die sich jetzt noch unruhig und ungeordnet in seinem Kopf drehten. Die frische Luft würde ihm guttun und dabei helfen.

Der Regen hatte ganz aufgehört, und der Westwind blies nur mäßig. Trotzdem drückte er seinen Hut wie immer fest auf den Kopf und schlug den Mantelkragen hoch. Der Sonnenstrahl, der ihn seit Ahsen begleitete, hatte sich sogar ein paar Freunde eingeladen, und gemeinsam machten sie seit mehr als einer Viertelstunde die meteorologische Gesamtlage erträglicher. Schopetta schlug den kürzesten der drei möglichen Rundwege ein, der sich am Zaun des Landeskrankenhauses entlangschlängelte. Kiefernnadeln und Sand bedeckten den Weg und machten das Laufen angenehm.

Schopetta war kaum ein paar Dutzend Schritte gegangen, als er sich dabei ertappte, in allen Taschen nach Zigaretten zu suchen. Mit dem beschämenden Gefühl bei etwas Verbotenem erwischt worden zu sein, wandte er sich um, verfolgte mit den Blicken seine Fußstapfen zurück, die sich dunkel im weichen, rotbraunen Boden abzeichneten. Der Rückfall war nie näher, und Schopetta war froh, in der Nähe keinen Zigarettenautomaten zu wissen. Entschlossen umfaßte er das Futter seiner Manteltaschen und stiefelte weiter über den Weg zwischen borkigen Stämmen und gelbvertrocknetem Farn des letzten Sommers. Es roch nach Harz und feuchtem Waldboden.

Kaum hatte er den Weg wieder unter den Füßen, steckte er schon mitten in den gedanklichen Aufräumarbeiten. Urban und Schnakenpol nahm er sich vor. Von denen hatte er erfahren, daß Ecki von Benders 08 wußte. Im letzten Sommer hatte er sie sogar schon einmal aus Benders Haus geholt. Eine Luger 08 war eine großkalibrige Waffe. Mit einer solchen wurden Teske und Müller getötet – und damals, auf dem Höhepunkt des Großmarktkrieges, auch der holländische Fleischhändler. Ob es ein und dieselbe Waffe war, fand Elle gerade heraus.

Ecki Glowritz wurde zudem seit fast drei Tagen vermißt. Am Tag seines Verschwindens tauchte ein Motorradfahrer bei Martha Bender auf und erzwang sich Zutritt zu Benders Arbeitszimmer. Dieser Mann verschwand ungesehen, obwohl die Kollegen praktisch vor der Tür standen. Bei der anschließenden Durchsuchung fanden die aber nur ein leeres Waffenversteck.

Manchmal erschrak Schopetta förmlich vor den Ergebnissen, die sich urplötzlich aus seinen schnellen Gedankenvorläufen in seinem Kopf festsetzten. Er blieb stehen, schob den Hut mit der Linken vom Hinterkopf aus tiefer in die Stirn und kratzte sich. Auch in Recklinghausen-Grullbad wurde ein Mann in der Montur eines Motorradfahrers beobachtet, zum Tatzeitpunkt und in unmittelbarer Nähe zum Tatort des Doppelmordes. Die Phantomzeichnungen werden Aufschluß geben, hoffte er. Dann warf er einen Blick auf seine Uhr. Elle konnte zum Vergleich der Geschosse noch nichts haben, und wenn alles schieflaufen würde, hatten sie bei Übereinstimmung der Geschosse einen weiteren Mord am Hals, den es zu klären galt.

In immer schnelleren Kreisen flogen ihm die Gedanken durch den Kopf. Um mit dem Tempo halbwegs Schritt zu halten, nahm er den Fußmarsch wieder auf. Der Mord an Bender. Es waren die seltsamen Umstände seines Auffindens, die Art der Verletzungen und die Ähnlichkeit mit der Moorleiche aus dem Lindowmoor in England, die ihn beschäftigten. Wenn nicht die Tötung selbst, so war doch auf jeden Fall die Präsentation der Leiche, die Art und Weise, wie dem toten Körper weitere Verletzungen zugefügt worden waren, Teil einer Inszenierung. Jemand wollte Aufmerksamkeit erregen oder auf etwas hinweisen. Die Frage war einfach immer noch das Warum.

Wo liegen die Motive des Täters? Alles war unklar und immer schwieriger als Ganzes zu sehen.

In einiger Entfernung tauchte das Holzgerüst des Feuerwachturms zwischen den Bäumen auf. Unbewußt verlangsamte Schopetta seine Schritte wieder, was seine Gedanken sofort beschleunigte. Für den Mord an Reichenberg hatten sie die Mörder anhand der Indizien ermitteln können. Sie handelten im Auftrag Benders. Das wurde sogar durch die Aussage von Paula Lenzen unterstützt. Auch das Motiv für die Tat schien nun klar. Aber wer hatt Teske und Müller ausgeschaltet? Ein zweites „Killerkommando", das Zeugen beseitigen sollte? Der Doppelmord, ein Teil eines teuflischen Plans?

Der Gedanke, Streitigkeiten innerhalb der Vereine und der Bruderschaft wären der Auslöser für die Morde, hatte durch die Ermittlungen bisher keine Bestätigung gefunden. Dann sollte man schon eher die Rolle untersuchen, die Ecki Glowritz spielte, die Pistole des toten Herrn Bender und die Bindung von Dabringhausen an den Fall! Das waren Zusammenhänge, die jetzt aufgedröselt werden mußten, ungeachtet der Rolle des Museumsdirektors. Und was war mit dem Zeugen Czychi? Alle Beteiligten, ob Opfer oder vermeintliche Täter, mußten auch ihm bekannt sein. Nur weil Hauptkommissar Schopetta den alten Püttologen mochte, war der nicht aus dem Schneider. Rudi war ein guter Polizist. Warum sollte der sich irren, was die Verwicklung des Berginvaliden anging?

Schopetta hatte den Feuerwachturm schon wieder ein gutes Stück hinter sich gelassen, als er die charakterlichen Tiefen und Untiefen des Museumsdirektors einer weiteren Betrachtung unterzog. Schmierlewski-Schwarzer. Der hatte für den Mord an Bender ein durchaus plausibles Motiv. Bender verbrachte die letzte Stunde seines Lebens ganz in der Nähe des Professors. Die Videobilder waren praktisch gleich um die Ecke entstanden, keine zehn Fußminuten vom Domizil des prominenten Wissenschaftlers entfernt. Doch wie paßten bei einer solchen Annahme die anderen Morde in das Bild? Drei weitere Tote in knapp 72 Stunden, und das alles innerhalb eines sehr engen Umfeldes? Das Motiv paßte und es paßte aber auch wieder nicht. Ein Mord im Affekt, ja. Den traute Schopetta so ziemlich jedem zu. Aber gleich vier, alle geplant und vorbereitet. Für eine solche Tat war der Akademiker mit Übergröße nicht der geeignete Mann, oder?

Schopetta blieb unsicher. „Trotzdem gibt es einen unzweifelhaften Zusammenhang." Seine Gedanken hatten ihn so weit fortgetrieben, daß er sich schon des aktiven Selbstgespräches bediente. „Und wir stehen kurz davor, ihn zu erkennen", brachte er Satz und Gedanken laut zu Ende, um sich dann unauffällig umzusehen, ob nicht doch ein unentdeckter Spaziergänger Zeuge seiner Angewohnheit wurde. Zu seiner Beruhigung war kein Mensch in der Nähe, aber kaum hatte er den Gedanken so ausgesprochen, da glaubte er, unerwartet und plötzlich herausgefunden zu haben, welcher Kitt hier die Scheibe im Rahmen hielt.

Von welcher Seite man sich dem Ding auch nähert, einer wurde immer genannt, Herbert, Dabbi, Pommes oder Scheitel Dabringhausen. Schopetta ärgerte sich, diesem Herrn nicht schon früher die gebührende Beachtung geschenkt zu haben. Dabei war doch wirklich alles so einfach. Erst einmal arbeitete Dabringhausen für Bender, dann Ecki für Dabringhausen, Teske und Müller waren wiederum Bender verpflichtet, und Bender kämpfte hinterrücks gegen alle, auch gegen Dabringhausen und den Professor. Ahlers arbeitete für Bender gegen den Professor, wie sonst sollten die Informationen aus dem Museum gekommen sein, und anscheinend war er auch für Dabringhausen tätig, was die Auswertung des Videos nahelegte. Nur Czychi, wie sollte man den einordnen? War er wirklich nur zufälliger Zeuge, der alle kannte und dann, ohne es zu wissen, per Fahrzeugbeschreibung auf die Kameradenklause hinwies, in der regelmäßig Benders seltsamer Heimatverein tagte, und die zu allem Überfluß auch noch Dabringhausen gehört?

Immer endete alles bei Dabringhausen. Der Hausbesuch bei dem Herrn war jetzt längst fällig. Und während Schopetta mit diesen Gedanken seine Schritte wieder etwas schneller dem Parkplatz zulenkte, repetierte er alles, was er bisher zu diesem besonders ehrbaren Mitbürger wußte. Dabringhausen war Mitglied in den wichtigsten Organisationen des Vestes, Vorstandsmitglied des Rennvereins, des Festivalkomitees und der Kaufmannschaft. Der Mann mit besten Kontakten zu allen politischen Fraktionen, der sich – bei der nächsten Überlegung blieb er noch einmal nachdenklich mitten auf dem Weg stehen, schob seinen Hut nun weit in den Nacken und rieb sich die Stirn – mühelos zu schweren Jungs und leichten Mädchen gesellte, sich als Rocker verkleidete, in einer der übelsten Spelunken den dicken Max machte und eine eigenartige Nähe zur rechtsradikalen Szene pflegte.

Die Freude an der so plötzlich gefundenen Lösung schwand schnell durch ihre naheliegende Unmöglichkeit. Aber sie machte einer letzten Überlegung Platz. „Alles nur dämlicher Zufall?" knurrte er mürrisch. „All diese Verbrechen das Produkt eines miesgelaunten Schicksals, eine Aneinanderreihung nie zu ermittelnder Nichtzusammenhänge. Drei Taten mit vier

Morden, und in Wirklichkeit hat keiner etwas mit dem anderen zu tun. Wäre das eine Möglichkeit?“

Als erfahrener Ermittler wußte er nur zu gut, daß alles passieren konnte, daß Morde aus den unbedeutendsten Gründen geschahen, daß dieser Zufall nur zu oft eine nicht zu berechnende Rolle spielte ... Und der Teufel war ein Eichhörnchen, und die Welt wird niemals bis ins kleinste zu erklären sein, fügte er seinen Erkenntnissen hinzu und schloß diese Gedanken mit einem lauten und eindeutigen „Scheiße, das alles“ ab. Als Schoppetta kurz darauf wieder den Parkplatz erreichte, hatte er endgültig die Überlegung, alles könnte auch ein großer Zufall sein, niedergekämpft. Dabringhausen hatte sich in eine Schlüsselposition des Falles manövriert. Ob er das selbst wohl schon ahnte, fragte er sich und nahm ächzend hinter dem Lenkrad Platz. „Auf jeden Fall ist Pommes fällig“, erklärte er dem Gesicht, das ihm im Rückspiegel eine Grimasse schnitt. Mit der flachen Hand schlug er den Spiegel zur Seite und startete den Motor.

41

Kaum auf der Bundestrasse, wählte Schopetta die Nummer der Darlehenskasse Baumberge. Die junge Frau in der Zentrale verband ihn sofort mit dem Leiter der Kreditabteilung.

„Hallo Erwin, was gibt's?“

„Du kannst vielleicht blöd fragen. Über Aktienkurse wollte ich jetzt nicht mit dir plaudern. Wie sieht es aus? Hast du schon was rausgefunden?“

„Hast du die richterliche Anordnung?“

„Ich hab dir doch schon heute morgen gesagt, daß das etwas dauern kann, Karl-Heinz. Der Antrag is auf dem Weg“, log Schopetta ohne schlechtes Gewissen. „Die Infos brauche ich aber jetzt. Also, eier nich rum. Sag mir, was du weißt!“

„Mann, Mann Erwin. Wenn das rauskommt, kann ich einpacken. Dafür kann ich in den Knast gehen.“ Die letzten Worte flüsterte er nur noch, als habe er jetzt schon Angst, von jemandem belauscht zu werden.

„Ein Jahr, mindestens“, frotzelte Schopetta. „Aber wenn du sagst, ich hätte dich gezwungen, ist sicher Bewährung drin.“

„Mein Gott! Hör auf. Kannst du mich nicht wenigstens auf meinem Handy anrufen? So in zwei, drei Minuten? Dann bin ich auf dem Weg zum

Bäcker und brauche das Ganze nicht auch noch über den Firmenanschluß zu machen."

„Wenn es dir dann leichter fällt, mach ich das doch gerne."

Der Sekundenzeiger der Autouhr ruckte soeben zum zweiten Mal über die Zwölf, als der Anruf rausging. Voss war sofort dran: „Hast du was zu schreiben, ich sage das alles nur einmal, und glaub bloß nicht, daß ich dir irgend etwas schriftlich gebe, bevor die Anordnung da ist. Also, bist du soweit?"

„Moment!" rief Schopetta in das Mikrofon der Freisprechanlage und fuhr auf den Seitenstreifen. Und weil er kein Papier zur Hand hatte, sein Notizbuch in der Tasche des Mantels steckte, der auf der Rückbank lag, nahm er die Betriebsanleitung des Wagens aus dem Handschuhfach und machte seine Notizen auf der Innenseite des Einbandes.

„Hör genau zu", begann Voss im Tonfall eines Verschwörers. „Alle Kontobewegungen, ich bin da zurückgegangen bis April/Mai, völlig regelmäßig und unauffällig. Zahlungseingänge von verschiedenen Verlagen, Honorare für Vorträge usw. Eine regelmäßige Zahlung der Rentenkasse von rund 500 DM. Umfang im Monatsdurchschnitt etwa 1250 DM. Einen weitaus größeren Happen bildeten die Zahlungseingänge für Mieten und Pachten. Das waren durchschnittlich 22000 DM. Alle Konten wurden regelmäßig zum 25. eines jeden Monats geräumt. Die Beträge wanderten auf ein Konto in Recklinghausen. Von hier floß regelmäßig eine Summe von vierfünf zurück an die Volksbank in Haltern. Von diesem Konto scheint der Inhaber seinen ganzen Zahlungsverkehr abzuwickeln, Versicherungen, Handwerkerrechnungen, Buchrechnungen und Barabhebungen. Die Restsumme wurde bis auf einen Betrag von 1800 DM, der als Honorar für die V & O ausgewiesen ist, in kurzfristige Festgeldanlagen gesteckt, Monat für Monat, schon seit über drei Jahren, und zwar bei einer münsterschen Privatbank. Aus einem mir nicht bekannten Grund wurden jedoch die Festgelder zu Mitte September gekündigt und in drei Summen, die letzte am Freitag der vorigen Woche, bar abgehoben."

„Wieviel?" fragte Schopetta.

„Mm, ja. Wirklich kein Pappenstiel. Ging dicht an eine Million heran."

„Was? Eine Million? Mein lieber Kokoschinski", stöhnte Schopetta. „Und wo ist die Knete geblieben?"

„Sag ich doch. In bar abgehoben, und damit verlieren sich meine Möglichkeiten der Nachforschungen im Nichts."

„Was ist mit den anderen Konten?"

„Letzter Eingang am vergangenen Dienstag. Absender war der Geschichtskreis Arnsberg. 300 DM für einen Vortrag. Die Rente ist auch eingegangen. Alles in allem ein Bestand zur Zeit auf allen drei Konten von 1904, inklusive des Altbestandes vom Vormonat von 1200 Märkern."

„Was ist mit den Mieten und Pachten?"

„Sind ausgeblieben. Keine Eingänge zu verzeichnen."

„Was hältst du von der Sache, Karl-Heinz?"

„Der Kontoinhaber hat abgeräumt. Mieten und Pachten laufen auf andere Konten, die wir im Augenblick noch nicht kennen. Man müßte mit den Mietern sprechen, um zu erfahren, wohin die Kohle geht. Wenn ich meine bescheidenen Erfahrungen hier einbringen darf, der Kontoinhaber will abhauen."

„Oder jemand, der die Vollmacht hat, räumt ab, denn der Inhaber wurde leider am letzten Sonntag ermordet."

Voss stöhnte auf, und Schopetta sah förmlich, wie er sich schüttelte. „Erzähl mir nichts weiter, ich bin sehr sensibel", jammerte der Darlehensbanker. „Kann ich sonst noch etwas für dich tun?"

„Sag mir, wer alles eine Vollmacht zu den Konten hatte."

„Moment!" Es knackte und rauschte im Minilautsprecher, als Voss nach seinem Notizzettel suchte. Dann meldete er sich wieder: „Verfügungsgewalt lag bei Heinrich Bender. Martha Bender war berechtigt, Barabhebungen bis 1000 DM zu tätigen, und mit einer Vollmacht von H. M. Bender können durch die V & O Marketing GmbH alle Transaktionen durchgeführt werden. Diese Vollmachten liegen den Banken vor, das wurde mir bestätigt. Berechtigt ist der Geschäftsführer der V & O, Herr ..."

„Dabringhausen!"

„Wieso fragst du, wenn du schon alles weißt?"

„War nur ne Vermutung. Aber noch mal vielen Dank, Karl-Heinz, hat mir wirklich sehr geholfen. Ich hoffe, ich kann mich mal revanchieren, Alter."

Schopetta schlug vor Vergnügen ein paarmal auf die Hupe. Das wars. Damit hatte Dabringhausen unerwartet das beste Mordmotiv. Für den Kommissar stand eindeutig fest, Dabringhausen hatte die Konten geräumt. Warum auch immer. Vielleicht nur, um Bender von der wahnwitzigen Idee abzuhalten, auf dem Annaberg den Germanentempel zu bauen.

„Allein oder mit anderen?" fragte sich der Kommissar als nächstes und dachte an Rudis Vermutung, als es um die Lebensversicherung ging, die Martha Bender zu erwarten hatte. Er wollte nicht zu früh jubeln, aber Geld war schon immer das beste Motiv für jeden Mord. Geld war auf jeden Fall ein besseres Motiv als Erpressungsversuche oder Opfermord. Fast eine Million war der Einsatz. Da lohnte sich schon die Anwendung mörderischer Gewalt, zumindest für viele, die Schopetta dienstlich kannte.

Er trat auf den Pin. Der Diesel röhrte auf, und mit deutlich überhöhter Geschwindigkeit fuhr er in Richtung Innenstadt.

42

Er grüßte mit einem kurzen Kopfnicken den Polizisten, der neben der Tür des Vernehmungszimmers saß. Dann betrat er leise und vorsichtig den Nebenraum und warf einen langen Blick durch die Spiegelglasscheibe. Hans Otto Ahlers stand am Fenster, rauchte hektisch und nervös und betätigte dabei immer mal wieder sein Handy. Es kam aber keine Verbindung zustande.

Gut so, dachte Schopetta, noch ein Viertelstündchen, und wir können uns sicher prima unterhalten.

In seinem Büro flogen Mantel und Hut an die Garderobe. Er wollte eben zum Hörer greifen, um Elle nach den Projektilen zu fragen, als das Telephon klingelte.

Schopetta meldete sich mit einem gebellten „Ja, bitte."

„Schopetta?" fragte die Stimme seines Herrn am anderen Ende der Leitung. „Hier Heuermann!"

Der Polizeipräsident schien angespannt und genervt.

„Sagen Sie, Herr Hauptkommissar, ist Ihnen der Name Ahlers bekannt?"

„Sollten wir denselben meinen, Herr Polizeioberrat, dann handelt es sich wahrscheinlich um den Hausmeister des Römermuseums in Haltern, Hans Otto mit Vornamen. Sitzt gerade nebenan und wartet auf seine Vernehmung."

„Um eben diesen geht es, Herr Hauptkommissar. Sagt Ihnen vielleicht der Name Voigts auch etwas? Anwaltskanzlei Doktor Andreas Voigts und Partner? Von dort wurde mir soeben eine Dienstaufsichtsbeschwerde gegen Sie und Riepen avisiert. Wollte Sie schon vor ein paar Tagen in der Angelegenheit sprechen, hat sich aber aus terminlichen Gründen nicht ergeben."

Arschloch, dachte Schopetta.

„Also, Herr Hauptkommissar, können Sie mir sagen, welchen Hintergrund das haben könnte?“

„Keine Ahnung, Herr Polizeioberrat, absolut keinen Schimmer. Aber sagen Sie, dieser Herr Doktor Voigts, ist das nicht der Ex-Staatsanwalt, der heute für ein stark überhöhtes Honorar die Verteidigung jedes hergelaufenen Schwerverbrechers übernimmt?“

„Reißen Sie sich zusammen, Schopetta! Herr Doktor Voigts ist ein bekannter Anwalt und Strafverteidiger und ein sehr angesehener dazu. Was ich Ihnen aber sagen will, Herr Ahlers ist Mandant von Doktor Voigts, und dieser verfügt noch heute über die besten Verbindungen, privat und politisch. Und die wird er auch zweifelsfrei nutzen, verstehen Sie?“

„Aha! Da habe ich doch sofort verstanden“, lachte Schopetta zynisch. „Wahrscheinlich rufen Sie mich wegen dieser Verbindungen ja auch an!“

„Schopetta! Reizen Sie mich nicht. Ich habe genug damit zu tun, Sie gegen die ständigen Angriffe in Schutz zu nehmen. Wenn Sie nicht einer der erfolgreichsten Beamten wären ... Es ist zudem nicht der erste Anruf, den ich in den letzten Tagen aus dieser Kanzlei erhalten habe.“

Schopetta dachte an das Gespräch Anfang der Woche. Mit irgendeiner Nachricht hatte Heuermann da hinter dem Berg gehalten. War es wirklich die Beschwerde, die von Ahlers kam, oder gab es Verbindungen. Voigts – Ahlers. Ein Hausmeister mit einer Rechtsvertretung diesen Kalibers? Eher unwahrscheinlich. Auf jeden Fall bestand aber eine Verbindung zwischen Doktor Voigts und den Geschwistern Bender. Das hatten die Kollegen schon bei den ersten Ermittlungen im Hause Bender mitbekommen. Vielleicht ging diese Beziehung auf die vermittelnde Hand des Finanzexperten Dabringhausen zurück. Vor diesem Hintergrund könnte es durchaus auch eine Verbindung Voigts, Bender, Dabringhausen geben, die dann bis zu Ahlers durchschlug.

Als er nach ein paar Sekunden Bedenkzeit antwortete, gab er sich nicht einmal ansatzweise die Mühe, den Spott in der Stimme zu unterdrücken: „Habe völlig verstanden, Herr Polizeioberrat. Kann da nur sagen: Jawoll auch. Gibt es einen besonderen Auftrag, Herr Präsident? Soll ich jemanden in meinen Ermittlungen aussparen? Gibt es Personen, die für uns tabu sein sollten?“

„Mann Gottes, Schopetta. Sie wissen genau, daß ich eine solche Art von Klüngel aufs schärfste ablehne. Am Ende stehe ich aber in der Gesamtverantwortung, auch gegenüber der Öffentlichkeit. Sie wissen nicht, was es heißt, diese Leute später auf dem Pelz zu haben, wenn Sie sich vergaloppiert haben. Ich begegne diesen Personen des öffentlichen Lebens ständig, sogar im privaten Bereich. Seien Sie einfach mal etwas zurückhaltender, vorsichtiger, diplomatischer eben, und handeln Sie auf jeden Fall nur im Rahmen Ihrer Kompetenzen. Mehr verlange ich doch gar nicht."

„Ich habe verstanden, Herr Polizeioberrat!"

„Und lassen Sie dieses unentwegte ‚Polizeioberrat'. Sie wissen, wie ich das hasse!"

„Aber natürlich, Herr Polizeipräsident!"

Das Gespräch war eigentlich an dieser Stelle zu Ende, aber für ein paar Sekunden zögerten beide noch, den Hörer aufzulegen. Endlich sagte Schopetta: „Eine letzte Frage noch."

„Bitte", war die kühle Aufforderung und ein trotziges „Danke!" Schopettas Reaktion. „Hat Herr Doktor Voigts bei seiner Warnung vielleicht den Namen Dabringhausen erwähnt?"

„Dabringhausen?" fragte Heuermann und war so verwundert, daß er die Spitze unkommentiert schluckte. „Dabringhausen von der V & O Marketing GmbH, hier in Recklinghausen?"

„Genau der!"

„Nein, hat er nicht."

„Gut, dann möchte ich Sie hiermit in aller Form davon in Kenntnis setzen, daß ich gegen diesen Herrn in den Mordsachen Bender/Reichenberg/Teske/Müller ermittele und ihn noch heute aufsuchen werde."

„Und warum sagen Sie mir das?"

„Weil ich annehme, daß Herr Dabringhausen, genauso wie Herr Ahlers, Klient der Kanzlei Voigts ist."

Heuermann schwieg. Dann fragte er vorsichtig: „Und das ist der einzige Grund?"

„Nein, der Grund für mein Vorgehen ist seine Nähe zu den vier Morden."

„Ist Dabringhausen tatverdächtig?"

„Bisher war er es noch nicht. Um die Frage aber genau zu beantworten, müßte ich erst mit ihm sprechen."

„Ich habe Sie gewarnt, Schopetta. Bekomme ich Ihretwegen Ärger, werde ich den diesmal ohne Bedenken an Sie weitergeben. Haben Sie mich verstanden?"

Schopetta schnaufte wütend durch die Nase, grunzte das Rudiment eines Satzes, der sich nur bei wohlwollender Interpretation wie eine Verabschiedung anhörte, und knallte den Hörer auf die Gabel.

Als Elle in sein Büro schaute, saß er immer noch hinter seinem Schreibtisch, grübelte verdrossen über die Ungerechtigkeiten des Alltagslebens und zog dabei ein Geisterbahngesicht.

„Hey“, sagte die junge Frau und grinste. „Magengeschwür oder Hühneraugen?“

Der Kommissar sah sie fragend an.

„Du ziehst so ein Gesicht“, erklärte sie.

Schopetta winkte ab: „Ich leide an einer schweren Präsidentenverstimmung. In mir keimte gerade die stille Hoffnung, man könne einigermaßen mit ihm, da zeigt er sich auch schon wieder von seiner besten Seite.“ Und nachdem er Elle in kurzen Worten die Warnung des Polizeipräsidenten geschildert hatte, sagte sie lakonisch: „Muß man wohl so nehmen, wie es ist. Interessanter ist für mich, was dein Ausflug ergeben hat.“

Die Spannung des Falls drängte Schopettas momentane Befindlichkeit sofort in den Hintergrund. Er nickte, und mit einer Geste bat er Elle, ganz einzutreten und die Tür zu schließen.

„Der Zettel war ein waschechter Mordauftrag.“

Elle zuckte leicht zurück. „Was?“

„Ja“, bestätigte Schopetta ernst. Und die zwei Idioten haben ihn wahrscheinlich auch keine vierundzwanzig Stunden später umgesetzt. Bevor sie aber den zweiten Mord begehen konnten, hat es sie dann selbst erwischt, und wir wissen immer noch nicht warum.“

Schopetta reichte der Kollegin das zusammengestückelte Papier. Nachdem sie es gelesen hatte, setzte sie sich auf den Besucherstuhl und starrte einen Augenblick lang erschüttert auf den Boden.

Schopetta wartete einige Sekunden, dann berichtete er von den Ergebnissen des Gesprächs mit Paula Lenzen und gab die Informationen weiter, die Karl Heinz Voss zu den Finanztransaktionen auf den Konten Benders beigesteuert hatte.

„Als Finanzmanager Benders ist Dabringhausen auch keine Randfigur mehr, sondern steht mittendrin und ist tatverdächtig. Geld ist das beste Motiv für jede Art von Gewalttaten.“

Elle nickte stumm. Die Sache mit dem Mord und dem Mordauftrag hatte sie so schnell nicht verdaut.

„Und?“ fragte Schopetta darum aufmunternd. „Was hat dein Job ergeben? Schon was von den Geschossen gehört, und wie hat sich Niehoff rausgeredet?“

Schwer atmend raffte sich Elle wieder auf: „Das Labor ist noch dran. Wochenendnotbesetzung, da kann es noch etwas dauern. In bezug auf unseren Jungbullen hab ich das Gespräch geführt. Er sitzt aber noch drüben im Büro, falls du noch Fragen haben solltest. Die Fahndung nach Ecki ist raus, und Rudi hat angerufen. Da war er auf dem Weg nach Bertlich."

„Hat er etwas zu seinen Ermittlungen hinterlassen?"

„Moment", Elle zog einen Zettel von ihrem Klemmbrett. „Die Vereine für nationale Heimatpflege wurden in den letzten Monaten nicht überwacht. Man achtete lediglich auf ihre Außenauftritte, Druckschriften, Flugblätter und Internetseiten. Da war aber nichts Nennenswertes."

Schopetta nickte. „War das alles?"

„Nein. Rudi sagte, es gebe auch nicht einen Hinweis, der auf Auseinandersetzungen, Streitigkeiten oder ein geplantes, gewalttätiges Vorgehen der Linken hinweist. Weder geplante Angriffe auf Benders Vereine noch persönliche Verfolgung. Keine Antifa-Störtrupps auf Bruderschaftstreffen oder Vereinssitzungen. Die ganze Panik, die Bender da verbreitete, war die blanke Einbildung oder der Versuch, seine Jungs scharfzumachen und bei der Stange zu halten."

„Über Dabringhausen hat er noch nichts gesagt?"

„Nein. Nur läßt Rudi mitteilen, daß er am Wochenende auch Dienst schieben will, weil eine mir unbekannte Annkathrin über das ganze Wochenende in ihrem Café beschäftigt ist. Dafür, soll ich dir ausrichten, nimmt er Montag frei."

Schopetta lächelte wissend, enthielt sich aber eines Kommentars.

„Gut! Sobald ich mit Ahlers fertig bin, rücken wir Dabringhausen auf die Bude. Ruf Rudi an. Der soll direkt zum Haus von Dabringhausen kommen. Und jetzt zu Niehoff. Was hat der zu melden gehabt?"

Elle warf einen Blick auf die anderen Zettel. „Als er mitbekam, daß ich ihn verhören würde, war er erst einmal sehr erleichtert. Das war zumindest mein Eindruck. Vor dir hat er einen Heidenrespekt und fragte öfter nach, ob du nicht für seine Vernehmung zuständig seiest."

„Komisch! Ich kenn den Kerl doch gar nicht." Schopetta schüttelte den Kopf.

„Dein Ruf eilt dir voraus, Erwin. Ich habe ja auch schon von dir gehört, bevor wir uns kennenlernten."

Schopetta zuckte mit den Achseln. „Wird alles übertrieben."

„Vielleicht hab ich ja nur Gutes gehört."

„Wird auch übertrieben!"

Elle lächelte und begann dann, anhand ihrer Unterlagen über das Verhör von Niehoff zu berichten.

„Die größte Sorge galt seinem Job. Er hat wirklich große Angst, rausgeschmissen zu werden.“

„Hat er auch allen Grund zu, der Blödmann!“

„Warte mal ab, Erwin. Erst einmal hat er sich absolut kooperativ gezeigt. Kein Widerstand. Keine Widerborstigkeit und keine Ruppigkeiten. Er sagte völlig freiwillig aus und gab sofort zu, früher zu Eckis Rockergruppe gehört zu haben. Daher die Kontakte bis heute. Er war der Jüngste in der Truppe, und sein Name ist im Großmarktprozeß nicht genannt worden, weil Ecki Glowritz ihn damals völlig rausgehalten hat. Angeblich war er an keiner Aktion der Gang beteiligt. Niehoff galt bei allen Bandenmitgliedern als der Kleine, der unter dem besonderen Schutz vom Boß stand. Als Ecki dann im Bau war, hat Niehoff den Pfad der Tugend beschritten und sozusagen die Seite gewechselt. Nach Eckis Entlassung kam man sich wieder näher, unter anderem auch, weil sich Niehoff als Polizist in einer für die alten Freunde sehr nützlichen Position befand. Vom Zusammenhang einzelner Restrocker mit den Bendervereinen und der Thulebruderschaft will Niehoff nichts gewußt haben, zumindest am Anfang. Für später räumt er ein, sei ihm schon einiges klargeworden, aber da sei es auch schon wieder sehr schwer gewesen, sich einfach nur rauszuhalten.“

Schopetta brummte unruhig und zog ein ablehnendes Gesicht.

Elle ließ sich aber nicht beirren und fuhr in ihrem Bericht fort: „In den folgenden Monaten ging es dann um die üblichen Freundschaftsdienste, die man einfach tun mußte, von wegen Ehrensache und so. Dazu gehört auch die Nummer mit Schmierlewski-Schwarzer. Grundsätzlich würden sie solchen anonymen Anzeigen immer nachgehen. Anrufe, daß Leute besoffen Auto fahren, würden sie fast täglich bekommen. In diesem besonderen Fall sei aber Hans Otto Ahlers mit Sicherheit der Nachrichtengeber gewesen. Wie der Weg genau verlief, weiß Niehoff angeblich aber nicht. Er wurde letztlich von einem von Benders Männern oder Glowritz auf dem Privathandy angerufen. Wenn er im Dienst war, hat er sich drum gekümmert und den Professor dienstlich ganz korrekt abgefangen. Daß Schmierlewski nun bei jedem Zwangsstop mehr durchdrehte, war nicht beabsichtigt, hat die Sache für den Professor aber schlimmer gemacht.“

„Warum hat er uns nichts gesagt, als er wußte, wer der Tote im Museum ist?“

„Niehoff schwört Stein und Bein, daß er sich erst gar nicht sicher war. Später wollte er es tun, aber irgendwie hat er keine Gelegenheit gefunden, und am nächsten Tag wäre der Name ja auch schon bekannt gewesen. Warum er dann Martha Bender anrief, das konnte er nicht mehr genau sagen. Irgendwie hat er das Gefühl gehabt, es tun zu müssen."

Schopetta nickte nachdenklich. „Und mit Ahlers hat er auch nicht am Morgen im Museum gesprochen, was? Mit dem, was wir heute wissen, können wir doch mit Bestimmtheit davon ausgehen, daß die sich kannten."

„Er sagt, er sei Ahlers absichtlich aus dem Weg gegangen. In dieser Sache glaube ich ihm sogar. Da war er das wandelnde schlechte Gewissen. Und nach den Protokollen hat Ahlers mit einem Oberkommissar Borgmann gesprochen, der hatte gemeinsam mit Niehoff Dienst und war als erster am Tatort, was auch die Kollegen von der Spurensicherung bestätigen. Und bei ihrem ersten Kontakt mit Ahlers, also am Morgen nach dem Mord an Bender, trafen sie auf einen völlig fahrigen und nervösen Hausmeister. Bei einem solch grausigen Fund haben sie dem nur keinerlei Bedeutung beigemessen."

Schopetta nickte mehr oder weniger verständnisvoll und fragte dann: „Und was hältst du insgesamt von ihm? Ich meine, wenn du seine Aussagen wertest und die brauchbaren Fakten von deinem Gefühl abziehst, was bleibt dann?"

„Niehoff is ne Wurst, mehr nicht. Ich hatte nicht den Eindruck, daß er wirklich gelogen hat. Vielleicht alles ein wenig positiver dargestellt, als es in der Situation wirklich war, aber richtig gelogen? Nee! Der hatte viel zu viel Angst."

„Gut, dann können wir ja wohl wieder einen aus unserer Liste streichen. Laß ihn das Protokoll unterschreiben und sag ihm schöne Grüße von mir, ich würde den Bericht vorläufig noch nicht weitergeben. Wenn wir aber rauskriegen, daß er an irgendeiner Stelle die Unwahrheit gesagt hat, bedeutet das auf jeden Fall sein Aus bei der Schmiere. Dafür würde ich sorgen. Hau richtig auf die Sahne. Der soll was merken. Wenn du damit fertig bist, kümmere dich dringend um die Untersuchung der Geschosse. Is wirklich wichtig. Ich geh rüber in die Vernehmung 1 und nehme mir den Ahlers vor. Vielleicht kann ich ihn ja heute schon festnageln und wegsperren. Die Videobilder bringen ihn sehr in Verdacht, und der Staatsanwalt könnte sie ohne weiteres als Beweise betrachten."

Elle grinste, legte die Hand grüßend an die Stirn: „Alles klar, Chef."

Schopetta schickte den jungen Polizeimeister, der immer noch auf seinem Posten vor sich hin döste, runter in die Wache. Kaum hatte er die Tür des Vernehmungszimmers hinter sich ins Schloß gedrückt, da machte Hans Otto Ahlers zwei schnelle Schritte auf ihn zu.

„Ich hab's schon der Tusse gesagt", brüllte er. „Ich will meinen Anwalt sprechen! Ohne meinen Anwalt sage ich hier gar nichts. Is das klar?"

Der Kommissar nickte freundlich, trat an den Tisch und schaltete den Rekorder ein. Mit einem hinterlistig sanften Lächeln fragte er: „Sie haben doch sicher nichts dagegen, oder?"

„Und wenn doch?" kläffte Ahlers.

„Dann muß ich mich um einen Protokollführer bemühen, und das kann dauern." Der Kommissar behielt das unbewegliche Lächeln bei und sah den Hausmeister fragend an.

„Wo ist mein Anwalt?"

„Dazu komme ich sofort." Schopetta beugte sich über die Mikrophone auf dem Tisch und drückte die Aufnahmetaste. „Freitag, 8. November 1996, 13:55 Uhr", sprach er betont deutlich und gestelzt in das Mikrophon: „Vernehmung von Herrn Hans Otto Ahlers, Zeuge im Mordfall Bender und andere. Vernehmender Beamter – Hauptkommissar Erwin Schopetta. Herr Ahlers ist mit der Aufzeichnung auf Tonträger einverstanden."

„So", ächzte Schopetta und bot mit einer einladenden Geste seinem Zeugen den Stuhl auf der anderen Seite des Tisches an. Dann rückte er für sich einen anderen zurecht und ließ sich schwer darauf nieder. Sein Lächeln schien eingefroren.

„Tach ers mal, Herr Ahlers! Wir hatten ja schon das Vergnügen. Wenn Sie sich erinnern? Letzten Montag im Museum. Aber falls Sie sich nicht mehr erinnern, wie gesagt, Schopetta mein Name, Hauptkommissar Schopetta, und ich möchte Ihnen im Auftrag des Staatsanwalts einige Fragen stellen."

„Hörst du schlecht, Bulle. Ohne meinen Anwalt sag ich hier gar nichts!" Über dem Kragenbündchen seines weißen T-Shirts bildeten sich dunkelrote Flecken. Er hatte eine feuchte Aussprache, und bei jedem Wort sprühte er wie ein defekter Zerstäuber. Zum Glück war der Tisch breit genug, so daß der Kommissar nicht in den zweifelhaften Genuß einer kostenlosen Bewässerung kam. Nun zeigten sich die ersten Ansätze roter Flecken auch schon an Stirn und Schläfen des Museumshausmeisters.

„Ja, Herr Ahlers, Ihr Anwalt, Doktor Voigts, nicht wahr?" Schopetta steigerte die süßliche Betonung seiner Worte bis zum Zuckerschock. „Gemeldet hat er sich schon, und ich glaube, er hat sogar Grüße bestellt. Leider scheint es ihm im Augenblick aber nicht möglich, Ihrer Vernehmung beizuwohnen. Ich meine, mich erinnern zu können, daß es ein wichtiges Golfturnier war, das ihn abhielt! Sie verstehen?" log Schopetta. „Falls es Sie aber in irgendeiner Form beruhigt, der Herr Doktor hat beim Präsidenten eine Dienstaufsichtsbeschwerde eingereicht und sich vor nicht mal einer Dreiviertelstunde auch heftig und in besonders scharfer Form über unsere rüden Ermittlungsmethoden beschwert. Das erst mal vorab." Schopetta schob seinen Schreibblock und sein Ledernotizbuch auf dem Tisch zurecht, schwieg einige Augenblicke und knipste dabei mit dem Kugelschreiber. „Wenn Sie ohne Ihren Anwalt nichts sagen wollen, kann ich das durchaus verstehen. Trotzdem werde ich nicht drum rumkommen, Ihnen einige Dinge sagen zu müssen. Natürlich werde ich Ihnen auch einige Fragen stellen, aber die Antworten, Herr Ahlers, die haben Zeit, da läuft uns wirklich nichts weg." Und dann grinste Schopetta noch breiter, so daß sich in seinen Ohren die ersten Krämpfe ankündigten.

Der Hausmeister sah nicht einmal auf, zündete sich fahrig eine Zigarette an, und widerwillig schob er den Stuhl so weit vom Tisch zurück, daß er noch grade den Ascher aus Alufolie erreichen konnte. Wie auf dem Sprung, unruhig und gehetzt, setzte er sich nur auf die Vorderkante des Stuhls, stützte mit gefalteten Händen die Ellbogen auf den Knien ab und starrte in die Raumecke links hinter Schopetta.

„Darf ich Ihnen einen Kaffee anbieten?"

Ahlers überhörte die Frage.

„Also gut! Was ich Ihnen jetzt zu sagen habe, Herr Ahlers, beruht nicht auf abwegigen Vermutungen oder halbgaren Spekulationen, sondern wir haben für all das ausreichende Beweise und die Aussagen entsprechender Zeugen. Ich denke, damit sparen wir uns langes Rumgeeiere und die ewig dumme Frage, ob wir das alles auch beweisen können. Wir können, wie gesagt. Und wenn Sie nichts dagegen haben, fange ich jetzt an!"

Ahlers hielt weiter den Blick ignorant an Schopetta vorbei in die Zimmerecke gerichtet und schwieg.

„Nehmen wir die einfachen Sachen zuerst. Die sind zwar strafrechtlich nicht relevant und eher schäbig, trotzdem möchte ich sie zur Sprache bringen, weil sie die Beziehungen einiger Beteiligter in diesem Fall schön deutlich machen.

In den vergangenen Jahren sorgten Sie mit gezielten Informationen dafür, daß Ihr Vorgesetzter, Professor Doktor von Schmierlewski-Schwarzer, mehrfach angezeigt wurde."

„Na und?" fauchte Ahlers sofort aggressiv und entwickelte dabei ein fies abfälliges Grinsen. „Was ist daran so schäbig? Sollten wir warten, bis er im Suff kleine Kinder oder alte Leute über den Haufen fährt? Der Mann ist doch moralisch nicht haltbar."

„Das mit den alten Leuten besorgen leider andere, Herr Ahlers, und ich befürchte, Sie kennen diese Menschen sogar." Und während er das sagte, versuchte Schopetta eine Reaktion des Mannes einzufangen. Der verzog aber keine Miene. Darum setzte Schopetta nach: „Und erzählen Sie mir hier bloß nichts von Moral! Wenn Sie die Fahrten Ihres Chefs persönlich verhindert oder selbst die Polizei benachrichtigt hätten, dann Herr Ahlers, dann könnte ich Ihrem Moralstandpunkt etwas abgewinnen. Respekt, würde ich dann sagen, Charakter, der Mann. Aber so? Hinterhältig, linkisch und feige. Gemeinsam mit Ihren seltsamen Freunden haben Sie Schmierlewski einfach – aber lassen wir Fragen von Ehrenhaftigkeit oder Hinterhältigkeit erst einmal außen vor. Mich interessiert in erster Linie nur, wen Sie in solchen Fällen informiert haben."

Ahlers schwieg lange und sah stur an Schopetta vorbei. Der wartete geduldig, zählte zweimal bis sechzig und sagte dann: „Also gut, Sie riefen Bender an."

Ahlers fuhr bei der Nennung des Namens deutlich zusammen, und mit leicht belegter Stimme fragte er: „Bender? Was hab ich mit dem Idioten zu tun?"

Schopetta sah den Mann durchdringend an. „Gut, dann riefen Sie nicht Bender an. Vielleicht informierten Sie ja Glowritz direkt", und spontan einer Eingebung folgend, fügte er hinzu: „Oder war Herr Dabringhausen auch schon vor Monaten an der Sache interessiert?"

Ahlers schwieg. Aber der schnelle Blick, der den Kommissar eigentlich nur streifen sollte, blieb einen Augenblick zu lang auf ihm hängen.

Schopetta aktivierte das kühl überlegene Lächeln aufs neue: „Auf jeden Fall kam die Nachricht, über wen auch immer, zu Glowritz. Und der informierte einen ihm bekannten Polizisten, der dann nur noch an der Straße zu warten brauchte."

Nun gab Ahlers das Grinsen zurück, zog noch einmal tief an seiner Zigarette und drückte sie dann mit filmreifer Geste im Aschbecher aus: „Ach, hat das kleine Bullenarschloch gequatscht? Ich hab immer gesagt, den Typ kann man einfach nur knicken."

„Und wem haben Sie das gesagt?"

„Egal."

„Stimmt! Auch für mich ist es egal, wer hier wo quatscht. Man braucht kein Psychologe zu sein, um Ihr Verhalten zu interpretieren. Ihre Reaktionen verraten Sie, Herr Ahlers, und darum weiß ich, daß die Information bei Ihnen den Ausgang nahmen."

„Wenn Sie meinen!" zischte Ahlers überheblich und zuckte möglichst cool mit den Schultern. „Trotzdem! Für das Gelaber zahlt Ihnen doch keiner ne Mark! Außerdem wird jeder verstehen, daß ich mich nicht mit dem Chef anlege."

„Natürlich, ist völlig verständlich." Schopetta wechselte ohne Ansatz das Thema und fragte wie nebenbei: „Wie war das eigentlich am letzten Montag? Haben Sie den Toten im Museum persönlich entdeckt?"

Ahlers war merklich irritiert. Er zögerte, seine Augen flackerten kurz, und Schopetta freute sich über die erzielte Wirkung.

„Hab ich Ihnen doch schon gesagt", knurrte der Hausmeister wieder mürrisch und abweisend.

„Ja, ja. Leider habe ich mir nur ungenaue Notizen gemacht. Wenn ich mich richtig erinnere, haben Sie die Polizei alarmiert, aber haben Sie auch die Leiche gefunden?"

Ahlers schwieg wieder für einige Augenblicke und sagte zögerlich: „Ja. Aber eigentlich hat mich der Greiner darauf aufmerksam gemacht. Der hat gesagt: ‚Geh mal gucken, da sitzt einer in eurem komischen Tonofen.' Erst hab ich gedacht, der will mich verarschen, er macht schon mal so blöde Scherze, aber dann bin ich rüber in den Ausstellungssaal und hab ihn da eben gefunden."

„Wen?"

„Den Toten!"

„Ach ja, blöde Frage, Herrn Bender eben!"

Ahlers wich kaum wahrnehmbar zurück, und Schopetta lehnte sich auf den Tisch und vertiefte sich scheinbar zerstreut in seine Notizen. „Stimmt, jetzt bin ich auch auf der richtigen Seite." Der Hausmeister zündete sich eine weitere Zigarette an.

„Ja, richtig! Greiner, Hartmut. Inhaber der Reinigungsfirma Greiner KG. Herr Greiner sagte bei seiner Vernehmung, Sie seien nach dem Leichenfund sehr aufgeregt gewesen, kaum ansprechbar. Er spricht sogar von völligem Schockzustand, aufgerissenen Augen und deutlicher Desorientierung. Is da was dran?"

„Der spinnt doch, der Kerl", brauste Ahlers auf, sprach aber, ohne Schopetta anzusehen. „Ich war Berufssoldat, Mann. Natürlich is ein Toter und dann noch so zugerichtet, nichts Alltägliches, aber einen Schock versetzt mir so was doch nicht." Er zog verächtlich abschätzend den rechten Mundwinkel hoch. „Desorientiert, daß ich nicht lache."

„Stimmt ja, Sie waren Soldat. Welche Waffengattung, wenn ich fragen darf?"

„Fallschirmjäger."

„Oh, die ganz Harten. Aber war da nicht irgend etwas mit unehrenhafter Entlassung? Ich meine, mich an so etwas erinnern zu können." Schopetta sah Ahlers herausfordernd und spöttisch an. Der vermied weiter jeden Blickkontakt, färbte sich aber nun im ganzen Gesicht dunkelrot. Vorerst gab er sich Mühe, keine Antwort zu geben, aber die Anspannung zerriß ihn fast. Und dann, wie Schopetta es vermutet hatte, hämmerte er mit einer weit ausholenden Bewegung die kaum angerauchte Zigarette in den Aschenbecher und schrie: „Unehrenhaft? Was wissen Sie denn schon von Ehre, Sie Klugscheißer? Für national gesinnte Demokraten, für die so was wie Nationalstolz noch eine Bedeutung hat, is gar kein Platz in dem Haufen. Wer sich in diesem Land zu seiner nationalen Überzeugung bekennt, wird hier doch abserviert, und zwar von einer Bande aus Altkommunisten, Vaterlandsverrätern, linksliberalem Intellektuellengesocks und diesen spezialdemokratischen Zecken. Zum Glück haben ein paar Schlaue das schon gemerkt und tun was dagegen, noch im geheimen, aber bald werden die sich auch traun, das auch ganz offen zu machen. Da wird sich schon bald was ändern. Verlassen Sie sich drauf."

„Und Sie? Sie haben sich immer getraut, was?" Schopetta wurde sauer.

„Sonst wär ich da ja wohl nich rausgeflogen", bellte Ahlers zurück. „Ich trete überall und jederzeit für meine Überzeugung ein!"

Nazilieder grölend und zum Umfallen besoffen, dachte Schopetta, der sich an die ersten Photos des Hausmeisters erinnerte, die Rudi besorgt hatte. Statt dessen fragte er sogar einigermaßen korrekt: „Und? Wie sind Sie dann an den Job im Museum gekommen? Das ist doch eine Landeseinrichtung, wenn ich mich nicht irre."

„Ich sag doch, einige wissen, was die Uhr geschlagen hat, und die tun was für einen Kameraden."

Ahlers nestelte mit nervösen Fingern eine neue Zigarette aus der Pakkung, zündete sie an und hielt dann stumme Zwiesprache mit der Zimmerecke.

Schopetta nickte überlegen wissend und setzte auch sein Lächeln wieder auf. „Ich fasse zusammen", begann er die Unterhaltung erneut. „Sie haben den Toten zwar nicht gefunden, aber kurz danach gesehen. Haben Sie ihn erkannt?"

Ahlers verschloß sich noch mehr und gab keine Antwort.

„Natürlich haben Sie ihn erkannt", resümierte Schopetta statt dessen. „Sie erkannten Bender sofort. Die Montur, das Abzeichen auf der Brusttasche. Sie sind Mitglied im Verein für nationale Heimatpflege, Sie stehen der Thulebruderschaft nahe und ...", Schopetta zögerte den nächsten Satz einen Augenblick hinaus, „und Sie lügen. Als ich Sie nämlich vorige Tage auf den Hundesportverein ansprach, den an der Kameradenklause, haben Sie gelogen. – Jahrelang nicht in Sinsen gewesen – , das war gekrückt, Ahlers. Es gibt Zeugen, die Sie letzten Sonntag noch dort gesehen haben. – Warum haben Sie gelogen?"

„Weil mir klar war, daß diese linksgedrehte Staatsmacht wieder mal nur in unseren Reihen den Mörder suchen wird. Sie sollten lieber bei den Zekken gucken, die bedrohen uns seit Jahren mit Mord und Totschlag. Außerdem hatte ich natürlich Angst, da in eine krumme Sache reingezogen zu werden." Trotzig und ohne den Kommissar anzusehen, gab er die Antwort.

„Herzliches Mitleid, ich bin den Tränen nahe", stänkerte Schopetta. „Aber ich kann Ihnen versichern, Sie werden nicht hineingezogen, weil Sie schon drin stecken, und zwar schon längere Zeit – viel tiefer, als sie zugeben wollen, mein lieber Herr. Das is auch der Grund, warum wir uns jetzt unterhalten." Der Hausmeister quittierte die Bemerkung mit einem abschätzigen Zischen.

„Wann haben Sie Bender eigentlich zum letzten Mal lebend gesehen?"

Die Nennung des Namens zeigte wieder Wirkung, obwohl Ahlers weiter unverwandt in seine Ecke starrte und keine Antwort gab. Schopetta fühlte, wie sein Geduldspotential sich mehr und mehr erschöpfte, doch um diesem Gefühl nicht die Oberhand zu lassen, kürzte er seine Fragen etwas ab.

„Gut, lassen wir das. Nächste Frage. Wo waren Sie am letzten Sonntagabend in der Zeit, sagen wir mal, zwischen 18:45 Uhr und 21:00 Uhr?"

„In der Kameradenklause." Die Antwort kam schneller als Schopetta erwartet hatte.

„Mit Sicherheit haben Sie da doch schon rumgeschnüffelt. Ich hab an dem Abend da mit einigen von den Jungs gesprochen. Wenn ich es brauchen sollte, hab ich ein 1A Alibi."

„Da wäre ich nicht so sicher, Herr Ahlers. Meine Informationen lauten etwas anders. Nach übereinstimmenden Aussagen waren Sie nämlich nicht den ganzen Abend in der Kneipe." Er sah Ahlers nicht an, sondern vertiefte sich in das Studium weiterer Seiten seines Notizbuches.

„Stimmt!" sagte Ahlers plötzlich und wieder so schnell, daß Schopetta nicht mal mehr auf die bedrohliche Nennung des Todeszeitpunktes von Bender hinweisen konnte. Auf die Fragen hat er sich vorbereitet, dachte er.

„Ich war auch zwischenzeitlich noch mit einem Bekannten zum Essen. In Recklinghausen."

„Auch dafür gibt es sicher Zeugen?"

„Aber natürlich, was glauben Sie? Mein Bekannter ist Geschäftsmann. Wahrscheinlich hat der sogar noch die Rechnung."

„Wie heißt der Bekannte?"

„Sie wissen doch", grinste Ahlers, der sich vermeintlich im Aufwind fühlte. „Erst mal werde ich doch keinen guten Bekannten in eine polizeiliche Ermittlung reinziehen und außerdem, ohne meinen Anwalt ...", und dann zog der Hausmeister die Schultern hoch, hob die Hände und ließ sie bedauernd auf die Knie klatschen.

„Welches Lokal?"

„Weiß ich nicht mehr. Irgendeiner von den teuren Ittackern am Stadtrand. Ich hab nich drauf geachtet, und außerdem wars schon so dunkel."

„Aber Angst hatten Sie keine?"

„Wieso Angst?"

„Weil es doch so dunkel war."

Ahlers ließ wieder sein abfälliges Zischen hören.

„Ich merke schon, Sie haben kein Interesse, in diesem Fall mit uns zu kooperieren, kürzen wir die Sache also weiter ab."

Ahlers zuckte nun gleichgültig mit den Achseln.

„Wenn Sie denn wirklich in einem teuren, italienischen Lokal zum Essen waren, dann mit Dabringhausen."

Schopetta stellte mit tiefer Zufriedenheit fest, wie Ahlers einen Ruck, der durch seinen Körper ging, mit Mühe unterdrückte und krampfhaft versuchte, ein nervöses Zucken am linken Auge zu verbergen. Auf dem Weg zum Aschenbecher verlor er dann noch die Zigarette aus den Fingern, und beim Versuch, sie aufzufangen, verbrannte er sich die Handfläche. Er fluchte ungehemmt vor sich hin, doch Schopetta ließ sich nicht aufhalten.

„Ich erzähle Ihnen mal noch etwas mehr von meinen Ermittlungen, Herr Ahlers. Sie waren wirklich bis ungefähr 18:30 Uhr in der Kameradenklause. Dann verliert sich auch schon der Nachweis Ihrer Anwesenheit dort, und niemand hat Sie mehr gesehen. Das gilt für einen Zeitraum von ungefähr dreieinhalb Stunden, ein Zeitraum in dem Benders Ermordung gut unterzubringen ist. Gegen 22:00 Uhr tauchten Sie für zirka eine halbe Stunde wieder in der Kameradenklause auf, und um halb elf waren Sie dann ganz verschwunden."

„Sag ich doch! In der Zeit dazwischen war ich essen, und danach bin ich zu Hause gewesen in meinem Bett. Ich mußte nämlich am Montag früh raus, weil ich Dienst hatte."

„Kann jemand bestätigen, wann Sie nach Hause kamen, Ihre Frau oder Ihre Freundin?"

„Ich bin geschieden und wohne allein."

„Vielleicht die Nachbarn oder sonst wer?"

„Wozu muß ich eigentlich ein Alibi haben?" Ahlers sah dem Kommissar jetzt zum erstenmal ins Gesicht. Wut und Zorn machten seine Stimme zwar rau und aggressiv, aber in seinen Augen saß verräterisch die blanke Angst. „Was werfen Sie mir vor, he?" brüllte er weiter. „Sagen Sie, was Sie von mir wollen, und kommen Sie endlich zur Sache!"

„Moment!" Schopetta hob abwehrend die Hände. „Ich war ja noch gar nicht fertig. Denn ich habe ja Informationen über Ihren zwischenzeitlichen Aufenthalt. Es existiert nämlich ein Videoband, eins mit absolut sicherer Zeitangabe. Das verrät Sie gnadenlos."

Ahlers riß die Augen weit auf und stoppte damit das nervöse Zucken. Wieder starrte er Schopetta direkt ins Gesicht. „Videoband! Sie erzählen mir doch einen vom Pferd!"

„Warten Sie's ab. Man könnte es als Ironie des Schicksals bezeichnen, wenn man bedenkt, daß das Band wahrscheinlich nur zufällig aufgenommen wurde. Aber auf jeden Fall zeigt es Sie, gegen 19:12 Uhr vor dem Haus Mühlenmathe 12 in Recklinghausen, und nur wenige Minuten später sogar in der Garage dieses Hauses. Sie wissen, wer dort wohnt?"

Als Schopetta Ahlers wieder ins Auge faßte, erkannte er sofort die Veränderung darin, und wenn er nicht selbst so begeistert von seiner Rolle „knallharter Verhörspezialist" gewesen wäre, hätte er dieser Veränderung mehr Bedeutung beigemessen. In Hans Otto Ahlers Gesicht arbeitete es schwer. Bewegungen wie in einer Wolkenwand kurz vor Blitz- und Donnerschlag. Die Hände tief in den Taschen der Jacke und die Arme dabei steif durchgedrückt, saß er jetzt weit zurückgelehnt auf dem Zeugenstuhl. Ganz langsam öffnete er den Mund, als wolle er eine Antwort geben auf all das, was Schopetta vorbrachte, aber er bekam kein Wort über die Lippen. Schopetta zog die Schraube weiter an, fixierte den Hausmeister herausfordernd und dachte dabei nur: Hab dich, Arschloch!

„Ich will Ihren Erinnerungen auf die Sprünge helfen, Herr Ahlers, und wie Sie sehen, brauche ich gar nicht so viele Antworten von Ihnen, wie Sie vielleicht am Anfang unseres Gespräches gedacht haben. Die meisten habe ich nämlich schon. Mühlenmathe 12 ist die Villa von Herbert Dabringhausen, in Ihren Kreisen vielleicht besser bekannt als Pommes, Scheitel oder Dabbi. Und wenn Sie am Sonntagabend wirklich Essen gegangen sind, dann mit diesem Herrn. Zudem kennen Sie sich in dieser Villa auch sehr gut aus. Die Filmaufnahme zeigt deutlich, wie Sie im Dunkel der Garage verschwinden."

„Und wenn da alles dunkel war, wie Sie sagen, wieso bin ich dann zu erkennen?"

Es war ein fast verzweifelter Versuch, nicht unterzugehen, aber Schopetta wischte ihn gnadenlos vom Tisch: „Gerade weil es so dunkel war, sind Sie blöd genug gewesen, für einen kurzen Augenblick das Licht anzumachen. Das Dumme daran ist, daß Sie, genau in diesem kurzen Augenblick, von einer unbemerkt laufenden Videokamera aufgenommen worden sind. Sie wurden sozusagen gefilmt, Herr Ahlers, und Sie sind es auf den Bildern. Das können wir beweisen. Was wollten Sie eigentlich dort?"

Ahlers zog die Hände aus den Taschen, ächzte seltsam und gab keine Antwort. Er drehte sich sogar von Schopetta weg, der nun sein nächstes As ausspielte: „Und nur, um auch das noch zu vervollständigen, gekommen sind Sie mit dem Nissan Pick-Up aus der Kameradenklause. Und damit wir uns die Einwände dazu auch gleich sparen, der Schlüssel für das Fahrzeug war für jeden Gast zugänglich, da habe ich mich bereits ausführlich erkundigt."

Der Hausmeister stöhnte erneut, vielleicht noch gepreßter und schwerer, so daß den Kommissar für einen Augenblick die Sorge beschlich, der Mann könne von einer plötzlichen Herzattacke heimgesucht werden.

„Ist Ihnen nicht gut?" fragte er darum vorsichtig, aber als Ahlers nur eine Hand unter die Jacke schob, leicht mit dem Kopf nickte und sich umständlich auf dem Rücken kratzte, verfolgte Schopetta den Gedanken nicht weiter.

Alle seine Überlegungen ergaben nun eine zusammenhängende logische Kette, und an diese Kette konnte er Hans Otto Ahlers nun nehmen. Er wartete nur noch auf den Zusammenbruch des Mannes und rückte dicht an ihn heran: „Wir können beweisen, daß kurz nachdem Sie sich in die Garage begeben haben, Herr Bender die Villa Dabringhausen verläßt, und zwar in Begleitung des Hausherrn persönlich. Die Zeitangabe liefert das Videoband. Nach Aussagen unseres Gerichtsmediziners war das der Zeitpunkt, der ziemlich genau auch den Todeszeitpunkt Benders markiert. Sie, Herr Ahlers, sind durch Ihre Anwesenheit, die zeitliche Übereinstimmung und besonders durch Ihr seltsames Verhalten dringend verdächtig, Bender umgebracht zu haben, beziehungsweise an der Tötung beteiligt gewesen zu sein, oder, die für Sie günstigste Annahme, zu wissen, wer den Mord beging. Es wird Sie sicher erschrecken, aber ich werde Sie jetzt gleich vorläufig festnehmen."

Ein metallisches Geräusch ließ den Kommissar wieder aufmerksam werden. Ahlers hatte aus seinem Hosenbund eine Stahlrute gezogen, und das Geräusch war entstanden, als sich die drei Metallfedern unter dem Schwung des Schlages auseinanderzogen. So reagierte Schopetta erst im allerletzten Augenblick. Ein Reflex, der ihn mit aller Kraft nach hinten wuchtete, rettete ihn und verhinderte so nur knapp den Volltreffer. Was ihn glücklicherweise dann nur noch von dem Angriff streifte, reichte aber völlig aus. Die Kugel an der Spitze des Totschlägers traf den Scheitelansatz und wischte ein Stück über die Stirn. Ein grellweißer Blitz blendete ihn, er fühlte augenblicklich einen brennenden Schmerz, und sein Gesichtsfeld schwärzte sich von außen her sehr schnell und gleichmäßig ein. Die zweite krachende Erschütterung wurde durch den heftigen Aufprall des Schädels auf den Fußboden ausgelöst, der durch das alte Linoleum nur unzureichend gedämpft wurde. Er fühlte den Schmerz nicht mehr. Nur das Geräusch, das in seinem Kopf entstand, kam ihm vor wie das dumpfe Wummern eines Fünfkilo-Hammers, der im Stockwerk über ihm auf den Boden geworfen wurde. Schopetta war absolut paralysiert und, sich in alles fügend, akzeptierte er die ihn umgebende Dunkelheit.

Irgendwann wurde ihm flau, richtig tief von innen her. Langsam und Stück für Stück versuchte er zu sortieren, was geschehen war, mußte aber immer wieder abbrechen, weil ihm entfiel, wo er sich gerade befand. Mit einem leiernden Echo hörte er aber eine Tür klappen, Schritte, die sich seltsam schleichend entfernten und dann eine Pendeltür, die klackend hin und her schwang. Warm lief ihm Blut über Stirn und Schläfe in den Augenwinkel und das Ohr. Aber es fehlte ihm jede Kraft, den Arm zu heben und das Blut wegzuwischen. Der Anzug is versaut, dachte er. Ganz zu schweigen vom Hemd. Dann wollte er Alarm brüllen, Alarm! Dieses dämliche Hausmeisterarschloch haut einfach ab, doch obwohl er alles in die Stimme legte, blieb nur Schweigen. Es war Freitagnachmittag, und auf der ganzen Scheißetage war nicht mal eine Handvoll Beamter anwesend. Nichts geht mehr. Stille, absolut lautlos und schwarz.

Irgend jemand klopfte ihm auf die Wange, rief seinen Namen. Die Zärtlichkeit und Nähe, mit der das geschah, ließen ihn die Augen etwas länger geschlossen halten, als es nötig gewesen wäre.

„Er is getürmt, die Fahndung muß unbedingt sofort raus", hörte er sich selbst sagen, dann erst öffnete er schweren Herzens die Augen. Er sah in Elles Gesicht, die ihn besorgt musterte und sich langsam vor seinen Augen zu drehen begann. „Elle! Mädchen, gut dich zu sehn", sagte er mit einer Wärme, die ihn selbst in Erstaunen versetzte.

„Bleib man ruhig, Erwin. Der Arzt is unterwegs."

Er war müde, und die Augen fielen ihm wieder zu. Trotzdem murmelte er: „Wir müssen hinter ihm her. Dieser blöde Hausmeister. Hat der mir doch glatt eins übergezogen. Ich brauch keinen Arzt."

„Klar! Warum sollte Erwin Schopetta auch einen Arzt brauchen. Dickes Loch im Kopf, aber bloß keinen Arzt. Willst du nicht wenigstens jetzt mal diese Dirty Harry Nummer unterbrechen?"

„Marlowe", brummte Schopetta als Antwort. „Es ist Philip Marlowe", und obwohl ihm der Kopf ordentlich weh tat, versuchte er mit geschlossenen Augen sein coolstes Grinsen.

„Alles klar, Mister Marlowe", sagte Elle. „Aber trotzdem sollte sich der Arzt deine Macke ansehen."

Heuermann war es, der ihr Gespräch unterbrach. „Kann mir vielleicht jemand sagen, was hier los ist? Das ganze Haus ist in Aufregung."

Schopetta hörte ihn irgendwo hinter sich, und als er die Augen verdrehte, um den Polizeipräsidenten ins Blickfeld zu bekommen, sah er nur dessen karierte Golfhosen. Ihm wurde wieder schwindelig, und die erst kurz überwundene Schwärze drohte ihn wieder einzuschließen. Elle tätschelte seine Wangen, während sie dem Vorgesetzten die Lage erklärte: „Ein Krankenwagen ist schon unterwegs, und die Fahndung nach dem Flüchtigen läuft", waren die letzten Worte, die Schopetta ungemein beruhigten. Die Frau versteht das Geschäft, dachte er, öffnete mit aller Macht die Augen und versuchte sich aufzurichten.

„Mann, Erwin, jetzt sei doch einmal vernünftig und bleib liegen", schimpfte sie. Im selben Augenblick betrat der Unfallarzt mit dem Sanitäter den Raum, sie drückten ihn auf den Boden, und ab da war ihm alles nur noch peinlich.

Der Sturz hatte für eine ordentliche Beule am Hinterkopf gesorgt. „Gehirnerschütterung", stellte der Doktor fest, der ihn gut verarztet hatte. Die kleine Platzwunde, kurz unter dem Haaransatz, schloß er mit zwei Klammern und sagte, nachdem er Schopetta lange angesehen hatte: „Auch wenn es nichts nützt, ne Woche Bettruhe wäre angemessen. Da Sie sich aber wahrscheinlich einen Scheißdreck um das kümmern, was ich Ihnen sage, nehmen Sie gegen die Kopfschmerzen ein paar Aspirin, und vermeiden Sie möglichst Hektik und schnelle Bewegungen."

Schopetta nickte betont langsam. Er saß mittlerweile wieder auf seinem Stuhl, mit dem Rücken an den Vernehmungstisch gelehnt, stierte dabei gedankenversunken vor sich hin und wunderte sich nicht einmal darüber, daß Elle seine Hand hielt. Der Anzug war nur etwas verknittert, und das Blut aus der Kopfwunde hatte den Hemdkragen nicht erreicht.

„Wie konnte das passieren?" Es war Heuermann, der den Raum betrat, ihre Zweisamkeit ein zweites Mal störte, kurz nachdem Arzt und Sanitäter gegangen waren.

Schopetta wies mit dem Kopf zum Kassettenrekorder. „Da is alles drauf. Ahlers drehte durch, als ich ihm eine Tatbeteiligung am Bendermord vorhielt und damit drohte, ihn festzunehmen."

„Wahrscheinlich hat er die Nerven verloren. Wer weiß, wie Sie ihn wieder angegangen sind."

Schopetta unterdrückte, dem Rat des Arztes folgend, seinen Wutausbruch, wies erneut auf den Rekorder und knurrte: „Hören Sie sich das Band an. Wenn nötig, reden wir danach über meine Vorgehensweise." Ohne auf eine Antwort zu warten, drückte er auf die Wiedergabetaste, und gemeinsam ließen sie die letzten zwanzig Minuten zumindest akustisch noch einmal an sich vorüberziehen. Das Band endete mit einer Serie undefinierbarer Geräusche und einem kurzen Aufschrei. Ihm war gar nicht bewußt, so geschrieen zu haben. Der Schmerzensschrei war nicht unbedingt geeignet, sein Peinlichkeitsgefühl, besonders Elle gegenüber, zu reduzieren, aber scheinbar wurde diese Reaktion von allen als völlig normal angesehen. Ein kurzes Aufbrüllen eben, und im selben Augenblick war zu hören, wie er mit dem Stuhl polternd zu Boden ging.

Er ließ das Band schnell vorlaufen. Die Anzeige im Display zeigte erst elf Minuten später die nächsten Aufnahmen an. Elle war zu hören, die erschrocken und, wie er herauszuhören glaubte, auch mitfühlend seinen Namen rief, dann Alarm gab, den Notarzt anforderte, den Kollegen von der Bereitschaft den Flüchtigen beschrieb und sich dann wieder um ihn kümmerte. Und bevor noch ein Wort zu viel vom Band kam, schaltete Schopetta den Kasten aus. „Ja, das wars dann wohl."

Erstaunlicherweise nickte Heuermann nachdenklich. Abschätzig oder anerkennend, die Bedeutung war für Schopetta nicht auszumachen. Eine ganze Weile blieb er schweigend neben dem Tisch stehen. Dann rückte er nervös seine Brille zurecht und fragte: „Existieren die Videoaufnahmen tatsächlich?"

„Bluffen tun wir nur bei Kleinigkeiten. Die großen Sachen stimmen bis ins letzte", antwortete Schopetta.

„Wohin kann er abgehauen sein?" fragte Elle mitten in die Unterhaltung ihrer Vorgesetzten. „Zu seiner Wohnung nach Haltern hab ich eine Zivilstreife geschickt."

„Schick auch eine zur Kameradenklause", bat Schopetta. „Die Kollegen sollen besonders den Hundesportclub beobachten. Und sicherheitshalber sollten wir das Museum auch nicht unbeobachtet lassen. Was ist eigentlich mit seinem Fahrzeug? Oder ist er mit dem Zug gekommen?"

„Ahlers fährt einen silbergrauen 89er Ford Granada Kombi", gab sie bekannt. „Der Wagen hat bis vorhin beim Finanzamt gestanden, und der Kollege unten aus der Wache sagt, damit ist er auch abgehauen. Seitdem ist Ahlers mitsamt der Karre verschwunden. Die Beschreibung ist raus, und alles was an Vestischer Kavallerie unterwegs ist, hält die Augen offen."

„Zum Glück haben wir für die Fahndung ja die Photos."

„Wieso gibt es bei uns Photos?" fragte Heuermann irritiert. „Hat er bei uns eine Akte?"

„Bei uns nicht. Die Photos sind über kollegiale Beziehungen von der politischen Abteilung zu uns gelangt. Ahlers wurde von den Politischen schon mal genauer beobachtet."

„Und warum sagt mir so etwas keiner?"

„Hat Sie bisher nicht so interessiert. Außerdem schreiben wir unsere Berichte erst nach Abschluß der Ermittlungen. Wenn Sie es aber wünschen, können wir das sofort ändern", zischte Schopetta giftig.

Heuermann erhob abwehrend die Hände. „Schopetta, bitte! Warum immer nur so feindselig?“

Schopetta zog seine Augenbrauen fast bis zum Haaransatz, ertrug den brennenden Schmerz in der frisch verarzteten Wunde und sparte sich eine Antwort, die im Grunde auch nicht erwartet wurde.

Der Präsident überging die Gesichtsakrobatik seines Hauptkommissars und fragte unsicher: „Was tun wir jetzt weiter?“

„Wir werden uns Dabringhausen vorknöpfen. Sie haben das Band gehört. Unser Gespräch mit dem Herrn duldet keine Minute Aufschub.“

Heuermann wurde plötzlich leicht hektisch und fragte: „Gehen Sie allein?“

„Die Kommissaranwärterin Kommer wird mich begleiten. Und voraussichtlich auch Kommissar Riepen. Die anderen Mitarbeiter des Kommissariats haben Wochenende.“

„Haben Sie einen Durchsuchungsbefehl beantragt?“

„Bei der Beweislage sehe ich Gefahr im Verzug. Wenn es sich ergeben sollte, nehme ich den Mann vorläufig fest.“

„Übernehmen Sie sich nicht, Schopetta. Sie wissen von seinen Verbindungen. Wenn da nicht alles sauber läuft, kann das Schwierigkeiten bedeuten.“

„Sie haben alle Informationen. Die Einschätzung des Polizeipräsidenten hat sicher beim Richter mehr Gewicht als der Vortrag eines Hauptkommissars. Warum fordern nicht Sie persönlich den Durchsuchungs- oder Haftbefehl an? Oder wollen Sie an Leute wie Dabringhausen nicht ran?“

„Schopetta, mir reicht es. Von so einer Auffassung meinerseits kann nicht die Rede sein.“ Die Antwort des Präsidenten kam scharf und drohend. „Man muß einzig die Balance halten, verstehen Sie? Nur das ist wichtig.“ Und nach einem kurzen, schnaubenden Innehalten fügte er hinzu: „Ich werde mich um die Sache kümmern.“ Er drehte sich auf dem Absatz um und verließ eilig das Vernehmungszimmer. Trotz Schärfe und Strenge, die er mit den letzten Sätzen vorgeführt hatte, hinterließ er bei seinen Beamten einen ungewohnt unsicheren und nervösen Eindruck. Sie sahen sich an.

„Da biste aber jemandem aufs Pedal gelatscht. Das mochte er ja gar nicht, der Herr Polizeipräsident.“

Schopetta zuckte mit den Achseln

„Und was machen wir jetzt wirklich?“ fragte Elle.

„Jetzt nehmen wir Fingerabdrücke.“

Elle sah Schopetta fragend an. Der wies auf den Tisch, vor dem Ahlers gesessen hatte.

„Er hat sich nur einmal darauf abgestützt, hab ich genau drauf geachtet. Da ziemlich genau in der Mitte. Aber dafür mit allen zehn Fingern. Kannst du Fingerabdrücke sichern?"

„Na klar! Du nicht?"

„Hab ich das letzte Mal vor zehn Jahren gemacht. Es könnte also sein, daß ich es versau."

„Und was willst du mit den Prints?"

„Vergleichen mit denen aus dem Museum und denen aus dem Pick-Up. Wenn die übereinstimmen, sind das unumstößliche Indizien, und wir können Ahlers wirklich festnageln."

„Dann will ich mal mein Zeug holen", sagte Elle und ging in Richtung Tür.

Schopetta nahm sein Notizbuch, den Stift, den er irgendwo auf dem Boden wiederfand, steckte alles in die Jacke und hechtete hinter Elle her. Die war kurz vor der Tür stehengeblieben und wandte sich noch einmal zu ihm um, so daß sie fast zusammengeprallt wären. Sie schwiegen verlegen.

„Ich möchte mich noch für deine Hilfe bedanken." Er sah Elle an, die mit rotem Gesicht lächelte und weiter nichts sagte.

„Ja, also dann, vielen Dank auch."

Die junge Frau nickte mehrmals und lächelte weiter.

Er war einfach zu ungeübt in solchen Situationen, und die Frau einfach zu jung. Also griff er zur Klinke, öffnete die Tür mit einer Verbeugung und flachste: „Meine Verehrung, gnädige Frau."

„Sehr freundlich und zuvorkommend, Herr Hauptkommissar." Sie lächelte immer weiter, erwiderte die kleine Verbeugung, und dann sagte sie: „Diese Form besonderer Höflichkeit findet man doch nur bei reiferen Männern mit Bildung und guter Erziehung."

„Auch wenn du eine rotzfreche Schickse bist, du bist schon richtig!"

Jetzt lächelte auch Schopetta und bot der jungen Polizistin seinen Arm.

Untergehakt gingen sie durch den Flur des Präsidiums, und Schopetta fühlte sich trotz leichten Kopfschmerzen bestens. Nach der hektischen Aufregung war wieder Ruhe eingekehrt. Außer dem Hall der eigenen Schritte war nichts zu hören. Stille, absolut. Vielleicht geht doch noch was, dachte Schopetta und schenkte sich ein weiteres Lächeln.

43

Ihr Auto stand ungefähr da, wo am letzten Sonntag der Pick-Up gestanden hatte. Trotz der beginnenden Dämmerung konnte man von dort das frisch renovierte Palais aus den Gründerjahren noch gut sehen. Das Haus und der riesige Park waren von einem altmodischen Eisenzaun umgeben, dessen einzelne Stangen wie antike Spieße aussahen. Der dunkelblaue Jaguar stand unbewegt und überschattet von den kahlen Fliederbüschen in der breiten Einfahrt vor der Garage. Alles wie auf dem Video.

Sie warteten auf Rudi.

Im Haus selbst war bisher nichts passiert. Niemand war hineingegangen oder herausgekommen. Es wurde kein Fenster geöffnet und keine Gardine bewegt. Alles blieb ruhig. Gelbes Licht schimmerte nur schwach aus einem Fenster der unteren Etage. Die letzten Sonnenstrahlen, die sich einzeln und wie Spotlights ab und zu ihren Weg durch die schnell ziehenden Wolken brachen, ließen die Edelstahlhaube auf dem großen Schornstein des Hauses silbrig aufblinken. Aus dem Rohr kräuselte grauer Qualm, den der frische Wind schnell erfasste.

Seit sie das Präsidium verlassen hatten, war noch kein Wort zwischen ihnen gewechselt worden. Elle schien zu dösen oder nachzudenken, und Schopetta bearbeitete erfolgreich das beschämende Gefühl, von Ahlers wie ein Anfänger überrumpelt worden zu sein.

Die junge Frau war es, die das Schweigen brach: „Mein Gott! Jetzt hab ich in der Aufregung doch eine wichtige Mitteilung vergessen. Du hattest wieder den richtigen Riecher, Erwin. Die Geschosse aus Grullbad stimmen mit denen aus dem Archiv überein. Sie stammen aus der selben Waffe."

Wenn wir den Mörder von Teske und Müller kriegen, haben wir wahrscheinlich auch den Mörder von Henk Bloomdaal." Als Schopetta sie fragend ansah, erklärte sie: „Der Holländer, der 1990 beim Großmarktkrieg erschossen wurde."

„Schau an", brummte Schopetta und fühlte sich sofort gelöst und für Augenblicke vor Genugtuung und Stolz wie besoffen. Er hatte recht behalten. Ein breites Grinsen entwickelte sich auf seinem Gesicht. „Es geht doch in dem blöden Job wirklich nichts über ein gutes Gedächtnis. Geduld braucht man und ein wenig Glück."

„Wie meinst du das?" fragte die junge Frau.

„Wie ich's sage. Nur das ist es, was wir täglich brauchen. Und wenn man alle Zutaten ordentlich mischt, wird das Ganze von anderen als unschlagbare Spürnase empfunden. Bei entsprechendem Alter ist das die Basis für eine unaufhaltsame Legendenbildung."

Elle wackelte skeptisch mit dem Kopf: „Ich glaube, etwas mehr gehört schon dazu. Denn Geduld muß man erst mal haben, jedes Gedächtnis muß gefüttert werden, und was du Glück nennst, ist meist die Fähigkeit, die richtigen Dinge miteinander zu verknüpfen, und das Richtige im richtigen Augenblick zu tun."

Ein sehr angenehmes Gefühl durchströmte Schopetta. Er spannte die Muskeln in Armen und Beinen an und ließ den Kopf über die Schultern rollen. Dann sah er wieder nach vorn durch das vom Nieselregen gesprenkelte Frontfenster.

„Übrigens sind noch ein paar andere Untersuchungsergebnisse durchgegeben worden."

„Und?" Schopetta stierte weiter geradeaus.

„Die Genanalysen aus den Zigaretten. In der Datenbank liegt aber kein identisches Material vor."

„Mmhm", brummte der Kommissar, als plötzlich die Wagentür hinter Elle aufgerissen wurde. Ein Mann sprang auf die Rückbank und forderte mit heiserer Stimme: „Drehen Sie sich auf keinen Fall um, ich habe meine vollautomatische Waffel auf Sie gerichtet. Folgen Sie unter keinen Umständen dem blauen Jaguar da drüben, aber unauffällig!"

Elle lachte sofort los, und Schopetta stöhnte genervt: „Mann, Rudi! Ich warte wirklich auf den Tag, an dem du Nasenbär auftauchst, einfach nur guten Tag sagst, dich still in eine Ecke setzt und sonst die Klappe hältst."

„Tach, Frau Kollegin", sagte Rudi sofort betont freundlich, und mit einer mißachtenden Bewegung des Kopfes auf Schopetta weisend schimpfte er: „Den da grüß ich nicht mehr, der hat mir einen Vorstadtpuff als Nagelstudio verkauft, und ich werde das Gefühl nicht los, das hat er absichtlich gemacht. Aber das wird ein Nachspiel haben, Herr Kollege, das brauche ich mir bei meinem Dienstgrad nicht gefallen zu gelassen, verstehen Sie? Und übergangslos fügte er hinzu: „Unser Professor ist da übrigens Stammkunde und kam regelmäßig auf ein Stößchen vorbei. Hat sich aber in den vergangenen Wochen nicht mehr sehen lassen. Der Laden gehört übrigens auch Ihmchen hier", und damit wies er auf die Villa.

„Wie? Der Puff gehört auch Dabringhausen?"

Schopetta war überrascht. „Ich denke, der macht nur noch auf seriöse Etablissements."

„Was er aus dem Lustzentrum an Kohle abzieht, weiß ich nicht. Aber das Gebäude ist noch seins, wenn man die Hypotheken mal unberücksichtigt läßt. Pächter ist irgend so ein Willi Waschbär mit fleckiger Smokingjacke und Rüschenhemd."

„Dann brauchen uns die gelungenen Schnappschüsse auch nicht mehr zu wundern."

„Welche Schnappschüsse?" fragte Rudi interessiert und sah Schopetta an.

„Der Kupon, den wir in Benders Arbeitszimmer gefunden haben. Bükker hat die Photos abgeholt, und auf denen war der Professor nebst mandeläugigen Gespielinnen, einige Male gut getroffen."

„Wäre sicher nicht schlecht, wenn ich eine Komplettinformation bekommen könnte, damit ich weiß, wofür ich am Ende mein Leben in die Schanze schlage, falls wir den Laden da drüben stürmen."

Schopetta nickte. „Also, wenn du für ein paar Minuten die Klappe hälst, läßt sich das schon machen."

Ausgehend von den Bildern, die Bücker vorgelegt hatte, über die Aufnahmen des Videobandes, von Benders schriftlichem Mordauftrag bis zur Tatwaffe und der Übereinstimmung der Geschosse brauchten sie gut zwanzig Minuten, um Riepen auf den neuesten Stand der Ermittlungen zu bringen.

„Ich hab dir doch immer gesagt, du kannst dem gemeinen Hausmeister nicht trauen", kommentierte Rudi die unerwartete Flucht von Hans Otto Ahlers. „Mit Hausmeistern kenn ich mich aus." Und während er seine üblichen Sprüche abspulte, schob er Schopetta den Hut in den Nacken und betrachtete interessiert die Kopfverletzung.

„Haste echt Glück gehabt. Hätte durchaus so ausgehen können wie bei Bender." Damit drückte er den Hut vorsichtig wieder in seine ursprüngliche Position und begann nun seine Ermittlungsergebnisse vorzutragen.

„Dabringhausen ist pleite, aber völlig", brachte er alles, was er den beiden wortreich mitgeteilt hatte, auf den umfassendsten Nenner. „Der kann nicht mal mehr mit dem Jaguar fahren. Abgesehen von den Parkkrallen, die ihm der Autohändler auf die Räder gesetzt hat, auch eine Benzinrechnung von mehr als fünf Mark würde sein augenblickliches Barvermögen deutlich übersteigen. Es sei denn, er bringt ein paar leere Bierkästen zum Getränkemarkt. Aber so, wie ich den einschätze, säuft der nur teuren französischen Rotwein, und da is nix mit Flaschenpfand."

Erwin Schopetta hatte das Gefühl, laut aufjubeln zu müssen. Ganz tief im Bauch saß die Freude. Was Rudi herausgefunden hatte, paßte absolut zu dem, was er über Benders Konten wußte, und wenn alles so war, dann ergab das ein Motiv, zumindest für den Mord an Bender. Dabringhausen hatte den Alten um alles gebracht, was der besessen hatte: Häuser, Grundstücke und Bargeld. Bevor Bender auch nur eine Anzahlung für den Tempelbau hätte hinblättern können, war das Geld des Alten in den schwarzen Löchern der Dabringhausenschen Finanzgalaxie verschwunden.

Alles war so simpel. Der Grund für Benders Tod war nicht das bigotte Selbstopfer eines Sektenpriesters, nicht die Auswirkung einer linksradikalen Kriegserklärung und nicht die blindwütige Selbstverteidigung eines erpreßten Museumsdirektors. Geld war das Motiv. Kohle, Schotter, Kies, Penunzen. Und Schopetta war sich jetzt sicher, daß Dabringhausen ihn heute noch aufs Präsidium begleiten würde. Diese Zusammenhänge versteht sogar der Untersuchungsrichter. Eifersucht, Geld- und Habgier, das begriffen sie immer, dachte er, als Elle ihn aus seinen Gedanken riß: „Wenn der wirklich so Pleite is, wie bezahlt er dann seinen Staranwalt?“ Sie deutete auf den schwarzen Porsche, der an der Villa vorgefahren war und aus dem sich soeben Doktor Andreas Voigt, gewandet in großkariertem Golfoutfit und mit kleiner Aktenmappe, stemmte.

„Gibt nur zwei Möglichkeiten“, lachte Rudi. „Entweder hat dieser Doktor in den Untiefen seiner behaarten Brust ein mitleidiges Herz, oder Dabringhausen hat seine Pleite bisher erfolgreich vor ihm geheimhalten können.“

„Der weiß, daß wir kommen.“ Schopetta rieb sich das Kinn und folgte mit dem Blick dem Anwalt, der gerade von einer nicht zu identifizierenden Person ins Haus gelassen wurde.

„Kann ja sein, der hat ausreichend Schwattmoos im Haus“, sinnierte Elle, „und der feine Herr Anwalt wird cash bezahlt.“

Rudi sah Elle grinsend an: „Wäre möglich, is aber nich. Die Jungens von der Wirtschaft waren ganz dicht an ihm dran. Was an Bargeld da war, hat seine ihm angetraute Ballerina mitgenommen. Die Kleine wollte wohl nicht mehr und ist mit dem Gesparten ihres Gatten in aller Ruhe nach Sankt Petersburg entschwunden.“

„Und was sagen die Kollegen sonst noch so?“ fragte Schopetta ärgerlich, weil ihm auch die eigenen Versäumnisse in bezug auf Dabringhausen auf die Polizistenseele drückten. „Warum wurde der Kerl nicht schon früher einmal aufgesucht, zu seinen Geschäften befragt oder einfach mal auf ein informelles Gespräch ins Präsidium gebeten?"

„Mann, Schopetta? Glaubst du wirklich, nur du bis schlau?" In unserem eigenen Präsidium wurde auf die Bremse gelatscht, und das ist kein Gerücht. Außerdem lag gegen Dabringhausen nichts vor. Ein schwach begründeter Anfangsverdacht reicht nicht für dickes Geschütz. Irgendwie verwickelt, ja, aber nur irgendwie, verstehste. Jeder weiß, da laufen krumme Dinger, aber bis Ende letzten Monats nichts Verwertbares."

„Und was war Ende letzten Monats?"

„Da wurde deutlich, daß er Pleite is, keinen Konkurs angemeldet hat und seine Schulden nicht mehr bezahlen konnte. Und ausgerechnet da bin ich aufgetaucht und hab mich für den Vogel interessiert."

„Und was soll das jetzt wieder heißen? Wird Zusammenarbeit nicht mehr gewünscht?"

„Reg dich wieder ab, Erwin. Die Kollegen haben sich anfangs nur Sorgen gemacht, daß wir den Kerl aufscheuchen könnten. Sah auch für sie plötzlich so aus, als sei durch unser Schnüffeln in seinem Umfeld die ganze Ermittlungsarbeit wieder einmal fürn Arsch gewesen."

„Wieso das?"

„Die Kollegen glaubten zuerst, Dabringhausen hätte Witterung bekommen, weil er ausgerechnet Anfang dieser Woche völlig unerwartet den größten Teil seiner Schulden zurückbezahlt hat. Besonders die Knete, die er von angesehensten Vertretern aus Wirtschaft und Kultur geschnorrt hatte, ging zurück. Für Pommes war das taktisch der klügste Schachzug, denn kaum hatte er die Kohle verteilt, genoß er bei all seinen Spezies wieder den Ruf, das größte Finanzgenie nach Allan Grünspan zu sein. Übrigens sehr zum Leidwesen der Kollegen, weil ausnahmslos alle schon eingeleiteten juristischen Schritte zurückgenommen wurden. Diese Herrschaften schicken nicht gerne jemanden in den Knast, bei dem sie ihr sauer hinterzogenes Geld zinsbringend anlegen können. Bisher in die Röhre geguckt hat nur die Kreissparkasse. Bei der steht er immer noch ordentlich in der Kreide." Rudi lachte, abgehackt, hell und gackernd: „Bei dem Düsseldorfer Autohändler auch, aber der hat prompt reagiert und ihm die Karre einfach blockiert."

„Und wo hatte Dabringhausen plötzlich das Geld her? Haben die Kollegen sich das auch mal gefragt?" Schopetta blieb heftig und aufgebracht. „Da muß man doch stutzig werden als Ermittler, wenn son gerupfter Pleitegeier wie ein Phönix aus der Asche aufsteht. Da muß man doch Fragen stellen, Ker noch eins!"

„Warum regst du dich auf, Erwin? Is doch alles passiert, und die Erklärung war erst einmal auch völlig schlüssig. Erträge aus Grundstücksverkäufen in Kanada hat er für den unerwarteten Geldsegen überall angegeben, und von einer kanadischen Bank sind auch große Summen eingegangen."

„Grundstücksverkäufe in Kanada, daß ich nicht lache." Schopetta tippte sich an die Stirn. „Weißt du, woher das Moos wirklich kommt?"

„Jetzt ja", grinste Rudi. „Alles vom lieben Heinrich Maria Bender. Nur hat der seinen Reichtum wahrscheinlich nicht freiwillig hergegeben, wie wir bisher glaubten. Dabringhausen hat Bender beschissen und beklaut."

„Wurden denn Benders Konten nicht überprüft?"

„Natürlich ist das passiert. Nur von den kanadischen Verbindungen haben wir einfach nichts gewußt. Hier lagen alle Vollmachten vor. Dabringhausen war Benders Finanzmanager! Solche Transaktionen waren für niemanden ungewöhnlich. Da war alles sauber und einwandfrei."

„Und aus welchem Grund sollte ausgerechnet Bender Dabringhausen geholfen haben?"

„Ja, dat weiß ich doch nich, verdammt noch mal!" Rudi wurde laut und zog ein mieses Gesicht. „Du bist vielleicht ein bornierter Klugscheißer. Vielleicht aus alter Freundschaft oder wegen bester Geschäftsbeziehungen? Konnte doch alles möglich sein! Die haben doch seit Jahren aufs engste zusammengearbeitet. Und daran hat sich doch offiziell bis heute nichts geändert. Die standen sich doch sogar sehr nahe, auf ihrer ‚rechts draußen' Position."

„Tschuldigung, war nich so gemeint. Is auch nur, weil wir den Dabringhausen bisher so außen vor gelassen haben. Außerdem weiß ich mittlerweile, daß Bender ganz andere Pläne hatte, und dazu gibt es jede Menge Aussagen der Vereinsmitglieder. Erstens wollte der dem Schmierlewski-Schwarzer ne feine Ausgrabung spendieren und zweitens für seine bescheuerte Thulebruderschaft auf dem Annaberg einen Tempel bauen. Dafür wollte der seine Gelder locker machen. Die Schwester meint, mehr als ne halbe Million sollte der ganze Quatsch kosten. Wenn du mich fragst, der hat nich mal im Traum daran gedacht, Dabringhausen zu sanieren. Im Gegenteil. Der hat bis zum Schluß geglaubt, er sei Teilhaber eines erfolgreichen Millionenunternehmens. Daran glaubt seine Schwester übrigens heute noch."

Rudi zuckte mit den Schultern: „Is doch auch schön. Dann sind wir eben am Ende unserer Ermittlungen. Wenn das alles keine andere Erklärung findet, ich meine, das mit den Videos und so, und wenn Dabringhausen wirklich Benders Geld durchgebracht hat, dann is Pommes doch gar nichts anderes übrig geblieben, als den Alten um die Ecke zu bringen – denn der Typ is nicht der Mann, der sich selbst den Fangschuß gibt und die Welt von sich erlöst.“

„Mit dem veruntreuten Geld hat er ein Motiv für den Mord an Bender, das ist sicher. Und darauf nageln wir ihn fest. Aber was ist mit dem Doppelmord in Grullbad? Wie paßt der da rein?“ Schopetta rieb sich nachdenklich das Kinn.

„Vielleicht kann man den nur über den Mord an Reichenberg klären“, warf Elle ein. „Den hat Bender ja völlig ahnungslos direkt vor seinem eigenen Tod noch in Auftrag gegeben.“ Sie hielt inne, blickte einen Augenblick still vor sich hin und sagte dann: „Ganz schön zynisch, irgendwie, oder?“

„Oder gerecht“, sagte Rudi. „Wenn man es mal aus einem anderen Blickwinkel betrachtet.“

Schopetta nickte nachdenklich. „Bleibt trotzdem die Frage, wer Teske und Müller abgeschossen hat?“

„Spricht doch vieles für Ecki, mein ich.“ Elle sah Schopetta bei ihrer Bemerkung fragend an. „Vielleicht sogar im Auftrag von Dabringhausen?“

„Für die zwei Riesen?“ Schopetta schüttelte zweifelnd den Kopf. Er dachte nach und blickte angestrengt durch die Frontscheibe, auf der, trotz immer noch vereinzelter Sonnenstrahlen, wieder feinster Regen perlte.

„Nur zu fragen, wer es war, reicht nicht, Kollegen. Wir müssen wissen, warum die Tat begangen wurde“, warf Rudi weise ein und lehnte sich mit hinter dem Kopf verschränkten Armen zurück. „Wissen wir erst einmal das, haben wir auch schnell den Täter.“

„Weil die zwei Bengel zum Beispiel mehr gesehen haben, als das Video wiedergeben kann. Man wollte Zeugen los werden.“ Schopetta trommelte mit den Fingern aufs Lenkrad. „Als sie hier vor der Villa standen, haben sie Ahlers und Dabringhausen zusammen mit Bender gesehen, und weil die beiden nicht wußten, was die Jungen genau gesehen hatten, mußten die sicherheitshalber aus dem Weg geschafft werden. Die einfachste Begründung überhaupt.“

Elle nickte nachdenklich, während Schopetta mit seinen Blicken die Wolken anbohrte und der Nieselregen stärker wurde. Alle drei schwiegen.

„... oder der Rentner.“ Rudi brachte nach einiger Zeit wieder einmal Czychi ins Spiel. „Der is cleverer, als es den Anschein hat. Vielleicht hat der rausgekriegt, wer seinen Kumpel ins Jenseits befördert hat und ist den beiden zuvorgekommen. Die Akten zu Czychi geben da einiges her.“

Schopetta winkte unwillig ab.

„Dann eben nich“, moserte Rudi. „Scheinbar steht der Alte ja bei dir unter Naturschutz. Aber eins is klar, Erwin, so ganz ohne Haare und Borsten is der auch nich, da wett ich mit dir.“

Elles Handy klingelte und unterbrach die Unterhaltung. Sie meldete sich, und als sie das Gespräch beendete, sagte sie: „Die Fingerabdrücke von Ahlers stimmen mit denen aus dem Nissan und dem Museum, die bisher nicht zugeordnet werden konnten, überein. Wenn mich nicht alles äfft, steht er damit unter dringendstem Mordverdacht.“

Schopetta nickte. „Hab ich’s mir doch gedacht.“

„Ich weiß gar nicht, was ihr wollt.“ Elle kramte in ihrer Tasche. „Geht doch richtig vorwärts mit uns. Laßt uns rüber gehen“, forderte sie nun die Kollegen auf. „Es wird Zeit, denk ich. Dabringhausen sitzt doch da. Wir können ihn doch einfach zu allem befragen.“

„Ich schätze, daß der nicht eine Frage beantworten wird. Wenn wirklich alles so ist, wie wir uns das hier zusammenreimen, wird der Anwalt erst einmal auf Zeit spielen“, sagte Rudi.

„Nicht, daß Voigts seinen armen Mandanten von irgend so einem Psychofuzzi als geistig eingeschränkt beschreiben läßt. Bis wir dann was zu hören bekommen, vergehen womöglich Wochen“, gab Elle noch zu bedenken, als Schopetta unvermittelt fragte: „Seit wann genau kann Dabringhausen mit seinem Wagen nicht mehr fahren?“

„Schon seit Ende letzter Woche“, murmelte Rudi, reckte sich nun und gähnte unverschämt. „Aber die Kollegin hat recht. Laß uns reingehen. Alles Rumspekulieren bringt doch nichts.“

„Mach doch ma langsam und laß mich ausreden.“ Schopetta wurde wieder einmal ungehalten. „Überlegt doch, wenn der den Wagen nicht mehr bewegen konnte, ist auch klar, warum Ahlers mit dem Pick-Up in Recklinghausen auftaucht. Und wenn du dich erinnerst, Elle. Die Bilder auf diesem Video. Dabringhausen geht scheinbar auf den Jaguar zu, und auch Bender wirkt absolut nicht so, als hätte er Angst oder fühle sich bedroht. Irgendwie erinnert der mich an meinen Onkel Josef. Der hatte auch immer n Mordsspaß inne Backen, wenn ich den mit dem Benz für ne Spazierfahrt abgeholt hab.“

„Was? Mit dieser alten Dieselpumpe zu fahren, machte deinem Onkel wirklich Spaß?“

„Damals war der Wagen noch neu, Mann. Ein deutsches Statussymbol. Aber jetzt unterbrich mich nicht.“

Rudi sah Elle an und zog die Augenbrauen hoch. „Dann wollen wir uns mal anhören, was der Maigret Westfalens zu vermelden hat. Passen Sie gut auf, Fräulein. Bei Erwin kann man immer was lernen.“ Und mit einer weit ausholenden Geste forderte er Schopetta auf fortzufahren.

„Dir etwas zu erklären ist Perlen vor die Säue werfen“, grunzte der. „Trotzdem, wenn ich die Videoaufnahme ganz subjektiv interpretiere, könnte ich folgendes erkennen: Also, Bender übergibt den Brief. Würde er vorhaben, sich in seinem Passat nach Hause fahren zu lassen, würde er nicht vor dem Einsteigen dem Fahrer das Papier zustecken. Auf dem selben Bild sieht man Dabringhausen auf den Jaguar zugehen. Auf mich wirkt das so, als wolle Bender sich jeden Augenblick umdrehen und Dabringhausen zum Wagen folgen. Entwickle ich in meiner Phantasie die Szene weiter, steigen Bender und Dabringhausen ein und fahren weg. Und genau das geht aber nicht. Der Wagen kann nicht bewegt werden. Jetzt kommt Ahlers ins Spiel. Der ist kurz vorher angekommen und hält sich versteckt. Wahrscheinlich befindet er sich sogar noch in der Garage. Warum? Alle kennen sich, warum also so geheimnisvoll? Wir wissen nur eins! In den nächsten fünfzehn bis zwanzig Minuten wird der alte Bender umgebracht. Wahrscheinlich wurde er unter einem Vorwand in die Garage gelockt, und da passierte es dann.“

„Was ist mit Teske und Müller im Passat? Die sind auch noch da.“

„Schon, aber die müssen relativ schnell losgefahren sein, nachdem sie den Brief von Bender erhielten, sonst wären sie nie um 20:00 Uhr in der Klause eingetroffen. Das hat Paula Lenzen eindeutig ausgesagt. Außerdem bin ich sicher, hätten die zwei was Außergewöhnliches mitbekommen, hätten sie Alarm geschlagen. So wie Paula sagt, verhielten sie sich aber völlig normal. Etwas aufgedreht vielleicht. Aber dafür könnte der Brief gesorgt haben, ein Mordauftrag, wie wir wissen!“

„Soweit die subjektive Ausdeutung eures Videos. Was ihr habt, sind aber nur einzelne Bilder und kurze Filmsequenzen. Die können alles aussagen oder auch nichts. Wo aber, spricht der Herr, sind die Beweise?“

Rudi sang die letzten Worte wie einen Gregorianischen Choral. Schopetta tippte sich an die Stirn und sah Elle an: „Das hat er manchmal. Ich führe solche Ausbrüche auf einen unchristlichen Lebenswandel und falsche Ernährung zurück. Zuviel Fett, Zigaretten und Alkohol. Von Ausschweifungen anderer Art will ich hier gar nicht reden.“ Und zu Rudi gewandt sagte er: „Das Video beweist jede Menge. Es zeigt Ahlers, Bender und

Dabringhausen. Der Zeitgeber an der Kamera wurde von unserer Technik überprüft. Mit Sicherheit gilt der als Beweis."

„Und dann das pathologische Gutachten", ergänzte Elle. „Der Tod Benders ist eindeutig zwischen 19:00 und 20:00 Uhr eingetreten, versichert der Doktor. Die letzte Aufnahme vom noch lebenden Bender erfolgte um 19:39 Uhr. Außerdem haben wir den Brief von Bender an die Jungen und kurz darauf den Tod Reichenbergs. Dazu die Aussage Paulas zur Waffe. Die Verwicklung von Ahlers ist durch Fingerabdrücke belegt, und Dabringhausen hängt mit drin, das ist eindeutig, da geb ich Erwin recht."

Schopetta wandte sich über die Schulter zu Rudi: „Nicht schlecht, die Kollegin, was? Außerdem glaube ich, daß wir in unserer Karriere schon schlechtere Beweislagen geliefert haben."

Rudi nickte. „Stimmt! Wo ihr recht habt, habt ihr recht. Erschwerend kommt sogar noch hinzu, daß der Ahlers schon türmen gegangen ist. Bei meinen intimen Kenntnissen um das Seelenleben des deutschen Hausmeisters ist das so gut wie ein Geständnis!"

Elle kicherte. Sie hatte sichtlich Vergnügen an Rudis Gequatsche. Obwohl es die Art war, in der Rudi Riepen und Schopetta schon seit vielen Jahren miteinander redeten und flachsten, gingen dem Kommissar Rudis Sprüche jetzt massiv auf die Nerven. Es lag sicher an Elles Reaktion, und das war es, was ihn denn auch wirklich ärgerte. Während sie so miteinander sprachen, hatte sich Elle eine Zigarette zwischen die Lippen gesteckt, und Rudi reichte der jungen Frau formvollendet Feuer.

„Is n Nichtraucherfahrzeug", nörgelte Schopetta.

„Toll, riecht man fast gar nicht", war Rudis Antwort, und er zündete sich auch eine Camel an, die ihm Elle reichte.

„Was sollen wir also deiner Meinung nach tun, Herr Hauptkommissar?"

„Das Rauchen lassen", war die Antwort des Kommissars.

„Quatsch. Ich meine auf unseren Fall bezogen!"

„Wir gehen da rein, und wenn wir drin sind, hören wir, was Dabringhausen zu sagen hat. Vielleicht haben wir ja die Gelegenheit, uns sogar noch ein wenig umzusehen."

„Ich weiß zwar noch nicht, wonach wir im Augenblick suchen wollen, aber du bist der Chef."

Schopetta sah Rudi mitleidig über die Schulter hinweg an: „Spuren, Mensch! Eventuell sogar einen Tatort. Wir sind zu dritt. Vielleicht besteht ja die Möglichkeit, mal kurz auszuschwärmen und den ein- oder anderen Blick hinter die saubere Kulisse zu werfen."

Die Kollegen nickten verständnisvoll. Dann nahm Schopetta sein Handy und wählte die Nummer des Polizeipräsidenten. „Nur um sicher zu sein“, erklärte er lapidar.

Das Sekretariat Heuermanns war nicht mehr besetzt, und der Apparat auf die Wache umgestellt. Doch der Präsident hatte dort nichts für Schopetta hinterlegt, weder einen Haft- noch einen Durchsuchungsbefehl.

„Feiger Hund“, knurrte der Kommissar und zog seinen Hut noch tiefer in die Stirn.

„Dann eben nicht. Rücken wir dem Kerl ohne Papier auf die Pelle.“

44

„Was kann ich für Sie tun?“ fragte Doktor Voigts, der zur Überraschung aller die Haustür im Hochparterre öffnete.

„Am liebsten nichts“, war Schopettas schnelle Antwort. Er zog seinen Dienstausweis. „Da sich die Einmischung wahrscheinlich aber nicht vermeiden läßt, wäre es schön, wenn Sie uns zum Herrn des Hauses bringen könnten.“

„Wen darf ich melden?“ behielt der Anwalt die einmal gewählte Form bei.

„Das ist uns scheißegal“, mischte sich Rudi über die Schulter Schopettas hinweg ein. „Sagen Sie ihm einfach, die Mordkommission ist da und will ihn sprechen. Und das möglichst schnell, wir haben nicht ewig Zeit.“ Und noch ehe Voigts, wie beabsichtigt, die Tür wieder schließen konnte, drückte Rudi sie gegen den kaum nennenswerten Widerstand des schwammigen Anwalts weit auf, und die Polizisten betraten die üppig dimensionierte Eingangshalle.

„Ich gehe davon aus, daß Sie einen Durchsuchungsbefehl haben“, stellte Voigts säuerlich fest. „Wenn nicht, werte ich Ihr Eindringen als illegalen polizeilichen Übergriff.“

„Wir wollen nichts durchsuchen, sondern Dabringhausen sprechen. Alles andere wird sich zeigen, Herr Anwalt. Also, wenn ich bitten darf, Herrn Dabringhausen, bitte.“

„Verlassen Sie sich darauf, Schopetta. Diesmal werde ich mich an höchster Stelle über Ihr unmögliches Vorgehen beschweren“, zischte der Anwalt, in dessen Gesicht Wut und Ärger deutliche Trittspuren hinterließen.

„Und diesmal wird es für Sie Konsequenzen haben, das verspreche ich Ihnen, Sie Westentaschencolumbo."

„Machen Sie, was Sie für richtig halten." Der Kommissar war trotz der Feindseligkeit amüsiert. Der Wortschöpfung des Anwalts konnte er die Anerkennung humoristischer Kreativität nicht verweigern.

„Ich werde meinem Mandanten raten, nicht mit Ihnen zu sprechen. Eine Aussage soll er unbedingt nur vor einem unbefangenen Beamten machen."

Von allen unbemerkt war Dabringhausen plötzlich in der Halle erschienen: „Lassen Sie's gut sein, Herr Doktor, ich bin ein unbescholtener Mann und habe nichts zu verbergen!"

„Daß wüßte ich", murmelte Rudi, und Schopetta konnte sich ein Grinsen nicht verkneifen.

Dabringhausen stand in der weit geöffneten Doppeltür, die von links in die Diele führte. Hinter ihm öffnete sich der Blick auf eine ganze Suite von Salons, deren Fenster alle in den Park wiesen. In seiner teuren dottergelben Hose mit dunkelblauem Blazer und dem himmelblauen Hemd mit Halstuch wirkte Dabringhausen wie ein alternder Heiratsschwindler aus Bad Driburg.

„Was kann ich für Sie tun, Herr Inspektor?" säuselte er und hatte damit schon nach zwei Sätzen Schopettas ganzen Sympathievorrat aufgebraucht.

„Inspektoren heißen immer Stefan oder Harry und tun ihre Arbeit meist in schlechten Fernsehsendungen des Bayrischen Rundfunks. Mein Name ist Schopetta, Hauptkommissar Erwin Schopetta, und das sind Kommissar Riepen und die Kommissaranwärterin Kommer, und wir sind hier, um Ihnen einige Fragen zu stellen."

„Es müssen ja ganz besonders wichtige Fragen sein, wenn Sie gleich mit einem halben Überfallkommando kommen. Aber bitte." Er trat einen kleinen Schritt zur Seite, und mit der müden Geste eines altersschwachen Plazierkellners bat er die Besucher in den Wohnraum.

Der Raum war schilfgrün tapeziert und geschmackvoll mit englischen Stilmöbeln ausgestattet. Die Einrichtung wirkte edel, und auf den ersten Blick machte alles einen wohl aufeinander abgestimmten, teuren und gediegenen Eindruck.

„Nehmen Sie doch Platz." Dabringhausen sprach mit überzuckerter Freundlichkeit. „Leider kann ich Ihnen keine Erfrischung anbieten, die Wirtschafterin hat schon frei, und in der Küche kenne ich mich überhaupt nicht aus." Sie setzten sich in die in dunklem Grün und Gold gestreiften Polstermöbel, und schon mit dem zweiten Blick konnte sich der Kommissar vom schönen Schein des Ambientes verabschieden. Nicht weniger als vier

Aschenbecher zählte er, die alle, im Gegensatz zu den Bierdosen und Pizzakartons, überquellend gut gefüllt waren. Volle Aschenbecher hatte Schopetta nicht mal als starker Raucher ertragen. Zudem lag der ganze Müll verstreut in den Bücherregalen und auf den Schränken und wirkte im englischen Mahagoni so fremd wie Pickel im Gesicht des „Playmate" des Monats. Deutlich abgeflachte Konjunktur, schloß Schopetta aus der Herkunft des im Raum deponierten Mülls. Die früheren Zeiten mit immer neu zu eröffnenden Feinschmeckerlokalen und Freßtempeln schienen für den selbsternannten Gastronomiekönig vorbei zu sein.

Nach einem schleichenden Rundumblick sagte er: „Bitte keine Umstände, wir wollen Sie nicht lange aufhalten." Nun überzog auch Schopetta seine Worte mit klebriger Freundlichkeit. „Wir stellen unsere Fragen, Sie geben Ihre Antworten, und wenn die uns zufriedenstellen, sind wir quasi schon wieder weg."

„Bitte, Herr Kommissar. Je eher wir anfangen, um so eher ..."

„... sind Sie uns wieder los, nicht wahr?"

„Nun, so habe ich es nicht sagen wollen."

„Spielt auch keine Rolle, Herr Dabringhausen." Schopetta zog sein Notizbuch aus der Tasche und blätterte suchend darin herum. Eigentlich wollte er sofort etwas zum Treffen mit Bender wissen, doch wie so oft entschied er sich im allerletzten Augenblick anders: „Kennen Sie Paula Lenzen?"

Irritiert blickte Dabringhausen auf und zögerte: „Lenzen?" fragte er zeitgewinnend zurück. „Paula Lenzen? Nein, Herr Kommissar. Nie gehört den Namen."

„Schade", murmelte Schopetta und überlegte, warum Dabringhausen wohl log. Ohne aus seinem Büchlein aufzusehen entschied er sich, die Annäherung weiter auf Umwegen zu suchen. So galt seine nächste Frage erst einmal dem Hausmeister: „Wie sieht es mit Herrn Ahlers aus? In welchem Verhältnis stehen Sie zu dem?"

Dabringhausens Augen wurden zu schmalen Schlitzen. Um seine Unsicherheit zu verbergen, rieb er sich lange und angestrengt die Stirn. Seinen Blick hielt er dabei hinter seiner Hand verborgen, kopfschüttelnd und mit tiefem Bedauern in der Stimme erklärte er dann: „Es tut mir wirklich leid, Herr Kommissar. Auch dieser Name sagt mir absolut nichts."

Auf eine solche Dreistigkeit war Schopetta nicht vorbereitet. Für einen Augenblick machte ihn das unsicher, und darum stellte er seine Frage gleich noch einmal: „Ahlers, Hans Otto. Der Mann ist Hausmeister."

„Otto? Warum sagen Sie das nicht gleich! Otto arbeitet manchmal für mich. Nicht regelmäßig, aber so von Zeit zu Zeit. Ist handwerklich sehr geschickt, der Mann. Ich habe jede Menge Immobilien zu betreuen, und wenn einer meiner Mitarbeiter mal ausfällt, springt Otto eben ein. Ich hoffe nicht, daß Sie ihn jetzt wegen Schwarzarbeit verfolgen müssen."

Schopetta ignorierte das dumme Geschwätz. „Und sein Nachname ist Ihnen wirklich nicht geläufig?"

„Für mich ist er eben nur der Otto. Tut mir leid, wenn ich mich da so dumm anstelle. Aber die personellen Angelegenheiten regelt mein Büro."

„Ah, ja! Verstehe. – Woher kennen Sie Otto? Aus der Kameradenklause?"

Dabringhausen lachte übertrieben laut und künstlich. „Normalerweise rekrutiere ich meine Mitarbeiter aus anderen Institutionen. Aber ich bin in verschiedenen Gruppen und Vereinen aktiv. Ein Mann in meiner Position wird oft von höchsten Stellen gebeten, Ehrenämter zu übernehmen. Was wäre schon das öffentliche Leben ohne das Ehrenamt? Soweit meine Zeit reicht, tue ich, was ich kann. Aber wenn ich mich nicht irre, ist Otto doch Hundesportler."

Schopetta nickte: „Freund nationaler Heimatpflege ist er aber auch."

Dabringhausens Augen wurden kalt und aufmerksam. Er sah Schopetta eine Zeit lang lauernd an und antwortete dann abweisend: „Mag sein. Ich verbinde ihn nur mit dem Hundesportclub."

„Heinrich Maria Bender", sagte Schopetta. „Wie sieht's mit diesem Herrn aus? Oder kennen Sie den nur als Maria?"

„Werden Sie nicht unverschämt, Herr Kommissar. Ich habe das deutliche Gefühl, Sie nehmen mich nicht ernst." Dabringhausen hatte unvermittelt einen drohenden Unterton in der Stimme. „Es birgt gewisse Gefahren in sich, mich zu unterschätzen." Ein langer, taxierender Blick traf den Kommissar, der sich aber schnell mit arroganter Verachtung füllte. „Ich habe viele einflußreiche Freunde und sehr gute Verbindungen in die Bereiche des öffentlichen Lebens, Sie verstehen sicherlich, was ich meine."

„Ich verstehe sehr gut, was Sie meinen. Trotzdem möchte ich meine Frage wiederholen. Kennen Sie Heinrich Maria Bender?"

„Ich gehe davon aus, daß Sie natürlich wissen, daß Herr Bender einer meiner Kunden, nein, mehr mein Geschäftspartner ist. Was bezwecken Sie mit dieser Form der Befragung?"

„Wenn, dann war er einer Ihrer Geschäftspartner", stellte Schopetta lakonisch fest. „Ich gehe davon aus, daß Sie natürlich wissen, daß Herr Bender am letzten Sonntag umgebracht wurde."

Erstaunlicherweise wurde Dabringhausen rot. „Eine dumme Nachlässigkeit", entschuldigte er sich. „Natürlich ist mir der schreckliche Tod von Herrn Bender bekannt. Ich habe mich sogar schon an höchster Stelle über den Stand der Ermittlungen informiert."

„Sehr interessant", knurrte der Kommissar, der sich in Gedanken die Informationswege über Tennis- oder Golfclub vorstellte. Heuermann kam ihm in den Sinn, aber um seinen klaren Kopf zu behalten, verdrängte er den Gedanken möglichst gründlich und stellte seine nächste Frage.

„Als sein Finanz- und Vermögensverwalter, wie würden Sie da seine wirtschaftlichen Verhältnisse einstufen?" Er beobachtete Dabringhausen, als er die Frage stellte, jedoch blieb der nun lässig und kalt. Lediglich seine schnell wippende Fußspitze signalisierte eine gewisse Unruhe. Darum fügte Schopetta hinzu: „Eigentlich müßte man ja von zwei Geschäftspartnern sprechen, denn so weit ich weiß, gehörte das Vermögen den Geschwistern Bender zu gleichen Teilen."

Dabringhausen nickte bestätigend. „Frau Bender kann in nächster Zeit über eine größere Summe aus der Lebensversicherung ihres Bruders verfügen. Die Auszahlungsanforderung wurde durch mein Büro schon an die Hauptstelle weitergeleitet."

Er lenkt ab, freute sich der Kommissar im stillen über die steigende Nervosität des Mannes. Er wich nun Schopettas Blicken aus und versuchte, seiner Gleichmütigkeit Ausdruck zu geben, indem er eine Zeitschrift auf dem Tisch immer wieder mit den Fingerspitzen zurechtrückte.

Auch auf den Anwalt schien die steigende Unruhe seines Mandanten alarmierend zu wirken: „Welchen Zweck verfolgen Sie mit diesen Fragen? Ich kann weder deren Sinn erkennen, noch ihre Absicht verstehen. Wenn Sie nicht deutlicher werden, muß ich meinem Mandanten endgültig empfehlen, kein einziges Wort mehr auszusagen."

„Ach so", tat Schopetta sehr erstaunt. „Sie wollen Sinn und Absicht meiner Fragen erfahren? Das ist einfach zu erklären, Herr Anwalt. Also, zum Beispiel die Frage nach Paula Lenzen. Herr Dabringhausen kennt Paula Lenzen angeblich nicht. Dabei ist sie die Freundin von Eckehard Glowritz, einem Angestellten ihres Mandanten. Glowritz ist Wirt der Kameradenklause, nach dem wir zur Zeit aber mit großer Sorge suchen. Doch zurück zu Frau Lenzen. Die behauptet nämlich, zu Herrn Dabringhausen, zumindest zeitweise, ein sexuelles Verhältnis unterhalten zu haben. Das letzte Mal in der Nacht vom vergangenen Sonntag auf den Montag, und zwar in einem Auto auf dem Parkplatz des Römermuseums in Haltern. Dort fanden wir am nächsten Morgen den toten Herrn Bender. Wahrscheinlich ist es ein Zufall, daß Hans Otto Ahlers, den Ihr Mandant nur unter dem Namen Otto zu kennen vorgibt, dort Hausmeister ist."

„Ist doch lächerlich", kommentierte Dabringhausen die Ausführungen des Kommissars herablassend, und Voigts intervenierte: „Mein Gott, Herr Kommissar, wie niveaulos. Ich kann Ihnen versichern, daß die Kameradenklause absolut nicht dem Stil meines Mandanten entspricht."

„Die Aussage von Frau Lenzen wird durch Beweise unterstützt. Wir haben Zigarettenkippen gefunden und sie mit den Haaren und den anderen Spuren aus dem Wagen verglichen. Die Analyse verweist unzweifelhaft auf Herrn Dabringhausen. Genetischer Fingerabdruck, wie heute Frau Volksmund so schön sagt! Sie verstehen, Herr Anwalt? Warum lügt Ihr Mandant also?"

Elle hustete plötzlich, schien sich verschluckt zu haben. „Ich muß mal kurz vor die Tür. Vielleicht hilft frische Luft", krächzte sie und verschwand.

Voigts warf Dabringhausen einen langen, zweifelnd fragenden Blick zu, und dem Kommissar schien es, als schüttele der fast unmerklich mit dem Kopf. Fein, registrierte Schopetta, da gibt es schon deutliche Abstimmungsschwierigkeiten, und den Faden seiner begonnenen Erklärungen wieder aufnehmend, sagte er: „Der Sinn hinter meinen Fragen. Wenn ich mich richtig erinnere, waren wir damit noch nicht am Ende. Ich hätte zum Beispiel gerne erfahren, warum Ihr Mandant sich um die Frage zu den Vermögensverhältnissen seines verstorbenen Klienten so schön herumgedrückt hat. Daß Martha Bender eine nicht unerhebliche Summe aus einer Lebensversicherung kassiert, ist für uns in diesem Fall völlig uninteressant, weil wir es schon wissen. Viel interessanter ist, daß sie nach dem Ergebnis unserer Ermittlungen außer diesem Geld nichts mehr hat, weil Ihr Mandant sowohl das Bar- als auch das Anlagevermögen der Benders bis auf den letzten Pfennig veruntreut hat. Und zwar ausschließlich, um die drängendsten seiner eigenen Schulden zu begleichen, wie wir herausgefunden haben."

Voigts machte plötzlich ein sehr betroffenes Gesicht, und mit seinen runden Hängebäckchen und dem kleinen, nun halb geöffneten Mund sah er aus wie eine übergroße Barockputte, der man gerade die goldene Tute entrissen hatte. Wortlos erhob er die Hand, und es brauchte einige Zeit, bis er seine geschulte Advokateneloquenz wiedergefunden hatte: „Nun aber mal langsam, Schopetta. Mit solchen Vorwürfen sollten Sie sehr vorsichtig sein. Diese Art Gerüchte, erst einmal in die Welt gesetzt, erfüllen sehr schnell den Straftatbestand der ...“ Unvermittelt hielt er inne, sah Schopetta eindringlich an, und indem sein Blick dramatisch ins Erschrecken wechselte, fragte er ängstlich zweifelnd: „Haben Sie etwa für all das Beweise?“

„Das ist doch völliger Stuß“, brüllte Dabringhausen, und Schopetta lächelte süffisant. Dabei gab er sich alle Mühe, bei seinen folgenden Erklärungen die Geringschätzigkeit, die ihm durch Dabringhausen und den Anwalt entgegengebracht worden war, deutlich zu übertreffen: „Ach, Herr Doktor! Erst einmal sind wir ja völlig unter uns Pastorentöchtern, und damit ist die Verbreitung dummer Gerüchte sehr eingeschränkt. Zum anderen geht es wirklich um mehr als nur um Gerüchte. Ihr Mandant muß sich schon richtig was einfallen lassen, um diese von uns sehr gut beweisbaren Vorwürfe zu entkräften. So sieht es aus.“

Wieder warf Voigts einen fragenden Blick auf seinen Mandanten, der jetzt mit versteinertem Gesicht und zusammengekniffenen Lippen da saß und seinen Blick strikt in den Garten gerichtet hielt. Augenscheinlich war ihm die bisher zur Schau gestellte Selbstsicherheit kiloweise abhanden gekommen.

„Ihr Mandant ist pleite“, warf Rudi aus seiner Sofaecke ungefragt in das Gespräch ein. „Abgesoffen, abgebrannt, blank. Oder ist Ihnen diese rüde Ausdrucksweise nicht so geläufig, Herr Doktor? Dem lieben Pommes gehört absolut nichts mehr, denn die Millionen, die er bei Bender abgezogen hat, mußte er in nullkommanix wieder raustun, um Schulden zu begleichen, wie mein Kollege schon so richtig erklärte. Mehr als zwanzig Gläubiger haben da die Hand aufgehalten.“ Ein fieses Grinsen spielte um Rudis Mund, als er weiter bohrte: „Wie sieht es eigentlich mit Ihnen aus? Sind Ihre Honorare schon alle überwiesen, oder ist Ihnen unser guter Pommes noch was schuldig?“

„Eine Unverschämtheit“, zischte Dabringhausen plötzlich. „Das ist eine bodenlose Unverschämtheit und absoluter Schwachsinn dazu.“ Er sprang auf und steigerte seine Lautstärke dabei von Wort zu Wort. „Bender hat gegen eine weitere Beteiligung in mein Unternehmen investiert. Heute noch habe ich einen Termin mit Vertretern meiner Hausbank. Dabei geht es um eine deutliche Erweiterung des Kreditrahmens für die Gesellschaft. Herr Bender sollte als Gesellschafter ins Register eingetragen werden. Auch aus diesem Grund ist Herr Doktor Voigts heute hier anwesend. Er wird Ihnen das sicher bestätigen."

Nun beherrschte Schmerz das Gesicht des Anwalts. Die bösen Umstände hatten der Riesenputte jetzt auch noch die Flügel ausgerissen. Fragend sah er Dabringhausen an, und erst nach längerer Orientierung suchender Bedenkzeit preßte er ein halbherziges „Ja, ja, richtig" hervor.

Schopetta war ein guter Beobachter, und er hatte die Schwimmeinlage des Anwalts mitbekommen. „Sie sollten sich gut überlegen, ob es sich lohnt, für diesen Mandanten noch zu lügen." Und an Dabringhausen gewandt fragte er: „Gibt es über die Beteiligung eine schriftliche Vereinbarung?"

„Nein. Die Absprachen wurden am letzten Sonntag getroffen und vorläufig nur mündlich gemacht. Die schriftliche Form sollte später erfolgen."

Schopetta machte sich Notizen. „Wurde in der Zwischenzeit Martha Bender über diese Veränderung informiert?"

„Was sind Sie nur für ein Mensch?" Mit allerbestem schauspielerischen Einsatz fauchte Dabringhausen seine Verachtung heraus. „Frau Bender hat auf tragische Weise ihren Bruder verloren. Glauben Sie, da bedränge ich sie mit irgendwelchen geschäftlichen Nebensächlichkeiten? Unsere Geschäftsbeziehungen basierten immer auf Vertrauen."

„Ich glaube, ich muß auch mal an die frische Luft", ließ sich Rudi vernehmen. „Ich habe eine Stauballergie und davon fliegt mir hier im Raum zuviel herum." Er stand auf und verließ den Raum. Im Eingang drehte er sich noch einmal um: „Machen Sie sich keine Umstände, ich finde allein hinaus", und damit zog er die beiden Flügel der Tür hinter sich zu.

„Unverschämtheit", zischte diesmal der Anwalt. „Und so etwas will ein Staatsbeamter sein."

„Alles Geschmackssache", erklärte Schopetta. „Doch bevor wir beginnen, Stil- und Geschmacksfragen zu diskutieren, möchte ich noch einmal auf Frau Bender zurückkommen. So, wie ich die Dame kennengelernt habe, hätte sie eine vertragliche Einigung über die Geschäftsbeteiligung schon verkraftet. Weniger vielleicht die Mitteilung, daß sie arm wie eine Kirchenmaus ist."

„Arm wie eine Kirchenmaus, ausgerechnet die Alte!" Dabringhausen wurde laut. „Die hat doch die Lebensversicherung über einhunderttausend. Bis die abkratzt, kann die das Geld gar nicht mehr ausgeben."

Was die plötzlich ins Vulgäre abgleitende Ausdrucksweise Dabringhausens auslöste, blieb für Schopetta unklar, aber sowohl er als auch der Anwalt starrten ihn erschrocken und irritiert an. Der stand nun aber da, hinter seinem Sessel, hatte sich von den Besuchern abgewandt und hielt den Blick stur in den Garten gerichtet.

„Herbert! So reiß dich doch zusammen“, drängte Voigts.

„Ach, laß mich doch in Ruhe. Man behandelt mich hier wie einen Verbrecher und Kriminellen, also tue ich euch doch den Gefallen, auch wie einer zu reden.“

„Sehn Sie, Herr Dabringhausen, geht doch. Immer so, wie man am besten kann“, stichelte Schopetta. „Und wenn wir nun schon mal so weit sind, können Sie mir auch meine anderen Fragen beantworten. Ist es richtig, daß Sie am Sonntagabend um 19:00 Uhr einen Termin mit Herrn Bender hatten?“

Dabringhausen war sichtlich genervt und hielt den Kopf abgewandt, sagte aber weder ja noch nein.

„Der Termin ist in Benders Kalender vermerkt“, bohrte Schopetta nach, aber Dabringhausen schien sich nun auf das Schweigen verlegt zu haben.

„Herr Dabringhausen. Wir haben ein Videoband, das wurde hier vor Ihrem Haus aufgenommen, am Sonntagabend. Das zeigt Sie und Bender, als Sie das Haus verlassen. Herr Bender ist nachweislich zwischen sieben und acht umgebracht worden. Können Sie uns dazu etwas sagen?“

„Was wollen Sie eigentlich, Sie kleinkarierter Polizeispitzel?“ brüllte Dabringhausen plötzlich. „Sagen Sie mir genau, was Sie wollen. Selbst wenn ich mit Bender einen Termin gehabt hätte, was heißt das denn schon? Gar nichts!“

„Hatten Sie denn einen?“ fragte Schopetta ungerührt.

„Wir haben über die Transaktionen gesprochen und über die Erhöhung seiner Beteiligung an meinem Unternehmen, aber das sagte ich Ihnen bereits. Er wollte sogar noch weitere Barmittel einbringen.“

„Hat er gesagt, woher die stammen sollten?“

„Nein, hat er nicht.“

„Wie lange dauerte dieses Gespräch?“

„Bis gegen halb acht.“

„Was geschah dann?“

„Ich habe Herrn Bender zu seinem nächsten Termin gefahren.“

„Können Sie uns mehr zu diesem Termin sagen, zum Beispiel, mit wem er sich treffen wollte?“

„Natürlich! Ich habe ihn ja dort vor der Tür abgesetzt. Er wollte mit einem Herrn Schmierlewski-Schwarzer sprechen, der wohnt hier gleich ein paar Straßen weiter."

Schopetta bekam plötzlich heiße Ohren, und seine Gedanken überschlugen sich. War das möglich? Kam der Professor doch noch als Verdächtiger ins Spiel? Hatte er um Viertel vor Acht noch genügend Zeit, um Bender umzubringen? Hatte Dabringhausen am Ende doch nichts mit den Morden zu tun, und jemand nutzte nur seine miserable Finanzlage, um ihn in Verdacht zu bringen? Er rettete sich vor den beginnenden Zweifeln, indem er fast automatisch seine nächste Frage stellte: „Schmierlewski-Schwarzer? Ist das nicht der Direktor des Museums in Haltern?"

„Ich weiß es nicht. Kann durchaus sein."

„Und Sie kennen diesen Herrn nicht?"

„Nein, ich hatte noch nicht das Vergnügen."

Schopetta ersparte es sich, auf die von Bender angelegten Dossiers hinzuweisen, bei denen zumindest er die starke Vermutung hatte, daß Dabringhausen sie kannte. „Und Sie haben ihn mit Ihrem Wagen dorthin gefahren, mit dem blauen Jaguar, der draußen in der Einfahrt steht?"

„Ja, mit welchem denn sonst?" war die wegwerfende Antwort.

Schopetta schwieg eine Zeitlang und war sich sofort wieder sicher, dem richtigen Verdacht zu folgen. Dann sagte er ruhig und gelassen: „Die Antwort war falsch. Sie können dieses Auto seit mehr als einer Woche nicht mehr bewegen. Der Autohändler ist ein cleverer Mann. Er hat Ihnen den Wagen blockiert, weil Sie ihn nicht bezahlen können."

„Das ist doch der völlige Schwachsinn!" Mit zwei schnellen Schritten war Dabringhausen am Fenster und riß die Gardine zur Seite, drehte sich im selben Augenblick herum und schrie Schopetta an: „Und sorgen Sie dafür, daß Ihre dusselige Kollegin aus meinem Garten verschwindet. Sie haben keinen Hausdurchsuchungsbefehl, und sie hat dort nichts verloren."

Schopetta stand auf und warf einen Blick in den Park. Elle stand hinter der Garage und rauchte. Er klopfte an die Scheibe und wies mit dem Daumen über die Schulter. Elle trat die Zigarette aus und verschwand kurz darauf aus seinem Blickfeld.

„Ich bin nicht mehr bereit, das Gespräch weiter fortzusetzen", tobte Dabringhausen in der Zwischenzeit weiter. „Wenn Sie etwas von mir wollen, laden Sie mich vor und sagen Sie konkret, was Sie mir vorzuwerfen haben. Und jetzt verlassen Sie auf der Stelle mein Haus!"

Auch Voigts war aufgestanden. Sein Gesichtsausdruck signalisierte reichlich Hilflosigkeit, aber auch Erleichterung, aus dieser Situation endlich rauszukommen, und mit einer kraftlosen Handbewegung wies er in Richtung Tür.

„Sie hören, was mein Mandant sagt. Da Sie keinen Durchsuchungsbefehl haben, möchte ich Sie bitten, seinem Wunsch unverzüglich nachzukommen."

Schopetta grinste. Mit einer wegwerfenden Handbewegung wischte er den Versuch eines Rausschmisses beiseite und fläzte sich sogar breit in einen der Sessel. „Nun mal keine künstliche Aufregung, die Herren. Für mich ist der Tatverdacht gegen Ihren Mandanten so umfassend, daß ich ihn jederzeit festnehmen kann." Dabei wies er mit ausgestrecktem Zeigefinger auf Dabringhausen, der ihnen nun ganz den Rücken zuwandte und aus dem Fenster sah. „Sie können gerne mein Vorgehen durch den Staatsanwalt oder Richter überprüfen lassen. Das Prozedere dürfte Ihnen ja hinlänglich bekannt sein."

„Keine halbe Stunde werde ich brauchen, um ihn da wieder rauszuholen. Was haben Sie denn in der Hand? Schwache Indizien, Vermutungen und konstruierte Zusammenhänge. Das ist doch schon alles", konterte Voigts.

„Wir haben ein Videoband. Ich glaube, das sagte ich schon."

„Videoaufnahmen sind als Beweis unzulässig."

„Aber sie verschaffen Einsichten, und mittlerweile gibt es auch Richter, die solche Einsichten zur Klärung ihrer Fälle ganz gerne heranziehen."

„Sie bluffen doch, Schopetta. Ich wette, Sie haben in Wirklichkeit gar nichts."

„Wie man's nimmt, Herr Anwalt. Auf jeden Fall zeigt das Band Ihren Mandanten zusammen mit Bender um 19:39 Uhr am vergangenen Sonntag hier vor dem Haus. Bender wurde in der Zeit zwischen 19:00 Uhr und 20:00 Uhr umgebracht, und was die Festsetzung des Todeszeitpunktes angeht, da hat sich Doktor Hobrecht noch nie geirrt."

Voigts zuckte gleichgültig mit den Schultern: „Wenn schon! Sie haben gehört, was mein Mandant zum weiteren Verlauf des Abends gesagt hat. Wahrscheinlich läßt sich das alles erklären."

„Mag sein. Seltsamerweise und für uns bisher nicht zu erklären ist die Frage, warum kurz vor diesem Zeitpunkt, um genau zu sein, um 19:21 Uhr, Herr Ahlers auf der Bildfläche erscheint. Das ist übrigens der Mann, den Ihr Mandant nur als Otto kennt. Dieser Otto betritt das Grundstück und versteckt sich in der Garage. Dazu zeigt unser Video einen schwarzen Nissan Pick-Up, der auf Ihre Firma zugelassen ist, Herr Dabringhausen."

Der Versuch, den Hausherrn wieder in das Gespräch einzubeziehen, blieb ohne Erfolg. Dabringhausen blieb unbeweglich stehen, würdigte Schopetta keines Blickes und starrte nur teilnahmslos aus dem Fenster.

Nun zuckte der Kommissar bedauernd mit den Achseln, faßte wieder den Anwalt ins Auge und setzte seine Ausführungen fort: „Der Wagen wurde von einem Zeugen noch in der selben Nacht in Haltern gesehen. Vor dem Museum wohlgemerkt. In ihm fanden wir Spuren, die zweifelsfrei auf Ihren Mandanten verweisen. Die Zeugenaussage von Frau Lenzen ist auch nicht ganz ohne Wert. Zu einem späteren Zeitpunkt fanden wir den Wagen wieder, und zwar in einem Schuppen an der Kameradenklause.Wir wissen auch, daß Sie, Herr Dabringhausen, mit Glowritz wegen dieses Autos einen heftigen Streit hatten. Es sollte verschwinden, was zu unserem großen Glück aber noch nicht rechtzeitig geschehen war. Dieser Wagen ist durch unsere Untersuchungen eindeutig als das Fahrzeug identifiziert worden, in dem die Leiche Benders transportiert wurde. Im und am Fahrzeug fanden wir Ihre Fingerabdrücke und die des Herrn Ahlers. Also, wenn Sie mich fragen, das sind Zufälle, die können gar nicht zufällig sein."

Dann schwieg er bedeutungsvoll, obwohl ihm die eigene Ungeduld plötzlich mächtig zusetzte. Dabringhausen zeigte keine Reaktion. Kaum eine halbe Minute hielt Schopetta die Stille aus, dann fragte er schon nervig insistierend: „Können Sie diese seltsamen Zufälle aufklären, Herr Dabringhausen?"

Wie angestochen drehte der sich ruckartig um. Mit heftig drohendem Zeigefinger schrie er: „Ich brauche hier gar nichts aufzuklären! Gar nichts, verstehen Sie? Ich brauche nichts aufzuklären und auch nichts zu beweisen. Sie sind es, der das tun muß! Ich kenne mich da aus. Und nun verlassen Sie auf der Stelle mein Haus, auf der Stelle!"

Dabringhausen schrie die Worte heraus und stampfte sogar mit dem Fuß auf, eine Reaktion, die Schopetta seltsam anrührend fand. Trotzdem stieg er auf das Gebrüll ein: „Einen Scheißdreck werde ich tun, Dabringhausen! Ich nehme Sie hiermit vorläufig fest! Also, tun Sie ab sofort nichts Falsches, bleiben Sie ruhig und legen Sie die Hände da an die Wand."

Schopetta wies auf eine Stelle zwischen Schrank und Tür, zog ein paar Handschellen aus der Tasche und machte ein, zwei Schritte auf Dabringhausen zu. Der glotzte nur völlig entgeistert am Kommissar vorbei auf seinen Anwalt. Das Gesicht, das er dabei machte, glich dem eines verwöhnten

Feineleutekindes, das zum erstenmal im Leben vor der Aussicht steht, von einem verlausten Straßenjungen Prügel zu beziehen.

„Schopetta, Sie machen jetzt einen Riesenfehler", meldete sich Voigts prompt aus dem Hintergrund. „Sie überschreiten Ihre Kompetenzen deutlich. Geben Sie mir die Möglichkeit, mit meinem Mandanten ein Wort unter vier Augen zu wechseln. Vielleicht kann man sehr schnell alles aufklären."

„Hier wird nicht mehr geredet, und wenn Sie mit Ihrem Mandanten unter vier Augen sprechen wollen, können Sie das in seiner Zelle tun."

Der Einwand des Anwalts lenkte Schopetta für einen kurzen Augenblick ab. Vielleicht hatte er sich auch umgedreht und Voigts angesehen, aber als er Dabringhausen wieder ins Auge faßte, sah er in den Lauf der Luger 08. Nicht schon wieder, raste es durch seinen Kopf, und es packte ihn die Wut, in kürzester Zeit zum zweiten Mal einen blöden Anfängerfehler begangenen zu haben.

Das kindliche Erstaunen war aus dem Gesicht Dabringhausens verschwunden. Jetzt, da er mit der Pistole auf Schopettas Bauch zielte, war es eher wutverzerrt. Daß diese Station nur durch gutes Zureden nicht wieder in den Griff zu bekommen war, zeigte sich, als Dabringhausen ihn anbrüllte: „Mach die Hände hoch und keinen beschissenen Schritt weiter, sonst leg ich dich um!"

„Tun Sie, was er sagt, um Gottes willen, tun Sie, was er sagt", jammerte der Anwalt, und Schopetta, der sich zwar langsam, aber stur wie ein Panzer weiter auf Dabringhausen zu bewegt hatte, blieb endlich stehen.

Dabringhausen war völlig außer sich und mit den Nerven anscheinend am Ende. Kaum noch Herr seiner selbst, brüllte er nun auch seinen Anwalt an und fuchtelte dabei unkontrolliert mit der Pistole herum: „Auf den Boden. Verdammt noch mal. Beide! Runter mit euch, schnell, oder ich leg euch um."

Wenigstens paßt der Ton jetzt besser zu dem Drecksack, dachte Schopetta, und während er langsam auf die Knie ging und dabei versuchte, durch das Sofa möglichst viel Deckung zu behalten, fiel der erste Schuß.

Schopetta warf sich platt aufs Parkett. Die ungünstige Position, hinter dem Sofa liegend, schränkte sein Sichtfeld stark ein. Seine direkte Umgebung konnte er nur noch unzureichend im Auge behalten. Irgendwo hinter ihm jaulte der Anwalt weinerlich, und dem Gejammer glaubte er entnehmen zu können, daß es ihn erwischt hatte.

Mit ohrenbetäubendem Krachen flog plötzlich die Doppeltür auf. Der Schopetta erschrak furchtbar und hatte das Gefühl, sein Herz setze für ein paar Schläge aus. Jemand drang von der Halle her polternd in den Salon ein, aber schon mit dem Krachen fiel ein weiterer Schuß. Staub rieselte von der Decke auf seinen Kopf. Dann hörte er Dabringhausens kreischende Stimme: „Bleib stehen, Bulle! Hände über den Kopf, aber dalli. Und runter mit der Pistole! Weg damit, hab ich gesagt, oder willst du ernsthaft versuchen schneller zu sein als ich?“

Für zwei, drei Atemzüge war Stille. Dann schrie Dabringhausen schon wieder: „Schließ die Tür. Abschließen! So, und jetzt rüber mit der Knarre und dem Schlüssel.“ Man hörte ein leises Ächzen und darauf zweimal ein kurzes, schleifendes Geräusch. Dann ertönte Rudis Stimme, sonor und ruhig, aber im Vergleich zu seinem Auftritt vor wenigen Minuten mit deutlich hörbaren Einbußen an Sicherheit: „Pommes, jetz bleib ma ruhig! Das hat doch so keinen Zweck.“ Rudi startete wirklich den Versuch, Dabringhausen zuzuquatschen: „Halt besser den Ball flach, und mach kein Scheiß. Das wird so nichts, das is doch sicher. Wir können über alles reden, Alter. So kommst du nich weit. Leg die Puste weg, und dann vergessen wir die ganze Aktion.“

„Am liebsten würd ich dir gleich die Fresse einschlagen“, fauchte Dabringhausen. „Nur, damit du endlich die Schnauze hältst, du Arschloch. Also, sei ruhig und leg dich flach auf den Boden, sonst kannst du gleich für immer liegenbleiben, und glaub mir, ich hab nichts mehr zu verlieren!“

Bei den letzten Worten, die Dabringhausen immer drohender hervorbrachte, wurde Schopetta sehr aufmerksam, aber diese kurze Einlassung war alles, was er noch sagte, und einen Augenblick, nachdem sich auch Rudi geräuschvoll in die Horizontale begeben hatte, hörte der Kommissar ein paar schnelle Schritte. Ein weiterer Schuß ließ seinen Körper wieder heftig zusammenzucken. Der Querschläger schwirrte pfeifend durch den Raum und endete mit einem dumpfen Schlag dicht über seinem Kopf in der Sofalehne. Eine Tür klappte, der Schlüssel drehte sich geräuschvoll im Schloß, und die Schritte entfernten sich verhallend durch die angrenzende Zimmerflucht.

Rudi war als erster wieder auf den Beinen. „Jemand verletzt?“ rief er, aber nur ein erneutes, schweres Ächzen war die Antwort. Schopettas Herz schlug bis zum Hals.

War der Anwalt wirklich getroffen worden? Doch dann registrierte er erleichtert, daß Voigts sich hinter einem der Sessel wieder auf die Füße wuchtete.

„Dieser Idiot", rief er zeternd. „Warum macht er das nur? Man kann doch alles regeln. Ich verstehe das nicht."

Leichenblaß, kopfschüttelnd und den Tränen nahe klopfte er sich die feine Golfhose ab, nahm völlig geschockt sein niedlich-kleines Aktentäschchen vom Tisch, hielt es vor die Brust und ließ sich schwer in einen der Sessel fallen.

Rudi sah Schopetta an: „Brauchen wir den noch?"

„Wir können später mit ihm reden. Jetzt müssen wir erst mal sehen, daß wir den wild gewordenen Pommesbändiger einfangen. Wer weiß, was der sonst noch für einen Mist anstellt!"

Rudi hatte sich schon einer grünbeschirmten Stehlampe bemächtigt, den Schirm heruntergerissen und begann mit dem Bronzefuß die Tür, durch die Dabringhausen geflohen war, zu bearbeiten. Der weiße Lack splitterte, die feinen Blattgoldlinien, mit denen die Füllungen eingerahmt waren, verschwanden unter den Hieben, doch die schwere Tür gab nicht nach. Erst als Rudi nach ein paar Schlägen atemlos innehielt, hörte man, wie der Schlüssel von außen im Schloß gedreht wurde. Die beiden Polizisten wichen einen Schritt zurück. Rudi hob erneut den Lampenfuß, um gegebenenfalls sofort anzugreifen, jedoch war es nur Elle, die vorsichtig die Tür öffnete und erleichtert grinste, als sie ihre Kollegen gesund auf den Beinen sah. „Scheint nicht so ganz euer Tag zu sein, was Männer?"

„Nicht unser Tag", nörgelte Rudi. „Was kann ich dafür, wenn Erwin immer alle Verdächtigen laufen läßt." Er ließ den Lampenfuß sinken.

„Armleuchter", brummte Schopetta, und zu Elle gewandt: „Hast du gesehen, wo er hin ist?"

„Hinten raus und durch den Garten. Ich hab die Schüsse gehört und mir schon das Schlimmste ausgemalt. Er hat die Küchentür hinter sich aufgelassen. Wenn wir uns beeilen, erwischen wir ihn vielleicht noch."

Bevor sie die Verfolgung des Flüchtigen aufnahmen, fischte Rudi noch seine Pistole auf. Dabringhausen hatte sie einfach in die Fensternische unter die Heizung gekickt, bevor er das Weite suchte.

Im übernächsten Raum bemerkte der Kommissar einen leichten Qualmgeruch. In diesem Salon, der gelb und ganz im stilvollen italienischen Design ausgestattet war, glimmte es noch in einem Haufen alter Akten, die im Marmorkamin gestapelt waren.

Um Dabringhausens Vorsprung nicht allzu groß werden zu lassen, entschieden sie sich aber, ohne anzuhalten, für die weitere Verfolgung.

Sie fanden Dabringhausens Notausgang sofort. Auf seiner Flucht hatte er sich nicht die Mühe gemacht, das kleine Gartentor wieder zu schließen. Es lag direkt neben einem Gärtnerhaus, das, ganz überwachsen von wildem Wein und fast verdeckt von wuchernden Fliederbüschen, mit seiner Rückseite einen Teil der Gartenmauer bildete. Der unbefestigte Weg, der hinter dem Park vorbeiführte, wurde von einer einzigen Laterne in mattgelbes Licht getaucht. Soweit sie sehen konnten, war der Weg jetzt menschenleer, doch in dem Augenblick, als sie durch das Gartentor stürmten, bog ein Wagen in die kaum fünfzig Meter entfernte Straße und verschwand mit quietschenden Reifen.

„Habt ihr gesehen, ob er das war?“ fragte Schopetta.

„War auf jeden Fall ein Kombi. Ich meine, es hätten zwei Leute drin gesessen“, sagte Elle. „Ich bin mir sogar völlig sicher, daß es zwei waren.“

„Ich hab nichts gesehen“, knurrte Rudi. „Aber wer sollte es sonst gewesen sein?“ Er steckte seine Pistole ein und ging in den Garten zurück.

Daß es wirklich zwei Personen waren, die soeben das Weite gesucht hatten, bestätigte sich, als sie sich kurz im Gärtnerhaus umsahen. Auf dem Tisch im einzigen Raum brannte in einem alten Marmeladenglas noch ein Teelicht. Zigarettenqualm lag in der Luft, und ein älterer Fernseher lief ohne Ton. Im Aschenbecher lagen etliche Zigarettenkippen, und die Kleidungsstücke, die auf einer blauverschlissenen Chaiselongue lagen, erkannte Schopetta sofort als die Kleidung, welche Ahlers getragen hatte, als sie im Präsidium so intensiv aufeinander getroffen waren.

„Sieh mal an. Hier hat er sich also versteckt. War die Bindung der beiden doch enger als zugegeben. Die Spurensicherung soll auch hier alles unter die Lupe nehmen“, sagte Schopetta, ohne jemanden direkt anzusprechen.

„Wir müssen schnell die Fahndung rausgeben“, antwortete Elle. „Willst du?“ fragte sie Schopetta und hielt ihm das Handy hin.

45

Der Ford Granada brauchte genau 23 Sekunden, um sich aus den engen Straßen des Villenviertels zu befreien. Mit quietschenden Reifen bog er auf den Westring ein und raste auf grüner Welle in Richtung Autobahnauffahrt.

„Wo willst du eigentlich hin, Otto?“

Doch Otto sagte kein Wort. Er stierte mit grimmig gefletschten Zähnen durch die Windschutzscheibe und paßte seine Geschwindigkeit nur langsam dem fließenden Verkehr in Richtung Wuppertal an.

„Mein Gott, nun sag doch was! Ich sitz doch genau so in der Tinte wie du."

„Pah!" rief Ahlers verächtlich. „Wo du recht hast, hast du recht. Tiefer kann man wirklich nicht reingeraten. Um genau zu sein, wir sitzen bis zum Hals in der Scheiße, und das Ganze nur, weil du Arschloch dich immer noch für den Größten hältst. Aber was is rausgekommen dabei, he? Von deinen ganzen Scheißplänen hat nicht ein einziger wirklich funktioniert."

„Jetzt hör aber auf. Mit dem ganzen Mist konnte doch keiner rechnen."

„Du has immer irgend eine Ausrede. Aber eins is sicher, wenn sie uns erwischen, dann sind wir dran, da holt uns nich mal dein gottverdammter Rechtsverdreher raus."

„Wieso wir? Ich hab keinem Menschen was getan."

Ahlers warf einen schnellen, fast haßerfüllten Blick auf Dabringhausen. Dann schrie er: „Du hast keinem was getan? Das ich nich lache! Abgesehen davon, daß alle Pläne von dir waren, daß du den Alten in die Garage gelockt hast, liegt da auch noch ne stinkende Leiche.Was sagst du nun? Die hat zudem zwei häßliche Löcher im Kopf. Aber die Ähnlichkeit mit dem bekoksten Glowritz ist trotzdem nicht zu leugnen. Und für die beiden Bengels hast du den Auftrag gegeben, das kann ich jederzeit beschwören. Und was da die Härte der Strafe angeht, da macht das Gesetz kein Unterschied. Also, laber nich von wegen, du has keinem was getan. Und noch was: den Ballermann, den has du zuletzt in der Hand gehabt."

„Das muß man mir erst mal alles noch beweisen. Ich bin immer noch ein unbescholtener Bürger."

„Und die Hunderttausend? Denk dran, dat hab ich sogar schriftlich von dir. Anstiftung und Beihilfe. Dabei bleibt es, du Penner."

„Ich kann mich an nichts erinnern, ich bin zuckerkrank und habe hohen Blutdruck. Da hat man in Streßsituationen schon mal einen Aussetzer. Das kann jeder Arzt bestätigen."

„Du has doch den Arsch auf!" brüllte Ahlers mit aller Kraft.

„Mein Gott, bist du gewöhnlich!"

„Du glaubs gar nich, wie gewöhnlich ich noch werden kann. Wenn du mir so komisch komms, zieh ich dir die Haut vom Sack, aber in ganz feinen Streifen, verstehst du?"

Dann schwiegen sie.

Am Autobahnkreuz Recklinghausen wendete Ahlers und fuhr in Richtung Münster zurück.

„Was hast du denn jetzt vor?“ eröffnete Dabringhausen erneut den Streit. „Willst du den Bullen direkt in die Arme laufen?“

„Du verdammter Klugscheißer! Has du einen besseren Vorschlag? Weißt du, wo wir untertauchen können? Has du genug Bares dabei, um neue Papiere zu kaufen, ein Auto, nach dem nich überall gesucht wird? Mensch, Mensch! Wärst du allein, bin ich sicher, du wüsstes nich ma, wohin du pinkeln solltest!“ Als Dabringhausen nur betroffen schwieg, brüllte Ahlers weiter: „Na, was is? Jetzt kein guten Vorschlag mehr? Wenn du also überhaupt nix has, was uns im Augenblick irgendwie weiterhelfen kann, dann halt wenigstens deine dämliche Fresse!“

„So laß ich mit mir nicht reden!“ schrie Dabringhausen unerwartet heftig zurück. Völlig aufgebracht und vom Gefühl beseelt, dagegenhalten zu müssen, wuchs er stimmlich über sich hinaus. „Das kannst du mit deinesgleichen machen, du kleiner, stinkiger Proll! Vergiß nicht, wo du herkommst, du Habenichts, du Kanalratte! Alles, was du hast, verdankst du mir, alles mir, meinem Geld und meinen Beziehungen.“

„Jetzt hab ich aber endgültig die Schnauze voll“, brüllte nun wieder Ahlers zurück, schlug dabei unerwartet das Lenkrad nach rechts ein und trat mächtig auf die Bremse. Mit quietschenden Reifen brachte er den Wagen auf dem Seitenstreifen kurz vor der ersten Barke zur Ausfahrt Stadtmitte zum Stehen.

Dabringhausen wurde heftig nach vorn geschleudert und konnte nur mit Mühe den Aufprall auf das Armaturenbrett verhindern. „Bist du bescheuert?“ schimpfte er los, doch bevor er auch nur ein weiteres Wort herausbringen konnte, war Ahlers ihm an den Kragen gegangen: „Wer hier bescheuert is, das is ja wohl eindeutig bewiesen, du Gurke. Und das ich den ganzen Schlamassel nur wegen dir am Hals hab, das weiß ich nur zu gut“, dann öffnete er mit einem schnellen Griff die Beifahrertür und schrie weiter: „Raus, aber zackig, sieh zu, wie du weiter komms.“

Eine Sekunde schnappte Dabringhausen nach Luft, dann legte er mit einer sich völlig überschlagenden Stimme los: „Du Dreckskerl schmeißt mich nicht raus, du nicht, verstehst du? Jeder andere, aber du nicht!“ Und während er vor Aufregung krächzte, zog er die Pistole aus der Jacke und hielt sie dem verblüfften Ahlers unvermittelt auf die Stirn.

Mit einem Schlag war absolute Stille im Auto, nur der Feierabendverkehr dröhnte an ihnen vorbei.

„Is ja gut, Pommes, nu laß schon den Quatsch“, begann Ahlers, nachdem er den ersten Schrecken überwunden hatte. Dabei sprach er betont ruhig, gelangweilt und tat leicht genervt. „Du traus dich doch sowieso nich dat Ding zu benutzen, also lasset.“

Der Explosionsknall im engen Raum des Wagens war ohrenbetäubend, und das Wummern, mit dem die Kugel das Autodach durchschlug, ging darin völlig unter. Ahlers schrie vor Schreck auf, brüllte dann aber wütend: „Verdammte Scheiße, man, du hasse doch wirklich nich alle!“ Aber er griff sofort wieder ans Lenkrad, legte den Gang ein, und gab Vollgas.

Mit dem Schwung des Anfahrens schlug die Beifahrertür zu. Dabringhausen war aber diesmal besser vorbereitet, drückte sich in den Sitz und richtete die Pistole weiter auf Ahlers Kopf. „Also noch mal, wohin willst du?“ zischte er, und irgend etwas war in seiner Stimme, das Ahlers antworten ließ.

„Wir müssen so schnell wie möglich abtauchen, irgendwo. Abwarten, einen anderen Wagen besorgen und dann neue Klamotten holen, ich hatte ja nicht einmal Zeit, ein Hemd anzuziehen.“

46

Schopetta hatte ordentlich Dampf gemacht. Alles, was sich Polizei nannte, Beine hatte und noch nicht im Urlaub weilte, war zum Großeinsatz gerufen worden, aber die sofort eingeleitete Fahndung hatte keinen schnellen Erfolg. Trotz der Beschreibung des Fluchtwagens, trotz Ringfahndung und der Überwachung möglicher Schlupfwinkel, konnten die Flüchtigen nicht gefaßt werden. Sie waren und blieben fürs erste wie vom Erdboden verschwunden.

Es war mittlerweile kurz vor 22:00 Uhr, und sie saßen, als harter Kern der Fahndungstruppe, müde und geschafft um Schopettas Besprechungstisch herum. Auch wenn sie Dabringhausen und Ahlers noch nicht gefaßt hatten, waren sie durch die Arbeit der letzten Stunden doch sehr viel weiter gekommen.

Die dramatischsten Erkenntnisse ergaben sich bei der Untersuchung der Garage. Hier war der Betonboden vor kurzer Zeit mit einer grauen Fußbodenfarbe gestrichen worden. Das feuchte Wetter hatte den Anstrich aber nur schlecht aushärten lassen. So konnten sie unter der Farbschicht, die sich wie eine Kunststoffhaut ablösen ließ, Blutspuren finden, die man wohl vergeblich hatte entfernen wollen. Auf die Montagegrube waren neue Holzbohlen geschraubt worden, und erschüttert mußte Schopetta erfahren, daß unter diesen Brettern, zugedeckt mit einer schwarzen Motorradkombination, Ecki Glowritz lag, mit zerschossenem Kopf und mausetot.

Mit Sicherheit war die Garage der Tatort für die Morde, sowohl an Bender als auch an Glowritz, das gab die Spurenlage eindeutig her. Das Motorrad des Klausenwirts fanden sie im alten Gewächshaus unter ein paar Plastikplanen versteckt.

Die Frage, nach dem oder den Tätern war für Schopetta und seine Mordkommission nun eindeutig geklärt. Dabringhausen und Ahlers wurden seit mehr als zwei Stunden als besonders gefährliche Mörder gesucht.

Auch die Hintergründe der Taten waren durch umfangreich sichergestelltes Beweismaterial aufgedeckt worden. Es waren insbesondere die nur teilweise verbrannten Dokumente aus dem italienischen Mamorkamin, die zur Klärung beitrugen. Mit einigen dieser Schriftstücke konnte rekonstruiert werden, daß schon im vergangenen August ein Geschäftskonto auf den Namen „Muratowa Consult" bei der Münsterschen Privatbank „Bohnacker & Söhne" eingerichtet worden war. Muratowa, das war der Mädchenname der russischen Tänzerin, mit der Dabringhausen für ein paar Jahre verheiratet gewesen war. Vollmachten für das Konto hatte zum einen die Kontoinhaberin, Frau Marina Muratowa, zum anderen ihr Finanzmanager, und das war Herbert Dabringhausen. Schon im September waren die Mieter und Pächter der Benderschen Immobilien von der V & O aufgefordert worden, ihren Miet- und Pachtzins auf dieses Konto zu überweisen, was auch ausnahmslos geschehen war.

„Ich geh davon aus, daß die kleine Marina nichts von ihrem Konto in Münster wußte", erklärte Rudi dazu.

„Wieso das?" Elle schien von der absoluten Unschuld der Dame nicht überzeugt zu sein.

Rudi grinste. „Ich kenn doch die Frauen. Hätte sie Wind von dem Konto gehabt, wäre sie mit Sicherheit vor ihrer Abreise in Münster vorbei, um abzuräumen."

„Und darauf kommst du, weil du die Frauen kennst?" fragte Elle und machte Rudi mit einer eindeutigen Geste klar, wie sie seine Fähigkeiten als Frauenkenner einschätzte.

Schopetta hörte nur mit einem Ohr den kurzen Wortwechsel der Kollegen. Er dachte nach, und obwohl sie mit den Ermittlungen am Ziel waren, war er nicht wirklich zufrieden.

„Die Einzahlungen sind alle superpünktlich eingegangen“, erklärte Rudi grade. „Selten, daß man so brave Mieter findet. Dabringhausen konnte schon am 30. des Monats die gesamte Kohle in einem Rutsch an einen gewissen Konsul Sanftleben überweisen. Insgesamt waren das etwas mehr als 22000 DM. Dieser Konsul war übrigens einer von den vielen Privatgläubigern, die Dabringhausen in der letzten Woche ausgezahlt hat. Den Mietern wurde die Kontoänderung übrigens wirklich schriftlich mitgeteilt. Einer der Briefe, die Bender angeblich selber unterschrieben hat, lag auch unter dem angekokelten Zeug. Aber das gleich vorweg, die Unterschrift ist falsch. Sie wurde aus der Gründungsurkunde des komischen Heimatvereins kopiert, und die haben wir in Dabringhausens Tresor gefunden. Die Fälschung war ganz einfach festzustellen. Benders Unterschriften auf den anderen Vollmachten und Überweisungen sind bis auf den letzten Strich mit dieser einen völlig identisch.“

„Dann hat Pommes das Ding anscheinend von langer Hand vorbereitet und jetzt durchgezogen, und so wie es aussieht, hat er den Tod Benders dabei durchaus mit einkalkuliert“, sagte Elle und sah dabei Schopetta an, der deutlich abwesend auf seinem Stuhl saß. Sie spürte die Unzufriedenheit des Kommissars und fragte sich, was wohl der Grund dafür sein könnte. Doch bevor sie ihn fragen konnte, setzte Rudi schon seine Zusammenfassung fort: „Nicht nur einkalkuliert. Der Mord war meines Erachtens von Anfang an Teil seines Plans. Sein finanzielles Desaster zeichnete sich schon im letzten Jahr ab. Bei den Banken war der Hahn zu, und die privaten Quellen mehr als erschöpft. Das haben die Kollegen herausgefunden. Und weil es seit Mitte des Jahres noch enger wurde, hat er mittels jeder Menge falscher Unterschriften Benders Hütten mit mehr als 1,8 Millionen DM beliehen und sich aus lauter Not auf windige Warenterminjobs eingelassen. Anscheinend wollte er seine Misere mit einem großen Coup beenden. Leider gab es aber gleich zweimal hintereinander schlechte Quoten, und dabei ist Scheitel erst so richtig in die Seife geraten und abgeschmiert. Jetzt war alles futsch. Um nur die größten Schmerzen zu lindern, hat Pommes dann auch noch Benders Festgeldkonto geplündert.“

„Und sein Koks wurde auch immer teurer.“ Elle hob einen Plastikbeutel empor, in den einige kleine Tütchen eingeschweißt waren, die noch Spuren eines weißen Pulvers enthielten. „Haben wir in der Küche, im Schlafzimmer und im Arbeitszimmer gefunden. Und neben den üblichen Marktkonkurrenzen ist es schon beim Großmarktkrieg auch um Drogen gegangen“, sagte Elle und zog aus einem Aktendeckel ein Papier hervor. „Das Opfer war eindeutig als Kurier für eine niederländische Drogenkombo unterwegs. Lothar Dobratz hat das in seinem Bericht erwähnt. Die Unterlagen liegen drüben." Und dabei wies Elle auf einen Stapel roter Aktendeckel, die am äußersten Ende des Besprechungstisches lagen.

„Und ausgerechnet in dieser Situation kam Bender mit der bekloppten Idee vom Tempelbau und der Ausgrabung um die Ecke. Da hätte Pommes das ganze Geld auf den Tisch des Hauses zählen müssen." Rudi lachte, während er sprach, und wackelte heftig mit dem Kopf: „Vielleicht hat Dabringhausen da gedacht, wenn schon, denn schon. Schwierig wird es sowieso, warum dann nicht jetzt die Endlösung anstreben, und Bender in sein germanisches Walburga schicken."

„Walhalla", sagte Schopetta hinter geschlossenen Augen.

„Wie bitte?" fragte Rudi irritiert.

„Es heißt Walhalla. Walburga kommt aus den neuen Bundesländern, is ne Hexe und wohnt auf dem Brocken."

„Da bis du der Experte", sagte Rudi und hob abwehrend die Hände. „Aber sehr wahrscheinlich is doch, daß Bender am Sonntagabend zu Dabringhausen kam, von seiner Vereinbarung mit dem Professor erzählte, und das war dann sein Todesurteil."

„Das Urteil war mit Sicherheit schon vorher gesprochen. Ich schätze nur, daß dieses abendliche Treffen im Museum die Vollstreckung deutlich beschleunigt hat."

„Stimmt!" bestätigte Riepen Schopettas Überlegung. „Für eine weitgreifende Planung des Mordes spricht ja auch der Brief, den wir in Dabringhausens Schreibtisch gefunden haben." Und als ihn nun Elle irritiert und fragend ansah, stellte er fest: „Sonst bist du schneller, Kollegin. Aber war ja auch ein langer Tag!" Er hielt eine Prospckthülle hoch, in der ein Briefbogen steckte. „Ich mein dieses anonyme Schreiben direkt an uns, in dem ein Unbekannter die Polizei aufforderte, eine Ausgrabungsfläche in Olfen nach einer Leiche abzusuchen. Na? Macht's bei dir klick?"

Elle schaute auf. „Ja, sicher. Die Ausgrabung des Museums in Olfen!? Diese Frau Doktor Lappe, nicht wahr?"

Rudi nickte. „Hätten wir die Leiche wirklich dort gefunden, hätte uns Schmierlewski-Schwarzer viel erklären müssen, was er nicht wirklich hätte erklären können. Schwierige Situation für den Mann."

„Genau!" rief Schopetta plötzlich. „Aber warum haben wir den Toten nicht da gefunden? Das ist es, was mir die ganze Zeit nicht aus der Rübe will. Gehen wir davon aus, Ahlers und Dabringhausen haben den Bender umgebracht, dann sollten wir dessen Leiche doch frühestens ein paar Tage später finden, wenn überhaupt. Genauso wie diesen Pick-Up. Für mich steht fest, der Brief wurde erst geschrieben, nachdem die Beseitigung der Leiche und des Autos schiefgelaufen war. Als Plan B sozusagen. Aber warum lief Plan A nicht?"

„Da gehe ich völlig Kondom mit Ihnen, Herr Präservativrat. Dabringhausen wußte von dem Theater, das der Professor mit Bender hatte, und darum wollte er ihm den Mord in die Schuhe schieben. Vor ein paar Stunden wollte er uns doch sogar noch weismachen, er habe Bender am Sonntagabend um zwanzig vor acht bei Schmierlewski-Schwarzer abgesetzt."

Schopetta schwieg und nickte nur leicht. „Die Fragen bleiben: Warum haben wir Bender gefunden, und warum so zugerichtet? Und wer hat die Jungen umgebracht, und warum?"

Die drei stierten eine Zeitlang schweigend vor sich hin.

„Noch jemand einen Kaffee?" unterbrach Elle die Stille und hob die Kanne an. Schopetta hielt seine Tasse hoch, aber Rudi sagte: „Noch einen mehr, und ich krieg nen Magendurchbruch."

„Nur noch Weicheier und Wollzähne bei der Polizei", frotzelte Schopetta. „Laßt uns Schicht machen", und nach einem kräftigen Schluck begann er, die Unterlagen, Papiere und Notizzettel zusammenzuräumen, die wild verstreut auf dem Besprechungstisch lagen. „Is schon sehr spät!" sagte er dabei. Er hatte fast alle Papiere zu kleinen Stapeln sortiert, als er stutzte und eines der Blätter wieder aufnahm. Er hielt es auf Weitsichtdistanz, setzte dann seine Brille auf und untersuchte es näher. Dann faltete er es so zusammen, daß der Text unter dem Bild nicht mehr zu lesen war und hielt es Elle hin: „Wer ist das?" fragte er schroff.

Sie zuckte mit den Schultern. „Weiß nicht. Kommt mir irgendwie bekannt vor, aber im Augenblick hab ich keine Ahnung, Erwin."

„Und du? Sagt dir die Visage was?"

Rudi nahm den Zettel und warf einen langen Blick darauf.

„Hab ich dir's nicht immer gesagt, Erwin? Dieser so seltsam grau bekittelten Spezies Mensch ist absolut nicht zu trauen. Das ist doch unser lieber Herr Ahlers, der flüchtige Hausmeister!"

Er faltete das Papier ganz auseinander und las den Text unter der Zeichnung. Es war die Phantomzeichnung, die nach der Beschreibung Dieter Tibulskis angefertigt worden war und den russischsprechenden Herrn aus dem Keller des Hauses in Grullbad zeigte. Jetzt nahm Elle das Blatt. „Stimmt", sagte sie. „Jetzt, wo du es sagst. Die Ähnlichkeit ist wirklich verblüffend."

Während Elle und Rudi sich weiter unterhielten, suchte Schopetta in den restlichen Unterlagen nach dem zweiten Phantombild, das nach den Angaben von Martha Bender angefertigt worden war, und dem sie im Streß des Abends noch gar keine Beachtung geschenkt hatten. Als er es endlich fand, war er fast enttäuscht. Verblüffenderweise zeigte das Portrait zwar auch ein bekanntes Gesicht, jedoch leider nicht das Konterfei des Hausmeisters. Es war eindeutig Ecki Glowritz, den Martha Bender dem Polizeizeichner da sehr gut in den Bleistift diktiert hatte.

„Und wie paßt der jetzt in das Bild zu Martha Bender?“ fragte Rudi nachdenklich.

„Weil er wußte, wo Bender seine Knarre versteckt hielt, hat er sie für Dabringhausen da rausgeholt. Der war übrigens noch, kurz bevor ihr euren Besuch bei der alten Dame gemacht habt, in Benders Arbeitszimmer. Dafür sollte er von Dabringhausen zwei Riesen bekommen. Aber der hatte keine Kohle mehr, und weil Ecki nicht gerade der Typ ist, der sich gerne verarschen läßt, hat einer der flüchtigen Herren auch dem Wirt das Licht ausgeblasen.“

„Wer sich in Gefahr begibt“, sagte Rudi lakonisch, „der kommt schon mal darin um.“

„Trotzdem traurig“, wandte Schopetta ein, der kurz an Paula Lenzen gedacht hatte. „Zeigt aber, wie gefährlich unsere beiden Matadoren sind. Wir sollten noch einmal darauf hinweisen. Bei dem, was jetzt schon auf deren Konto geht, ist denen jede weitere Gewalttat zuzutrauen. Kannst du dich darum kümmern, Elle?“

Als sie sich der jungen Frau zuwandten, war sie am Tisch eingeschlafen. Die Männer lächelten.

„Wir sollten wirklich Schluß machen“, knurrte Schopetta. „Egal, was wir noch probieren, heute kommt doch nichts mehr dabei heraus.“

Sachte stieß er Elle an, und als die leicht verstört und mit rotem Kopf nicht so recht wußte, was Sache war, sagte er freundlich: „Feierabend, Frau Kommer. Wir machen morgen früh weiter. Frühestens 10:00 Uhr, hier in meinem Büro. Ich bringe das Frühstück mit. Und jetzt sollten wir alle eine Mütze voll Schlaf nehmen.“

47

Unter der Autobahnbrücke kontrollierte die Polizei den Gegenverkehr. Für die Fahrzeuge in Richtung Stadtmitte interessierte sich niemand.

An verschiedenen Bankautomaten im Umkreis von Recklinghausen hatte Hans Otto Ahlers Geld abgehoben und dabei festgestellt, daß Dabringhausen weder Bargeld noch eine einsatzfähige Bankkarte dabei hatte. Dabringhausen hatte die Zahlung der „Luzerner Leben“ in Aussicht gestellt, die Summe für Martha Bender, die ihn bald wieder flüssig machen würde. Ahlers hatte nur mit einem müden Abwinken reagiert. Trotzdem hatte sich die Situation im Auto jetzt entspannt. Dabringhausen hatte die Pistole eingesteckt, man hatte sich gegenseitig versichert, daß die Nerven blank lagen, und Ahlers kannte sich in so schwierigen Situationen scheinbar so gut aus, daß Dabringhausen ihm nun fast blind folgte.

Gut zwei Stunden nach ihrer Flucht lenkte Ahlers den Wagen über einen schmalen, unbeleuchteten Ascheweg auf das Gelände eines Gebrauchtwagenhandels in Herne-Horsthausen. Er parkte in der zweiten Reihe, unauffällig zwischen den übrigen Exponaten der leicht heruntergekommenen Gebrauchtwagenshow. Der Platz lag im Dunklen, und nur eine schwächlich flackernde Neonröhre beleuchtete das Firmenschild, das mit Draht am Maschendrahtzaun befestigt war. Mustafa & Ibrahim, Gebrauchtfahrzeuge aller Art.

Ohne sich weiter um Dabringhausen zu kümmern, schraubte Ahlers dem Granada die Nummernschilder ab und warf sie in eine stinkende Mülltonne, die er hinter dem verbeulten Bürocontainer fand. Ein Werbebanner mit der Aufschrift „Schnäppchen der Woche“ wechselte seinen Platz von einem ziemlich ramponierten Opel Manta, den es bis dahin zum Sonderangebot deklariert hatte, auf die Frontscheibe und Motorhaube seines Fords.

Ahlers sah sich um, wischte sich die Hände an seinem olivgrünen T-Shirt ab und fixierte eine Zeitlang schweigend Dabringhausen, der die ganze Zeit im Auto sitzengeblieben war. Versöhnlicher und von der gefährlichen Auseinandersetzung scheinbar unbeeindruckt sagte er: „Du siehst in deinen Klamotten aus, als wenn du im Tanzbrunnen zur Damenwahl antreten möchtest. Wir brauchen dringend andere Brocken zum Anziehen.“ Dann wies er auf einen hell erleuchteten Bau, der gut fünfzig Meter entfernt zwischen den Häusern der anderen Straßenseite aussah wie ein Goldzahn in einem Kariesgebiß.

„Wir müssen noch abwarten“, sagte er. „Wenn drüben alle abgehauen sind, können wir los.“

„Und was willst du da drüben?“

„Einen anderen Wagen holen.“ Dabei kniete er auf dem Fahrersitz, zerrte das synthetische Fell von der Rückbank und legte sich das graue Ding wie eine Stola um die Schultern „Wird zwar noch ne Stunde dauern, aber hier wird uns erst mal keiner suchen. Also, ruh dich aus! Wirst noch alle Reserven brauchen, wenn sie erst richtig hinter uns her sind.“ Damit lehnte er sich in seinem Sitz zurück, drückte den Schließknopf, und mit einem klackenden Geräusch verschlossen sich alle Türen.

Die Uhr im Armaturenbrett zeigte 22:28 Uhr, als Ahlers erwachte. Dabringhausen saß schweigend neben ihm. Er hatte das Fenster ein Stück heruntergekurbelt und rauchte. Die übrigen Scheiben waren alle von innen beschlagen.

„Wo has du denn die Fluppen her?“ fragte Ahlers gähnend.

„Hatte noch welche in der Jacke“, war die Antwort, und dabei hielt er ihm die Schachtel hin.

Ahlers nahm eine Zigarette, zündete sie an und rauchte mit tiefen Zügen. „Is drüben das Licht schon aus?“

„Vor gut fünf Minuten, das letzte“, war die knappe Antwort.

„Dann komm“, knurrte Ahlers. „Wird Zeit.“ Er machte noch ein paar Züge, warf die Kippe aus dem Fenster und stieg aus.

Das Haus auf der anderen Straßenscite beherbergte im Erdgeschoß eine Apotheke. Darüber befanden sich drei Arztpraxen und ein medizinisches Labor. Der Wagen stand in der Tiefgarage, zu der Ahlers, warum auch immer, einen Schlüssel hatte. Es war ein roter zweier BMW, den sie bestiegen.

„Das ist doch das Auto von ...?“

„Genau von dem. Aber der brauch die Karre jetzt nich mehr“, knurrte Ahlers, und um 22:51 Uhr verließen sie die Stadt über die A42/43 in Richtung Haltern. Hans Otto Ahlers wohnte in Haltern am Rand der nördlichen Altstadt. Seine Wohnung lag über einem Getränkehandel, der vor vielen Jahren in den Räumen einer alten Brotfabrik eingerichtet worden war. Im Laufe vieler Jahre hatten sich die Mauern aus dunkelroten Zechenziegeln fast schwarz gefärbt. Sie umschlossen in unterschiedlichsten Höhen und baulichen Zuständen einen mit Basalt gepflasterten Hof, den man mittlerweile nur noch durch eine einzige dunkle Toreinfahrt erreichen konnte.

Ahlers parkte den BMW ganz am Rand des Viertels. Die letzten paar hundert Meter wollten sie zu Fuß gehen, aus Sicherheitsgründen, da er damit rechnete, daß die Wohnung überwacht wurde. Seine Vermutung bestätigte sich schon im nächsten Augenblick. Als sie an die Straßenecke kamen, von der aus man die Einfahrt, die wie ein schwarzes Loch in der Häuserfassade klaffte, sehen konnte, zischte Ahlers Dabringhausen an: „Geh ruhig weiter und dreh dich nicht um, die Bullen stehen vorm Haus.“ Ein dunkler Audi parkte fast genau gegenüber der Toreinfahrt, und im schwachen Licht der wenigen Straßenlaternen zeichneten sich die Konturen von zwei Personen ab.

„Wir müssen hinten rum“, sagte er und reduzierte sein Tempo. Sie überquerten die Straße schlendernd wie zwei Spätheimkehrer, die das Wochenende in der Stammkneipe um die Ecke begonnen hatten. Kaum aber, daß sie hinter der nächsten Hausecke das Blickfeld der Beobachter verlassen hatten, beschleunigten sie ihre Schritte und verschwanden in der nächsten Hofeinfahrt.

Der Weg, den Ahlers einschlug, forderte besonders von Dabringhausen mehr sportlichen Einsatz als zwei achtzehner Golfrunden. Er führte sie zuerst durch eine hohe und sehr dichte Ligusterhecke. Die zweite Kletterprüfung hielt ein wackliger Maschendrahtzaun bereit, dessen Stacheldrahtbekrönung eine der aufgesetzten Taschen von Dabringhausens blauer Clubjacke abriß. Seine dottergelbe Hose hauchte ihr Leben an den beiden mannshohen Ziegelmauern aus, und am Ende des Weges waren seine feinen, braunitalienischen Slipper nicht mal mehr für die Schuhsammlung der Caritas geeignet.

Dabringhausen war am Ende seiner Kraft, als sie endlich die Wohnung betraten. Völlig geschafft ließ er sich in einen der Sessel fallen und schloß die Augen. Nach Ligusterhecke, Stacheldraht und Ziegelmauern, an denen er allein und ohne Ahlers Hilfe sicher gescheitert wäre, hatte ihm dann das letzte Stück des Weges den Rest gegeben. Im niedrigen Waschkeller des Nachbarhauses, den sie bei völliger Dunkelheit durchqueren mußten, holte er sich an einer Abwasserleitung, die den Raum genau auf Stirnhöhe kreuzte, eine ordentliche Beule, und im daran anschließenden Leergutlager des Getränkemarktes verfehlte er die Ausgangstür um einen halben Schritt. Das verschaffte ihm eine äußerst schmerzhafte Prellung der linken Schulter.

Schon seit dem Liguster schimpfte und jammerte er im steten Wechsel leise vor sich hin, aber selbst dazu war er nun zu erschöpft. Seine Kleidung war zerrissen und schmutzig, er hatte Schmerzen im Kopf und in der

Schulter, der Schweiß rann ihm in Strömen über den Körper, und er war dreckig, ein Zustand, der ihn fast wahnsinnig machte.

Mühsam öffnete er wieder die Augen. Im Raum war es dunkel, nur durch die zwei Fenster fiel etwas Licht der Straßenlaterne. Dabringhausen war mittlerweile fast alles egal. Er überlegte sogar einen Augenblick lang ernsthaft, einfach hinunterzugehen und sich den Polizisten vor dem Haus zu stellen.

Hans Otto Ahlers dagegen war hellwach und konzentriert. Er fühlte sich im Kampf, und auf den Zustand seines Begleiters nahm er in keiner Weise Rücksicht. Er war inzwischen ans Fenster getreten und hatte die dünnen Übergardinen ein wenig zur Seite genommen. Auf der Straße war alles ruhig. Ein Kleinlastwagen stand rechts von der Einfahrt, fünf weitere Pkw teilten sich in seinem Blickfeld den Fahrbahnrand. Der dunkle Audi stand weiter auf seinem Platz. Hätten die Insassen nicht geraucht, ihre Anwesenheit wäre von seinem Standpunkt aus nicht auszumachen gewesen. So verriet sie aber die in regelmäßigen Abständen aufleuchtende Glut der Zigaretten. Sie waren also noch wach und behielten mit Sicherheit das Haus und die Einfahrt im Auge.

„Wo ist das Klo?" hörte er Dabringhausen stöhnend fragen. „Mir ist schlecht."

„Links neben der Wohnungstür. Aber mach das Licht erst an, wenn du die Tür wieder zu hast. Jeder Lichtschein kann uns verraten", sagte er, ohne den Blick von der Straße zu nehmen.

Kurze Zeit darauf schreckte ihn das Geräusch der Klospülung auf. Ein Tosen wie an den Niagarafällen. Das hört man doch im Umkreis von hundert Metern, dachte er, obwohl er wußte, daß das unmöglich war. Trotzdem stieg jäh Wut in ihm auf, als Dabringhausen schlaff, mit hängenden Schultern und gebeugt wie ein alter Mann die häusliche Notdurfteinrichtung verließ, ohne das Licht zu löschen. Er hatte das Gefühl, den Kerl umhauen zu müssen. „Licht aus", zischte er, ließ die Übergardine zurückfallen und sprang in einem schnellen Schritt vom Fenster zurück. „Mein Gott, du Idiot. Ich hab dir doch gesagt, du sollst das Licht ausmachen, bevor du die Tür öffnest."

Dabringhausen war viel zu geschafft, um sich zu verteidigen. Völlig erschrocken über den Anranzer suchte er einige Sekunden lang auf der falschen Seite der Tür nach einem Schalter. Dann endlich, nach einer viel zu langen Zeit, löschte er das Licht.

48

„Da war was.“

„Wo?“

„Oben in der Wohnung.“

„Ich hab nichts gesehen!“

„Eindeutig, irgendwo in der Bude ging das Licht an.“

„Ich seh nix.“

„Jetzt is es ja auch schon wieder aus, Mensch!“

„Vielleicht ein Nachbar.“

„Außer diesem Ahlers wohnt in dem Kabachel keine Sau!“

„Dann ruf ihn doch an.“

„Mach ich auch.“

Der Polizist hinter dem Lenkrad drückte seine Zigarette im Aschenbecher aus und reichte seinem Kollegen das MobilTelephon. „Die Nummer is eingespeichert.“

49

Der Regen hatte gänzlich aufgehört. Zwar hing die Feuchtigkeit noch in der Luft, aber zwischen den schnellziehenden Wolken und den Nebelfetzen, die im Scheinwerferlicht wie dünner Qualm aus den Feldern und Wiesen aufstiegen, waren am Himmel ab und zu ein paar Sterne zu erkennen. Schopetta fuhr über die Landstraßen nach Hause, obwohl der Weg über die A43 bedeutend schneller gewesen wäre. Er war nun schon mehr als 15 Stunden auf den Beinen, aber seine Müdigkeit hatte er sich schon vor Stunden aus den Knochen geschüttelt. Nun empfand er nur noch ein unendlich scheinendes Bedürfnis nach Harmonie, Entspannung und Ausgeglichenheit, ein Gefühl, das er sich oft bei nächtlichen Autofahrten mit mäßiger Geschwindigkeit verschaffte.

Im CD-Player lief Schumanns Rheinische Symphonie, der zweite Satz. – WDR, zwischen Rhein und Weser –.

Mehr als vierzig Jahre her das Ganze, und in Gedanken sah er das schwarze Grundig-Radio mit dem grünen Auge, das ihn stets im Halbdunkel des Wohnzimmers angestarrt hatte, hinter ihm das gelbe Licht der kleinen Wandlampe mit den Aufsteckschirmen aus Kunststoff und darunter die

Eltern, rauchend auf dem weinroten Sofa. Der Alte, wie immer am Feierabend, die Füße auf dem niedrigen Tisch und die Zigarette zwischen dem Zeige- und Ringfinger der linken Hand, die noch nicht so braunfleckig war wie später, die man noch greifen konnte, ab und zu, um ein Stück zu gehen, Hand in Hand, damals, bevor er älter und alles anders wurde.

Ja, damals. Für Schopetta erzeugte die Erinnerung ein anheimelndes Bild, ein Bild, das ihn fast glücklich stimmte, wenn auch mit melancholischer Gesamtprägung, wie er sich selbst eingestand, und mit diesem Gedanken zerstörte er augenblicklich das Gefühl von Glück und Melancholie. Er rieb sich mit der Hand das Gesicht, schaltete einen Gang zurück und trat auf seinem Lieblingsstreckenabschnitt, der langen Geraden zwischen Lavesum und Merfeld, dem alten Diesel noch einmal kräftig aufs Pedal.

Das Handy klingelte kurz hinter dem Abzweig zum Landgasthof Waldfrieden. Er überlegte lange, ob er drangehen sollte. Dann drückte er doch den Knopf. „Schopetta", sagte er müde.

„Polizeihauptmeister Mulder hier!" kam die fast geflüsterte Meldung. „Wir observieren das Haus in Haltern, das von dem Ahlers, Herr Hauptkommissar, den ganzen Abend schon. Bisher hat sich nix getan, aber jetzt, wie soll ich sagen, ich hatte eben den Eindruck, daß da ein Lichtschein in der Wohnung war, und die Gardine hat sich auch etwas bewegt, mein ich."

„Wie sicher ist das?" Schopetta hatte keine Lust, auf irgendwelche Geistererscheinungen hin seinen Feierabend noch weiter hinauszuschieben.

„So sicher, wie man sein kann, wenn man vier Stunden in die Dunkelheit gestarrt hat", war die leicht angesäuerte Antwort. „Wir haben den Auftrag, verdächtige Bewegungen umgehend an Sie weiterzugeben, und ob ich mich geirrt hab, müssen Sie schon selbst herausfinden. Oder sollen wir hochgehen und nachsehen?"

„Bleibt bloß weg da, die Kerle sind gefährlich. Ich komme sofort. Behaltet den Laden weiter im Auge. Gibt es einen zweiten Ausgang?"

„Negativ! Als wir ankamen, haben wir den Bau so gründlich, wie das ohne aufzufallen möglich war, unter die Lupe genommen. Konnten aber nichts dergleichen feststellen."

„Ist in Ordnung. Wie gesagt, bin auf dem Weg. In ner Viertelstunde ... Haltet die Augen offen."

Schopetta beendete das Gespräch und drückte zwei Ziffern auf dem Tastenfeld. Es dauerte etwas, dann meldete sich Rudi.

„In Ahlers Wohnung scheint sich was zu tun. Ich fahr noch einmal vorbei. Kann ich mit dir als Kavallerie rechnen?"

Rudi stöhnte, als würde ihm ein breites Küchenmesser im Bauch umgedreht, versprach aber nach ein paar gemurmelten Worten, die nicht für Schopetta bestimmt waren, sich sofort auf den Weg zu machen.

Schopetta fuhr über die Straßenkreuzung und parkte sein Auto knapp zehn Meter weiter am rechten Straßenrand. So war er sicher, von der verdächtigen Wohnung aus nicht gesehen zu werden. Bevor er mit den beiden Polizisten im Zivilfahrzeug Kontakt aufnahm, wollte er sich selbst ein Bild verschaffen, vom Haus, der Umgebung und einem eventuell doch vorhandenen weiteren Fluchtweg. Um nicht wieder überrascht zu werden, überprüfte er diesmal sogar seine Pistole, zog mit dem Ladeschlitten eine Patrone in die Kammer, sicherte die Waffe und steckte sie, gegen jede Vorschrift, in die Manteltasche.

Die Zeiger seiner Armbanduhr zeigten fast zwanzig vor zwölf, als er sich müde aus seinem Wagen hievte, ein Stück an der Häuserfront entlanglief und im Dunkel der nächsten Einfahrt verschwand. Das Licht der Straßenlaternen reichte nur für die ersten zwei Schritte. Der Rest des Durchgangs lag in tiefer Dunkelheit. Vorsichtig tastete sich der Kommissar vorwärts. Aus reiner Bequemlichkeit ließ er seine extrastarke Kugelschreiberlampe in der Tasche, ein Versäumnis, das sich schon im nächsten Augenblick rächte. Heftig stieß er mit dem Fuß an eine Treppenstufe, die ein Stück in die Durchfahrt ragte. Obwohl er auf alles vorbereitet zu sein glaubte, hätte ihn das Hindernis beinahe in die Horizontale gebracht. Nur mühsam unterdrückte er ein Fluchen, und die zwei schnellen Ausfallschritte, mit denen er sein Gleichgewicht wiederfand, hallten im Tordurchgang laut und deutlich nach.

Vor ihm öffnete sich der Hof. Heller war es hier nur unwesentlich und auch nur deshalb, weil die schwächliche Lichtkuppel über der Innenstadt den letzten schnellziehenden Wolken eine graugelb schimmernde Unterseite verpaßte. Nun entschied er sich doch für den Einsatz seiner Hochleistungslampe aus dem Agentenshop. Ihr erstaunlich heller Schein verschaffte ihm den gewünschten Überblick. Rechts stand eine Batterie Mülltonnen, daran schloß sich ein niedriger Kellereingang an, dessen Treppe fast bis an einen Anbau reichte, der wohl früher einmal ein Stall gewesen war. Die Front dieses Gebäudes verlängerte ein windschiefer Lattenzaun, und die andere Seite des Hofes begrenzte eine mehr als mannshohe Ligusterhecke. Die gewaltsam in das Immergrün gebrochene Lücke zeichnete sich deutlich ab. Als er den weichen Boden nach Spuren absuchte, fand er auf Anhieb zwei unterschiedliche Fußabdrücke.

„Ja wat soll dat denn jetz schon wieder? Gibt et hier wat für umsonst, oder wat is los? Macht dat ihr endlich wegkommt, ihr Penner, sonst ruf ich die Bullen, verdammt noch ma.“ Die völlig überraschend, zudem von einer gewaltigen Stimme in den Hof gebrüllte Mitteilung ließ Schopetta erschrocken herumfahren. Die Schimpfkanonade kam aus der Dunkelheit, irgendwo von der Rückwand des Hauses, und als Schopetta seine Lampe in die entsprechende Richtung hielt, sah er den Mann, der in beeindruckender Körpergröße am Fenster der Parterrewohnung stand.

Das Gespräch, das der Kommissar kurz darauf mit dem übergewichtigen Bergmaschinenführer Bernd Katzidroga führte, war nur kurz, aber danach war klar, daß die Beobachtung des Polizeimeisters Mulder wahrscheinlich keine Geistererscheinung gewesen war. Vor etwas mehr als einer halben Stunde waren zwei Gestalten über den Hinterhof geschlichen, hatten sich durch die Hecke gezwängt und waren dann in Richtung der alten Brotfabrik verschwunden.

Schopetta saß wieder in seinem Auto und informierte den Polizeihauptmeister über die neuen Erkenntnisse. Die beiden Streifenpolizisten sollten auf jeden Fall im Wagen bleiben. Nichts durfte die Ankunft weiterer Polizeikräfte erkennen lassen, falls einer der Flüchtigen aus dem Fenster sah. Sie sollten sich bereithalten und auf weitere Instruktionen warten. Eingreifen war nur angesagt, wenn die Verdächtigen versuchten, sich abzusetzen. Die Kollegen sollten ihre Schußwaffen bereithalten.

Schopetta überlegte noch, wie er weiter vorgehen sollte, als sich von vorn ein Fahrzeug näherte. Als dieses langsam in den Lichtkreis der nächsten Straßenlaterne eintauchte, erkannte Schopetta den goldfarbenen Monza Rudis.

„Du kriegst auch die Schnauze nie voll, was?“ meckerte der gleich los, kaum daß er auf dem Beifahrersitz in Schopettas Benz Platz genommen hatte.

„Was soll ich machen? Die Kollegen haben angerufen. Sie sagen, in der Wohnung hätte sich was getan.“

„Und? Sind sie sicher?“

„Was ist schon sicher? Nicht einmal die Bank von England soll sicher sein.“

„Mann, Schopetta! Deine Sprüche sind tagsüber schon scheiße. Verschon mich wenigstens nach Feierabend damit. Was ist also hier ambach?“

„Es spricht einiges dafür, daß Ahlers und Dabringhausen in der Wohnung sind. Ich hab gerade mit einem Nachbarn gesprochen, der hat vor kurzem zwei Gestalten gesehen. Auffällig war die helle Hose des einen."

„Dabringhausen hatte doch so eine Hose an. Babykackegelb würde ich sagen."

„Genau, Herr Kollege, hatte er. Ähnliche Farbe wie dein Wagen."

„Nur kein Neid, Schopetta, nur kein Neid. Trotzdem würd ich weiter sagen ‚go in and take out', damit wir schnell wieder nach Hause kommen."

„Du kommst noch früh genug ann warmen Schenkel zurück."

„Wenn ich man schon drangewesen wäre", knurrte Riepen bedauernd und fragte dann: „Hast du wenigstens Verstärkung angefordert?"

„Würde eine Stunde dauern, bis ein Sondereinsatzkommando hier ist."

„Man könnte ja auch nur ein, zwei Wagen von der Trachtentruppe anfordern."

„Können wir immer noch tun. Vielleicht brauchen wir ja auch nur da hoch, anschellen und sie mitnehmen."

„Könnte so laufen, stimmt. Dann gehst du aber vor. Du hast ja heute schon genug geübt, dir was auf den Kopp hauen zu lassen."

„Blödmann!"

Sie stiegen aus und gingen bis an die Hausecke. Von hier aus konnten sie den Audi sehen. Die beiden Polizisten rauchten wieder.

„Wenn du dich umdrehst, kannst du mich an der Hausecke stehen sehen", flüsterte Schopetta ins Handy, als sich Mulder meldete. „Wenn ich dir also ein Zeichen gebe, steigst du aus und rauchst vor dem Auto weiter. Geh langsam auf und ab. Falls die Burschen oben hinter der Gardine lauern, lassen sie sich vielleicht so ablenken. Dein Kollege soll in der Zwischenzeit Verstärkung anfordern, so schnell wie möglich, aber ohne Musik und Beleuchtung. Die sollen den Block absperren und dabei besonders die Höfe und Gärten im Blick behalten."

Kaum war der Polizist ausgestiegen und hatte begonnen, scheinbar gelangweilt ein paar Schritte zu gehen, schlichen sich Schopetta und Riepen dicht an der Wand entlang bis zur Toreinfahrt. Eine wackelige Deckenlampe verbreitete ein schwaches Licht. In einem kurzen Spurt durchquerten sie die Einfahrt bis in den Hof. Die Haustür lag rechts, und im Treppenhaus empfing sie ein muffiger Geruch, der sich zwischen Bohnerwachs, verstopftem Ausguß und schalem Bier einordnen ließ. Vom Duft frischgebakkener Brote war in dem alten Gemäuer nichts geblieben. Das Treppenhauslicht funktionierte nicht, doch im Schein der Taschenlampe konnten sie feststellen, daß es drei Schellen gab, jedoch nur eine davon so etwas wie ein Namensschild vorzeigte. ‚Getränkemarkt Wysniewski' stand auf der untersten, die mittlere nannte keinen Namen, und die dritte war wohl mit einem Feuerzeug angeschmort worden. Im Dunkeln stiegen sie leise die Treppe hinauf, immer schön außen, damit die alten Holzstufen nicht knarrten. Ein Messingschild an der einzigen Tür im ersten Stock gab Auskunft. ‚Hans Otto Ahlers, Haustechnik' war da zu lesen. Rudi grinste und tippte sich an die Stirn.

Schopetta lauschte an der Tür. Aus der Wohnung war nichts zu hören.

Kommissar Riepen nahm den Türknauf in die Hand und drückte. „Is nicht abgeschlossen", flüsterte er kaum hörbar. Während Schopetta ihm leuchtete, versuchte Rudi mit einem breiten Schnappmesser die Schließzunge des Schlosses zurückzudrücken. Schon beim ersten Versuch sprang die Wohnungstür mit einem kaum vernehmbaren ‚Klick' auf. Auch dahinter war es dunkel. Nichts rührte sich. Kaum atmend standen sie da und lauschten. Nur ein leises Rauschen war zu hören.

Rudi schob vorsichtig die Tür auf. Er grinste, und mit einladender Geste ließ er dem Kollegen großzügig den Vortritt. Schopetta zog seine Pistole, was Rudi anerkennend mit erhobenem Daumen quittierte. Dann betrat er hinter Schopetta die Wohnung. Das seltsame Rauschen wurde etwas lauter.

Der Flur der Wohnung war schmal. Die Luft, die ihnen entgegenschlug, war abgestanden, und der vorherrschende Geruch verriet eine seit Tagen ungelüftete Raucherwohnung. Vier Zimmer konnten vom Korridor aus erreicht werden. Drei Türen waren geschlossen. Nur die am anderen Ende des Ganges war weit geöffnet, und man konnte eins von den hohen Fenstern zur Straße sehen. Schopetta stieß Rudi an, wies auf die Tür zu ihrer Linken und legte dann seinen Zeigefinger auf den Mund. Er selbst öffnete behutsam die auf seiner Seite. Im Schein der Taschenlampe erkannte er das Badezimmer. Ein leichter Luftzug wehte ihm von dort aus einen anderen Geruch entgegen. „Alte Socken", flüsterte er leise, fächelte mit der flachen Hand unter seiner Nase, erreichte damit aber nur eine gute Durchmischung des Odeurs. Für einen kurzen Augenblick hielt er einfach die Luft an. Schmutzige Wäsche türmte sich in einer Ecke, ein batteriebetriebener Langhaarschneider lag auf dem Rand der Badewanne, und im Waschbecken entdeckte er im Schein seiner Lampe braune und blonde Haarbüschel. Er dehnte die Inspektion nicht weiter aus und schloß die Tür schnell wieder. Riepen hatte auf seiner Seite die Küche gefunden. Hier fand sich nichts Aufregendes. Lediglich die Ursache für das Rauschen fanden sie heraus. Es wurde durch die in Betrieb befindliche Gastherme verursacht. Riepen öffnete sogar den Besenschrank, doch keiner der Gesuchten hatte sich darin versteckt.

Schopetta, immer noch mit der Pistole in der Hand, näherte sich nun vorsichtig dem Zimmer zur Straße. Es war das Wohnzimmer. Langsam ließ er den Lampenstrahl über Wände und Einrichtung streichen. Das Zimmer hatte keine zweiten Ausgang, und kein Möbelstück war groß genug, um einen erwachsenen Mann zu verbergen oder ihm Deckung zu geben.

Mit einer Kopfbewegung wies Schopetta nun auf die vierte geschlossene Tür im Flur. Wieder war es Rudi, der vorsichtig die Klinke drückte und Schopetta, der sich bereit machte, als erster den Raum zu betreten. Flatternd erfaßte das Licht durch die kaum geöffnete Tür einen Kleiderschrank, wanderte weiter über den Boden, kroch über den Rand eines bunten Teppichs und verharrte im nächsten Augenblick auf den Spitzen von einem Paar schwarzer Schaftstiefel. Erschrocken ließ der Kommissar das Licht höher wandern, wich im nächsten Augenblick hinter den Türpfosten zurück und hätte fast auf die Gestalt geschossen, die halb verdeckt vom Schrank in grauer Wehrmachtsuniform und mit einer alten Maschinenpistole im Anschlag auf den ungebetenen Besucher zu warten schien. Glücklicherweise hielt Schopetta die Lampe weiter auf den Kopf gerichtet und erkannte so auf den zweiten Blick das maskenhaft grinsende Gesicht einer Schaufensterpuppe. Erleichtert drückte er die Tür weit auf. Auch dieser Raum war von den Bewohnern verlassen, doch die Ausstattung dokumentierte vorzüglich das Hobby des Wohnungsinhabers. Hakenkreuzfahne als Bettbezug, Reichskriegsflagge an der Wand, zwei auf Übergröße gebrachte Bilder klassischer Weltkriegslandser mit Stahlhelm, Sturmgewehr und Handgranate, die markig die Zähne fletschten und Schopetta anstierten. In einem Regal lagen Stahlhelme aus den Weltkriegen eins und zwei und auf blauem Samtkissen Dutzende von hakenkreuzgeschmückten Orden und Ehrenzeichen.

„Ich glaub, mir wird schlecht“, knurrte Schopetta.

„Wieso?“ flüsterte der Kollege. „Is doch alles so schön bunt hier.“

Schopetta untersuchte die Maschinenpistole. Es war eine täuschend echt nachgemachte Attrappe aus Plastik. „In der ganzen Bude stinkt es wie die Hölle. Riechst du das auch?“

„Jetzt hör aber auf, Erwin. Nur weil du hier alles als kackbraun empfindest, muß es doch nicht gleich auch so stinken.“

„Ich mein den Zigarettenqualm. Die können noch nicht lange weg sein.“

Das Lichtbündel der Lampe huschte weiter durch den Raum, und als es den kleinen Tisch überflog, sah man wirklich die bläulichen Rauchschwaden in der Luft stehen. Eine der Kippen im Aschenbecher glimmte noch. Jetzt streifte der Lichtschein ein paar Kleidungsstücke, die wahllos auf dem Boden verstreut lagen. Schopetta untersuchte sie etwas näher. Ein blauer Blazer, dem die rechte Tasche fehlte, ein durchgeschwitztes, blaues Herrenhemd Marke ‚sehr teuer‘ und eine dottergelbe Hose, die auf Höhe von Knie und Schienbein moosgrün geränderte und blutig unterlegte Risse und Schleifspuren aufwies.

„Die haben hier die Sachen gewechselt. Aber wo sind die hin?“ fragte Schopetta flüsternd, und Rudi zuckte ein paarmal mit den Achseln.

„Hast du einen anderen Ausgang gesehen?“

Jetzt schüttelte Rudi bedauernd mit dem Kopf.

„Es wird das Beste sein, einer von uns geht runter in den Hof“, flüsterte Schopetta hinter vorgehaltener Hand, und Rudi nickte. „Ich seh mich hier weiter um. Nimm du mit den Kollegen unten Kontakt auf, die sollen den Ausgang im Auge behalten. Wenn die Verstärkung eintrudelt, müssen wir den ganzen Komplex durchsuchen.“

Zweimal suchte Schopetta die Zimmer noch ab, leuchtete hinter jeden Schrank, unter jedes Sofa und inspizierte sogar den Kleiderschrank im Schlafzimmer. Dann war die letzte Hoffnung das Bett. Doch weder darin noch darunter versteckten sich Ahlers oder Dabringhausen. Der Weg durch die Gärten fiel ihm ein. Sollten ihnen die beiden Verbrecher doch entwischt sein? Im Flur stieg ihm wieder der Geruch alter Socken in die Nase. Widerwillig öffnete er die Tür zum Badezimmer, das er bisher ausgespart hatte, und leuchte nun den Raum noch einmal ab. Der Duschvorhang an der Badewanne war zur Hälfte geschlossen. Plötzlich bewegte er sich. Die Pistole vorgestreckt, riß Schopetta das graublaue Plastikteil herunter. Doch es war nur Zugluft, die am Vorhang gezerrt hatte. Erst jetzt entdeckte er ein hohes, schmales Fenster über dem Kopfende der Badewanne, das nur angelehnt war. „Hier sind sie also raus“, resümierte er. Das Fenster wies zur Tordurchfahrt des Hauses. Ganz in die Ecke gedrückt, war es auch von unten aus sicher kaum wahrzunehmen. Zwei alte Gerüstbretter, mehr schlecht als recht durch mehrere Eisenwinkel gehalten, überquerten in fast vier Metern Höhe die Einfahrt und führten zu einer alten Kranluke auf der anderen Seite.

Schopetta mochte keinen Extremsport, weder Freeclimbing noch Paragliding oder sonst etwas Ähnliches. So drehte sich sein Magen vor und zurück, als er durch das Fenster stieg, sich auf den schmalen Bohlen vorsichtig aufrichtete und seitlich Schritt für Schritt mit dem Gesicht zur Wand den Abgrund auf dem wippenden Steg überwand.

Die Luke führte auf einen Dachboden. Froh, wieder einigermaßen festen Boden unter den Füßen zu haben, wartete er einen Augenblick und lauschte in die Dunkelheit. Es war nichts zu hören und absolut nichts zu erkennen. Nach einer Weile, in der sich sein Puls wieder auf Normalfrequenz reduzierte, wagte er zwei kleine Schritte in die Dunkelheit. Eine Hand vorgestreckt, in der anderen die schußbereite Pistole, tastete er sich vorwärts. Seine Augen begannen sich langsam an die Finsternis zu gewöhnen, und darum verzichtete er noch auf den Einsatz seiner Taschenlampe. Falls die zwei Flüchtigen sich hier aufhielten, wollte er ihnen auch kein Ziel bieten. Vorsichtig und konzentriert darauf achtend, keine Geräusche zu verursachen, tappte er langsam vorwärts. Erst als das sich auf dem staubigen Dachboden seltsam verlierende Neonlicht aufflackerte, erkannte er die Gefahr. Alle Vorsicht war umsonst gewesen. Im Dunkeln war er an der Bodentreppe vorbeigeschlichen, auf der jetzt, mindestens ebenso verdutzt wie er selbst, zwei Männer standen. Camouflage-Hosen, Springerstiefel und Bomberjacke, über die sie eine zerschlissene Jeanskutte gezogen hatten. Ein Bild wie aus einem schlechten Film, der zwei zu Rockern mutierte Skins die Rolle der Zombies am Glockenseil zugedacht hatte.

Das Licht war nicht besonders, aber Schopetta erkannte den Mann, der voranging, sofort. Es war Hans Otto Ahlers, der sich auch als erster der beiden gefaßt hatte. Mit kahlrasiertem Schädel und Schlachthofblick ging er langsam auf Schopetta zu. Er hatte die Stahlrute in der Hand, mit der Schopetta schon am Nachmittag gute Bekanntschaft gemacht hatte. Die Körperhaltung der anderen Gestalt signalisierte eher abwartende Vorsicht. Der Mann schien in Deckung bleiben zu wollen. Erst als er sich einmal auf dem Dachboden umsah und kurz sein Profil zeigte, konnte Schopetta auch ihn identifizieren. Es war ohne Zweifel Dabringhausen, der seinen breiten Scheitel zur zeitlosen Vollglatze ummodelliert hatte und in einem etwas zu großen Rockeroutfit zögernd auf der schmutzigen Bodentreppe stand. Diese Treppe schien der einzige Zugang zum Dachgeschoß der alten Backwarenfabrik zu sein. Damit war Schopetta im Augenblick der Rückweg abgeschnitten. Glücklicherweise war der Dachboden groß und damit der Abstand zwischen ihm und den beiden Männern weit genug, um sicher und in aller Ruhe die Dienstwaffe zu heben.

Ein echter Scheißtag, ging es ihm dabei durch den Kopf. Nachmittags eins auf die Nuß, dann von dem anderen Frettchen überrumpelt und jetzt beide Idioten im Doppelpack. Den Trouble kannst du dir nicht mehr ersparen. Mit einer routinierten Bewegung des Daumens legte er den Sicherungsbügel um und spannte sofort den Hammer der Waffe. Das metallische Klicken ließ seinen Angreifer zwar zögern, stoppte ihn aber nicht.

„Los, mach schon, worauf wartest du noch?“ zischte es plötzlich von der Treppe her. „Hau ihn um! Der Bulle schießt doch nie.“

Was Schopetta in diesem Augenblick seltsamster Gefühle beruhigte, war die Unsicherheit, die leicht vibrierende Aufregung, die in Dabringhausens Stimme zu hören war. Wirkliche Sorgen machte ihm aber Ahlers. Trotz der Dienstwaffe in Schopettas Hand hielt der Hausmeister mit sperrig verkrampftem Gesicht die Waffe der bekannten Marke ‚lang und flexibel‘ stur in Angriffsposition und näherte sich, wenn auch nur noch mit sehr kleinen Schritten. Noch einen Meter weiter, und er hatte die wirksamste Schlagdistanz erreicht. Also höchste Zeit, um mit allem Nachdruck zu handeln, Herr Hauptkommissar. Schopetta hätte sich gern laut und mit viel Nachdruck gut zugeredet, aber die stumme Form seiner Selbstgespräche schien ihm im Augenblick die angemessenere. So hob er die Pistole noch etwas höher, richtete sie auf den Kopf des Angreifers. Dieses Signal war für Ahlers dann doch so deutlich, daß er unsicher grinsend stehenblieb.

Schopetta war erleichtert. Angestrengt bemüht, nun auch möglichst abgebrüht zu wirken, stieß er hervor: „Da hast du aber wirklich Glück gehabt, mein Freund“, und meinte damit viel weniger den Angreifer als sich selbst.

Das Grinsen des Hausmeisters wurde fast hörbar. Er ließ den Totschläger nun schlagbereit kreisen und spannte langsam den Oberkörper an.

„Alter, denk erst gar nicht daran, das zu tun, was du gerade überlegt hast“, stieß Schopetta hervor. Es war wieder einmal irgend so ein „Starkermannkrimi“, aus dem er sich den Text entlieh. Bruce Willis vielleicht oder ein anderer dieser wasserdichten Helden. Leider konnte die Not auf Urheberrechte keine Rücksicht nehmen. Er versuchte es weiter, mußte aber schon bald improvisieren, da ihm der Originaltext zum Ende hin abhanden kam.

„Du mußt wissen, Hans Otto, ich habe große Angst vor Schmerzen, und in meinem Alter kann ich mich zudem nur ganz schlecht mit bloßen Händen gegen deinen Prügel wehren.“ Er deutete mit dem Lauf seiner

Heckler & Koch auf die Stahlrute. „Darum solltest du auf jeden Fall davon ausgehen, daß ich schieße, auch wenn dein Vorarbeiter da hinten das Gegenteil behauptet. Und noch was! Ich hab nicht den geringsten Bock auf den ganzen stumpfsinnigen Schreibkram, der auf mich zukommt, nur weil ich dir eins verpassen muß. In solchen Fällen ist nämlich ein Bericht fällig, seitenlang und in mindestens sechs Durchschlägen, und alles nur, um meinem Vorgesetzten den ganzen Kack zu erklären. Und weiß du, was das Schlimmste ist? Ich seh schon, du hast keine Ahnung, hab ich recht?" brabbelte Schopetta weiter. „Aber wie solltest du auch so etwas wissen", beantwortete er seine letzte Frage selbst. „Also, hör gut zu, Hausmeister. Die meisten Kerle, die viel zu viel riskieren und dann eins verplättet kriegen, legen noch vom Krankenbett aus, meist über einen dieser abgefuckten Anwälte eine verlogene, jammervolle Beschwerde ein, klagen sogar wegen Körperverletzung und unerträglicher Polizeiwillkür. Und ich denke, du Armleuchter würdest das auch tun. Und in solchen Fällen fängt sogar der Staatsanwalt an, den Vorgang zu untersuchen. Er lädt mich vor, fragt, ob ich auch wirklich in Notwehr gehandelt habe, ob der Einsatz der Waffe gerechtfertigt war und diesen ganzen blöden Quatsch. Verstehst du? Also werde ich auf jeden Fall schießen, aber nicht in dein Bein oder deine Schulter, nee! Kurz und schmerzlos schieß ich dir in den Kopf. Aber bei der Munition, die ich im Magazin habe und bei der Distanz, die du ja freundlicherweise schon so weit verkürzt hast, daß ich nicht mehr daneben schießen kann, ist es egal, wohin ich treffe. Jeder Schuß ist da absolut tödlich, alles klar?"

Das Gesicht des Hausmeisters verlor das Grinsen und begann von den Augenwinkeln aus seltsam zu zucken, und mit einem unerwarteten Gefühl der Schadenfreude erkannte Schopetta plötzlich die kleinen Schweißperlen auf der Stirn seines Gegenübers, die er schon am Nachmittag bei der Vernehmung bemerkt hatte. Trotzdem behielt Ahlers unbeirrt die Waffe zum Schlag erhoben.

Schopetta versuchte weiterhin seine Aufregung zu unterdrücken. Nur in der Ruhe liegt die Kraft, sagte er sich, und weil dieser Spruch so ausgelutscht und abgemeiert war, mußte er grinsen, und das machte ihn wirklich ruhig und stark. Wo war Rudi wohl geblieben? Ob die zwei den Kollegen abgefangen hatten, unten, irgendwo, auf dem Hof? Kam daher ihre Ruhe und das sorglose Vorgehen, ohne Deckung einfach das Licht anzumachen und durch das Haus zu laufen? Vielleicht hatten sie aber das Anrücken der

Polizei noch gar nicht bemerkt und waren darum völlig arglos auf den Dachboden gestiegen.

Auf jeden Fall hatte er erst einmal den Vormarsch des Hausmeisters gestoppt. Er überlegte angespannt, was er im Deeskalationskurs der Polizeiakademie gelernt hatte, aber so richtig wollte ihm nichts einfallen. Darum war das, was er nun zu Ahlers sagte, vom Ansatz her weniger von Deeskalation als von massiven Drohungen geprägt. „Tu am besten nichts Unüberlegtes, sonst geht hier schon im nächsten Augenblick für dich das Licht aus, aber für immer. Und vor allem heul hinterher nicht, und sag, ich hätte dich nicht gewarnt."

Die Schweißperlen auf Ahlers Stirn wurden größer und begannen zu glitzern. Die Augen flackerten immer mehr, und nach den Bewegungen seines Halses und der Schultern zu urteilen, wurde ihm auch der Kragen zu eng.

„Mein Gott, was bist du für ein Held!" meldete sich Dabringhausen jetzt schon fast schrill von der Treppe. „Merkst du denn nicht, daß der dich völlig verarscht? Der quatscht dich doch weich. Hau ihn um! Denk an den alten Bender. Ein Schlag, und der ist hin. Der Bulle schießt doch nicht, der blufft nur."

Die Anspannung machte sich auch bei Schopetta durch eine stark angestiegene Körpertemperatur bemerkbar. Unter seinem schwarzen Hut bildeten sich schnell kleine Schweißperlen, die ihren Weg zwischen den Haaransätzen fanden und kitzelnd bis in den Hemdkragen liefen. Aber er wollte nicht durch eine unklare Bewegung den Angriff auslösen und ertrug es stoisch. Sicherheitshalber bediente er sich nun doch der Deeskalationstaktik: „Mein Gott, Ahlers, gib doch auf! Du bist doch hier völlig im Arsch, sieh das doch ein! Auf die Distanz schieß ich zweimal, bevor du mich auch nur gestreift hast. Oder glaubst du wirklich, Pommes wird dich rächen und mich dann umlegen?" Schopetta grinste breiter und deutete durch die Nase ein flaches Gelächter an. „Wenn du umfällst, wirft der sich doch gleich wimmernd daneben, und sein Anwalt beweist vor Gericht, daß du der Haupttäter warst, der miese Charakter, der den armen Mann zu alldem angestiftet hat. Du bist tot, und der bekommt Bewährung, du kennst das doch!"

Ahlers begann plötzlich, unbewußt zu schmatzen. Wahrscheinlich wurden sein Hals und seine Lippen vor Aufregung trocken. Im Hintergrund geiferte Dabringhausen und forderte immer eindringlicher den Angriff.

„Jetzt hör mal nicht auf den Penner da hinten." Schopetta gab sich alle Mühe, noch ruhiger und überzeugender zu wirken. „Der ist doch selbst völlig am Ende. Und diese Information nur, falls er dir Geld versprochen hat." Schopetta folgte einer plötzlichen Eingebung, weil er sich die ganze Zeit über schon fragte, wie Dabringhausen Ahlers wohl dazu bewegt haben könnte, bei all diesen krummen Touren mitzumachen. „Also wenn er dir wirklich Geld versprochen hat, sieht es für dich noch finsterer aus. Denn Geld, mein Lieber, Geld hat der lange nicht mehr." Er faßte den Hausmeister erneut fest ins Auge und sagte mit zynisch mitleidsvollem Unterton: „Du mußt nämlich wissen, wenn ich den nicht gleich in meinem Dienstwagen nach Recklinghausen bringen würde, dann könnte der nicht mal den Busfahrschein bezahlen, der noble Herr Dabringhausen."

Zum erstenmal seit Beginn ihrer Duellsituation wandte sich Ahlers mit einem schnellen, hektischen Blick zu Dabringhausen um. Mit Wut, aber hilflos mußte der die letzten Erklärungen Schopettas über sich ergehen lassen. Zwar preßte er sich noch ein verächtliches „so ein Blödsinn" heraus, aber irgendwie schien Ahlers jetzt endlich eins und eins zusammenzuzählen. „Was is da dran Pommes, was is da dran?" fragte er fast außer sich.

„Gar nichts! Ich sag dir doch, der Bulle verarscht dich!"

„Ich merk nur, daß du seit Tagen nichts Bares mehr in der Tasche hast und der letzte Bankomat vorhin auch nix mehr ausgespuckt hat. Wie sieht es also aus mit meiner Knete, Scheitel?"

„Mein lieber Herr Dabringhausen, klären Sie den Mann auf!" Schopetta lächelte zynisch. „Sie als amtierender Turfclubpräsident sollten doch wirklich wissen, wann ein Rennen gelaufen ist. Es ist aus. Rufen Sie Ihren Gorilla zurück, und machen Sie dem Spielchen hier ein Ende."

„Aus ist es dann, wenn die letzte Patrone verschossen ist", brüllte Dabringhausen, riß die Pistole aus der Jackentasche und feuerte sofort zweimal in Schopettas Richtung. Ob es am schlechten Licht lag, ob Dabringhausen ein schlechter Schütze war, oder ob sie einfach nur Glück hatten, Schopetta hätte es nicht einmal sagen können. Auf jeden Fall verfehlten die Geschosse sowohl ihn als auch Ahlers, und während er noch den Schrecken wegsteckte, hatte sich der Hausmeister blitzartig umgedreht und die Stahlrute nach dem Schützen geschleudert. Aber dessen Reflexe waren erstaunlich gut. Er duckte sich tief auf die Treppe, und die Waffe krachte zuerst gegen das Treppengeländer und fiel dann polternd die wackelige Holztreppe hinunter. Sie hatte noch nicht den Endpunkt ihres Treppensturzes erreicht, als Schopetta beschloß, keine weitere Sekunde verstreichen zu lassen. Zwei Schritte Anlauf reichten, um den völlig überraschten Ahlers mit der Schulter zu rammen und ihm aus einer halben Körperdrehung heraus den Griff der Pistole mit aller Kraft an den Kopf zu schlagen. Ahlers knickte sofort ein, doch instinktiv krallte er sich in Schopettas Mantelrevers, und als er dann wie ein nasser Sack zu Boden ging, riß er auch den Kommissar um.

Schopettas kurze Hoffnung, das Ding würde für ihn schnell und positiv ablaufen, erfüllte sich so leider nicht ganz, denn anders als erwartet, ging Dabringhausen plötzlich zum Angriff über. Alle Anspannung schaffte er sich mit einem gewaltigen Schrei vom Leib, sprang mit einem Satz auf den Dachboden, hob die Hand mit der Pistole und drückte ab. Doch es klickte nur leise. Der Bolzen schlug ins Leere.

Schopetta hatte nicht einmal die Zeit, Angst zu bekommen, denn bevor Dabrighausen den Schlitten der Waffe erneut durchzog, ertönte plötzlich vom Fuß der Treppe Rudis Stimme: „Erwin? Wasn los da oben? Alles in Ordnung?“ Ein zweiter Angreifer war für Dabringhausen scheinbar zuviel, er machte sofort kehrt, sprintete die paar Meter zur Kranluke, stieß sie mit dem Fuß auf, und ohne eine Sekunde zu zögern, sprang er in die Dunkelheit.

Nur einen Augenblick lang herrschte Stille. Dann hörte Schopetta den Aufprall des Körpers unten auf dem Pflaster, und sofort drangen Rufe und Geschrei herauf. „Halt stehenbleiben! Polizei! Die Waffe runter!“ Dann pfiff ein Querschläger durch die Einfahrt, und das Go-go-go-Gebrüll eines Sondereinsatzkommandos setzte ein. Wer hatte die denn bestellt? Schopetta überlegte nur kurz. Das Kriegsgeschrei endete abrupt in der kurzen Salve einer Maschinenpistole. Die einsetzende Stille kam ihm endlos vor, endlos und entsetzlich bedrückend.

„Vorsicht, er hat noch seine Waffe“, rief nun eine weibliche Stimme. Dann war die Einfahrt von grellem Licht durchflutet.

Vorsichtig bewegte sich Schopetta auf die Luke zu, und als er behutsam um die Ecke der Öffnung schaute, die Hand zum Schutz gegen das gleißende Licht erhoben, sah er Dabringhausen mitten in der Einfahrt platt auf dem Hintern sitzen, die Beine gespreizt. Anscheinend war er getroffen worden. Den Oberkörper ein wenig vornüber gebeugt, war ihm der Kopf auf die Brust gesunken. Schlaff saß er da, zusammengefallen und für Schopetta fast bemitleidenswert, mit hängenden Armen, und in der rechten Hand hielt er wirklich die 08. Zwei Polizisten im Kampfanzug mit kugelsicherer Weste, Helm, die Maschinenpistole im Anschlag, näherten sich geduckt. Als sie herangekommen waren, trat einer von ihnen die Pistole aus Dabringhausens Hand, und als dieser nach der Berührung ganz langsam, wie in Slowmotion über die rechte Schulter nach hinten kippte, wußte Schopetta, daß dem Mann nicht mehr zu helfen war.

SECHSTER TAG

50

Schopetta stand am Fenster seines Büros. Er schaute etwas nachdenklich auf die große Treppe vor dem Polizeipräsidium und den Westerholter Weg. An einem Samstagmorgen um diese Zeit war hier noch gar nichts los. Die Kollegen vom Finanzamt gegenüber arbeiteten am Wochenende nie, und erst wenn die Läden in der Stadt öffneten, würde hier etwas mehr passieren. Dann suchten nämlich die Sparsamen unter den Kaufwilligen stundenlang die Seitenstraßen ab, um einen der kostenlosen Parkplätze zu ergattern.

Schopetta hob seinen Blick. Wenigstens das Wetter gelobte Besserung, denn zwischen den noch grauen Wolken offenbarte der Himmel ein verwaschenes Blau, das dort wirklich beheimatet zu sein schien. „Azuro, der Himmel für Verliebte", summte er leise, und einen Augenblick lang fühlte er sich auch so. Vor wenigen Minuten hatte er mit Elle gesprochen. Allein schon ihre Stimme zu hören, löste eine angenehme Aufregung in ihm aus. Obwohl die Kollegin enttäuscht war, den Showdown verschlafen zu haben, war sie in bester Stimmung, und Schopetta berichtete ihr ausführlich von den Ereignissen der vergangenen Nacht. Er begann mit dem Tod Dabringhausens. „Unnötig", sagte er dazu. „Völlig unnötig, aber was will man machen." Und dann schilderte er alles ganz ausführlich, vom Anruf aus Haltern, von der alten Brotfabrik bis zur Begegnung mit den Tätern auf dem staubigen Dachboden. Ohne langen Aufenthalt hatten sie den Hausmeister nach der Verhaftung zum Verhör ins Präsidium gebracht. Ahlers schien einen Eisenschädel zu haben. Lediglich eine kleine Beule markierte die Stelle, die Schopettas Pistolengriff hinterlassen hatte. Auf jeden Fall leistete Ahlers keinen Widerstand mehr. Nicht einmal seinen Anwalt wollte er sprechen. Vielleicht war es der Tod des Komplizen, der am Ende alles so einfach machte, und als sie ihm noch Kaffee und Zigaretten anboten, hielt Hans Otto Ahlers mit nichts mehr hinter dem Berg und legte bis vier Uhr in der Früh ein umfassendes Geständnis ab. Im großen und ganzen bestätigten seine Aussagen die bisherigen Ergebnisse der Ermittlungen. Ohne das geringste Zeichen von Reue oder Mitgefühl gestand er, den alten Bender mit seiner Stahlrute niedergeschlagen zu haben. Umbringen wollte er ihn damit nicht wirklich, wie er sagte. Er habe den Alten nur ausschalten wollen, und dazu schwor er noch alle Eide, Bender keine weiteren Verletzungen zugefügt zu haben. Besonders Rudi fragte da ein paarmal nach. Aber am Ende nahmen die Polizisten ihm die Aussage so ab. Es blieben zwar weiterhin einige Fragen offen, aber andere Konstruktionen hätten erst einmal keinen Sinn ergeben.

Mit Vorwürfen gegen seinen Komplizen sparte Ahlers nicht. Dabringhausen war der Anstifter, daran ließ er keinen Zweifel. Der war es demnach auch, der den alten Mann unter einem Vorwand in die Garage der Villa gelockt hatte, in der er dann mit dem Totschläger wartete. Wie verabredet, legten sie die Leiche später in die Blechkiste unter der Ladefläche des Pick-Ups. Gut eine Stunde hätten sie anschließend noch in der Villa gesessen, geraucht und den Rest des Weinbrands getrunken, den der Hausherr noch im Schrank hatte. Dabringhausen hätte dabei nicht aufgehört, davon zu faseln, daß ihnen keiner etwas nachweisen könne. Top Alibis würden sie sich besorgen, und die einflußreichen Freunde würden ihnen zur Not schon weiterhelfen. Und da Dabringhausen einer von den Höheren gewesen war, einer mit Einfluß und Macht, habe er ihm das alles erst einmal auch abgenommen.

Gegen 21:00 Uhr sei er verabredungsgemäß zur Kameradenklause gefahren. Unterwegs habe er noch in einem Schnellimbiß haltgemacht und etwas gegessen. Dabringhausen wollte mit dem Taxi nachkommen. Sie hofften auf den Alkoholkonsum der Besucher in der Klause und gingen davon aus, daß später niemand mehr genau sagen können würde, wer wann anwesend war und wer nicht.

Gegen 22:00 Uhr fuhr er dann mit seinem eigenen Wagen nach Haltern weiter, direkt zum Museum, und traf dort alle Vorbereitungen, um die Leiche bis zum nächsten Tag zu verstecken. Endgültig loswerden wollten sie den Toten erst am folgenden Tag. Bender sollte unter einem antiken Fundamentstreifen auf der Ausgrabungsstelle in Olfen verschwinden. Diese Idee wäre ganz allein seine eigene gewesen, erklärte der Museumshausmeister nicht ohne Stolz. Mit Sicherheit wäre der Tote da bis in alle Ewigkeit unentdeckt geblieben.

Gegen 0:15 Uhr tauchte Dabringhausen dann mit dem Pick-Up auf und hatte Paula Lenzen im Schlepptau. Das gehörte zwar nicht zur Absprache, aber Pommes faselte wieder etwas von guten Alibizeugen. In Wirklichkeit sei er aber einfach nur spitz gewesen. „Der konnte noch nie einen Rock fliegen sehen, ohne drunter zu greifen, selbst in den schwierigsten Situationen hatte der sich da nie im Griff", beschrieb Ahlers die Neigungen seines

Chefs. Er selbst wartete im Museum im Dunklen am Hintereingang und hielt den Parkplatz im Auge. Und als Dabringhausen später mit Paula ausstieg, um sich die Füße zu vertreten, habe er den Toten in den Keller des Museums gebracht. Außer Paula und Dabringhausen sei da niemand gewesen. Auch ein älterer Herr mit Hund sei ihm nicht aufgefallen.

Ahlers legte bei seiner Aussage großen Wert darauf zu unterstreichen, gegen Bender persönlich nie etwas gehabt zu haben. Der sei zwar ein verbohrter Spinner gewesen, aber politisch erst einmal korrekt, wie er sich ausdrückte. Sein einziges Motiv für den Mord seien die 50 000 gewesen, die Dabringhausen in Aussicht stellte. Sogar schriftlich habe der ihm das Angebot gegeben, aber gesehen habe er von der Kohle noch keinen Pfennig. Auch auf diese Aussage legte der Hausmeister besonderen Wert. Das Geld wollte er als Anzahlung auf eine kleine Hazienda verwenden, irgendwo in Argentinien oder Brasilien. Auf jeden Fall war sein Plan, mit dem Geld so schnell wie möglich aus Deutschland zu verschwinden und irgendwo am Rand des Urwaldes unterzutauchen. Wäre ja auch alles reibungslos gelaufen, wenn – ja, wenn nicht am nächsten Morgen Bender mit durchgeschnittener Kehle und zugeschnürtem Hals in diesem blöden Töpferofen gesessen hätte.

Als das Gespräch darauf kam, waren dem Hausmeister der Zweifel und die Verwirrung noch anzumerken. Selbst jetzt, sechs Tage nach den Ereignissen, fehlten ihm bei der Darstellung des Sachverhaltes immer noch die richtigen Worte. Er wußte auch keine Antwort darauf, wer den Alten so zugerichtet und dann im Museum ausgestellt haben könnte. „Irgendein Perverser", überlegte er laut. Aus welchem Grund Dabringhausen den Bender hat umbringen lassen, auch das konnte er nur ahnen. „Wahrscheinlich Geld", sagte er lapidar. „Dabringhausen tat zwar immer so locker, aber wenn es um Geld ging, hörte jede Freundlichkeit auf. Ich habe zuvor nie jemanden kennengelernt, der so hinter der Knete her war wie der." Aber Ahlers signalisierte auch, sich um solche Nebensächlichkeiten keinen besonderen Kopf zu machen. „Ich habe von frühauf gelernt, auf Befehl zu handeln, zu gehorchen und keine langen Fragen zu stellen", war seine abschließende Bemerkung dazu.

Auf die zwei Jungen angesprochen, waren die von ihm als gefährliche Zeugen aus dem Weg geräumt worden. Auch dazu habe Dabringhausen ihm den Auftrag gegeben. Müller und Teske hätten alles mit angesehen, behauptete der, als sie am Montag Telephonierten. Und darum gab es eben keine andere Möglichkeit, als die zwei Jungs auf die radikale Art zum

Schweigen zu bringen. Dieser zweite Auftrag habe den Preis dann auch deutlich in die Höhe getrieben. 100 000 wollte Dabringhausen für alles hinlegen. Er gab ihm sogar die Kanone und die Adresse in Recklinghausen-Grullbad.

Ahlers kannte die beiden Opfer zum einen von den Vereinssitzungen her, und in der Kameradenklause seien die ja auch oft genug gewesen. Ein paar Stunden lang habe er die Lage sondiert, das Haus beobachtet und die Wohnung, und am nächsten Morgen habe er sie eben erschossen, hätte den roten BMW von Müller genommen und den für schlechte Zeiten in einer anderen Tiefgarage deponiert. Das Motorrad habe er später geholt und zu Dabringhausen gebracht, weil er da seinen Wagen stehen hatte.

Von wem Dabringhausen die Waffe hatte, konnte er nicht sagen. Der habe sie aber nach der Aktion wieder zurückverlangt. Trotzdem war er überrascht, als Pommes das Ding später aus der Tasche zog und damit drohte. Hätte er dem Weichei gar nicht zugetraut.

Vom Großmarktkrieg wußte Ahlers nichts. 1990 wohnte er noch in einem Dorf in der Nähe von Brandenburg und wurde als Berufssoldat der Volksarmee in die Bundeswehr übernommen. Dabringhausen sei ihm zum erstenmal 1992 über den Weg gelaufen, auf einer von Benders Vortragsveranstaltungen. Später habe er ihm den Job im Museum besorgt – alles, ohne Fragen zu stellen. Allein deshalb sei er dem Mann ja auch etwas schuldig gewesen.

Von Schopetta zum Ende der Vernehmung hin noch einmal auf die Brutalität der Taten angesprochen, erklärte Ahlers, von seinem 18. Lebensjahr an zum Töten ausgebildet worden zu sein, erst als Fallschirmjäger und auf vielen besonderen Lehrgängen auch als Einzelkämpfer. Und als er das sagte, sich selbst sogar pathetisch als Killermaschine bezeichnete, konnte man sogar so etwas wie Stolz heraushören. Zudem schilderte Hans Otto Ahlers alles so unbeteiligt und gleichgültig, daß dem Kommissar jetzt erst die Gefahren bewußt wurden, die in den Begegnungen mit dem Hausmeister vom ersten Tag an gesteckt hatten.

Um 3:50 Uhr riefen sie die Wache an und ließen Ahlers wieder in seine Zelle bringen.

So schnell, wie es ging, war Rudi nach Haltern gefahren, und Schopetta kroch auf sein altes Feldbett. Dort hatte er geschlafen, bis Elles Anruf ihn weckte.

Leise begann die Kaffeemaschine in Annettes Büro zu röcheln, und der Duft des Kaffees zog ihm anregend in die Nase. Schopetta ging rüber und goß sich eine große Tasse ein. „Liebe ist ...“ stand darauf, aber um die Antwort lesen zu können, hätte er sie in die andere Hand nehmen müssen. Dazu hatte er aber keine Lust, weil die gut und warm in der Hosentasche steckte, und darum ließ er es. Brötchen hatte er für zehn Uhr bestellt, und Frau Salisch, die freundlichste Buffetkraft westlich des Teutoburger Waldes, wollte ihm die sogar persönlich in sein Büro bringen. Aber bis dahin war noch Zeit. So mit dem Kaffee in der Hand, stand er mitten im Büro und betrachtete über den Rand der Tasse hinweg die Pinnwand, die sich im Laufe der letzten Tage dicht mit Photos und bunten Pappkärtchen gefüllt hatte. Nachdem der Fall nun geklärt war, stellte es sich als ein Leichtes dar, mit ein paar Strichen alle Verbindungen herzustellen, um die Lösung auch optisch hervorzuheben. Die Täter waren anfangs eher nur als Randfiguren in Erscheinung getreten, bis sich ihre Verstrickungen in die Morde abzeichneten. Nun war der Anstifter und Mordhelfer Dabringhausen tot. Sein erstes Opfer, der Tote aus dem Töpferofen, der Heimatforscher und Sektenführer Bender, mußte sterben, damit er sein Geld nicht zurückfordern konnte, um das ihn Dabringhausen betrogen hatte. Heinrich Maria Bender ließ den Rentner Karl-Heinz Reichenberg von seinen Bodyguards, Klaus Müller und Ulf Teske, überfahren, weil er sie als kommunistische Spione erkannt zu haben glaubte, und die so gedungenen Mörder starben mit einer Kugel im Kopf, weil Dabringhausen glaubte, sie könnten ihn als Mörder belasten.

Wie in einer griechischen Tragödie oder bei Shakespeare, dachte Schopetta. Am Ende liegen alle tot auf der Bühne.

Bei seiner morgendlichen Betrachtung der Ergebnisse fühlte sich der Kommissar zwar entspannter als noch am Abend vorher, jedoch steckte in ihm weiter eine gewisse Restunruhe. Auf eine Frage konnte er sich, trotz allen Nachdenkens, keine zufriedenstellende Antwort geben. Es war die Frage, die sich auch der Hausmeister Hans Otto Ahlers bei seiner Vernehmung gestellt hatte. Wie nämlich war der tote Bender aus dem Keller des Museums in den Töpferofen gekommen? Wer hat dem Toten den Hals zusammengeschnürt und ihm dann ein Messer in die Kehle gestoßen? Und vor allem, warum diese Brutalität gegen einen toten alten Mann? Schopetta brachte diese seltsame Tat mit niemandem, der ihm während der Ermittlungen begegnet war, in Zusammenhang, auch nicht mit dem Museumsdirektor Siegfried von Schmierlewski-Schwarzer.

„Unwahrscheinlich“, sagte er einige Male halblaut. „Sehr, sehr unwahrscheinlich.“

Und trotzdem, verwies die Art der Verstümmelung nicht ganz deutlich auf abgrundtiefen Haß, auf Rache oder blinde Wut, vielleicht sogar auf alles zusammen? Wenn nicht, dann blieb nur geistige Verwirrung als Motiv. In welcher Kombination er seine Gedanken auch aneinanderreihte, Schopetta fand die Antwort nicht.

Es war schon fast halb zehn, als Rudi ins Büro tobte und sofort mit seiner gutgelaunten Stimme den Raum füllte: „Rate, Erwin, was ich hier habe?“

Schopetta haßte diese Art von Fragespielchen, bei denen es unmöglich war, die richtige Antwort zu finden. Trotzdem gab er eine. Vielleicht war es das fleckige Blau des Himmels oder das italienische Lied dazu, das ihm immer noch im Ohr hing, auf jeden Fall war sein erster Gedanke: Italien. Da war die folgende Assoziation fast zwangsläufig – Urlaub. Und der Gedanke an die Ferien löste bei ihm immer sofort eine Gier nach zügellosem Nichtstun aus. Das wiederum war nur mit viel Geld möglich, und der Weg zum großen Geld führte für die Schopettas, jetzt schon in der zweiten Generation, nur über die Lottobude. Ohne sich zu Riepen umzudrehen, sagte er also laut: „Lottoschein, Lottogewinn, Millionenscheck, Pensionierungsbescheid, Geldkoffer, Erbschaft, Fundbüro – Scheiße Rudi, du sollst mich nicht immer mit diesen dämlichen Fragen nerven. Sag einfach, was du von mir willst.“ Langsam wandte er sich dem Kollegen zu, nur um wieder einmal enttäuscht festzustellen, daß Riepen nichts anderes als eine der roten Ermittlungsakten in der Hand hielt. Am Gilb des Pappdeckels war gut zu erkennen, daß es sich um einen der älteren Jahrgänge polizeilicher Ermittlungsdokumentationen handeln mußte.

„Ich habe dir ja von Anfang an gesagt, dein Rentner ist nicht sauber. Ist seit Jahren bei uns aktenkundig, der Mann.“

„Erstens, lieber Kollege: Beim besten Willen kann man nicht von meinem Rentner sprechen. Zum zweiten: Wenn du dich erinnern willst, der Fall ist abgeschlossen. Und drittens: Wenn ich mich richtig erinnere, hast du sogar bei der Festnahme eines der Mordverdächtigen mitgewirkt!“

„Eigentlich schade“, war Rudis bedauernde Antwort. „Der Czychi ist wirklich mehrfach vorbestraft. Ein echter Verbrecher ist das.“

„Und? Worin bestanden seine unerhörten Verbrechen? Hat er vielleicht bei der letzten Dackelprüfung seinen Hund regelwidrig angeschoben?“

Schopetta steckte die Hände in die Hosentaschen und zog gleichgültig die Schultern hoch.

„Czychi ist Kommunist!“

„Guck an“, knurrte Schopetta provozierend. „Macht ihn doch fast sympathisch, oder?“

„Warte ab. Als 1956 die Partei verboten wurde, hat er einfach weitergemacht, illegal! Und kurze Zeit später hat er wegen einer damals noch Farbschmiererei genannten Straftat drei Monate gekriegt. Hat auf den frisch eingeweihten Neubau des Arbeitsamtes politische Parolen gepinselt.“

„Joi, joi“, stöhnte Schopetta nun mit völlig überzogener Anerkennung. „Ist es bei solch einschlägigen Vorstrafen nicht eher wahrscheinlich, daß er heute der linksradikalen Sprayerszene zuzurechnen ist? Vielleicht sogar Alterspräsi der vestischen Graphittigilde? Denk nur an die Sauerei an der Sparkasse letzten Monat. Wenn der da nicht seine zittrige Hand im Spiel hatte.“

„Verarschen kann ich mich alleine, Schopetta“, meckerte Rudi. „Mir geht es nur darum, hier einmal deutlich aufzuzeigen, welches kriminelle Potential in dem Kerl steckt. Nimm nur mal die nächste Sache. 1959, vier Wochen wegen Widerstandes gegen die Staatsgewalt und Beleidigung.“ Und dabei klopfte Rudi mit der Hand auf den Aktendeckel, den er in der ausgestreckten Hand vor sich hielt. „1962 gleich nochmal Widerstand, diesmal aber schon in Tateinheit mit schwerer Körperverletzung. Die letzte Schote hat er im September 1966 gebracht. Da hat er während einer Verhandlungspause in einem Strafprozeß einem Zeugen dermaßen eine reingehauen, besser gesagt, er hat den Mann so heftig in den Arsch getreten, daß dem Ärmsten fast das Steißbein barst. Sechs Monate ohne Bewährung hat er dafür bekommen.“

„Was? Sechs Monate wegen nem Arschtritt? Das ist doch völlig unverhältnismäßig!“

„Vielleicht hätte er den vorsitzenden Richter nicht als Systembüttel, Vertreter bundesrepublikanischer Klassenjustiz und Nazirichter beschimpfen sollen. Manchmal wirkt eine solche Selbstbeschränkung durchaus positiv auf das zu erwartende Strafmaß. Im übrigen kannst du dich beruhigen. Czychi ist nach drei Monaten wieder entlassen worden. Angeblich wegen guter Führung. In Wahrheit aber nur, weil er hochengagiert dabei war, im Knast eine Art Betriebsrat auszurufen. Da ham die ihm den Rest auf zwei Jahre Bewährung gegeben. Also wenn du mich fragst, der ist so gefährlich, daß die den nicht mal im Knast haben wollten. Ein durchaus veritabler Gewalttäter ist das."

„Und die letzten dreißig Jahre?" fragte Schopetta leicht genervt. Er nahm Rudi die Akte aus der Hand und ließ sie in einem Schnelldurchlauf über den Daumen schnurren. „Da war dieser Erzkriminelle nicht mehr aktiv? Is der da von den Kommunisten weg zum Katholischen Arbeiterbund konvertiert oder was? Hast du nichts Älteres?"

„Ich wollte dir nur aufzeigen, daß mein Verdacht gegen den Kerl nicht ohne Grund bestanden hat. Auf meine Nase kann ich mich verlassen."

Schopetta winkte ab und warf die Unterlagen auf seinen Schreibtisch. „Ich werd es mir ansehen. Aber eins ist für mich schon klar. Du hast ihn von Anfang an nicht gemocht, weil er keine Angst vor dir hatte, das ist der Grund für deine Anschuldigungen. Deine rüde Bullenmasche hat ihn nicht beeindruckt, das wars. Oder war es vielleicht doch nur das vögelnde Pärchen am Museum?"

„Leck mich", sagte Rudi gleichgültig und stellte sich in einiger Entfernung neben den Kollegen ans Fenster. In geübter Manier schwiegen sie. Schopetta begann die Krähen zu zählen, die immer auf dieselbe Art und Weise die Kirchtürme umkreisten, so wie jetzt den Turm der Christus-Kirche, dessen Spitze sich über die Häuser erhob. Erst nach einer ganzen Weile fragte Rudi: „Wolltest du nicht für das Frühstück sorgen?"

„10:00 Uhr. Brötchen werden gebracht, und die erste Kanne ist schon fertig, steht bei Annette." Und während Riepen im Nachbarbüro den Kaffee holte, beschloß Schopetta, nicht länger als bis zum Mittag zu arbeiten. Sollte auch reichen für den Samstag. Der Fall war letztlich gelöst, und alles andere mußte man sehen. Wenn er sich dransetzte, konnte er es schaffen, schon heute seinen Abschlußbericht zu schreiben. Dann lag der schon am Montagmorgen auf Heuermanns Schreibtisch. Es wunderte ihn eigentlich, daß der Präsident sich noch nicht gemeldet hatte, wo doch ein bis dato äußerst ehrenwertes Mitglied des „Vestischen Golfclubs" im tödlichen Hagel von Polizeikugeln sein Leben ausgehaucht hatte. Wird schon noch kommen, dachte er. Aber wenn es mit dem früheren Feierabend klappte, konnte er sich sogar um den verdammten Kater kümmern. Die Chancen, ihn wiederzufinden, standen zwar schlecht, aber Wunder waren ja immer mal wieder drin, besonders wenn es um Katzen ging. Man liest ja so viel, dachte er. Außerdem mußten die Betten auch noch bezogen werden, und vielleicht reichte die Zeit sogar, das restliche Laub der Kastanie aufzufegen. Für die vier Stunden, die es am Nachmittag noch hell sein würde, war das schon ein strammes Programm.

Er setzte sich wieder hinter seinen Schreibtisch, schaltete den Computer an, und während die Programme hochgefahren wurden, dachte er schon über seinen Bericht nach. Seine Hand griff einer Gewohnheit folgend nach dem Aktendeckel auf dem Schreibtisch. Mit dunkelblauem Kopierstift stand da, neben einer Zahlenkombination, „Czychi, Ernst" geschrieben.

„Nazi", hatte der Alte einem Richter zugerufen und dafür sechs Monate kassiert. Vielleicht hat er sogar recht damit gehabt und nur deswegen die hohe Strafe kassiert. War doch 1966 noch sehr gut möglich. Er schlug den Aktendeckel auf.

Czychi, Ernst, 11. März 1916, Buer in Westfalen, Ortsteil Beckhausen, Maschinist.

Zuerst nur wahllos durchblätterte er die leicht vergilbten Seiten und blieb am Bericht über die Festnahmen von 1959 hängen. Unangemeldete Demonstration im Umfeld eines NS-Prozesses. Nach den vorhandenen Protokollen widersetzte sich Czychi dem Saalverweis, den der Richter verhängt hatte. „Gerechtigkeit den Opfern, Kampf den Mördern". Das Pressephoto war schlecht, doch Schopetta konnte die Schrift auf dem Protestplakat entziffern, das Czychi, damals ein Mann in den besten Jahren, kräftig und mit Vollbart, an einer Latte hoch erhoben hielt. Einem der Polizisten, die ihn aus dem Saal tragen wollten, zog er die Dachlatte über den Tschako, was zu seiner sofortigen Verhaftung führte.

1961 war der Tatbestand fast identisch. Nur ging es in diesem Prozeß um die Beteiligung der SA-Hilfspolizei an Mißhandlungen und Folterungen von SPD- und KPD-Leuten aus dem Vest Recklinghausen. Czychis Protest blieb immer friedlich, es sei denn, er wurde von irgend jemandem angegangen. „Mir haut keiner mehr wat aufs Fell, keiner. Die Zeit ham wir hinter uns, ein für alle mal. Und da mach ich auch vor kein Richter und keine Staatsschergen nich halt." So zitierte ihn das Protokoll seiner zweiten Verhandlung. Widerstand gegen die Staatsgewalt und schwere Körperverletzung, weil der Justizwachtmeister nach Czychis Attacke, die er diesmal mit einem Klappstuhl ausführte, ein Loch im Kopf hatte.

Die dritte Verurteilung erfolgte im Jahr 1966. Sie ergab sich aus der Folge eines der letzten rechtsstaatlichen Versuche, die Greueltaten eines Polizeibataillons aufzuklären, das während des Krieges in Rußland sein mörderisches Unwesen getrieben hatte. Bei diesem Prozeß befand sich Czychi, diesmal ohne Protestplakat, unter den Zuschauern. Nach dem Polizeiprotokoll war er wiederholt durch Zwischenrufe aufgefallen. Mit „Lügner und Mörder“ betitelte er einen ehemaligen SA-Mann und Hilfspolizisten, der als Entlastungszeuge nicht aufhören wollte zu betonen, alle Kameraden hätten stets immer nur ihre Pflicht getan. In einer Prozeßpause gelang es Czychi, sich an diesen Zeugen heranzumachen. Trotz einer selbstlosen Rettungsaktion des anwesenden Justizwachtmeisters gelang es ihm, diesen Menschen so heftig in den Hintern zu treten, daß der mit dem Krankenwagen abtransportiert werden mußte.

Schopetta wurde unruhig. Die Protokolle erinnerten ihn an etwas, an Elles Freund, an Dinge, die der in den Archiven gefunden hatte, an Sätze, wie sie vor langer Zeit am Familientisch gesagt worden waren, an Nachrichten, die sein Vater abschätzig als „Nestbeschmutzung“ und „irgendwann muß mal genug sein“, abgetan hatte. Und plötzlich sah Schopetta Zusammenhänge. Aufgeregt blätterte er die Akte noch einmal durch. Er suchte den Namen der letzten von Czychi so verletzten Person. Aber die Akte gab ihn nicht her.

„Was meinst du, Rudi? Wie lange dauert es, bis wir eine Prozeßakte von 1966 vom Landgericht hier hätten?“ rief Schopetta Riepen zu, der irgendwo in Annettes Büro rumorte. Rudi erschien mit seiner Kaffeetasse in der Tür und zuckte mit den Schultern. „Ich weiß nicht mal, wie lange die so was überhaupt aufheben. Wenn sie noch da ist – vielleicht bis nächsten Mittwoch?“

Schopetta schwieg. Sein Gesichtsausdruck signalisierte tiefstes Nachdenken. Dann klappte er plötzlich die Akte zu, stand schwungvoll auf, und während er Jacke und Mantel anzog, sagte er zu seinem Kollegen: „Tut mir leid, Alter. Ihr müßt leider ohne mich frühstücken. Ich habe noch etwas Dringendes zu erledigen!“ Mit wohlgeübtem Griff setzte er seinen Hut auf, und bevor Rudi nachfragen konnte, war Schopetta raus.

51

Die Türklingel war durch das ganze Haus zu hören, ein schräpiges Schellen, kurz, kurz, lang, kurz. Nach dem fünften oder sechsten Versuch brummte plötzlich der Türöffner.

„Herr Czychi ist nicht zu Hause!“ hörte Schopetta die Stimme einer Frau. Sie stand auf der zweiten Treppe zum ersten Stock, war gut in den

Sechzigern und sah ihn weit nach vorn gebeugt durch die Gitterstäbe des Treppengeländers an.

„Guten Tag.“ Schopetta zog seinen Dienstausweis, hielt ihn hoch und sagte: „Ich bin Kommissar Schopetta. Kriminalpolizei Recklinghausen. Ich hätte gern Herrn Czychi gesprochen, aber scheinbar ist der ja nicht zu Hause.“

„Sag ich doch! Der ist zur Trauerfeier!“

„Verwandtschaft?“ fragte Schopetta, und dann fiel ihm auch schon Reichenberg ein, und was er von Hobrecht zur Ausrichtung der Beerdigung wußte.

„Nein, nein. Ein Bekannter ist gestorben“, krähte die Dame durch das Treppenhaus und wirkte sehr interessiert daran, das Gespräch fortzusetzen. Zügig kam sie die Treppe herunter. „Der Herr Reichenberg. Stand doch in allen Zeitungen. Anfang der Woche, überfahren, oben am Ring. War schon sehr tragisch, weil der Reichenberg ja so ein netter Mann war.“

„Und die beiden Herren waren miteinander befreundet?“

„Die waren sogar ziemlich dicke miteinander, die beiden, ich meine der Reichenberg und der Czychi. Haben eigentlich immer zusammengehockt, und ganz besonders, nachdem die Frau von dem Reichenberg vorletztes Jahr an Krebs gestorben ist, ganz schlimm sag ich Ihnen. Und nun ...“

„Können Sie mir auch sagen, wo die Beerdigung stattfindet?“

„Ist ja nur eine Trauerfeier. Steht zumindest so auf der Karte. Und ich weiß nicht, ob ich es schon gesagt hab, ich hatte ja auch eine Einladung. Aber is ...“

„Ja, ja“, sagte Schopetta. Ohne der Nachbarin eine zweite Chance zu lassen, weitere Mitteilungen loszuwerden, fragte er: „Wo findet die Trauerfeier statt, Frau ...?“

„Baumann, Christa Baumann. Ich bin ja verwitwet, und mein Mann war ja auch Beamter bei der Finanzbe...“

„Und wo, sagten Sie, ist nun die Trauerfeier?“ setzte er schnell nach und würgte damit den zweiten Versuch, in die Fortsetzung des Gesprächs einzusteigen, brutal ab.

„Auf dem Waldfriedhof in Herten. Da kommt der Reichenberg ja ursprünglich her.“

„Wie?“ Schopetta schüttelte erstaunt den Kopf „Herr Reichenberg kommt vom Waldfriedhof?“

Frau Baumann schwieg verwundert, und ihr Blick fragte eindeutig nach Schopettas Zurechnungsfähigkeit.

Der Kommissar wiederholte darum nur ihre Antwort: „Auf dem Waldfriedhof also, in Herten.“ Dann lächelte er freundlich, lüftete zum Abschied seinen Hut, und ohne ein weiteres Wort verließ er das Haus.

Erwin Schopetta stand ganz hinten in der Aussegnungshalle. Die Trauergemeinde war sehr übersichtlich, und die prozentual größte Einzelabordnung stellte der Bestatter mit seinen sechs Sargträgern. Ernst Czychi saß ganz vorne direkt am breiten Mittelgang, hatte die Arme vor der Brust verschränkt und lauschte dem Bläsertrio, das sehr getragen „Wann wir schreiten Seit an Seit“ spielte. Sie bliesen alle Strophen, und Schopetta konnte sehen, wie sich Czychi von Zeit zu Zeit mit dem Taschentuch die Augen trocknete.

Drei ältere Damen saßen in der zweiten Reihe auf der rechten Seite und hielten traurig kleine Sträuße mit roten Nelken in den Händen. Das mußten die Nachbarinnen sein, von denen Frau Baumann berichtet hatte. Neben dem Sarg hatten sich drei ältere Herren in schwarzen Anzügen, Wintermänteln und mit der Gewerkschaftsfahne aufgebaut und machten traurige Gesichter.

Die Musiker beendeten ihren Vortrag. Die letzten Töne verhallten noch im Raum, da stand Ernst Czychi auf, stellte sich in würdiger Haltung schräg links hinter den Sarg, die schwarze Kappe mit dem Lackschirm in der Hand, und trat einige Augenblicke lang von einem Fuß auf den anderen. Dann räusperte er sich und sagte mit lauter, aber immer noch ein wenig bebender Stimme: „Ja, Karl-Heinz, alter Fahrensmann, jetz isset soweit, der Kampf is zu Ende. Du has dein endgültiget Ziel erreicht, und ich muß sagen, der Abgang war unnötig, aber et war ein Abgang in aller Stärke. Bis zum Schluß bisse dir treu geblieben, ein guter Freund und ein rechtschaffener Genosse.“

Die Stimme krächzte bei den letzten Worten und erstarb. Czychi schluckte schwer, suchte etwas in seinen Hosentaschen, beförderte endlich das Taschentuch hervor, und, indem er mit dem Handrücken die Brille auf die Stirn schob, wischte er durch beide Augen und betupfte auch die Nase. Umständlich bugsierte er den blaukarierten Lappen wieder in die Tasche, räusperte sich, um seine Rede fortzusetzen: „Wat soll ich se alle aufzähln, würd doch alles zu lang wern, und bevor ich hier noch in Trauer vergeh, will ich et auch kurz machen, Karl-Heinz, denn du wars in all die Jahre nie ein Freund von lange Reden und von zu lange Abschiedsgeschwülste sowieso nich. – Und ob et der Richard war, der Heinz, der Theo oder der

Kurt, kurz, aber ehrenvoll war immer deine Devise, und so sollet auch bleiben!" Bei seinen letzten Worten hatte er die Stimme etwas gehoben, und die hohe und fast leere Trauerhalle echote zurück. „Darum – machet gut, Kalle." Czychi straffte sich, ballte die erhobene linke Faust, machte fast auf dem Absatz kehrt, und während er ganz langsam durch den Mittelgang hinausging, setzte er mit einer entschlossenen und fast trotzigen Bewegung die schwarze Kappe mit dem verbeulten Lackschirm wieder auf den Kopf.

Schopetta drückte sich hinter eine Säule. Es gelang ihm nicht, das flaue Gefühl aus dem Bauch zu bekommen, geschweige denn, den Kloß aus dem Hals, und er war froh, daß Czychi ihn nicht entdeckte. Als der alte Mann weinend an ihm vorüberging, glaubte Schopetta, nie einen traurigeren Augenblick erlebt zu haben.

Während Czychi die Halle verließ, spielten die Bläser Chopins „Marche Funebre". Der Marsch, der als musikalische Untermalung jeder Kreml-Beerdigung bekannt ist, wurde in der Aussegnungshalle in Herten in einer dreistimmig geblasenen Sparversion dargeboten. Dabei senkte der Fahnenträger das rote Banner, die Sargträger, angeleitet durch die stummen Befehle des bläßlichen Bestatters, nahmen gemessenen Schrittes Aufstellung, und die Damen der Nachbarschaft legten ihre kleinen Blumensträuße auf den Sargdeckel. Klassisch, ganz im getragenen Tempo der Musik, wuchteten die Träger den Sarg nun auf die Schultern und trugen ihn, gefolgt von der Fahnenabordnung und den drei betroffenen Damen, langsam aus der Trauerhalle.

Schopetta wartete einen Augenblick, bevor er seinen Platz hinter der Säule verließ, und als er vor die große Doppeltür trat, blendeten ihn die Sonnenstrahlen, und er mußte die Augen mit der Hand beschatten. Der Leichenwagen war bis an die Stufen vor dem Portal herangefahren, und die schwarzen Männer schoben den einfachen Kiefernsarg gerade auf die mit grauen Spitzengardinen verhängte Ladefläche.

„Hätt er sich richtig drüber gefreut!" Schopetta zuckte zusammen, als er die Stimme hinter sich hörte. Er drehte sich dann langsam um. Czychi stand direkt neben der Tür. Schopetta fühlte sich schlagartig noch schlechter, in einer unerklärlichen Weise ertappt, und wurde verlegen.

„Warn Freund von solche kitschige Postkartenstimmung." Und als Schopetta der Kopfbewegung Czychis folgte, die seinen Blick in die Friedhofsallee dirigierte, sah er die schräg einfallenden Sonnenstrahlen zwischen den alten Bäumen, das bunte Laub auf den Rasenflächen und den süßlich rosa-blau bewölkten Himmel.

Der schwarze Leichenwagen setzte sich in Bewegung. In langsamstem Schrittempo fuhr er bis zum ersten Querweg, bog ab und gab dann Gas. Vielleicht glaubte der Fahrer, man sähe ihn hinter den Taxusbüschen nicht mehr. Ein paar Minuten mehr Würde hätten auch nicht schaden können, dachte Schopetta und fragte Czychi: „Findet keine Beerdigung statt?"

„Einäscherung. Hat Kalle so gewollt." Nach ein paar Augenblicken fragte der Alte: „Aber wegen spezieller Fragen in bezug auf eine mittlerweile übliche Bestattungsform sind Se doch sicher nich gekomm, oder?"

Schopetta suchte plötzlich wieder nach seinen Zigaretten: „Nein. Ehrlich gesagt, nicht, Herr Czychi. Ich wollte Sie dienstlich sprechen und habe von Ihrer Nachbarin erfahren, wo ich Sie finden kann."

„Sicher vonner Baumann?"

„Ja, ich glaub, sie hieß Baumann. Wirkte sehr informiert, die Dame."

„Informiert, o Mann. Dat ham Se wirklich nett gesagt. Aber wat solls. Jetz ham Se mich ja gefunden. Oder wolln Se lieber wieder in eine gemütliche Atmosphäre mit mir plaudern?"

Schopetta lächelte und sagte: „Aber nur, wenn es keine Umstände macht."

„Macht et nich. Könn einfach mitkomm. Der Karl-Heinz gibt noch ein aus. Wat sag ich ein. Bei den Andrang auffe Trauerfeier sind für jeden sogar zwei drin."

52

Der Tisch in der Gaststätte „Zum Stausee" war für 14 Personen eingedeckt. Es gab Suppe mit Toastbrot, Schnittchen, und auch ein paar Platten Beerdigungskuchen fehlten nicht.

„Dann laß uns ma dat irdische Dasein von Karl-Heinz Reichenberg abschließen", sagte Czychi, als sie am Tisch Platz nahmen. „Mit Kaffee, Kuchen und ein paar Bierchen geht dat meistens viel besser als nur mit ein trauriges Gesicht ziehn."

Die drei Frauen aus der Trauerhalle saßen schon schweigend, aber aktiv vor ihrer Suppe. Ihnen gegenüber hatten zwei der Sargträger Platz genommen und sich außer mit Schnittchen auch mit Pils und Korn versorgen lassen. Czychi und Schopetta besetzten die Eckplätze an der Kopfseite des Tisches, und um das andere Ende saß die Fahnenabordnung.

Czychi wies auf die beiden Sargträger und meinte: „Dat sind zwei alte Kumpels aus meine aktive Zeit in Bergbau. Verdienen sich jetzt son paar Mark dazu als Berufstrauernde.“ Er machte eine kleine Pause, die er dazu benutzte, einen Korn zu kippen.

Schopetta war, als die ersten Runden bestellt wurden, bei Kaffee geblieben. Anders die alten Herren. Ohne jede sichtbare Wirkung tranken die stramm kurz-lang, und als die Kellnerin erneut nach ihren Wünschen fragte, entschied sich der Kommissar auch für ein Pils.

„Der Czychi ist wohl son ganz Aktiver, was?“ fragte er die beiden Sargträger, als der Rentner sich später zum Pinkeln abgemeldet hatte.

„Der“, sagte der ältere von beiden und winkte nur ab.

„Vor dem haben doch sogar die ganz dicken Bosse aufn Pütt Angst gehabt“, meldete sich nun der linke Flügelmann des Fahnentrios, das mittlerweile zu ihnen aufgerückt war. „Wenn es um die Sache der Kumpel ging, da hat der alle in Grund und Boden gequatscht. Betriebsleitung und seine einsilbigen Kollegen von Betriebsrat inklusive. Gefrühstückt hat der die, aber medium und ohne Sättigungsbeilage.“

„Ach“, fragte Schopetta interessiert. „Der Herr Czychi war als Betriebsrat tätig?“

„Ja klar“, ergänzte nun wieder der Sargträger. „Über zwanzig Jahre. Auf Blumental. War immer ein Kämpfer, und wenn der gesagt hat, ich klopp dir gleich eine rein, mußte jeder davon ausgehn, dat der dat wohl auch tat.“

Auch als Czychi sich wieder zu ihnen setzte, blieb das Thema der alten Herren bei den alten Zeiten. Stunde um Stunde erzählten sie von der Arbeit, von ihrem Kampf während des Zechensterbens, und Schopetta füllte begierig so manche Seite seines ganz persönlichen Geschichtsbuches, als er da in der Kneipe saß und zuhörte.

Die Zeit verging schnell, und als Schopetta sein sechstes Bier bestellte, war er auch kurz davor, eine Zigarre zu ordern. Erst im letzten Augenblick verwehrte er sich diesen Genuß, weil er fest davon überzeugt war, nach einem so großkalibrigen Rückfall dem Nikotin wieder völlig zu verfallen.

„Haben Sie Erdnüsse?“ fragte er darum die Kellnerin, als sie ihm das Bier brachte.

„Gesalzen oder ohne?“ kam die Frage zurück.

„Is egal“, war seine knappe Antwort, und dabei winkte er gleichmütig ab.

Es war schon Nachmittag, als Schopetta die Pläne für seine häuslichen Arbeiten endgültig begrub. Zwar konnte er seine Koordinations- und

Gleichgewichtsprobleme noch ganz gut ausgleichen, als er gemeinsam mit Czychi die drei Nachbarinnen als letzte Trauergäste höflich und fast formvollendet zur Tür geleitete, aber er beschloß, ab sofort wieder auf alkoholfreie Getränke umzusteigen. Zur Absorption des Alkohols wollte er sicherheitshalber noch ein paar Frikadellen oder Mettendchen zu sich nehmen. Das half ihm – meistens.

Es kamen Mettwürstchen, jedoch schlug das Vorhaben mit den alkoholfreien Getränken fehl. Die Kellnerin, die von Czychi, später aber auch von Schopetta nur Ilona gerufen wurde, stellte weiter unbeeindruckt nulldreier Pils auf den Bierdeckel. So trank Kommissar Schopetta sein achtes Bier schon ganz ohne Proteste und nahm sich, in einem Anflug von „ist doch egal, wo die Knete bleibt“, vor, ab sofort alle Lieferungen von Ilona auf seinen Deckel schreiben zu lassen.

Czychi ging wieder pinkeln, und Schopetta machte sich daran, den Mettwürstchen zu Leibe zu rücken, die Ilona auf einem Teller mit einem Klecks Senf vor ihn hingestellt hatte.

„Guten Appetit“, grinste der Rentner, als er zurückkam. „Wenn Se gestatten, greif ich auch zu. Is gar nicht schlecht bei den vielen Bier!“

„Keinen Zwang bitte“, brachte Schopetta mampfend hervor. „Wir können ja noch welche bestellen.“

„Mettwürstchen sind aus“, rief Ilona. „Wir sind ne Kneipe und kein Speiselokal.“

„Mein lieben Scholli, wat hat die ne Klappe! Junge, Junge!“ Czychi richtete die Worte mit ehrlicher Bewunderung an Schopetta, der anerkennend nickte: „Na ja, die Ihre braucht den Vergleich nicht zu scheuen!“

Czychi schaute den Kommissar groß an. „Und wat soll dat nu heißen?“

„Ich meine, Sie sind auch nicht unbedingt aufs Maul gefallen.“

„Ich hab eben gelernt, dat man sich wehren muß“, sagte Czychi bewußt hart und schroff.

„Und? Das hat immer so geklappt?“

Der Rentner schwieg. Dann nippte er ein paarmal an seinem Bier und überlegte noch lange, bis er endlich sagte: „Nee! Hat et eigentlich nich.“ Er drehte sein Pilsglas zwischen den Fingern und starrte eher verlegen als versonnen in den Schaum. „Wenn ich da ma ehrlich bin, nee! Wehren konnte ich mich ers, als 1945 die ganze braune Kacke abgespült war. Und auch die Genugtuung, wenn et denn so wat überhaupt gab, für dat erlittene Unrecht, mein ich, die hat man ers viel später auskosten können.“ Und viel leiser fügte er noch hinzu: „Und manchmal auch gar nich!“ Czychi wirkte ernst und nachdenklich, als er so vor sich hinstarrte und schwieg, und Schopetta fühlte sich nicht gut dabei, den alten Mann so zu sehen.

„Waren wohl schwere Zeiten damals, was?“ setzte er nach, um dem Gespräch eine allgemeinere Richtung zu geben. „Aber Sie mit Ihrer großen Klappe haben das doch wahrscheinlich alles bestens gemeistert, was?“

Czychi nickte nur kurz, aber er war augenscheinlich mit seinen Gedanken an einer anderen Stelle hängengeblieben. „Meine große Klappe“, sagte er auf einmal und dann noch mal: „Ja, ja, die große Klappe.“ Dann faßte er den Kommissar ernsthaft ins Auge und erklärte: „Die große Klappe, die hatten se mir damals ganz schnell abgewöhnt, die Braunen. Als die dran waren, da ging dat ruck zuck. Die Bedingungen waren plötzlich andere, und aus eine handgreifliche Auseinandersetzung mit den politischen Gegner wurde Widerstand. Und damit gab es nu auch ein Unterschied zwischen lebensgefährlich und lebensgefährlich, verstehste? Wenn dein Knüppel kürzer war als der von dein Gegenüber, war eine Straßenkeilerei lebensgefährlich. Aber als die Nazis dran waren, reichte dazu schon ne andere Meinung. Da war bei mir relativ schnell vorbei mit ‚große Klappe‘. Nach 1933 bin ich ein echten Leisetreter geworden. Und weil ich weiß, wie mutig ich damals war, mach ich zum Beispiel Leute, die damals auch nix mehr gesagt haben, bis heute kein Vorwurf. Und die, die wat gesacht haben, vor den hab ich bis heute die absolute Hochachtung.“ Und bei seinen Worten hob er den Zeigefinger und sah ein wenig wie der Lehrer Lempel aus. „Heute, ja da wär dat mit mir schon schwieriger, ich mein, mich zu wat zu bringen, wo ich nich hinter steh. Aber 1933, da war ich siebzehn. Da biste einfach so eine Partei beigetreten, weil du gedacht has, nur mit denen wird dein Leben wirklich besser, oder vielleicht auch nur, weil die Suppenküche von denen einfach näher an dein Zuhause lag als die von ne anderen.“

Czychi trank einen Schluck Bier und nickte versonnen: „Kohldampf hasse gehabt, arbeitslos warsse, und alleine wolltesse auch nich sein. Und wie ernst wir dat ers ma mitte Politik wirklich genommen ham, dat siehste schon daran, wer da wo in welche Partei war. Dat ging nämlich nach Straßen und Siedlungen. In eine Kolonie warn inne Mehrheit die Roten zu Hause, und inne Häuser von Chemiewerk hatten die Sozis dat Sagen, Stadtmitte war deutschnational oder Zentrum, und bei eine andere Zeche waren die Kumpels eben braun. Und ganz egal welche Farbe, ob rot, braun, schwarz oder schwarz-weiß-rot, ob mit Hammer und Sichel oder Hakenkreuz, damals, in mein Alter, da hasse dat fast so gesehn wie ein Fußballfan heute. Bisse Schalke oder BVB?

Ich bin hinter de Roten her, weil alle Kumpels in Sutumer Feld den Roten nach sind. Dat war einfach so. Plötzlich wußte man, wer ein aus dat Elend erlösen konnte, wer die Guten warn und wer die Bösen. Die Bösen, dat warn sowieso immer die anderen. Und ganz egal, wat du dir selbst schon immer gedacht has, so in deim eigenen Kopp, endlich gab dir mal einer recht. Die richtigen Zusammenhänge hab ich doch ers viel später begriffen. Dat hat alles seine Zeit gedauert. Ers heute weiß ich, und dat mehr denn je, daß wir wirklich recht hatten. Aber wir warn damals nich die Gewinner. Und als Parteigänger von einer der linken Verlierergruppen hatte man nur drei Möglichkeiten. Erstens, du konntes den Braunen inn Arsch kriechen, zweitens konntesse schön die Schnauze halten, oder drittens, du gings ab in KZ. Arschkriechen ging für mich auf gar kein Fall, Schnauze halten war schon schwer genug, denn fürn echten Helden fehlte mir damals dat Format.

Auffe andere Seite muß man dat auch alles verstehn. Für die vonne Rechte, wat 1933 ja die richtige Seite war, war dat ja ne echte Chance! Die Chance überhaupt für eine Generation von Verlierer. Endlich gehörte so ein Heini Bredow, ein Josef Möllers oder einer wie der Kalle Reichenberg mal zu de Gewinner, die warn plötzlich die Sieger, warn Teil vonne Macht, die wat zu sagen hatte."

„Ich dachte, der Karl Heinz Reichenberg war einer Ihrer Genossen?" fragte Schopetta verwundert.

„Dat war er ers später, Herr Kommissar, viel später."

Czychi trank sein Bier aus, hob das Glas hoch über den Kopf, und Ilona ging daran, ein neues zu zapfen. Er schien erst einmal Luft zu schöpfen, zog ein Gesicht, als denke er über etwas nach und fuhr dann fort: „Der Kalle is eigentlich n gutes Beispiel für so ne Entwicklung, die ein Mensch im Laufe der Zeit nehmen kann. Wir ham ja damals gedacht, wat solls, sind eben diesmal die Braunen dran, und eigentlich glaubten doch alle, die sind genauso schnell wieder weg, wie se gekommen sind. Und wenn du anne Führung der Linksparteien denks! Die Erkenntnis, dat da irgendwo wat ganz Neuet passiert war, dat da irgendwat für die Linke in ihre Gesamtheit völlig schiefgelaufen war, hatten die doch ers kapiert, als et schon zu spät war, als wir nämlich schon mit Flossen hoch anne Wand von ne Polizeikaserne standen und die Schweine vonne Hilfspolizei uns die Gummiknüppel nur so inne Rippen gehaun haben, und dat nur, weil der eine die Arme nich hoch genug hatte und der andere Potschwadeck hieß und aus diesen Grund mir nix dir nix von ein guten Sportskamerad zu eine Polensau mutiert war. Plötzlich war eben doch allet anders.“

„Und was hat das jetzt alles mit Ihrem Freund zu tun, dem Herrn Reichenberg?“ fragte Schopetta dazwischen.

Czychi sah ihn erstaunt an, überlegte einen Augenblick und schien in seinen eigenen Gedanken zu suchen. „Der Kalle? Der Kalle war doch damals auch bei de Braunen Mitglied! Ganz stolz war der doch auf dat Parteiabzeichen. Hat den ganzen Scheiß mit Arbeitsdienst und sicher aufgehoben sein bei der wiedererstarkten Wehrmacht doch völlig gut gefunden. Der war zwar nich son Wilder, nich son Klopper wie mancher andere. Hat auch kein angeschissen, dat weiß ich genau. Aber er hat wirklich gedacht, ab jetz geht dat aufwärts mit ihm und sein speziellen Deutschland. Nach vier Jahre arbeitslos, keine Ausbildung, keine Arbeit und die Alten in Knast wegen abweichende Meinung. Da fühlt man sich sogar als voll verarschter Arbeitsdienstler wahrscheinlich wichtig bis staatstragend. Und bis heute glaub ich, damals wollten die wirklich alle nur wat Gutes, wat Gutes für Deutschland, aber auch wat Gutes für sich. Aufwärts sollte et gehen. Ham wir vonne Linken ja auch gewollt. Sollte ja auch in unsern Sinne nu endlich ma wat werden mit Friede inne Hütte, Proletarier aller Länder ..., Völkerverständigung und keine Ausbeutung mehr, verstehn Se? Die dachten national und wir eben international. Kritisch wurde dat ers, als et mit te Blitzkriege losging. Da sind sogar n paar Uraltgenossen plötzlich zu Kameraden geworden. Endlich ma den Siegern von Versailles auf die Finger hauen. Wußte ja keiner, dat dat die letzten Höhepunkte sein sollten in diese tausend Jährkes! Später, aufn Weg abwärts, da gab es auch bei den Braunen wieder genug, denen die Augen aufgingen. Wenn auch nur langsam.“

Czychi schwieg eine kurze Zeit. Schopetta hatte den Kopf in die Hand gestützt und lag fast auf dem Tisch. Er sah den Rentner an, und als der nach seinem Bier griff, nahm auch er sein Glas und stieß mit ihm an.

„Der Krieg, ja“, begann Czychi dann wieder. „Der Krieg, der war für die meisten dat einschneidende Erlebnis. Mit den Krieg da begann eigentlich auch der Heilungsprozeß bei Kalle Reichenberg. Wie so oft bei den Menschen. Ers wenn dat eigene Fell Löcher kriegt, fangn die an nachzudenken. Den ersten bekam er in polnischen Blitzkrieg verplettet. Gewehrkugel durchn Stahlhelm und einmal ann Scheitel – und an sein kleinet Leben längs. Der zweite Treffer in Frankreich, glatter Durchschuß, einfach durch die Wade, mitten im Laufen, links rein und rechts raus, da wurd er schon unruhig. Hat aber noch nix geholfen. War für Aufhörn zu wenig. Erst als er oben am Ilmensee, glücklicherweise noch aufn Vormarsch, die rechte Flosse verlorn hat, Panzergranate, mit zwölf Mann los und nur zwei Schwerverletzte zurück, da fing er an, richtig nachzudenken. Eigentlich wollte er sich ab da mehr raushalten. Ging aber nich, weil die Zeit zu weit fortgeschritten war und er schon zu tief drinsteckte, auch inne Uniform. Da nutzte ihm auch nich die gute Position inne Verwaltung von den neuen Lebensraum in Osten. Die Geschichte galoppierte einfach. Dat erste Kind starb an Diphtherie wegen temporären Mangel an Medikamente. Dann mußte die jungen Familie, dat zweite Kind war gerade geboren, stiftengehen, weil der Iwan sein Lebensraum zur Abwechslung ma inn Westen verlegen wollte. Er selbst kam nur mit viel Glück zurück in Kohlenpott, aber hier war ers ma nix, alles kaputt, keine Wohnung, nix zu beißen und wie schon an Anfang von seine politische Betätigung ersma wieder keine Maloche. Ja Teufel auch, wo sind meine letzten zwölf Jahre geblieben?, hat er da gefragt, und als ich ihm gesagt hab: Mann, Kalle, dat warn nich zwölf, dat warn tausend, da ging ihm ein Licht auf, da hat er, glaub ich, erkannt, wer seinen Bruder und ein Dutzend von seine besten Kumpel von früher aufn Gewissen hat. Da hat er gewußt, dat war nich der Iwan, nich der Ami oder der Tommy, sondern der größte Heerführer aller Zeiten mit seine kackbraune Mischpoke, und dat Wort gebrauch ich so gerne, dat die sich auch richtig ärgern, die paar bis heute unverbesserlichen Herrenmenschen. Aber der Kalle, der hat damals erkannt, dat Krieg nix für junge Leute is, und sein Ältesten hat er den Vertrag für zwölf Jahre Bundeswehr nich unterschrieben, verstehn Se."

Schopetta sah sich aufgefordert, eine Antwort zu geben, die ihn aber nicht einmal ansatzweise zufriedenstellte: „Jeder kann mal falschen Propheten nachlaufen, besonders, wenn man jung ist und jede Erfahrung fehlt. Ein Problem jeder Zeit!"

„Da sind wir völlig einer Meinung, Herr Kommissar. Nur die, die alles mitgemacht ham und die genau wußten, die sich oft nich unerheblich schuldig gemacht ham und die trotzdem noch immer dieselbe Scheiße erzähln von Pflichterfüllung, Ehre, Deutschtum, Vaterland, alte Götter und Herrenrasse, bei diese schräge Fürsten, da werd ich sauer, dat kann ich nich haben, besonders, wenn da noch ein paar alte Rechnungen offen sind. Und wenn die alten Dreckskerle auch noch den Jungen die Hucke voll lügen, da möchte ich schon manchmal so richtig ..." Und dann winkte er widerwillig ab.

„Glauben Sie wirklich, daß es noch so viele von denen gibt? Die müßten doch so langsam aussterben."

„Wenn dat ma so wäre. Ein paar sind immer noch da, ham sich zurückgezogen in sichere Positionen. Da sind die in aller Ruhe alt geworden."

Schopetta lächelte und trank sein Bier in kleinen Schlucken.

„Die, die heute nur alt sind und nix mehr sagen, die kann man ruhig leben lassen. Die tun kein mehr wat. Aber die Schmutzpuckel, die immer noch Einfluß haben, und die nich aufhören, unsere Jugend rechte Politscheiße, verquirlt mit Germanengeschichte und Lagerfeuerromantik zu erzähln, die müßtesse alle, aber mit ein nasses Handtuch", und dabei führte er mit der rechten Hand ein paar Schlagbewegungen aus, die deutlich machten, was man mit diesem nassen Handtuch tun sollte.

Schopetta sah Czychi streng über sein Glas hinweg an. Der wich aber sofort dem Blick des Kommissars aus, senkte die Augen und knurrte: „Erzähln kann man den Blagen heute doch allet. Wat die bloß inne Schule lernn? Weiß doch absolut keiner mehr, wat wirklich los war, da in unsere jüngste Vergangenheit."

„Man muß sich erinnern", sagte Schopetta. „Vergessen ist der Untergang." Obwohl Schopetta den Alten zu verstehen glaubte, kam er im Augenblick in seinen Antworten über belanglose Schwafeleien scheinbar nicht hinaus.

Czychi sah ihn auch sofort mißbilligend an, nickte dann aber und sagte: „Aber manchmal muß man auch handeln. Auch wenn da Gefahr mit verbunden is, weil man nich mehr der Jüngste is und die Grundschnelligkeit fehlt. Denn erinnern ohne zu handeln fällt mir mit zunehmenden Alter immer schwerer."

Schopetta sah Czychi an, der sich jetzt schwer mit verschränkten Armen auf den Tisch stützte und sein Bier zu hypnotisieren begann.

„Früher, da haben Sie ja wohl öfter was getan, Herr Czychi. Zumindest von Zeit zu Zeit, was?"

Der Rentner blickte auf, und für einen kurzen Augenblick sah es so aus, als husche ein verschmitztes Grinsen über sein Gesicht. „Is lange her, und jetz war auch genug mit te alten Kamellen, Prost, auf dat Wohl von den werten Verstorbenen." Czychi erhob sein Glas, und Schopetta tat es ihm gleich.

„Wie lange teilte denn der Herr Reichenberg schon Ihre politische Einstellung?" fragte Schopetta, als sie die Gläser wieder auf die Bierdeckel stellten.

„Der Karl-Heinz hat lange gebraucht, bis er soweit war. Die Einstellung stimmte ja, aber er war zu sehr mit den bürgerlichen Lager verbunden. Offen dazu bekannt hat er sich ers, nachdem seine Frau vor zwei Jahre verstarb. Wär sicher ein richtiger Vollblutgenosse geworden, aber wie dat Leben so spielt. Da kommt son wild gewordenen Mantafahrer und mangelt den einfach über. Weg und aus! Haut auch noch ab, der Feigling. Also, so einer, Herr Kommissar, der hat doch nu wirklich kein Charakter in Leib, oder?"

Schopetta sah Czychi durchdringend an: „Wie meinen Sie das, haut einfach ab?"

„Ja, dat müßten Sie doch besser wissen! Sie sind doch vonne Polente. War doch n Unfall mit Fahrerflucht, der Tod von Karl-Heinz."

Schopetta schüttelte langsam den Kopf, weil ihm plötzlich klar wurde, daß die Ergebnisse der polizeilichen Ermittlung zum Tod Reichenbergs weder der Öffentlichkeit noch irgendwelchen Verwandten, Bekannten oder Freunden des Opfers weitergegeben worden waren.

Czychi sah den Kommissar unsicher an: „Wat is?" fragte er. „Wat schüttels du so weise dein grauet Haupt?"

„Das war kein Unfall", hörte sich Schopetta sagen, und er fragte sich sofort, ob diese Enthüllung jetzt wirklich nötig war. „Herr Reichenberg wurde umgebracht, und zwar im Auftrag von Heinrich Maria Bender. Der Name müßte Ihnen ein Begriff sein, Herr Czychi."

Der Rentner nickte nur einmal kurz, und man konnte ihm ansehen, wie seine Gedanken rasten. Dann, wie in einem schrecklichen Erkennen, wurde er aschfahl und sah Schopetta ungläubig an: „Kann doch gar nich", sagte er leise und zweifelnd. „Dat kann nich! Dat glaub ich einfach nich."

„Und warum nicht, Herr Czychi?"

„Weil Bender tot is, verdammt noch ma! Seit Sonntag. Dat weiß ich genau und stand doch auch in alle Zeitungen!" Als er das sagte, spiegelte sich seine ganze Verzweiflung in seinem Gesicht wider.

Schopetta nickte: „Er hat es auch nicht selber getan. Es waren wohl seine Leute."

„Drecksbande", stieß Czychi voller Verachtung hervor. „Aber hätte mich auch gewundert. Der Bender, der war einer von diese Sorte. Nur wenn ihm absolut nix passieren konnte, hat die feige Sau wat getan." Dann schwieg er, fixierte sein Bierglas, drehte es auf dem Deckel hin und her, trank es plötzlich aus und signalisierte der Kellnerin, ein neues zu bringen.

Kaum stand es auf seinem Deckel, setzte er es auch schon an den Mund und leerte es in einem Zug, nur um sofort ein weiteres zu bestellen.

„Darfs für Sie auch noch eins sein, der Herr?“ fragte Ilona, und Schopetta hielt ihr stumm sein leeres Glas hin, behielt dabei aber Czychi im Auge, der plötzlich mehr und mehr in sich zusammenzusinken schien.

„Is dat alles sicher?“ fragte der Alte nach ein paar Minuten. „Ich mein, so richtig klar, mit Beweise und unumstößlich und so?“ Der untere Rand seiner Augen glänzte im Licht der matten Kneipenbeleuchtung.

Schopetta nickte. „Ja. Bender hat eindeutig den Auftrag gegeben. Ausgeführt wurde er von zwei jungen Männern aus seiner ständigen Begleitung. Und falls es Sie interessiert, beide fielen letzten Mittwoch auch einem Mordanschlag zum Opfer.“

Czychi schwieg und ließ den Kopf hängen. Nach einer Weile sagte er tonlos: „Den Kalle macht dat auch nich wieder lebendig, und darum interessiert mich dat ein Dreck.“

Schopetta nickte. „Bender gab den Befehl, um mutmaßliche Spione auszuschalten.“ Er zögerte, bevor fortfuhr: „Und Sie standen auch auf dem Zettel.“

Czychi sah Schopetta an, und für einen Augenblick spielte in seinem Gesicht neben unendlicher Traurigkeit unerwartet auch Spott eine Rolle. Und weil er die Augen dabei zu Schlitzen verengte, rollten zwei einzelne Tränen über sein Gesicht und fingen sich in den tiefen Falten zwischen Wangen und Mundwinkeln. „Dat hätte ich der Drecksau auch nich verziehen, wenn se den Kalle umlegen und von mir nich ma die Rede gewesen wäre“, und kaum hatte er das gesagt, fraß auch schon die Trauer den Spott in seinem Blick. Fast unmerklich begann sein Kopf, in feinen, ganz kurzen Bewegungen zu wackeln. Wie ein ununterbrochenes Verneinen sah das aus, seine körperliche Reaktion auf ein ihm völlig entglittenes Verständnis von Zeit, Welt und Gerechtigkeit.

Trotzdem brauchte er für das nächste Pils nur zwei Ansätze. Dann fragte er: „Wissen Sie auch, warum die uns umlegen wollten?“

„Wie ich sagte, man hielt Sie wohl für Spione. Aber ich verstehe es auch nicht, Herr Czychi. Was bezweckten Sie nur in diesem blöden Verein mit Ihrer Undercoveraktion?“

Czychi schüttelt den Kopf. „Wenn ich dat Ergebnis sehe, frag ich mich dat ja selbs, Kommissar. Aber dat mit te Spione, dat is alles Quatsch und Blödsinn. Wat die in diesen Heimatverein tun und sagen, ist so beknackt, dat interessiert doch kein normalen Menschen.“

„Unterschätzen Sie diese Leute nicht. Ich hab in den letzten Tagen auch dazugelernt, und meinen Sie nicht, daß da vielleicht insgesamt doch mehr dahintersteckt?“

Czychi schwieg, starrte vor sich hin und wackelte weiter mit dem Kopf.

„Sehen Sie, Herr Czychi, ich bin da im Besitz einer alten Akte, aus der könnte man durchaus auch andere Schlüsse ziehen.“

Czychi nickte, und durch diese Bewegung, zusammen mit dem unaufhörlichen Kopfschütteln, wirkte er auf Schopetta zum erstenmal wirklich alt und verbraucht. Augenblicke lang sah er den Kommissar mit tränennassen Augen durchdringend an. „Wahrscheinlich hat der Dreckskerl langsam begriffen, wat noch alles auf ihn zukommen sollte. Aber dat der in sein Alter nochmal zu so brutale Mittel greift ... nee!“ Der Rentner winkte müde ab. Zielsicher stürzte er das nächste Bier hinunter, orderte einen doppelten Korn, und als auch der mit Schwung in den Hals gekippt war, liefen ihm die Tränen in kleinen Rinnsalen über die furchigen Wangen. Später erhob er sich mühsam, mußte dafür aber am Tisch Halt suchen, und als er endlich taumelnd stand, versuchte er, etwas zu sagen. Schopetta war auch aufgestanden, war dicht an ihn herangetreten, um ihn aufzufangen, sollte sich die Standfestigkeit als nicht mehr ausreichend herausstellen. Czychi wankte, fiel aber nicht. „Ich bin schuld“, brachte der nun gequält hervor und legte Schopetta den Arm um die Schultern. „Den Scheiß hab ich eingebrockt. Besonders schlau wollte ich sein und mal wat heimzahln, Schulden eintreiben, die Sau anne Schwarte gehn, aber dat Miststück hat wieder gewonnen, auch wenn er jetz tot is.“ Schwankend hielt er sich für zwei Schritte an Schopettas Arm fest, doch als er halbwegs Tritt gefaßt hatte, schob er den Kommissar zur Seite und wackelte ab in Richtung Herrentoilette.

Schopetta nahm sein Handy, wählte die Nummer des Präsidiums in Recklinghausen und ging langsam in Richtung Eingang. „Zahlen!“ rief er in Richtung Tresen.

„Is schon erledigt, alles!“ rief Ilona zurück und hielt ein Pilsglas gegen das Licht, um dessen Glanz zu überprüfen.

„Da kann man nix machen“, murmelte Schopetta. „Aber mach noch zwei Pils und zwei Korn, damit ich nich son ganz beschissenes Gefühl behalte“, sagte er laut, und als er zu Ende Telephoniert hatte, legte er einen Zehner auf die Theke und knurrte: „Stimmt so.“

Eigentlich hatten sie genug, Czychi noch mehr als Schopetta. Aber mit dem sicheren Gefühl, das zu tun, was Männer eben tun müssen, fing er den Rentner zwischen Herrentoilette und Spielautomat ab, bugsierte ihn in dessen Lederjacke, stülpte ihm die Mütze mit dem Lackschirm über und plazierte ihn so ausgestattet an der Theke. „Damit das alles nicht so verdammt weh tut", sagte er, und sie stießen mit dem Korn an, kippten ihn weg, und nachdem sie auch die Pilsgläser klingend aneinandergestoßen hatten, tranken sie das Bier in einem Zug aus.

Das Trinkritual war kaum beendet, als zwei Polizisten die Kneipe betraten. Schopetta winkte den beiden zu, klopfte dann Czychi auf die Schulter und wies auf die Ordnungshüter: „Herr Czychi, es wird Zeit."

Ernst Czychi betrachtete stumm die beiden jungen Polizisten. Dann fixierte er lange und mit einem unendlich traurigen Gesicht den Kommissar, streckte ihm die Handgelenke hin und sagte mit deutlich schwerer Zunge: „Bis eintlich n fein Kerl. Schade nur, dat te beie Polente bis. Aber für dein Vorgehen, da hab ich vollet Verständnis für, ehrlich! Wat sein muß, muß sein, da gibt et nix, und ich weiß, du tus au nur deine Pflicht."

Schopetta sah den Rentner lange an, nickte verständnisvoll und sagte dann leise resignierend und auch nicht mehr ganz endungsrein: „Wenn das stimmen würde, wär das auf Dauer auch nur Scheiße." Dabei übersah er absichtlich die vorgestreckten Arme Czychis, griff statt dessen in seine Manteltasche und hielt, ohne genau hinzusehen, einem der Polizisten seinen Autoschlüssel hin. „Folgen Sie mir bitte verschwiegen und vor allem unauffällig."

Er hatte Czychi schon untergehakt und sich mit seinem taumelnden Begleiter zum Gehen gewandt, als er noch einmal innehielt, den jungen Polizisten, der sich das Grinsen nicht verkneifen konnte, von Kopf bis Fuß fixierte und sagte: „Ich hoffe, das hast du auf der Polizeischule gelernt."

53

Als er die Augen aufschlug, lag er mit dem Gesicht in einem geöffneten Buch. Sein Schädel brummte leicht, und er hatte das Gefühl, einen Sack Schotter auf Rücken und Nacken zu tragen. Noch fehlte ihm jede Erinnerung daran, wo er sich befand. Ohne den Kopf zu bewegen, verdrehte er nur die Augen, und schon der zweite Blick fiel auf das beleuchtete Zifferblatt seiner Armbanduhr. Keine vierzig Zentimeter vor seiner Nase, zeigte es ihm die Zeit, 6:18 Uhr. Das war noch erstaunlich früh, und langsam kehrte sein Gedächtnis zurück.

Er hatte fest geschlafen, fast zehn Stunden, und das in dieser beschissenen Haltung. Schopetta schloß wieder die Augen – vorsichtshalber. Er wollte etwas Zeit verstreichen lassen, bevor er sich weiter aktivierte. Nach ein paar Minuten begann er, ganz behutsam die verbliebene Elastizität seiner Muskeln zu testen. Alles ging besser als gedacht, und es gelang ihm, sich fast schmerzfrei aufzurichten.

Er saß am Eßtisch in Czychis Wohnküche, und aus dem Korridor warf der Schein einer schwächlichen Wandlampe ein gelbes Licht in den Raum. Schopetta erhob sich ächzend, begann eine verhaltene Stretchgymnastik und ging dabei bedächtig die paar Schritte zur Tür. In Gang gesetzt durch einen fast altertümlichen schwarzen Drehschalter, flackerte die runde Neonröhre unter der Decke auf. Sie blendete ihn nur kurz, und sein Blick fiel auf das Buch, das sein Kopfkissen gewesen war. Auch an dessen Herkunft erinnerte er sich wieder. Vor ein paar Stunden hatte er es aus dem Schlafzimmer mitgebracht, nachdem er Ernst Czychi, inklusive hoher Schnürschuhe, Lederjacke und Lackschirmmütze, auf das Ehebett gewuchtet hatte. Der Rentner war schon im Polizeiwagen so fest eingeschlafen, daß ihn weder der eher unkonventionelle Transport vom Polizeiwagen in die Dachwohnung noch das aufgeregte Gebell des Dackels wieder aufweckte. Er war sogar noch einmal in das Schlafzimmer zurückgegangen, um den Alten sicherheitshalber auf die Seite zu rollen und ihm einen Putzeimer hinzustellen, den er im Badezimmer aufgetrieben hatte. Und dabei war sein Blick auf das Buch gefallen, das auf dem Nachttisch lag. Trotz seines angeschlagenen Zustandes erkannte er es sofort. Er hatte dieselbe Ausgabe in seinem Bücherregal stehen. ‚Die Kelten – Europas Volk der Eisenzeit.' Das Lesezeichen steckte auf Seite 12, mitten in der ausführlichen Beschreibung des toten Mannes aus dem Lindowmoos.

„Na, dann is ja alles klar", sagte er sich, denn dieser Fund gab seinen Vermutungen, die er seit dem Morgen hegte, die richtige Nahrung. Aber das war so ziemlich das letzte, an das er sich wirklich erinnerte. Trotz festem Vorsatz, die ganze Wahrheit herauszufinden, hatte ihn wohl an dieser Stelle die Müdigkeit übermannt.

Jetzt nahm er das Buch noch einmal auf, blätterte nur kurz durch die Seiten und legte es wieder auf den Tisch. Er brauchte es nicht zu lesen, er kannte den Artikel und die anschaulichen Bilder der Moorleiche und ihrer tödlichen Verletzungen, die das mittelenglische Lindowmoos so gut konserviert hatte. Er sah sich weiter in der Wohnküche um. Seit dem letzten Besuch hatte sich in Czychis Wohnung nichts verändert. Alles war sauber und aufgeräumt. Außer Kühlschrank, Herd und Spüle war die Ausstattung alt, sicher dreißig, vierzig Jahre, aber nichts war besonders auffällig. Auf einem Tischchen unter dem Fenster stand ein Uraltradio. Nicht wesentlich jünger war ein schwarzes Telephon, das darauf thronte. Die Kontrolleuchten eines kleinen Gerätes, das mit einfachem roten Klingeldraht mit dem Telephon verbunden war, blinkten abwechselnd rot und blau. Schopetta nahm den Hörer auf, und als er mit dem Finger auf die Sprechmuschel klopfte, echote es eiernd und scheppernd zurück.

„Hallo“, rief er in die Sprechmuschel des musealen Stückes deutscher Postgeschichte. „Test, Test. Hier spricht die Stimme des Gesetzes.“ Aber was von dieser Mitteilung, unterlegt von einem deutlichen Amplitudenpfeifen, an sein Ohr drang, hätte er niemals als seine eigene Stimme identifiziert. Dennoch erkannte er den Sound sofort wieder. Thius Volk und Samhain. Der Anruf, der ihn am Montagabend so erschreckt hatte. „Ja, guck an“, sinnierte er grinsend. „Is das doch auch schon mal geklärt.“ Einmal so erfolgreich, streifte sein Blick weiter durch das Zimmer. Neben dem Radiotisch stand ein weinroter Sessel mit Armlehnen aus Holz, eine Stehlampe mit Stoffschirm und Zeitschriftenablage und darauf zwanzig Ausgaben der HÖRZU, die Kreuzworträtsel ziemlich vollständig gelöst.

Seltsam angerührt fühlte sich Schopetta an die Wohnung seiner Eltern erinnert, wie er sie zum Ende der sechziger Jahre verlassen hatte. Viele Dinge hätte man gut austauschen können. Hinter dem großen Küchentisch die Chaiselongue und daneben der Klassiker, original Gelsenkirchener Barock, ein Küchenschrank mit Nußbaumfurnier und auf dessen grüner Linoleumablage unter den gläsernen Schubladen für Zucker, Salz und sonstigem Streugut, das in der Küche Verwendung fand, nur etwas verdeckt von der Wochenendausgabe der Tageszeitung, eine Art Wagenheber aus Aluminium. Schopetta nickte und legte das Ding auf das Keltenbuch. Er beendete seine Inspektion, lehnte sich an den Küchenschrank, und überlegte, ob es noch etwas gab, was ihm weiteren Aufschluß geben konnte. Im Bücherregal nur eine Lücke. Zwischen den großen Kulturen der Welt fehlten jedoch nur die Kelten. Dann fiel sein Blick wieder auf den Küchentisch. Ein Zipfel des Wachstuches war mit der Schublade eingeklemmt worden. Eigentlich bedeutungslos, aber Schopetta konnte nicht widerstehen. Er zog die Schublade heraus. Ein schmaler Aktenordner lag darin. Schopetta setzte sich noch einmal, fummelte das Ding hervor und öffnete ihn. In gut dreißig Prospekthüllen sauber verwahrt, befanden sich alte Zeitungsausschnitte und verschiedene Dokumente. Der peniblen Beschriftung zufolge waren die ältesten vom Mai 1933. Obenauf war der reichlich vergilbte Totenschein eines Mannes abgeheftet, dessen Name Augustin Starosta gewesen war. Geboren war der 1908 in Sabiellen, Kreis Ortelsburg, und gestorben an Herzversagen in Gelsenkirchen-Buer am 3. Mai des Jahres 1933. Schopetta las das Papier aufmerksam durch und fragte sich, welches Schicksal hinter diesem Namen stecken mochte.

Die meisten der folgenden Zeitungsartikel waren jedoch aus späteren Jahren, und als Schopettas die Berichte las, war ihm der Inhalt seltsam vertraut. Es waren die Informationen aus der Polizeiakte, die er unten in seinem Wagen liegen hatte. Czychi hatte akribisch alles zu den NS-Prozessen gesammelt, die in den fünfziger und sechziger Jahren im Vest Recklinghausen stattgefunden hatten, und dazwischen steckten die Presseberichte, die zu seinen Protestaktionen und den daraus resultierenden Strafprozessen erschienen waren. Zum Teil sehr ausführlich, gingen diese Presseveröffentlichungen auf Ernst Czychi, den gewalttätigen Altkommunisten, ein, der im Auftrag Pankows und des Kreml mit seinen Protesten einzig das Ziel verfolgte, die noch junge Demokratie der Bundesrepublik Deutschland und ihre Rechtsorgane zu erschüttern, indem er Gerichte und Staatsanwaltschaft in die Nähe des NS-Regimes rückte. Keine gute Presse, die der Alte da von den Nachkriegsmeinungsmachern bekommen hatte. Aber mit einer Neuigkeit warteten die Artikel trotzdem auf. Sie nannten den Namen des von Czychi verletzten Prozeßzeugen. Für Schopetta war es fast keine Überraschung mehr, als er den Namen Heinrich Bender las.

„Der Privatgelehrte, Genealoge und Heimatforscher aus Leidenschaft“, so schrieb das Vestische Volksblatt, „der als Entlastungszeuge sein ehrliches Bemühen ganz in die Verteidigung der Kriegskameraden stellte, die, wenn auch durch eine schreckliche Zeit verblendet und betrogen, doch immer nur ihren Dienst für Deutschland geleistet hatten, mußte nach einer rüden Attacke eines unverbesserlichen Altkommunisten schwer verletzt ins Bergmannsheil eingeliefert werden.“

Schopetta wurde aus seiner Lektüre gerissen, als die Klospülung rauschte. Er hörte die Tür zum Badezimmer klappen, und dann näherten sich Schritte.

Czychi sah sehr verknautscht aus. Die Haare standen ihm unter der Kappe nach allen Seiten ab, und der sprießende Stoppelbart gab ihm etwas Abgerissenes. „Na, ham Se sich gut eingerichtet? Darf ich Ihnen vielleicht noch wat anderes Interessantet zu lesen bringen? Mein Familienstammbuch vielleicht oder die Büchsken vonne Sparkasse? Einfach nich zu glauben, wat Sie sich trauen. Ham Se überhaupt einen Durchsuchungsbefehl?“

Schopetta fühlte sich zwar in gewisser Weise ertappt, aber da seine Schnüffeleien auch erfolgreich gewesen waren, auch sicher. Er grinste, als er sagte: „Nu machen Sie mal keine allzu große Welle, Herr Czychi. Gestern haben Sie noch was sehr Richtiges gesagt. Ich weiß nicht, ob Sie sich noch erinnern können, aber Sie sagten so etwas Ähnliches wie: Sie tun ja auch nur Ihre Pflicht. Und während ich hier auf Sie aufgepaßt habe, hab ich nichts anderes getan. Ihre Pressemappe ist mir zwischen die Finger gekommen. Ein paar andere Dinge können Sie mir später erklären.“

Czychi knurrte irgend etwas und ließ seinen Blick über das Keltenbuch und den Aluhebel wandern. Den Kopf schüttelnd, winkte er schlaff ab und machte sich daran, Kaffee zu kochen. Schopetta beobachtete den Alten, wie der zwei Tassen auf den Tisch stellte, den Kaffee aufgoß, und als er sich zu ihm an den Tisch setzte, fragte der Kommissar: „Wer war Augustin Starosta?“ Dabei tippte er mit dem Zeigefinger auf den plastikverpackten Totenschein.

Czychi nahm seine Brille ab, rieb sich die Augen und zögerte einen Augenblick lang. Erst als er die Brille ausgiebig geputzt und sich umständlich geschneuzt hatte, sagte er: „Dat war ein sehr guten Freund, einer mit Charakter und Mut, so einer, wie man ihn nich alle Tage findet und wie man ihn brauch in beschissene Zeiten. Und die Zeiten waren beschissen damals, dat könn Se mir wirklich glauben.“

„Und was war mit Starosta?“

„Is ne lange Geschichte.“ Czychi stand auf, holte den Kaffee und goß beiden ein. „Aber die paßt gut zu all dem, wat jetz so ambach is. Is sogar eigentlich der Grund für den ganzen Brassel, den ich mir aufn Hals geholt hab. Und is vielleicht jetz auch gut so, wenn ich Ihnen den ganzen Kram erzähle. Is sowieso egal, jetz, wo et den Kalle so schnöde erwischt hat.“

„Tun Sie sich keinen Zwang an. Is noch früh am Morgen, und ich hab sonntags frei.“

Czychi blies in seinen Kaffee: „Is gar nich so einfach. Man hat alles in Kopp, aber wenn soweit is, weiß man nich so recht, wie man anfangen soll. Aber is auch egal. Also, den Stacho, den kenn ich schon so lange ich denken kann. War der Sohn von unsern Nachbar in Beckhausen. War früher Buer und is jetz Gelsenkirchen. Also, Stacho war quasi für mich immer so wat wie mein Vorbild, immer schon, und weil Stacho Rotfront war, war ich dat später eben auch. Er war Fahnenträger vonne Schalmeienkapelle, weil er n anderet Instrument nich spielen konnte, und als die Braunen in Berlin ihren Fackelzug durch dat Brandenburger Tor machten, ham wir uns gesagt, müssen wir eben gegen kämpfen. Bisse wieder weg sind. Warn nich mehr so viele, die sich dat getraut haben. Die Leute, die sich aus allem rausgehalten ham, weil die dachten, raushalten reicht, die ham als erste nur noch gekuscht. Aber kuschen wollten wir nich, wir glaubten ja, ne Überzeugung zu haben, für die wir auffe Straße gegangen waren, und die wollten wir uns auch nich verbieten lassen. Also haben wir inne erste Zeit ers mal weiter auf große Fresse gemacht, trotz Reichstagsbrandgesetze und Kommunistenhatz. Und obwohl schon viele Genossen untergetaucht waren, ham wir noch bei jede Gelegenheit unsere Liedkes geträllert und ham gesagt, nur weil die zufällig mal anne Macht sind, gehn wir doch nich in Deckung. Zum Drama wurde dat dann aber am 1. Mai 1933. War ja praktisch unser Feiertag, vonne frühsten Sozialistentage an. Da warn wir natürlich auch unterwegs. Zwar ohne Kapelle und Fahne und immer schön inne Bezirke, wo du sicher wars, inne Mehrzahl auf alte Genossen zu treffen, aber der ein oder andere Braune hat unsern Maiausflug schon mitgekricht. War ja Demonstrationsverbot, und bei de Polente warn auch einige so richtig scharf drauf, uns vonne Rotfront ma lecker den Arsch zu versohlen. Aber wollen und können is ja bekanntlich immer noch n Unterschied. Und so ganz einfach war dat ja auch nich. Wir hatten ja auch kein Pudding inne Arme. Wir warn alles gestandene Arbeitersportler und zum Teil noch Frontkämpfer aussen Ersten dabei. Aber als die vonne SA bei Mirkowey die Kneipe stürmten, war dat Verhältnis mindestens drei zu eins gegen uns. Wenn nich noch mehr. Und die kamen zusammen mit de Tschakos, wat denen ja auch noch ma n echten Vorteil verschaffte. Ohne den Austausch der sons bei handfeste Auseinandersetzungen üblichen Schmähparolen ging dat gleich zur Sache. Die vonne SA nannten sich plötzlich Hilfspolizisten und waren auch schon alle mit Armbinde und Gummiknüppeln ausgestattet, und bevor wir die Stuhlbeine auf dat richtige Maß geschnitzt hatten, hagelte et schon von alle Seiten richtig Senge.

Ich hatte auch schon zwei drei abgekriegt, hatte mir dann aber einen von den Kerlen gut zurechtgestellt, um ihm auch eine reinzuhauen, da war deren Anführer plötzlich hinter mir und schwang den Knüppel. Aber Stacho, der hat sich wie ein Tiger dazwischengeworfen. ‚Braun bisse ja schon‘, hat der gelacht, ‚dann geh am besten da hin, wo du am wenigsten auffälls.‘ Dabei hatter den SA-Häuptling ers ein auf die kurzen Rippen gegeben, dann an Kragen umgedreht und ein in Arsch getreten, daß der mit klappernde Zähne durch die geschlossene Tür von Herrenklo geflogen is. Guter Trick, den hab ich mir gemerkt.

Der Stacho ließ sich nich unterkriegen. Gelacht hat der bei solche Gelegenheiten. Aber gegen die Übermacht konnte er alleine auch nix ausrichten. ‚Rückzug', hatter darum gebrüllt. ‚Seht zu, daß ihr rauskommt', und dem Wirt hat er zugerufen: ‚Max, wir zahlen später.' Aber uns hat er den Rükken freigehalten, weil Stacho konnte locker mit dreien von den SA-Schlägern fertigwerden. Beide Fäuste fein inne Doppeldeckung und dann wie ausm Lehrbuch. Immer mit der Führhand den Abstand herstellen und schön regelmäßig die Schlaghand an Kopp von Gegner. Da war jede dritte Hand ne saubere Grade, die auch saß.

Für mich ging die Keilerei dank Stachos Hilfe über den ersten Schlagabtausch nich hinaus. Ich bin durch dat Klofenster getürmt, dann durch die Küche von ne olle Mirkoway und wie n Aal über die nächsten drei Hofmauern. Anne Köttelbecke bin ich entlang bis zur Zechenbahn und dann, ab na Hause. Hab mich ers ma im Stall versteckt. War aber nich nötig, weil keiner nach mir gesucht hat.

Ein paar andere hatten dat auch noch geschafft. Die sind durch die Fenster von kleinen Saal rausgekommn, dann übern Hof und ab über die Mauer von ne Kokerei. So hamse nur sechs von uns geschnappt. Leider auch den Stacho. Ging für die Genossen direkt nach Buer inne Polizeikaserne. War damals im ganzen Kreis bekannt für ihre handgreifliche Gastfreundlichkeit. Alle hatten mit langer Untersuchungshaft, Prozeß und so gerechnet, die Gesetze waren ja mittlerweile danach, aber nach drei Tagen kamen vier von denen schon wieder nach Hause. Zu Fuß kamen die aus Buer runter, weil die sich mit den Visagen nich inne Straßenbahn getraut hatten. Die sahen aber auch alle aus, als wärnse mitm Kopp in Hammerwerk gekommen. Grün und blau hatten se die gedroschen.

Den Leo Tomberge konnten die Eltern eine Woche später im Bergmannsheil abholen. Der hat dann drei Monate gebraucht, bis er wieder halbwegs laufen konnte.

Ich selbst hab mir dat Ganze angeguckt, als ob ich nich richtig dabei wär. Wo is denn der Stacho, hab ich nur gefragt, und da waren die auch schon am Flennen, aber keiner hat wat gesagt. Dabei wußten die alle, wat war. Ich wußt et auch sofort, wollte et aber nich glauben. Stacho, der war doch viel stärker als die anderen, der hat die doch alle ..., und zwar schon vorn Frühstück. Für mich waret einfach nich zu begreifen. Aber der Stacho war tot. Seit meine Kindheit bin ich hinter dem hergerannt, und obwohl er wat älter war, der war immer wie ein Bruder für mich. Ich will nich übertreiben, aber ich glaub, ich hab tagelang kein vernünftigen Gedanken fassen können, geheult hab ich, gebrüllt und ehrlich, Herr Kommissar, damals hab ich Rache geschworen. Jeden einzelnen von diese Dreckskerle wollte ich mir kaufen, durchlassen und irgendwie zur Verantwortung ziehen, denn später ham die Genossen schon erzählt, wer für die Schweinerei verantwortlich war. Ich hab ihn mir gemerkt, den Namen von dem Anstifter und Oberhetzer, von dem Hauptschläger. Wat heißt Schläger, von den Mörder, der den Stacho aufn Gewissen hat."

„Es war Bender, nicht wahr?"

Czychi nickte nur, und hinter seiner Brille erkannte der Kommissar wieder den Wasserrand unter den Augen. Der Rentner nahm die Brille ab, wischte die Augen mit dem Taschentuch aus, und als er sich wieder gefaßt hatte, erzählte er weiter: „Den alten Starosta ham se zwei Tage später geschrieben. Wär ne Herzschwäche gewesen. Muß dir mal vorstellen, der Stacho, Kerl wie n Baum. Guter Mittelgewichtler, der konnte einstecken wie n Brückenpfeiler und dabei austeilen wie n Dampfhammer. Der und Herzschwäche. Und seine Klamotten, die Jacke, Mütze, Hemd und alles, völlig blutdurchtränkt, nur in n paar alte Zeitungen ham se den Kram eingewickelt und so den Alten geschickt." Czychi beugte sich vor und griff nach dem Ordner. „Hier, dat Schreiben hab ich aufbewahrt", und während er mit dem Finger über eine der Prospekthüllen fuhr, las er: „‚... und teilen Ihnen mit, daß Ihr Sohn während seines Schutzhaftaufenthaltes an einer akuten Herzschwäche verstorben ist.' Stempel und Unterschrift und ganz ohne Bedauern." Czychi holte wieder sein Taschentuch hervor und trocknete seine Tränen ab: „Ich bin eigentlich nich der Typ, der so heult. Aber jetzt, die ganzen Erinnerungen, die machen ein schon fertig."

Schopetta schwieg und nickte nur voller Verständnis.

„Und die Wut", flüsterte Czychi dann, „... die Wut, die hab ich bis heute. Die is sogar noch größer geworden, weil ich in all die Jahre immer wieder feststellen mußte, daß überhaupt keiner von denen, die es gekonnt hätten, daran gedacht hat, die Mörder mal vorn Richter zu zitieren. Darum is meine Wut geblieben, ehrlich, die ganze Wut und der Zorn und dat Gefühl, irgendwann mal wat selbst in die Hand nehmen zu müssen. Und ich hab nix vergessen, auch den Namen von diesen Scheißkerl nich."

„Hat er Sie denn nicht wiedererkannt, als Sie in seinem dubiosen Heimatverein auftauchten?" fragte Schopetta.

„Erkannt hat der mich, als ich in diesem Prozeß aufgetaucht bin und ihn seine Schandtaten vorgehalten hab. Aber nach unsere Auseinandersetzung in Landgericht hab ich ihn ausse Augen verlorn. Außerdem hab ich mich sehr verändert inne letzten Jahren. Nich nur von meine Einstellung her is der Bart ab. Wat klappriger bin ich auch geworden, seitdem ich für mich selbst kochen muß, und meine Brillengläser sehen auch immer mehr wie Schnapspinnkes aus. Da musse schon mehrfach hingucken, wenne in mir den Kerl von vor dreißig Jahren erkennen wills, der so ein Altnazi ma kräftig in Arsch tritt.

Aber wiederbegegnet sind wir uns doch. Dreißig Jahre später. Als dat Museum hier eröffnet wurde, hat der Bender doch für ein Skandal gesorgt. Der selbsternannte Altertumsforscher is doch auf den Eröffnungskongreß aufgetaucht und hat da rumgepöbelt, weil ihm die Ergebnisse der Forschung nich gepaßt haben. Da war doch sogar ein Bild inne Zeitung, wie se ihn gerade abführn in seine komische Forscheruniform, den Spinner."

Schopetta nickte. Er erinnerte sich, in der Tagespresse, aber auch in einer Fachzeitschrift, von dem eher lächerlichen Auftritt des Mannes gelesen zu haben.

„Ich hab ihn sofort wiedererkannt und war dann auf ein paar von seine Veranstaltungen. Da wußte ich eben sofort Bescheid. Der hatte sich nich die Bohne geändert. Der war immer noch der gleiche unverbesserliche Drecksnazi. Und ich hab ihn gewarnt, später. Schriftlich, aber noch anonym, hab ich ihn so n Briefken geschickt, daß sich die Zeiten geändert hätten, und daß er für dat, wat er getan hat, zur Rechenschaft gezogen wird. Mord verjährt ja nich."

Schopetta nickte. „Das war scheinbar der Fehler. Konnten Sie denn neue Beweise vorbringen, um ihn anklagen zu lassen?"

„Dat nu nich grade, aber ich hätt et versucht. Und dabei wäre er und sein fiesen Charakter anne Öffentlichkeit gezerrt worden. Bloßgestellt hätt ich den mit sein Mord an den Stacho. Da wär Schluß gewesen mit Thius Volk, Oberpriester und Tempelbau. Dem hätte keiner auch nur noch eine Mark gegeben, wenn ich mit den fertig gewesen wäre."

Schopetta glaubte gut zu verstehen, wie sich der Alte fühlte und was er meinte und nickte verständnisvoll, sagte aber: „Wir haben Gesetze, Herr Czychi. Denen muß Geltung verschafft werden."

„Gesetze gegenüber bin ich äußerst mißtrauisch, dat hat mich die Erfahrung der letzten sechzig Jahre gelehrt. Da is mein Vertrauen deutlich unterentwickelt, weil jeder Club, der da gerade dran is, sich ja doch seine eigenen Gesetze machen kann."

„Trotzdem, man hätte es versuchen müssen. So ist es aus dem Ruder gelaufen und hat Menschenleben gefordert, Herr Czychi."

Czychi stützte seinen Kopf in die Hand und machte ein sehr betroffenes Gesicht. „Dat weiß ich, Herr Kommissar, und ich bin auch bereit, dafür zu bezahln. Wenn ich dat rückgängig machen könnte, ich würd et sofort tun, glauben Se mir dat, allein schon wegen den Kalle. Aber wat soll ich tun? Als et losging, da war mein Plan fertig, da war alles klar, und plötzlich is der tot. Da stand ich da mit meine Wut, die man ein ganzet Leben lang mitgeschleppt hatte, mit all den Erinnerungen an die Gemeinheiten und Erniedrigungen, die man von diese Ratten hat erdulden müssen, und der gutgefütterte Wunsch nach Rache, der stößt auf einmal int Leere, wie son Schwinger, wo du gedacht has, der sitzt, und der dich dann nur selbst durch den Ring taumeln läßt." Czychi sah den Kommissar an, unsicher und hilflos, und als Schopetta nickte, fragte er, sich nachdrücklich versichernd: „Könnse dat wirklich verstehn? Ich mein, so von innen heraus, nich nur mit dem Kopp?"

Schopetta nickte wieder. „Doch, doch, das kann ich alles gut verstehen." Dann nahm er einen Schluck Kaffee, sah Czychi an und wartete. Czychis Dackel kam in die Küche, sprang auf dessen Schoß und ließ sich von dem alten Mann den Nacken kraulen. „Kann ich eigentlich mein Hund verdanken, daß ich dat überhaupt mitgekriegt hab, dat die den kaltgemacht hatten. Der mußte nämlich mitten inne Nacht noch ma raus. Nur durch so ein blöden Zufall hab ich dat mitgekriegt. Aber da wußte ich, dat war der Wink des Schicksals. Und da hab ich mir gesagt, nee, Bender, du Drecksau, so einfach komms du mir nich vonne Welt, so einfach nich. Du Schweinepukkel kriegs noch mal ne Ehrenrunde, dich bring ich auf meine Art noch ma richtig groß raus. Gibt doch noch ne Gerechtigkeit, hab ich gedacht, und nach den ersten Schock, sofort mitten inne Nacht, hab ich den Kalle angerufen. Sie müssen nämlich wissen, Herr Kommissar, und da mach ich jetz ein Geständnis, dat sie nich fehlinterpretieren dürfen, wir haben schon öfter bei mir gesessen und zusammen davon gesponnen, wie einfach dat für uns wär, in dat Museum einzubrechen. Nur so phantasiert, verstehn Se. So aus pures kriminelles Interesse. Weil doch der Kalle, dat weiß ja offiziell keiner, der hat doch in seine aktive Zeit bei eine Sicherheitsfirma die Alarmanlage da eingebaut. Und als ich den Ahlers da mit den Bender auffe Schulter an mir vorbeistolpern sehe, denk ich, hat sich die ganze Phantasiererei doch auch ma gelohnt, ne.“

„Es war doch mitten in der Nacht, stockdunkel und regnerisch. Wie haben Sie da erkennen können, daß es sich um den toten Bender handelte?“

„Die Khakiklamotten warn et und dann die langen, grauen Haare und die komischen Schuhe. So is der ja immer rumgelaufen. Aber genau gewußt, dat er dat is, hab ich ers, als ich ihn im Museumskeller noch mal ...“ Czychi zögerte kurz, warf einen schnellen Blick auf Schopetta und fuhr dann leiser fort: „Vielleicht war et ja sogar in seinm Sinn, daß ich ihn nach keltische Art noch etwas aufgearbeitet hab.“

„Verstehe“, knurrte Schopetta, der sich nur mit Mühe eines Schauderns erwehren konnte. „Alles wie beim Lindowmann. Hab ich übrigens sofort erkannt.“

„Sehn Se, Herr Kommissar, hab ich mir gedacht, daß Sie ein heller Kopp sind. Außerdem mußte alles ja auch nach wat aussehen, wenn man euch Kriminalisten auf die richtige Spur bringen will. Und dat Buch war ne gute Vorlage.“

Schopetta durchfuhr ein zweiter Schauer, als er daran dachte, wie Czychi die Hundeleine um den Hals von Bender drehte und ihm anschließend die Kehle aufschlitzte.

„Mensch, Herr Czychi, soviel Brutalität. Da kommen jetzt mindestens vier Straftaten zusammen, die begangen wurden“, sagte Schopetta streng und zählte an den Fingern auf: „Einbruch, Behinderung polizeilicher Ermittlungen, Vortäuschung einer Straftat, und für die Verstümmelung an einem Toten geht man normalerweise vor Gericht auch nicht leer aus.“

„Aber tot war der schon, dat müssen Sie mir glauben.“

„Und wenn nicht, Herr Czychi? Haben Sie vielleicht einen Zeugen?“

„Mann, der war doch schon steif.“ Czychi brauste regelrecht auf. „Und dat der Kalle keine Aussage mehr machen kann, dat wissen Sie doch auch!“

„Keine Sorge.“ Schopetta grinste breit. „Wir kennen den Todeszeitpunkt Benders genau, und wir können schon unterscheiden, in welcher Reihenfolge dem Toten die Verletzungen zugefügt wurden. Außerdem haben die Täter gestanden. Aber wenn das nicht so wäre, Herr Czychi, hätten Sie jetzt ein ernsthaftes Problem.“

Der Rentner stierte Schopetta verblüfft an. Dann murmelte er kleinlaut: „Aber wir ham Sie doch selbst auf die heiße Spur gebracht.“ Und als Schopetta sich zweifelnd dumm stellte, sagte er: „In meine Aussage hab ich doch eindeutig auf das Fahrzeug hingewiesen, dat ich gesehn hab. Besser ging et doch ers ma nich. Und der Anruf bei Ihnen abends zu Hause? Ich hatte doch Ihre Karte. Von wegen Thios Volk und so. Dat warn auch der Kalle und ich. Wir dachten, wir geben zur Sicherheit den Ermittlungen noch ma so n kleinen Drall in die richtige Richtung, so auf den Heimatverein, dat Germanengetue und dat ganze Naziumfeld da."

„Und warum haben Sie mich nicht angerufen und mir ganz offen gesagt, was Sie beobachtet haben? Sie hätten uns viel Arbeit erspart."

„Sind ja längst nich alle Tschakos gleich. Mit alle kann man nich reden. Und außerdem kennen Sie mein Verhältnis zur Obrigkeit. Dat war und is nich so besonders, wissen Se doch. Und außerdem wollte ich dem Bender datselbe gönnen, wat er den Stacho angetan hat. Soviel Gerechtigkeit war ich ihm schuldig."

Die beiden Männer saßen eine Zeitlang stumm am Tisch. Schopetta rührte nachdenklich in seiner Kaffeetasse, und Czychi kraulte den Dackel.

Für Schopetta war der Fall geklärt. Sicher, wenn man Polizeidirektor wäre, hätte man noch Fragen gehabt, was das wohl für eine Waffe war, mit der man Bender in den Hals gestochen hatte, woher Czychi die alte Hundeleine hatte, oder wie die beiden Rentner es geschafft hatten, ohne großartige Spuren zu hinterlassen, die Leiche Benders in den Töpferofen zu bekommen. Alles nebensächlich, dachte er jetzt, ließ sich alles rausbekommen, aber alles später. Er wußte, daß alles erklärbar war. Wichtiger war für ihn, daß er nun wußte, wie und warum sich alles so zugetragen hatte, und daß sie teilweise von den zwei Alten verarscht worden waren, das tat ihm nicht mal weh. Im Augenblick grübelte er nur darüber nach, wie er sich Czychi gegenüber verhalten sollte. Am liebsten würde er einfach gehen, alles auf sich beruhen lassen und in den Bericht schreiben, daß die näheren Umstände nicht genau aufgeklärt werden konnten. Scheiß egal. Irgendeine Lösung würde sich schon ergeben. Man mußte sie ja nicht beschleunigen. Und weil er über manche Probleme erst eine oder zwei Nächte schlafen mußte, erhob er sich schwer. „Dann wolln wir mal", sagte er bedeutungsvoll. „Is ja soweit dann alles geklärt."

Czychi setzte den Dackel auf den Boden. „Ich weiß, dat dat nich unbedingt zu meine Ruhmestaten zählt, wat ich da die letzte Woche so abgezogen hab, und wie gesagt, allein wegen den Kalle hätte ich ja Zuchthaus verdient, aber ..., ich würd einfach am liebsten alles ungeschehen machen."

„Ungeschehen geht nicht, Herr Czychi, leider nicht. Wie das hier jetzt weitergeht, kann ich nicht sagen. Ich kann auch nicht beurteilen, ob der Staatsanwalt im Falle Ihrer Vergehen ein Verfolgungsinteresse hat oder nicht. Außerdem muß er ja auch erst meinen Bericht haben. Aber ich geh erst mal ins Wochenende, und ich glaub, ich kann auch ganz gut schlafen, obwohl ich jetzt so genau Bescheid weiß.“ Schopetta nahm seinen Hut, der auf einem der freien Stühle lag, reichte Czychi die Hand, und als der verwundert einschlug, sagte Schopetta: „Schön, Sie kennengelernt zu haben. Andere Umstände wären mir zwar lieber gewesen, aber man kann es sich nicht immer aussuchen.“

Czychi brachte ihn nicht zur Tür, er blieb leicht verstört am Küchentisch zurück und begann wieder mit dem Kopf zu wackeln.

Im Hausflur nahm Schopetta einen leicht unangenehmen Geruch wahr, der von ihm selbst ausging. Wird Zeit für eine Ganzkörperreinigung, dachte er. Ist ja jetzt Zeit genug.

SIEBTER TAG

54

Es war kurz vor 17:00 Uhr und Montag, der 11. November. Helau, dachte Schopetta und hoffte, auf der Rückfahrt nicht direkt auf den Sankt-Martins-Umzug in Altenberge zu treffen, dessen Ankündigung ihm von neongrünen Plakaten ins Auge sprang. Langsam durchfuhr er den kleinen Ortskern, und auf der Straße nach Greven gab er dem Diesel wieder die Sporen.

Trotz anhaltender Nörgeleien des Präsidenten, der glaubte, die notwendige Pressekonferenz verschieben zu müssen, hatte Schopetta seinen freien Montag durchgesetzt. Das Laub der Kastanie war trotzdem liegengeblieben. Aber die Betten waren frisch bezogen, ein Strauß Blumen stand auf dem Eßtisch, und bei Schopettas sprichwörtlichem Ordnungssinn war sogar die Aufräum- und Putzaktion nur eine Kleinigkeit gewesen. In den freien Stunden ließ er sich gehen und gab sich viel Mühe, den Fall aus dem Kopf zu bekommen.

Das Novemberwetter der letzten Wochen war bis zur Wochenmitte auf Urlaub im Süden der Republik, das sagten zumindest alle Wetterprognosen. So zeigte sich über dem westlichen Horizont, den er im Rückspiegel von Zeit zu Zeit sehen konnte, noch ein Streifen des hellblauen Himmels, und darüber türmten sich dünne, langgezogene rosa Wolken.

Die Maschine aus Frankfurt war pünktlich. Er war kaum durch die Drehtür, da sah er auch schon seine Frau. Sie kam mit ihrem großen Rollkoffer durch eine der sich automatisch öffnenden Doppelglastüren auf der anderen Seite der Halle. Die Begrüßung war wie immer, Küßchen links, Küßchen rechts, Küßchen in der Mitte, herzliche Umarmung und Klaps auf den Hintern. Sein Teil der Kommunikation blieb in einem halbgaren „Und – wie war's bei den roten Brüdern?“ stecken, weil die anderen Mitglieder der Delegation, die begonnen hatten, sich innig voneinander zu verabschieden, ihn aufgrund dieser Bemerkung abschätzig, seine Gattin aber deutlich mitfühlend ansahen. Begrüßungen kann ich auch nicht, dachte er später fast schwermütig, startete den alten Diesel und fuhr los.

„Was hast du da an der Stirn?“ fragte Hannelore besorgt, als sie in Greven an der Ampel warteten. „Hast du dir das da selber an den Kopf geklebt?“

„Wer sonst?“ Schopetta sah weiter auf die Straße.

„Sieht auch so aus“, stellte sie sachlich fest und betupfte das Stück leicht verkrusteten Verbandsmull an seinem Scheitelansatz vorsichtig mit dem Finger. „Wenn du den Verband nicht bald wechselst, wirst du ihn dir aboperieren lassen müssen. Wie ist das passiert?“

Einfach zu schweigen war nicht möglich. Sie ließ ihm keine Chance. „Betriebsunfall.“

„Aha“, sagte Hannelore vielsagend. „Bei Jöppi oder pensionsrelevant?“

Er sah sie an und grinste. „Alles halb so schlimm.“

„Und wie war's sonst?“ Hannelore behielt ihn im Auge, und er war froh, sich auf das Autofahren konzentrieren zu können, sah geradeaus auf die feuchte Straße, die Verkehrsschilder und die schwarz-weißen Begrenzungspfosten neben der Fahrbahn.

„Och, ruhig, nichts Besonderes“, sagte er nach einer ganzen Zeit, und nur, wer ihn so wie Hannelore kannte, wußte, daß es sich bei diesen späten Worten noch um die Antwort auf ihre Frage handelte. Nach gut einem Kilometer stellte Schopetta seine Gegenfrage: „Und selbst?“

Hannelore hatte seine Probleme nicht. Obwohl sie sehr gerne verreiste, war sie immer froh, heil wieder zu Hause zu sein, und angefüllt mit unendlich vielen Eindrücken, erzählte sie ihm von den Stationen ihrer Reise. Als Schopetta zwanzig Minuten später den Wagen in die Einfahrt des Hauses lenkte, erzählte sie gerade vom elenden Zustand der öffentlichen Toiletten in Rußland, und im Scheinwerferlicht erkannte er Numero Sieben, die blasiert, ignorant und desinteressiert auf dem Mauerpfosten saß und sich mit Genuß die Vorderpfoten leckte.

„Hallo Morgana, meine Süße“, hörte er Hannelore jubilieren, als er den Koffer aus dem Auto wuchtete und auf die Rollen stellte. „Na, hast du mich vermißt, meine Kleine? Wahrscheinlich hat dir der alte Knötterkopp nicht mal ausreichend Futter hingestellt, was?“

„Mit wem redest du da?“ fragte Schopetta verwundert.

„Mit wem soll ich schon reden? Da du kaum etwas sagst, muß ich doch mit meiner Katze reden!“

„Wieso Katze, und seit wann hat der Kater einen Namen?“

„Mein Gott, Schopetta, du alter Ignorant. Als wir sie bekamen, hieß sie schon so, und es ist eine Sie. Die erste Katze, die uns nicht zugelaufen ist, sondern die ich von Ulla habe.“

„Von welcher Ulla?

„Ulla Lammerding!“

Schopetta wurde von mehreren Hitzewellen heimgesucht. „Ja, wenn das so ist!“ bemerkte er erleichtert über das unbeschadete Wiederauftauchen des Tieres. „Aber hatten wir nicht auch mal einen Kater, auch so einen schwarzen?“

„Das letzte schwarze Tier war auch eine Katze, und ich habe sie immer Lucca gerufen!“ Hannelore sah ihn etwas zweifelnd von der Seite an, hakte sich bei ihm unter, und als er die Tür aufschloß, sagte sie: „Paß auf, daß das Tier nicht ins Haus kommt.“

„Sowieso!“ knurrte Schopetta und schloß die Tür hinter sich.

Ende